BLT
Mit der Welt
auf Buchfühlung

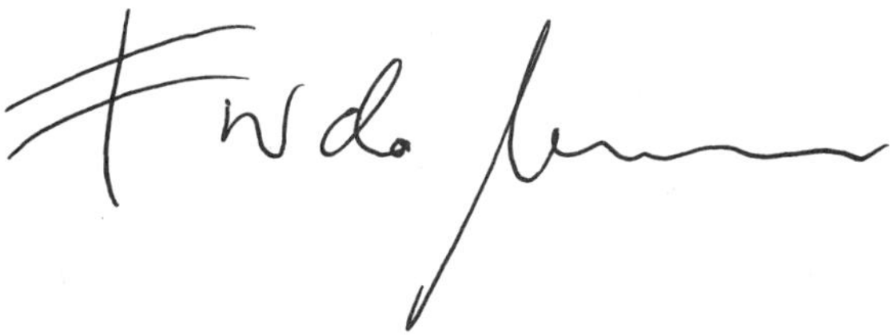

Frido Mann wurde 1940 im kalifornischen Exil seiner Familie geboren und veröffentlichte 1985 – im Anschluss an eine akademische Laufbahn – seinen ersten Roman. In seinem Epos »Brasa« spürt Frido Mann den brasilianischen Wurzeln der berühmten Schriftstellerfamilie nach.

Frido Mann

# BRASA

BLT

B L T
Band 92 083

1. Auflage: September 2001

Vollständige Taschenbuchausgabe

BLT ist Imprint der Verlagsgruppe Lübbe


Die Originalausgabe erschien 1999 bei nymphenburger
in der F. A. Herbig Verlagsbuchhandlung GmbH, München
Lizenzausgabe: Verlagsgruppe Lübbe GmbH & Co. KG,
Bergisch Gladbach
Einbandgestaltung: Gisela Kullowatz
Titelbild: Superstock
Autorenfoto: © by Langen Müller Herbig
Satz: hanseatenSatz-bremen, Bremen
Druck und Verarbeitung: Elsnerdruck, Berlin
Printed in Germany
ISBN 3-404-92083-X

Sie finden uns im Internet unter
http://www.luebbe.de

Der Preis dieses Bandes versteht sich einschließlich
der gesetzlichen Mehrwertsteuer.

Wer ein Mensch des Guten ist,
verrät die Liebe nicht,
die in ihm ihr Gutes liebt.
Wer viel vom Weggehen redet,
geht nicht,
und wer nicht geht,
kommt auch nicht an.
Wer nicht aus sich
herausgeht,
wird sterben, ohne jemanden zu lieben.
Das Geld dessen, der nicht gibt,
ist die Arbeit dessen, der es nicht hat.
Ein guter Capoeirista
fällt nicht,
und fällt er eines Tages,
fällt er gut.
Capoeira hat mir aufgetragen
zu melden, er sei schon angekommen,
angekommen, um zu kämpfen.
Berimbau hat mir versichert:
wo Liebe Kampf sein wird,
hat Traurigkeit ihr Ende.

*Vinícius de Moraes*
(1913–1980)

Für Januar war es ungewöhnlich kühl.

Das Thermometer war schon vor Tagen nach heftigen Regengüssen um mindestens zehn Grad gesunken. Deshalb hatten Pedro José de Melo und Padre Esmeraldo die Totenwache um ganze zwölf Stunden bis zum folgenden Mittag verlängert. Ein bisschen waghalsig, wie sie fanden, doch sie wollten ihren Mitbürgern die Gelegenheit geben, sich von Pedro Josés vorgestern verstorbener Frau Victória zu verabschieden. Bei nur achtundzwanzig Grad Celsius dürfte sich die Leiche im Gemäuer der Igreja Nossa Senhora da Misericórdia noch so lange halten.

Der Sarg war in einer sonst für Zucker- und *cachaça-Transporte* bestimmten Schaluppe unter weißem Segeltuch von der Fazenda Prosperidade über die Bucht nach Portobelo gebracht und dort durch die Stadt zur Kirche getragen worden. Es gab in dem kleinen Portobelo drei Kirchen: Santa Clara für die weißen Armen, die inzwischen ausgebaute Capela de Bom Jesus für die Mulatten und Schwarzen, für die nicht Särge, sondern nur Hängematten vorgesehen waren, und die am anderen Stadtende gelegene Igreja Nossa Senhora da Misericórdia für die Vornehmen. Fast hätte die Zeremonie in die Armenkirche Santa Clara verlegt werden müssen. Die Regengüsse hatten Schlammmassen durch das Portal der Igreja Nossa Senhora da Misericórdia gespült. Doch die *colonos* aus mehreren umliegenden Gütern und Betrieben, fast alle ehemalige Sklaven, hatten mit vereinten Kräften für eine rechtzeitige Entfernung des Schlamms gesorgt. Sie alle erwiesen der Senhora gerne diesen letzten Dienst. Vor allem die *colonos* der Prosperidade, die anschließend den Sarg über das Buckelpflaster der Straßen geschleppt hatten, vorbei an der dichten Front der vielen ein- oder zweistöckigen Bürgerhäuser mit ihren weißen Mauerfassaden, den farbigen Türen und Fensterrahmen und auch vorbei an den Palmen, die aus den Innenhöfen ragten. Dicht hinter der Toten waren ihr Gatte Pedro José gefolgt, dessen eigens aus Rio de Janeiro per Schiff angereiste älteste Schwester Ana Paula und Padre Esmeraldo. Pedro Josés Mutter Jennifer Manuela war nicht gekommen, weil ein schweres rheumatisches Leiden sie daran hinderte, ihren Ruhesitz in Rio zu verlassen.

Der mit Lilien, Palmzweigen, Dahlien und Chrysanthemen geschmückte und von brennenden Kerzen umgebene Sarg lag geöffnet und in Längsrichtung im Chor auf einem Katafalk. Diese ausreichende Entfernung vom Kirchenportal bot ihm nicht nur Schutz vor der Hitze. Die Senhora sollte auch möglichst weit vorn in einer *quadra* des Kirchenbodens, wo die vornehmsten und wohlhabendsten Bürger der Stadt lagen, ihre letzte Ruhe finden.

Es war ein ständiges Zirkulieren von Besuchern, bis tief in die Nacht und dann wieder seit der frühen Morgendämmerung. Für elf Uhr vormittags war die Messe in Anwesenheit der Toten angesetzt, damit um zwölf der Umzug beginnen konnte. Die Trauerfamilie hatte frühzeitig ihren Platz im seitlichen Chorgestühl bezogen. In der ersten Reihe saßen der Witwer und dessen still vor sich hin schluchzende elfjährige Tochter Maria Antônia im schwarzen Batistkleidchen und mit weißen Kniestrümpfen und Samtschleife im streng nach hinten gebundenen Haar; neben ihr der um vier Jahre jüngere Gilberto Balthasar Johannes mit verkniffenem, teilnahmslosem Gesicht und, in einiger Entfernung, Ana Paula und deren Mann Luiz Eduardo da Bahia, pensionierter Polizeimajor in Rio. Die anderen Plätze auf derselben wie auf der gegenüberliegenden Seite waren für die anderen Fazendabesitzer der Stadt und deren Familien vorgesehen.

In Anbetracht der herandrängenden Mittagshitze hatte Padre Esmeraldo zusammen mit seinen drei Ministranten etwas früher mit dem Herrichten des Altars begonnen. In seinem Gesicht und seinen Bewegungen war eine ungewohnte Unruhe zu lesen, so als bereue er die großzügige Verlängerung der Totenwache. Er bewegte seine runde, vor Energie federnde Gestalt in fast anstößig raschem Tempo zwischen Altar und Sakristei hin und her, schwitzend und keuchend und mit ängstlichen, fast strafenden Blicken abwechselnd zwischen offenem Sarg und dem durchs Portal tretenden Kirchenvolk, das mit einer quälenden Ausführlichkeit die blutenden, gekreuzten Füße des an der Wand hängenden Herrn küsste und sich dann träge in die Bankreihen im Mittelschiff schob. Doch nicht nur die Temperatur stieg beängstigend an. Auch das Licht wurde immer heller und fahler, sodass das Blau des Altars, seines Retabels und der rautenförmigen Stufen seines Aufbaus mit der umkränzten Taube an der Spitze allmählich zu verblassen schien.

Als endlich in den erhöhten Seitenbalkonen im Chor die Honoratioren der Stadt erschienen, begann Padre Esmeraldo mit quetschendem Falsett das »Introitus« und »Kyrie« zu singen und haspelte eines nach dem anderen rasch herunter. Das noch immer anhaltende, zögerliche Erscheinen der Trauergäste stand in auffallendem Gegensatz zu dieser Eile. Die Kirche war erst etwa zur Hälfte voll, da trat der Lektor vor und schnarrte die Epistel vor sich hin.

In den Bankreihen des Kirchenschiffs ging es anfänglich ziemlich laut und ungeordnet zu, so als sei das Volk unwillig oder wüsste nicht recht, worum es gehe. Nur wenige stimmten zum richtigen Zeitpunkt in das »Requiem in Aeternum« und das »Dies irae, dies illa« ein. Pedro José drehte, irritiert durch den dünnen, unreinen und schleppenden Gesang, die Schwüle und die schlechte Luft, mehrmals den Kopf hin und her und schnitt ein sorgenvolles Gesicht.

Etwas mehr Ruhe trat ein, als Padre Esmeraldo mit der Totenpredigt begann.

Der Pater begab sich dafür, so schnell die Last seines Ornates es ihm erlaubte, etwas weiter nach hinten zur Kanzel und bestieg diese. Ein kurzer, sich sammelnder Blick zur weinenden Madonna im violetten Mantel und mit Schnupftuch am gegenüberliegenden Seitenaltar. Dann wandte er sich nach vorn zu der im Chor vollzählig anwesenden Elite und fing an zu sprechen.

»Liebe Gemeinde, liebe Brüder und Schwestern im Geiste«, begann er wie immer.

Alles wurde still. Die Unruhe schlug augenblicklich um in eine aufmerksam auf den Padre gerichtete Spannung. Sprach dieser doch allen in seiner Gemeinde immer aus der Seele, gleich, ob es ein normaler Sonntag, eine Weihnachts- oder eine Osterpredigt oder eine Grabrede war. Mit dem oder der Verstorbenen hatten die Totenpredigten von Padre Esmeraldo gemeinhin wenig zu tun, doch das pflegten ihm selbst die Hinterbliebenen zu verzeihen. Denn alle in der Gemeinde liebten ihren Pfarrer, sie schätzten seine Ansprachen, deren Feuer und Humor.

Heute war es ein bisschen anders. Der Padre kam von seinen allgemein gehaltenen Themen tatsächlich zu Dona Victória. Denn zwischen deren Rolle in der Gemeinde und den Lieblingsthemen seiner Predigten bestand eine gewisse Gemeinsamkeit.

»Eine Wohltäterin ist von uns gegangen«, dröhnte Padre Esmeraldo mit sonorer Stimme und wippte auf den Zehenspitzen. »Der Herr wird ihren Edelmut belohnen. Ein fürstlicher Platz steht für sie in seinem gnadenreichen Schoß bereit. Und auch wir sind durch sie reicher geworden.«

Pedro José nickte zufrieden. Die kleine Maria Antônia schien sich etwas beruhigt zu haben. Sie heftete ihre verweinten Augen auf ihren Vater, während Tante Ana Paula, sich über

Gilberto hinwegbeugend, ihrer Nichte mit einem Spitzentüchlein die Nase putzte.

»Dona Victória hat Unermessliches für unsere Stadt getan«, fuhr Padre Esmeraldo fort. »Ihre Großherzigkeit und Güte waren Balsam für unsere Herzen. Unvergesslich sind ihre Sonntagsbesuche im Hospital der Santa Casa während der Gelbfieberepidemie vor sechs Jahren, als sie Woche für Woche mit den Kindern betete und ihnen Märchen vorlas. Gott hab sie selig. Oder wie sie den *empregados* in Tonkrügen gekühlten Limonensaft bringen ließ, als sie die Straße nach Ponto d'Ouro asphaltierten und unsere Stadt dem Puls des Lebens näher brachten. Unsere arme Stadt, die durch das Teufelswerk des modernen Verkehrsnetzes im Hinterland so schmählich abgeschnitten worden ist ... Und ganz besonders hervorzuheben sind natürlich ihre unermüdlichen Spenden ...«

Pater Esmeraldo wischte sich den Schweiß von der Stirn und blickte hinüber zu Pedro José, der eigentlichen materiellen Quelle der genannten Wohltaten, fast so, als gälte die Totenmesse ihm und nicht seiner verstorbenen Gattin.

»... ihre großzügige Stiftung unserer Orgel und der anderen Verschönerungsmaßnahmen.«

Mehrere Köpfe hoben sich kurz zu der in Wirklichkeit leeren Musikempore über dem Eingang. Weiter hinten war ein Tuscheln und Zischen vernehmbar. Die schwarzverschleierten Damen im Chorgestühl verbargen ihr Gesicht noch tiefer hinter ihren wedelnden Fächern. Auch Padre Esmeraldos Rede wurde stockender. Er zog seinen lang gestreckten Zeigefinger zurück und ließ ihn in den Falten seiner Soutane verschwinden.

Das Ausbleiben der schon lange angekündigten Orgel und der stark abblätternde Kalk an den Wänden waren nur ein Zeichen, dass für die Kirche schon lange nichts mehr getan worden war. Außen sah es nicht anders aus. Das Gesims unter den drei vergitterten Hochbalkonen über dem Portal und die aus der

Fassade ragenden Pilaster bröckelten, und das Ziegeldach über dem Dreiecksgiebel wies tiefe Lücken auf. Jedermann wusste, wo Dona Victórias Spenden geblieben waren, so wie viele andere Zuwendungen auch, seitdem Padre Esmeraldo im Amt war. Was jedoch nicht hieß, dass der Padre deren einziger Nutznießer blieb. Denn es war ein offenes Geheimnis, dass diese Kirchenspenden, einem stillschweigenden Abkommen gleich, wieder reichlich in die Gemeinde zurückflossen, in Form von Wohltaten und Annehmlichkeiten, die ausschließlich in der Macht des Geistlichen lagen: etwa die Annullierung einer Ehe oder die Beschaffung des bei der Bürgerschaft überaus begehrten Messweins. Denn die Oberschicht von Portobelo war besonders in den Zeiten des sich abzeichnenden Niedergangs eine verschworene Gemeinschaft, in der man sich gegenseitig stützte. Das war der Grund, warum man innerhalb dieser Gemeinde dem Pfarrer die Unstimmigkeiten nachsah. Ja, mehr noch. Padre Esmeraldo wusste mit geschickten Schuldzuweisungen nach oben die Unzufriedenheit seiner Gemeinde zu schüren und sich zu deren charismatischem Führer gegen den gemeinsamen Feind aufzuschwingen.

»Unsere unermüdlichen Appelle an die Verantwortlichen, neue Verkehrswege zu schaffen, unseren Hafen auszubauen ... Was haben sie genützt? Nichts, rein gar nichts«, fuhr Padre Esmeraldo wieder flüssig und mit mitreißendem Pathos fort. »Aber wir lassen uns nicht unterkriegen. Portobelo wird bestehen, auch ohne neuen Hafen. Unser gottgewollter Kaiser Dom Pedro und Princesa Isabel werden zurückkehren, so der Allmächtige es will, und der republikanische Spuk wird ein Ende haben, ein Ende, sage ich. Gottes Widersacher werden in der Hölle braten, und bei uns wird alles wieder, wie es war. Portobelo, die alte Fischer- und Handelsmetropole, Portobelo, das Wahrzeichen und Synonym für den gleichnamigen, besten *cachaça* in der Provinz. Portobelo ...«

Padre Esmeraldo hatte seine alte Sicherheit zurückgewonnen. Seine kleine, runde Gestalt bebte vor Energie, und er polterte aufgekratzt vor sich hin, redete von Sünde und Buße, Fegefeuer und Gnade, mit dem lang gestreckten Finger, den er schon lange wieder aus der Soutanenfalte gezogen hatte, auf die Anwesenden deutend, dann wieder auf die Verdammten und Gottlosen außerhalb des Bethauses.

Die Hitze kroch bedrohlich durch das Kirchenschiff. Der Weihrauch vernebelte die Sicht. Padre Esmeraldo wischte sich immer häufiger die Stirn, als befände er sich bereits selbst im Fegefeuer. Und er blickte immer ängstlicher und besorgter zum Sarg, der unbewegt inmitten einer Brandung stand.

Seine Worte überschlugen sich nun fast vor Eile. Endlich beendete er glücklich seine Predigt, und die Trauergäste begannen, an der Toten vorbei zu defilieren. Die letzten flüchtigen Berührungen mit den Fingerspitzen oder Lippen, hastiger als sonst und unter dem Rümpfen einiger Nasen – da auch die Blumen nicht mehr ganz frisch waren. Endlich wurde der Sarg geschlossen, und der Umzug begann. An dessen Spitze schwankte über den Köpfen das hocherhobene Silberkreuz mit darauf gesteckter brennender Kerze. Neben diesem schritt Padre Esmeraldo zusammen mit der Bruderschaft, die den Sarg durchs Mittelschiff trug, vorbei am specksteinernen, von bunten Heiligenfiguren umgebenen Taufbecken und vorbei am blutenden Christus im Strahlenkranz und hinaus durchs Portal auf die große Praça do Imperador. Pedro José und dessen Kinder, Schwester und Schwager folgten dem Sarg, hinter der Familie die anderen Kirchenbesucher.

Auf der *Praça* wartete eine große Menschenmenge, teils in der prallen Sonne, teils unter dem schützenden Dach der Bäume hinter den Ruhebänken entlang der Kirchenmauer. Es war die Masse der Armen, der Mulatten und Schwarzen, die nicht in die Kirche hineindurften.

Ein allgemeines Murmeln war hörbar, als sich der Zug in Richtung Stadtmitte zu bewegen begann. Immer mehr Menschen drängten an den Sarg, sodass die Träger ihren Griff am Metallring des Sarges festigen mussten. Plötzlich erklangen entfernt Trommelschläge in einem langsamen, melancholischen Rhythmus. Sie stammten von einer Gruppe von Schwarzen, die etwas abseits auf den Umzug gewartet hatte. Jetzt kamen sie heran, sodass man auch sehen konnte, wie sie, ihre halb nackten, geschmeidigen Körper im Takt in der Sonne wiegend, auf ihre Tamburine und Fasstrommeln schlugen.

Jählings verlangsamte sich der Trauerzug und kam fast zum Stehen. Erschrockene Gesichter. Vor allem, als die Trommelnden und Tanzenden das »Para se livrar do desânimo« anstimmten.

*Vem, ó caboclo*
*Vem, pena branca,*
*Vem trabalhar,*
*Vem dar a esperança.*

Dieser Vers wurde im Chor mit wachsender Lautstärke wiederholt.

Pedro José wusste zwar, dass dies keine Kampfansage war, sondern eine verzweifelte Anrufung und Ausdruck von Schmerz nach dem Verlust einer Wohltäterin. Doch tief im Herzen zog sich in ihm etwas zusammen. Er verspürte Angst – wie vor einem schwarzen Gewitter. Blitzartig flammten bedrohliche Vorstellungen auf: Rebellion, subversiver Aufruhr, *capoeira*. Der jahrhundertealte Reflex portugiesischer Siedler.

Hilfe suchend schaute er nach vorn zu Padre Esmeraldo, ob der wohl etwas unternehmen würde. Dabei wurde sein Blick plötzlich abgelenkt. Pedro José sah am Straßenrand den alten, verkrüppelten Tarcísio knien, das Gesicht schluchzend in die gefalteten Hände gepresst, während der Sarg an ihm vorüberzog. Zwischendurch bekreuzigte er sich, wodurch für kurze Zeit sein von Trauer und von Narben zerrissenes, bärtiges Antlitz sichtbar wurde. An seinem Leib hingen nur Fetzen, aus denen unten unförmige, dreckverkrustete und rissige Füße nach hinten ragten.

Tarcísio gehörte noch zur Sklavengeneration. Kurz nach dem Einzug von Dona Victória in die Prosperidade nach ihrer Hochzeit vor zwölf Jahren war er zwischen das Speichenrad der inzwischen dampfgetriebenen Zuckermühle und die einfassende Steinplattform geraten und grauenvoll eingequetscht worden. Die Senhora hatte den halb Toten in das Wohnzimmer bringen und auf eine Matratze auf dem Boden betten lassen und dann einen Arzt gerufen. Danach hatte sie ihm eigenhändig immer wieder die Wunden verbunden und ihn mit *mingau* gefüttert, so lange, bis es sicher war, dass er wenigstens überlebte.

Tränen schossen Pedro José in die Augen, als er den grauhaarigen, alten Tarcísio vor der Senhora knien und um sie weinen sah.

Erst dann bemerkte er wieder die Unruhe um ihn herum. Die Trommelnden und Tanzenden hatten in der Zwischenzeit ihren Gesang fortgesetzt.

*És o caboclo*
*Da fé e esperança,*
*Da luz vibrante*
*Da força branca.*

Es herrschte hier keineswegs nur Aufruhr. Die Stimmung war bunt und festlich. Der Abschied von einer Toten bedeutete zugleich auch ein Vordringen in den Bereich, in dem Tod und Leben einander tief berühren. Davon wurden selbst die erfasst, die sich mit der Senhora nicht so eng verbunden gefühlt hatten.

Etwas weiter hinten verkaufte ein dicker, schnurrbärtiger Mann mit einer Mütze Heiligenbilder. Ein anderer bot auf einem Bauchladen und einem Klapptischchen neben sich *Macumba*-Devotionalien an: Tabak für die Heiligenmutter, *charutos*, Ziegenhörner und Schnaps und diverse Musterketten, dazu einen Reisbesen, der während des Ritus über den Kopf gestülpt zu werden pflegte. Dazwischengestreut standen christliche Heiligenfiguren, darunter auch die schwarze und schwangere Santa Efigênia mit dem Kirchlein in der Hand.

Auch die Fenster der umliegenden Häuser waren voller Menschen. Sogar aus den Straßen weiter hinten strömten Leute herbei. Bekannte Gesichter. Ruy Ricupero und Zé Othoniel Sigueiro, die beiden Trunkenbolde, die vor zwanzig Jahren mit dem Traum einer Fazendagründung aus Portugal eingewandert waren. Dann der geschwätzige Damião, der als Hilfsarbeiter sein Land verlassen hatte und hier an der Rua do Comércio einen gut gehenden Laden mit Pfannen, Töpfen und Geschirr aufgemacht hatte. Immer mehr Menschen drängten an den sich auf dem Buckelpflaster schwer vorwärts bewegenden Leichenzug heran. Sie griffen mit ihren verschwitzten Händen nach den sauberen der Trauergäste, um sie stumm zu drücken. Andere wieder gesellten sich zu den tanzenden und trommelnden Schwarzen und stimmten in ihren Chor ein, der immer lauter in die Mauern der Häuser und in die Herzen der Menschen drang. Nach der vorigen Bitte um Rückkehr ins Leben wurde der Toten nun Glück im Jenseits gewünscht.

Der Zug bewegte sich jetzt etwas schneller, als wollte er dem hitzigen Volkstreiben auf dem Hauptplatz entfliehen. Er schritt als nächstes das Häusergeviert ab zwischen der Rua do Corsário und der quer dazu verlaufenden Rua Dona Margarida. Man passierte die wenigen zweistöckigen Bürgerhäuser der Stadt, die in ihrer Großartigkeit und historischen Entrückung etwas Ruhe und Geborgenheit auszustrahlen schienen. Ihre breiten

Holzbalkone, die mit den Freimaurersymbolen aus der frühen Kaiserzeit ornamentierten Eckpfeiler und den farbigen Anstrich von Gesims, Türen und Fensterläden. Von dort aus ging es über die Rua do Comércio mit ihren kleineren und einfacher gebauten Häusern zurück zur Kirche.

Menschen mit gezogenen Mützen und ohne Schuhe säumten den Weg. Die, die in der Nähe der Kirche standen, wagten es, sich in respektvollem Abstand dem Zug anzuschließen und diesen bis zum Kirchenportal zu begleiten.

Immer mehr Insekten umschwirrten den Sarg. Man trachtete, so schnell wie möglich zurück ins Gemäuer der Stammkirche zu gelangen.

Während auf der *Praça* ein letztes Mal die Klagen und Gesänge anschwollen, wurde Dona Victória de Melo in der *quadra* sechsunddreißig zwischen Mittelschiff und Chor der Kirche mit allen üblichen Ehren beigesetzt und verabschiedet.

Eine Woche nach der Beerdigung war die kleine Maria Antônia immer noch untröstlich. Fast den ganzen Tag weinte sie in einem Winkel des Hauses still vor sich hin, hinter der Zuckerpresse, zwischen *cachaça*-Fässern in der Dunkelheit des Kellers oder unter dem Mangobäumchen am Fuß der großen Seitenterrasse. Auch beharrte sie darauf, weiter das schwarze Batistkleidchen zu tragen, das sie bei der Beerdigung angehabt hatte.

»Es ist vergebens, Senhor«, klagte die alte schwarze Amme Joana, »aber sie kratzt und beißt, wenn ich es ihr wegzunehmen versuche oder ihr ein anderes anziehen will.«

An sich verstanden sich Joana und Maria Antônia gut. Joana war schon bei Maria Antônias Geburt dabei gewesen und hatte geholfen, ihre Nabelschnur zu durchtrennen. Seitdem hatte Joana sie immer gebadet und gefüttert, angekleidet und frisiert, ihr das Beten und Sichbekreuzigen beigebracht und ihr Lieder vorgesungen, wenn sie krank war. Und Maria Antônia saß gerne untätig bei Joana, wenn diese die Wäsche der Kinder ordnete oder ihnen das Wasser wärmte.

»Ein bisschen eigensinnig ist sie schon immer gewesen«, entgegnete Pedro José. »Das wissen wir. Aber jetzt ist es besonders schwer mit ihr ... Sie hat anscheinend ihre Mama noch lieber gehabt, als wir gedacht haben.«

Die letzten Worte flüsterte er fast nur und blickte verlegen auf den Boden in der Küche, in der sie beide gerade standen.

Maria Antônia war vor allem ein Kind ihrer Mutter, obwohl sie mit ihrem langen, schwarzen, sperrigen Haar, das meist mit einer Schleife oder Spange hinten zusammengehalten werden musste, ihren braunen Nussaugen und dem bronzefarbenen, runden Gesicht äußerlich viel mehr ihrem Vater nachschlug als ihrer hellhäutigeren Mama. Dazu kam ihr rein portugiesischer Vorname, anders als der ihres Bruders, dem man zu Gilberto noch das holländisch-südafrikanische Balthasar Johannes hinzugefügt hatte. Er war zwar auch dunkelhaarig. Doch seine etwas klobige Erscheinung, das breite, knochige Gesicht über dem etwas verwachsenen, halslosen Rumpf galt eher als Erbe des Kapstädter Großvaters Cloete. Trotzdem verband Pedro José mit seinem Sohn eigentlich ein engeres, herzlicheres Verhältnis als mit seiner Ältesten. Gilberto Balthasar Johannes war, was man pflegeleicht nennt, artig und gefügig, fast servil, ein bisschen undurchschaubar, wie einige meinten. Den Hang zur Tücke, den man ihm nachsagte, empfand der Vater nie. Nur, dass der Junge beim Tod seiner Mutter so wenig Regungen gezeigt hatte, befremdete Pedro José. Mit Maria Antônia hingegen fühlte er jetzt in seiner Trauer um seine Gattin eine so tiefe Übereinstimmung wie nie zuvor. Schon als Dona Victória unbewegt und matt und mit immer tiefer verschlossenen Augen in der Hängematte vor der Küche gelegen hatte, war ihm das veränderte Benehmen seiner Tochter aufgefallen. Diese hatte sich fast nur noch in Victórias Nähe aufgehalten, war um sie herumgeschlichen, hatte nur an ihrer Seite mit ihren Puppen gespielt. Manchmal sah man sie, mit dem Ellbogen auf den unteren breiten Balken des Balkongeländers vor dem Haus gestützt, in die Weite der Bucht zur Ilha Grande starren. Einmal entdeckte Joana sie allein auf dem Betstuhl in der Hauskapelle zwischen Ess- und Wohnzimmer, tief im Gebet versunken.

»Man kann in diese Kinderseelen nie ganz hineinsehen«, seufzte Pedro José zu Joana gewandt.

»Sie ist eine Tochter der verschleierten Eiansá«, murmelte diese mit geheimnisvoller Miene.

Pedro José runzelte die Stirn.

»Ich bin mir nicht so sicher, ob es nur die Senhora ist«, entgegnete er nach einer Weile. »Ich weiß nicht, ob Maria Antônias Trauer und Angst nicht noch tiefer sitzen ... ich meine ... dass sie möglicherweise den Boden unter den Füßen verliert.«

»Wie meinen Senhor das?«

»Mutter und Frau bedeuten immer auch Heimat«, sagte Pedro José kurz und trocken.

Joana bekreuzigte sich und blickte ihren Herrn erschrocken an.

Was Pedro José mit diesem Satz gemeint hatte, wurde ihm selbst so recht erst nach Wochen während einer sonntäglichen Zusammenkunft seiner Familie bewusst.

Pedro José, seine beiden Kinder, Tante Ana Paula und Onkel Luiz Eduardo saßen auf der Terrasse. Etwas abseits lag die Jüngste, die einjährige Lelia, schlafend in einer überdachten Wiege. Pedro José hatte seine Verwandten während seiner kürzlichen Geschäftsreise, der ersten seit der Beerdigung seiner Frau, in Rio de Janeiro inständig gebeten, bald nach Portobelo zu kommen. »Es gibt viel zu besprechen«, hatte er gesagt, »wie es weitergehen soll, ohne Victória, die Kinder, ich, das große

Haus.« Nun waren sie auf dem Weg nach Süden hier vorbeigekommen.

Die beiden Besucher waren städtisch gekleidet. Ana Paula, das langsam ergrauende Haar seitlich geknotet und mit strengem Scheitel in der Mitte, trug ein kurzärmeliges, dunkles Seidenkleid mit Spitzenbesatz auf den Schultern. Ihr älterer, ziemlich korpulenter Gatte war von Kopf bis Fuß in Schwarz gekleidet. Pedro Josés Jackett hatte dieselbe Farbe, war jedoch ein wenig abgeschabt, und er trug helle Hosen und einen Strohhut, so wie auch sein Sohn Gilberto, der mit kurzen Hosen bekleidet war und einem weißen, weich darüber fallenden Hemd. Maria Antônia hatte immer noch oder wieder ihr Batistkleidchen und ihre weißen Kniestrümpfe an und eine Metallklammer in den Haaren.

Man saß unter bedecktem Himmel in feuchter, schwüler Luft. Alles lechzte nach einem kühlenden Herbstgewitter. Es war windstill. Der Guayavabaum, der bei Victórias Tod noch mit reifenden Früchten beladen gewesen war, trug jetzt, Mitte März, im Gegensatz zu den Bäumen mit den vielen grünen Mandarinen daneben, praktisch nichts mehr. Man wischte sich den Schweiß von der Stirn und wehrte die Moskitos ab. Aus dem Urwald war das vielfältige Pfeifen, Zwitschern und Singen der Vögel und manchmal auch das Brüllen der Affen zu hören.

Die schwarze Nandaia hatte in ihrem hellen, etwas schief sitzenden Sonntagskleid eine Karaffe mit kühlem Melonensaft auf den Tisch gestellt, dazu auf dem Porzellan des englischen Services eingezuckertes, gewürztes Kürbismus und die kleinen, runden, dunkelgelben *quindins* aus Kokosraspeln und Karamellzucker, die vor allem Maria Antônia so leidenschaftlich gern mochte, und Nüsse, Rosinen und kleine Käsewürfel. Die Portweinflasche und die passenden Gläschen dazu hatte der Hausherr eigenhändig herbeigeholt.

Maria Antônia hatte sich einen ersten Bissen in den Mund gesteckt. Da begann Pedro José zu sprechen.

»Ich bin euch dankbar, dass ihr gekommen seid. Ihr wisst, worum es geht. Ich habe ...«, er hielt inne und schluckte. Er schien wieder mit den Tränen zu kämpfen.

Maria Antônia hörte auf zu kauen.

Ana Paula nickte ihrem Bruder zu, so als hätte dieser bereits bis zu Ende ausgesprochen und sie alles verstanden.

»Es ist eben alles anders als früher«, sagte Pedro José nach einer Weile leise. »Wenn man bedenkt, dass noch vor ... drei ... nein, vor vier Jahren ... hier auf der Terrasse die Bohnen unserer letzten Kaffee-Ernte getrocknet wurden ...«

Luiz Eduardo paffte an einer dicken Zigarre, die er sich eben angesteckt hatte.

»Tja, mein Lieber. Man muss eben immer das Beste daraus machen, ich meine, auch hier ...«, dröhnte Luiz Eduardo.

»Seitdem wir umstellen oder, besser gesagt, uns ganz auf Zucker und *cachaça* verlegen mussten, war es mit ihr nicht mehr richtig«, warf Pedro José mit leidender Miene ein. »Ihr Magen. Ihr Appetit. Die Gelbfieberepidemien hatten uns allen nichts anhaben können. Aber Victória hatte zu nichts mehr Lust, war ständig müde, wurde immer dünner und graublass im Gesicht. Und dann brach die Krankheit aus. Zuerst die Schluckbeschwerden und dann das Erbrechen ... und Blutungen. Sie hat das alles irgendwie nicht recht verkraftet. Den schleichenden Niedergang hier. Und dass ich mich dann nach der Kaffeekatastrophe von 1910 und der Vernichtung sämtlicher Plantagen immer mehr um meine ausländischen Firmen kümmern musste ... Ich hätte sie nicht so viel allein lassen dürfen. Ich weiß das inzwischen.«

»Krankheit ist Krankheit«, entgegnete Luiz Eduardo und schüttelte den Kopf.

»Schon«, fuhr Pedro José fort. »Aber sie hat sich in jenen

Jahren selbst über ihr Alleinsein geäußert ... In Briefen, die ich kürzlich gefunden habe.«

»Briefe?«

Pedro José wandte abrupt sein Gesicht zur Seite.

»Ich erinnere mich an eine Voraussage ... vor zwei oder drei Jahren, als Victória beim *yoga-se Búzios* war«, fuhr Ana Paula dazwischen und blickte vielsagend ihren Bruder an.

»Und dort«, so fuhr sie verhalten fort, »dort ... haben ihr die ... Muscheln im Kreis ... nach der Anrufung der Götter durch den Pai ... ihre baldige Rückkehr in die spirituelle Welt der Ahnen angekündigt.«

»Krankheit ist Krankheit«, wiederholte Luiz Eduardo. »Und Schicksal ist Schicksal. Das entspricht ganz ihrer eigenen religiösen Haltung, ihrem Opfermut, ihrer Selbstlosigkeit. Sie war immer nur für andere da, die Gute. Wirklich durch und durch ein edler Mensch. Aber für euch heißt es jetzt weitermachen, für dich und die Kinder ... mutig weiter machen, den Blick nach vorn gerichtet.«

Luiz Eduardo wandte sich und lächelte den beiden Kindern zu.

Maria Antônia blickte ihren Onkel mit großen, runden Augen an, während Gilberto Mund und Nase in sein großes Trinkglas gesteckt hielt und so oft hineinhauchte, bis es sich innen beschlug.

»Mit dem Blick nach vorn! Das ist leicht gesagt«, entgegnete Pedro José bitter. »Das ist genau der Grund, warum ich mit euch reden wollte, Ana Paula und Luiz Eduardo, mit euch. Denn ich weiß im Augenblick nicht mehr, wo vorn liegt.«

»Pedro. Kerl. Du und nicht wissen, wo vorn liegt. Da müsste ich eher dich fragen«, dröhnte Luiz Eduardo. »Du mit deinen Handelsniederlassungen auf drei Kontinenten ... drei Kontinenten ... auf denen du deinen eigenen Zucker und Schnaps, den erstklassigen Portobelo, vertreiben kannst und dann noch

Kaffee, auch wenn's nicht mehr der deinige hier ist ... in Miami ... in Johannesburg ... und von deiner neuesten Perle in der Schweiz gar nicht zu reden. Dort hast du dir wirklich das Edelste und Zukunftsträchtigste erworben, was man sich denken kann. Besonders dorthin solltest du über deine hiesige Firma den Handel kräftig ausbauen. Und das bedeutet Schaffung neuer Verkehrswege von und nach Portobelo zu Wasser und zu Lande. Das bringt neue Arbeitsplätze und vermehrten Wohlstand. Und am Ende werden sie dann doch noch den Hafen hier so weit ausbauen, dass auch die neuen, großen Handelsschiffe hier herein können, und Portobelo wird wieder sein klassisches Gesicht zurückbekommen und mit allen Neuerungen unserer Republik Schritt halten können.«

Während Luiz Eduardo sich immer mehr in seine flammenden Reden hineinsteigerte, verfinsterte sich Pedro Josés Miene. Ein seltsamer Zug wilder Entschlossenheit leuchtete in seinem Gesicht auf.

Irgendwann begann Pedro José bedächtig, aber entschieden mit dem Kopf zu nicken.

»Das ist sicher richtig«, sagte er gedehnt. Er sprach zum ersten Mal mit fester Stimme, seitdem sie hier zusammensaßen. »Den Handel ausbauen. Mit Europa, mit der Schweiz ... Ja ... Das könnte man auch von hier aus tun. Und vielleicht könnte man damit tatsächlich unserem Städtchen wieder etwas auf die Beine helfen. Das wäre man sich als guter Patriot auch schuldig. Doch mit welchem Aufwand und mit welcher Mühe, jetzt, in den Zeiten des Niedergangs. Ich ... allein mit den Kindern, in diesem viel zu großen Haus. Wenn schon Handel mit Europa, warum dann nicht gleich von dort aus, von der Schweiz ... in diesem friedlichen, sauberen, ruhigen Land, von meiner dortigen kleinen Import-Exportfirma aus, ganz in der Nähe dieser aufstrebenden Kondensmilch- und Nahrungsmittelfabrik für Kinder, die meine Rohstoffe benötigt? Da bin ich am Nabel der Welt, an der Quelle des Wohlstandes. Da liegt die Zukunft ...«

Alles schwieg. Es herrschte eine betretene Stille. Es war, als brauchten alle Zeit, um den Sinn von Pedro Josés Reden zu begreifen.

Maria Antônia schien die Erste zu sein.

Sie schob mit einem Ruck den Teller mit dem angegessenen Kürbismus und dem *quindim* zurück, schnellte hoch und stand einige Sekunden lang starr da. Dann schluchzte sie plötzlich auf, warf mit einer heftigen Bewegung ihren Stuhl um und rannte weinend durch die offene Küchentür ins Haus. Gilberto Balthasar schaute ihr entgeistert nach.

»Was ist denn mit der los?«, rief Ana Paula fassungslos und reckte ihren Kopf wie ein Wehrvogel in die Höhe.

»Sie ist ein bisschen durcheinander ... seitdem ... die ganze Zeit ...«, entgegnete Pedro José ruhig.

Ana Paula schüttelte den Kopf.

»Man sollte sie vielleicht auf andere Gedanken bringen«, brummte Luiz Eduardo. »Möglicherweise würde ihr für eine gewisse Zeit der Aufenthalt in einem Pensionat gut tun. Möglichst weit weg. Dafür könnte ich meine Beziehungen zum Polizeipräsidenten der Hauptstadt spielen lassen.«

»Luiz«, zischte Ana Paula ungehalten.

Plötzlich verzerrte Gilberto Balthasar sein Gesicht zu einer hässlichen Grimasse. Dann begann er, unheimlich zu kichern. Wenige Sekunden später wurde er wieder ganz ernst, runzelte seine Brauen, verbeugte sich gravitätisch und flüsterte etwas Unverständliches.

»Ein Pensionat? Meine Tochter in ein Pensionat?«, rief Pedro José, nachdem er etwas irritiert zu seinem Sohn geblickt hatte. »Das würde sie nicht durchstehen. Sie würde wahrscheinlich genauso bitter und sauer ... genauso bitter und ... magenleidend werden wie ...« Pedro José hielt erschrocken inne. »Allein in der

Fremde ... das wäre noch schlimmer für sie, als wenn wir alle zusammen von hier fortgingen«, fuhr er nach einer Weile fort, sichtlich erleichtert über seinen letzten Ausspruch.

»Ihr werdet uns doch nicht im Ernst verlassen?«, fragte Ana Paula mit flehendem Blick.

»Du solltest nicht vergessen, was dir von unserem Vaterland alles zugeflossen ist und was dir noch alles zufließen kann, wenn du mit dem richtigen Mut und der richtigen Einstellung herangehst«, nahm Luiz Eduardo, jetzt mit vorwurfsvoll angespanntem Ton, seinen Faden wieder auf.

Pedro José hörte nicht mehr hin. Er fühlte sich plötzlich in eine unbestimmte Ferne gedrängt, fortgetrieben, weit, weit über die Bucht hinweg, in die er, vorbei am seitlichen Balkongesims des Hauses, voller Sehnsucht blickte.

Knapp zwei Monate nach dem Gespräch auf der Terrasse vollzog sich der Abschied. Die Prosperidade wurde geschlossen, und die restliche Familie ließ Portobelo für immer hinter sich zurück. Pedro José reiste mit seinen drei Kindern nach Rio de Janeiro, wo sich alle von seiner inzwischen schon sehr hinfällig gewordenen Mutter verabschiedeten. Dann schifften sie sich auf dem holländisch-amerikanischen Liniendampfer Columbia ein, der sie nach Rotterdam brachte. Von da aus begaben sie sich weiter in die Schweiz, nach Cham im kleinen Kanton Zug.

Über ihre Zukunft machten sie sich bei der Ankunft genauso wenig Gedanken wie schon während ihrer Reise. Als sie in Rio in See gestochen waren, wussten sie nur, dass eine Äquatortaufe und mehrere Wochen Meer vor ihnen lag.

Brennende Erde. Brände. Paradies in Flammen. Es hörte sich an wie eine geschmacklose Unterhaltungssendung. Der Sprecher trug mit geölter Stimme und gefiltert durch die ozeanische Entfernung das Entsetzen in unsere Wohnzimmer. »Der lodernde Amazonas«, Sonntag, 13.15 Uhr in DRS, zwischen Jodlersextett Alfons Göttschli und einem Eishockeyländerspiel. Die Vernichtung des brasilianischen Regenwaldes. Von seinen fünf Millionen Quadratkilometern jährlich eine Fläche von der Größe der Schweiz. Zu Ausbeutungszwecken der Wirtschaftsgiganten Europas, der USA und Japans. Kalte Fakten und Statistiken über Menge, Zweck, Entwicklung und Prognosen der Rodung und Niederbrennung. Die diversen Flächenfreilegungsprojekte zur Hebung der Bodenschätze, zum Anlegen der Stauseen für die Stromerzeugung, der Viehweiden, Flugplätze und Straßen. Zwischen dem Pathos der »grünen Hölle« oder der »mit Quecksilber verseuchten Kraterlandschaft« ergingen zynisch scherzhafte Einlagen wie: »Zur Verbilligung eines einzigen Hamburgers des Fleischkloßmagnaten Burger King um fünf Cents müssen fünf Quadratmeter Regenwald geopfert werden. Und das bedeutet den Tod von fünfzig Bäumen und zwei Kilogramm Insekten.«

Dass es nicht bloß um den Wald geht, sondern auch und vor allem um die dort lebenden Menschen, die jahrhundertelang von den Europäern unterdrückten Indios, und um die Artenvielfalt der Tiere und um Hunderte von Nahrungs- und Heilpflanzen und um die Luft zum Leben und das weltweite Klima, das wurde nur so weit am Rande erwähnt, dass es einem Totschweigen gleichkam. »Die Erde hat Gefühle wie wir. Der

Himmel ebenfalls. Der Wald, was ihr Wald nennt und wir ›Urihi‹, hat einen Geist, und die Schamanen wissen das«, hat Davi Yanomami einmal gesagt.

Bernice Santini trat ans Fenster. Ihr Blick glitt den grünen, heute wieder schneefreien und sonnenbeglänzten Hang hinunter, vorbei an einigen freistehenden Gehöften und kahlen Bäumen zum Kloster Einsiedeln im Tal vor der Stadt. Auf der anderen Seite erhob sich, bereits im matteren Nachmittagslicht, die bewaldete Anhöhe und dahinter, sich im Dunst verlierend, das Hochalpen- und Gletscherpanorama der Mythen.

Bernice hielt in ihrer Hand einen Brief, der heute eingetroffen war und den sie immer wieder von neuem hatte lesen müssen, um ihn zu begreifen. Fast zehn Jahre hatte sie auf ein Lebenszeichen von Ignácio Bandeiras gewartet, nachdem dieser, kurz nach seiner Rückkehr nach Rio de Janeiro, in einer aus dem Militärgefängnis geschmuggelten Nachricht seine baldige Entlassung und einen ausführlichen Bericht, ja, sein erneutes Kommen nach Europa angekündigt hatte. Dann hatte sie nichts mehr von ihm gehört, und auch alle ihre Fahndungsversuche über brasilianische Freunde in Zürich waren erfolglos geblieben. Da sie den Gedanken eines möglichen gewaltsamen Todes von Ignácio durch die Hand der Gefängnisschergen nicht ertrug, hatte sie sich im Laufe der Jahre eingeredet, dass er sich inzwischen irgendwie mit der Militärdiktatur in Brasilien arrangiert habe, ja vermutlich auch mit einer anderen Frau zusammenlebe. Und jetzt kam dieser Brief, in dem er Bernice alles erklärte. Seine elende Existenz während der ganzen Jahre, ohne einen Pfennig in der Tasche und mit den andauernden Demütigungen und Schikanen, bis zum Sturz des Regimes im vergangenen Jahr. Nun hatte er seit einigen Monaten endlich wieder eine Anstellung als Lehrer an einer Privatschule in Santa Teresa in Rio.

Was für Bernice am schwersten zu verkraften war und weswegen sie, die deprimierende Radiosendung noch im Ohr, auch jetzt immer wieder vom Fenster weg auf die spitzen und steilen Schriftzüge in Ignácios Brief blicken musste, war seine Aufforderung an sie, schnell zu ihm zu kommen, ganz und für immer, nach Brasilien, jetzt, nach zehn Jahren völliger Funkstille und Ungewissheit. Ja, so stand es schwarz auf weiß da: »Du hast mir während unserer letzten gemeinsamen Vollmondnacht im September in Italien versprochen, zu mir zu kommen.« Versprochen war zwar etwas übertrieben für den von ihr in Aussicht gestellten längeren Aufenthalt in Brasilien. Nur wie sollte sie nun mit dieser neuen, radikalen Forderung umgehen? Dieser Brief hatte alles wieder in ihr aufbrechen lassen. Ihre übergroße, immer tiefer unterdrückte Sehnsucht nach Ignácio, ihre Erinnerungen, doch auch ihre Ängste vor Ignácios impulsiver, drängender Art, die sie gleichzeitig so sehr an ihm liebte. Sie fühlte sich hin und her gerissen, fühlte das alte Feuer ihrer Leidenschaft wieder aufflackern, wie außen erkaltete und am Rand bereits zerbröckelnde, aber in der Tiefe noch glühende Holzkohle. Es war, als brenne das eigene, verloren geglaubte Paradies und als schlügen, nach einem langen, bleiernen Schlaf, die Flammen über ihr zusammen. Ignácio musste ihr unbedingt Zeit lassen. Sie hatte sich schließlich in den zehn Jahren verändert, so wie er sich sicher auch, ganz zu schweigen von den radikalen Umwälzungen in Brasilien.

Bernice begab sich vom Fenster zurück zu ihrem Sekretär, vor dessen aufgeklappter Platte sie gesessen und sich die Sendung angehört hatte. Dieser Sekretär war ein uraltes Familienstück aus perlmuttbesetztem und marmoriertem Mahagoni mit kunstvoll eingearbeiteten Palisanderstreifen, auf dünnen Füßen und mit mehreren winzigen Schubladen an den Seiten und einem besonderen Geheimfach. Bernices Großvater Pedro José de Melo hatte das Möbel aus seiner brasilianischen Heimat mitgebracht. Aus der Mischung aus Hinfälligkeit und Zähigkeit und seiner ächzenden Würde sprach eine lange und bewegte Geschichte. In Bernices Zimmer stach dieser Sekretär ziemlich ab vom Durcheinander der Einrichtungsgegenstände. Die Matratze und der Kleiderhaufen und das pinkfarbene Telefon mit dem verdrillten Kabel auf dem Boden. Unter einem indischen Meditationsbild stand das weiße Knautschledersofa, das ein bisschen wie eine Kinderbadewanne aussah, daneben ein kunterbunt vollgepfropftes Bücherregal mit Fachbüchern und Zeitschriften, großen farbigen Lateinamerika-Bildbänden, Einführungen in *capoeira, samba* und *Candomblé*, Literatur zu Hypnose und Psychotherapie und ein bisschen Belletristik. An der Wand gegenüber dem Fenster stand, neben der Kompaktanlage mit Bergen von Kassetten und einigen Farbfotos darauf, ein mannshohes Kalebassen-*berimbau* mit Korbrassel und *baqueta*.

Bernice legte den Brief beiseite und stützte sich mit ihren beiden Ellbogen auf die Platte des Sekretärs auf, sodass es so aussah, als böge sie sich unter dem Gewicht ihres Oberkörpers. Doch diese Platte war, seitdem Bernice sich erinnern konnte, durch die Last des Alters schon immer gebogen gewesen.

Über dem Sekretär hatte früher, noch im Arbeitszimmer ihrer Mutter, ein riesiges, goldgerahmtes Porträt gehangen, mit dem patriarchalischen Antlitz ihres Urgroßvaters Heitor de Melo in dunklen, leicht verschwimmenden Ölfarben. Der strenge und doch freundliche Blick, der breite Schnurrbart und die schwarzen Kräuselhaare.

Bernice hatte schon als kleines Mädchen ehrfürchtig und immer ein wenig ängstlich vor diesem Bild gestanden. Besonders, wenn ihre Mutter ihr bei Ungehorsam drohte: »Wenn du nicht brav bist, kommt der Urgroßpapa und holt dich in den Urwald.« Und dies bedeutete neben allem Wunderbarem, was sie aus den Schilderungen ihrer Mutter, ihres Großvaters Pedro José und ihres Onkels Gilberto über den Urwald kannte, auch Schreckliches, Dunkles und Fremdes. Urwald hieß nicht nur Edelholz: Jacarandá und Mahagoni, wie der Sekretär in ihrem Zimmer. Es hieß nicht nur Orchideen, Jaborandiblätter und Guaranáfrüchte, tropische Schmetterlinge, schlanke Reiher, *beija-Flores* und bunt gefiederte Papageien, Adler und Fasane. Urwald hieß auch Korallen-, Urutu- und Jararacaschlangen, blutgierige Piranhas, Fleisch fressende Pflanzen und Krokodile. Im Kindesalter hatten sich in Bernices Vorstellungen fremde Erzählungen mit eigenen Fantasien vermischt. Wilde Gestalten tauchten aus dem Urwald auf: behaarte Riesen mit schwarzen Keulen, tanzende Gnome, flötenspielende Pane, Drachen, Teufel und Kobolde und strahlende Helden, die Prinzessinnen aus Schlangenkäfigen befreiten. Wenn sich Bernice allein in Mutters Arbeitszimmer befand, glaubte sie manchmal, diese Gestalten auf Urgroßvaters dunkel verschwimmendem Ölfarbenantlitz umherhuschen zu sehen und sie tuscheln und kichern zu hören, und erregende, fremdartige Gerüche erfüllten den Raum.

Doch das Ahnenporträt über dem Sekretär hatte noch eine andere Bedeutung, auch in der Zeit, als Bernice noch ganz klein war. Dies war jedes Jahr zu Weihnachten, wenn Bernices Großvater Pedro José zu Besuch kam und erzählte.

Das blauweiße, noch aus Brasilien stammende Kaffeegeschirr war abgetragen. Auf dem Tisch standen neben dem Teller mit Mamas selbst gebackenen Weihnachtsguetzli noch der Portwein und das Schälchen mit Nüssen und Rosinen, das aus alter portugiesischer Tradition stammende Zubehör zu allen geselligen Anlässen. Mamas goldumrahmte russische Spieluhr auf der Kommode spielte vertraut. Nachdem es draußen schon eingedunkelt hatte, wurden die Kerzen des Christbäumchens in der Ecke angezündet, sodass sich der würzige Tannennadelduft noch stärker im Raum verbreiten konnte.

»So, Bernice, jetzt lass de Großpapa dort hin sitze«, sagte er in seinem charakteristischen Konglomerat aus Schweizerisch mit südländischem Beiklang zärtlich zu seiner kleinen Enkelin, die auf seinem Schoß saß.

Denn zum Erzählen setzte er sich immer dicht neben den Sekretär, möglichst nahe beim Porträt seines Vaters. Unter diesem kam jedes Mal von neuem die frappierende Ähnlichkeit zum Ausdruck: Großvaters Züge ein bisschen runder und weicher, der Blick noch dunkler, verhangener und die Haare schneeweiß, aber genau dieselbe kurze, spitze Nase. Ein drollig-rührender Anblick.

Es blieb eine Zeit lang still. Dann warteten alle neugierig und gespannt darauf, welche Episode aus der bewegten und fesselnden Vergangenheit der Familie im fernen Brasilien Großvater heute erzählen würde, anfangs wahrscheinlich, wie immer, ein wenig stockend, dann zusammenhängender und flüssiger, schließlich mit so leidenschaftlichem Pathos, dass man die durch ihn herbeigezauberte Welt zum Greifen nahe vor sich sah, sie manchmal auch hören, riechen und schmecken zu können glaubte. Nicht nur die Wahl von Großvaters Worten und Bildern, auch der Klang seiner Stimme und seine Aussprache waren dann verändert. Ein weiches, singendes, für das südamerikanische Portugiesisch charakteristisches Timbre brach noch stärker als gewöhnlich in sein holpriges alemannisches Sprachgemisch ein, wenn er in seine Erinnerungen oder in die seines Vaters eintauchte und diese voller Kraft und Farbe aufleben ließ.

Wenn Bernice später ihre brasilianischen Lieblingsautoren las, vor allem Jorge Amado und Gilberto Freire, dann musste sie jedes Mal an Großvaters Weihnachtserzählungen denken: deren epische Breite und Farbigkeit. Mag sein, dass das Kolorit jener Bücher die Fantasie beflügelte, wo die Erinnerung an jene Weihnachtserzählungen versagte. Bernice fühlte dann jedenfalls dasselbe Stück eigene Vergangenheit erwachen wie schon ahnungsweise als Kind. In dem Maße, in dem ihr jedoch bewusst wurde, dass ihr diese Welt gleichzeitig auch fremd blieb, rang sie zugleich um einen vertieften Zugang zu ihr. Vielleicht schwang in ihren Nachempfindungen gelegentlich auch etwas nicht ganz Echtes, etwas Theatralisch-Parodistisches mit. Doch sie kostete das Gefühl ihrer schwankenden, spielerisch wechselhaften Zugehörigkeit aus. Es war ein unsäglicher Reiz, eine Herausforderung, ein lustvoll Schwindel erregender Spitzentanz, der auch sehr ernst und schmerzhaft für sie werden konnte. Sie träumte davon, so zu fühlen, zu sprechen, ja, zu schreiben wie diese Menschen. Wie ihr Geliebter Ignácio Bandeiras. Manchmal schien ihr, als gelänge ihr das. Doch dann wurde ihr wieder klar, wie meilenweit diese Welt in Wirklichkeit von ihr immer noch entfernt war.

Heitor de Melo der Jüngere wuchs, weit abgelegen vom Zivilisationszentrum Brasiliens, im gigantischen Tiefland und Flusslabyrinth des Pantanal im südlichen Mato Grosso auf, nahe an der paraguayischen und bolivianischen Grenze. Es war ein Gebiet, das über Jahrhunderte dünn besiedelt blieb. Sein Schwemmland im Gewirr des Rio Paraguay mit seinen zahllosen Flussquellen vor allem aus den nördlichen Gegenden war ein idealer Weidegrund für Rinderherden, zugleich der Lebensraum für etwa eine Million von Brillenkaimanen, für Jaguare, Ameisenbären, Wild- und Wasserschweine sowie Hyazinthen-Aras und unzählige andere Vögel.

Es muss vor rund zweihundert Jahren gewesen sein, dass die ersten Siedler dorthin gelangten und von den indianischen Ureinwohnern lernten, dem Gebiet angepasste Lebensformen zu entwickeln: Abenteurer, Forscher, Gold- und sonstige Glücksuchende von der brasilianischen Küste und aus Paraguay. Portugiesen, Spanier und Mamelucos drangen in mehreren Expeditionen mit Kompass, Bibel und Kruzifix und unter großen Entbehrungen, Gefahren und Auszehrungen in das Land und nahmen es in Besitz.

Heitors Vorfahren scheinen den frühesten Einwanderergenerationen anzugehören. Sein Vater Heitor de Melo der Ältere betrieb schon während der Regentschaft Kaiser Pedros I. zwischen 1822 und 1830 eine der ältesten Fazendas am Rio Negro, etwa einen Tagesritt westlich des heutigen Campo Grande. Es war ein lang gestreckter, rechtwinklig angelegter und nach einer Seite offener Flachbau mit Bogengängen um einen großen Hof. Weißverputzt in der Sonne glänzend, glich er teils einer Festung, teils einem Kloster oder einer jesuitischen Missionsstation. In seiner Nähe standen Hütten aus lehmverklebtem Flechtwerk und mit Ziegeldach für die *vaqueiros* oder auch *campeiros*, wie man auf dem Lande sagte. Die Sklaven, einige Dutzend, waren noch einfacher untergebracht. Ihre Hütten waren kleiner und mit Stroh oder Palmenblättern bedeckt. Am größten waren die Ställe für die Pferde und die etwa hundert Zeburinder. Dazwischen lagen die Käserei, der Schlachthof, ein Salzhäuschen und eine Ledergerberei. Das geistliche Zentrum bildete die teilweise von einem kleinen Familienfriedhof umgebene Kapelle, deren Glocke alle Geburten, Hochzeiten und Todesfälle im Herrenhaus anzuzeigen pflegte.

Zu diesem Gut gehörte ein riesiges Grundstück. Es war eine Mosaiklandschaft aus umzäunten Weideflächen, Sümpfen und kleinen Urwaldstreifen, windzerzausten Palmen, Buschwerk und meterhohem Eselsschwanzgras, welche nur auf dem Pferderücken durchmessen werden konnte. Das Ganze war durchsetzt von einem Gewirr je nach Jahreszeit an- und abschwellender Gewässer, Flüsse, Seen und Tümpel, aus denen Bäume oder tote Strünke ragten.

Heitor de Melo der Jüngere, 1841 geboren, lebte, soweit seine Erinnerung zurückreichte, in diesem Land. Kaum konnte er laufen, nahm ihn der Vater auf den Sattel seines Arabers und galoppierte, ihn fest vor sich haltend, über die Felder, vorbei an Bäumen, Tieren, Flüssen und Seen, die Heitor alle ganz riesig vorkamen. Seine beiden älteren Schwestern Rosa Flores und Constança nahm der Vater nie mit. Mit ihm hingegen durchmaß er das Land von Sonnenaufgang bis zum Einbruch der Mittagshitze und dann wieder am späten Nachmittag, manchmal bis tief in den Nachtschlaf in des Vaters Armen.

Papa inspizierte das Land und seine Rinderherden und prüfte den Stand der Gewässer und die Höhe des Grases seiner Weideflächen. Er beaufsichtigte die Arbeit seiner *campeiros* auf dem

Feld oder in den Ställen oder beteiligte sich selbst daran. Zum Alltäglichen, für den Kleinen immer wieder atemberaubendem Erlebnis, gehörte das Zusammentreiben der vor Papas Pferd hindonnernden Horden der weißen, muskulösen Rinder mit dem buckelförmigen Fetthöcker über dem Rücken und den großen Hautfalten. Sie mussten durch den Viehpferch oder durch Flüsse hindurch auf angrenzende, unbegraste Weideflächen.

Auch beim Einfangen einzelner Tiere innerhalb der Umzäunung der Fazenda durfte Heitor dabei sein, seitdem er knapp sechs Jahre alt war. Manchmal kamen *campeiros* in Lederkleidung und mit breitkrempigem Hut, Lasso schwingend, herangeritten. Sie rissen von hinten die Rinder mit der Wucht ihrer Seile zu Boden und banden ihnen die Beine zusammen. Dann rannten andere mit Messern und Kübeln herbei und kastrierten die Tiere unter lauten Pfiffen und Schreien.

Wie Heitor später seinem Sohn Pedro José erzählte, konnte er sich an diese blutigen Prozeduren nur langsam gewöhnen. So ähnlich wie an die Schlachtungen und die Kadaverhäutungen zur Gewinnung von Leder. Dies alles verfolgte ihn gelegentlich in seinen nächtlichen Träumen. Ganz anders der Vorgang des Kalbens. Hier kam »aus dem Blut und Schleim immer gottgewolltes Leben ... neuer Sinn heraus«, wie er es bei seinen Erzählungen noch als alter Mann auszudrücken pflegte.

Besonders liebte der kleine Heitor die *campeiros* der Fazenda. Er kannte sie fast alle und schätzte ihre Fröhlichkeit, ihre Kraft, ihr Selbstbewusstsein. Die meisten waren *cabodos*, also Mischlinge, oder alteingesessene Bororo-Indianer, langjährige loyale und treue Mitarbeiter von Papa. Ihre Haut war wie gegerbtes Leder, ihr Blick scharf und weit, und sie bewegten sich auf ihren krummen Beinen mindestens so behände, elastisch und kraftvoll wie die Pferde, die sie ritten. Sie lachten und schwatzten viel. Manchmal sangen sie eindrucksvolle Gesänge, mit rauem, eigenartig gefärbtem Stimmklang, mit schleppendverhaltener und gleichförmig-monotoner Melodieführung und von großer Ausdruckskraft. Viele Tierlautnachahmungen waren dabei, einige Liebeslieder und, ganz selten, in gewissen schweren Abendstimmungen, auch Totengesänge. Doch die Lebensfreude dieser Menschen überwog. Die *campeiros* scherzten und spielten viel mit Heitor und neckten ihn gerne. Und sie führten ihn, wenn es nicht gerade sein Vater tat, in immer wieder neue Geheimnisse der Tier- und Pflanzenwelt der *savana* und des Urwaldes ein. Einer der *campeiros* gab sich besonders viel mit dem Kleinen ab. Er hieß Ubiratan. Ubiratan ritt manchmal allein mit Heitor aus. Er brachte ihm das Schnitzen in Zedernholz bei, hob für ihn die schönsten und größten Papageienfedern von der Erde auf und gab ihm vom Dörrfleisch aus seiner Satteltasche. Manchmal drückte er ihm den Saft der blauen Heilpflanze Erva Santa Lúcia in die Augen, wenn diese vom Staub trocken waren. Vor dem Ausreiten schnitt sich Ubiratan oft einen Zweig von einem Busch ab, schälte ihn, kaute an einigen Blättern und kratzte sich dann mit der Gerte, statt damit, wie die anderen, sein Pferd anzutreiben, den eigenen Rücken. Ubiratan ging überhaupt besonders geschickt und liebevoll mit den Pferden um. Vor allem mit Papas Araber, der jedes Mal laut wieherte, wenn Ubiratan nur in seine Nähe kam. Sein Name Weißer Mond stammte von Ubiratan, und Ubiratan durfte gelegentlich auch auf ihm reiten.

In die Grundlagen des Lesens, Schreibens und Rechnens und in etwas Religionskunde, Geographie und Geschichte seiner brasilianischen Heimat wurde Heitor ab dem Alter von sieben Jahren durch den schwarzen Tibério eingeführt. Der Unterricht langweilte ihn zwar. Doch Tibério selbst fand er eigentlich ganz nett, weil dieser Heitor manchmal mit in seine Hütte nahm und ihm dort von seinem honiggesüßten und mit Ingwer versetzten Maniokkuchen anbot, der ausgezeichnet schmeckte. Dafür fühlte sich Heitor ein wenig abgeschreckt von dem aus allen Winkeln strotzenden Schmutz in Tibérios Unterkunft, die aus kaum mehr bestand als einem rauchgeschwärzten Steinherd mit zerbeulten und eingerissenen Töpfen und Pfannen und, dicht daneben, einem mit Maisblättern bedeckten Holzbrett, das als Sitzgelegenheit und Schlafstätte zugleich diente. Auch Papa zeigte sich von Heitors Besuchen bei Tibério nie sonderlich erbaut. Als Heitor zehn Jahre alt war, erschien eines Tages sein Lehrer nicht mehr. Heitor erfuhr trotz wiederholten Nachfragens nie, warum. Schließlich war Heitor ganz froh, dass der Unterricht beendet war und dass er nur noch das zu lernen brauchte, was ihn wirklich interessierte.

Für Heitor gab es eigentlich nur Papa, Ubiratan und die anderen *campeiros*. Dann die Pferde, vor allem Weißer Mond, und die höckrigen Rinder, die Weiden, Sümpfe und Wälder und die wilden Tiere, und schließlich den blauen oder wolkigen oder sternenbesetzten Himmel. Mama und seine beiden Schwestern sah er, soweit er sich zurückerinnern konnte, kaum. Sie standen, zusammen mit den Haussklaven, meistens am Herd, in der Waschküche oder im Gemüsegarten auf der Rückseite des Herrenhauses, wo Heitor sich möglichst wenig aufzuhalten pflegte.

Der einzige regelmäßige Treffpunkt der Familie war die kleine Kapelle zwischen Herrenhaus und Gerberei. Dort versammelte man sich am Sonntag und manchmal abends: mit Dankgebeten und Fürbitten um Gnade und häuslichen Segen und um die Wahrung leiblicher Gesundheit in diesem Gebiet der Moskitos und des gefährlichen Sumpffiebers im Flussdurcheinander des Mato Grosso do Sul, der Scharen von Jaguaren und Kaimanen, die sich besonders über die von Krankheit und Alter geschwächten Menschen herzumachen pflegten.

Am schönsten blieben die Ausritte allein mit dem Vater. Besonders während der winterlichen Trockenzeit zwischen April und November. Es war jedes Jahr faszinierend zu beobachten, wie sich das Hochwasser in die Flüsse zurückzog und Gras und Buschwerk wieder freigab. Die große zyklische Verschiebung im Leben der Wasser- und Landtiere setzte ein. Je tiefer das Wasser sank, desto beengter wurde es für die Fische und desto lukrativer waren die Jagdgründe vor allem für die scharfäugigen und flinken Vögel. Heitor beobachtete besonders gerne die Fangmethoden der sonst so schwerfälligen weißen Störche mit den schwarzen Köpfen und der roten Halskrause. Gruppenweise flogen sie zum Wasser und trieben dort, mit ihren dünnen schwarzen Stelzenbeinen in einer Reihe watend, ihre Beute in immer seichtere Gewässer, bis sie sie endlich zwischen ihre langen Schnäbel schnappten.

Je trockener es wurde, desto vielfältiger und farbiger gestalteten sich die Ausritte von Vater und Sohn.

Frühmorgens, wenn die Papageien noch in den Bäumen schliefen und nur einige Leguane die Stämme hinauf- und hinabhuschten, verließen die beiden die Umzäunung der Fazenda. Über die auf dicken Pfählen gebaute Holzbrücke mit niedrigem Geländer, auf dem bunt gefiederte Eisvögel saßen, ritten sie ans andere Seeufer. Dort führte sie ein langer, umzäunter Weg auf rotem Sandstein zuerst zu einem etwas mühsam und wegen der Krokodile nicht ganz ungefährlich zu überquerenden Wasserlauf und dann hinaus in die freie Landschaft.

Heitor, der bei diesen Ausritten dicht vor dem Vater saß, blickte, sobald er sich umdrehte, immer in dasselbe, hoch über ihm ragende, vom Wetter kupferfarben gegerbte Gesicht unter einem riesigen Hut aus steifem Leder. Ansonsten trug Papa entweder ein Lederwams oder ein bloßes, bis zu den Ellbogen hochgekrempeltes Hemd, eine Lederüberhose mit einer Messerscheide am Gurt und große, starke Schuhe. Heitor dagegen war mit dünnen, blauen Hosen bekleidet und mit einer offenen Lederjacke mit Riemen statt mit Knöpfen und mit einem Strohhut.

Stundenlang ritten sie über Weideland und durch Sümpfe. Sie durchquerten Flüsse, kleine Seen und verkrautete Tümpel, bahnten sich ihren Weg durch die Urwaldstreifen, durch hohes Gras und über Steine, zwischen wilden Bananenstauden, Palmen und Termitenhügeln. Es war ein einziger Taumel sinnlicher Genüsse. Den lauen Wind im Gesicht zu spüren, das Gras unter den Füßen, sobald man abstieg, die feuchten, scharfen, süßen Gerüche einzuatmen und eingehüllt zu sein von einem Chor vertrauter wie fremdartiger Tierlaute. Es war eine Dichte verschiedenster Sinneseindrücke auf engstem Raum, vervielfältigt in alle Richtungen wie in die Endlosigkeit hinein.

Es gab mehrere hundert Vogelarten in allen Größen und Farben. Elegante, schmucke Reiher, die sich gegenseitig die Beute abjagten, Störche, Ibisse, von Baum zu Baum fliegende Hyazinth-, Grünflügel- und Blaugelbpapageien, Tukane, Bussarde und Falken, darunter bösartige, die, wenn man nicht aufpasste, neugeborenen Kälbchen Augen und Bauchnabel aushackten.

Heitor wurde nicht nur mit der großen Vielfalt der Vogelarten im Pantanal immer besser vertraut, mit ihrem unterschiedlichen Aussehen und ihren besonderen Eigenarten. Auch an der Methode ihres Nestbaus waren sie auseinander zu halten. Überall an den Bäumen hingen große Nester. Zum Beispiel, bienenkorbförmig aus Lehm gebaut, die der Töpfervögel oder die, für Feinde möglichst unzugänglich, an den äußeren Ästen angebrachten, kugelrunden Dornenvögelnester, die Jahr für Jahr aufeinander geschichtet werden, so lange, bis die untersten herunterfallen. Eine von Heitor gern beobachtete Besonderheit waren Nester des Krähenstirnvogels Oropendola. Ihre obere Öffnung bestand aus einer Vorrichtung, die automatisch schloss, sobald sich der Vogel innen auf den Nestboden setzte.

Auch an Bodentieren fehlte es nicht. Am häufigsten trafen sie bei ihren Ausritten den fast mannshohen, dunkelgrauen, im rasenden Stelzschritt über die *savana* fegenden Nandu oder

Pampasstrauß an oder auch die Wasserschweine, die manchmal in eine Herde grasender Rinder rannten oder im Ruhezustand von Singvögeln als Aussichtsturm benutzt wurden. Zu den selteneren, besonders eindrucksvollen Ereignissen gehörte das Auftauchen der tagsüber an sich scheuen Waldtiere: der Waldhunde, der Mähnenwölfe, der goldleuchtenden Ozelote und Pumas, Panzergürteltiere und Tamanduás. Es kam vor, dass die beiden Reiter die Raubtiere beim Reißen ihrer Opfer störten. Mehr als einmal entdeckten sie einen angefressenen Kaiman, von dem, wie Papa wusste, ein Puma fluchtartig abgelassen hatte, als sich die beiden dem Tatort näherten.

An den heißfeuchten Tagen, an denen der Schweiß das Hemd am Körper fest kleben ließ, pflegten sich Vater und Sohn gern etwas länger in einem der Urwaldstreifen aufzuhalten. Sie banden ihr Pferd an einem Baum fest und drangen zu den noch stärker sonnengeschützten Plätzen vor. Unter Lianengeflechten und zwischen Farnen, breitblättrigen Pflanzen und Moospolstern von der zartesten Laubfarbe bis zum tiefsten Smaragdgrün arbeiteten sie sich durchs Dickicht. An mehreren Baumstämmen zogen schmale, dunkelbraune Ameisentunnel hoch, welche die Ameisen aus ihrem eigenen Körpersekret bilden und deren schadhaft gewordene Stellen sie in Sekundenschnelle selbst zukitten.

Irgendwann standen sie wieder unter einem der turmhohen und unendlich weit verzweigten Feigenbäume, dessen Gewirr dicker Äste sich um einen ausgezehrten, nackten Palmenstamm wand.

Papa musste Heitor jedes Mal von neuem die ungewöhnliche Entstehungsgeschichte dieses Baumes erzählen. Deren verhältnismäßig gewöhnlichen Anfang im Verdauungsapparat eines Vogels, wo Feigenfruchtkerne zur Ausscheidung gelangen und einige zwischen die Blattstrünke und den Stamm einer Palme geraten. Dort keimen sie und bilden Luftwurzeln, die in den

Waldboden hinunterwachsen und aus diesem ihre Nahrung beziehen, um dann einen Trieb nach oben streben zu lassen. Dieser rankt sich an der Palme hoch, bildet Blätter und verzweigt sich in immer dickeren und vielfältigeren Verschlingungen um ihren Wirtsstamm, bis der Feigenbaum seine jetzigen Ausmaße erreicht hat. »Und die Palme?«, wollte der kleine Heitor wissen, während er, angespannt zuhörend, aus einem Wasserbeutel trank, den ihm der Vater gereicht hatte. »Diese hier hat sich ja noch einigermaßen gehalten, aber andere ersticken ganz«, antwortete der große Heitor. »Der Stärkere siegt auf Kosten des Schwächeren.« Der kleine Heitor war schockiert von der grausamen Gesetzmäßigkeit des Lebens und doch auch so davon beeindruckt, dass er sich diese Geschichte nochmals und nochmals erzählen ließ. Es waren ja einerseits wirklich unanständige Ausmaße, die der Feigenbaum auf Kosten der armen Palme angenommen hatte. Andererseits bot er ganzen Familien von Brüllaffen oder Nasenbären Nahrung und Wohnung und unermesslichen Bewegungsraum. Heitor sah oft diese Nasenbären mit ihren langen, katzenartig grau gestreiften Schwänzen und manchmal auch, eine Etage höher, die Affen mit ihren Greifarmen auf den Feigenbäumen umherturnen und sich von Ast zu Ast entlanghangeln. Dafür hatte sich die Palme opfern lassen müssen. Fressen oder Gefressenwerden.

Vater und Sohn kamen, wenn sie den schmalen, etwas löchrigen Steg über dem Wasserbett überquerten, fast täglich an den Scharen lauernder oder sich sonnender Brillenkaimane vorbei. Ihr Rachen war weit aufgesperrt, auf den Wasserlauf über ihnen gerichtet, so, als erwarteten sie die herabschwimmenden Fische. Heitor hatte schon früh von Ubiratan die Bedeutung dieses steinalten Reptils bei den indianischen Ureinwohnern des Pantanal erfahren. Der Kaiman war für diese ein göttlicher Bruder, ein großer Häuptling, der sich irgendwann in die *espécie de jacará americano* verwandelt hatte, um die Menschen,

Tiere, Pflanzen und Flüsse des brasilianischen Pantanal zu beschützen.

»Solange der Kaiman schwimmt und sich vermehrt, herrscht in unserer Heimat göttliche Ordnung, wenn der Kaiman das Pantanal verlässt, geht alles zu Ende.«

Jahr für Jahr durchlebten die Menschen im Pantanal den Wechsel von winterlicher Trockenperiode von April bis Oktober und dem Hochwasser während der restlichen Monate. Unter der Anleitung seines Vaters und Ubiratans wuchs Heitor de Melo der Jüngere langsam in seine Aufgaben und übte sich als zukünftiger Fazendeiro. Er entwickelte sich zu einem hoch aufgeschossenen Jungen, der seinen Vater bald an Körpergröße übertraf. Auch die Umgebung, in der er lebte, kam ihm nicht mehr so riesig vor wie früher. Seine Stimme wurde tief, und ein Flaum, schwarz wie sein Kräuselhaar, überzog seine Lippen. Er kleidete sich bald wie sein Vater mit einem Lederwams und Lederüberhosen mit einer Messerscheide am Gurt, und er durfte, worauf er besonders stolz war, schließlich seinen Strohhut gegen einen breitkrempigen aus steifem Leder eintauschen.

Heitor hatte vor allem den angemessenen Umgang mit Pferden zu lernen. Irgendwann nach den vielen gemeinsamen Ausritten mit seinem Vater wurde er stolzer Besitzer eines eigenen Reitpferdes. Es war ein untersetzter, kräftiger Brauner, fassbeinig und mit Rammskopf, dem Heitor den Namen des abgedankten ersten Kaisers Pedro gab. Anfangs vermochte Heitor das Tier nur schwer zu lenken. Er empfand es als nervös, launisch und leicht irritierbar, und es reagierte auf ihn oft mit faulem und störrischem Verhalten. So pflegte Pedro gerade dann, wenn sein Herr es eilig hatte, vor jedem Grasbüschel Halt zu machen und gemütlich zu fressen, und konnte nur mit größter Mühe weitergetrieben werden. Doch Heitor verstand es während der Monate und Jahre immer besser, mit diesen scheinbaren Extravaganzen umzugehen. Er lernte vor allem, das subtile Wechselspiel zwischen dem Willen des Reiters und dem des Tieres zu beherrschen und beides feinfühlig aufeinander abzustimmen.

Heitor übernahm immer verantwortungsvollere und schwierigere Aufgaben. Dazu gehörte zum Beispiel das nächtliche Zusammentreiben derjenigen Rinder, die bei der letzten Verlegung auf eine andere Weide zurückgeblieben waren und sich ins Dickicht verkrochen hatten. Nachts trauten sie sich wieder hervor und grasten im Mondschein auf offenem Feld. Dann musste man sie durch die *corredores* in die letzte Umzäunung der Fazenda treiben, von wo aus sie freiwillig nach Hause trotteten. Die ganze Aktion war vor allem in Anbetracht der vielen, ebenfalls nachts sehr regen wilden Tiere nicht ungefährlich. Deshalb mussten alle *campeiros* und *tropeiros* der Fazenda dafür aufgeboten und von Heitor dem Jüngeren wie eine kleine Armee angeführt werden.

Jahrzehntelang hatte sein Vater Heitor der Ältere sich auf seinem Gut abgerackert. Sein Viehbestand war um einige hundert angewachsen. Er hatte neue Ställe und Wohnschuppen für die wachsende Zahl der *campeiros*, *tropeiros* und *colonos* und für die Sklaven errichten lassen. Sein Reichtum und Erfolg standen im Einklang mit der beginnenden Blüte des Kaiserreichs, besonders nach der Krönung Pedros II. im Jahre 1840. Doch die Zeit hatte Heitor den Älteren aufgerieben. Vor allem litt sein Hüftgelenk durch die andauernde Beanspruchung durch das Reiten unter einem zunehmenden Verschleiß. So eindrucksvoll die kerzengerade Haltung seines Rückens besonders im fortgeschrittenen Alter wirkte, so unangenehm bemerkbar machte sich für ihn selbst, dass sein Bewegungsspielraum unterhalb der Wirbelsäule stark eingeengt war. Sein Gang war inzwischen eckig und steif, und bei bestimmten falschen Schritten zuckte er immer häufiger vor Schmerz zusammen. Am schlimmsten mitanzusehen war sein verbissenes Gesicht und seine verkrampfte Haltung, wenn er zu Pferde saß. Je weiter Heitors Leiden jedoch fortschritt, je gröber die Versteifung und je reißender seine Schmerzen nach einem schleichenden Anfang in immer größeren und häufigeren Schüben wurden, desto erbitterter kämpfte er gegen all dies an und verweigerte strikt die gebotene Ruhe und Rast von seinen vielen, übermäßigen Anstrengungen. Obwohl er sich bald kaum mehr auf seinem Pferd halten konnte, ließ er keinen Ausritt aus. Er besichtigte mit unbeirrter Regelmäßigkeit seine Ländereien und seinen Viehbestand und nahm an allen Inspektionen und Selektionen seiner Rinder teil. Er schien die fast täglichen Beweise seines Sohnes, ihn, den Vater würdig zu vertreten, nicht beachten zu wollen.

Dann kündigte sich eines Tages die einschneidende Katastrophe an.

Es war zu Beginn der Regenzeit im November, als sich die Flüsse und Seen im Wasserlabyrinth des Pantanal wieder füllten und der häufige Wechsel zwischen dem Grau und Blau des Himmels einen faszinierenden Kontrast abgab zum kräftigen Grün der vom Wasser unbedeckt gebliebenen, aber um so frischer und üppiger sprießenden Vegetation.

»Ich habe eine Überraschung für dich«, sagte Heitor der Ältere eines Abends zu seinem Sohn, nachdem er auf der Holzbank in der Stube, ohne ein Wort zu verlieren, sein Abendbrot eingenommen hatte.

Dann eröffnete der Ältere dem Jüngeren, dass jener ihm seinen Liebling Weißer Mond abzutreten gedächte.

»Weißer Mond? Für mich? Ich habe doch Pedro«, sagte Heitor der Jüngere verblüfft, um dann nach einer Weile hinzuzufügen: »Und warum Weißer Mond? Was machst du ohne ihn?«

Der Vater verfiel in sein übliches Schweigen.

Heitor der Jüngere begriff rasch, und ihm fiel ein Stein vom Herzen. Der Vater hatte anscheinend Vernunft angenommen.

Offenbar gedachte er sich doch in sein Schicksal zu fügen und seine Zügel ein wenig zu lockern.

Sehr bald allerdings stellte sich der wahre Grund für Heitors überraschendes Angebot heraus. Der pater familias hatte heimlich, auch ohne Wissen seiner Frau Carlota Julia, von seinem Vetter in der Nähe des heutigen Corumbá einen jungen Fuchs gekauft, den er persönlich zuzureiten gedachte. Carlota Julia hatte dies vor zwei Tagen zufällig vom *tropeiro* João erfahren, der Heitor einen entsprechenden Kaufvertrag zur Unterschrift vorzulegen hatte, und daraufhin beschlossen abzuwarten.

Am Mittag des folgenden Tages wurde das Tier gebracht. Es war ein besonders ungebärdiger Vollblüter, der tänzelnd seinen kleinen, fein geformten Kopf über dem schlanken Hals in die Höhe warf und heftig an den Zügeln zerrte, sobald man ihn zu führen versuchte. Ein fremder *vaqueiro* brachte das Pferd unter großen Anstrengungen in die Umzäunung des Herrenhauses. Heitor der Ältere lief den beiden hinkend entgegen. Er entließ den *vaqueiro* mit einem offenbar sehr hohen Trinkgeld und zog mit triumphierender Miene und erstaunlichem Geschick das widerspenstige Tier in den Stall.

Heitor der Jüngere hatte zusammen mit seiner Mutter und seinen beiden Schwestern von der Küche aus das Schauspiel verfolgt. Carlota Julia, Rosa Flores und Constança schauten einander entgeistert an.

»Das gibt ein Unglück«, jammerten die drei Frauen abwechselnd, als Heitor der Ältere wenig später mit glücklich gerötetem Gesicht die Küche betrat. Heitor der Jüngere sagte nichts.

»Wieso ein Unglück?«, fragte Heitor der Ältere.

»Papa, du kannst das nicht mehr. Du bist zu ... zu krank. Das Tier wird dich umbringen«, riefen die Schwestern wie im Chor.

Innerhalb von Sekunden wich der selige Ausdruck von Heitors Gesicht.

»Was sagt ihr da? Unverschämtheit«, brüllte er mit einer ungewohnten Kraft und zitterte am ganzen Leib. »Ich werde es euch beweisen, so wie ich euch immer alles bewiesen habe! Glaubt ja nicht, dass euer Alter schlappmacht. Ihr werdet euch noch wundern!«

Grotesk hinkend und mit wut- und schmerzverzerrtem Gesicht verließ er den Raum.

Während der folgenden Tage war Heitor der Ältere offenbar von früh bis spät mit seinem neuen Vierbeiner beschäftigt. Morgens holte er ihn aus dem Stall und führte das widerspenstige Tier unter den ängstlichen Blicken der Seinen und mit noch viel größerem Kraftaufwand als der *vaqueiro*, der es gebracht hatte, aus der Umzäunung. Solange er sich noch in Sichtweite befand, bestieg er sein Pferd nicht.

»Er will nicht, dass wir ihn beobachten«, sagte Heitor der Jüngere kopfschüttelnd.

Carlota Julia hielt nur stumm die Hand vor den Mund gepresst, und Heitors Schwestern starrten fassungslos durch das Fenster.

Abends kehrte Heitor der Ältere, hinkend und sich am Zügel des widerspenstigen Pferdes fest klammernd, zurück. Er wirkte jedes Mal erschöpfter, und der Ausdruck auf seinem Gesicht wurde von Tag zu Tag verbissener. Bis zum Ende des Tages redete er mit niemandem ein Wort und zog sich in den hintersten Winkel des Hauses zurück.

In der Nacht zum vierten Tag setzte der große Regen ein. Heitor der Jüngere erwachte sehr früh unter den prasselnden Schlägen auf das Dach. Als es dämmerte, hörte er plötzlich einen wilden Lärm im anliegenden Stall. Lautes Geschimpfe und Pferdewiehern. Allmählich verlagerten sich die Geräusche nach draußen. Heitor sprang aus dem Bett und blickte aus dem Fenster, sah jedoch nichts, außer den strömenden Regen.

Er kleidete sich in Windeseile an und rannte in den Stall. Dort sattelte er Pedro, führte ihn an den Zügeln hinaus und bestieg ihn, um sich auf die Suche nach seinem Vater zu begeben.

Er ritt schnurstracks zu dem kurzen, schmalen Steg über dem Wasserlauf mit den lauernden Kaimanen. Heute waren viel weniger da. Ihre Ausbeute war durch den vergrößerten Bewegungsspielraum der Fische in den anwachsenden Wasserfluten erheblich kleiner geworden.

Plötzlich entdeckte Heitor auf der anderen Seite des Stegs seinen Vater auf dem jungen Pferd. Es war ein beängstigendes und jammervolles Schauspiel, das dieser dort bot. Mit der einen Faust hielt er die Zügel des Pferdes umklammert, mit der anderen drosch er gnadenlos mit einer Peitsche auf das Tier ein. Tier wie Mensch gaben hässliche Laute von sich. Heitor hatte in seinem Leben noch nie ein Pferd so bocken sehen. Dessen Stöße von unten wurden, trotz des vor Nässe schlüpfrigen Grases, immer gewaltiger. Das Pferd hatte Schaum vor dem Maul. Sein Reiter schien mit dem widerspenstigen Krampf seines Tieres immer schrecklicher zu verschmelzen. Heitor der Jüngere verweilte fassungslos in einiger Entfernung. »Mach, dass du wegkommst«, röchelte der Alte zwischen zwei Abwurfversuchen seines Tieres mit einem blinden Blick nach oben. Dazu schwang er die Peitsche einige Male in die Richtung seines Sohnes.

Heitor der Jüngere, vor Schreck betäubt, lenkte daraufhin Pedro auf den zum Herrenhaus führenden, umzäunten Weg zurück. Kurz vor seinem Ziel beschloss er, Halt zu machen und noch einmal ein bisschen abzuwarten.

Heitor saß im strömenden Regen auf seinem Pferd. Der tropisch warme Schauer nach den Monaten der Trockenheit fühlte sich zwar angenehm an, doch das sinnlose Warten und die Ungewissheit wuchsen für Heitor zu einer immer größeren Anspannung. Außer dem Rauschen des Regens blieb es totenstill. Kein Vater, kein Schnauben, kein Wiehern, nichts. Nachdem Heitor eine Weile angestrengt in die Weite gestarrt hatte, drehte er kurzerhand um und galoppierte durch die immer weiter anschwellenden Pfützen und Tümpel zurück zum Steg. Doch keine Seele war da.

Jetzt geriet Heitor in Panik. Ohne sich umzudrehen, galoppierte er geradeaus weiter durch die triefende Dämmerung. Was vor kurzer Zeit noch Nass- oder Sumpfland gewesen war, hatte sich in der Zwischenzeit in eine ungeheuere Wasserfläche verwandelt, deren Zwischenräume während des bloßen Hinsehens zu schrumpfen schienen. Teiche waren zu Seen geworden, Bäche zu reißenden Flüssen. Überall nur Wasser und nichts als Wasser.

Heitor hielt einen Augenblick inne. Er meinte, plötzlich verdächtige Laute durch das Prasseln und Rauschen zu hören. Er lauschte angestrengt. Wieder meldeten sich die neuen Geräusche: ein Plantschen, dazu unverkennbare Keuchlaute, ein Schnauben. Auf einmal war Heitor sicher, einen kurzen menschlichen Schrei vernommen zu haben, dann ein Gurgeln, dann wieder einen Schrei, nur leiser und dumpfer.

Heitor versuchte, fast wahnsinnig, diesen Lauten nachzureiten. Zuerst vorwärts, dann nach rechts, dann wieder nach links, doch ohne Ergebnis. Dazu kam, dass für ihn die Fortbewegung durch das Wasser immer beschwerlicher wurde. Bald sah er sich inmitten eines reißenden Flusses. Dann bemerkte er voller Schrecken, wie Pedro mit ihm in den Fluten zu versinken begann. Treibsand, Treibsand, schrie es nur noch in ihm und: Vater, Vater.

An dieser Stelle riss der Faden seiner Erinnerung. Er wusste später nicht mehr, ob er rechtzeitig von Pedro abgesprungen war und damit beide in Sicherheit gebracht hatte oder ob sich Pedro zusammen mit ihm im letzten Augenblick den Fluten hatte entziehen können.

Wie sich tags darauf herausstellte, war es seinem Vater im Treibsand wahrscheinlich desselben Flusses anders ergangen.

Morgens früh schwärmten, kaum hatte der Regen ein wenig nachgelassen, alle *campeiros* und *colonos* der Fazenda, allen voran Ubiratan, mit langen Stöcken und Eisenstangen in das umliegende überschwemmte Gelände aus. Stundenlang stocherten sie in den Gewässern und Sümpfen. Gegen Abend endlich zogen sie, nicht sehr weit entfernt vom Herrenhaus, die Leiche ihres *patrão* und die seines Pferdes aus dem Wasser.

Heitor der Ältere war vom Kadaver seines Pferdes bedeckt gewesen. Er hatte seine beiden Fäuste in dessen Zügel verkrallt. Reiter und Pferd waren gleichermaßen über und über mit Sand und Schlamm bedeckt.

Erst nach und nach trat Heitor de Melo der Tod seines Vaters voll ins Bewusstsein. So sehr er zuletzt unter ihm gelitten hatte, so begann ihm sein Vater zunehmend zu fehlen, und er erkannte wieder die Bedeutung, die jener zeitlebens für ihn gehabt hatte. Je länger desto mehr spürte er, dass er den Verlust nicht verkraftete. Das Leben auf dem Landgut erschien ihm immer sinnloser.

Heitor erledigte mit schwindender innerer Teilnahme seine ihm zugefallenen Pflichten. Noch weitere zwei Jahre lösten einander dieselben Jahreszeiten und dieselben Tätigkeiten ab: Regenzeit, Trockenzeit und wieder Regenzeit. Viehtreiben, Viehverwertung, Viehzucht und wieder Viehtreiben. Dazu kam, dass sich der inzwischen knapp Sechzehnjährige in seiner Rolle als *patrão* fast überflüssig vorkam. Denn die *campeiros* und *colonos* der Fazenda waren alle so glänzend eingearbeitet, dass sie seiner Anwesenheit kaum bedurften. Je deutlicher sie allerdings Heitors Zweifel spürten, desto mehr schienen sie sich zu bemühen, ihrem jungen Herrn dessen Unersetzlichkeit vor Augen zu führen. Denn sie betrachteten ihn als Nachfolger des einst hochverehrten Patriarchen und respektierten und schätzten ihn außerordentlich. Um Heitors Mutter Carlota Julia und seine beiden Schwestern Rosa Flores und Constança kümmerte sich jedoch weder Heitor noch sonst jemand, obwohl sie gerade jetzt dringend einen starken Arm gebraucht hätten. Sie mischten sich auch ihrerseits nie in Heitors Geschäfte ein, ließen ihn schalten und walten, wie sie schon Heitor de Melo den Älteren immer hatten schalten und walten lassen.

Zu Beginn der übernächsten Regenperiode war es dann soweit.

Heitor teilte niemandem seine Entscheidung mit, kannte auch selbst den Zeitpunkt nicht genau. Eines Abends jedoch beschloss er, am kommenden Morgen aufzubrechen.

Der Regen hatte noch nicht richtig eingesetzt. Die letzten Tage war es sogar fast trocken gewesen. Kurz nach Anbruch der Helligkeit brach die Sonne durch die Wolkendecke. Heitor bestieg, nachdem er wie fast jeden Morgen allein und hastig gefrühstückt hatte, Pedro. Nur dass er diesmal heimlich seine zusammengerollte Hängematte mit sich führte, in die er, kurz nach dem Aufstehen, die wichtigsten, am Vorabend gesammelten Habseligkeiten eingewickelt hatte: Kleider, einen Lederbeutel mit zusammengespartem Geld, darunter eine kleine Goldmünze im Wert von viertausend *réis*, die er von seinem Vater zur Firmung bekommen hatte, und Trockenfleisch und Früchte für einige Tage.

Er verließ das Herrenhaus und ritt ostwärts in der Annahme, irgendwann eine Stadt zu erreichen. Von einer Stadt hatte Heitor überhaupt nur vage Vorstellungen, hatte nie im Leben eine gesehen und darüber nur aus Erzählungen von Ubiratan gehört. Auch sein geographisches Wissen war praktisch gleich null. Aus der Zeit seines Hausunterrichts durch den schwarzen Tibério war nur ein Schatten geblieben. Doch Heitor fühlte sich von starker Neugierde getrieben, baute fest auf sein Glück und war von unbändigem Tatendrang erfüllt.

Mit nur wenigen Unterbrechungen ritt Heitor am ersten Tag

bis tief in die Dunkelheit hinein. Erschöpft legte er sich ins Gras und schlief sofort ein. Nachdem er vor Morgengrauen unsanft von einem Regenguss geweckt wurde, setzte er seine Reise fort, entschieden gedämpfter und missmutiger als am Vortag. Immer häufiger legte er kurze Pausen ein, kaute ein bisschen Trockenfleisch, labte sich aus seinem Wasserbeutel und befasste sich mit seinen immer zahlreicher werdenden, widerlich juckenden Moskitostichen. Auch Pedro gewährte er, großzügiger als zuvor, kurze Pausen im dichten, fetten Gras oder eine Tränke an einem Teich oder Tümpel. Wenn der Regen allzu heftig wurde, flüchteten sie sich unter die Bäume der Urwaldstreifen.

Allmählich bemerkte Heitor gewisse Veränderungen in der Landschaft. Der Boden saugte mehr Regen in sich auf, und auch die Seen und Flüsse wurden seltener. Das Land schien weiter und offener. Die an immer mehr Stellen unbewachsene rote Erde kontrastierte kräftiger zum saftigen Grün der Vegetation. Irgendwann erhoben sich am Horizont größere Hügel, fast Berge, und über diesen, als das Wetter besser wurde, scharfgeformte Wolken, die wie Schneefelder oder erstarrte Gischt aussahen. Heitor befand sich, wie er es später nachvollziehen konnte, am Übergang vom eigentlichen Pantanal zum östlich angrenzenden, trockeneren Hochland der Serra das Araras.

Als gegen Ende des dritten Tages seine Vorräte fast erschöpft waren, begann ihn der Mut zu verlassen. Sein Magen knurrte, er litt unter Durst und sehnte sich nach der Sicherheit seines weit zurückgelassenen Herrensitzes. Voller Angst bemerkte er, dass auch Pedros Gang immer langsamer wurde. Zum ersten Mal zweifelte er an seiner Entscheidung. Ihm kam es vor, als würde der Boden unter seinen Füßen schwinden.

Auf einmal tauchten in der Dämmerung die Silhouetten von Häusern auf, zuerst zwei, dann drei. Sie standen dicht nebeneinander und sahen im Vergleich zu den früheren Gehöften so gut erhalten aus, dass sie bewohnt zu sein schienen. Daneben war bald eine grasende Zeburinderherde zu erkennen, dann, auf der anderen Seite der Häuser, ein großes Gemüsefeld.

Gespannt und hoffnungsvoll näherte Heitor sich dem Gehöft. Bald entdeckte er eine Umzäunung mit einem blauangestrichenen Holzgatter. Darin grasten ebenfalls Rinder, dazwischen tummelten sich Strauße. Das Ganze entpuppte sich bald als eine Siedlung mit mehreren niedrig gebauten Häusern. Davor standen Pferdefuhrwerke und Maultierwagen auf einer gepflegten Straße und einem Platz mit einer Öllaterne, einigen Sitzbänken und umzäunten Bäumen.

Heitor hätte vor Müdigkeit umfallen mögen. Dazu fühlte er sich innerlich ausgebrannt und leer. Mit letzten Kräften stieg er von Pedro ab und schleppte sich, das Tier am Halfter führend, vor die Türe des nächsten großen Hauses, das nach einem Wirtshaus oder einer Schenke aussah. Dort band er Pedro an einem Baum in der Nähe fest.

Er spürte, wie durch seine innere Leere langsam der Wust der während der letzten Monate unterdrückten Gefühle einbrach: seine Einsamkeit und Traurigkeit über den Verlust des Vaters und zum ersten Mal auch ein schlechtes Gewissen seiner Mutter und seinen beiden Schwestern gegenüber. Er stand eine Weile etwas verloren und unschlüssig da. Dann drängte ihn der knurrende Magen ins Haus.

Er betrat einen dunklen, von Tabakrauch verqualmten Raum, in dem viele Menschen an großen, ungedeckten Tischen saßen und schwatzten oder tranken oder etwas aßen. Er verdrückte sich auf eine freie Holzbank in der Nähe der Türe und streckte alle viere von sich.

Plötzlich sah er einen kleinen, gedrungenen Mann auf sich zutreten, der einen feinen, dunklen Anzug und glänzende Schuhe trug. Das schnurrbärtige Gesicht des Mannes hatte etwas Schiefes und Verwegenes an sich, doch der gleich bleibend freundliche Blick flößte Heitor Vertrauen ein.

»Aus was für einer Höhle kommst du denn, mein Freund?«, fragte der Mann mit einer rauen, warm klingenden Stimme. »Du bist ja sogar zum Essen zu müde. Komm her.«

Er deutete auf einen Platz in der Nähe, offenbar den seinen, vor dem ein großer Tonkrug mit einem Becher stand.

Heitor blickte den Mann etwas erschrocken an, obwohl er froh war, dass sich jemand um ihn kümmerte. Er erhob sich fast willenlos und setzte sich auf die Bank neben den Mann.

»Hast du was ausgefressen?«, fragte der andere. »Ich glaub, du brauchst erst mal 'nen ordentlichen Happen.«

Heitor entdeckte erst jetzt, dass das linke Auge des Mannes etwas geschwollen und kleiner als das andere war. Die Schiefe des Gesichtes rührte jedoch wohl auch von einer gewissen Unebenheit des Mundes her.

Heitor zeigte mit ausgestrecktem Arm zur Türe.

»Pedro ... mein Pferd ...«, stieß er verlegen hervor.

Der Mann nickte, erhob sich und stob durch die Rauchschwaden zur Theke am hinteren Ende des Raumes.

»Ich heiße übrigens Delmiro«, sagte er, nachdem er wenige Minuten später zurückgekehrt war.

Er schien nicht unbedingt zu erwarten, dass sich Heitor gleichfalls vorstellte.

»Bist du von zu Hause ausgerissen?«, wollte er jetzt wissen.

Heitor nickte und blickte dem anderen zum ersten Mal offen ins Gesicht. Delmiro schien dies mit Genugtuung, ja Erleichterung zu bemerken.

Jetzt machte sich auch Heitor bekannt und berichtete kurz, woher und unter welchen Umständen er hierher gekommen war.

Delmiro zeigte sich beeindruckt von Heitors weitem und beschwerlichem Weg. Gleichzeitig glaubte Heitor in Delmiros Blicken auch etwas Missbilligendes zu lesen. Als sei jedes Verlassen eines angestammten Platzes verurteilenswert, weil die

Menschen an ihren Ort gehören und an keinen anderen und in der Fremde unglücklich werden und schuldig. Delmiro stellte immer mehr Fragen, die darauf hindeuteten, dass er sich Gedanken um Heitors Zukunft machte. Wobei sich Heitor ahnungsweise zu fragen begann, wie viel Eigennutz möglicherweise in diesem Interesse steckte.

Inzwischen wurde Heitors bestelltes Essen gebracht. Der Junge stürzte sich mit Heißhunger auf seinen großen Teller *feijoada* und trank in einem Zug die Karaffe Wasser leer.

Einigermaßen satt und wieder klaren Sinnes, erfuhr Heitor, dass Delmiro Ferrez eine Reederei mit drei Flussdampfern auf dem Rio São Francisco betrieb und gleichzeitig an einem Projekt der Schiffbarmachung des Tietê-Flusses irgendwo in der Provinz São Paulo arbeitete. In der Siedlung Bom Futuro in der Serra das Araras, unweit von hier, habe er gerade wegen des Kaufs einiger Lastensklaven für seine beiden Unternehmen verhandelt. Jetzt befinde er sich wieder auf dem Rückweg zur Reederei.

»Ich suche auch bezahlte Kräfte ... Lohnarbeiter ...«, sagte er, mit einem väterlichen Blick zu Heitor. »Für verantwortungsvollere Aufgaben.«

»Verantwortungsvollere Aufgaben?«

»Ja. Auf einem meiner Schiffe, der Vila Rica. Dort habe ich zur Zeit niemanden, der das Beladen und Entladen der Waren beaufsichtigt. Das muss absolut korrekt vonstatten gehen. Über Listenkontrollen, Stichprobenkontrollen der Ladung ... Hätttest du Lust?«

Delmiro erklärte Heitor die genaue Lage und den Verlauf des Rio São Francisco bis zu dessen Mündung an der Nordostküste zwischen Salvador und Recife. Dann gab er noch einige Erläuterungen zu den Städten ab, die er kannte. Besonders angetan zu sein schien er von Salvador, der früheren Hauptstadt Brasiliens an der Allerheiligenbucht, über die er interessante Einzelheiten berichtete.

»O ja. Da möchte ich hin«, rief Heitor aufgeregt. Doch dann wurde er plötzlich nachdenklich. »Und Pedro? Was mache ich so lange mit Pedro?«

»Deinem Pferd?«

Delmiro schlug vor, Pedro auf dem Gut seines Bruders etwas weiter östlich in der Nähe des Paranaiba-Flusses unterzubringen.

Heitor überlegte ziemlich lange und sagte schließlich zu.

Sie gingen hinaus. Pedro war in der Zwischenzeit mit Zuckersirup und großen Mengen Wasser versorgt worden. Heitor führte ihn rasch in den nahe gelegenen Stall und warf sich neben ihn ins Stroh, während sich Delmiro in das Wirtshaus zurückzog.

Früh am folgenden Morgen brachen sie auf. Delmiro in seinem schwarzen Zweispanner auf hohen, schmalen Speichenrädern und Heitor neben ihm auf Pedros Rücken.

Heitor war sich bis zuletzt nicht sicher gewesen, ob er Delmiros Angebot annehmen sollte. Doch er brauchte Geld und Beschäftigung. Mit der Goldmünze seines Vaters, die eher ein Andenken und Talisman als ein Zahlungsmittel war, wäre er nicht weit gekommen. Der Stundenlohn, den Delmiro nannte, klang anständig. Die Brücke zurück zu seinem elterlichen Gehöft war, wie Heitor sich jetzt eingestand, ohnehin abgebrochen. Also ritt er mit.

Als die beiden nach einer mehrtägigen Reise am Flussanlegeplatz anlangten und Heitor den zweistöckigen, ziemlich angerußten Heckraddampfer mit flachem Holzdach und der aufgemalten kaiserlich-brasilianischen Flagge erblickte, überkam ihn eine erwartungsvolle Freude. Die Vila Rica war in der Hauptsache ein Passagierdampfer. Manchmal beförderte sie jedoch gleichzeitig mit den Personen auch größere Warenladungen im hinteren Schiffsbauch.

Delmiro erledigte die Aufgaben im Wesentlichen selbst und wies seinen neuen Angestellten nur kurz ein. Am Ankunftsort, irgendwo an einer der nördlicher gelegenen *serras*, sollte Heitor die Löschung der Fracht beaufsichtigen, diesmal noch mit Hilfe eines Maschinenmaats. Nach der Rückkehr in die Reederei sollte Heitor entlohnt werden und, falls Delmiro mit ihm zufrieden war, einen neuen, selbstständigen Auftrag erhalten.

Heitors Fahrten auf der Vila Rica wurden von Mal zu Mal interessanter und abwechslungsreicher. Es begann immer mit demselben jahrmarktähnlichen Rummel der Warenanlieferung durch Sklaven. Von den *feitores* schreiend und mit Rasseln schwingend angetrieben, schleppten sie ihre bis zu hundertundzwanzig Pfund schweren Lasten über einen schmalen Holzsteg in Hecknähe auf das Schiff: Kisten und Säcke mit Kaffee und Kakao, Tabak, Baumwolle und Zucker und mit *cachaça* gefüllte Fässer. Währenddessen bestiegen die Reisenden unter Sonnenschirmen – spitzenbekleidete und fächerwedelnde Damen, Herren mit grauen oder schwarzen Zylindern – über die Landungsbrücke die Decks. Heitor fühlte sich von einem Wirbel neuer Eindrücke und Empfindungen getragen: Er genoss das Hochgefühl beim Herumdirigieren der Träger, ohne dieses in den bösartigen Machtrausch ausarten zu lassen, den er manchmal bei anderen beobachtete und vor dem sich die ängstlich und demütig aufblickenden Sklaven zu fürchten schienen. Mit Lust atmete er das aufregende Gemisch der Düfte der Waren ein, vor allem, wenn er einzelne Säcke oder Kisten öffnen ließ, um deren Inhalt mit den aufgeklebten Etiketten zu vergleichen. Auch schwelgte er häufig in seinen Fantasien, all diese Kostbarkeiten selbst zu besitzen und sie persönlich Königen ferner Länder zu überbringen und dafür eine von deren märchenhaft schönen Töchtern zu freien. Und wenn die Vila Rica dann endlich unter dem Stampfen der Heckräder losfuhr und Heitor die Registraturunterlagen in der Schublade des Bordtischchens im Laderaum verstaut hatte, durfte er sich entspannen und frei alles genießen, was ihm auf der Fahrt begegnete: die vorbeiziehende, hügelige und dichtbewachsene Landschaft, die sich stündlich veränderte wie die Falten eines schlichten, bunten Kleides, das lehmige, mit Schilfgras oder Büschen und Bäumen bedeckte Ufer, die vom Flussbett aufsteigenden Nebel, den Wechsel zwischen kalten und heißen Winden, zwischen Regen und sengender Sonne und natürlich auch die regelmäßigen, meist aus Maisgrütze, Trockenfleisch und Bohnen bestehenden Mahlzeiten, die er seit seinem Fortgang von zu Hause so sehr vermisst hatte, und schließlich den Schlaf in seiner eigenen Hängematte, die er hier endlich in seiner kleinen Koje hatte aufspannen können.

Bald jedoch kam es, dass sich Heitor die dunklen Seiten der Vila Rica auftaten, auch wenn er anfangs noch bemüht war, darüber hinwegzusehen. Immer häufiger konnte er beim Öffnen der hinteren Türe des Laderaums Einblicke in den angrenzenden Holzfeuerraum tun. Eine höllische Glut schlug ihm ins Gesicht, und er erblickte die halb nackten, schweißglänzenden Körper der Sklaven, die ausgemergelt waren von Hunger, Strapazen und Krankheiten sowie von den ihnen zwangsweise gegen Parasiten verabreichten Abführmitteln. Eisenreifen umschlossen ihre Hälse, und sie waren alle mit Ketten miteinander verbunden, die bei jeder Bewegung klirrten. Gehetzt und unter größten Anstrengungen schleppten sie Holzscheite heran und warfen sie in das offene Feuer. Mit langen Haken stocherten sie darin herum und schaufelten unter dem Rost die Asche heraus, die sie in Kübel füllten. Im roten Schein des Feuers wirkten ihre verrußten, hohläugigen Gesichter doppelt gequält und gespenstisch aufgerissen, so als kämen sie aus einer noch schlechteren Welt als die, die ihnen dieses Elend hier bescherte.

Es war während einer der späteren Fahrten, dass einmal die Tür zum Heizraum etwas länger offen blieb. Heitor entdeckte etwas weiter weg in einer Ecke gegenüber dem brüllenden Feuer einen Sklaven, der sich in vornübergebeugter Sitzhaltung in einem Holzstock hin und her wand. Er kannte diese grausamen Instrumente von zu Hause, die so genannten *troncos* mit Löchern für Arme und Beine, die als Pranger für bestrafte Sklaven und als Abschreckung für die anderen dienten. Doch er hatte darin noch nie einen lebendigen Menschen gesehen! Das vom langen gekrümmten Aufrechtsitzen erschöpfte Opfer versuchte verzweifelt, sich in eine seitliche Liegehaltung zu drehen, was jedoch, beabsichtigterweise, jedes Mal zu denselben qualvollen Verrenkungen und Verspannungen der Glieder führte.

Heitor der Jüngere wurde von Wut und Entsetzen gepackt. Sein Vater war immer für eine humane Behandlung der Sklaven eingestanden und hatte dies auch auf seinem eigenen Gut konsequent verfolgt, und er erinnerte sich, dass viele der Sklaven dies seinem Vater dankten, ihm oft die Hand küssten und sich vor ihm bekreuzigten. Heitor der Jüngere wusste wohl, dass eine menschliche Behandlung der Sklaven nicht jedermanns Sache war. Davon hatte er sich bei den Sklavenmärkten in der Nähe der bolivianischen Grenze überzeugen können, wohin ihn sein Vater gelegentlich mitgenommen hatte. Was er jetzt jedoch in diesem Schiffsheizraum mit eigenen Augen sah, erfüllte ihn mit Abscheu. Stunden, ja Tage verfolgte ihn der Anblick dieses geschundenen Menschen. Er empfand Scham und Wut, vor allem gegen Delmiro, fühlte sich enttäuscht von ihm. Heitor konnte sich nicht mehr freuen, dass sich Delmiro in letzter Zeit besonders zufrieden über ihn geäußert und ihm bald einen gehobeneren Posten versprochen hatte. Sein Stolz über seinen Erfolg schmolz zusehends dahin. Und er nahm sich vor, seinen *patrão* nach der nächsten Rückkehr in die Reederei wegen der skandalösen Missstände zur Rede zu stellen.

Heitor fand keine Ruhe mehr. Sein Misstrauen gegen Delmiro wuchs stündlich. Er verspürte einen unwiderstehlichen

Drang, noch mehr verborgene und verbotene Winkel der Vila Rica aufzuspüren. Besonders ein mit einer Eisentür verschlossener Raum kurz vor der Treppe zum Zwischendeck hatte schon länger seine Neugierde erregt. Die Vorstellung, was wohl hinter dieser Türe versteckt lag, ließ ihn nicht mehr los. Er schielte immer häufiger zum Schlüsselschränkchen an der Wand des Laderaums, in dem er den Schlüssel zu jener Tür vermutete.

Eines Nachts stand er auf und begab sich mit seiner Öllampe zum Schränkchen. Mit zittrigen Händen entnahm er diesem einen Schlüssel nach dem anderen und probierte sie an jener Eisentüre aus. Schließlich passte einer. Heitor öffnete und betrat einen kleinen Raum. Vor den Luken hingen dicke dunkle Vorhänge, die offenbar tagsüber jeden Einblick von außen verwehren sollten. Der Raum war mit denselben Kisten und Säcken vollgestellt wie der Laderaum. Doch es standen noch andere Gegenstände da, die Heitor im flackernden Schein der Öllampe nicht recht erkennen konnte. Beim näheren Hintreten erblickte er zusammengerollte wertvolle Teppiche, Mahagonimöbel mit blinkenden Metallbeschlägen, Vitrinen voller Manufakturporzellan, lebensgroße vergoldete Statuen und Büsten. Die Säcke, die zwischen diesen Kostbarkeiten standen, waren aus demselben Hanf wie die im Laderaum. Heitor öffnete einen von ihnen und traute seinen Augen nicht. Lauter Gold- und Silbermünzen blinkten ihm entgegen. Auch der zweite Sack war voll davon. Der dritte war oben mit Papierschnipseln gepolstert, darunter kamen Edelsteine zum Vorschein. Sie waren sehr groß und glitzerten und reichten bestimmt bis an den Boden des Hanfsackes.

So viele Reichtümer hatte Heitor noch nie auf einmal gesehen. Er glaubte, verrückt zu werden. Was sollte er jetzt tun? Alles wieder zuschließen und gehen? Vorher vielleicht ein oder zwei dieser Schätze in die Tasche stecken und dann das Schiff schnell verlassen? Woher bloß das Zeug stammte? Schmuggelware? Diebesgut? Der Ertrag aus heimlichen, schmutzigen Geschäften? So heimlich konnte alles jedoch nicht sein, da der Schlüssel zu diesem Raum leicht zugänglich gewesen war. Oder war es ein Versehen gewesen, eine Unachtsamkeit, dass der Schlüssel dort im Schränkchen gehangen hatte?

Plötzlich entdeckte Heitor hinten in der Ecke Waffen. Es war ein schwer entwirrbares Durcheinander von Musketen, Pistolen, Stachelstöcken, rasiermesserscharfen dreieckigen Bajonetten und Macheten auf einem Haufen.

Jetzt bekam es Heitor mit der Angst zu tun. Er schnürte in Windeseile die Säcke zu. Dann rannte er so schnell und mit so heftigen Bewegungen seiner Arme, dass ihm die Öllampe ausging, aus dem Raum und schloss die Türe ab. In der Dunkelheit überall mit dem Kopf anstoßend, tappte er durch den Gang zurück in den Laderaum zum Schlüsselschränkchen.

An weiteren Schlaf war bis zum folgenden Morgen nicht zu denken. Heitor fühlte sich die restliche Nacht in einem quälenden Zwiespalt zwischen ohnmächtiger Reue, je von zu Hause weggegangen zu sein, und dem Drang, so rasch wie möglich einen neuen, rettenden Sprung nach vorn zu tun.

Gleich nachdem der Flussdampfer in Delmiros Reederei eingelaufen war, ließ sich Heitor von seinem Herrn ausbezahlen und ging, ohne ihm dies zu verraten, endgültig an Land. Das erste Stück des Weges den Rio São Francisco abwärts bewältigte er zu Fuß und auf einem Ochsenkarren, um dann den Rest bis zur Mündung in den Atlantik auf einem Schlepperkahn zurückzulegen, auf den der Kapitän ihn gegen geringe Bezahlung aus seinem bei Delmiro zusammenverdienten Geld mitnahm. Immer fester hatte sich in Heitors Kopf die Absicht festgesetzt, seine Reise fortzusetzen bis nach Salvador, der geheimnisvollen Stadt an der Allerheiligenbucht, über die ihm Delmiro so viel erzählt hatte. Und Heitor wollte ans Meer. Je stärker sich ihm dieses auf seinem Schlepperkahn durch die zunehmende Breite des Stromes, durch bemerkenswerte Veränderungen in der Landschaft, im Licht und in der Luft ankündigte, desto mehr steigerte sich seine Neugierde und desto mehr wurde dieses Meer für ihn zu einem Zauberwort, einem Symbol für Weite, Unendlichkeit und Freiheit. Er fühlte sich von dieser Vorstellung so berauscht, dass er alles hinter ihm Liegende zu vergessen schien. Alles schien weit weggerückt. Auch das Gefühl der Schuld. Das Gegenwärtige und das bevorstehende Neue waren zu ungeheuer.

An der Flussmündung angelangt, schiffte sich Heitor mit seinem letzten Geld auf einem Küstensegler ein, der ihn südwärts nach Bahia brachte. Er konnte sich am glitzernden Blau des Ozeans gar nicht satt sehen, und sein Blick schweifte immer wieder in die Unendlichkeit, in der Himmel und Wasser aneinander stießen, und an die vorbeiziehende Küste auf der anderen Seite, und er genoss die salzige und frische Brise und das hellere Licht in diesen nördlichen Breiten.

Der erste Anblick von Salvador übertraf alle Erwartungen. Als das Schiff endlich in die Bucht einfuhr, glaubte Heitor fast zwei Städten zu begegnen. Oben ragte eine von Mauern umgebene Festung hoch über dem Felsen, und unten am Wasser breitete sich eine Art Hafenstadt aus. Im Rücken lag das dunkelblaue Wasser, während vorn die Häusermassen am Steilhang, die imposanten Paläste, Kathedralen und Kirchen in der Sonne flimmerten. Die zahllosen, sich fast bis in den Horizont verlierenden Schiffe auf dem Wasser schienen Meer und Stadt miteinander zu verbinden. Vom Ankerplatz zog eine lange gepflasterte Straße mit mehrstöckigen Lagerhäusern den Hafen entlang. Von ihr führten steile Wege und Treppen zur Oberstadt hinauf. Am Hang angebrachte kurbelartige Vorrichtungen dienten dem Transport von Waren von unten nach oben.

Vorbei am riesigen Markt auf dem Platz hinter der Hafenstraße, voll von Obst und Gemüse, Mais- und Maniokkuchen, geflochtenen Broten, Fleisch- und Zuckerwaren, Fischen in allen Größen und Formen, Töpfereien, Strohtaschen, Schmuck, Lederwaren, Tüchern, Kämmen, etwas schäbig aussehender Kleidung, Geschirr, Besen und allerlei Werkzeug, bestieg Heitor über eine der Treppen die Oberstadt. Auf dem Gang zum eigentlichen Stadtzentrum bemerkte er, dass es eine arme Stadt war. Auf dem Pelourinho genannten Sklavenpranger waren die Farben der meisten Häuser verschossen und deren Fassaden vor Feuchtigkeit gescheckt, auf den Straßen und großen Plätzen lagen Schmutzhaufen.

Am meisten fiel Heitor das außerordentlich rege Leben auf. So viele Menschen auf so engem Raum hatte er noch nie gesehen. Sie fuhren in Kutschen oder auf Maultierwagen oder liefen zu Fuß. Er sah, wie einige Frauen auf den Umzäunungen ihres Hauses Wäsche zum Trocknen ausbreiteten. An vielen Straßenecken saßen, wie auch schon in der Unterstadt, dicke weiß gekleidete Frauen mit verknotetem Kopftuch vor Tischen, auf denen Speisen in riesigen Töpfen vor sich hinköchelten und an Ort und Stelle feilgeboten wurden.

Die Menschen hier kamen Heitor ziemlich anders vor. Im Vergleich zur Gemütlichkeit und Gelassenheit seiner *campeiros* wirkten sie angespannt und angestrengt. Es waren fast alles nur Schwarze oder Mulatten. Heitor kam sich als einer der wenigen Weißen etwas seltsam vor. Andererseits war die Minderheit der Reichen, die man auf der Straße sah, fast nur weiß, das Elend hingegen schien durchweg schwarz zu sein. Senhores ließen sich von Negern auf Sesseln die Straßen hinauf- und hinuntertragen, die weniger Vornehmen hingegen wurden in Hängematten an einer durch deren Enden gezogenen langen Bambusstange befördert. Jungen hielten einen Sonnenschirm über ihren Herrn und verscheuchten die Moskitos. Verkäufer boten Waren feil. Kinder führten mit den Früchtekörben oder anderen Lasten auf ihrem Kopf gewagte akrobatische Kunststücke auf, andere tollten sich mit kleinen Hunden auf der Straße. Auch sah man häufig Bettler in Lumpen, einige von ihnen verkrüppelt, um Almosen flehen.

Aus einem etwas abseits stehenden Flachbau mit geschlossenen Fensterläden erschallten heftige Trommelrhythmen und Gesänge. Durch den Spalt der angelehnten Eingangstüre sah Heitor in einem spärlich beleuchteten Raum mehrere ekstatisch tanzende Schwarze, die von prasselnden Schlägen auf unterschiedlich großen Trommeln begleitet wurden. Wieder andere, ebenfalls Afrikaner, saßen an den Wänden auf Bänken oder Schemeln und klatschten mit den Händen und sangen. Die wichtigste Person schien eine dicke Frau zu sein, die in der Mitte des Raumes in mehreren übereinandergezogenen, goldgelben Gewändern und mit langen Ketten um den Hals tanzte. In der einen Hand hielt sie, knapp erkennbar, einen gelben Rosenstrauß und in der anderen einen Spiegel in der Form eines Fisches. Um sie herum tanzten weiß gekleidete Leute, teils mit Schärpen um den Leib, die vorn verknotet waren. Unter dem Höllenlärm der Trommeln bewegten sie sich mit einer Besessenheit und mit einem Zittern, Beben und Schütteln ihrer Körper, während alle im Wechsel kämpferische Lieder sangen oder murmelten.

Heitor bekam es zunehmend mit der Angst zu tun. Ihm war, als müsste er sich vor bedrohlichen fremden Kräften schützen, mit denen sich diese Menschen hier vereinigen zu wollen schienen. Nach einer Weile riss er sich von diesem unheimlichen Ort los und zog weiter.

Da Heitor auf seiner Schiffsreise praktisch den letzten *vintém* ausgegeben hatte, wollte er so rasch wie möglich eine Arbeit aufnehmen. Er hatte sich von einem Matrosen auf dem Schiff sagen lassen, dass es im hügeligen Hinterland der Halbinsel von

Bahia viele Baumwoll- und Tabakfazendas und über fünfzig Zuckerfazendas gebe. Wegen der allgemein abnehmenden Zahl an Sklaven waren billige Arbeitskräfte stets gesucht.

Über eine mit Bananen, Bambus und Mangroven dicht bewachsene Anhöhe gelangte er zu einem großen Betrieb mit frisch vermörtelten und gekalkten Mauern und einem bunten Schild über dem Eingang zum Haupthaus. Er fragte kurzerhand nach, ob man ihn gebrauchen könne. Der Aufseher, ein großer Mann mit Falten im Gesicht und grauen Locken, schlug nur die Augen nieder und sagte mit einer Handbewegung: »Senhor gehen am besten zum Oberaufseher, da drüben auf dem Hof.«

Der Besagte dort war noch wortkarger.

»Ja«, sagte er nur und führte den jungen Anwärter direkt zum *patrão* nach Hause, unweit vom Komplex der Betriebe, Hallen und Baracken.

Sie gelangten an eine sehr vornehm aussehende zweistöckige Villa mit einer breiten Eingangstreppe und mehreren, von blauen Kacheln eingefassten, erhöhten Balkonen. Ein besonders feingekleideter Schwarzer, wohl eher ein Diener als ein Sklave, geleitete sie ins Haus. Heitor hatte allein in einem großen Wohnzimmer nahe beim Eingang zu warten, bis der Oberaufseher wieder zurückkam.

In dem Raum standen viele Möbel. Vor allem die Stühle und Tische, aber auch eine Kopflehne über einer roten Chaiselongue bestanden aus unglaublich dicken, zusammengeflochtenen Bambusstöcken. Sogar die Bilderrahmen an der Wand waren aus Bambus. Überall dieselben langen oder kurzen, dicken oder dünnen Stöcke, glatt, hart und leicht und mit Knoten und Rillen in regelmäßigen Abständen. Heitor, für den Möbel bisher aus Holz gewesen waren, bestaunte diese. Plötzlich entdeckte er in einer Ecke, neben einer Standvase mit Palmenzweigen, einen Käfig mit einem Papagei auf einem Holzgestell. Das

Tier wirkte arg zerrupft und krank und schlief anscheinend. Heitor versetzte es einen Stich. Bilder und Szenen von zu Hause drängten sich ihm nach langer Zeit zum ersten Mal wieder auf. Von Baum zu Baum fliegende *araras*, riesige Palmen, die Weiden und Seen und die Urwaldstreifen, der Feigenbaum und die Ausritte mit seinem Vater. Er verspürte große Sehnsucht, Traurigkeit und ein schlechtes Gewissen wie seit seinem Auszug von zu Hause noch nie. Dieses Papageienwrack und die ausgerissenen Zweige waren ein schreiender Gegensatz zu dem Paradies, welches er freiwillig verlassen hatte.

Im selben Augenblick vernahm er Schritte auf dem Flur. Es war jedoch nicht der Oberaufseher, sondern eine bildschöne Frau, schätzungsweise dreißig, in goldbestickter Seide und mit Juwelen behangen. Sie trug eine komplizierte, üppige Haartracht, deren Aufbau sicher Stunden in Anspruch nahm. Ihrer Trägheit und ihrem bleichen Gesicht nach führte sie das Dasein einer eingesperrten Prinzessin. Sie warf einen flüchtigen, erstaunten Blick ins Wohnzimmer. Dann ging sie unter dem Rascheln ihrer Kleider gemächlich weiter.

Endlich kam der Oberaufseher zurück, ohne *patrão*. Er brachte die freudige Nachricht mit, dass Heitor Arbeit habe. Er solle, wie ihm beschieden wurde, zuerst überall ein wenig eingesetzt werden, dann, je nach Eignung, gezielter. Es seien alles Tätigkeiten im Hause, bei der Zuckerverarbeitung und keine Arbeiten auf dem Feld. Die Bezahlung war schlechter als bei Delmiro. Untergebracht wurde Heitor in einer der Lehmhütten für die entlohnten Angestellten, unweit der noch kleineren und schäbigeren Sklavenunterkünfte.

Zunächst wurde er an der Zuckerpresse beschäftigt. Die Hauptarbeit verrichteten vier stämmige Sklaven im Lendenschurz. Zwei betätigten die Dreheinrichtung: einen langen, waagrechten Balken, der über ein Zahnradgetriebe in der Mitte drei eisenbeschlagene Walzen in Bewegung setzte, welche die

Zuckerrohre zerquetschten und auspressten. Die beiden anderen Arbeiter schoben auf je einer Seite der Presse die zugeschnittenen Rohrstängel zwischen die Walzen, beaufsichtigten das Abfließen des Saftes in einen Bottich am Boden und kratzten die Rückstände aus dem Getriebe. Heitor hatte lediglich die frischen Stängel aus einem Korb zu holen und die Abfälle auf den Haufen vor dem Haus zu befördern, den so genannten *bagaço*, der überaus scharf roch und auf dem die Sklavenkinder gern herumzutollen pflegten.

Nach wenigen Wochen musste Heitor dem Zuckermeister bei der Herstellung von Roh- und Kristallzucker helfen. Der Saft musste zwei Mal sorgfältig gekocht und dann mit Kalk behandelt werden, der einen feinen Schaum an der Oberfläche erzeugte. Dieser wurde abgeschöpft und der gereinigte Saft ein drittesmal gekocht und dann stundenlang zu einem dicken Sirup verrührt. Das langwierige und anstrengende Schöpfen und Rühren der zähflüssigen Masse in den Siedekesseln mit der schweren Holzkelle bewältigte Heitor kräftemäßig ohne Schwierigkeiten. Doch war er in Anbetracht der glühenden Hitze und der widerlichen süßen Dämpfe froh, nach zwei weiteren Wochen erneut zu wechseln. Jetzt wirkte er mit bei der Filterung des Sirups in Tontöpfen, wobei die hochwertigen weißen Kristalle in Form von Hüten, Platten oder Würfeln entstanden, dann beim Zuschneiden der Blöcke zu feinen Tafeln und zuletzt bei der Verpackung der versandfertigen Produkte.

»Morgen kommst du in die Buchhaltung«, kündigte ihm eines Tages der Oberaufseher an. »Entscheidung des *patrão*. Er ist morgen dort und will dich kennen lernen.«

Am folgenden Tag begab sich Heitor mit klopfendem Herzen in die kleine Baracke neben der Lagerhalle, wo die Buchhaltung lag. Dort wurde er zu einem zierlich aussehenden Mann mit rosafarbener Haut und blonden Locken und Koteletten geführt: dem *patrão*. Heitor staunte. Er war auf jemanden wie Delmiro gefasst gewesen, stämmig, mit entschlossenem Auftreten und in feinem, dunklem Anzug. Dieses Männlein trug jedoch weiße Hosen, Stiefelchen mit langer Spitze und einen scharlachroten Rock mit geblümter Halsbinde. Heitor musste unweigerlich an den Jäger mit Vorderlader und erlegtem Fasan denken, der auf einem Wandgemälde in Papas Arbeitszimmer abgebildet gewesen war. Wie ein *patrão* wirkte der hier jedenfalls nicht.

Der *patrão* hatte es sichtlich eilig. Er reagierte fast ärgerlich auf jegliche Ansprache oder Anfrage an ihn. Als Heitor ihm vorgestellt wurde, blickte er diesen nur kurz mit seinen kleinen und wässerigen blauen Augen an und lächelte kühl. Heitor hörte gerade noch, dass er Pit oder Piet hieß. Es war ein eingewanderter Holländer, der erst vor zwei Jahren die Zuckerfirma übernommen und ein wenig ausgebaut hatte, weswegen sie wohl auch neuer aussah, als sie in Wirklichkeit war. Die ganze Begegnung dauerte weniger als eine Minute, und schon wandte sich der andere wieder ab und huschte über den Flur in den gegenüberliegenden Raum.

Heitor wurde in der Kontenführung eingesetzt. Er hatte komplizierte Gewinn- und Verlustrechnungen aus kaum leserlichen Entwürfen auf losen Zetteln in Schönschrift in ein speckiges und unangenehm riechendes Buch zu übertragen. Das Schwierigste war, dass sich Heitor dabei auf keinen Fall verschreiben durfte. Er stöhnte und schimpfte und sehnte sich zurück nach dem glühenden und süßlich dampfenden Zuckerkessel in der Fabrikhalle. Schreiben war nie seine Stärke gewesen. Irgendwie brachte er es jedoch fertig, die Arbeiten wie verlangt auszuführen, und verschrieb sich kein einziges Mal. Er war froh und stolz, und jetzt ahnte er, dass er nicht wegen körperlicher Untüchtigkeit versetzt worden war, sondern weil er zu Besserem ausersehen war. Denn Heitor war aufgefallen, dass der *patrão* in letzter Zeit immer häufiger in der Buchhaltung auftauchte. Dort pflegte er meistens mit dem Stubenvorsteher ein paar Worte zu wechseln. Dabei kam es Heitor so vor, als blicke der *patrão* auffällig oft zu ihm hinüber. Dann verschwand er wieder.

Eines Tages, als der *patrão* wieder anwesend war, kam der Stubenvorsteher plötzlich zu Heitor und fasste ihn an die Schulter. »Senhor Piet lässt fragen, ob du ihn bei einer Geschäftsreise zu einem wichtigen Abschluss begleiten möchtest.«

Er hob den Kopf hoch und sah in das ihm erstmals freundlich zulächelnde, schmächtige Antlitz des *patrão*.

Schon am folgenden Morgen fuhr Heitor mit dem *patrão* weg. Ein offener, eleganter Zweispanner brachte sie in eine etwas abgelegenere Region an der Nordküste und dann ein Stück ins Hinterland, in Richtung Alagoinhas. Die Fahrt hin dauerte etwa drei Stunden. Am selben Tag kehrten sie wieder zurück.

Es blieb nicht die einzige Exkursion. Heitor durfte seinen *patrão* in unregelmäßigen Abständen begleiten. Die Geschäftsbesprechungen, zu denen Heitor mitgenommen wurde, fanden meist im Kontor des jeweiligen Vertragsunternehmens statt, einer großen Exportfirma für Zucker, Baumwolle und Tabak oder eines Großhändlers. Auf der Rückfahrt pflegte Piet die einzelnen Gesichtspunkte der abgeschlossenen Verträge ausführlich darzulegen und darüber hinaus Heitor in die Grundprinzipien des Warenvertriebes einzuweihen.

Eines Tages, kurz bevor sie wieder zu Hause eintrafen, änderte der *patrão* überraschend seinen bisher eher sachlich gebliebenen Tonfall, und auch seine kleinen, kühlblauen Augen nahmen einen teilnehmenderen Ausdruck an.

»Wo sind deine Eltern?«, fragte er fast zärtlich.

Heitor schossen die Tränen in die Augen. Erschrocken und wütend über seine Regung, wischte er sich mit dem Handrücken energisch über das Gesicht.

»Du musst einmal zu uns zum Essen kommen. Zu meiner Frau Constança und mir«, redete ihm der *patrão* mit sanfter Stimme zu.

Constança? Sie hieß wie Heitors jüngere Schwester.

Es war zur Zeit der Sonnwendfeierlichkeiten im Namen von Santo Antônio, São João und São Pedro im Juni, einem festreichen Monat. Die große Fronleichnamsprozession hatte kürzlich stattgefunden, und auch die afrobrasilianische Gottheit der Jagd, Oxosse, war in den Häusern des *Candomblé* geehrt worden. Die Sonnenfeuer brannten, und Feuerwerke und Heißluftballons schmückten den Himmel. Überall herrschte freudiger Tumult. Umzüge und Prozessionen buntgekleideter Menschen mit Fahnen und Trommeln bewegten sich durch die Straßen. Die Sklaven auf Piets Zuckerplantagen und in der Fabrik hatten frei und genossen zu Hause ihre Extrarationen an Fleisch und Schnaps, die sie sich tags zuvor hatten abholen dürfen.

Während dieser Feierlichkeiten wurde Heitor von Piet zu einem Festessen zu sich nach Hause gebeten. Er zog seine beste Kleidung an. Bald nachdem er sich dort eingefunden hatte, merkte er, dass er der einzige Gast war, was ihn mit Stolz, aber auch ein wenig mit Angst erfüllte. Er wurde in den großen, getäfelten Speiseraum mit einem langen, feingedeckten Tisch und Polsterstühlen geführt. Für Heitor war an der Längsseite des Tischs gedeckt worden, während die beiden Gastgeber, weit auseinander, an den Enden saßen. Dona Constança war ähnlich gekleidet und mit Schmuck behangen wie bei der ersten geheimnisvollen Begegnung und prangte mit demselben pompösen Haargespinst. Piet trug heute einen geblümten seidenen Hausanzug und türkische Mokassins.

Kaum hatten die Diener die Speisen aufgetragen, stürzte sich der Hausherr auf den Fisch und das Hühnchen mit einer Gier und einer Grobschlächtigkeit, die wenig zu seiner zarten Erscheinung passte. Dona Constança hingegen hielt sich lustlos über ihren Teller gebeugt. Zwei Diener standen wartend im Hintergrund mit verschränkten Armen, während eine weiß gekleidete Mulattin mit einem Fliegenwedel, einem Bambusstock mit langen und schmalen Papier- und Stoffstreifen daran, geräuschvoll über der Senhora fächelte.

Es wurde fast nichts geredet bei Tisch. Auch an Heitor richtete man zuerst kaum ein Wort. Bald verstand dieser gar nicht mehr, warum man ihn eingeladen hatte. In seiner Unsicherheit wagte er kaum, etwas von den prunkvoll und vielfältig aufgetragenen Speisen anzurühren, obwohl er in letzter Zeit mit delikater Kost nicht gerade gesegnet gewesen war. Stattdessen starrte er verlegen aus dem Fenster zu den im Wind schaukelnden und in der Sonne glitzernden mannshohen Bananenblättern.

Irgendwann lenkte Constança das mühsam voranplätschernde Gespräch auf Heitor.

»Woher kommt er, hast du gesagt?«, fragte sie müde ihren Mann.

Piet vollführte mit dem Kopf eine kurze, wegwerfende Bewegung zu Heitor, als wolle er sagen, dass Heitor die Frage selbst beantworten solle, und kaute ohne Unterbrechung weiter.

Heitor wiederholte das, was er kürzlich schon einmal Piet erzählt hatte, und Constança hörte mit leuchtenden Augen zu.

»Reiten? Oh ... Das muss herrlich sein«, sagte sie und vollführte mit ihrer beringten Hand hopsartige Bewegungen.

Obwohl sich Heitor von Constanças Entzücken immer mehr befangen fühlte, störte ihn weiterhin Piets abstoßende Art zu essen. Er war sich immer sicherer, dass Piets Gefräßigkeit nicht Ausdruck einer vitalen Lebensfreude, sondern eher einer Verzweiflung war. Heitor empfand die Situation als beklemmend und bedrückend. Dona Constanças Blicke hingen immer fester an Heitors Mund. Sie schien immer noch nicht daran zu denken, mit dem Essen anzufangen, als Piet bereits dabei war, seinen dritten Teller leer zu fegen.

Obwohl Heitor beim Weitererzählen immer wieder zur Seite oder an die Decke starrte, begann Dona Constança jetzt zu lächeln, ohne den Blick von Heitor auch nur eine Sekunde abzuwenden. Er wunderte sich, dass Piet gar nicht aufschaute, nichts bemerkte, sich vielleicht nicht einmal dafür interessierte. Für einen Moment argwöhnte Heitor, dass sie sich vielleicht über ihn lustig mache oder seine jugendliche Unbeholfenheit belächle. Doch mit der Zeit entpuppte sich das Spiel eindeutig als etwas anderes, das Heitor zunehmend reizte und kitzelte. So peinlich ihm dies in Piets Gegenwart war, beschloss er dennoch, nicht mehr zur Seite zu sehen, sondern, im Bewusstsein seiner ihm zunehmend deutlich werdenden Macht über diese Frau, seine Augen geradeaus und fest auf Dona Constança zu richten, um sie dann im rechten Moment wieder abzuwenden. Auf diese Weise entspann sich zwischen den beiden rasch ein delikates Augenspiel.

Allmählich wuchs sich dieses für Heitor zu einem wahren Vergnügen aus. Eine Frau aus so hohen Gesellschaftskreisen, dazu viel älter und reifer als er, verzehrte ihn mit ihren Blicken und weidete sich an den seinen. Solches war ihm bisher noch nie widerfahren. Allenfalls hatte ihm die eine oder andere Arbeiterin in Piets Betrieb nachgeschaut oder eine einfache Krämersfrau beim Einkaufen, eine blässliche junge Portugiesin, eine der bronzefarbenen Kreolinnen auf der Straße oder, seit er in Bahia war, eine der vielen bildschönen Mulattinnen. Manchmal hatten ihm auf der Vila Rica höhere Töchter von Reisenden herausfordernde Blicke zugeworfen. Doch eine so vornehme Dame, das war eine aufregende Neuheit.

Plötzlich blickte Piet so abrupt von seinem Teller hoch, dass Heitor dessen Blick sogar von der Seite bemerkte. Heitor erschrak und sah Piet gerade in die Augen. Doch der schaute nur müde und sagte mit kehliger Stimme: »Wir müssen bald schließen.«

»Schließen?« Heitor verstand zuerst nicht. Er bezog diese Äußerung auf sich, als strafende Aufforderung, unverzüglich das Haus zu verlassen, oder wenigstens als Ankündigung, die Tafel aufzuheben. Dann schwante ihm jedoch, was sein *patrão* wirklich meinte.

Erst gestern war ihm bei seinen Abschreibearbeiten aufgegangen, dass sich die seit Monaten abzeichnende Talfahrt der Firma jetzt zu einem wahren Absturz entwickelte. Die Abrechnungen waren so katastrophal ausgefallen wie nie zuvor. Es war trotz ständiger Preissenkungen nie so wenig Zucker und *cachaça* verkauft worden wie in diesem Jahr. Die Kisten und Fässer stapelten sich in der Lagerhalle. Gleichzeitig zeigten die Produktionsgeräte, an denen Heitor selbst anfangs gearbeitet hatte, alarmierende Verschleißerscheinungen.

Nach dem verhängnisvollen Satz, den Piet eben ausgesprochen hatte, wurde Heitor die Lage schlagartig klar. Das Feuer zwischen ihm und Constança schien, wenigstens vorläufig, gelöscht.

Heitor ließ sich gleich nach dem Essen im Laufe eines bis zum Abend dauernden Gesprächs von Piet erklären, dass dieser mit seinem Einstieg in die Zuckerbranche offenbar aufs falsche Pferd gesetzt habe. Die große Zeit der Zuckerproduktion in Nordbrasilien war schon lange vorbei. Auf dem Weltmarkt verfielen die Preise. Dazu hatte sich der Anbau zunehmend in die Karibik verlagert. Es gab zwar immer wieder günstige regionale Schwankungen, und Bahia hatte sich, als Piet seine Firma gekauft hatte, gerade in einer Aufwärtsbewegung befunden. Nur hatte diese entschieden kürzer angehalten als erhofft. Mindestens zehn andere Firmen in der Umgebung hatten in den letzten zwei Jahren Konkurs angemeldet. Piet hatte sich vor allem mit Billiglöhnen so lange über Wasser zu halten verstanden.

Bereits im folgenden Monat konnte Piet Heitor nicht einmal mehr voll ausbezahlen. Dafür bot er ihm freie Kost bei sich zu Hause an. Dona Constança bereitete, wann sie nur konnte, Heitors Lieblingspeisen zu: Fisch in heißer Kokosmilch und das Hühnchengericht *xinxim de galinha* in *dendê*-Öl mit Zwiebeln, Knoblauch und gemahlenen Mandeln oder auch das aus Bohnen, Bananen und Maniok zubereitete und mit Palmöl gefettete *bobó*. Es waren dieselben Gerichte wie beim ersten Mal, die er damals in seiner Verwirrung jedoch kaum wahrgenommen hatte.

Als kleine Extra-Aufmerksamkeit stellte ihm Dona Constança gerne mit Kakao oder Eiern versetzte süße *cocadas* oder Sagokuchen oder die besonders leckeren kleinen *beijos* aus Tapiokamehl auf den Tisch. Doch auch damit hatte es bald ein Ende.

Nachdem Heitor am späten Nachmittag vor dem Morgen seiner Abreise in Piets Haus die letzten Sachen in seine Hängematte eingewickelt hatte, darunter ein paar geschenkte Silbersachen, Kleidungsstücke, Seife und Zuckerwaren, setzte er sich ins Wohnzimmer, in dem er vor mehr als einem Jahr auf den Bescheid des Oberaufsehers gewartet hatte. Dona Constança, die heute ein ausnehmend dünnes, fast durchsichtiges Kleid über ihren runden Formen trug und zudem betörend duftete, schlug Heitor vor, sich auf der mit den dicken Bambusstöcken verzierten Chaiselongue ein wenig auszustrecken und sich die obersten Hemdknöpfe zu öffnen. Er folgte dem Vorschlag, weil er sich gern von Dona Constança überzeugen ließ, müde zu sein. Zudem war es drückend heiß.

Als Heitor schon lag, brachte Dona Constança einen großen Krug mit gekühltem Fruchtsaft. Sie setzte sich ganz in seine Nähe und ergötzte sich daran, mit welcher Hingabe der Junge sich becherweise an dem köstlichen Trunk labte, der, wie Heitor zu spät bemerkte, mit einem bedenklich großen Anteil Zuckerschnaps versetzt war.

Je heftiger sich alles im Raum vor seinen Augen drehte, desto heißer und bedrängender spürte er Dona Constanças Körper an dem seinen. Sie war unmerklich immer näher an Heitor herangerückt und hatte begonnen, sich in seiner offenen, behaarten Brust zu vergraben und deren Duft einzusaugen, während die beringten Finger ihrer beiden Hände flink und geübt abwechselnd seinen und ihren eigenen Körper entblößten.

»Oh, meu bambu, meu bambu«, sang Constança vor Glückseligkeit, während Heitor die Rillen und Knoten der dicken und glatten Bambusstöcke über der Chaiselongue hautnah zu spüren glaubte.

»Meu bambu, meu bambu«, gurrte sie immer irrer vor Begierde, während er sie immer auffordernder gewähren ließ.

Je schutzloser er in seiner Lähmung zwischen Angst und Glückseligkeit zu erstarren drohte, desto heftiger drängte es ihn zur Entladung des überlaufenden Fasses, das Constança eben geöffnet hatte. Irgendwann ging er zum Angriff über, in blinder und tauber Gelehrigkeit das vollziehend, was die Natur ihm vorschrieb.

Bald drehten sich nicht mehr die Dinge um ihn herum, sondern er war es, der sich um sich selbst drehte, um seinen eigenen zerfließenden, glühenden und zuckenden Körper und zugleich um den Frauenkörper, mit dem er dabei war zu verschmelzen. Je tiefer Heitor in diese bisher nur fantasierte Welt vordrang, desto überraschter war er. Ihr reifegeweiteter Schoß erwies sich als so gähnend abgründig, dass er sich wie von einer Spinne Stück für Stück aufgesogen und wie aufgelöst zwischen ihren Fängen fühlte. Doch noch ehe dies ganz geschah, wendete sich das Blatt abermals, und er, Heitor, verkörperte jetzt das goldene Kalb, um das sich ihre Fülle lautstark tanzend bis zum Zerfließen wand. Wer auch gerade um wen sich drehte und wer gerade wessen Drehpunkt war, das Ganze war wie ein lebendiges Wechselspiel zwischen Geben und Nehmen, Besitzergreifen und zärtlicher Hingabe. Und er, Heitor, war stolz und überrascht von seinen neu entdeckten schöpferischen Kräften.

Dass es mehr gewesen war als nur ein Spiel zwischen den Geschlechtern, merkte Heitor erst am folgenden Tag, nachdem er das Haus seines ehemaligen *patrão* verlassen hatte. Benommen und erschöpft von dem gestrigen Abenteuer zog er seines Wegs. Er fühlte sich hin- und hergerissen zwischen Schmerz, Leidenschaft und Sehnsucht nach Constança. Alles war so stark, dass er fast wieder umgekehrt wäre. Und er empfand tiefste Dankbarkeit für die Frau, die ihn zum Mann gemacht hatte, auch wenn sie nie zu ihm gehören konnte und er sie deshalb loslassen und seinen Weg allein fortsetzen musste. Dies und sein schlechtes Gewissen gegenüber dem *patrão* machte ihm seine Entscheidung leichter.

Wie es im selben Augenblick um Constança stand, was sie an diesem Morgen dachte, fühlte und litt, erfuhr wahrscheinlich nie jemand außer ihr selbst.

Heitor beendete seine Reise erst, als er, den ganzen Rio São Francisco zurück und dann über Minas Gerais, bis zur Atlantikküste südlich von Rio de Janeiro vorgedrungen war, in die Gegend von São Sebastião. Hier wollte er bleiben und eine Zuckerplantage gründen, was sich im Vergleich zu dem, was er bald wirklich schaffen sollte, als außerordentlich bescheiden erwies.

Am Anfang eines Sommers Mitte der siebziger Jahre war ihr der Prinz erschienen. Bernice hatte dessen Buchvorstellung im Dritte-Welt-Forum im Gemeindehaus Zürich-Oerlikon mehr aus exotischer Neugierde als aus politischem Interesse aufgesucht. Angekündigt worden war ein junger Brasilianer mit der englischsprachigen Vorstellung seines Buches »Z«, worunter sich Bernice zuerst nichts hatte vorstellen können. Erst auf einem kleinen, gelben Plakat am Eingang des Gemeindehauses war zu lesen, dass »Z« »Zensur« bedeutete. Gemeint war die Pressezensur während des Höhepunkts von Unterdrückung und Terror der brasilianischen Militärregierung besonders unter den Generälen Costa e Silva und Emilio Garrastezu Medici zwischen 1968 und 1974. Der Verfasser des Buches, Ignácio Bandeiras, hatte in seinem Werk die Gesetzeserlasse zur Aufhebung der Pressefreiheit und zur angeblichen Wahrung der nationalen Sicherheit angeprangert und dann die brutalen Attacken beschrieben, die von Militär und Polizei auf oppositionelle Journalisten und Redakteure verübt worden waren und sich auf das berüchtigte Ausnahmegesetz Ato Institucional Nr. 5 stützten. Das Buch hatte Bandeiras gleich nach seinem Erscheinen in einem Untergrundverlag in São Paulo eine Gefängnishaft mit horrenden Übergriffen eingebracht, und auch sein Verleger war eingesperrt worden. Nur dank der Intervention des für seine Befreiungsaktionen berühmten Kardinals Paulo Evaristo Arns beim obersten General konnte er vor dem sicheren Tod bewahrt werden.

Von Ignácio Bandeiras war Bernice von der ersten Sekunde an so gebannt gewesen, dass sie während jener Zürcher Abendveranstaltung nur Augen für ihn hatte. Das Einzige, was sie inhaltlich andeutungsweise mitbekommen oder auch mitgefühlt hatte, war die Geschichte seiner Gefängnishaft, die sie ihm, wie sie im Nachhinein sagte, von Anfang an anzusehen oder anzuhören geglaubt hatte.

Zur ersten persönlichen Begegnung mit Ignácio kam es beim abschließenden Zusammensitzen in einer nahe gelegenen Weinstube. Bernice hatte sich nach dem Betreten des Lokals sofort einen günstigen Platz an dem großen runden Tisch gesichert. Bald wurden zwischen den beiden die ersten Blicke getauscht, dann verbindlichere Worte auf Englisch, schließlich Namen, Anschriften und Telefonnummern.

Ignácio wohnte bis zu seiner Rückkehr im Oktober nach Rio bei einem vor der Militärregierung in die Schweiz geflüchteten Exilbrasilianer. Ignácio und Bernice trafen sich bald wieder, dann, in kurzen Abständen, immer häufiger und ausführlicher, bis es, in Bernices engem Studentenappartement in Zürich-Wollishofen zur ersten gemeinsamen Übernachtung kam.

Ausschlag gebend dafür, dass Bernice bei Ignácio so rasch Feuer gefangen hatte, war nicht so sehr der Reiz des Exotisch-Südländischen gewesen. Für Bernice waren die männlichen Südamerikaner zwar der Inbegriff dunkelhäutiger Schönheit und vollblütiger Kraft, wobei die Erzählungen ihres Großvaters oder ihres Onkels Gilberto bis zu einem gewissen Grad den Hintergrund für dieses Klischee abgegeben haben mochten. Doch Ignácio war weder hoch gewachsen noch ein Muskelprotz, eher das Gegenteil. Durch die schwarzen Wuschelhaare und den Vollbart wirkte sein Gesicht eher spitz und eingefallen. Es war vielmehr der dunkle, mehr ins Blaue denn ins Braune gehende Glanz seiner märchenhaften Augen gewesen, die Bernice auf Anhieb verzaubert hatten, die ihr wie ein unausschöpflicher Gebirgssee vorkamen und in denen sich wie in einem offenen Buch lesen ließ.

Von Bernices brasilianischer Abstammung erfuhr Ignácio ziemlich bald.

Seitdem nannte er sie nur noch Berenice.

»Magst du das nicht?«, fragte er sie, nachdem er ihr Widerstreben bemerkte.

»Ach, das ist eine komplizierte Geschichte«, seufzte sie. »Das erzähle ich dir später.«

»In Brasilien kenne ich nur Berenice, nicht Bernice«, führte er entschuldigend an, als sich ihre Miene immer noch nicht aufhellte.

»Ich weiß«, fiel sie ihm fast ins Wort.

»Und wenn ich dich trotzdem so nenne?«, bettelte er. »Ich finde Berenice viel schöner. Erlaubst du es mir?«

Bernice war ganz betört von der Zärtlichkeit, mit der er diese Frage stellte.

»Meinetwegen. Weil du's bist«, antwortete sie lächelnd und streichelte seine Hand. »Seit mein Großvater tot ist, bist du wieder der Einzige, der mich so nennt.«

Ignácio drang nicht weiter in sie.

Die folgenden Monate verlebten Bernice und Ignácio fast nur zusammen. Für die Medizinstudentin hatte gerade die lange vorlesungsfreie Zeit begonnen. Ignácio hatte an sich bis zu seiner Rückreise im Herbst eine Reihe von Artikeln für eine brasilianische Untergrundzeitung, den Text einiger Flugblätter und zwei Essays für einen exilbrasilianischen Sammelband fertig zu stellen. Doch Bernice war ihm wichtiger. Die beiden unternahmen fast täglich Ausflüge in die bewaldeten Anhöhen um den Zürichsee, oder sie verbrachten den Tag diskutierend, lesend oder faulenzend auf dem von Bäumen beschatteten Rasen eines der Strandbäder in Stadtnähe, wenn sie nicht von einem nachmittäglichen Hitzegewitter frühzeitig vertrieben wurden. Nach Eintritt der Dämmerung besuchten sie die beliebten Freilichtkonzerte im Zürcher Seefeld oder beim Landesmuseum. Sonst hielten sie sich stundenlang in den gemütlichen Weinstuben und Cafés im Niederdorf oder an der Limmat auf oder zogen sich zwischenzeitlich in die Verschwiegenheit der vier Wände ihrer Unterkünfte zurück. Wenn sie sich nicht gerade liebten oder in stummem Gleichklang nebeneinander hergingen, dann redeten und redeten sie, mit einer Intensität, die sie zeitweilig alles um sie herum vergessen ließ, so als wüssten oder spürten sie, dass die ihnen geschenkte Zeit niemals ausreichte.

Ein Kernthema ihrer Gespräche war Brasilien. Ignácios heutiges und Bernices früheres Brasilien. Dabei musste Bernice immer klarer erkennen, dass das alte und das neue Brasilien zwei gänzlich verschiedene Welten waren. Das seine war brennende Gegenwart, die sich in dem Maß in ihr entzündete, in dem Ignácio ihr näher kam. Er wiederum war von der aktuellen Situation seines Landes so erfüllt, dass ihn das ihrige, vergangene, vor allem aus Kindheitserzählungen stammende Brasilien anfangs wenig zu interessieren schien.

Die für Ignácio politisch unruhige Zeit hatte während seines Zeitungsvolontariats zwischen Schule und Universität begonnen. Kurz vor Beginn seines Studiums wurde er wegen seiner Teilnahme an einer Versammlung in den Kellerräumen einer verbotenen Gewerkschaftszeitung zum ersten Mal verhaftet. Als um 1970 nach und nach alle Oppositionsparteien, Arbeiter- und Studentenorganisationen ausgeschaltet wurden, wurden er und seine Mitkämpfer immer häufiger in die dunklen und feuchten Verliese der Militärgefängnisse verschleppt. Und dort erlebte er bald, was Tausenden anderer Leidensgenossen in jenen Höllen widerfuhr. Das Schlimmste waren nicht die Attacken an sich gegen seinen Körper gewesen, sondern die Permanenz, mit der man regelmäßig und über lange Zeiträume dieselben gegen ihn verübte und die ihn dermaßen zermürbten und auszehrten, dass er sich im Nachhinein nur noch über die ungeheueren Energiereserven wunderte, mit Hilfe derer er das alles überstanden hatte. Zuerst hatte er es noch als Erleichterung und Entlastung empfunden, wenn die Schergen von ihm abließen mit ihren grauenvollen Prozeduren, den Schlägen und Verbrennungen und den Stromstößen mittels an besonders empfindlichen Körperstellen angebrachter Drähte und Kabel. Als jedoch der zusätzliche systematische Entzug von Nahrung, Flüssigkeit und Schlaf seinen Körper zunehmend schwächte, wurden ihm auch die Ruhepausen zwischen den Folterungen immer mehr zur Qual. Schließlich lag er nur noch apathisch in seiner feuchten, stinkenden Dunkelzelle in seinen Exkrementen. Er drohte immer wieder an Blutgerinnseln zu ersticken und sah sich wehrlos dem Ungeziefer ausgesetzt, welches ihm ständig in den Mund und die Augen kroch, sodass er die Torturen durch Menschenhand nur noch willenlos über sich ergehen ließ und sich nichts mehr sehnlicher herbeiwünschte als den Tod.

Bernice hatte schon während ihrer ersten Liebesnacht zwischen seinen dünnen Rippen sowie am Rücken die Narben entdeckt.

»Das sind meine Ehrenmale«, hatte er ihr stolz erklärt. »Ich kann dir noch mehr davon zeigen, es sind bleibende Erinnerungen an die glühenden Zigaretten der Gefängniswärter.«

Bernice machte im Lauf der Zeit jedoch nicht nur nähere Bekanntschaft mit Ignácios Vergangenheit, sie lernte auch seine alltäglichen Gewohnheiten und Vorlieben kennen und tat Einblicke in seine Geheimnisse. Sie ließ sich von ihm die Titel seiner mitgebrachten Bücher und Zeitschriften übersetzen und studierte, nicht nur aus fachlichem Interesse, die Etiketten der im Badezimmer und auf dem Nachttisch verstreuten Fläschchen und Phiolen, die vor allem schmerzlindernde und kreislaufsteigernde Medikamente gegen die Folgebeschwerden seiner Haft enthielten. Sie prägte sich seinen besonderen Duft ein, mitsamt dem seiner Seife, der sich mit seiner Ausdünstung reizvoll vermischte. Auch die ergreifend wenigen, zum Teil zerschlissenen und durchlöcherten Kleidungsstücke, die er mithatte und die er während der kälteren Tage oft mehrfach übereinander trug, waren ihr bald vertraut.

»Ich muss dir, glaube ich, einen ordentlichen Pullover schenken«, sagte sie ihm schließlich.

»Wozu? Ich fahre doch bald wieder nach Hause ... in den Sommer, wenn ihr hier Winter habt ...«

»Falls sie dich wieder hineinlassen, mit deinem bösen Buch«, entgegnete sie ihm hoffnungsvoll.

»Fragt sich nur, wo hineinlassen«, fiel er ihr lachend ins Wort. »Ob gleich ins Gefängnis ... Aber das glaube ich nicht«, ergänzte er nach einer Weile mit nachdenklichem Gesicht. »Die Zeiten ändern sich. Unser derzeitiges Regime wird müde. Der Druck durch die Opposition wächst. Bald wird wieder die Demokratie siegen.«

»Du solltest besser nicht zurück«, sagte sie und presste die Lippen zusammen.

Sein Gesicht verfinsterte sich, und er verfiel in ein brütendes Schweigen, das Bernice, je länger es andauerte, desto tiefer bekümmerte.

»Komm, lass uns etwas essen gehen«, schlug sie vor, als sie die Stille nicht mehr ertrug.

Sie führte ihn ins Café Select am Limmatquai. In ihm lebte ein wichtiges Stück Geschichte für sie. Schon als Schülerin war sie oft dort gewesen, als die Intellektuellen und Künstler, oder was sich so nannte, und die von Sartres Philosophie bewegte jugendliche Avantgarde, die so genannten Existenzialisten, langhaarig, in Röhrenhosen und Chlüpplisack dort verkehrten und mit ihren hitzigen und aufrührerischen Debatten die Szene beherrschten. Obwohl dies nicht unbedingt ihre Welt gewesen war, faszinierten sie die intellektuelle Gewandtheit und brillante Schärfe dieser Menschen. Besonders zur Zeit ihres Austritts aus der Kirche, dem sie mit ihren Besuchen wohl zusätzlichen Nachdruck hatte verleihen wollen – auch ihrem konservativen Vater gegenüber, der über den Schritt seiner Tochter in hellen Aufruhr geraten war.

»Du bist aus der Kirche ausgetreten?«, hakte Ignácio mit hochgezogenen Brauen nach, als sie an einem der aufgereihten kleinen, runden Tische draußen saßen und, in der Spätnachmittagssonne fröstelnd, ein Birchermüesli löffelten.

Bernice erläuterte ihm ihre Beweggründe, erwähnte die endlosen, nervenaufreibenden Auseinandersetzungen mit ihrem Religionslehrer und ihrem vor wenigen Jahren verstorbenen Vater. Ihr Medizinstudium habe sie aus rein naturwissenschaftlichem Interesse begonnen, sagte sie, sicher auch ein bisschen beeinflusst durch ihre Erfahrungen in der Tierarztpraxis ihrer Mutter. Seit dem vergangenen Wintersemester allerdings, ihrem ersten klinischen Semester, sei ihr während einer Famulatur auf der internistischen Krebsstation im Universitätskrankenhaus das Ungenügen einer rein körperbezogenen Medizin vor Augen geführt geworden.

Ignácio schien nicht ganz zu verstehen, was das Ungenügen einer körperbezogenen Medizin mit Bernices Kirchenaustritt zu tun hatte. Doch sie erzählte frei und unbekümmert weiter und versuchte, Ignácio ihr neu entdecktes Interesse an der Psychologie und Psychotherapie und die Art ihrer Einbeziehung in die medizinische Diagnostik und Therapie nahe zu bringen. Sie merkte zwar gleichzeitig, wie unsicher sie sich dabei fühlte, denn es kam ihr selbst alles noch ein bisschen unausgegoren und chaotisch vor. Umso mehr wunderte sie sich, mit welchen glänzenden Augen Ignácio an ihren Lippen hing, als sie, fast atemlos und ohne Zusammenhang, die neuen Bereicherungen ihres Schweizer Studiums aufzählte: Homöopathie und Paramedizin, transpersonale Todes- und Wiedergeburtsvorstellungen und die therapeutische Selbsterfahrungsgruppe, der sie seit Beginn dieses Studiensemesters angehörte. Sie wusste Ignácios gesteigerte Aufmerksamkeit, seine Erregung und Faszination nicht recht zu deuten, war darüber verwirrt und beglückt zugleich und redete immer weiter.

»Weißt du eigentlich, dass du wunderschön aussiehst, Berenice?«, unterbrach Ignácio sie plötzlich.

Ihr blieb das Wort im Mund stecken.

»Hat dir das noch niemand gesagt?«, fragte er schüchtern.

Tränen schossen ihr in die Augen. Dann sagte sie zögerlich: »Als wir einmal in unserer Gruppe über Tiervergleiche gesprochen haben, hat mir Ronny, unser Leiter, gesagt, er würde in mir am ehesten einen Elefanten sehen. Ich hab ihm darauf geantwortet, eine Ente sei wohl passender.«

»Du, eine Ente?«, fragte Ignácio verblüfft. »Gibt es noch mehr Enten in deiner Familie?«

Bernice lachte so laut, dass Ignácio zusammenzuckte.

»Ich hoffe jedenfalls, dass diese Enten nicht aus Brasilien stammen«, meinte er grinsend, während er mit der Löffelspitze an der grün gebliebenen Stelle einer großen, porigen Erdbeere in seinem Müsli stocherte.

»Man hat mir schon ein paar Mal gesagt, ich würde meiner brasilianischen *bisavó*, meiner Urgroßmutter Jennifer Manuela, ähnlich sehen«, fuhr Bernice fort. »Die hatte indianisches Blut und war auch klein und dunkel wie ich, das genaue Gegenteil von meiner langen und dünnen Großmutter mit der südafrikanischen Abstammung. So geht das mit den Generationen. Doch bin ich sicher, dass meine Urgroßmutter noch viel, viel schöner gewesen ist als ich.«

Bernice schaute nur aus den Augenwinkeln, ohne verräterische Kopfbewegung, zu Ignácio und bemerkte mit Erleichterung, dass er mit seinen Blicken von ihr abgelassen hatte.

»Berenice«, sagte er jetzt plötzlich mit veränderter Stimme,

»willst du nicht mit mir mitkommen? Nach Brasilien? In das Land deiner Vorfahren?«

Bernice erschrak. Ihr wurde schlagartig deutlich, wie stark Ignácios Schauergeschichten ihr Interesse an Brasilien gedämpft und ihre farbigen Vorstellungen und Träume davon in ein wenig anziehendes Grau hatten tauchen lassen und wie sich der Schmelz der alten Schilderungen seitens ihres Großvaters und Onkels in Nichts aufzulösen drohte.

»Ich habe dir wahrscheinlich noch zu wenig geschildert, wie wundervoll Brasilien sein kann«, sagte er, sie etwas hilflos anschauend.

Plötzlich merkte sie, dass sie eine unbändige Lust übermannte, mit Ignácio zu schlafen, so leidenschaftlich und wild wie beim ersten Mal in ihrem Studentenappartement. Sie wollte ihn einfach haben, so, wie er war, mit Haut und Haar und mit allem, was sie an ihm so sehr liebte, und ihn mit allen ihren Sinnen und ihrem kleinen, gedrungenen Körper in sich aufnehmen, immer wieder mit demselben Staunen und derselben Fassungslosigkeit, als erlebe sie es zum ersten Mal.

Sie musste ihm dies nicht sagen. Sie spürte voller Erleichterung, dass Ignácio es in ihren Augen las.

Es war für die beiden nicht leicht, zu der Übereinstimmung zu gelangen, die sie suchten. Die Bernice erinnerlichen nostalgischen Schilderungen Brasiliens seitens ihres Großvaters und Onkels hatten sich überwiegend auf die Natur und die paradiesischen Reichtümer Brasiliens bezogen, auf die Idylle und Schönheit einiger seiner Städte etwa bis zur Jahrhundertwende und auf die Lebensart weit zurückliegender Generationen dort. Aus eigener Anschauung kannte sich Ignácio nur in Rio de Janeiro aus. Bernices schwärmerische Erkundigungen nach dieser Stadt beantwortete er mit drastischen Schilderungen des Taxi-, Lastwagen- und Autobusverkehrslärms und des Gestanks der Abgase entlang der Praia do Botafogo, und er erwähnte den etwa in den zwanziger Jahren zwischen dem Morro da Babilônia und dem Morro de São João hindurchgebrochenen Tunnel nach Copacabana und Ipanema und die gigantischen und hässlichen Wolkenkratzer auf dem Largo de Carioca zwischen dem Antoniuskloster und dem Betonklotz von Petrobras.

»Und was ist aus der schönsten Stadt der Welt geworden?«, rief Bernice entmutigt aus.

»Sie ist immer noch die schönstgelegene Stadt der Welt«, wusste Ignácio zu entgegnen.

Langsam lernte Bernice begreifen, worum es Ignácio wirklich ging. Er schien seinen Blick weniger auf die Schönheiten der Natur und der Kulturdenkmäler seines Landes richten zu wollen als auf dessen unbarmherzige gesellschaftliche Wirklichkeit, wie sie sich seit dem Weggang von Bernices Familie gebildet hatte: die bewegte politische und wirtschaftliche Entwicklung mit ihren zum Teil verheerenden Auswirkungen, aber auch die verbliebenen Ressourcen, die auf eine Beseitigung der Schäden und eine Wiederherstellung des Zerstörten hoffen ließen.

»Die Sklaverei ist in unserem Land nie wirklich abgeschafft worden«, erklärte ihr Ignácio. »Sie hat nur andere Formen angenommen, teils subtile, teils neue drastische. Die Unterdrückten sind dieselben geblieben, nur die Machthaber und ihre Methoden haben gewechselt. An die Stelle der Kolonisatoren und Großgrundbesitzer sind international gestützte Wirtschafts- und Industriehaie getreten, und unsere Militärs haben sich mit Hilfe der USA zu unseren neuen Sklavenaufsehern emporgeschwungen.«

Bernice wurde jetzt erst deutlich, dass weder Onkel Gilberto noch ihre Mutter über die Schrecknisse der brasilianischen Militärdiktatur, den Putsch von 1964 und dessen historische Hintergründe je ein Sterbenswörtchen hatten verlauten lassen. Sie erschrak richtig, wie wenig sie über all das wusste und sich auch nie dafür interessiert hatte, so als sei die Geschichte ihres Herkunftslandes mit der Auswanderung ihrer Familie in die Schweiz zum Stillstand gekommen. Bernice hörte jetzt, abgesehen von wenigen ihr bekannten Daten und Fakten, zum ersten Mal zusammenhängend von der Weiterentwicklung Brasiliens nach dem Ersten Weltkrieg. Vom Beginn der Industrialisierung und der verstärkten staatlichen Lenkung der brasilianischen Wirtschaft unter der langjährigen Präsidentschaft von Getulio Vargas nach der Weltwirtschaftskrise von 1929, von der zwiespältigen Haltung Brasiliens während des Zweiten Weltkrieges und der wachsenden Annäherung an die USA bis zur weitgehenden Unterordnung unter deren Machtbereich. Sie erfuhr auch von den sich nach 1945 häufenden Krisen des Landes, von Auslandsschulden und Inflation im Spannungsfeld zwischen neutraler Eigenständigkeit und außenwirtschaftlicher Abhängigkeit im Zuge der gewaltig fortschreitenden Industrialisierung einerseits und der Notwendigkeit sozialer Reformen andererseits. Zuerst in den fünfziger Jahren unter Dutra, Vargas und Kubitschek und dann, immer dramatischer und zugespitzter, unter Jânio Quadros und Goulart, bis zur kalten Lösung der Militärregierung.

»Wir haben das Schlimmste ausgestanden«, erklärte Ignácio selbstbewusst. »Der Druck des Movimento Democrático Brasileiro auf die Militärs wächst. Und das ist nur möglich, weil jeder Einzelne von uns seinen Beitrag dazu leistet. Wir Brasilianer sind immer noch ein starkes Volk, dank unserer seit Jahrhunderten bestehenden und das Land immer wieder neu regenerierenden, vielfältigen Völkermischung. Mit diesen Kräftereserven können wir den historischen Tiefpunkt unseres Landes überwinden, den dieses Jahrhundert uns beschert hat«, so schloss Ignácio seine Erklärungen.

Bernice schaute ihn mit großen Augen an.

»Und ich?«, fragte sie leise.

»Du kannst dort auch jederzeit deinen Platz finden«, antwortete er rasch. »Wir brauchen dich, Berenice.«

Bernice trat auf Ignácio zu und umarmte ihn lange und fest.

Seiner Vorstellung nach wollte Heitor de Melo der Jüngere zuerst eine Fazenda aufbauen und sich dann vielleicht eine Frau suchen, mit der er eine Familie gründen konnte.

Doch es kam genau umgekehrt. Nicht nur die Reihenfolge war anders. Heitor war auch verwirrt darüber, wie wenig Jennifer Manuela Benedicto in das Bild passte, das er sich im Laufe seiner achtzehn Jahre gebildet hatte. Seiner Vorstellung nach war die Liebe vor allem Wille oder Macht, Kampf und Spiel mit schützender Maskerade, bei der es nur Gewinner und Verlierer gab. Aus seiner Begegnung mit Constança war er als beides hervorgegangen, mit viel Verausgabung und Glück zugleich. Auf seiner langen Reise von Salvador bis São Sebastião hatte es ihn oft zur Wiederaufnahme dieses Glücksspiels gereizt. Er hatte genug Gelegenheiten gehabt oder diese auch herausgefordert, auf den Schiffen und Landfahrzeugen oder in den *pousadas* und anderweitigen Haltestationen: Matronen, Gleichaltrige und Jüngere, die es ihm leicht gemacht hatten und auch keine hochgestellten Senhoras gewesen waren wie Constança. Im entscheidenden Augenblick überwog jedoch immer die Angst, das nächste Spiel zu verlieren. Der blitzartige Rückzug erfolgte genau dann, wenn die Siegesgewissheit am größten war. Und der Triumph über die Enttäuschung auf der anderen Seite wurde um so genussvoller ausgekostet.

Bei Jennifer Manuela kam es nie so weit. Sie behielt von Anfang an die Oberhand, ohne Heitor zu demütigen. Sie lieferte ihm einen Reigen verunsichernder und lehrreicher Gefühlswechselbäder, die ihn zum Umdenken zwangen. Ziemlich bald schon spürte er, dass etwas ganz Neues in ihm aufbrach, etwas

Überraschendes, Ernstes, Wunderbares, das mit seinem Schwarzweißbild von der Liebe nicht mehr übereinstimmte.

Kurze Zeit, nachdem Heitor in den Dienst der Kaffee- und Zuckerfazenda von Antônio Benedicto in São Sebastião getreten war, hatte er sie kennen gelernt. Jennifer Manuela war die Tochter von Antônio und dessen schon länger verstorbenen englischen Frau Florence. Sie wohnte im Haus ihres Vaters, während ihr Zwillingsbruder, der spätere Erbe des väterlichen Besitzes, das Lyzeum in Rio de Janeiro besuchte.

Heitor hatte bisher vom Kaffeeanbau in Brasilien kaum Vorstellungen gehabt. Er hatte nicht einmal gewusst, dass dessen Schwerpunkt seit über hundert Jahren im Süden des Landes lag, wo er jetzt war, ja, dass das wunderschöne Rio de Janeiro nicht nur wegen des Gold- und Diamantenbooms, sondern auch wegen des »grünes Gold« genannten Exportartikels im Jahre 1763 zur Hauptstadt geworden war. An Benedicto war er zufällig auf seiner Suche nach einer Zuckerfazenda geraten. Antônio Benedicto besaß etwa vierhundert Hektar Land, zur Hälfte mit Zuckerrohr, zur Hälfte mit etwa einhunderttausend Kaffeebäumchen bebaut. Heitor war schon bei seinem ersten Vorstellungsbesuch überrascht von der völlig anderen Welt des Kaffeeanbaus und der Kaffeegewinnung. Allein schon der Anblick der endlos aneinander gereihten Bäumchen faszinierte ihn: ihre glänzend dunkelgrünen, lederartig festen Blätter, die gebüschelten, weißen Blüten und das leuchtende Rot der Kirschen, deren knorpelähnlicher Doppelkern aus zwei rohen Kaffeebohnen besteht. Die Düfte aus der Röstküche nahm er im Vorbeigehen auf, und er freute sich auf seine neue Arbeit.

Heitor und Vater Benedicto fanden persönlich auf Anhieb zueinander. Heitor war angetan von dessen unkompliziertem und fröhlichem Naturell. Antônio sang und lachte viel und war immer freundlich. Um so glücklicher war Heitor, von ihm so schnell angenommen zu werden. Antônio staunte über die

Vielfalt von Heitors Kenntnissen in der Zuckerverarbeitung und in deren Vertrieb. Er wollte den »versierten jungen Mann aus dem Norden«, wie er Heitor lachend nannte, deshalb gleich nur dort beschäftigen, wohingegen es Heitor zum faszinierenden Kaffeeneuland drängte, zu den Plantagen, den Trockenflächen, den *pilões* und Röstwannen.

Der Kompromiss war zunächst die Buchhaltung. Und dort kam Heitor rasch in näheren Kontakt mit Jennifer Manuela.

Sie war vier Jahre jünger als Heitor, also knapp fünfzehn, und ähnlich wie der Vater von eher kleiner, etwas gedrungener Statur, mit starken Backenknochen und sanften, großen, wachsamen dunklen Augen. Schon jetzt war sie eine frauliche Erscheinung: rund, stark und in sich ruhend. Heitor konnte keine besonders europäisch-englischen Züge an ihr erkennen, eher indianische wie bei ihrem Vater: die bronzefarbene Haut, der leicht mandelförmige Schnitt der Augen, die Backenknochen. Sie schien auf ein betont einfaches Äußeres bedacht zu sein. Die ungewöhnlich kurzen, rötlich braunen Haare waren hochgekämmt. Sie trug meistens dasselbe weit herabfallende, schwarze Kleid mit aufgesticktem hellem Quadratemuster und einen weißen Spitzenüberhang über der Bluse, eine lange, bunte Halskette, einen Armreif aus geflochtenem Leder und an jeder Hand zwei dünne Ringe.

Die schlichte Anmut, die von ihr ausging, flößte Heitor vom ersten Augenblick an Respekt ein. Er war ihr vor dem Herrenhaus einige Male kurz begegnet. Dann tauchte sie überraschend im Kontor auf, in dem er saß, und brachte irgendwelche Papiere oder Akten. Bald kam sie ein zweites und drittes Mal. Heitor wusste nicht, ob diese Botengänge im Auftrag ihres Vaters erfolgten oder ob sie vielleicht nur ein Vorwand waren, um in seiner Nähe zu sein. Auffälligerweise hielt sie sich immer länger im Raum auf. Sie schwatzte fröhlich und unbefangen mit den anderen Anwesenden, die sie offenbar schon länger kannte, und bezog auch bald Heitor ein. Es dauerte trotzdem länger als sonst, bis Heitor ihr gegenüber seine Blicke spielen ließ. Er glaubte bald, einen herausfordernden Schmelz in ihren Augen zu entdecken, ein Lockzeichen, einen absichtsvollen Wink, ganz wie gewohnt, und er erwiderte ihre vermeintlichen Signale seinerseits immer heftiger und kühner. Bald jedoch musste er sich eingestehen, sich getäuscht und zu weit vorgewagt zu haben.

Als sie sich einmal etwas länger hingesetzt hatte, um irgendwelche Unterlagen zu ordnen, und er sie mit seinen Blicken besonders tief in seinen Bann gezogen zu haben glaubte, stand sie abrupt auf.

»Ich muss jetzt gehen«, sagte sie leise und mit einem, wie Heitor überzeugt war, indignierten Gesichtsausdruck. Dann verließ sie eilig den Raum. Für Heitor fühlte es sich an wie eine Ohrfeige.

Ganze zwei Tage ließ sie sich nicht blicken. Heitor schaute immer wieder zur Tür in der vergeblichen Hoffnung auf ihr Erscheinen. Er war sich immer sicherer, dass sie ihm grollte.

Endlich kam sie, irgendwann am Vormittag, und brachte wieder irgendeine Akte. Sie trug genau dieselbe Kleidung wie beim letzten Mal. Sie würdigte Heitor keines Blickes. Er war verzweifelt. Bald ging sie wieder.

Vielleicht eine Stunde später erschien sie erneut. Anfangs wirkte sie ähnlich verhalten. Doch dann wandte sie sich überraschend Heitor zu und streckte ihm, in lautes Gelächter ausbrechend, einen ausgefüllten Lieferschein unter die Nase.

»Weißt du, was der geschrieben hat?«, fragte sie mit spöttischer Miene, Heitor direkt in die Augen sehend. »Zwanzig *milréis* statt *réis.* Papa verkauft den Sack Kaffee für zwanzig *milréis,* haha. Ein teurer Laden sind wir, als würden wir Gold verkaufen.«

»Grünes Gold«, wusste Heitor inzwischen zu entgegnen.

Er war erleichtert, ja, überglücklich, dass Jennifer Manuela mit ihm sprach. Sie war ihm also nicht böse oder hatte ihm verziehen. Aber er blieb verwirrt.

»Grünes Gold, ja, ja. Unser Jorge hat sich schon zum dritten Mal so komisch verschrieben. *Milréis* statt *réis* ... dieser Witzbold ... Neulich ... ja, neulich ...«

Jennifer Manuela gab als nächstes hintereinander die beiden anderen angeblichen Schnitzer jenes Jorge zum Besten, mitsamt allen Missverständnissen und Verwicklungen, die daraus gefolgt waren. Sie sprach mit ihrer hellen Stimme rasch und temperamentvoll und holte immer nach wenigen Worten geräuschvoll Luft. Als sie die Episode zu Ende erzählt hatte, wartete sie aufmerksam Heitors Reaktion ab.

Er erzählte daraufhin, so leise, dass es die anderen nicht hören konnten, irgendeine Episode aus seiner Buchhaltertätigkeit in Salvador, ja, Salvador, die Allerheiligenbucht, der Hafen, die Stadt, deren Paläste und Kirchen und die vielen armen Schwarzen, und er war erstaunt, wie viel sie bereits über all das zu wissen schien. Um die anderen nicht zu stören, verzogen sie sich nach einer Weile vor die Tür des Kontors. Heitor wagte sich immer mutiger vor und berichtete bald über alles, was ihm gerade einfiel – ausgenommen natürlich seine Affäre mit Constança. Auf diese Weise kamen sie auch auf Heitors Kindheit und Jugend im Pantanal zu sprechen, was Jennifer Manuela außerordentlich zu beeindrucken schien und was sie auch gerne mit irgendwelchen Kommentaren und eigenen Beiträgen ergänzte. So erwähnte sie nach Heitors begeistertem Bericht von seinen Bootsfahrten zusammen mit seinem Vater und Ubiratan auch eine, die sie und ihr Vater Antônio kürzlich zur Ilhabela hin unternommen hätten, und im selben Atemzug lud sie Heitor zum baldigen nächsten Bootsausflug ein.

Heitors Herz schlug immer höher. Bald fühlte er sich stark genug, Jennifer Manuela vom schrecklichen Tod seines Vaters zu erzählen und dass dieser auch das Ende seiner Zeit im Pantanal bedeutet hatte. Sie hörte mit ernstem Gesicht zu. Er merkte mit Erleichterung, wie wenig weh es ihm in ihrer Gegenwart tat, darüber zu sprechen. Noch ehe er seinen Bericht beendet hatte, bimmelte draußen die Glocke zur Mittagspause.

Heitor ging beschwingt, ja selig in den Speiseraum für die *colonos*, während sich Jennifer Manuela zu ihrem Vater ins Herrenhaus begab. Sein altbekanntes Siegesgefühl meldete sich wieder, die Hochstimmung des Eroberers. Heitor ließ seine wildesten Fantasien spielen, sah Jennifer Manuela zu seinen Füßen, und, was neu war, gleichzeitig auch sich selbst zu den ihren. Er frohlockte und schwelgte. Als er jedoch von der Mittagspause zurückkam, musste er bald bemerken, dass sie nicht mehr kam. Diesmal ganze vier Tage nicht. Sie war mit ihrem Vater Antônio in eine südlich gelegene Küstenstadt gefahren, auf eine Geschäftsreise, wie Heitor auf seine Nachfrage hin erfuhr.

Heitor wurde die ganzen vier Tage zwischen Überschwang und Hoffnungslosigkeit hin- und hergerissen. Er glaubte bald keinen Grund mehr unter den Füßen zu fühlen. Er grübelte stundenlang, träumte vor sich hin, führte flüsternd Selbstgespräche und zählte, wenn er in der Hängematte wachlag, die Balken an der Decke seines Schlafraumes, als wären es Gitterstäbe.

Als Jennifer Manuela am fünften Tag wieder im Kontor erschien, glaubte er, auf eine undurchdringliche Mauer zu stoßen. Sie sprach kaum, sah blass aus.

Sie hatte diesmal ein von Heitor geführtes Kontobuch abzuholen, erbat sich dieses von ihm mit einer so frostigen Sachlichkeit und einem so spitzen Unterton, dass es Heitor ins Herz schnitt. Dann ging sie rasch. Sie kam im Laufe des Tages noch drei Mal und verschwand dann schnell wieder. Er empfand es als immer unerträglicher. Der Abgrund zwischen ihrem abweisenden Benehmen jetzt und der Aufforderung zur gemeinsamen Bootsfahrt noch vor wenigen Tagen vertiefte sich für ihn stündlich. Dennoch hielt er ihre Einladung wie ein Pfand fest in seiner Hand.

Am folgenden Tag hatte Heitor für einen krank gewordenen Mitarbeiter in der Schnapsbrennerei einzuspringen. Er musste in einem verliesartig dunklen, hohen Raum den vergorenen Zuckersaft aus Fermentfässern mit einem kleinen Schöpfkrug in den Destillateur befördern. Eine höchst umständliche, ermüdende Arbeit, die ihm immer mehr als unsinnige Zeitverschwendung vorkam. Er überlegte an technischen Möglichkeiten einer Arbeitsvereinfachung herum, kam jedoch zu keinem Ergebnis und schöpfte endlos weiter. Zwischendurch beteiligte er sich an der Einlagerung des fertigen Destillats in riesige, hohe Holzfässer mit mehreren tausend Litern Volumen in einem noch dunkleren Nebenraum. Dann musste er wieder schöpfen.

Obwohl es ihm in diesem Gemäuer immer langweiliger wurde, drängte es Heitor nicht sonderlich zurück ins Kontor zu einer neuerlichen Begegnung mit Jennifer Manuela. Hier begann er, sich wieder ausgeglichener zu fühlen und dachte nicht so viel an die Tochter des *patrão*. Er freute sich auf seinen baldigen Wechsel auf das freie Feld zu den Kaffeesträuchern, den ihm Antônio schon lange in Aussicht gestellt hatte und der jetzt unmittelbar bevorstand. Die Arbeit in der Schnapsbrennerei hatte den Vorteil, dass es in ihrem dicken, dunklen Gemäuer angenehm kühl war.

Als Heitor am folgenden Sonnabend, am Ende seines letzten Arbeitstages in der Brennerei, diese eben verließ, stand plötzlich Jennifer Manuela vor ihm. Sie trug heute ein weißes Kleid und eine rote Schleife im Haar und war auch in ihrem Auftreten wie umgewandelt. Ihr Gesicht leuchtete, und sie blickte Heitor fest und warm in die Augen.

»Kommst du morgen früh mit uns Boot fahren? Zum Sonnenaufgang?«

Bevor Heitor, wie vom Donner gerührt, irgendetwas entgegnen konnte, nickte sie lächelnd, als nähme sie seine Zusage entgegen.

»Sagen wir ... um halb sechs ... bei uns? Dann haben wir noch viel Zeit, bevor es zu heiß wird. Darum gehen Papa und ich noch heute Abend in die Vesper in die Stadt.«

»Um halb sechs«, antwortete Heitor, wie in Trance. Auch er lächelte zum ersten Mal.

Sie ergriff zärtlich seine Hand. Dann wandte sie sich rasch ab und verschwand.

Heitor glaubte immer noch zu träumen. Er verstand diese Wende nicht. Doch eine riesige Freude erfasste ihn, und seine für längere Zeit betäubten Gefühle für Jennifer Manuela lebten in voller Stärke wieder auf. Er fühlte jedoch jetzt nicht mehr diese Siegessicherheit, diesen Triumph, nicht mehr Eroberer- und Besitzergelüste, sondern Dankbarkeit und so etwas wie Demut und eine wachsende innere Kraft und Ruhe.

Heitor legte sich früh schlafen. Nichts war ihm wichtiger, als am nächsten Tag bei Kräften zu sein.

Es war während der Dämmerung eines wolkenlosen Morgens in einer Reihe stechend heißer Dezembertage, als sie zu dritt aufbrachen. Antônios Fazenda lag, in einiger Entfernung von der Stadt, auf einer kleinen Anhöhe über der Bucht. Herrenhaus, Mühle, Brennerei, *terreiro* und die Hütten der *colonos* und Sklaven lagen ziemlich dicht beieinander auf einer breiten Terrasse. Um diese herum erstreckten sich die Kaffeeplantagen und, etwas weiter oben, die weiten Zuckerrohrfelder über Antônios Ländereien. Vom Haus aus war nur ein kleiner Ausschnitt der Bucht zu erkennen. Stieg man jedoch den schmalen Pfad hinunter, öffnete sich nach einer Windung an einer etwas steileren Stelle plötzlich das vollständige Panorama. Heitor kannte die Stelle genau und freute sich jedes Mal darauf, wenn er allein hinunterschlenderte. Diesmal, als sie sich zu dritt auf den Weg zum Ufer machten, konnte er es kaum erwarten.

Irgendetwas hatte Heitor heute dazu bewogen, seine Kleiderbestände nach etwas Besonderem durchzusuchen. Er war dabei nach längerer Zeit wieder auf seine alte Lederkleidung aus dem Pantanal gestoßen, hatte sie hervorgeholt und anprobiert. Das einzige, aus dem er noch nicht herausgewachsen war, war der breitkrempige, steife Hut. Rasch hatte er ihn übergezogen und war dann gleich aufgebrochen, um pünktlich beim Herrenhaus zu sein.

Antônio war heute besonders guter Laune. Wiegenden Schrittes bewegte er sich den Hang hinab und schmetterte mehrmals dieselben ersten Takte eines Liedes, das Heitor nicht kannte. Er trug dieselben schwarzen Schuhe und gestreiften Hosen wie meistens, aber nicht die gemusterte Jacke mit den gerundeten Kragenecken, sondern nur ein weißes Hemd. Dafür leuchtete an seinem Finger ein mächtiger Saphir, und auf seinem Kopf schwankte ein Strohhut mit breitem, buntem Seidenband. Jennifer Manuela hatte dasselbe weiße Kleid an wie gestern, dazu als Sonnenschutz ein ebenfalls weißes Tuch um den Kopf. Sie strahlte wieder aus vollem Gesicht, auch wenn sie heute ihren Vater mehr anzublicken schien als Heitor.

Auf dem Sand unten am Ufer lagen zwei Ruderboote, jedes von ihnen groß genug für drei Personen. Antônio schob eines davon ins Wasser und stieß, nachdem alle eingestiegen waren, mit heftigen Ruderstößen vom Ufer ab.

Das erste Sonnenlicht brach durch die Morgendämmerung und goss das bisher matte Einerlei von Ufer und Wasser in immer zahlreichere helle und lebendige Mosaikmuster und in immer kräftigere Farben. Die für ein paar Nachtstunden etwas abgekühlte Luft begann sich rasch wieder mit Wärme aufzuladen.

Nachdem sie eine kleinere Strecke zurückgelegt hatten, bestand Heitor darauf, das Ruder zu übernehmen. Antônio willigte nach kurzem Widerstand ein und setzte sich auf die Hinterbank neben seine Tochter. Dann glitt das Boot unter Heitors

Führung durchs Wasser, mit Kurs auf die Spitze einer der beiden Halbinseln, die die Bucht umschlossen.

»Was schenkst du eigentlich diesmal der Gottheit des Meeres?«, fragte Jennifer Manuela ihren Vater nach einiger Zeit.

»Iemanjá?«, fragte Antônio, sichtlich überrascht.

»Ja. Ist doch schon am nächsten Freitag. Nur noch fünf Tage.«

»Jesus Maria. Schon wieder Iemanjá ... Die Zeit ... die Zeit.«

»Ich dachte, Iemanjá sei erst im Februar«, warf Heitor dazwischen, kurz mit dem Rudern innehaltend. »Jedenfalls in Salvador ist es so. Am 2. Februar.«

»Nein. Hier ist die erste Feier am 8. Dezember.«

»Mit Opfergaben ins Meer?«

»Ja. Die Bucht hier ist dann voller Schiffe, mit Kerzenlichtern, Blumen, *cachaça*, Nelken- und Zimtschnaps, Speisen, Parfüm, Kleidern, Kämmen und Spiegeln und körbeweise Papierzetteln mit Wünschen und Botschaften darauf. Sie fahren hinaus und versenken ihre Fracht in den Schoß der Meeresgöttin, und dann kommen sie zurück. Wir und alle von der Fazenda sind jedes Mal dabei.«

»Ist das nur hier so ... schon im Dezember?«

»Jedenfalls an der Küste zwischen Rio und Santos.« Antônio vollführte bei diesen Worten eine große Handbewegung zum Meer.

Heitor war glücklich bei der Vorstellung, in wenigen Tagen vielleicht mitfahren zu dürfen.

»Ja ... Was schenke ich ihr diesmal? Was bringt uns wohl am meisten Glück und Reichtum?«, fragte Antônio mit zusammengekniffenen Augen.

»Reichtum ... Papa, ich bitte dich ...«, entgegnete Jennifer Manuela lachend.

»Na gut ... also Glück. Das kann man immer gebrauchen.«

Sie bewegten sich weiter die Halbinsel entlang. Heitor berichtete, während er mit etwas eingeschränkter Kraft die Ruder bediente, über seine Festtagserlebnisse in Bahia. Die Fronleichnamsprozession auf Teppichen aus buntem Sand, Sägespänen und Blumen über mehrere Straßenzüge. Dann die Juni-Sonnwendfeiern mit Holzfeuern, Salutschüssen und leuchtenden Raketen und mit viel Musik, Tanz und dem beliebten Ingwerschnaps.

Jennifer Manuela hörte Heitors Erläuterungen regungslos und mit großen Augen zu, was Heitor wieder zu einer Beschleunigung seiner nachlassenden Rudertätigkeit anzuspornen schien.

Inzwischen waren sie an einer kleinen Felsgrotte angelangt. Es war schon ziemlich heiß, obwohl die Sonne noch nicht weit nordwärts stand. Eine elektrisierende Sinnlichkeit lag in der Luft, die gesättigt war von einem flimmernden Gemisch verschiedenartigster Düfte und Gerüche.

Sie verweilten einige Zeit am Grotteneingang.

»Ich muss jetzt leider nach Hause«, sagte Antônio plötzlich unruhig. »Ich habe ganz vergessen, dass Mané da Costa Leal kommt, wegen einer Bestellung. Ihr könnt ruhig noch eine Weile hier bleiben und dann allein zurückfahren. Ich geh zu Fuß, so komme ich schneller voran, da oben übers Feld. Und du, Heitor, pass gut auf meine Tochter auf und bring sie heil zurück.«

Antônio arbeitete sich aus dem Boot hinaus auf das steinige Ufer. Dann kletterte er über Geröll und zwischen kleinen, trockenen Sträuchern den Abhang neben der Grotte hoch und verschwand nach einer Weile.

Heitor und Jennifer Manuela stießen sehr bald wieder ab. Er dirigierte das Boot zurück in Richtung Ufer. Aber er ruderte langsam und vollführte einige Bogen und Schleifen, um die Zeit allein mit Jennifer Manuela möglichst auszukosten. Er war ungemein stolz und beglückt, dass sein *patrão* ihm so bedenkenlos seine Tochter anvertraute.

Bald glaubte er zu bemerken, dass sich Jennifer Manuelas Blicke immer fester an ihn hefteten.

»Was für einen Hut hast du heute auf?«, fragte sie ihn plötzlich mit ernstem Gesicht.

Heitor ließ augenblicklich die Ruder los.

»Du wolltest mir doch noch von deinem Vater erzählen«, fuhr sie nach einigen Sekunden fort. »Ist das der Hut von damals?«

Heitor spürte, dass es ihm diesmal viel schwerer fiel, darüber zu sprechen, als damals im Kontor.

»Das Liebste und Wichtigste im Leben ist dir damals einfach weggerissen worden«, sagte sie, als Heitor immer noch nicht antwortete.

Er spürte, wie sich ihm langsam die Kehle zuschnürte. In Jennifer Manuelas Stimme und in ihren Augen lag etwas unerträglich Starkes und Sanftes zugleich.

Jetzt schwieg auch sie.

Das Boot glitt immer langsamer und leiser durchs Wasser.

»Du musst nicht darüber reden, wenn es dir zu wehtut«, sagte Jennifer Manuela fast unhörbar leise.

Heitor wusste, dass als einzige Maßnahme gegen seine Tränen nur noch das Sprechen half.

»Wenn ich mit dir darüber rede, dann ist das am besten«, sagte er mit zitternder Stimme und merkte, dass seine Kräfte langsam wiederkehrten.

»Es gibt ganz viel, was ich dir erzählen muss, auch von damals«, sagte er wieder mit erhobenem Kopf. »Ich könnte stundenlang mit dir darüber sprechen, so ähnlich wie schon einmal. Das war schön. Das hat mir so gut getan.«

»Ich weiß ... mir auch«, fuhr Jennifer Manuela hastig dazwischen.

Heitor erhob sich von seiner Sitzbank, zog seinen Hut vom schweißnassen Kopf und turnte sich nach vorn, wo Jennifer

Manuela saß. Durch dieses waghalsige Manöver kam das Boot so stark ins Wanken, dass die beiden fast der Meeresgöttin Iemanjá geopfert worden wären. Als das Paar, noch bleich vor Schrecken, unversehrt nebeneinander saß, legte Heitor seinen Hut auf den Schoß und strich liebevoll über das Leder.

»Das ist ein Stück von mir«, sagte er. »Es begleitet mich überallhin ... in die Zukunft ... zusammen mit dir.«

Er wagte es nicht, sie anzusehen, bemerkte jedoch von der Seite, dass sie erschrocken zu ihm hochblickte.

»Wir müssen uns beeilen«, sagte sie nach einer Weile plötzlich laut. »Papa macht sich sonst Sorgen.«

Er schaute sich rasch um und sah mit Erstaunen, dass eine leichte Brise sie abgetrieben hatte. Heitor setzte sich rasch seinen Hut auf, kehrte zu seiner Sitzbank zurück, ergriff ein Ruder und holte mit kräftigen Bewegungen aus. Sehr bald befanden sie sich in der Nähe des Anlegeplatzes, an dem das zweite, verwaiste Boot lag. Das Wasser war dort so seicht, dass Heitor sofort auf Grund stieß und das Boot mühelos ans Ufer befördern konnte.

Sie stiegen aus und zogen das Boot über den Sand an die Seite des anderen. Dann gingen sie, Jennifer Manuela voran, den Pfad hinauf.

Nach einer Weile blieb Jennifer Manuela stehen und drehte sich um.

»Heitor«, sagte sie. »Ich möchte, dass wir gute Freunde bleiben. Du sprichst jetzt schon von einer gemeinsamen Zukunft. Das will ich nicht. Das macht mir Angst. Ich bin noch sehr jung und du auch. Und Papa hat ebenfalls ein Wörtchen mitzureden. Er schätzt dich sehr. Alles andere ist noch viel zu früh. Das muss wachsen. Verstehst du?«

Sie sprach wieder hastig und bewegt und zog in gewohnter Weise nach nur wenigen Worten geräuschvoll die Luft in ihre Lungen.

»Ist das schlimm für dich?«, fragte sie, entschieden weicher, als Heitor schwieg.

»Nein, nein.«

Heitor lächelte tapfer. Und er begann, Jennifer Manuelas Verhalten während der ganzen letzten Zeit besser zu verstehen.

»Lass uns heute Abend noch einmal zum Boot oder ans Wasser gehen. Ja? Kommst du?«

»Ja.«

Sie drehte sich um und ging weiter den Hang hinauf. Als vor ihnen die Häuser des Landgutes auftauchten, blieb sie erneut stehen. Sie stellte sich dicht vor Heitor, genau wie gestern, als sie ihn zur ersten Bootsfahrt eingeladen hatte, hochgereckt und mit demselben festen und warmen Blick. Doch noch bevor sie seine Hand ergriff, nahm er die ihre. Sie ließ ihn nicht nur gewähren, sondern schmiegte ihre Hand in seine Hand. Sekunden später zog sie ihn sanft an sich und umarmte ihn liebevoll. Dann ließ sie ihn rasch wieder los, drehte sich um und rannte ins Herrenhaus.

Heitor fühlte sich so glücklich wie noch nie in seinem Leben und war sicher, dass dieser Tag eine entscheidende Wende für ihn darstellte.

Alles, was sich auf Antônios Gut ereignet hatte, stand für Heitor unter dem Zeichen seiner neu entdeckten Liebe zu Jennifer Manuela. Und er begann auch, Antônios Fazenda als Vorbild für seine eigene, zukünftige zu betrachten. Antônio selbst wuchs ihm immer mehr ans Herz. Er schätzte und achtete ihn, seinen Charakter, seine Natürlichkeit und Fröhlichkeit und auch seine Tüchtigkeit als Fazendeiro.

Heitor und Jennifer Manuela sahen sich täglich, bei der Arbeit oder am Rande derselben, an den Abenden und an den Sonn- und Feiertagen, mit und ohne Vater. Sie wanderten oder ruderten miteinander, beteiligten sich an den vielen Jahresfeierlichkeiten und besuchten am Sonntag den Gottesdienst in der Pfarrkirche von São Sebastião, wo sie regelmäßig nach der Beichte das Abendmahl empfingen. Heitor ging in Antônios Herrenhaus ein und aus, nahm häufig an den gemeinsamen Mahlzeiten teil und verlebte dort viele glückliche und gemütliche Nachmittage und Abende.

Jennifer Manuela war für Heitor wie ein Leitlicht. Allein ihre Anwesenheit festigte in ihm das Gefühl seiner Zugehörigkeit zu diesem Landstrich in Brasilien, in dem er sich nunmehr schon fast zwei Jahre befand. Sie sprachen nicht mehr viel über Heitors Kindheit und Jugend in Mato Grosso. Jennifer Manuelas Gegenwart ließ Heitors Vergangenheit in immer weitere Fernen rücken. Sie half, alte Wunden zu heilen, und füllte Heitors Dasein mit neuem Sinn, wo nach dem endgültigen Verlassen seines Vaterhauses eine gewisse Leere zurückgeblieben war. Heitor hatte mit Hilfe von Jennifer Manuela eine neue Geborgenheit geschenkt bekommen, eine neue Weite und Endlosigkeit, eine Gegenwart, in die sich die Vergangenheit gleichsam auflöste und die ganz in die Zukunft gerichtet war.

Mit wachsendem Eifer beteiligte sich Heitor an der Gewinnung und Verarbeitung und am Vertrieb der verschiedenen Landgüter auf Antônios Farm. Endlich lernte er die Einzelheiten der Kaffeeproduktion kennen. Die Pflanzung und Pflege der bis zu drei Meter hochwachsenden Bäumchen. Heitor beaufsichtigte die Ernte durch die etwa einhundert Sklaven, welche die großen, vollen Körbe auf ihrem Kopf oder auf Eselsrücken in die Fazenda beförderten. Auch verfolgte er den Trockenvorgang während mehrerer Tage auf dem *terreiro*, einer geräumigen Erdfläche, wo die Kirschen mehrmals mit Holzrechen umgepflügt und in regelmäßigen Abständen auf einem großen, runden Pflanzenfasersieb in die Höhe geworfen wurden, um die ungenießbaren, die verkümmerten oder die ranzig gewordenen Öl- oder Speckbohnen oder die »Stinker«, wie sie hießen, auszusortieren. Noch während des Trockenvorgangs wurden die Bohnen mit den Füßen aus ihrer Fruchtschale ausgestampft, wobei sich teilweise auch die die Bohne umgebende Pergamenthülle ablöste. Deren Reste wurden in größeren, hölzernen, *pilões* genannten Mörsern entfernt.

Bei all diesen neuartigen Vorgängen, die Heitor nach und nach vertraut wurden, kam er in engere Berührung mit den Sklaven. Und je näher er sie jetzt kennen lernte, desto größeren Respekt empfand er vor ihnen und desto nachdenklicher wurde er. Es waren viele stolze Männer und Frauen unter ihnen, die mit Geduld und Würde ihr Schicksal zu tragen schienen. Sie waren, ob auf dem Feld oder auf den *terreiros*, immer pünktlich zur Stelle und arbeiteten flink und gewissenhaft. Sehr häufig sangen sie dazu: ergreifend rein und ausdrucksvoll und mit einer vitalen und kraftvollen Rhythmik. Diese lag nicht nur in den Liedern selbst, sondern auch in deren Abstimmung mit ihren Tätigkeiten, ob es die Abzupfbewegungen der Hände beim Pflücken waren, der elastische Gang unter der Last der vollen Körbe oder der Takt des gleichzeitigen Aufstampfens auf dem *terreiro* oder des Schlagens mit dem Kolben in die Mörser. Damit wurde beides ein Ganzes und bekam, vielleicht sogar beabsichtigt, etwas Rebellisches in anmutig-spielerischer Verkleidung.

Wenn Jennifer Manuela Heitor bei der Arbeit aufsuchte, ihm zu essen und zu trinken brachte, konnte es vorkommen, dass sie beide kurz alles stehen ließen und den Gesängen lauschten und das, was sie hörten, wie einen Widerhall ihres eigenen inneren Gleichklangs in sich aufsogen.

Heitor de Melo bemerkte, je länger desto deutlicher, dass die Einstellung seines *patrão* Antônio Benedicto zu den Sklaven noch positiver war als die seines Vaters. Antônio beschäftigte deren mehr auf seinen Plantagen als Heitor de Melo der Ältere seinerzeit auf der Viehfazenda. Und Antônio wusste besonders als Witwer einer Engländerin die Zeichen der Zeit zu deuten. Man schrieb das Jahr 1861. Bereits elf Jahre zuvor war der kaiserliche Erlass an die Marine ergangen, die Sklaveneinfuhr vollständig zu unterbinden. Das war spät. In England gab es schon seit 1807 keine Leibeigenen mehr, in Frankreich seit der Französischen Revolution, und im Wiener Kongress war das Verbot in einem Abkommen international festgelegt worden.

»Wir haben Sklaven, und wir stehen auch dazu, aber würden wir anderswo leben oder in einer anderen Zeit, dann hätten wir eben keine, und voraussichtlich werden wir bald auch keine mehr haben«, pflegte Antônio zu sagen.

Heitor erschien dies alles sehr wichtig im Hinblick auf seine eigene Kaffee- und Zuckerfazenda. Dazu musste er frühzeitig die richtigen Vorüberlegungen treffen und sich vor allem darüber im Klaren sein, wie er es als Neuling mit den Sklaven halten wollte.

Heitor drängte es, alle, auch die weniger zentralen Anteile der Kaffeeproduktion, wie etwa den Vorgang des Röstens und Mahlens, kennen zu lernen. Denn der weitaus größte Teil der gewonnenen Bohnen wurde roh in Säcke gefüllt und verkauft, und nur kleine Mengen wurden zur Neuanpflanzung oder zur Röstung für den Eigenbedarf zurückbehalten. Heitor liebte es, den Vorgang des Röstens in der flachen Kupferwanne über dem Holzfeuer in der Küche des Herrenhauses zu beobachten und die herrlichen Düfte einzuatmen, die dabei den Raum erfüllten. Er verfolgte jedes Mal dieselben faszinierenden Veränderungen an den Kaffeebohnen: die beginnende Gelbverfärbung der flachen und hellgrünen Bohnen unter der Hitzeeinwirkung, währenddessen sich deren Volumen vergrößerte und die Furchen sich öffneten, dann den allmählichen Wechsel zum Gelbbraun, wobei der Schnitt sich immer deutlicher ausprägte und die Oberfläche eine leichte Maserung erhielt, während sich der Körper längs der Mittelfurche immer weiter ausdehnte. Die durch das Zerreißen der Zellwände bedingten lustigen Knackgeräusche kündigten schließlich den Höhepunkt des Vergnügens an: den köstlichen Augenblick, da das Aroma entwich, welches während der eigentlichen Bräunung und weiteren Aufblähung der Bohne seine volle Entfaltung erreichte.

Doch auch seine Mitwirkung an der Zuckergewinnung wollte Heitor nicht vernachlässigen. Die Verarbeitungsprozesse von der Pressung der Rohrstängel bis zur Verpackung der fertigen Kristalle waren ihm noch aus Piets Fabrik in Salvador geläufig. Auch der Erntevorgang auf den Plantagen war einfach. Heitor überlegte erneut, wie er den vergorenen Zuckersaft aus den Fermentfässern rascher und eleganter in den Destillateur befördern könnte als mit diesen lächerlich kleinen, primitiven Schöpfeimern. Er stellte sich immer wieder vor die Anlage und beobachtete kopfschüttelnd die Schöpferei durch die Sklaven. Zwischendurch nahm er ein Blatt Papier und zeichnete etwas darauf. Dann lief er mit großen Schritten vom einen Ende der Anlage zum anderen, als wollte er etwas ausmessen, und blieb dann wieder stehen.

An einem Sonntagmorgen erschien er strahlend bei Antônio und Jennifer Manuela zum Frühstück.

»Was ist mit dir? Hast du etwas Schönes geträumt?«, begrüßte ihn Jennifer Manuela mit einem schmatzenden Kuss auf die Wange.

»Nein, viel besser«, antwortete Heitor aufgekratzt. »Ich hab die Lösung.«

»Was für eine Lösung?«

»Kommt. Ich zeig's euch.«

Er drehte sich mit einer so zwingend auffordernden Geste um, dass sich die beiden anderen von ihren Plätzen erhoben, ihr Frühstück stehen ließen und ihm folgten.

Heitor führte sie in die Brennerei, die am heutigen Sonntag ungestört besucht werden konnte.

»Hier. Ich habe euch doch gesagt ... diese unmögliche Schwapperei ...«

Er äffte die ihm so sehr verhasst gewordenen Schöpfbewegungen nach und zeigte zu den Gärfässern.

»Das lässt sich alles viel einfacher und eleganter regeln«, sagte er.

Heitor begab sich nach hinten ins Halbdunkel und stellte sich in der Haltung eines Redners vor die Anlage.

»Der Vorteil ist, dass die Brennereien meistens ausreichend hohe Mauern aufweisen«, begann er zu dozieren. »Auf diese Weise lässt sich die Schwerkraft nutzen. Und die kann diese Arbeit übernehmen.«

Er legte eine kurze, spannungsvolle Pause ein.

»Man muss nur die Gärfässer etwas erhöht aufstellen«, so fuhr er mit den Bewegungen eines Zauberkünstlers fort. »Am besten auf ein Brett, das man oben anbringt ... etwa in diese Ecke da ... so, dass die Luftlinie zwischen Fass und Destillateur eine schiefe Ebene ergibt. Und auf dieser schiefen Ebene kann dann der Gärsaft am besten über eine einfache Holzrinne von selbst in den Destillateur fließen. Kein Schöpfen mehr ... nichts ... Man muss nur, sobald der Saft reif ist, die Verbindungsrinne anlegen, und alles Weitere geht wie von selbst.«

Heitor wartete gespannt.

Es dauerte eine Weile. Dann hallte Antônios Stimme vom anderen Ende des Gewölbes.

»Aha ... Man braucht also erst mal ein Brett ...«

Antônio kam nach vorn und zeigte nach oben zur besagten Ecke.

»Ja ... Das lässt sich leicht anbringen ... Und dann stellt man die Fässer darauf. Das geht ... Und dann ... eine Holzrinne oder so ein Ding ... von da nach da ...«

Er kratzte sich am Ohr.

»Ja. Das geht ... natürlich ... das ... und die Rinne ... leicht anzufertigen ... in dieser Länge. Ja ... Und dann muss oben noch eine Klappe hin, zum Öffnen, wenn der Saft fließen soll ... ja ... Wirklich, eine ausgezeichnete Idee.«

Antônio blieb länger stehen und nickte immer wieder mit dem Kopf. Dann drehte er sich um und ging geradewegs auf Heitor zu.

»Das ist in der Tat eine große Verbesserung ... ganz hervorragend ...«

Er schloss Heitor in seine Arme.

Jennifer Manuela lachte stolz im Hintergrund.

Dann gingen sie hinaus.

Diese Zusatzanlage wurde nicht nur rasch und unkompliziert gebaut und mit Erfolg in Betrieb genommen. Die Kunde von dieser Neuerung breitete sich wie ein Lauffeuer aus. Bald wurde dieses Prinzip auch von anderen Schnapsbrennereien der Stadt übernommen. Dies war nicht unbedingt in Antônios Sinn. Heitor hingegen sah es nicht ungern.

Antônio sah seitdem in Heitor erst recht einen unersetzlichen Mitarbeiter, fast einen Teilhaber seines Unternehmens. Er zog ihn nicht nur zu allen Beratungen und Planungen hinzu. Er beauftragte ihn auch mehr und mehr, für ihn Geschäftsverhandlungen in São Sebastião zu führen und die Abkommen mit den umliegenden Kleinbauern zu erneuern. Schließlich schickte er ihn auf Geschäftsreisen nach Santos oder in die Hauptstadt Rio de Janeiro, die Heitor auf diese Weise endlich voller Enthusiasmus kennen lernen durfte.

Heitors enge Zusammenarbeit mit Antônio brachte es mit sich, dass sich auch die Verbindung zwischen ihm und Jennifer Manuela so weit festigte, dass eine Heirat und damit das Weggehen der beiden immer unausweichlicher wurde. Alle drei wussten dies, vermieden jedoch, es ausdrücklich auszusprechen.

Es bedurfte in der Beziehung zwischen Heitor und Jennifer

Manuela keines erdbebenähnlichen Einschnitts mehr. Jennifer Manuela hatte Recht behalten mit ihrer Forderung nach einem natürlichen Wachstum der Beziehung. Es entwickelte sich im Laufe einer immerhin einige Jahre umfassenden gemeinsamen Zeit alles wie von selbst.

Irgendwann begann man im Herrenhaus von Antônios Gut offiziell von einer Hochzeit zu sprechen. Ihr Zeitpunkt wurde abhängig gemacht von der Bezugsfertigkeit eines neuen, eigenen Ehedomizils. Antônio stellte die Mitgift für den Erwerb einer kleinen Kaffeefazenda möglichst in unmittelbarer Nähe. Als alternder Witwer war ihm die Fortsetzung seiner Geschäfte ohne irgendeine Mitwirkung seitens seines Schwiegersohnes unvorstellbar. Heitor wusste zwar sein hohes Ansehen bei Antônio zu schätzen, er fühlte sich seinem Schwiegervater persönlich zutiefst verbunden und arbeitete auch nur zu gern mit ihm zusammen. Doch sein Drang nach Selbstständigkeit war stärker. Er wollte die Chance eines echten Neubeginns nutzen. Der ungestörte Aufbau einer eigenen, möglichst kinderreichen Familie ging unbedingt vor. Sehr lange würde Antônio wahrscheinlich gar nicht mehr seinen Betrieb weiterführen. Dann würde er ihn an Jennifer Manuelas Zwillingsbruder Paulo vererben, der gerade seine Schule in Rio beendete und hier sehnlichst erwartet wurde.

Heitor suchte erst gar nicht in der Umgebung von São Sebastião nach einem Kaufobjekt. Er nutzte seine Reisen nach Rio, um sich auf dem Weg dorthin umzusehen. Er war sicher, dass sich auch vom Ort seiner Wahl aus Möglichkeiten einer Unterstützung Antônios finden würden, solange dieser sie benötigte. Antônio spürte dies wohl und verstand es auch. Er ließ daher Heitor, wenngleich widerstrebend, gewähren.

Heitor suchte die ganze Kette der traumhaften Inselbuchten in der Nähe der Ilha Grande nach einem passenden Anwesen ab. Er durchkämmte den üppig bewachsenen Küstenstreifen mit seinen umbrandeten Felsen, den vielen weißen Stränden und dem, je nach Wetter, zwischen Tiefblau und Türkis oder auch Grau wechselnden Meer. Seine hauptsächlichen Anlaufstellen waren die malerischen Fischerstädte, deren Wohnhäuser und Bauernbetriebe sich um den Hafen die Berghänge hochrankten.

An einer kleineren Bucht mit mehreren vorgelagerten Inseln und einem bergigen und regenwaldüberwucherten Hinterland, das zu den Goldminen von Minas Gerais führte, entdeckte Heitor sein Wunschstädtchen: Portobelo.

Er hatte es an einem terrassenartig vorspringenden Aussichtspunkt auf der Straße zwischen Rio und Santos, an dem ein riesiges Holzkreuz angebracht war, zum ersten Mal gesehen. Je mehr er sich von dort der Stadt näherte, desto sicherer wusste er: Hier werden wir leben. Er wollte, wie bei allen anderen seiner Vorstöße bisher, als Erstes die Prefeitura Municipal der Stadt aufsuchen, um dort die Namen und Adressen etwaiger Fazendaverkäufer zu erfragen. Als er am Schiffsanlegeplatz mit einer schlichten, weißgekalkten Kirche davor, einigen Lagerhallen und einem überdachten Markt mit Obst und Fischen anlangte, musste er plötzlich, wie mit einem untrüglichen Vorgefühl, voller Inbrunst und Liebe an Jennifer Manuela denken. Es drängte ihn mit Macht hier an Ort und Stelle nach einer Art seelischer Generalreinigung, bevor er in den heiligen Stand der Ehe träte und diese Ehe in aller Gewissheit hier führen würde. Deshalb betrat Heitor, statt sich in die Stadt zu begeben, als Erstes die vor ihm stehende Kirche Santa Clara und verlangte nach dem Pfarrer: Padre Timóteo João Peludo, wie es auf dem Anschlagbrett geschrieben stand.

Als dieser in seiner schwarzen, speckigen Soutane auf Heitor zugehüpft kam, hatte er ein seliges Lächeln auf den Lippen und reichte dem jungen Bittsteller die Hand in einer Weise, als trüge er bereits den zu küssenden Kardinalsring. Dafür glitzerte am kurzen, dicken Hals des Seelenhirten ein Goldkettchen, welches weniger auf besondere geistliche Würde, als auf einen gewissen weltlichen Wohlstand hindeutete. Der Pater musterte den Fremdling von Kopf bis Fuß. Er schien zu merken, dass Heitor nicht recht in seine Gemeinde passte.

»Hochwürden. Ich begehre das Heilige Sakrament der Buße und des Abendmahls ... Ich möchte vor Gott und den Menschen rein sein, bevor ich ...«

Padre Timóteo drehte Heitor mitten in dessen Erklärung den Rücken zu und deutete mit einer schwungvollen Gebärde in das Halbdunkel auf einen Beichtstuhl in der Nähe des Seitenaltars. Er begab sich rasch dorthin, und Heitor folgte ihm. Heitor hatte kaum Zeit, die schlichte Einrichtung und den kargen Schmuck im Kircheninneren zu besichtigen oder sich gar Gedanken über die Stellung eines goldbehangenen Pfarrers in einer Armenkirche zu machen. Er war nur darauf bedacht, noch vor Erreichen des Beichtstuhls die begonnene Begründung seines Kommens vollständig anzubringen.

»Das Sakrament der Ehe soll für mich ein Neuanfang sein«, murmelte er, unsicher, ob der Pater seine Worte wirklich verstehen konnte.

Als dann hinter dem purpurfarbenen Vorhang das Gespräch nach dem geforderten Beichtritus begann, musste Heitor bald bemerken, dass Padre Timóteo kaum auf sein Sündenbekenntnis einging. Er schien sich dafür überhaupt nicht zu interessieren, oder Heitors Verstöße gegen die Gebote Gottes waren in seinen Augen allzu gering.

»Ehesakrament ...«, warf der Pater immer wieder im Halbflüsterton dazwischen. »Ehesakrament ...«

Dann plötzlich hob er, gleich nach dem nochmaligen Aussprechen dieses Wortes, deutlich die Stimme: »Kenne ich sie?«

»Nein. Sie wohnt ein paar Tagereisen von hier entfernt ... noch ... Aber wir wollen bald hierher ziehen.«

»Du bist also nicht von hier?«

Der Pater klang auf einmal interessierter.

»Nein. Aber wir möchten hier leben und arbeiten. Auf einer Fazenda.«

»Auf einer Fazenda? Welcher?«

»Ich bin hier, um eine zu erwerben. Gleich anschließend gehe ich in die Prefeitura, um nachzufragen.«

»Aha ... Was hast du mir sonst zu sagen, mein Sohn? Ich höre.«

Heitor war fast enttäuscht, dass der Pater vom Thema abließ, obwohl er sich über dessen Interesse daran als Beichtvater gewundert hatte. Er merkte, dass er nach Worten zu ringen begann. Ihm wurde jetzt die Belanglosigkeit seines bisherigen Sündenbekenntnisses bewusst. Außerdem hatten die Fragen des Paters seine Gedanken ziemlich weit abgebracht von der Sorge um sein Seelenheil und von seiner Liebe zu Jennifer Manuela zu mehr sachlichen Überlegungen.

»Möge Gott dir bei deiner Suche helfen«, fuhr der Pater unvermittelt dazwischen. »Ich werde bei dem Allmächtigen ein gutes Wort für dich einlegen.«

Heitor wurde immer verwirrter. Natürlich suchte er. Wir alle suchen unser Heil und uns selbst. Der Pater dürfte doch gewiss nicht die Fazenda gemeint haben, so schoss es Heitor durch den Kopf.

»Was hast du mir sonst zu sagen, mein Sohn? Ich höre.«

Heitor brachte nichts mehr hervor. Er spürte nur seine trockene Kehle und Schweißperlen auf der Stirn.

»Du brauchst nicht zur Prefeitura zu gehen«, sagte der Pater plötzlich, mit einer sehr andersartigen, jetzt wieder klareren Stimme. »Ich habe eine für dich.«

»Eine was ...? Für mich ...? Eine Fazenda ...?«, stieß Heitor mit Mühe hervor.

Er benötigte einige Sekunden schärfster Gedankenarbeit, um

auszuschließen, dass es sich hierbei um ein Geschenk der allgütigen Mutter Kirche handeln könnte.

»Eine Fazenda? Zum Verkauf?«, rief Heitor wie befreit.

»Darüber sprechen wir später, mein Sohn. Was hast du noch auf dem Herzen? Sprich.«

Jetzt verlor Heitor vollends die Beherrschung.

»Eine Kaffeefazenda?«, fragte er ungeniert.

»Nein, Zucker.«

Auch der Pater schien die Form nicht mehr weiter wahren zu wollen.

»Ich suche aber Kaffee.«

»Das macht nichts, mein Sohn. Hast du erst einmal Haus und Hof, bekommst du leicht etwas Zweites und Drittes oder noch mehr dazu ... mit Kaffee oder Zucker, wie du es wünschst. Denn wer da hat, dem wird gegeben, dass er die Fülle habe, Matthäus dreizehn, Vers zwölf. Erst musst du ein Anwesen haben, egal, was für eines. Ich habe sechs ...«

»Sechs Fazendas? Und wie hoch ist der Kaufpreis?«

»Psst. Darüber sprechen wir später.«

Padre Timóteo rief diese Worte mit erschrockener Stimme so laut, dass sie draußen vor dem Beichtstuhl mühelos vernehmbar gewesen wären.

»Sprich weiter, mein Sohn, ich höre«, fuhr er nach einer Weile im gewohnten Halbflüsterton fort, so als wäre nichts gewesen.

Heitor sagte, diesmal ohne Skrupel, nichts mehr.

»In nomine patris, filii et spiritu sancti. Ego te absolvo ...«, hörte Heitor sehr bald den Pater haspeln.

Zehn Minuten später, nachdem Padre Timóteo João Peludo kurz in seinem Pfarramt verschwunden war, um von dort die Baupläne, Eigentumsurkunde und sonstigen Unterlagen für das betreffende Kaufobjekt zu holen, befanden sich beide auf dem Weg zur Fazenda do Chafariz.

Diese umfasste immerhin einhundert Hektar, größtenteils mit Zuckerrohr bebaut, und war mit einigen Dutzend Sklaven ausgestattet. Das Haupthaus war alt und verwinkelt und hatte kleine Fenster und eine steile, ummauerte Rampe vor der Haustür. Vom Springbrunnen, von dem die Fazenda ihren Namen hatte, war nur noch eine Ruine übrig. Das Anwesen lag in Küstennähe, knapp zwanzig Kilometer nördlich von Portobelo, in einem waldreichen Gebiet, in der Siedlung Rio da Pinga. Von allen sechs Besitztümern des Paters lag die Fazenda do Chafariz am wenigsten weit und am wenigsten verborgen von Portobelo entfernt. Dies war offenbar der Grund dafür, dass der Seelenhirte sie möglichst rasch abzustreifen begehrte. Der Kaufpreis übertraf nur um weniges die von Antônio gestellte Mitgift von sechshundert *Milréis.* Heitor zögerte nicht lange. Mit einem notariellen Vertrag in der Tasche und gewichtigen Argumenten für die doch recht groß geratene räumliche Entfernung von seinem Schwiegervater kehrte Heitor nach São Sebastião zurück.

Dort konnte endlich mit den Vorbereitungen für die Hochzeit begonnen werden.

Antônio verkraftete die räumlichen Nachteile des Neukaufs rasch oder gab sich zumindest den Anschein. Man beeilte sich mit der Bestellung des Aufgebots. Denn spätestens in sechs Wochen, Ende April, vor Beginn der großen Erntezeit, wollte das Paar sein neues Heim beziehen. Die Feier sollte eher bescheiden in kleinem Kreis stattfinden. Antônio hatte nicht viele Freunde. Außerdem war es für ihn mindestens so sehr ein Abschieds- oder gar Trauerereignis wie ein Freudenfest.

Die Zeremonie fand in der Pfarrkirche von São Sebastião statt und wurde von Padre João Rodarte da Gama geleitet, Heitors und Jennifer Manuelas Lieblingsprediger während der jahrelangen gemeinsamen sonntäglichen Gottesdienste. Antônio führte seine Tochter in die Kirche und übergab sie mit feierlich beherrschter Miene dem dort wartenden Bräutigam. Sie trug ein schneeweißes Brautkleid mit Schleier und Kranz auf dem Haar, er einen extra geschneiderten englischen Anzug. Das Kirchenschiff und der Altar erstrahlten im Glanz von Hunderten von Kerzenlichtern, und es duftete stark nach Weihrauch.

Nach vollzogener Trauung und Messe begab man sich ins Brauthaus zum Festbankett. Es gab reichlich zu essen. Schmackhaftes und Erlesenes: Ragout aus Geflügel und Meerestieren, in *dendê*-Öl Gebackenes, Schweinebraten mit Bohnenklößen und Maniokbrei, Krabbenspinat und Fischgemüse, Gerichte, die Heitor noch von den Straßenverkäuferinnen und aus Piets Haus in Salvador kannte und sich gewünscht hatte, und es wurden mehrere Flaschen geöffnet. Die *colonos* und Sklaven hielten im Nebenraum ein Gelage mit denselben Speisen ab. Es gab zwischendurch immer wieder Reden, Toasts und Trinksprüche bei erhobenen Gläsern mit *cachaça* oder feinstem französischem Champagner aus dem Keller. Zu den spärlichen Gästen zählten Mané da Costa Leal, ein Fischereibesitzer, und dessen Frau, Faustino, der hoch geschätzte Meister der örtlichen Musikschule, und ein geladener Anwalt, zugleich entfernter Verwandter des Brautvaters, ebenfalls mit Anhang. Padre João Rodarte hielt sich mit seinen Worten zurück und genoss still aus seinem Glas, nachdem er in der Pfarrkirche seine Pflicht getan hatte. Bald wurde gesungen und getanzt. Antônio behielt großartig ein fröhliches Gesicht.

Irgendwann erhob sich der Padre plötzlich doch. Er hatte sich nach dem letzten Tanz zwischen das Brautpaar gesetzt. Als er, trotz der vielen Gläser, kerzengerade stand, berührte er zärtlich die Schultern der beiden zu seiner Seite und hob den Kopf so hoch, dass alles still wurde.

»Nein, nein, ich halte keine Rede«, sagte er mit etwas schwerer Zunge. »Es ist gleich vorbei. Es kommt aus tiefster Seele, was ich euch beiden mitgeben will, bevor ihr Lieben uns hier alle verlasst. Es sind drei Dinge, die ich euch ins Herz schreiben möchte, drei geistige Güter, die wie glänzende Goldstücke euren Weg ins Leben, zu einem reichen Kindersegen und einer fruchtbaren Arbeit bepflastern mögen ...«

Er machte eine kurze Pause. Dann ergriff er nochmals sein Glas, erhob es und rief mit feierlich bewegter Stimme: »*Clareza, firmeza, prosperidade.*«

Heitor musste lange darüber nachdenken, was die drei magisch in seinem Ohr nachklingenden Worte für sein bevorstehendes Eheglück bedeuteten. Irgendwann kam er zu dem Schluss, dass er eines dieser Zauberworte später einmal zum Namen eines seiner zukünftigen Besitztümer erheben würde. Er wusste nach einigen weiteren Überlegungen auch schon welches. Trotz der Gemeinsamkeiten zwischen den drei Bezeichnungen entschied er sich für Prosperidade. Dieser Ausdruck, der so viel wie Wohlstand, Erfolg und Glück besagte, fasste nach seiner Meinung am treffendsten seine Fähigkeiten und seine Bestimmung zusammen, eindeutiger und erschöpfender als Klarheit und Beständigkeit, an der er, in Anbetracht seines bisherigen Lebensweges, zweifelte.

Das Jahr 1865 stand unter einem guten Stern. Er und Jennifer Manuela hatten ihren ersten eigenen Besitz von einem Geistlichen erworben. Von einem anderen hatten sie bei ihrer Eheschließung den Segen dafür erhalten. Besser konnte es nicht sein. Jetzt ließ sich mit gutem Mut anfangen und auf einen andauernden Zuwachs in allen Lebensbereichen hoffen.

Bernice bezog Ignácio immer tiefer in ihre Welt ein, obwohl ihr diese, je mehr sie davon preisgab, im Vergleich zu der seinen ärmlich und unbedeutend vorkam.

An einem warmem Septembertag nahm sie ihn mit in ihr Elternhaus in Oberwill am Zugersee, an der Artheer Straße zwischen dem Tellenörtli und der Schiffsstation, wo Bernices Mutter seit dem Tod des Vaters vor zwei Jahren allein lebte, wenn sie nicht gerade ihrer alten Schwester Maria Antônia Unterschlupf gewähren und sie pflegen musste, was zur Zeit wieder einmal der Fall war.

Ignácio trug trotz der starken Mittagssonne dieselbe glänzende schwarze Lederjacke wie damals bei seiner Buchpräsentation, dazu Hosen mit ungewohnt scharfen Bügelfalten, und er hielt während der ganzen Autofahrt von Zürich nach Zug einen großen, bunten Herbstblumenstrauß in seiner Faust wie eine Machete fest.

Als sie im Haus angelangt waren, fanden sie in dessen Windfang auf der Hutablage eine schriftliche Nachricht von Bernices Mutter vor, in der sich diese entschuldigte, dass sie »unvorhergesehen« zu ihrem Wochenend-Chalet auf dem Sattel über Einsiedeln habe aufbrechen müssen, »wegen dringender Handwerkerarbeiten«, sodass heute leider erst sehr spät mit ihr zu rechnen sei. Typisch Mama. Eine feste Verabredung nach überschwänglichen Interessebekundungen für den neuen Freund aus Brasilien, und dann, schwupps, einfach weg. Bernice kannte ihre Mutter, ihre Unzuverlässigkeit und Oberflächlichkeit, ja, in gewissem Sinne Unglaubwürdigkeit. Doch dies hier versetzte ihr dennoch einen Stich.

Nachdem sie in der Küche Ignácios Blumen eingestellt hatten, führte Bernice ihren Gast durchs Haus. Das Wichtigste waren ihr im Arbeitszimmer ihrer Mutter das Ölporträt ihres Urgroßvaters und der Sekretär, die sie beide Ignácio gegenüber schon mehrfach erwähnt hatte.

Ignácio verweilte dort, zu Bernices Freude, recht lange, betrachtete ehrfürchtig den verschlossenen Sekretär und strich mit kennerhafter Miene mit seiner Fingerkuppe über den Lack der Außenfläche.

»*Que peça ... que preciosidade ...*«, murmelte er versonnen.

Dann blickte er zum Ahnenporträt an der Wand.

»Ah ... Und das da ist also der *bisavô brasileiro*«, rief er fast jubelnd und streckte etwas theatralisch seine Brust hervor.

Obwohl Bernice einen Augenblick an Ignácios Ernsthaftigkeit zweifelte und auch um seinen wenig ausgeprägten Sinn für Tradition wusste, war sie stolz und glücklich, ihm endlich auch einmal anschaulich und greifbar ein Stück ihrer eigenen Vorgeschichte vorführen zu können. Wobei gerade in dem Raum, in dem sie beide standen, vieles zusammenfloss: ihre frühesten Erinnerungen, ihre Angst als kleines Mädchen vor den über Urgroßpapas Ölfarbenantlitz huschenden Märchen- und Urwaldgestalten, die ihr angedroht worden waren, wenn sie unartig war, Großpapas unvergessliche Erzählungen unter diesem Bild, seine rührende physiognomische Ähnlichkeit damit, Weihnachten, der Duft nach Tannennadeln, Weihnachtsgebäck und Portwein, Kinderträume, Kindersehnsucht. Es war ein bewegender Augenblick, Ignácio hier zu haben. Ein Stück Gegenwart, die nicht nur Vergangenheit, sondern – möglicherweise gemeinsame – Zukunft in sich barg.

Auch ihr ganz eigenes, ehemaliges Reich in diesem Haus musste Ignácio gesehen haben, bevor sie es wieder verließen, auch, wenn sie es kaum mehr bewohnte, ihr kleines, einstiges Kinderzimmer, das inzwischen als Bügelraum genutzt wurde, wenn sie sich nicht gerade zu ihren immer selteneren Besuchen hier aufhielt.

Dann gab es noch das Gästezimmer, früher zeitweise das Zimmer ihres älteren Bruders Enrico, zeitweise auch das Arbeitszimmer ihres verstorbenen Vaters. Jetzt war Tante Maria Antônia dort untergebracht, nachdem ihr Bruder Gilberto sie wieder einmal aus ihrem zuletzt gemeinsam mit ihm bewohnten Elternhaus in Hünenberg bei Cham hinausgeworfen hatte und für sie jetzt eine neue Wohnung, diesmal mit Pflegerin, gesucht werden musste, als einzige Alternative zur neuerlichen Einweisung in das Privatnervensanatorium Sonnmatt am Zürcher Berg.

Bernice klopfte vorsichtig an und betrat, von Ignácio gefolgt, den Raum. Er war infolge der geschlossenen Fensterläden halbdunkel und schien seit Tagen nicht mehr gelüftet worden zu sein. Auffallend war ferner das Chaos der Möbel. Lauter unmöglich zusammenpassende Schränkchen, Kommoden und Tischchen standen neben der Bettcouch. Auf einer der Kommoden lag ein Papierstoß. Als einzige Sitzgelegenheit ragte im Hintergrund ein mächtiger schwarzer Ohrensessel, in dem, irgendwann plötzlich, Maria Antônia zum Vorschein kam. Bernice und Ignácio begaben sich sogleich zu ihr hin.

Maria Antônias Gesicht war grau und eingefallen und ihr Haar ausgedünnt, und sie hatte lange, gelbe Fingernägel. Sie schien ihre Besucher lange nicht zu bemerken. Doch als sich Ignácio vor sie hinstellte und sie beherzt auf portugiesisch ansprach, blickte sie hoch. Ein Leuchten flog über ihre erloschenen Augen, die nur noch äußerlich an die von Großvater beschriebene nussähnliche Form und Farbe ihrer Kinderjahre erinnerten. Sie bewegte den Mund, erst stumm, dann entrangen sich ihm die ersten und einzigen Worte, auf Deutsch und mit überaus dünner und zittriger Stimme:

»Das Leben ist so hart und schwer.« Und dann, nach einer

kurzen Pause und in noch klagenderem Ton: »Man weiß gar nicht mehr, wohin man gehört …«

Dann sprach sie ein Wort aus, das Bernice, weil sie es nicht verstand, für einen portugiesischen Ausdruck hielt und deshalb Ignácio anblickte, der jedoch genauso wenig damit anfangen zu können schien. Umso unbeirrter redete dieser, sie weiterhin anlächelnd, in seiner Landessprache auf sie ein. Sie jedoch wiederholte nur ihre zwei Klagesätze und den einen unverständlichen Ausdruck und starrte dabei unentwegt in Ignácios Gesicht, als fühle sie sich magisch angezogen von dessen Prägnanz und strubbeliger Schwärze, vielleicht auch Fremdartigkeit und Vertrautheit zugleich.

Irgendwann wurde Ignácio auf den Stoß bekritzelter und bemalter Blätter aufmerksam, den Bernice bereits beim Betreten des Zimmers bemerkt hatte. Sie hatte Ignácio bereits eingeweiht in die seltsame, unversiegbare Leidenschaft ihrer Tante, ihre Fantasien und ihre wirren Gefühle und weit zurückliegenden Erinnerungen in grellen, bizarren Zeichnungen zum Ausdruck zu bringen.

Ignácio blickte fasziniert auf die Abbildung einer nackten schwarzen Frau mit einem goldenen Heiligenschein, enormen Brüsten und gespreizten Schenkeln, auf einem Bett liegend und von bunten Glühbirnen umzäunt. Er betrachtete die Zeichnung aufmerksam, schien es jedoch nicht zu wagen, sie in die Hand zu nehmen.

»Früher hat sie auch fotografiert«, sagte Bernice, als sie wieder draußen auf dem Flur waren. »Aber das ist schon lange her. Das war vor meiner Zeit.«

Ignácio schüttelte lächelnd den Kopf. Er schien irgendwie berührt von dieser Begegnung zu sein. Bernice war darüber glücklich und schämte sich zugleich ein wenig. Doch sie sprachen nicht weiter darüber.

Sehr bald brachen sie wieder mit Bernices kleinem, grünem

Fiat nach Hünenberg auf, das in ihrem heutigen Besucherprogramm mit einbezogen war.

»Ist dein Onkel eigentlich geschieden?«, fragte Ignácio mit besorgter Miene, als sie, von Oberwill über Zug den See entlang nach Cham fuhren, um von dort aus nach Hünenberg abzubiegen.

»Der war nie verheiratet«, antwortete Bernice trocken.

»Hast du nicht gesagt, er habe einen Sohn?«

»Einen Adoptivsohn ... Er heißt Ali und lebt hier mit seiner Familie in einem großen Haus, das ihnen mein Onkel vor mehreren Jahren hat bauen lassen, als sie geheiratet haben. Jetzt ist er sehr leidend und sammelt hauptsächlich Antiquitäten.«

»Wer? Der Onkel?«

»Nein, der Sohn. Er hat Asthma ... und ist schon lange arbeitsunfähig.«

Ignácio schwieg.

Bernice merkte, dass sie sich vor weiteren Fragen dieser Art fürchtete. Sie hatte Ignácio über ihren Onkel bisher am wenigsten erzählt. Nur, dass er ein berühmter Professor sei und dass sie ihn als Kind vergöttert und mit ihm früher viel unternommen habe. Vor allem die ausgiebigen und abwechslungsreichen Wanderungen in den Schweizer Alpen, im Schwarzwald und in der Toscana hatte sie erwähnt und dass der Onkel ihr dort zahlreiche Pflanzen und Bäume erklärt und diese mit der brasilianischen Vegetation verglichen habe. Dass sich ihr Verhältnis zu ihm in den vergangenen zehn Jahren zunehmend verschlechterte, hatte sie bisher nur angedeutet. Ignácio wusste nur Näheres von den Streitigkeiten zwischen Gilberto und dessen Schwester Maria Antônia und von deren wiederholtem Auszug aus dem gemeinsamen Hünenberger Haus.

»Und dein Onkel lebt jetzt allein in diesem Haus?«, erkundigte sich Ignácio als nächstes.

Bernice war erleichtert über diese verhältnismäßig harmlose Frage.

»So ziemlich«, antwortete sie. »Er kauft selbst ein und kocht. Manchmal kommt eine junge Frau aus Zug, die dort einen Töpferladen unterhält und die er sehr gut bezahlt ... Sie scheint nett zu sein, putzt und verschönert gelegentlich das Haus ... Vor ein paar Jahren hat er sich einen malaysischen Kammerdiener gehalten, ihn aber bald wieder auf die Straße gesetzt, weil er ihm sein Auto kaputtgefahren hat. Jetzt kommt nur noch regelmäßig seine alte Sekretärin, die Frau Scheuch, die er von der Hochschule privat übernommen hat, nach seiner Emeritierung. Ich glaube ... Heute ist Dienstag ... Dann ist die wahrscheinlich da.«

»Und er auch?«

»Wenn sie da ist, sowieso.«

Nach dem Ortseingang von Hünenberg bogen sie von der Chamer Straße nach links ab und gelangten, zurück durch eine Autobahnunterführung, an die Bundesrat-Zemp-Straße, die inzwischen parallel und in geringer Entfernung zur Autobahn zwischen Luzern und Zürich auf deren Seeseite verlief. Vor einem ziemlich am Ende der Straße gelegenen Haus hielten sie an und stiegen aus.

Bernice war über den Zustand der Außenfassade des Hauses erneut entsetzt. Die Mauer wies zwar noch in erkennbarem Ausmaß einen weißen Anstrich auf. Doch die Fensterläden waren in Ermangelung jeglichen Farbüberzuges so sehr jeder Witterung ausgesetzt, dass ihre Oberfläche sich aufzulösen begann.

»Ziemlich laut hier«, vermerkte Ignácio, auf die Autobahn dicht hinter ihnen deutend.

»Das hört mein Onkel nicht. Er ist fast taub auf dem linken Ohr«, antwortete Bernice. »Hauptsache, der Seeblick ist ihm geblieben.«

Bernice zog ihren Schlüssel zum Haus aus der Tasche und

klingelte trotzdem. Über der Klingel war, jetzt, fast fünfzehn Jahre nach Großvaters Tod, immer noch das Messingschild mit dem Namen Pedro José de Melo angebracht.

Sie mussten ziemlich lange warten, bis ein Schatten hinter der Milchglasscheibe auftauchte und von innen ein Schlüssel zwei Mal scheppernd im Türschloss umgedreht wurde.

Es war Frau Scheuch, die öffnete. Eine Dame von feinem, etwas spitzem Aussehen, in einem eng geschnittenen Kleid in diskretem Dunkelblau. Sie war, wie Bernice wusste, nur etwa zehn Jahre jünger als ihr einstiger Chef an der Hochschule.

Frau Scheuch begrüßte die beiden Besucher an der Haustür mit ihrem charakteristischen süßlichen Lächeln, führte sie in den dunklen Flur des Hauses und schloss die Türe sofort wieder geräuschvoll doppelt ab.

Bernices Frage, ob vielleicht Onkel Gilberto da sei, begegnete Frau Scheuch rasch mit der in gleich bleibend freundlichem Ton vorgetragenen Gegenfrage, ob denn der Herr Professor Gilberto von diesem Besuch wisse. Dann wies sie unbestimmt auf die drei bzw. mit der Küche vier verschlossenen Türen im dunklen Flur, obwohl doch völlig klar war, dass sich Onkel Gilberto, wenn er im Parterre unten war, einzig in seinem Arbeitszimmer ganz links aufhalten konnte. Bevor Bernice auf Frau Scheuchs Gegenfrage antworten oder dieser Gegenfrage mit einer weiteren Gegenfrage begegnen konnte, war Frau Scheuch bereits die Treppe hinauf verschwunden.

Wahrscheinlich war es das Unverfänglichste, wenn Bernice Ignácio als nächstes in das Esszimmer führte. Bernice hatte Ignácio schon von den Sonntagsbesuchen ihrer Familie bei ihrem Großvater während ihrer Kindheit erzählt. Man war meistens nach dem Besuch der Messe in St. Michael in Zug nach Hünenberg aufgebrochen. Dort gab es immer ein herrliches Mittagessen, gekocht von der alten Elsie, sobald diese aus ihrer Kirche zurückgekommen war. Besonders den von ihr zubereiteten goldgelben, körnigen Butterreis mit einem unnachahmlichen Wohlgeschmack liebte Bernice über alles. Sie nannte ihn Elsie-Reis, so wie Großvater das Sonntagshuhn *frango* nannte, was es in Brasilien neben Rindfleisch und Fisch am häufigsten gegeben hatte, was jedoch in der Schweiz zu Großvaters Zeiten noch nicht so alltäglich gewesen war wie später. Zum Nachtisch wurden meistens stundenlang mit Zucker eingekochte und unglaublich sättigende *doces* wie in Portobelo serviert, nur nicht aus Kürbis, sondern aus landesüblichen Früchten. Großvater hatte seinen festen Sitzplatz auf der Bank unter der Messinguhr, mit dem Blick auf das Gemälde von der Bucht von Rio neben der Türe zum Flur, wohingegen Bernice, die Großvater gegenübersaß, immer den schwarzen Minutenzeiger auf der Messinguhr verfolgen konnte. Am Ende eines jeden Ganges drückte Großvater auf den Klingelknopf hinter seinem Rücken an der Wand, und dann erschien Elsie, die immer in der Küche essen musste, mit einem Tablett. Elsie sprach recht laut, ein bisschen wie aus einer Gießkanne, und in Anbetracht ihrer schwäbischen Herkunft mit einem fast noch komischeren Dialektgemisch als Großvater. Sie hatte ein großes, rotes und manchmal verweintes Gesicht und hinten zusammengeknotetes, graublondes Haar, das morgens noch straff saß, sich jedoch gegen Abend unordentlich lockerte; und ihre grobe, meist graublaugemusterte Kleidung und Schürze roch immer, auch vor dem Essen, ein wenig nach Abwaschwasser und Bratfetten. Nach dem *cafezinho* pflegte Großvater seine Sitzhaltung unauffällig so weit in die Waagrechte zu verschieben, dass er gleich einschlief, was für die anderen das Zeichen war, die Tafel aufzuheben. Dann begab sich Bernice am liebsten in die Küche, wo sie sich von Elsies schwerer Jugend auf der deutschen Seite des Bodensees erzählen ließ und von deren Freundinnen, die alle ebenfalls Dienstmädchen in der Hünenberger Umgegend und in der Mehrzahl mit irgendwelchen Stigmata behaftet waren, bucklig, halb blind oder mit verkrüppelten Fingern vom Putzen oder von den chronischen Entzündungen durch die zwischen die Fingernägel geratene Stahlwolle. Wobei Elsie immer wieder sagte, wir alle würden im Jenseits belohnt werden für unsere vielen hienieden geleisteten Mühen und für die erlittenen Entbehrungen. Sie sprach viel von Gott und von der ewigen Seligkeit, und man konnte sie oft vom Flur aus oder sogar durch zwei Türen hindurch inbrünstig Kirchenchoräle singen hören. Wie Bernice von Mama wusste, hatte Elsie während des Krieges statt dieser Choräle manchmal auch das Horst-Wessel-Lied und andere Nazilieder gesungen und bei ihren Telefonaten im Flur mit ihren Freundinnen von Walhalla geschwärmt, ja, als Deutsche, seit der Machtergreifung, überhaupt gegen ihre Herrschaft bedrohlich aufgetrumpft, jedenfalls bis zur Wende in Stalingrad.

Ignácio hatte sich beim Anhören dieser letzten Geschichten vor Schaudern geschüttelt. Bernice hatte daraufhin Ignácio viel von ihrem Großvater vorgeschwärmt, dass er für sie immer wie ein ruhender Pol, ein fester Halt gewesen war, ungeachtet seiner Einsilbigkeit und Brummigkeit während ihrer Besuche. Bernice hatte Ignácio die schweren, messingbeschlagenen Geschirrkommoden im Esszimmer geschildert, den Duft der von Großvater gelegentlich gerauchten *charutos* und die gemütlichen Nachmittagstees in der Esszimmersitzecke, mit Obstkuchen, die mit Nüssen und Rosinen bespickt waren wie an den Sonntagen in Portobelo. Und sie hatte erzählt, dass Großvater während dieser Tees manchmal aus seiner Wortkargheit ausbrechen konnte und dann, ähnlich wie zu Weihnachten, die eine oder andere Episode aus der brasilianischen Vergangenheit aufleben ließ.

Kurz nachdem Bernice und Ignácio das Esszimmer betreten hatten, sahen sie vor dem Fenster einen jungen, dunkelhaarigen und schlankgewachsenen Mann in Badehose durch den Garten huschen.

Bernice wollte Ignácio gerade über die Schwäche ihres Onkels für attraktive junge Männer aufklären, da kündigte plötzlich das Geräusch des Pantoffelschlurfens auf dem Flur die Ankunft des Hausherrn an.

Entweder hatte das für den Schwerhörigen extra laut gestellte Klingeln des Telefons auf dem Flur oder sonst ein Beweggrund den Onkel aus seinem Versteck hinter einer der vier geheimnisvollen Türen gelockt, falls sich der Onkel nicht doch gerade in der Küche sein fleischloses Süppchen zurecht gemacht hatte, was sie andererseits vorher hätten sehen müssen, weil der Onkel immer die Küchentüre offen ließ, wenn er sich dort aufhielt. Bald öffnete sich jedenfalls die Esszimmertüre, und der Onkel trat herein. Bernice entging nicht Ignácios erschrockene Miene, als dieser, nach den sich immer bedrohlicher häufenden Vorboten, den Alten endlich zu Gesicht bekam. Und sie verschmerzte auch nie den gewaltigen Händedruck des Onkels, unter dem Ignácio zusammenzuckte, ähnlich wie Don Giovanni unter der eisigen Umklammerung des Commendatore.

»Aha, ein Achtundsechziger«, hatte Onkel Gilberto während jenes schmerzhaften Händedrucks Ignácio überlaut entgegengeschleudert, mit aufgesperrtem Rachen und der charakteristischen Hinwendung seines leidlich intakt gebliebenen rechten Ohres zu ihm. Und als Ignácio daraufhin den Alten nur fragend angeblickt hatte, da er den Ausdruck Achtundsechziger nicht verstand, ihn wahrscheinlich auch nicht auf Englisch verstanden hätte, hatte jener, mit noch tiefer in den Rumpf gezogenem Kopf und boshaft mit den Mundwinkeln zuckend, ergänzt: »Ich meine, einer dieser linken Langhaarigen.« Was Ignácio inzwischen sogar auf Deutsch verstand.

Diese ersten Worte waren wohl auch ziemlich die letzten. Die Wege zwischen Bernices Onkel und ihrem Geliebten trennten sich zwangsläufig rasch. Den einzigen Gedanken, den

Bernice noch hatte, war, so schnell wie möglich durch die zweifach verschlossene Haustüre zu entkommen. Sei es, dass Bernice sich doch dazu hatte überwinden müssen, Frau Scheuch hinunter zu bitten, damit sie ihnen aufschließe, sei es, dass sie der Onkel irgendwann eigenhändig mit Hilfe seines Schlüssels hinausbeförderte, um damit seiner herabsetzenden Äußerung Ignácio gegenüber Nachdruck zu verleihen, oder sei es, dass, nicht weniger kränkend, die Türe plötzlich wie von allein auffordernd offen stand, nachdem vermutlich Frau Scheuch im richtigen Augenblick diskret dafür gesorgt hatte. Jedenfalls war es endlich so weit, dass Bernice und Ignácio das wieder zweifache Kreischen des Türschlosses dicht hinter sich hörten, unmittelbar nachdem sie die Schwelle überschritten hatten und aufatmend ins Freie traten.

Noch während der gemeinsamen Rückfahrt nach Zürich hörte Bernice sich mit zitternder Stimme Ignácio fragen: »Magst du mich überhaupt noch? Mit so einer Verwandtschaft?«

Als sie am späten Abend wieder einmal im Gorgot, der spanischen Weinbodega an der Zürcher Oberdorfstraße, saßen, ließ sich Bernice endlich etwas eingehender über die Person ihres Onkels und ihre wechselhafte Beziehung zu ihm aus. Sie verwies auf seine schleichenden Veränderungen seit Großvaters Tod, vor allem seit der Festigung seiner Beziehung mit Ali.

»Ali? Ist das nicht der kranke Adoptivsohn?«, erinnerte sich Ignácio.

»Ja.«

»Ist der noch so jung?«

»Inzwischen geht er auf die vierzig zu. Sie kennen sich schon seit zwanzig Jahren. Aber adoptiert hat er ihn erst sehr spät.«

Bernice begründete dies damit, dass dieser Ali der Höhepunkt einer ziemlich langen Reihe von Männerfreundschaften ihres Onkels gewesen sei.

»Und dieser Mann im Garten heute, gehört der auch dazu?«, bohrte Ignácio erbarmungslos nach.

»Jetzt, da Ali immer leidender und hinfälliger wird, wendet er sich vermehrt wieder anderen zu«, antwortete Bernice verlegen.

Ignácio schaute Bernice forschend an.

»So richtig und offen hat er sich seine Neigungen erst nach dem Tod seines Vaters zugestanden, als er sozusagen frei von der väterlichen Instanz war«, fügte sie nach einer Weile hinzu.

Dann berichtete sie kurz von den Umständen, die zu Alis Heirat Ende der sechziger Jahre geführt hatten. Seine Bekanntschaft mit seiner etwa gleichaltrigen Atemtherapeutin Resi aus dem Mariä-Hilf-Krankenhaus in Cham, wo Ali wegen seines Asthmas in Behandlung war, und von Resis baldiger Schwangerschaft.

»Ach. Dann ist dieser Ali gar nicht richtig homosexuell?«, schlussfolgerte Ignácio.

»Das würde ich nicht sagen ... Diese Schwangerschaft ... oder Schwangerschaften ... die echten und die vorgetäuschten ... Das ist eine reichlich verworrene Geschichte ... Dieses teuflische Weibsstück ...«

Bernice merkte, wie ihr vor Erregung die Stimme fast versagte. Ignácio schüttelte immer verwunderter den Kopf.

»Lassen wir das Thema ... Ich erzähl dir ein andermal mehr«, brachte sie gerade noch hervor.

»Du hast ihn gern gehabt?«

»Gehabt, ja ... Wer ihn heute sieht, so wie du, kann sich nicht vorstellen, was für ein gescheiter und liebenswürdiger Mensch der einmal gewesen ist. Zumindest erschien er uns so ...«

»Seine Augen blitzen immer noch wie die eines Jünglings«, bemerkte Ignácio mit verschmitztem Gesicht.

»Nein, der tut's nicht mehr lange!«, rief Bernice aufgebracht. »Die anderen werden erkennen müssen, dass sie ohne ihn nichts sind ... Wenn es schon ein Mann sein musste, warum gerade der? Und dazu noch mit dieser Frau?«

»Bist du eifersüchtig?«, fragte Ignácio verblüfft. »Du solltest es besser nicht sein!«

Jetzt fasste sich Bernice ein Herz und beschloss, ihre inzwischen feststehende Meinung über ihren Onkel, ihre Wut und Enttäuschung, mit möglichst knappen und drastischen Worten wiederzugeben, um so dieses Thema zu beenden.

»Was der alles so gemacht hat ...«, sagte sie, »dieser Hausbau für die Familienidylle mit ihm als selbst ernanntem Oberhaupt und die Adoption, das war nur ein übles Machtspiel und eine meisterhafte Inszenierung. Und wer solche Inszenierungen nötig hat und sie mit dieser Bravour durchführt, der ist nicht das Opfer unglückseliger Entwicklungen. In dem saß der Wurm von Anfang an. Der hat sein Lebtag uns allen was vorgespielt. Und wenn es der Sonnenschein auf unseren so schönen Wanderungen war. Sein ganzes Leben ist eine einzige Inszenierung gewesen. Ich hätte ihm besser nie über den Weg trauen sollen.«

»Vergiss ihn. Lass von ihm ab«, meinte Ignácio.

Zu Bernices großer Überraschung und Freude ließ sich Ignácio, ziemlich kurz vor seiner Heimreise nach Brasilien, auf eine Teilnahme an einem Bioenergetik-Wochenendkurs gemeinsam mit ihr ein, dazu noch unter den spartanischen Verhältnissen in einer abgelegenen Berghütte.

Sie fuhren an einem Freitagnachmittag nach Flüelen am Fuß des Gotthardmassivs und stießen dann in Richtung Klausenpass vor bis in die Nähe von Unterschächen, von wo aus sie eine Seilbahn auf sechzehnhundert Meter Höhe brachte.

Die Hütte, ein von Wind und Wetter ausgebleichter Bretterverschlag in einem Moosbett und einem Tag und Nacht anhaltenden Bimmeln von Ziegenglocken und reiner, würziger Luft, befand sich in der Nähe der obersten Bahnstation. Ignácio fügte sich rasch in die Kursgruppe ein, die aus zehn sehr verschiedenartigen und, wie er Bernice gegenüber vermerkte, eigentlich ganz netten, aber etwas verschrobenen Leuten zusammengewürfelt war, und er nahm ohne Zaudern am vollständigen Kursprogramm teil. Meistens wurden Körperübungen durchgeführt, bei denen es hauptsächlich auf die Atmung, auf bestimmte Körperhaltungen und -bewegungen ankam und bei denen nur sehr wenig gesprochen wurde, sodass sich für den lateinamerikanischen Teilnehmer keine besonderen Verständigungsprobleme ergaben. Der Kursleiter war außerdem ein in Zürich lebender Amerikaner, der seine theoretischen Zwischenerläuterungen auf Englisch abgab, sodass Ignácio leicht mit seinen Englischkenntnissen auskam, wenn er es für nötig hielt, mit den anderen Kursmitgliedern ein paar Worte zu wechseln.

Mehr Schwierigkeiten bereiteten Ignácio die gemeinsam mit Bernice unternommenen Spaziergänge auf dem steinigen Bergkamm zwischen Hütte und dem noch etwas höher gelegenen Bergsee während der längeren Mittagspausen, abends oder auch nach dem Frühstück. Denn Ignácio hatte, wie er erst auf der Seilbahn bemerkt hatte, sein einziges Paar Halbschuhe in Zürich vergessen und trug nur seine brasilianischen *sandálias* an den Füßen.

Spätestens beim dritten Gang am Samstagmittag war Ignácios Stimmung schon so weit auf dem Nullpunkt angelangt, dass Bernice die Wanderung bereits mit einem ängstlichen Vorgefühl angetreten hatte.

»Wohin steuerst du eigentlich?«, fragte Ignácio sie plötzlich in gereiztem Ton, kurz nachdem sie losgezogen waren und Ignácio sich mit grimmigem Gesicht darauf konzentrierte, seine offenbar schon ziemlich ramponierten Füße Schritt für Schritt richtig zwischen die spitzen Steine zu platzieren.

Bernice schaute ihn fragend an, was seinen Zorn nur noch weiter zu steigern schien.

Dann nuschelte er etwas, was Bernice zuerst nicht verstand, es jedoch bald, mit seiner Hilfe, als das entziffern konnte, was nach ihrem Verständnis »Kraut und Rüben« hieß.

»Das ist Kraut und Rüben, was du da machst«, warf er ihr vor. »Dieses viele Zeugs mit den komischen Namen, die man sich nicht merken kann und womit ihr Psychologen und Ärzte um euren eigenen Bauchnabel kreist ... Urschrei ... Shiatsu ... oder wie das heißt. Das, was wir jetzt gerade machen, finde ich interessant und hilfreich ... Und ich finde es schön, das zusammen mit dir zu machen, aber reicht das nicht aus, dieses eine? Mir wird richtig schwindelig bei dem, was du alles gleichzeitig machen willst. Du verzettelst dich. Wenn du so weitermachst, verlierst du den Boden unter den Füßen.«

Im selben Augenblick zog Ignácio blitzartig und mit einem kurzen Aufschrei einen Fuß in die Höhe.

Als sie wieder in Zürich waren, nahm diese Art Auseinandersetzung zwischen den beiden noch viel schlimmere Formen an.

Jetzt tat Ignácio einfach alles, was mit Psychotherapie, Psychologie oder Psychiatrie europäisch-angelsächsischer Provenienz zu tun hatte, in Bausch und Bogen als dekadenten Luxus und als Methode zur Stärkung des Egoismus einer Wohlstandsgesellschaft auf Kosten der Dritten Welt ab.

»Und du bist ein Produkt dieser Gesellschaft«, fauchte er sie an.

»Ich dachte, ich stamme auch aus Brasilien wie du«, vermochte sie, tief verletzt, gerade noch zu äußern.

»Deine brasilianische Herkunft? Das ist schon lange her«, entgegnete er mit einer wegwerfenden Handbewegung. »Dazu kommt, dass ihr Frauen euch sowieso rascher an eure neue Umwelt anpasst.«

Jetzt begann sie, Ignácio zu hassen. Sie nannte ihn einen bornierten Chauvinisten und einen südländischen Pascha.

»Und wer sagt mir übrigens, dass du mir in Brasilien treu bleibst? So einer wie du nimmt sich sowieso bald eine andere«, fügte sie kochend hinzu.

Daraufhin er: »Wenn du mich haben willst, musst du gleich mitkommen.«

Als Antwort versetzte sie ihm eine knallende Ohrfeige. Er erhob sich abrupt von dem Tisch, an dem sie gerade gesessen hatten, und rannte fort.

Sie war an dem Tag drauf und dran gewesen, sich von ihm zu trennen.

Abends kam er mit gesenktem Kopf zurück und bat sie um Verzeihung. Er war auch sonst völlig verändert, die Sanftmut in Person, und auch die Art seines Redens war nicht wiederzuerkennen.

Er bekannte zum ersten Mal, wie gut ihm die Bioenergetikübungen in der Berghütte getan hätten, und beteuerte, dass er dies erst jetzt spüren würde.

»Möglicherweise ist ein von der Folter erstarrter Körper dafür besonders empfänglich«, meinte er, allerdings wieder mit einem Lächeln, das Bernice verunsicherte.

»Meine Schmerzen haben nachgelassen, und ich fühle mich entspannter«, bekräftigte er. »Ob ich allerdings auch emotional freier geworden bin, weiß ich nicht.«

Es folgte wieder dieses zweideutige Lächeln.

»Doch das, was ihr Psychologen für viel Geld macht, kann eigentlich jeder guter Christ«, meinte er plötzlich. »Ein paar Stoßgebete, viel Liebe, besonders zubereitete Gerichte und ab und an eine heilsame Tracht Prügel. Das ist und bleibt die beste Medizin.«

Sie verstand ihn immer weniger. Ihr wurde erst nach dem Gespräch klar, dass hinter Ignácios Kampfhaltung der vergangenen Wochen, hinter dem Strauß seiner Beleidigungen und Provokationen, etwas anderes steckte, was sie unbedingt herausfinden musste. Sie war heilfroh, dass sie im allerletzten Moment etwas davor zurückgehalten hatte, mit ihrem Freund Schluss zu machen.

Im Augenblick des Abschieds brachen die Hürden zwischen Bernice und Ignácio wieder vollständig zusammen.

Bernice begleitete Ignácio nach Rom, von wo aus ihn die Alitalia nach Rio bringen sollte. Er ließ sich noch einmal von ihr in ihrem kleinen grünen Fiat chauffieren.

»Wenn du nach Rio kommst, habe ich bestimmt auch einen Führerschein«, sagte er irgendwann, bequem in seinen Sitz zurückgelehnt.

Ignácio hatte extra diesen Flug gebucht, um mit Bernice noch einmal eine kleine Italientour unternehmen zu können. Ignácio wusste inzwischen, dass dieses Land in Anbetracht der Herkunft von Bernices Vater ein weiteres Stück Heimat von ihr war. Außerdem wollte Bernice ihr Zusammensein mit ihrem Geliebten gern mit einem bisschen südländischem Flair beschließen, »mit einem Hauch Brasilien«, wie sie sagte.

Ihre letzte Nacht verbrachten sie in einem Albergo in den Wäldern von Camaldoli in der Toscana. Es war wunderschön. Nach einem Abendessen mit Kerzenschein, gedämpfter Musik und reichlich Chianti, der sie früh ins Bett trieb, liebten sie sich unschuldig und leidenschaftlich wie beim ersten Mal in Bernices Zürcher Studentenappartement. Nur, dass die Umgebung diesmal ungleich romantischer war und die Nacht warm und hell vom Schein des Vollmondes. Als sie sehr spät erschöpft und friedlich wie auf einer stillen Wolke lagen und nur noch Pulsschlag und Atem des anderen spürten und dem Rauschen des Windes in den Wipfeln und dem Knacken des trockenen Gehölzes lauschten, überkam Bernice jählings ein unsägliches Glücksgefühl. Ungeachtet der Stürme der letzten Wochen, fühlte sie, so kurz vor dem Abschied, eine grenzenlose Dankbarkeit für das Geschenk, das Ignácio für sie war, und sie verspürte den Wunsch, auch seinem Leben die Form zu geben, die es dringend benötigte und nach der er sich innerhalb seiner rauen, von Blessuren gezeichneten Schale selbst so sehr sehnte. Bei der Vergegenwärtigung des morgigen Abschiedes tat sich vor ihr zugleich jedoch ein Abgrund auf, dessen Ende sie mit ihren Augen in der Dunkelheit absuchte, aber nicht fand. Sie hatte schon während ihres ersten engen Zusammenseins mit Ignácio, entgegen allen Warnungen des Verstandes, ihre letzten Schleusen geöffnet, die sie in ihren vergangenen Liebesbeziehungen oder -affären immer verschlossen gehalten hatte, um sich noch etwas zu bewahren. Dies hatte sie nun hingegeben, jedes Mal von neuem. Und um so schrecklicher stellte sie sich jetzt das Vakuum vor, das sich morgen vor ihr auftun würde, sobald Ignácio von der Betonpiste von Fiumincino abgehoben hätte. In einer inneren Aufwallung von Glück und Schmerz zugleich musste sie weinen. Noch nie hatte sie den Wunsch nach dauerhafter Nähe zu einem Menschen so stark empfunden wie in diesem Augenblick.

Als hätte Ignácio dies gespürt, ergriff er ihre Hand und liebkoste sie so sanft und zärtlich, dass sie sich mit ihm irgendwo in den Lüften auf dem Weg nach Rio zu befinden glaubte.

»Ich weiß, dass ich irgendwann zu dir kommen werde«, brach es dann aus ihr heraus.

Dies war die Antwort, auf die Ignácio schon seit Monaten gewartet hatte. Zum ersten Mal, seitdem sie sich kannten, weinte jetzt auch er.

Der Zuwachs erfolgte bald.

Die Fazenda do Chafariz war eng und unpraktisch. Sie erbrachte jedoch einen hohen Ertrag an Zucker und *cachaça*, den Heitor mit Hilfe eines von Padre Timóteo empfohlenen, gewieften Zwischenhändlers besonders günstig vertreiben konnte. Die Brennerei lag zwar in einem so niedrigen seitlichen Anbau zum Haupthaus, dass Heitor das von ihm entdeckte Schwerkraftprinzip bei der Beförderung des Gärsaftes in den Destillateur nur unter sehr beengten Verhältnissen anwenden konnte. Dafür produzierte die Anlage trotz der geringen Kapazität in kurzer Zeit große Mengen des begehrten Getränks, weil sie von ihrem Betreiber sehr häufig genutzt wurde. Außerdem hatte Heitor von seinem Vorgänger ein ihm bisher unbekanntes, köstliches Rezept abgeschaut: nämlich den vergorenen Zuckersaft vor dem Brennen mit Mandarinenblättern zu versetzen, was dem Erzeugnis ein außergewöhnliches Aroma verlieh.

Schon nach der dritten Ernte hatten sich so stattliche Einkünfte angesammelt, dass Heitor und Jennifer Manuela eine kleine Kaffeefazenda erwerben konnten. Das Anwesen war äußerst preiswert und lag in der von Rio da Pinga nur fünf Kilometer entfernten Siedlung Rotondo. Produktionsanlage und Wohnhaus waren mit der Fazenda do Chafariz vergleichbar. Das Grundstück war jedoch so klein, dass dem Kaffeeanbau mehr der Charakter eines Hobbys zukam. Die Hauptsache war jedoch, dass Heitor endlich selbst Kaffee anpflanzen und die vielfachen Freuden des Anbaus und der Verarbeitung genießen konnte.

Sehr bald erwartete Jennifer Manuela ihr erstes Kind. Dieses wurde nur wenige Wochen nach der Übernahme der neuen Fazenda, am 27. Januar 1867, geboren. Es war ein Mädchen, Ana Paula, und das freudige Ereignis wurde sogleich Antônio in São Sebastião gemeldet.

Es folgte eine glückliche, wenngleich etwas unbequeme Zeit. Zwei enge Wohnplätze in lästigem Abstand voneinander bedeuteten oft, dass Mutter und Kind sich in dem einen, der Vater sich im anderen Anwesen befanden. Der familiäre Zusammenhalt wurde dadurch zwar nicht gravierend beeinträchtigt, doch drängte es alle nach einer erneuten, günstigeren räumlichen Veränderung. So lange wollte man weiteren Kindersegen möglichst fern halten.

Die Siedlungen Rio da Pinga und Rotondo waren beides Außenbezirke der Kommune von Portobelo. In die Stadt selbst brachte Heitor de Melo fast all seine Erzeugnisse auf Eselskarren zu den Lagerhallen beim Schiffsanlegeplatz, um sie dort den Käufern oder Zwischenhändlern zu übergeben. In Portobelo tätigte er seine Einkäufe und pflegte auch die für ihn zuständige Prefeitura aufzusuchen, um sich bezüglich neuer günstiger Angebote irgendwelcher Fazendas auf dem Laufenden zu halten.

Auch der Eintritt in die Kirchengemeinde der Igreja Nossa Senhora da Misericórdia diente neben dem Erbaulichen der Knüpfung vorteilhafter gesellschaftlicher Verbindungen. Ana Paula wurde dort im großen Specksteinbecken seitlich vom Haupteingang getauft, kurz nach Beendigung der Fastenzeit, als die unter dem Zeichen der Buße stehenden purpurnen Verhüllungen entfernt worden waren. Seitdem besuchte Familie Melo regelmäßig die Gottesdienste und Kirchenfeste. Da Heitor de Melo noch nicht zu den führenden Fazendeiros gehörte, hatten er und seine Frau sich hinten im Kirchenschiff aufzuhalten.

Heitor sah sich je länger desto eindeutiger darin bestätigt, mit Portobelo die richtige Wahl getroffen zu haben. Er hatte sich anfangs von dessen idyllischer Lage bezaubern lassen. Von der besonderen Bedeutung und vom Reichtum dieses Städtchens hatte er damals keinerlei Vorstellungen gehabt.

Portobelos überlieferte Anfänge lagen bereits in der Zeit der Ankunft der ersten portugiesischen und französischen Schiffe im sechzehnten Jahrhundert. In dem damals vor allem von Guaianá-Indianern bewohnten Gebiet war sehr bald eine erste Siedlung errichtet worden, in der hauptsächlich Zucker angebaut und Fischfang betrieben wurde und Handel mit Gewürzen und dem überaus begehrten *pau Brasil*, dem dunkelroten Färberholz, das an glühende Kohle erinnerte und entlang der ganzen Küste gerodet wurde. Große Bedeutung gewann Portobelo erst nach der Entdeckung der Goldminen in Minas Gerais Ende des siebzehnten Jahrhunderts. Von dort wurde über das Gebirge der einzige Verbindungsweg zur Küste nach Portobelo geschaffen, wohin das Gold auf Eselsrücken befördert und im dortigen Hafen verschifft wurde. Obwohl die Transporte über den steilen, beschwerlichen Weg einige Wochen dauerten und von erhöhter Absturzgefahr bei Regenfällen, von Wegelagerern und in den Buchten lauernden Piraten bedroht waren, wuchs die Stadt als Ausfuhrhafen für Gold und Edelsteine, später auch für Kaffee und andere Erzeugnisse. Was Heitor besonders interessierte, war, dass der in über zweihundert Destillerien gebrannte Zuckerrohrschnaps an diesem Ort so berühmt war, dass der Name Portobelo sogar zeitweise landesweit zum Synonym für das sonst *cachaça, aguardente de cana* oder *pinga* genannte Getränk eingesetzt wurde.

Portobelos wirtschaftliche Bedeutung wirkte sich auch auf seine politische und seine bauliche Entwicklung aus. Im achtzehnten Jahrhundert wurden alle drei Kirchen der Stadt erbaut, eine Kaserne und eine am Hang über der Stadt gelegene Festung und etwas später das Krankenhaus Santa Casa. Ein Jahr vor Heitors Einzug in die Kommune war im Städtchen ein kleines Theater eröffnet worden. Immer mehr feudale Bürgerhäuser mit hölzernen Balkonen, europäischem Marmor und geräumigen, grünbepflanzten Innenhöfen wurden errichtet und von den ansässigen Gold- und Kaffeebaronen und reichen Händlern bezogen. Was Heitor an dieser Stadt besonders liebte, war die charakteristische Mischung aus Prunk und verträumter Idylle. Einerseits die klare, übersichtliche Anlage der Stadt, bestehend aus nur dreißig *quadras*, die durch rechtwinklig zueinander verlaufende Straßen begrenzt wurden, die geräumige *Praça* im Norden vor der Kirche Nossa Senhora da Misericórdia unter einem Schattendach gigantischer Bäume, das klobige Buckelpflaster der Straßen und die meist mit flachen, sattelförmigen Dächern bedeckten Wohnhäuser, Werkstätten und über fünfzig Geschäfte. Auf der anderen Seite die zahllosen kleinen Mosaiken, Holzschnitzereien, Ornamente, Türmchen und Laternen an den Häusern und die überall eingemeißelten Freimaurersymbole aus der frühen Kaiserzeit, die kleinen Kapellen und lauschigen Brunnen, die Eselsgefährte, Reiter und Fußgänger auf den Straßen. Der Goldausfuhrhafen der Stadt wurde im Zuge des wachsenden Wohlstands zum Umschlagplatz auch wichtiger Importe: neben Tausenden von Sklaven und von Nutztieren auch für Luxusgüter wie Silber, böhmisches Kristall und französisches Porzellan, Seide und Spitzen, kostbare Möbel aus Frankreich, russisches Leder, englische und deutsche Klaviere, Weine und Spirituosen, Parfüm und Kunstgewerbe, darunter auch Gemälde berühmter europäischer Maler, die das Innere der Häuser schmückten.

Schon im ersten Jahr erhielt das junge Ehepaar Melo Zugang zu herausragenden Persönlichkeiten der Stadt: Maria Thereza Regina de Oliveira, Leiterin des Städtischen Lyzeums an der Rua Presidente Goncalves Reis, einer imposanten Erscheinung mit einem hinter dem Rücken baumelnden schwarzen Riesenzopf und einem leichten Damenbart. Mit ihr wurden bei einem *cafezinho* vorsorglich die ersten Wege geebnet für eine spätere Aufnahme zukünftiger Söhne ins Lyzeum. Oder Dr. Alberto Ribeiro Casadei, der Leibarzt des Bürgermeisters, der wiederum weitere hochrangige Kontakte vermittelte. Nestor Romero, Anwalt in Angra dos Reis, und dessen Frau Sabina luden die Melos wiederholt in ihr etwas außerhalb gelegenes Landhaus ein.

Einer der Abende bei den Romeros sollte sich als schicksalhaft erweisen.

Man hatte sich dort von Anfang an vorzüglich unterhalten. Die Romeros waren gebildete und kultivierte Leute, deren Wohnzimmer vergleichsweise schlicht eingerichtet war. Dafür schien jede freie Wandfläche mit überquellenden Bücherregalen bedeckt und mit einigen indianische Masken, und auf einem Regal stand eine Buddhafigur neben einem mächtigen Elefantenzahn aus den Feuchtsavannen Ostafrikas. Heitor de Melo war gleich zu Beginn vom Hausherrn zu einem in der Ecke stehenden Klavier geführt worden, das aus Deutschland eingeführt worden war und dessen Bestandteile auf Eselsrücken über den Berg ins Haus hatten gebracht werden müssen. Nestor und Sabina Romero waren nicht besonders fein gekleidet, eher etwas ausgefallen, was, wie Heitor fand, vielleicht an Nestors engen, schwarzen, ein bisschen kurz geratenen Hosen und an seiner dünnrandigen Brille liegen mochte. Bei Dona Sabina verhielt es sich nicht ganz so extrem, obwohl auch ihre Kleidung auffällig ins Dunkle und Unordentliche ging. Es war das Ganze eine verwirrend und beeindruckend neue Welt für Heitor. Wobei das lebendigste Zeugnis für Bildung und Geist dieser Leute die Art ihrer Konversation war. Themen, die nicht würdig waren, wurden augenblicklich fallen gelassen, andere dafür so geistreich und witzig abgehandelt, dass Heitor und Jennifer Manuela aus dem Staunen nicht herauskamen.

Die Dame des Hauses verstand es immer, mit charmanten und eleganten Wendungen Brücken zwischen den verschiedenen Gesprächsthemen zu bauen. So kam sie auch auf die Geschichte der Einfuhr des Kaffees, Heitor de Melos Kaffee, nach Brasilien zu sprechen, wofür sie eine überraschende, romantische Version übrig hatte. »1727, in Cayenne in Französisch Guyana«, so zwitscherte Dona Sabina mit einem nicht zu überhörenden spöttischen Unterton. »Es war Francisco de Mello Palheta gewesen, ein Beamter aus Maranhão, un homme vraiment ardent ... Dieser Francisco war dorthin zur Beilegung von Grenzstreitigkeiten gereist. Die Gouverneursgattin, dem Gast sehr zugetan, legte diesem als Abschiedsgeschenk einige Kaffeekirschen in die Tasse. Très délicieuse et délicate«, kommentierte Sabina. »In Brasilien zurück, pflanzte der Beamte sie sofort im Norden des Landes ein. Keineswegs nur zur Erinnerung an seine Heißverehrte, o nein. Erst fünfzig Jahre später kam das Gewächs in das viel günstigere, weniger trockene Klima zu uns an die Südküste.«

Heitor war entzückt von dieser Geschichte und voller Bewunderung für das unerschöpfliche Wissen und die Eloquenz der Anwaltsgattin. Im selben Zuge verspürte Heitor jedoch wachsende Hemmungen, seine Gastgeber mit seinem vergleichsweise lächerlichen Fazendaproblem zu behelligen. Er flocht sein Anliegen, so geschickt es ging, in die Erzählung ein, wie er zu seinem ersten Besitz in Rio da Pinga gekommen war, und endete: »Am liebsten würden wir stattdessen etwas Größeres hier in der Nähe erwerben.«

Da nickte Nestor Romero plötzlich bedeutungsvoll, hob seine weiße, nervige Hand und blinzelte schlau durch seine dünnrandigen Brillengläser.

»Etwas Größeres hier in der Nähe? Ich glaube, da kenne ich jemanden, der das sucht, was Sie haben«, sagte er. »Für seine zwei Söhne, die sich nicht vertragen, Zucker und Kaffee getrennt. Er selbst will sich, altersbedingt, zurückziehen und seine große Fazenda abgeben.«

»Eine große Fazenda?«

»Die größte hier in der Gegend. Ein prächtiges Anwesen ... mit viel Land ... auf der anderen Seite der Bucht.«

Heitor machte immer größere Augen.

»Das eleganteste Verfahren wäre, scheint mir, ein Tauschgeschäft«, fuhr Nestor, anscheinend ohne Heitors Staunen zu beachten, trocken fort. »C'est une bonne chance.«

Es war die ideale Lösung.

Das Grundstück lag direkt am Ufer und in Urwaldnähe und war vom Hafen der Stadt und von der Kirche Santa Clara aus leicht zu sehen und mit einer Ruderbarke oder Schaluppe in höchstens zwanzig Minuten erreichbar. Das dazugehörige, mit Kaffee und Zucker bebaute Land erstreckte sich praktisch bis zur Spitze der Halbinsel, schien damit etwa doppelt so viel wie Heitors bisherige beiden Grundstücke zusammen zu umfassen, nämlich an die dreihundert Hektar. Dafür musste, wie Nestor ebenfalls zu wissen glaubte, die Schnapsbrenneranlage dringend ersetzt werden, und auch die von zwei Pferden über einen waagrechten Balken gedrehte Zuckermühle war hoffnungslos überaltert. Das Anwesen trug den Namen seines derzeitigen Besitzers: Fazenda do Lopes.

Der Anwalt vermittelte schon am folgenden Tag ein Gespräch mit Lourenço Narciso Lopes de Araújo direkt bei ihm in der Fazenda. Der schnellste Weg war über die Bucht zu einem aus groben Steinen aufgeschichteten Privatlandeplatz im Wasser. Von dort gelangte man über eine Treppe seitwärts an das überaus stattliche, am steilen Hang schräg gebaute Haus. Dessen nur von der Landseite zugängliches Erdgeschoss lag, vom Ufer aus gesehen, recht hoch und wurde vorn und seitlich gürtelartig von einem hölzernen Balkon umschlossen. Dieser war wegen seines seltenen Gebrauchs an der vorderen Sonnenseite sehr schmal, seitlich jedoch in Anbetracht seiner schattigen Lage zu einer laubenartigen Veranda umgestaltet worden, mit üppigen Grünpflanzen und Blumen, Hängematten und einem großen Papagei, der Heitor mit scharfen Schimpfworten empfing, als dieser die in die Böschung eingelegte Steintreppe zum Hauseingang hochstieg. Um so tiefer erstreckte sich der an das Ufer angrenzende Keller, der vom Landeplatz über zwei breite Eingänge erreichbar war und in dem die Brennerei lag. Einem auf dem Seitendach qualmenden Schornstein nach schien die Brennerei gerade in Betrieb zu sein. Die Zuckermühle befand sich auf der hochgelegenen, überdachten Terrasse hinter dem Haus. Das Anwesen war umgeben von Kokospalmen, Papaya-, Limonen-, Mandarinen-, Mango- und Guayabäumen und Pfeffersträuchern, in denen Scharen verschiedenartigster Vögel nisteten und ausschwärmten. Geradezu atemberaubend war der Blick zu den zahllosen, grünüberwachsenen Inseln der endlos sich ins Meer erstreckenden Bucht. Das Grundstück des Hauses grenzte an die südlich gelegenen Wohnkolonien der französischen, arabischen und chinesischen Einwanderer. Die Zuckerpflanzungen, für die riesige Flächen des Urwaldes gerodet worden waren, lagen über die ganze Halbinsel verteilt, der Kaffee, ebenfalls in großer Fülle, wuchs mehr an den windgeschützten Stellen am Hang.

Als Heitor während eines starken Regengusses dort anlangte, fühlte er sich von der imposanten Größe fast erschlagen und kam sich klein und elend vor. Er konnte sich bei bestem Willen nicht vorstellen, dass der Besitzer in einen Tausch mit seinen kläglichen beiden Gütern einwilligen würde. Ihn verließ der Mut, und er wollte eigentlich fast schon wieder umkehren, als Lourenço Narciso, ein etwas verwirrt aussehendes, weißhaariges Männlein, Heitor de Melo überaus freundlich empfing. Er trug ein grünes Regencape, das er auch im Haus anbehielt, als er dort seinen Gast ausgiebig herumführte, so, als fühlte er sich nur im Freien oder zumindest außerhalb dieses Hauses wirklich heimisch. Und noch bevor Heitor dazu kam, seinen neuen Verhandlungspartner, vorsichtig und mit allerlei Vorwarnungen abgesichert, eine Besichtigung seiner Ländereien vorzuschlagen, kam ihm der andere zuvor und drängte förmlich danach, sie möglichst bald zu sehen.

Es kam, ganz erstaunlich, innerhalb kürzester Zeit zum Tausch. Lourenço Narciso schaute sich die beiden Objekte flüchtig, wie beiläufig an. Er nickte immer nur mit dem Kopf und sagte: »Ja, ja, schön ... Das reicht völlig aus für meine beiden Heißsporne und Streithähne ...« Und schließlich: »Von mir aus noch heute.« Und der Vertrag war im Handumdrehen aufgesetzt und unterschrieben. Lourenço Narciso schien überhaupt nicht auf Wertverhältnisse zu achten. Ihn selbst drängte es in seine umzäunte, kleine, aber luxuriöse *chácara*, die er sich, irgendwo in der Nähe von Ponto d'Ouro im Hinterland, vor einiger Zeit erworben hatte. Die Fazenda do Lopes schien er so rasch wie möglich loswerden zu wollen.

Am 19. Mai 1870 wurde sie zur Fazenda Prosperidade.

Heitor und Jennifer Manuela konnten ihr Glück lange nicht fassen. Mit Bärenkräften stürzten sie sich in die Umzugs- und Renovierungsarbeiten. Die inzwischen dreijährige Ana Paula wurde währenddessen in der Stadt von Maria Thereza Regina de Oliveira und deren Lyzeumsdamen betreut.

Als erstes musste wieder Grund in den Keller und die Produktionsanlage gebracht werden. Von den beiden je etwa fünfzehntausend Liter Schnaps fassenden Zisternen unter den riesigen Deckenbalken im zweiten Kellerraum war nur eine zuletzt im Gebrauch gewesen und daher in tadellosem Zustand. Das Holz der zweiten wirkte dagegen etwas ausgetrocknet und war vielleicht nicht mehr ganz dicht. Auf jeden Fall neu installiert werden musste, wie schon von Nestor Romero vorausgesagt, der Destillateur im Hauptkeller. Vom Keller führte eine schmale und steile Holztreppe zur überdachten Hinterterrasse des Hauses mit der Zuckermühle. Die kleineren Gärfässer ließen sich im Keller auf dieser Höhe aufstellen. In Anbetracht der Tiefe des Kellers konnte so der vergorene Saft nach dem Muster von São Sebastião über eine bewährte Holzrinne im idealen Winkel in die Destillieranlage fließen. Heitor ließ nicht nur ein neues, großes und hochproduktives Gerät errichten. Ihm fiel dabei auch wieder eine überaus praktische Sonderkonstruktion ein, die diesmal das Kühlsystem betraf. In der Kühltonne neben dem Kupferbrennkessel befand sich, statt des sonst üblichen Kühlwassers, der Gärsaft, der später destilliert werden sollte und der jetzt das in der Kühlschlange herablaufende Kondensat aus dem Dampf des Brennkessels kühlte. Dadurch konnte der Gärsaft bereits in erwärmtem Zustand in den Brennkessel gelangen und so schneller verdampfen. Das fertige Destillat wurde schließlich in Fässer abgefüllt. Dass dieses System nicht nur viel Extra-Kühlwasser, sondern auch Zeit und Energie sparte, wurde dem *patrão* der Prosperidade erst nach und nach bewusst.

Die Inbetriebnahme der Wunderanlage wurde mit der ganzen Stadt gefeiert. Sogar Antônio kam aus São Sebastião angereist und wohnte der Segnung der Brennerei durch einen Priester bei.

Antônio machte weder einen Hehl aus seinem Stolz auf den Schwiegersohn noch einen aus seiner Trauer über dessen Weggang aus São Sebastião.

»Ich bring nichts mehr Rechtes zu Stande ohne euch ... so weit weg ... Ihr wisst gar nicht, wie sehr ihr mir fehlt«, lamentierte der Vater wiederholt.

Der Schmerz wurde in reichlichen Mengen frischgebranntem und nach Mandarinen duftendem *cachaça* ertränkt. Neben dem Gesinde der Prosperidade waren viele *colonos* aus den umliegenden Betrieben und Volk aus der Stadt anwesend. Auch die etwa siebzig Feldsklaven der Prosperidade aus den Hütten bei den Plantagen und das Dutzend Haussklaven, das auf dem Dachboden oberhalb von Küche und Hinterterrasse schlief, bekamen mit der langen Bambuskelle ihre *cuia* mehrmals gefüllt. Sie konsumierten große Mengen an Zuckersaft und beteiligten sich bis tief in den Abend an den immer wieder auflebenden Gesängen.

»Wir kommen dich bald besuchen, Papa, mit Ana Paula«, rief Jennifer Manuela zärtlich ihrem Vater zu und hob dabei ihr Trinkgefäß besonders hoch.

Selbst Antônios kleine Enkelin war zugegen. Er war auch wegen ihr gekommen, um sie zum dritten oder vierten Mal zu sehen. Sie rannte jedoch in ihrem himmelblauen Kleidchen zu Mamas Erbitterung immer wieder hinter das Haus zum stinkenden *bagaço*-Haufen, um auf diesen, zusammen mit den Mulattenkindern aus der Nachbarschaft, hochzuklettern und jauchzend hinunterzurutschen.

Auch die Zuckerpresse auf der Hinterterrasse wurde bald ausgewechselt. Den letzten Anstoß dazu gab eines der Pferde, das sich vom waagrechten Drehbalken losriss, in die Küche trat und dort, zum besonderen Schrecken der kleinen Ana Paula, einiges Unheil anrichtete. Jetzt wurde, über dem starken Wasserlauf vom Hang hinter dem Haus, ein hohes Rad in den Boden eingesenkt, das sich unter der Kraft des darüber geleiteten Wassers schwungvoll drehte und so die Aufgabe des Pferdebalkens übernehmen konnte.

Der Wohnbereich des Hauses war dreiteilig angelegt. Hinten lag die Küche, die auch einen Eingang von der großen Kaffeetrockenterrasse an der anderen Seite des Hauses hatte. In der Hausmitte war der große Speiseraum. Der vordere Trakt zum Ufer hin war in verschiedene Räume untergliedert: Kapelle und Wohnzimmer auf der nördlichen Seite zur Stadt und die Schlaf- und Arbeitsräume nach Süden. Je vier hohe Holztüren, gelbgestrichen und blauumrandet wie die Fenster vor Küche, Ess- und Schlafzimmer, verbanden die meisten Räume mit dem langen Seiten- und Vorderbalkon am Haus. Die Öffnung sämtlicher Balkontüren sorgte besonders in den heißen und schwülen Monaten um Neujahr für erfrischenden Durchzug und Helligkeit und ermöglichte überdies einen herrlichen Rundblick über die ganze Bucht. Noch kurz vor Unterzeichnung des Kaufvertrages war Heitor darauf hingewiesen worden, dass das Haus im achtzehnten Jahrhundert gebaut worden war. Das konnte man an der Rundung der Längskanten erkennen, an denen die Balkontürflügel jeweils zusammenstießen. Der Nachteil dessen, dass in diesem warmen Klima die Türen und Fenster nicht verglast waren, war die vermehrte Wasserdurchlässigkeit in diesem regenreichen Küstengebiet. Weder die immer wieder verrutschenden Ziegel des gewölbten Satteldachs noch das waagrecht eingelegte hölzerne Zwischendach, das so genannte *forro falso*, vermochte den unter ohrenbetäubendem Lärm wie Candomblé-Trommeln niederfahrenden Wassermassen vor allem während der Tropenregenzeit zu widerstehen, sodass gelegentliche Überschwemmungen den Wohnbereich heimsuchten und die *colonos* und Sklaven mit großen Schaufeln anrücken und das Wasser fortschaffen mussten. Noch Heitors Enkel Gilberto Balthasar Johannes erwähnte als erwachsener Mann in Bernices Gegenwart mit Groll, er habe sich einmal als kleiner Junge, kurz vor dem Verlassen des Landes nach Europa, an dieser Arbeit beteiligen müssen.

Bei der Möblierung hielt sich Heitor einerseits an den soliden, ländlichen Einrichtungsstil, den er, nach dem Muster seines Schwiegervaters in São Sebastião, bisher in seinen eigenen vier Wänden gepflegt hatte. Was er bereits besaß, nahm er aus Rotondo und Rio da Pinga mit: Strohmatten und Felle als Bodenunterlage, kleine Hocker, mehrere Hängematten mit zottigen Fransen und einfache türkische Betten und dazu die mit

Walfischöl betriebenen Leuchter an der Wand oder auf Holzständern, die dunklen Musselinvorhänge, gerahmte Bilder und das große, silberne Kruzifix. Auch Geschirr und Besteck aus Portugal stammte aus dem vorigen Haushalt. Andererseits stachelte der Blick in die Luxusgemächer der ortsansässigen Lokalprominenz, der man baldmöglichst anzugehören wünschte, zu gewissen Verschönerungen an: Statt der hölzernen Haken oder Nägel als Aufhängevorrichtung für Kleider und Hüte verlegte man sich auf Truhen und Schränke auch für Geschirr und Küchengeräte. Ferner wurde ein Sofa mit stroherner Sitzfläche angeschafft und für Jennifer Manuela ein Schaukelstuhl mit verschnörkelten Armlehnen, dazu Stühle und ein Tisch, und für das Wohnzimmer eine Standuhr und eine kleine, kostbare Kommode aus Frankreich.

Das einzige, was sich Heitor noch nicht leisten konnte, war ein großer, eleganter Sekretär aus perlmuttbesetztem, marmoriertem Mahagoni und kunstvoll eingearbeiteten Palisanderstreifen, auf dünnen Füßen und mit mehreren winzigen Schubladen an den Seiten und einem besonderen Geheimfach. Heitor hatte sich beim Kauf der Kommode beim Händler in der Rua do Comércio augenblicklich in das Möbelstück verliebt. Obwohl es sich um eine der ersten brasilianischen Nachbildungen handelte, überstieg der Preis weit Heitors derzeitige finanzielle Möglichkeiten.

»Heben Sie es mir noch ein bisschen auf?«, fragte er den Händler.

»Was heißt ein bisschen, Senhor?«

»Ein bisschen. Ich weiß es nicht. Eine Zeit lang.«

Der andere zuckte nur mit den Achseln.

Heitor beschloss, fortan Augen und Ohren offen zu halten und nicht zu ruhen, bis er den Sekretär in seinem Besitz hatte.

Der große *terreiro* vor dem Vordereingang zur Küche diente während der ersten Monate ausschließlich dem Trocknen der frisch geernteten Kaffeekirschen. Im Zuge von Heitors wachsendem Ansehen in der Stadt wurde er jedoch auch bald zu geselligen Anlässen genutzt: zu Festessen, Empfängen, Feiern oder Verwandten- und Freundesbesuchen. Die Fazenda Prosperidade war wegen ihrer einzigartigen Lage, ihrer baulich gelungenen Konstruktion und ihrer sich weit über die Halbinsel erstreckenden Plantagen seit ihrem Bestehen ein Anziehungspunkt für viele gewesen. Nach der Übernahme durch Heitor, der Installation der neuen *alambique* mit seinem besonderen, mit Mandarinenblättern versetzten Zuckerrohrschnaps, wuchs ihre Bedeutung rasch weiter an. Die Bekannten und Freunde, die Heitor anfangs immer nur besucht hatte, erschienen nach und nach in dessen Herrenhaus. Einige unter ihnen, wie beispielsweise Maria Thereza Regina, fanden sich sogar häufig und meist unangemeldet ein. Sie wurden, nach guter alter portugiesischer Sitte, bald nicht mehr durch die Kapelle oder das Wohnzimmer, sondern – wie alle engeren Freunde und Verwandten – durch den Kücheneingang in das Haus geführt.

Zu den geselligen Höhepunkten der kommenden Jahre gehörten – jedenfalls aus der nachträglichen Sicht der Kinder und später der Enkel – die privaten Karnevalsfeiern auf dem *terreiro*. Diese waren, ebenso wie die Karnevalsfeiern in der Stadt und die großen öffentlichen Kirchenfeste, Ereignisse, die tief greifende geschichtliche Umbrüche unverändert überdauerten. Bunte Masken, gesichtsverzerrende Schminke und geschlechterverwirrende Verkleidungen, bizarres Treiben, Geschrei, Gesänge und Laute aus Zupf-, Blas- und Schlaginstrumenten oder anderen, weniger schmeichelnden Geräuschquellen bescherten aufregende Erlebnisse und Kindergänsehaut. Meist saßen oder standen die Kinder, in Schnürstiefeln, *quindins* oder *doce de abóbora* schmatzend, auf Stühlen hinter schützenden Balkontüren. Wobei es vorkam, dass sie manchmal vor Schreck rückwärts gegen die Stuhllehne stießen und mitsamt dem Stuhl zu

Boden stürzten und dann von der schwarzen Amme Feliciana wieder aufgelesen wurden.

Die Angst vor den Masken von Teufeln, Hexen, bösen Geistern und Monstern und vor kreideweißer Totenschminke wirkte weit über die Feierlichkeiten hinaus. Die Kinder, vor allem die Älteste, Ana Paula, hatten noch Wochen nach der Karnevalszeit mit Angstträumen zu kämpfen. Dies währte so lange, bis sie den Mut fanden, als wirkungsvollste Waffe gegen die Angst selbst unter die Maskierten zu gehen.

Auf der Fazenda Prosperidade ließ der Nachwuchs nicht lange auf sich warten. Am Schalttag 1872 wurde Felipe, im Oktober 1874 Leonora Augusta und im Januar 1877 Pedro José geboren.

Alle vier Kinder von Heitor und Jennifer Manuela de Melo entwickelten ihre Charaktermerkmale nach und nach in unauffälliger Stille. Doch gab es immer wieder Ereignisse, die ihre Eigenarten besonders krass zum Ausdruck brachten. Bei Felipe, dem ältesten Sohn, war dies das erste Mal der Fall, als er gerade neun war, also im Jahr 1881.

Es war auf dem Höhepunkt der Feierlichkeiten im Kirchenjahr, dem Pfingstfest, das in Portobelo selbst Weihnachten an Wichtigkeit übertraf. Denn zu Pfingsten pflegte sich das zu vollenden, was sich in der Bußzeit vor Ostern langsam anbahnte, an der Schwelle zu Ostern spektakulär aufbrach und sich dann bis Pfingstsonntag weiter steigerte.

Am Beginn stand das sich über die ganze Karwoche erstreckende strenge Verbot, in der Öffentlichkeit zu sprechen, zu singen und zu musizieren, »weil Gott im Sterben liegt«, wie die offizielle Redeweise lautete. Die Kirchen waren bis in die hintersten Winkel schwarz ausgeschlagen. Es herrschte eine Spannung, die von Tag zu Tag, gegen Ende von Stunde zu Stunde, anwuchs. Es muss besonders für die jungen Menschen unerträglich gewesen sein, sich nicht öffentlich artikulieren zu dürfen. »Judas ist schuld. Er hat den Herrn verraten. Er wird dafür büßen.« Und Judas hing am Karsamstag auf der großen *Praça* vor der Igreja Nossa Senhora da Misericórdia als lebensgroße Stoffpuppe mit hassenswerter Grimasse und mit dem Kopf nach unten an einem Baum, und stumme, böse Blicke kündigten ihm bittere Rache an. Punkt zwölf Uhr mittags erschallte stadtweit ein einziger, befreiender Aufschrei. Am lautesten auf der *Praça*, wo man sich am engsten zusammengeschart hatte. Auch Ana Paula, Felipe und Leonora Augusta waren zugegen. Alles begann zu brüllen, laut zu singen oder auf mitgebrachten Instrumenten zu spielen. Und wer sich, wie beispielsweise die drei Kinder der Prosperidade, einen Weg zu Judas Ischariot hatte bahnen können, durfte endlich seine Wut an ihm auslassen. Judas wurde vom Baum gerissen, über das Buckelpflaster geschleift, mit Fäusten und Stöcken geschlagen und mit Füßen getreten, so lange, bis er sich zerfetzt in seine stofflichen Bestandteile auflöste. Dann herrschte auf den Straßen eine Weile Ruhe. In der darauf folgenden Osternacht war der Herr auferstanden. Nach weiteren vierzig Tagen, an Christi Himmelfahrt, begannen die zehn Tage dauernden Pfingstfeiern. Abendliche Fahnenumzüge, Hausandachten, Messen in der Kirche Nossa Senhora da Misericórdia. Am Ende der Abendmesse am Pfingstsamstag wurde der von der alljährlichen Festleiterfamilie gekürte jugendliche Imperador do Divino in der Kirche gekrönt. Diesmal war es Inocêncio Mendes, der Sohn des Sattlermeisters. Er hatte wie alle *imperadores* dasselbe Alter wie Pedro II. während dessen Krönung vor vierzig Jahren zum Kaiser, nämlich vierzehn Jahre. Inocêncio, ein hoch gewachsener und schmaler Junge, jetzt mit rotem Purpur bekleidet, betrat, umgeben von fünf jüngeren Buben in blauen Soldatenuniformen und gefolgt von den Honoratioren der Stadt, Fahnenträgern und einer Blaskapelle, den mit Zimtblättern ausgelegten Kircheneingang und schritt nach vorn zum Altar, wo ihm der Bürgermeister den Purpurmantel umhängte, das Zepter überreichte und die große und schwere Silberkrone aufs Haupt setzte. Danach wurde Inocêncio zum Thron hinter dem Altar geleitet, den er bestieg und von dem aus er das Ende des Gottesdienstes verfolgte. Inocêncio war, wie jeder jugendliche Imperador do Divino, für volle vierundzwanzig Stunden der unumschränkte Herrscher über die ganze Stadt. Seine Macht übertraf die des Bürgermeisters. Er durfte einen Gefangenen freilassen. Und jedermann in der Stadt wartete voller Spannung, wem sich morgen wohl die Gefängnistore öffnen würden. Jeder wusste zwar, dass der *imperador* noch nie einen Mörder freigelassen hatte, allenfalls einen Betrunkenen. Und man munkelte auch, dass, wegen eines neuen Gesetzeserlasses, der Gefangene gar nicht echt sei. Doch im Augenblick der Krönung dachte niemand an diese verborgene Machtbegrenzung. Man fühlte eine Mischung aus Freude und Neid angesichts solcher Größe und solchen Glanzes. Und man stellte sich, wie zum Beispiel Felipe, gerne vor, selbst der *imperador* zu sein, mit Silber gekrönt und in Purpur gekleidet zu werden. Und fiebrig vor Begeisterung hörte Felipe sich selbst die Namen des zu Amnestierenden nennen. Er sah, wie die Knie sich vor ihm beugten, und er war ganz berauscht davon. Doch, ich will *imperador* sein, ich muss es und werde es sein. Ich bin es jetzt, bin der da vorn, der in Samt gekleidet und mit einem Purpurmantel umhängt, auf dem Thron auf der Tribüne sitzt. Mir wurde die Krone aufgesetzt und das Zepter überreicht. Ich darf befehlen, und alle müssen mir gehorchen, und ich entscheide, wer Recht hat, wenn sich Menschen streiten. So und ähnliches murmelte der Neunjährige unhörbar vor sich hin.

Um neun Uhr morgens begann schließlich die Prozession des neu gekrönten *imperador* vom Haus des Festleiters aus, das sich dieses Mal in Hafennähe befand. Dort hatten sich Felipes Eltern bereits eingefunden. Mit Herzklopfen sah Felipe Inocêncio Mendes aus dem Haus treten. Wieder in Ehrenbegleitung seiner fünf kleinen Soldaten, von denen ihm einer die Schleppe, ein anderer das Samtkissen mit den Insignien darauf trug, schritt er an der Spitze einer Prozession weiß gekleideter, fröhlicher Menschen, bleich, stolz und glücklich und gefolgt von vier Altarträgern, den vielen Fahnen mit einer weißen Taube auf rotem Grund und zuletzt der Musikkapelle. Vor dem Kircheneingang begrüßte ihn der die Messe zelebrierende Priester und nahm ihm sein Schwert ab. Nach seiner neuerlichen Thronbesteigung im Inneren der Kirche verfolgte Felipe von diesem Thron aus den alljährlichen pompösen Ablauf der Pfingstmesse: das Umherfliegen der weißen Tauben über den Köpfen der Andächtigen, bis sie durch eine kleine Luke ins Freie gelassen wurden, und den engelgleichen Gesang der Chorfrauen auf der Empore. Er versank in der Andacht des sich endlos hinziehenden Gottesdienstes, im Riesenandrang vor der Kommunionbank, im Meer der Rosenkränze und im Duft von Weihrauch und Kerzenwachs. Danach fühlte er sich hinaus auf die große *Praça* getragen, wo er auf einem auf einer Tribüne aufgestellten Thron einem Gefangenen die Befreiungsurkunde überreichte und sich dafür von diesem die Hand küssen ließ. Es folgten das prunkvolle Mahl im Haus des Festleiters, die über den ganzen Nachmittag sich hinziehenden Wettspiele der Freunde und Altersgenossen vor dem Thron des gnädigen Herrschers. Felipe genoss unsäglich diese höchste Ehre, die einem Kind in Portobelo je zuteil werden konnte, unbedingt vergleichbar mit der Krönung des Kaisers von Brasilien. Der Tag endete mit einer großen Prozession zum Haus des am selben Tag neu gewählten Festleiters für das nächste Jahr und mit der Weitergabe der Insignien an ihn. Je unausweichlicher das Fest auf seinen Abschluss zusteuerte, desto schmerzlicher beschlichen Felipe Zweifel daran, dass wirklich er und nicht Inocêncio Mendes der Geehrte war. Doch in dem Maße, in dem dies nicht feststand, musste die nächste oder übernächste Wahl unbedingt auf ihn und auf keinen anderen fallen, so dachte Felipe mit Entschiedenheit.

Ana Paula und Leonora Augusta waren inzwischen mit ihren Eltern nach Hause gefahren. Felipe, der der Wahl des Festleiters und der Schlussprozession hatte beiwohnen wollen, ließ sich etwas später von einer Freundin von Maria Thereza Regina über die Bucht an einen Ankerplatz nur wenige Minuten zu Fuß vom Herrenhaus der Prosperidade bringen.

Felipe legte dann allein die kurze Strecke nach Hause zurück. Es war inzwischen dunkel geworden. Ein sanfter Wind fächelte seine glühenden Wangen und strich über das hohe Gras und die Staudenzweige am Wegrand. Der Lärm der Vögel und das Geschrei der Affen im Urwald waren verstummt. Am Himmel leuchteten die Sterne, und von weitem sah man den Schein der Feuer, die zum Abschluss der Festlichkeiten angezündet worden waren.

Freudestrahlend rannte Felipe auf das Haus zu, vor dem bereits Mama mit besorgter Miene auf ihn zu warten schien.

»Mama. Du und Papa seid zum Festleiter gewählt worden ... für nächstes Jahr«, rief Felipe außer Atem.

»Was? ... Zum Festleiter ... Und davon wissen wir nichts?«, rief Mama verwirrt aus.

»Ja, und dann kann ich *imperador* werden ...«, murmelte Felipe so leise, dass niemand ihn verstehen konnte.

Alles rannte auf dem *terreiro* zusammen. Papa, Ana Paula, die schwarze Feliciana, die noch ihre Festtagshalskette und ihren Armreif trug, und das ganze anwesende Gesinde samt Kindern.

»Wir ... Festleiter ...? Erzähl!«

Die Kinder waren begeistert. Papa und Mama schauten verwundert und ziemlich skeptisch. Nur Leonora Augusta und der kleine Pedro José schliefen schon fest.

Felipe stand in der Haltung von Inocêncio Mendes, die er sich den ganzen Tag eingeprägt hatte: steif wie ein Stock, mit leicht einwärts gedrehten Füßen und himmelwärts erhobenem Blick. Er fühlte den heiß begehrten Samt und Purpur sich an seinen Körper schmiegen und das wohlige Haften der Kaiserkrone an seinem Haupt, und er genoss den festen Griff um das Zepter.

»Wunderbar ... einfach wunderbar ...«, rief Feliciana immer wieder, ihre breite, schwarze Gestalt wie im Tanz wiegend und mit verzücktem Lächeln rhythmisch in die Hände klatschend.

Ana Paula, die neben Felipe stand und an einem runden, rosafarbenen Bonbon lutschte, blickte mit fassungsloser Bewunderung auf den Überbringer der Freudenbotschaft, so als wäre nur ihm die Wahl der Familie zum Festleiter zu verdanken gewesen.

Mama verschwand kurz in die Küche und brachte Felipe ein Glas Mangosaft.

»Ist aber schon ein bisschen spät«, bemerkte sie mit argwöhnischem Gesicht. »Die Prozession mit der Insignienübergabe muss doch schon längst vorbei sein.«

»Nein ... die kommt schon noch ... ist halt ein bisschen abgelegen hier draußen ... deshalb dauert's eben länger, bis die hier sind ...«, beteuerte Felipe zwischen zwei gierigen Schlucken aus dem Glas.

»So, so. Und warum erfahren wir nichts davon? Wir müssten ihnen auch etwas zum Essen und Trinken vorsetzen ... Felipe ... Was redest du da nur?«

»Doch, doch ... Sie kommen bestimmt. Sie müssen kommen ...«, fügte er leise hinzu.

»Man hört ja auch gar nichts ... Ich meine, die Musikkapelle«, insistierte Mama.

»Vielleicht kommt die Prozession ja auch erst morgen«, entgegnete Felipe trotzig.

»Morgen? Die Insignienübergabe ist immer am Pfingstsonntagabend«, rief jetzt Heitor laut lachend. »Wenn die Prozession heute nicht kommt, dann kommt sie auch morgen nicht und nicht übermorgen.«

Jetzt wurden auch die Gesichter der Kinder und des Gesindes immer länger, und Felipes stolze Imperadorenhaltung verkehrte sich plötzlich merkwürdig ins Gegenteil. Er wurde starr wie ein Stein, und sein Blick wurde jämmerlich.

Ana Paula entdeckte die Bescherung als Erste und schrie es, mit zugehaltener Nase, laut heraus.

»Felipe«, rief Mama und schlug die Hände über dem Kopf zusammen, nachdem sie seine Hosen genauer inspiziert hatte. »Schämst du dich nicht?«

Dann packte sie ihn am Arm und zerrte so lange an ihm, bis er sich endlich, mit zusammengeklemmten Knien, in Bewegung setzte und mit ihr in die Küche humpelte.

Ana Paula kicherte still in sich hinein, während Heitor sich angewidert zur Seite wandte. Feliciana bekreuzigte sich und folgte den beiden anderen auf den Fersen in die Küche, mit einem Blick, als wäre sie die Schuldige.

Niemand sprach mehr über den Vorfall beim folgenden Frühstück und über den peinlich aufgeflogenen Schwindel überhaupt.

Felipe, in frischer Wäsche, starrte ungerührt vor sich hin. Es war wieder etwas von der gestrigen Imperadorenmiene auf seinem Gesicht zu sehen, doch anders. Anstelle des triumphierenden Glanzes lag etwas Beleidigtes und schützend Förmliches darin. Felipe pflegte sein Gesicht immer in dieser Weise in die Länge zu ziehen, wenn es ihm mit Tadel, Vorwürfen oder Spott an die Haut ging. Darin unterschied er sich von seiner empfindsamen älteren Schwester Ana Paula, die sich in vergleichbaren Situationen hilfloser gab und mit der Felipe auch sonst nicht viel gemein hatte.

Die beiden älteren Geschwister mieden während der nächsten Tage, so weit es ihnen möglich war, jeden Umgang mit Felipe und bedachten ihn nur mit scheuen und missbilligenden Blicken, die ihm mehr wehtaten als offener Spott. Leonora Augusta, die mit ihren sechs Jahren viel weniger ermessen konnte, was geschehen war, und den abendlichen Vorfall ohnehin nicht selbst miterlebt hatte, fand am raschesten zu ihrer unbefangenen, freundschaftlichen Beziehung zu Felipe zurück.

Heitor de Melo der Jüngere befand sich zu diesem Zeitpunkt auf der Höhe seines Erfolgs und Reichtums. Durchschnittlich zweitausend Kaffeesäcke und die gleiche Anzahl *cachaça*-Fässer und Zuckerkisten verließen jährlich sein Gut. Die Regentschaft Kaiser Pedros II. hatte Brasilien seine größte Blütezeit beschert. So schien es jedenfalls bis etwa im Jahr 1880, dem vierzigsten Lebensjahr von Heitor de Melo. Doch je weiter dieses Jahrhundert voranschritt, desto deutlicher zeichnete sich ein Umbruch, ein Wechsel ab, der für die Mächtigsten im Lande, vor allem die Großgrundbesitzer, einen schmerzlichen Einschnitt und einen beginnenden Abstieg bedeutete. Das Ende der Sklaverei nahte unaufhaltsam und damit, wenngleich historisch vielleicht weniger zwingend, das Ende der Monarchie. Nachdem schon 1869 die öffentliche Auktion von Sklaven verboten worden war, folgte knapp zwei Jahre später das Gesetz vom »freien Bauch«, das allen neugeborenen Kindern afrikanischer Sklaven die Freiheit zusprach. 1884 wurde in der ganzen, nordöstlich gelegenen und von viel Dürre heimgesuchten Provinz Ceará die Sklaverei aufgehoben. Der eigentlichen nationalen *abolição* von Mai 1888 durch Prinzessin Isabel gingen jedoch vor allem im Süden des Landes Massenausbrüche von Sklaven voraus. Diese flüchteten meist in die Wälder oder in das Hinterland, stürmten Sklavengefängnisse oder belagerten Fazendas, um die Freiheit der dortigen Sklaven zu erwirken.

Heitor hatte wohlweislich keinen einzigen Sklaven für die Fazenda Prosperidade dazugekauft, sondern sich ganz auf die Neueinstellung von Lohnarbeitern verlegt, meist Italienern und Portugiesen. Deshalb machte das offizielle Ende der Sklaverei und, nur ein Jahr später, der Monarchie Heitor entschieden weniger zu schaffen als die einschneidenden Verschiebungen und Veränderungen auf dem wirtschaftlichen Sektor: Das Zentrum des Kaffeeanbaus hatte sich vom Paraíbatal hinter Rio de Janeiro langsam nach Campinas und dann immer weiter nach Westen verlagert, und Santos war zum wichtigsten Ausfuhrhafen avanciert. Der zunehmende Konkurrenzdruck und das drastische Absinken des Kaffeepreises veranlasste Heitor, seine Erträge weiter zu steigern und die Gewinnungsmethoden zu verbessern. Der Erfolg ließ zwar nicht auf sich warten und übertraf sogar die kühnsten Hoffnungen. Außerdem blieben die meisten der befreiten Sklaven ihren Herren als billige oder gar unentgeltliche Arbeitskräfte erhalten, wenn sie nicht, zur Massenarbeitslosigkeit verdammt, ihr sicheres Dach über dem Kopf verlieren wollten. Doch was bei Heitor blieb, war eine ständig schwelende Angst, dauerhafte Anspannung, zermürbende und aufreibende Anstrengungen, die seine Kräftereserven langsam aufbrauchten und ihn gelegentlich in Erschöpfungszustände geraten ließen.

Trotz allem verlebten Ana Paula, Felipe, Leonora Augusta und Pedro José eine behütete Kindheit. Die Knaben besuchten das städtische Lyzeum, die Mädchen erhielten Hausunterricht. Dies brachte nichts Trennendes, vielmehr bildeten sich Koalitionen: Leonora Augusta und Felipe gehörten der einen, Ana Paula und der sehr viel jüngere Pedro José der anderen Seite an, obwohl die beiden mit ihrem braven und unauffälligen Wesen längst nicht das gemeinsam hatten, was die beiden anderen verband.

Leonora Augusta entpuppte sich früh als kleine Amazone:

eine knabenhaft schmal- und hochgewachsene Schönheit mit schwarzen, bohrenden Augen, wild, aufrührerisch, intelligent und spröde, wie man ihr nachsagte. Ihr erster Gegner war ihr Hauslehrer Evaristo Moraes, ein hochgewachsener Schönling mit in der Mitte gescheiteltem, dunklem, gewelltem Haar und üppigem Schnurrbart, der damit angab, eine Zeit lang das Amt eines Oberaufsehers am Kaiserlichen Hof in Rio ausgeübt zu haben, ohne allerdings diese Tätigkeit näher zu umschreiben, und der auch bei jeder Gelegenheit gegen die Abolitionisten wetterte. Leonora Augusta gegenüber brüstete er sich besonders gern mit der immensen Größenordnung des Hofapparates, in dem er angeblich beschäftigt gewesen war. Diesem Apparat gehörten dreihundertundfünfzig Ärzte, dreihundert Rechtsanwälte, siebzehn Versicherungsgesellschaften, dreiundzwanzig Dampfschiffgesellschaften, achthundert brasilianische und tausendfünfhundert ausländische Import- und Exporthändler, achtzig Freimaurerlogen, sechzehn Bankhäuser und dreiundfünfzig Zeitschriften an, wie er des Öfteren in den Hausunterricht einstreute. Leonora Augusta kannte diese Zahlen bald auswendig und ärgerte ihren Lehrer gelegentlich damit, ihm die Reihe mit beabsichtigten Verdrehungen oder Vertauschungen aufzusagen. Leonora Augusta nannte Evaristo wiederholt in Gegenwart der ganzen Familie Großinquisitor. Sie bot ihren ganzen Einfallsreichtum auf, seine Geduld zu strapazieren, mit gespieltem Falschwissen, albernen Bemerkungen oder gezielten Respektlosigkeiten vor allem während des Unterrichts. Doch weil Evaristo über all dies hinweg äußerlich stets seine Ruhe behielt, setzte Heitor umso mehr daran, ihn zu halten, was wiederum zu heftigen Kämpfen zwischen ihm und seiner jüngeren Tochter führte. Nichtsdestoweniger vergötterte Heitor Leonora Augusta. Was vielleicht auch an gewissen äußeren Attributen von ihr lag, die er zeitlebens an Jennifer Manuela und an Antônio so sehr geliebt hatte: das geheimnisvoll Dunkle, Indianische in ihrem Ausdruck, ihren Bewegungen, ihrem Gesicht und ihren lebendigen Augen. Doch auch wer, wie beispielsweise ihr Vater, in Leonora Augustas Gunst stand, war vor ihren launischen, manchmal gewalttätigen Ausbrüchen nicht sicher, selbst wenn sie dies hinterher mit Charme und Witz auszugleichen verstand. Mit Felipe raufte sie in frühen Jahren wie ein Junge, als den sie sich selbst immer sah, weshalb sie, wenn bei ihr die letzten Barrieren fielen, auch hemmungslos auf ihren Vater eindreschen konnte. Mit Mädchen ging sie schonender, vorsichtiger um, beispielsweise mit Ana Paula, mit der sie eigentlich nichts verband und der sie eher aus dem Weg ging. Sie und Felipe hingegen waren unzertrennlich. Während Ana Paula das Alleinsein vorzog oder den Haussklaven beim Aufräumen oder beim Falten der frisch gewaschenen Kleider half, unternahmen Leonora Augusta und Felipe fast alles zusammen, trotz ihrer Grundverschiedenheit, die sie beide wahrscheinlich als eine Art Ergänzung empfanden. Sie spielten besessen mit ihren bunten Papierdrachen, die wegen ihrer unsanften Behandlung häufig ersetzt werden mussten, oder führten, Bambusstöcke als Flinten benutzend, erbitterte Kriege gegeneinander oder gegen einen gemeinsamen Feind. Manchmal stiebitzten sie von den für die Zuckerpresse zurechtgeschnittenen Zuckerrohrstängeln und horteten sie an geheim gehaltenen Orten, um sie irgendwann, oft an drückend heißen Tagen oder wenn der Regen auf das Dach trommelte, im Schutz des *cachaça*-Kellers stillvergnügt zu lutschen. An Nachmittagen oder schon von frühmorgens an strolchten sie durch den nahe gelegenen Urwald. Wobei es Leonora Augusta wiederholt gelang, ohne Wissen ihres Vaters den *caboclo* Pojucan dazu zu bringen, das Geschwisterpaar auf seinem Maultierkarren bis hinter den Ort Colina zu fahren. Von dort aus stiegen sie zu dritt ein paar Stunden weit den *caminho*, den alten Goldweg, hoch, durch die atemberaubend schöne, bizarre und farbenstarke Pflanzenvielfalt an Schluchten und tosenden Wasserfällen vorbei. Wenn sie Hunger hatten, fällte Pojucan für sie mit seiner Machete eine Bananenstaude, und sie machten sich wie die Affen über deren Früchte her, die ungleich saftiger und aromatischer schmeckten als die in den Körben auf dem Esstisch zu Hause. Was sie nicht aufessen konnten, stopften sie in ihren Expeditionsbeutel, um möglichst tagelang davon zu zehren. Während sie so marschierten und aßen und die schwüle, feuchte Tropenluft mit dem leicht beißenden Geruch der vom Boden aufsteigenden Termitenurindämpfe einatmeten und dem Zirpen der Grillen und dem Lärm der Vögel lauschten, ließen sie sich von Pojucan in immer neue Einzelheiten der Wunderwelt des Gebirgswaldes einweisen. Pojucan wusste viel mehr als der eingebildete Hauslehrer Evaristo, obwohl er ein einfacher Mensch war, der nichts anderes tat, als auf dem Eselswagen Waren zu transportieren. Er kannte jeden Grashalm, jeden Strauch, jede Blüte, jeden Baum, sämtliche Früchte und auch die Tiere, obwohl sich diese hier oben tagsüber nur selten blicken ließen. Der Urwald schien sein Zuhause zu sein. Auch seinem seidenglatten, schwarzen Haar und dem markanten, gebräunten Gesicht mit dem kraftvollen Gebiss und den hervorstehenden Backenknochen nach gehörte der schöne, starke *caboclo*, wie ihn Leonora Augusta immer nannte, ganz dorthin, falls er in Wirklichkeit nicht sogar ein Vollblutindianer war.

»Er ist kein Großinquisitor, obwohl er es sehr wohl sein könnte, wenn er wollte, aber dazu ist er eben zu anständig«, war einer von Leonora Augustas Lieblingssätzen.

Als sie zwölf war und Felipe vierzehn, konnten sie beide die *goiaba* von der einkernigen *cambucá* unterscheiden. Sie kannten die *araçá* und die bei der Weinherstellung gebrauchte *jabuticaba*. Sie wussten, welche Fruchtbaumhölzer man vorzugsweise zum Feuern von Zucker und Kaffee verwendete und dass aus dem Stamm des Urwaldzimts Dachbalken verfertigt wurden. Ihnen war auch der Verwertungszweck verschiedener Blüten bekannt, wie beispielsweise die Gewinnung von Halluzinogenen aus der weißen Hyazinthe, und ihnen war geläufig, dass die lilafarbenen Blüten des Quaresmabaums, die um die Osterzeit abfallen und die die Ameisen auf dem Waldboden wie kleine Segel herumtransportieren, auch gern von Fischern zu einem Sud verkocht werden, welcher der Stärkung der Fangnetze dient. Schließlich vermochten sie mindestens ein Dutzend Palmenarten voneinander zu unterscheiden und fanden sogar einige Varianten des Parasitengewächses am Baumstamm der Wasserkastanie.

Am wenigsten gern ließ sich Felipe während ihrer Ausflüge an gewisse spitze, orangenfarbene, lanzenförmig angeordnete Blütenblätter erinnern.

»Was, das weißt du nicht?«, fragte Leonora Augusta schnippisch. »Du willst es nicht wissen!«

Felipe wusste wohl. Er verzog sein Gesicht zu der ihm eigenen schützend förmlichen Länge. Selbst Pojucan schien, seinem Lächeln nach, zu wissen, worum es ging.

»Zepter des Herrschers ... *do Imperador* ...«, gellte Leonora Augusta Felipe spöttisch entgegen, so laut, dass er fürchtete, das Trommelfell werde ihm platzen.

Die Ungleichheit zwischen Felipe und Leonora Augusta beruhte keineswegs auf einer einseitigen Vormachtstellung der jüngeren Schwester. Sie dominierte zwar ihrem Temperament nach und überflügelte Felipe vielleicht auch mit ihrer flinken Intelligenz. Wobei Felipes mitunter großspuriges Gehabe, seine überfeinerte, empfindliche Art und seine Ängstlichkeit, etwa gegenüber Schlangen oder großen Raubvögeln während ihrer Urwaldstreifzüge, Leonora Augusta gelegentlich in Rage oder auch nur zum Lachen bringen konnte. Denn sie bewunderte Felipes Sinn für das Ausgefallene, das Üppigfeine und Verschwenderische, besonders in Verbindung mit seinem Hang zur Komik. Eine seiner Lieblingsbeschäftigungen war das Maskieren und Verkleiden und das Vorführen seiner Aufmachung. Die frühere Angst der Kinder vor den Karnevalsmasken war inzwischen überwunden. Felipe war der Erste gewesen. Alles, was ihm jetzt zwischen die Finger kam an abgelegten Wäsche- oder Kleidungsstücken, wurde herbeigeschafft. Lumpen und Fetzen aus den hintersten Winkeln des Hauses, Nachthemden von Mama, mottenzerfressene Kleider, verwaschene Unterröcke mit zerschlissenen Spitzen, Hüte, Hosenträger, Stöckelschuhe oder geborstene Handtäschchen. Alles wurde sortiert und dann, in der Abgeschiedenheit des Speicherbodens, zwischen Wäschesäcken wie auf einer improvisierten Wanderbühne demonstriert. In den groteskesten Kombinationen zog Felipe vor Leonora Augustas Augen seine Kostümteile über Kopf und Schulter oder über die Füße. Dazu tanzte er und johlte frivole Lieder, sodass Leonora Augusta vor Lachen schrie, mittanzte und mitsang. Daraufhin kam manchmal das ganze Haus zusammengelaufen, und so kamen auch andere in den Genuss dieses ergötzlichen Schauspiels.

»Was hast du denn da aufgegabelt?«, fragte Leonora einmal mit vor Staunen und Belustigung geweiteten Augen und schien sich das Lachen so lange zurückhalten zu wollen, bis sie Antwort bekam.

»Tja, weiß ich auch nicht recht«, sagte er. »Müsste man Papa fragen. Hing halt in seinem Schrank.«

Es war Heitors breitkrempiger, steifer Lederhut, das Wams und die Lederüberhosen mit der Messerscheide am Gurt aus seiner Jugendzeit im Pantanal.

»Passt nicht ganz zu dir«, argwöhnte Leonora Augusta mit schrägem Gesicht und prustete laut los.

Doch die beiden lachten und alberten nicht nur. Felipe brachte seiner Schwester auch heimlich Wissenswertes aus der Bibliothek des Lyzeums mit. Stoff, der ihr bei ihrem öden Evaristo zu lernen vorenthalten war und worum sie ihren Bruder beneidete: zum Beispiel das berühmte Biologielehrbuch von Professor Bernardi, in dem die beiden Kinder, zwischen Bananenblättern oder im Elefantengras versteckt, mit erhitzten Gesichtern die verbotensten Zonen des menschlichen Körpers studierten. Auch spannende und kuriose Erzählungen waren in den Büchern zu finden, die Felipe versteckt mitbrachte und nach seiner Rückkehr ins Lyzeum wieder gegen neue eintauschte: Abenteuergeschichten, Märchen und Sagen, in denen es Arme und Reiche gab, Herrscher und Unterdrückte und in denen nicht immer die Gerechtigkeit und das Gute den Sieg davontrugen. Doch auch sympathische und lustige Gestalten geisterten durch die Buchseiten: behaarte Riesen mit schwarzen Keulen, tanzende Gnome, flötenspielende Pane, Drachen, Teufel und Kobolde und strahlende Helden, die Prinzessinnen aus Schlangenkäfigen befreiten.

»Ach, du und deine Leonora Augusta und dein Felipe«, sagte Jennifer Manuela einmal zu Heitor, als sie nach dem Abendbrot allein in ihren Hängematten auf der Veranda lagen und aus Porzellanschälchen Käsewürfel, Nüsse und Rosinen nippten.

Es war an einem der für die Monate April und Mai charakteristischen, wunderbar klaren Abende. Die Sonne war eben hinter den Bergen verschwunden. Sie hatte einen violettroten Himmel zurückgelassen, unter dem die Berge, sich in scharfen, gezackten Linien vom Hintergrund abhebend, langsam in einem bläulichen Dunkel versanken.

»Es sind auch deine Kinder«, entgegnete Heitor seiner Frau. »Felipe wird einmal ganz groß in meine Fußstapfen treten.«

»Ich glaube, da irrst du dich«, mokierte sich Jennifer Manuela. »Felipe ist kein Pflanzer und Kaufmann von deinem Schlag. Der wird ganz andere Wege gehen. Er wird vielleicht Schauspieler oder Sänger werden oder wer weiß was. Ein Fazendeiro ist der nicht.«

Sie unterbrach, wie immer, wenn sie in Erregung war, ihre Sätze mit tiefem, geräuschvollem Luftholen.

»Ach was«, entgegnete Heitor amüsiert. »Diese Verkleidungsgeschichten sind doch nur Flausen, die vorübergehen. Er ist ein intelligentes Kerlchen und wird es möglicherweise weiter bringen als ich.«

Jennifer Manuela schüttelte den Kopf.

»Mir scheint viel eher, dass unser Kleiner den Betrieb übernehmen wird. Nicht Felipe. Nein.«

»Pedro José?«

»Ja. Der interessiert sich jetzt schon ernsthaft für alles, während der andere nur fertig zugeschnittene Zuckerrohrstängel maust und sie mit seiner Schwester schleckt. Neulich kam er zu mir und zeigte mir mit zitternder Unterlippe die vielen kleinen Haarstacheln in seinen Händen und Fingern vom Anfassen des Zuckerrohrs. Ich hab ihm dann gezeigt, wie es die Pflücker machen ... wie sie mit den Händen durchs Haar streichen, um die Härchen abzustreifen. Mein Gott, hat der sich gefreut und gelacht und es mir gleich nachgemacht. Seitdem klagt er über keine Stacheln mehr. Und sobald er mich von weitem erblickt, macht er mit verschmitztem Gesichtchen Handbewegungen durchs Haar. Der ist nicht so langweilig verschlafen, wie du denkst. Ich glaube, du unterschätzt ihn.«

Heitor blickte seine Frau nachdenklich und zärtlich an.

Es blieb eine Zeit lang still. Man hörte nur das Herunterfallen eines kleinen Astes von einem Baum.

Je weiter die vier Kinder heranwuchsen, desto häufiger sahen sich die Eltern zu solchen Platzzuweisungen ihrer Söhne und Töchter innerhalb der Familie veranlasst. Sie spürten, dass der Zeitpunkt, da sie das Heft aus der Hand geben, abtreten, sich aus dem Zentrum des Lebens herausbegeben müssten, mit unheimlicher Geschwindigkeit näher rückte, obwohl sie sich bei dieser Art von Betrachtung gelegentlich auch selbst belächelten.

»Also, so alt bin ich ja nun auch wieder nicht«, meinte Jennifer Manuela einmal mit gespielter Entrüstung, nachdem Heitor sich scherzhaft über die Breite ihrer ersten grauen Haarsträhne ausgelassen hatte.

»Nein, nein. Alt sind wir erst, wenn wir Großeltern sind.«

Sie ahnten damals nicht, wie schnell dieses Ereignis eintreten würde.

Heitors Witzeleien änderten nichts daran, dass Jennifer Manuela in seinen Augen trotz ihrer vierfachen Mutterschaft nichts von ihrer ursprünglichen Schönheit eingebüßt hatte. Weder am ungebrochen jugendlichen Ausdruck ihres frisch gebliebenen Gesichts mit den großen, schönen Mandelaugen, der Straffheit ihres etwas füllig gewordenen Körpers noch an der gleich bleibend sanften Entschiedenheit ihres Auftretens. Hinzu kam eine gewisse Würde und Gesetztheit, die sich für Heitor, zusammen mit ihrer Lieblichkeit, zu einem dauerhaften, überaus reizvollen Geschenk verband.

Auch die äußere Lebensart der Melos hatte verfeinerte Züge angenommen. Das Schlafzimmer des Ehepaares hatte sich nach und nach in einen kleinen Salon verwandelt. Raffiniert angebrachte Spiegel und dunkle Musselinvorhänge ergänzten die ansehnlichen Möbelbestände, die sich dort seit ihrem Einzug angesammelt hatten. Am Ende eines weichen Teppichs stand inzwischen ein breites Bett mit einem Moskitonetz unter einem blauen Baldachin. Über der vom Bett aus sichtbaren Wand erstreckte sich eine Stickerei mit flammend rotem Himmel über einer Seenlandschaft, in der sich in friedlichem Nebeneinander Kaimane, Hyazinthenpapageien und *tuiuiús* zwischen leuchtender Blütenpracht und üppigem Grün tummelten. In Heitor war erst sehr spät und überraschend der Wunsch nach einer Abbildung seines früh verlassenen und lange aus seinem Bewusstsein verdrängten Kinder- und Jugendparadieses im Pantanal erwacht, und er hatte dieses Motiv bei einem alten indianischen Kunststicker und Teppichknüpfer in Colina in Auftrag gegeben, dessen Handwerk noch auf Unterweisungen seitens der Jesuiten zurückging und der dementsprechend mit besonderen Nadeln und praktisch unvergänglichen Naturfarben hantierte. Jetzt erfreute Heitor sich jeden Morgen nach dem Aufschlagen der Augen an diesem kleinen Fenster zu seiner eigenen, fernen Vergangenheit. Dass Heitor und Jennifer Manuela auch zusehends Geschmack fanden an guten portugiesischen und auch französischen Büchern, die sie immer besser verstanden, und an schöner Musik, entsprach dem guten Ton der gehobenen Schichten des Städtchens, dem die Melos mittlerweile fest angehörten. Jennifer Manuela spielte zudem hübsch Flöte, anfangs auf einer indianischen aus Bambus, bis Heitor ihr eine aus Ebenholz schenkte. Wobei sie ihre Fertigkeiten bei einem französischen Privatlehrer vervollkommnete, der einmal wöchentlich aus der Stadt zu ihr nach Hause kam. Jennifer Manuela spielte mehr für Heitor als für sich allein, auch dann, wenn sie zu Hause auf ihn wartete und ein wenig übte, und zwar immer im Schlafsalon. Wenn er kam, blieb er manchmal eine Weile draußen stehen, verzückt nicht nur von ihren Tönen, sondern auch von der Vorstellung ihrer das Rohr sanft und flink liebkosenden Finger und Lippen. Dann ging er hinein und setzte sich mit geschlossenen Augen auf die Kante ihres Ehebetts, während sie weiterspielte. Bald wurde es still, und es war nur noch das Rascheln ihrer Kleider zu hören. Er behielt die Augen geschlossen und streckte ihr die Arme entgegen, und als sie endlich zu ihm kam, liebten sie sich, nicht mehr ganz so stürmisch wie in alten Zeiten, aber mindestens so innig.

»Weißt du, was uns in unserem Nestchen noch fehlt?«, fragte Heitor seine Frau wieder einmal, als sie ermattet zusammenlagen.

»Ich weiß schon«, sagte sie. »Aber zuerst wird eine dampfgetriebene Zuckerpresse angeschafft. Dann sehen wir weiter.«

»Mein Gott, bist du vernünftig«, entgegnete er und stützte sich mit einer energischen Bewegung auf einen Ellenbogen auf.

Daraufhin entschied er sich, zum ersten Mal in seinem Leben, wie er fand, gegen die Vernunft und kaufte noch am selben Abend den langersehnten, perlmuttbesetzten, marmorierten Mahagonisekretär mit Palisanderstreifen beim Händler an der Rua do Comércio. Das kostbare Stück hatte, nicht ohne Heitors Zutun, die ganzen Jahre dort wie auf ihn gewartet. Die innerhalb der Familie an ihn ergehende Frage, wie viel es gekostet habe, beantwortete Heitor nie.

Die dampfgetriebene Zuckermühle, die Heitor wenige Wochen später installieren ließ, konnte er kaum mehr bezahlen. Das hinderte ihn nicht daran, bald andere, weitere Anschaffungen und Verbesserungen am Hause, technischer wie auch wohnlicher Art, vorzunehmen. Heitor vertraute unbeirrt darauf, bald wieder flüssiges Geld hereinzubekommen. Denn die Geschäfte liefen unregelmäßig, stockten manchmal und gerieten plötzlich wieder in Bewegung. Heitor entschied sich immer wieder, auch in scheinbar ungünstigen Situationen, für neue Investitionen. Er erinnerte sich noch zu gut an Piets Zuckerfabrik in Salvador, daran, wohin falsche Sparsamkeit führt. Jede Modernisierung, so sagte er sich, bringt, bei guter Anwendung, früher oder später die Kosten um ein Mehrfaches zurück. Dies galt auch für den Wohnbereich. Wer schön und bequem wohnt, arbeitet besser, befand er. Er ließ so nicht nur das Ziegelsatteldach des eigenen Hauses erneuern und die hölzernen Türen und Fenster und deren Rahmen frisch streichen. Auch die auf seinem Grundstück bisher äußerst beengt untergebrachten *colonos* und Feldsklaven bekamen neue strohbedeckte Hütten, einige mit Gemüsegärtchen davor. Auch die Errichtung einer dampfgetriebenen Vierzig-PS-Zucker- sowie einer Kaffeemühle mit metallbeschlagenen Stößeln und einem handgetriebenen Ventilator zum Wegblasen der Spreu auf der Hinterterrasse diente nicht nur technisch der rascheren Rohstoffverarbeitung. Das Privileg einer leicht zu bedienenden Anlage sollte auch die Arbeitsmoral und den Leistungswillen der Angestellten anheben.

»Du bist fürsorglich wie unser Pedro«, konnte sich Jennifer Manuela eines Tages nicht verkneifen zu bemerken.

»Unser Pedro? Du meinst doch nicht unseren Jüngsten?«

»Nein, den Kaiser.«

Heitor lachte etwas angestrengt.

»So sehr viel Grund zum Lachen ist da eigentlich nicht«, sagte er nach einer Weile. »Unser Kaiser ist müde und krank.«

»Er hat uns viel Segen gebracht«, entgegnete Jennifer Manuela mit würdevollem Ausdruck.

»Hat er. Doch die Zeiten haben sich geändert. Auch wenn die Masse des Volkes ihn immer noch heiß und innig liebt, so hat er sich doch mächtige Feinde zugezogen. Nicht nur die Republikaner, die ihm bald an den Kragen gehen werden. Auch die Kirche steht mit ihm auf Kriegsfuß, seitdem er den Bischof von Olinda einsperren ließ, um die Freimaurer vor ihm zu schützen. Und die Armee hat er gegen sich, weil er sie nach dem Krieg gegen Paraguay drastisch verkleinert hat. Seine Tage sind gezählt. Und was dann kommt, weiß niemand. Es ist jetzt schon alles schwierig und eng genug. Ich gönne ja den Sklaven ihre Freiheit. Wirtschaftlich wird das aber einen tiefen Einschnitt bescheren.«

»Du wirst es schon schaffen«, ermunterte Jennifer Manuela ihren Mann mit einer etwas pathetischen Gebärde und fasste ihn an der Hand.

»Solange ich nicht, wie Seine Majestät, von Diabetes heimgesucht und von Malariaanfällen geschüttelt werde, mag es ja noch angehen«, meinte Heitor und lachte, diesmal weniger angestrengt.

Wenige Tage später stand noch eine Veränderung ins Haus.

Ana Paula, die inzwischen knapp achtzehn war, kehrte gerade von einem Sonntagsausflug zusammen mit mehreren Freundinnen bei Ubatuba zurück. Sie betrat das Wohnzimmer mit einem so ungewohnten Schwung, dass ihre Eltern überrascht von der Lektüre hochblickten, in die sie gerade vertieft gewesen waren.

»Ihr bekommt bald Besuch«, kündigte sie mit heller Stimme an, warf keck ihren bebänderten Hut auf die Kommode neben der Balkontüre, durch die sie hereingekommen war, und löste Steckkamm und Nadel aus ihrem Haarschopf, sodass dieser in dichten, schwarzen Strähnen herunterfiel.

»Und wer ist der Herr?«, fragte Jennifer Manuela trocken und ohne mit dem Schaukeln auf ihrem Stuhl innezuhalten.

»Luiz Eduardo da Bahia, Polizeimajor in Rio de Janeiro«, trompetete Ana Paula und ließ ihre Zähne blitzen.

»Oh, quelle surprise, Demoiselle«, rief Heitor, beherzt in die Hände klatschend.

»Ich hab ihn nicht erst heute kennen gelernt«, erklärte Ana Paula mit unverändert heller Stimme. »Er war schon beim ersten Mal dort, zufällig, sonntäglich privat ... Na ja, und da ... Wir haben uns bald wieder getroffen ... Heute auch ... Und jetzt ... ja ...«

»Aha. Dann soll er mal kommen.«

Luiz Eduardo eroberte im Sturm die Herzen seiner zukünftigen Schwiegereltern, doch lag ein dunkler Schatten auf dieser Liebe.

»Und wie gefällt er euch?«, fragte Heitor seine jüngeren Kinder, als Ana Paula gerade nicht anwesend war.

»Ich mag ihn nicht«, befand Leonora Augusta. »Er hat kalte, schwarze Augen.«

»Eine Dampfwalze«, ergänzte Felipe mit süffisantem Lächeln, offenbar auf Luiz Eduardos äußere, etwas grobschlächtige Erscheinung anspielend.

Pedro José schüttelte sich vor Lachen.

»Kinder, er ist nett«, entgegnete Heitor fassungslos vor Enttäuschung. »Und außerdem: Ihr müsst ihn nicht heiraten.«

»Das wäre ja noch schöner«, rief Leonora Augusta mit grimmiger Miene.

»Ich freue mich jedenfalls auf ihn«, bekräftigte Heitor. »Auch auf meinen Besuch bei ihm in Rio. Er hat mir schon viel über seine Arbeit erzählt.«

»Arbeit? Ich dachte, er sei Polizist«, fuhr Leonora Augusta rasch dazwischen.

Heitor war verblüfft über die Direktheit, mit der seine jüngere Tochter den Punkt ansprach, den er selbst als dunkel empfand und der ihn verunsicherte. Luiz Eduardo war nach einer abgebrochenen Ausbildung bei der Escola Militar in Rio der Polizei beigetreten und hatte dort dank seiner durchgreifenden Methoden im Kampf gegen Verbrechen und Landstreichertum eine Blitzkarriere gemacht. Auf dem Rang eines Offiziers angelangt, hatte er das Einfangen geflüchteter Sklaven zu seiner Lieblingsbeschäftigung gemacht und sich besonders damit hervorgetan, seinen Opfern vor deren Rückführung handgreiflich »die Treue zu unserem Kaiser« einzubläuen.

Von Luiz Eduardos eigener Treue zum Kaiser bekam Heitor einen überaus anschaulichen Eindruck während seines ersten Besuches bei ihm in Rio. Im Salon hing ein überdimensionales Ölporträt von Seiner Majestät. Es stammte von einem Mulattenkünstler und stellte Pedro II. in der Blüte seiner Jahre dar, mit blondem Haar und Bart und einem herabhängenden Band aus goldenen Federn.

Vielleicht war es der Gegensatz zwischen dieser einstigen Glorie und der gegenwärtigen Wirklichkeit des Regenten. Jedenfalls fühlte Heitor beim Betrachten dieses Bildnisses zum ersten Mal in seinem bewegten Leben, dass er sich nach Ruhe sehnte, nach einem Rückzug aus der Hektik des Alltags in die

Anonymität und Abgeschiedenheit irgendeines Alterssitzes gemeinsam mit seiner Frau. Möglicherweise gar in dieser Metropole hier, dachte Heitor für sich.

Rio de Janeiro kannte Heitor bisher nur von seinen Geschäftsreisen und den Verhandlungen mit den Kaufleuten, Großhändlern und Exportfirmen in den Lagerhallen und Kontoren in der Nähe des alten Hafens der Stadt. Dabei war er immer nur atemlos von einem Termin zum andern gejagt, ohne freien Blick für die umwälzenden Veränderungen, die die Hauptstadt durchgemacht hatte seit der Zeit, da er dort als Zwanzigjähriger die Missionen seines Schwiegervaters Antônio Benedicto erfüllt hatte.

Heitor erledigte nach seinem Besuch bei seinem zukünftigen Schwiegersohn rasch seine wichtigsten Geschäfte und tätigte, wie immer, anschließend noch einige Einkäufe und Bestellungen für zu Hause, diesmal für die Hochzeitsfeierlichkeiten seiner Ältesten. Er erwarb neue silberne Serviettenringe und einen eleganten Mantel für sich an der Rua do Ouvidor. Und aus dem nahe gelegenen Depósito Strauss bezog er einen ausreichenden Bestand erlesener Bordeaux-Weine für seinen Keller.

Danach beschloss er, die Stadt noch einen vollen Tag in aller Ruhe zu besichtigen und die von ihm bisher nur kurz gestreiften oder ihm vom Hörensagen bekannten Viertel durchzukämmen.

Tags darauf begab er sich zuerst zu den *cais* und zu den *barcas* am alten Hafen. Dort beobachtete er ausgiebig das Ein- und Ausladen der Waren von den großen Schiffen und ihre Verfrachtung in auf dicken Holzstegen bereitstehende Güterwagen der Kaiserlichen Eisenbahn, die auch umgekehrt Erzeugnisse aus dem Inland, vielleicht seine eigenen aus Portobelo, zur Verschiffung an den Hafen brachte. Vom nahe gelegenen Largo do Paço mit dem imposanten Kaiserpalast gelangte er an die Rua Direita, die inzwischen Rua Primeiro de Marco hieß, mit ihren großen, neuen Geschäftshäusern, Banken und öffentlichen Ämtern und den Gaslaternen, die Heitor schon bei seinen ersten Besuchen der Stadt bewundert hatte. Neu hingegen war, dass die Straßen viel sauberer waren und die Abflüsse funktionierten, nachdem sich bei seinem letzten Besuch die Straßenkanalisation erst im Bau befunden hatte. Von der Rua Primeiro de Marco schlenderte er die Straßen, Plätze, Märkte und öffentlichen Brunnen entlang zum Largo da Carioca mit der erhöhten Antonius- und Franziskuskirche und dem Theatro Lyrico unten. Von dort stieß er langsam zum Denkmal Pedros I. auf dem Largo do Rocio und verfolgte dort eingehender das kunterbunte Treiben auf dem großen Platz: die Fortbewegung vieler Menschen auf Fahrrädern mit einem großen Rad, das entzückende Spiel der Drehorgelspieler, die Arbeit der Scherenschleifer und Besenverkäufer, die vielen Lastenträger mit ihren erstaunlich vielfältigen und originellen Stützvorrichtungen auf Kopf und Schultern für die Beförderung ihrer Waren. Nachmittags fuhr er mit der von Maultieren gezogenen, seitlich offenen Straßenbahn mit dem nur für Herren bestimmten Trittbrett außen, vom Stadtzentrum in die Zona Sul, in Richtung Botanischer Garten. Er suchte das Wohnviertel der Reichen in der Bucht von Botafogo auf, die funkelnd weißen Villen der Vicomtes, der Barone und Generäle, zwischen Bananenbäumen, Palmen und Obstgärten und mit europäischen Rosen davor. Dann fuhr er wieder zurück und bestieg, zum krönenden Abschluss des Tages, den Morro do Castelo mit dem Jesuitenkloster, der ihm einen Rundblick sowohl in die Bucht bis zum Zuckerhut als auch in das Stadtgebiet erlaubte, das zwischen den drei Hügeln Morro do Castelo, Morro de São Bento mit dem Benediktinerkloster und den Resten des Morro de Santo Antônio eingebettet lag. Vor sich sah er die Bögen des Aquädukts, der das Stadtzentrum vom meerwärts gelegenen Stadtteil Lapa trennend, imposant über das Tal herabzog. Die

Bucht, die Stadt und die Berge Dona Marta, Corcovado, Dois Irmãos und Gávea leuchteten in der Abendsonne in fantastisch zwischen Rot, Golden und Purpur wechselnden Farben. Heitor wagte es in dieser feierlichen Stimmung kaum, sich vorzustellen, hier in diesem Paradies einmal seinen Wohnsitz zu beziehen. Erst, als er nach dem Eindunkeln wieder den Berg hinabstieg, vermochte er dies als halbwegs vernünftigen und realistischen, im Vergleich zu gestern vielleicht sogar konkret umsetzbaren Gedanken anzuerkennen.

Die Hochzeit von Heitors Ältester im Januar 1886 verlief mit einem für die Melos eher ungewohnten Pomp. Dies betraf auch den Kreis der Geladenen, der sich, obwohl er auf die lokale Prominenz beschränkt war, durch besondere Vornehmheit auszeichnete. Zusätzlich zu den engeren Freunden wie den Romeros und den Casadeis waren, wohl hauptsächlich dem gesellschaftlich gehobenen, neuen Schwiegersohn zuliebe, erstmals auch Größen aus der kommunalen Verwaltung, der Rechtsprechung und sogar der Polizei von Portobelo gebeten worden. Darunter der mit metallschweren Orden gespickte Kommandant der Guarda Nacional, Casimiro Honório, zusammen mit seinem Sohn. Die Ehefrauen der Hochrangigsten konkurrierten untereinander bezüglich Prunk und Eleganz. Sie ließen tiefen Einblick in ihre Ausschnitte tun, und vor allem die kostspielige Dekoration ihrer Hüte schien Gegenstand eines lange eingespielten Wettstreits zu sein. Man überbot sich gegenseitig an der raffinierten Zusammenstellung verschiedenster Edelsteinsorten und feinster Silbergespinste auf der Kopfbedeckung oder in der Frisur. Und auch die Ehemänner verbargen nicht ihren Stolz und ihren Triumph über den Glanz ihrer Begleiterinnen.

Einige der Gäste waren über die ungepflasterte Zufahrt zur Prosperidade in offenen Zweispännern mit livrierten Kutschern und unter dem Gebell der Hunde eingetroffen. Die jüngeren

Geschwister der Braut, Pedro José und Leonora Augusta, mussten in der Küche essen. Sie hatten sich jedoch trotzdem, wie alle anderen, extra frisieren und sich in die für die heiße Jahreszeit unbequem sperrige Festkleidung zwängen müssen, für den kurzen Augenblick, da sie sich an der Festtafel im Schein der Kerzen den Gästen zu zeigen hatten. Dafür bekamen sie in der Küche vor den anderen Gästen als Erste von sämtlichen Köstlichkeiten der Menüfolge auf ihre Teller geschöpft. Als Vorspeise gab es Ana Paulas Lieblingsgericht, Portobelos Lokalspezialität *peixe de marinha*, eine Suppenterrine mit gekochtem Fisch und unreifen Bananen, die dem Sud seine beliebte Blaufärbung verliehen. Als nächstes wurde Huhn serviert, heute mit Süßkartoffeln statt dem alltäglichen Maisbrei und mit Palmherzensalat, dann Schinken in Weinsoße mit Reis und schließlich ein Sortiment ausgefallenster und schwerster Süßspeisen aus eingezuckerten und gekochten Früchten mit Sahne.

Leonora Augustas Sitzposition gestattete ihr während des ganzen Essens jedes Mal beim Öffnen der Tür zum Essraum einen kurzen Blick in die Festversammlung.

»Nein, da gehe ich nicht hin, zu diesen geleckten Affen«, zischte sie mit bohrendem Blick, als die Türe zum Auftragen des Nachtischs kurz geöffnet worden war und ein Schwall des heißen Dunstes aus Parfüm und abgestandenen Speisen in die Küche strömte.

»Ich dachte, du wolltest so gern dabei sein, bei Felipe«, widersprach ihr Pedro José.

»Aber nicht mit diesem Kerl da. Jedes Mal grinst mir sein dämliches, breites Gesicht entgegen. Und jetzt hat er auch noch seinen gewichsten Schnurrbart mit Soße bekleckert. Da wird mir nur übel, wenn ich dort hingehe.«

»Ab heute ist er immerhin unser Schwager«, bemerkte Pedro José kichernd.

»Und dann fuchtelt er auch noch wichtigtuerisch mit seinen

Perlenknöpfen an den Hemdsärmeln und mit seiner silbernen Tabakdose. Sicher hat er seine Initialen hineingravieren lassen.«

»Geh doch nachsehen.«

»Esel.«

»Warum Esel?«

»Weil der uns noch bis ans Ende der Welt treiben wird.«

»Vielleicht nicht ganz bis ans Ende«, glaubte Pedro José die Weissagung seiner Schwester einschränken zu müssen.

Nur fünfeinhalb Monate nach der Hochzeit kam in Rio Ana Paulas und Luiz Eduardos erste Tochter Agueda zur Welt. Man hatte sich in Portobelo kaum in das Großelterndasein hineingefunden, da vermeldete Ana Paula, dass sie schon wieder in anderen Umständen sei. Sie hoffte diesmal inständig auf einen Sohn, den sie Ignácio Ruy taufen wollte, und falls es, in Gottes Namen, kein Junge werde, dann würde das Kind eben Amanda heißen.

Noch am selben Tag, es war im Oktober 1886, wurde in der Presse als neues Gesetz das Verbot der öffentlichen Prügelstrafe für Sklaven bekannt gegeben. Deren Behandlung hatte sich zwar schon seit dem vor Jahrzehnten verfügten Einfuhrstopp für afrikanische Sklaven landesweit verbessert, weil sonst, bei deren bisherigen Überlebensdauer von fünf bis acht Jahren, der brasilianischen Wirtschaft ihre Hauptstütze abhanden gekommen wäre. Doch es fanden weiterhin Übergriffe statt. Heitor kümmerte dies wenig, er beschäftigte inzwischen so gut wie keine Sklaven mehr und war überdies schon immer für deren vorbildliche Behandlung bekannt gewesen. Luiz Eduardo hingegen begann, sich bei einem Besuch in Portobelo unmittelbar nach Bekanntwerden des neuen Prügelverbots in ziemlich demaskierender Weise dagegen auszulassen. Im Verlauf des Gespräches vollzog er jedoch plötzlich eine verwirrende Schwenkung in die Gegenrichtung. Er pries das Gesetz als »Vorbote für ein neues Zeitalter« und ließ als Nächstes, zum Staunen aller Anwesenden, in diesem Zusammenhang abschätzige, ja beleidigende Bemerkungen über den Kaiser fallen.

Leonora Augustas Augen funkelten noch dunkler als sonst, als sie dies hörte, doch sagte sie nichts, solange ihr Schwager anwesend war.

»Dieser Schuft«, legte sie augenblicklich los, kaum hatte er das Haus durch die Küchentüre verlassen. »Gerade er, dieser Oberprügler, preist die demokratischen Neuerungen der Nation.«

»Ach, er hat ein schlechtes Gewissen. Das ist seine Art, mit seinen eigenen früheren Übergriffen fertig zu werden«, versuchte Heitor seine Tochter zu beschwichtigen.

»Der ein schlechtes Gewissen? Der hat kein schlechtes Gewissen, sondern Angst ... ganz einfach Angst ... vor der Aufdeckung seiner eigenen Untaten ... Vermutlich ist er verantwortlich für den Tod einiger seiner Opfer und fürchtet, nachträglich belangt zu werden.«

»Leonora Augusta ... Kind«, rief Jennifer Manuela entrüstet. »Du hast da überhaupt nicht mitzureden.«

»Was wahr ist, ist wahr«, ließ sich Leonora Augusta nicht abbringen. »Ihr habt doch seine despektierlichen Äußerungen über Pedro Segundo gehört. Er, der eingefleischte Monarchist. Ihr wisst, wie ich zum Kaiser stehe. Aber bei dem ist das etwas ganz anderes. So das Mäntelchen im Winde zu drehen. Was für eine Schande. Wartet nur, der wird eines Tages noch seinen Knüppel auf die Kaisertreuen herabsausen lassen, wenn ...«

Leonora Augusta hatte sich so in Rage gesteigert, dass sie mitten im Satz abbrach. Ihr Gesicht schwoll rot an, dann heulte sie plötzlich laut los.

Jennifer Manuela wollte gerade zu einem neuen Tadel ansetzen. Jetzt erschrak sie und wurde von Mitleid und Sorge ergriffen.

»Leonorzinha«, hauchte sie, schritt geradewegs auf ihre schluchzende Tochter zu und nahm sie in den Arm.

Auch Heitor war bewegt. Er musste sich eingestehen, wie sehr ihm seine Tochter aus dem Herzen gesprochen hatte. Er bewunderte ihre Offenheit und ihren Mut. Und es sollte keine drei Jahre dauern, bis Leonora Augustas Voraussagen Wirklichkeit werden sollten.

Die öffentlichen Ereignisse überstürzten sich.

Im Dezember des folgenden Jahres fand in São Paulo eine Massenversammlung verängstigter Fazendeiros statt. Ihre Gutshäuser drohten unter der anschwellenden Fluchtlawine der Sklaven auszubluten.

»Ausbluten? Das ist kein Problem für mich«, wehrte Heitor de Melo entrüstet ab, als João Marcelo Muniz, ein junger Verwandter von Antônio Benedicto, auch Fazendeiro in São Sebastião, Heitor drängte, mit ihm zur Versammlung zu fahren.

Er ging trotzdem mit. Aus Neugierde und vielleicht auch aus einem gewissen Solidaritätsgefühl heraus.

Um die nächste Ernte zu retten, beschlossen die in São Paulo Versammelten, ihren Sklaven einen bescheidenen Lohn und dazu einen dreijährigen Arbeitsvertrag anzubieten.

Das »Goldene Gesetz«, das schließlich die Aufhebung der Sklaverei in ganz Brasilien verfügte, wurde nur wenige Monate später, im Mai 1888, von Prinzessin Isabel verkündet, als deren Vater, der Kaiser, gerade in Europa weilte.

Die Folge war, dass die Großgrundbesitzer, die sich von der Monarchie verraten fühlten, in Scharen zu den Republikanern überliefen.

Praktisch die Einzigen, die jetzt noch zur Monarchie hielten, waren ein Häufchen befreiter Neger und Mulatten. Deren Dankbarkeit der Prinzessin gegenüber und die Erbitterung der geprellten Großgrundbesitzer hatten innerhalb kürzester Zeit zu einer makabren Verdrehung der Verhältnisse geführt.

Damit war jetzt für die Polizei doppelt klar, auf wessen Seite sie sich zu stellen hatte. Die Karten waren so gemischt worden, dass die Ordnungshüter wieder mit den Fazendeiros gegen die Sklaven kämpften, nur mit umgekehrten Vorzeichen: nicht mehr im Dienste der Monarchie, sondern im Verbund mit denjenigen, die sie zu stürzen trachteten.

Während der letzten Wochen vor der Ausrufung der Republik am 15. November 1889 tobten in Rio erbitterte Straßenschlachten. Die von Monarchisten gegründete *Guarda Negra*, zusammengewürfelt aus befreiten Negern und Mulatten, hatte sich vor dem Kaiserpalast aufgestellt, um ihre hochherzigen Befreier vor dem Ansturm der neuen Bürgerbewegung zu schützen. Mit Todesmut standen sie da, wohl darauf vorbereitet, mit ihrer berüchtigten, von den portugiesischen Kolonisatoren seit Jahrhunderten gefürchteten und inzwischen verbotenen *capoeira*-Kampftechnik ihren Mann zu stehen.

Eine sich dem Palast nahende Staffel berittener Polizei wurde von Major Luiz Eduardo da Bahia angeführt. Er hielt seinen Schlagstock fest im Griff, derselbe, mit dem er in vergangenen Zeiten im Namen Seiner Majestät, des Kaisers, die entflohenen und von ihm wie Vieh eingefangenen Sklaven brutal zusammengeknüppelt hatte.

»Schlagt sie tot, diese Hunde«, brüllte Luiz Eduardo seiner berittenen Gefolgschaft zu, als vorn die ersten Schwarzen auftauchten.

Mit schwingendem Stock raste er auf die Menge zu.

»Hunde ... Hunde ...«, schrie er immer wieder, während die Luft unter seinem niederfahrenden Knüppel erzitterte.

Innerhalb weniger Tage erhielt auch Heitors Familie in Portobelo Kenntnis von diesem Vorfall, und dieser sorgte für heftigste Auseinandersetzungen vor allem zwischen dem Vater und seiner inzwischen zu einer jungen Dame herangewachsenen Tochter Leonora Augusta, deren chronische Abneigung gegen ihren Schwager nunmehr in unversöhnlichen Hass umgeschlagen war. Leonora Augusta nutzte bald jede sich ihr bietende Gelegenheit, sich von ihrer Familie fern zu halten und, wenn es ging, sogar das Haus zu verlassen. Irgendwann ließ sie sich von ihrem Bruder Felipe nach Rio de Janeiro abholen, wo sie sich für einige Zeit in dessen Wohnung einquartierte. Trotz ihres guten Einvernehmens hielt sie es bei Felipe nur wenige Monate aus, weil sie dessen extravaganten Lebensstil nicht ertrug. Sie kehrte wieder zu ihren Eltern zurück, wechselte dann wieder nach Rio und pendelte dann ein paar Mal hin und her, wobei sie sich zwischendurch auch, zum großen Kummer ihrer Eltern, an anderen, unbekannten Orten aufhielt und sich langsam immer weiter aus dem Gesichtskreis ihrer Eltern entfernte. Felipe hatte inzwischen in einem vornehmen Textilladen an der Rua do Ouvidor eine Lehre absolviert. Jetzt handelte er mit irgendwelchen ausgefallenen Artikeln: besonderen Pelzen, Perücken, Fellen und ausgestopften Tieren. Häufig trieb er sich auch in Kaffeehäusern, im Theater und bei Tanzveranstaltungen herum. Er machte jungen Damen den Hof, wobei ein besonderer Anziehungspunkt die Garderoben der Soubretten, Chordamen und Tänzerinnen in den Varietés und kleineren Theaterhäusern der Stadt waren.

Der Vater hatte seinen Ältesten nur zähneknirschend aus dem Elternhaus ausziehen lassen. Er hatte bis zuletzt in ihm seinen Nachfolger gesehen und sich dessen andersartige Neigungen und Vorlieben nicht eingestehen wollen. Jetzt war er maßlos enttäuscht und erinnerte sich schmerzlich an Jennifer Manuelas früh ausgesprochene Warnungen.

Gelegentlich kam Felipe aus Rio zu Besuch zu seinen Eltern. Doch Heitor fühlte von Mal zu Mal, wie jener ihm fremder wurde, und auch Jennifer Manuela, die Felipe gegen ihren Gatten am längsten verteidigt hatte, äußerte sich immer bedrückter in dieselbe Richtung.

»So, wie der gestern angekommen ist, hab ich mich richtig geschämt«, sagte sie einmal. »Diese albernen ledernen Reitstiefel und die schäbige Jacke aus Schottenstoff und der alte Zylinder dazu. Unmöglich.«

»Der will uns bloß ärgern«, brummte Heitor.

»Nein, das ist im Ernst sein neuer Stil«, entgegnete sie. »So sind heute die jungen Leute in der Hauptstadt. Unsere Feliciana hat sich die Augen aus dem Kopf geschaut. Die hätte sich das nicht träumen lassen, damals, als sie ihn jeden Morgen anzog und wusch und ihm die Haare kämmte und ihn zur Barke zum Lyzeum brachte.«

»Man riecht sogar das Parfüm von seinem Schnurrbart ... ein strenger Duft«, bemerkte Heitor mit angewidertem Ausdruck.

»Aber er sieht schlecht aus, der arme Junge. So blass und so dünn ...«

»Das täuscht. Seine hochmütig feine, leidende Miene soll uns das nur glauben machen«, entgegnete er. »Der weiß schon, wie es sich angenehm lebt ... und abwechslungsreich ... so als Junggeselle, meine ich ... haha ...«

»Heitor, bitte. Mach ihn nicht schlechter, als er ist. Ana Paula erzählt immer wieder, wie reizend er sich um die Kinder kümmert. Er spielt ihnen auf dem Piano Tangos, Polkas und Walzer vor. Die Kleinen geraten völlig aus dem Häuschen, sagt sie. Selbst Ignácio Ruy und Alcides, die beide noch gar nicht richtig sprechen können, tanzen wild um den Klavierstuhl, wenn er ihnen aufspielt. Die dort scheinen sich an seinen seltsamen Manieren, seiner Aufmachung und so nicht weiter zu stoßen, die Städter.«

»Ja, ja, wir müssen unsere Leute dort auch mal wieder besuchen ... Ich weiß ... Schon lange ...«

»Oder wir schaffen uns hier ein Klavier an ...«

»Schatz. Wie oft hab ich dir schon gesagt, dass das erst in

unserem neuen Haus in Rio in Frage kommt ... Da sind wir situierte Leute, und da kannst du alles haben. Meinetwegen sogar einen Flügel, der, zusammen mit unserem Sekretär, alles tief in den Schatten stellt, was die Bahias haben. Dann können unsere Enkel jederzeit zu uns kommen, und von mir aus auch Felipe, solange er nicht zu unausstehlich ist. In ein paar Jahren. Wenn Pedro José die Prosperidade übernimmt«, so schloss Heitor mit einem schlauen Lächeln.

Jennifer Manuela machte ein beruhigtes, zufriedenes Gesicht. Heitor lehnte sich entspannt in seinen Korbsessel zurück und nippte an seiner Kaffeetasse.

Die Einigkeit zwischen Heitor und Jennifer Manuela gründete immer tiefer in der jetzt gemeinsam vertrauensvollen Haltung ihrem Jüngsten gegenüber. Dessen gleichmäßige Anwesenheit, Verlässlichkeit und zunehmende Unersetzlichkeit bei der weiteren Betreibung der Fazenda flößte vor allem Heitor ein Gefühl der Ruhe und Sicherheit ein. Jetzt konnte er sich gut in die Altgedienten hineinversetzen, die froh sind, endlich die Stafette weiter zu geben.

Im Fall von Pedro José war sich Heitor sehr bald sicher, dass dieser nicht, wie seinerzeit er selbst, vorzeitig abspringen werde. Pedro José packte schon mit seinen fünfzehn, sechzehn, bald siebzehn Jahren mit Enthusiasmus, erstaunlichem Geschick und Energie überall gleichzeitig mit an. Er kümmerte sich um die Plantagen und wirkte intensiv bei der Verarbeitung des Kaffees und Zuckers und beim Schnapsbrennen mit. Geradezu unersetzlich war seine Hilfe bei der Bewältigung der immer schwierigeren kaufmännischen Belange. Diese betrafen nicht nur den Warenvertrieb, sondern auch die laufenden Kalkulationen bei den wiederholt anstehenden betrieblichen Vergrößerungen und technischen Neuinvestitionen, die der immer kompliziertere Ausbau der Wirtschaft zu großunternehmerischen Strukturen erforderte.

Heitor verließen langsam die Kräfte. Umso dankbarer nahm er das Engagement seines Jüngsten auf.

»Ich habe eine fabelhafte Entdeckung gemacht«, schwärmte Pedro José eines Tages seinem Vater vor. »Du weißt doch, dass Raimundo von nebenan eine neue Verkaufsaktion gestartet hat und den *barril cachaça* statt für hundertzwanzig für nur hundert *réis* anbietet ... und so, statt der üblichen fünfzig Fässer gleich achtzig losgeworden ist.«

»Ja ...«

»Und ich habe inzwischen noch etwas viel Besseres ausprobiert ...«

»So?«

»Seit vorgestern habe ich das Fass für hundertzehn *réis* angeboten. Habe mich direkt vor die Markthalle am *cais* gestellt und die exzellente Qualität unseres Produkts lauthals angepriesen. Und weißt du, wie viele Fässer ich in derselben Zeit wie Raimundo verkauft habe? ... Ganze siebzig Stück ...«

»Oh ... das sind ... siebenhundertsiebzig *réis* für siebzig Fässer ... und das ist in der Tat mehr als achthundert *réis* für achtzig Fässer ... Und wie erklärst du dir das?«

»Weil ganz offensichtlich bei hoher Qualität des Produkts schon eine geringe Preissenkung die Nachfrage unverhältnismäßig in die Höhe schnellen lässt ... Dein mandarinengewürzter *cachaça* ist ja immer noch ein Schlager auf dem Markt. Andere müssen ihre Preise stärker senken, um gleich viel zu verkaufen. Versuch es doch selbst einmal ...«

Heitor folgte Pedro Josés Vorschlag. Er bemerkte schon innerhalb weniger Wochen, wie rasant seine Einkünfte auf dem *cachaça*-Sektor in die Höhe gingen.

»Er wird unsere Prosperidade noch zu einer Großfabrik ausbauen«, bemerkte Heitor einmal voller Begeisterung seiner Frau gegenüber.

»Das weiß ich nicht«, erwiderte Jennifer Manuela achselzuckend. »Er wird jedenfalls ein Kaufmann großen Stils werden«, berichtigte sie. »Mehr brauchen wir uns nicht zu wünschen ...«

Heitor nahm seinen Sohn bald auf fast jede Geschäftsreise mit, sofern er sich nicht umgekehrt von Pedro José gleichsam mitgenommen fühlte. Pedro José blieb zwar seinem Äußeren nach kein besonders präsentabler Begleiter. Er war von Gestalt kleiner als der Vater und runder und konturloser im Gesicht, bei aller Ähnlichkeit, vor allem der Nase. Auch seine Reisekleidung blieb, trotz unermüdlicher Ermunterungen durch seine Mutter, von unbeholfener Eintönigkeit. Er trug immer dieselben oder ähnliche Hemden und Hosen aus Baumwolle und eine Weste und einen seltsam helmartigen Hut aus Leder. Nichtsdestoweniger stellte Heitor allen seinen Verhandlungspartnern seinen Jüngsten als leuchtende Stütze vor und ließ ihn dann in den nachfolgenden Gesprächen dies glanzvoll beweisen.

Neben diesem erfreulichen gab es noch einen traurigen Umstand, der Heitors Drang in einen ruhigen Alterssitz weit weg in der Metropole verstärkte: Es war der schleichende, unaufhaltsame Niedergang des von ihm einst so heiß geliebten Städtchens Portobelo.

Die Goldfunde in Minas waren weitgehend erschöpft. Durch den Bau neuer Verkehrswege, vor allem der Eisenbahn im Hinterland, wurde die alte Kolonialstadt vom steigenden Welthandel so gut wie abgeschnitten. Rio und Santos mit ihren großen Seehäfen wurden zu den eigentlichen Zentren. Die landwirtschaftlichen Produkte aus deren unmittelbarer Nähe hatten den Vorrang. Wer aus abgelegeneren Gebieten seine Erzeugnisse anbringen wollte, musste entweder weit anreisen oder, wie Heitor de Melo im Falle seines Schnapses, besondere Qualität aufweisen. Portobelos Einwohnerzahl war erschreckend geschrumpft. Wenn es so weiterging, würde die Stadt bald nur noch von alten Männern, Frauen und Kindern bewohnt sein. Auch die Häuser dort begannen langsam zu verfallen.

Heitor fuhr immer häufiger nach Rio, auch ohne geschäftliche Vorhaben. Er pflegte Kontakte, von denen er sich bei seiner Suche nach dem ersehnten Altersdomizil Hilfe erhoffte. Es war kein Zufall, dass er sich dabei immer stärker auf Personen aus der hauptstädtischen Aristokratie verlegte. Heitor de Melo der Jüngere war nie ein eingefleischter Monarchist gewesen. Doch der Abschied von der Monarchie trieb alle, die mit der neuen Zeit nicht mithalten konnten oder wollten, einander in die Arme.

Eine besondere Freundschaft entwickelte sich so zu José Maria de Silva Paronhas Júnior, Barão do Rio Branco, einem um einige Jahre jüngeren, überaus ehrgeizigen und fähigen Diplomaten, Historiker und Journalisten, der vor seiner Ernennung zum Außenminister im Jahre 1902 Parlamentsabgeordneter in Rio war. Heitors Söhne Felipe und Pedro José wussten diese Freundschaft auf sehr unterschiedliche Weise für sich zu nutzen.

Heitor wurde bei seinen Besuchen in Rio mehrfach Zeuge von Felipes Vorlieben für Schauspiel und Oper. Heitor, der bisher nur das Theatrinho Dramático in Portobelo kannte, wurde gelegentlich vom Baron zu Theater- und Musikdarbietungen in der Hauptstadt mitgenommen. Dort pflegten sich des Öfteren, wie von selbst, die Wege von Vater und Sohn zu kreuzen. Ein häufiger, zufälliger Treffpunkt war das am Largo da Carioca gelegene Theatro Lyrico. Dieses war, so lange das grandiose Theatro Municipal an der Avenida Central noch nicht errichtet war, das eigentliche, auch regelmäßig vom Kaiser besuchte Kulturzentrum der Stadt. Felipe wohnte dort besonders gerne Opernaufführungen seines brasilianischen Lieblingskomponisten Carlos Gomes bei. Doch war er, wie der Vater immer deutlicher bemerkte, nicht nur auf die Aufführungen versessen.

Ein weiterer, besonderer Anziehungspunkt war für ihn die regelmäßige Anwesenheit der hübschen, jungen Gattin des derzeitigen Parlamentspräsidenten in Rio, Luiz Fernandez Barreto, der wiederum ein enger Freund und Intimus des Barons war. Das Ehepaar saß in einer Loge, wohingegen sich Felipe einen Abonnementplatz in der ersten Parkettreihe leistete, auf Sitzen so breit, dass sie die üppige Garderobe der Damen ausreichend fassen konnten. Heitor bot sich nicht nur einmal ein ziemlich degoutantes Schauspiel: die feurigen Blicke von Felipe hoch zur Senhora, gelegentlich von dieser erwidert, wenn der Gatte gerade nicht schaute, verzücktes Lächeln, Augenzwinkern. Auch Felipes Kleidung war noch geckenhafter als sonst. Er führte, zusätzlich zur üblichen Aufmachung, immer ein Spazierstöckchen mit einem edelsteinbesetzten und vergoldeten Knauf mit sich, das er beim Gehen dreist und unternehmungslustig vor sich herschwenkte.

Heitor durchschaute trotzdem viel zu lange nicht Felipes eigentlichen Beweggrund, während der Pausen immer wieder den Baron anzusprechen, auf ihn einzureden und ihn in irgendwelche fadenscheinige Diskussionen zu verwickeln. Irgendwann war es jedenfalls geschehen. In der Pause einer wunderschönen Aufführung von »Aida« entdeckte Heitor den Baron zusammen mit Felipe im Gespräch mit Luiz Fernandez Barreto und dessen Gattin. Dann nahm das Unglück rasch seinen Lauf.

Bald stand es in den Zeitungen: Eifersuchtsdrama in der Privatvilla des Parlamentspräsidenten wegen einer Affäre von dessen Frau mit einem jungen Kunstliebhaber, wie es hieß, ohne Namensnennung. Beide Eheleute waren mit lebensgefährlichen Verbrennungen in eine Klinik eingeliefert worden, nachdem der vor Eifersucht in Raserei geratene Gatte das Haus angezündet hatte. Der Schuldige hatte sich sofort aus dem Staub gemacht. Der stadtweite Skandal war sicher. Heitor schämte sich so für seinen Sohn, dass er eilig die Hauptstadt in Richtung

Portobelo verließ, und er war unsicher, ob er seine Umzugspläne in die Metropole weiter verfolgen sollte. Es herrschte schwerste Zerknirschung in der Fazenda Prosperidade, und es wurde ernsthaft erwogen, den missratenen Sohn zu enterben, was jedoch dank Pedro Josés Schlichtungsbemühungen abgewendet werden konnte. Dann setzte ein quälend langes Warten und Zaudern ein, und man schritt zur Konsultation des Reverendo Joaquim Xavier de Santa Ana in der Igreja Nossa Senhora da Misericórdia. Schließlich tauchte der Vermisste auf, abgemagert, ohne Reitstiefel, Zylinder und Stöckchen, nur mit der schottischen Stoffjacke und unmöglich weiten, grauen Hosen. Er wirkte wie ein gehetztes Tier, ziel- und willenlos, fast apathisch. Kaum hatte er das Haus betreten, warf er sich in das Bett in seinem ehemaligen Kinderzimmer, aus dem er erst am folgenden Tag wieder hervorkroch. Als er endlich wieder erschien, tagte das Familiengericht.

»Das Beste ist, du gehst möglichst weit weg von hier«, bemerkte Heitor trocken und mit unbewegter Miene.

»Möglichst weit weg«, wiederholte Felipe mechanisch und schluckte.

»Ja, möglichst weit weg.«

Felipe brachte überraschend selbst einen Vorschlag ein.

»Manaus«, sagt er. Ein Gedanke, den er schon lange hatte. »Manaus ist wunderschön. Der Gummiboom hat es zu einer prunkvollen, reichen Stadt gemacht, mit der ersten Straßenbahn Brasiliens, elektrischem Licht und besonders üppiger Pariser Mode. Eigentlich ein idealer Ort für den Handel mit Textilien und Kunstgewerbe«, begründete Felipe seine Idee. Heitor wusste das alles und nahm Felipes Vorschlag freudig auf. Was Heitor noch nicht gewusst hatte und was er jetzt weniger gern hörte, war, dass in Manaus vor wenigen Monaten ein großes Opernhaus, das Teatro Amazonas, mit eintausend Sitzplätzen eingeweiht worden war.

»Caruso hatte bei der Eröffnung gesungen, und eine ganze Reihe berühmter Künstler ist ihm gefolgt. Das Haus ist eine Nachbildung der Pariser Oper, mit Marmor aus Italien, Kristalllüstern aus Böhmen und Wandgemälden von de Angelis und Capranesi«, wusste Felipe zu berichten. Felipe lebte bei der Schilderung des Bauwerks für kurze Zeit richtig auf. Heitor erkannte dieselben flinken, bei Erregung ein bisschen hervortretenden Augen wie damals vor langer Zeit, als Felipe oben auf dem Abstellspeicher seinem Tränen lachenden Publikum Kleiderparaden vorgeführt hatte.

Heito erschauderte zwar bei der Vorstellung, welche Skandale vielleicht nun Manaus erschüttern würden. Doch Manaus ist weit weg, sagte sich Heitor. Und er war schließlich auch einmal jung gewesen, damals in Salvador. Und so wie er, würde auch Felipe irgendwann älter werden und Vernunft annehmen. Vielleicht.

Felipes endgültiger Weggang, nach dem langsamen Verschwinden auch von Leonora Augusta, gab den alten Eltern den letzten Anstoß, sich aus der jetzt fast kinderleer gewordenen Prosperidade zurückzuziehen. Hinzu kam, dass sich Heitor und Jennifer Manuela in Rio immer mehr gebraucht fühlten: als Großeltern der inzwischen schon fünf Kinder ihrer Ältesten, Ana Paula. Heitor hatte seine Scheu, wegen des von Felipe verursachten Skandals dorthin zu ziehen, schnell wieder abgelegt.

Heitors Entschluss bestärkte Pedro José in seiner lang gehegten Absicht, ebenfalls in der Hauptstadt eine eigene kleine Exportfirma für seine Erzeugnisse aus der Prosperidade zu gründen. Eine Maßnahme, mit der er die in Portobelo immer ungünstigere Entwicklung der Landwirtschaft ein wenig auszugleichen hoffte. Heitor hatte größtes Vertrauen in diese Entscheidung seines Sohnes, und er freute sich über dessen baldige Besuche bei ihm in Rio.

Pedro Josés, im Vergleich zu Felipe, recht andersartige Weise, Heitors Freundschaft mit Baron José Maria de Silva Paronhas Júnior zu nutzen, bestand darin, dessen Hilfe bei der Gründung einer Exportfirma in Anspruch zu nehmen.

Derselbe Baron wiederum war es, der Heitor, als Geschenk zu dessen siebenundfünfzigstem Geburtstag am 1. November 1898, eine Villa in der Bucht von Botafogo vorstellte, die er für ihn ausfindig gemacht und mit deren Besitzer er vielversprechende, vorläufige Kaufverhandlungen geführt hatte. Es war eines der kleineren Häuser, aber eine entzückende Villa an der *praia*, mit Blick auf Urca und Zuckerhut und auf die Inselbucht, nicht unähnlich der von Portobelo.

Heitor war überglücklich, als José Maria ihm die Überraschung präsentierte. Der Baron führte ihn zum Haus, wo der Besitzer die beiden ausgiebig herumführte. Der dann genannte Kaufpreis, der für die vornehme Gegend hier erstaunlich niedrig ausfiel, war für Heitor zwar immer noch unbezahlbar, doch der mächtige Baron handelte den Besitzer so weit herunter, dass Heitor schließlich nach einigem Zögern zugriff.

»Meine gute Fee hat mich immer noch nicht im Stich gelassen«, rief er emphatisch aus, als sie wieder draußen waren.

Daraufhin erzählte er dem Baron die Geschichte vom Kauf seiner allerersten Fazenda im Beichtstuhl von Padre Timóteo João Peludo und dann von dem ihm in den Schoß gefallenen, ebenfalls preisgünstigen Tauschgeschäft mit der Prosperidade.

»Eine so gute Fee ist eben unsterblich«, wusste der Baron zu kontern, und beide lachten herzhaft.

Bald wurde ein Kaufvertrag aufgesetzt und unterschrieben. Noch vor Jahresende, nach der letzten Weihnachtsfeier in Portobelo zusammen mit Pedro José, zogen Heitor und Jennifer Manuela in ihr letztes, neues Heim ein. Kurz zuvor ließ Heitor für seinen in Portobelo die Geschäfte weiterführenden Jüngsten ein großes Porträt von sich anfertigen, das als Erinnerungsstück und als Glücksbringer zugleich fortan Pedro Josés Arbeitszimmer in der Fazenda Prosperidade schmücken sollte.

Als Heitor zum ersten Mal über die Schwelle seines Hauses in Rio trat, stolperte er, konnte sich jedoch knapp auf den Beinen halten. Er zeigte sich sichtlich erschrocken, beeilte sich jedoch, mit tapferem, etwas traurigem Lächeln zu bemerken: »Die Monarchie ist ausgerutscht, aber sie ist nicht gefallen.«

Jennifer Manuela kannte diesen Ausspruch. Kaiser Pedro II. hatte ihn sechs Tage vor seinem politischen Sturz geprägt, als er am Rande eines für ihn ausgelegten roten Teppichs auf den Stufen zum Ballsaal ausgeglitten war, in einem beträchtlich höheren Alter allerdings als Heitor.

»Die Monarchie ist tot, es lebe Heitor«, entgegnete Jennifer Manuela und knuffte ihren Gatten lachend in die Seite.

Bernice befand sich auf der Fahrt in die Schule für *capoeira*, die sich in einem ehemaligen Fabrikgebäude im Zürcher Stadtteil Unterstrass befand. Heute hatte sie sich, trotz ihrer vollen Arztpraxis, wieder einmal Zeit für diese wöchentlich stattfindende Abendveranstaltung genommen, und sie hatte sich bei sich zu Hause in Einsiedeln auch ein bisschen darauf eingestimmt, mit Liedern, die sie mit ihrem *berimbau* gesungen hatte und die jetzt in ihr nachklangen. Diese Lieder hatte ihr Lehrer, Mestre Cavalcanti, ein aus Recife stammender Mulatte, ihr aufgenommen. Es waren lauter leidenschaftliche, anklagende Gesänge der einstigen afrikanischen Sklaven in Brasilien aus dem Bereich des *Candomblé*, des Karneval und des *capoeira*. In diesen Liedern steckte das ganze Leben und Sterben der vergewaltigten Völker: deren Ängste, Hoffnungen, Träume, Sehnsüchte und Leiden und die Verzweiflung der im finsteren Schiffsraum eingesperrten und mit nur winzigen Kürbis- und Wasservorräten versorgten Gefangenen, die sich untereinander nicht verständigen, geschweige denn verbrüdern konnten, weil die Häscher alle Menschen derselben Sprach- und Kulturzugehörigkeit voneinander getrennt und sie untereinander gemischt zusammengepfercht hatten. Bernice fühlte in den betreffenden Liedern die Sehnsucht dieser Menschen nach ihrer afrikanischen Heimat, die von Seemeile zu Seemeile weiter wuchs.

Als sie die Treppe des alten Abbruchgebäudes aus verrußtem Backstein hochstieg, glaubte sie aus dem Stimmengewirr ihrer sich oben offenbar bereits umkleidenden *capoeiristas* das Lied von Carlos Lira und Geraldo Vandré herauszuhören, das sie zuletzt zu Hause und auch noch auf der Autofahrt hierhin gesungen hatte.

> Geh, geh, geh nach Aruanda,
> komm, komm, komm von Luanda,
> lass alle deine Trauer zurück,
> geh, geh, geh nach Aruanda,
> dort gibt es keine Traurigkeit mehr,
> geh, denn dort löst sich alles in Schönheit auf,
> hör auf diese Stimme, die dich ruft:
> Geh, geh, geh.

Bernice und ihr Kampfpartner Oliver hatten im Anschluss an den letzten Unterricht noch lange in ihrer Stammkneipe mit Mestre Cavalcanti zusammengesessen. Dieser hatte den beiden mit bewegten Worten erklärt, welche übermenschlichen Kräfte aus diesen Liedern den Sklaven zugeflossen waren, die ihre Verschleppung von Afrika nach Brasilien durchgestanden hatten, und wie stark durch diese Lieder die Erinnerungen an das Land ihrer Ahnen und Götter in ihnen fortlebten, in das sie spätestens nach ihrem baldigen Tod zurückzukehren hofften: »Afrika ist dort, wo der Tod schön wie ein Milchzeitvogel auf der Hand liegt.« Mit der Fortführung ihrer Kulthandlungen bereiteten die Versklavten den Besuch der afrikanischen Götter bei ihnen vor und, damit verbunden, die Rückkehr der Totengeister in die Heimat der Seelen, so hatte es Mestre Cavalcanti ausgedrückt. Er hatte auch erklärt, wie die Sklaven, als Antwort auf ihre christliche Zwangstaufe, die ursprünglichen, aus Afrika stammenden Rituale, Farben, Rhythmen und Gesänge ihrer Götterverehrung, nur wenig verändert, mit Elementen der südamerikanisch-katholischen Heiligenliturgie zu verbinden vermochten. Dann hatten Oliver und Mestre Cavalcanti noch eine Zeit lang über die historischen Hintergründe der Sklavenverschleppung nach Brasilien diskutiert, vor allem, was die ideologische Seite betraf, die Oliver anzuführen wusste, nämlich die Rechtfertigung für das einträgliche Geschäft mit der Sklaverei. Die teilweise aus hoch entwickelten Kulturen stammenden Afrikaner wurden mit dem Segen der Kirche auf die Stufe von Tieren gestellt, um sie so ruhigen Gewissens unterjochen und als leicht und rasch austauschbare Werkzeuge für das Wachstum der brasilianischen Wirtschaft nutzen zu können.

Der Hauptgrund für Bernices Teilnahme war ihr in erster Linie durch Ignácio Bandeiras angeregter Wunsch, den Sinn und die Bedeutung dieses über Jahrhunderte entwickelten Kampftanzes körperlich und geistig mitzuvollziehen. Diese Übungen waren von Anfang an ein Symbol der Farbigen Brasiliens für ihren Kampf gegen Gewalt und Unterdrückung, für die Wahrung ihrer Identität, ihrer religiösen und kulturellen Tradition und damit ihres physischen und geistigen Überlebens gewesen. Nach der Sklavenbefreiung und vor allem nach der Aufhebung des Verbots von *capoeira* weitete sich dieses zum nationalen Sinnbild aller Brasilianer, auch der Weißen, aus und wurde und wird deshalb noch heute in der brasilianischen Öffentlichkeit und, darüber hinaus, weltweit in bestimmten Zentren als besondere Tanzkampfsportart gepflegt.

Als Bernice oben in der Halle anlangte, zog sie rasch ihr weißes Gewand an und begab sich dann zu den anderen, die bereits unter den Klängen des *berimbau* mit der ersten Kampfrunde begonnen hatten.

Als sie sich dazugesellte, schickte sich Mestre Cavalcanti gerade an, selbst in die *roda* zu steigen. Wie immer vor dem Eintritt in dieselbe, bekreuzigte er sich und malte ein eigenes Zeichen auf den Boden, um seinen Respekt vor den Göttern zu bezeugen und ihren Schutz zu erbitten. Im Augenblick erklang einer der Hauptrhythmen des *capoeira*, der *afoxé*. Er gründete in den fließenden Bewegungen des *ijexá*-Tanzes zu Ehren der in Nigeria beheimateten Gottheit des Süßwassers, Oxum. Bernice fügte sich mit ihren eigenen Bewegungen in dessen Rhythmen ein. Sofort fühlte sie, wie ihr Einklang mit der magischen Kraft der *capoeira*-Musik sie über sich selbst hinaushob.

Bernice sah jetzt in scharfen Umrissen diejenigen Sklaven vor sich, die sich nach ihrem Verkauf in größere Plantagen oder Goldminen zusammengetan und von den alteingesessenen Lehrern dort heimlich ihre Kampftanztechniken erlernt hatten. Sie verfolgte die Bewegungen der schwarzen, athletischen Körper der *capoeiristas*, die in den Goldminen die *garimpeiros* angegriffen hatten. *Capoeira* hieß in der Sprache der Tupi-Indianer gerodete Urwaldlichtung. Der Ort, wohin viele Sklaven flüchteten und landwirtschaftlich hoch entwickelte Wehrsiedlungen, so genannte *quilombos*, errichteten und sich zum gemeinsamen Kampf gegen ihre Unterdrücker rüsteten.

Aus den ekstatischen Klängen und Rhythmen des *berimbau* von Mestre Cavalcanti hörte Bernice auch die Klänge und Rhythmen des *berimbau* und der Trommeln der *capoeiristas* in den Minen. Sie fühlte ahnungsweise die übermenschlichen Kräfte, die die Klänge und Rhythmen in diesen Menschen erzeugt hatten, und sie vollzog die verschiedenen, dadurch bestimmten Schritte und Schläge nach, ob schleichend verhalten oder in akrobatisch wirbelnder Entladung.

Zu Hause pflegte Bernice oft auf ihrem *berimbau* die Grundrhythmen der Tänze nachzuschlagen, die aus festgelegten, zum Teil nach den Schauplätzen des Sklavengeschehens benannten Schlagformeln, so genannten *toques*, stammten. Ihr *berimbau* und ihre *caxixi*-Korbrassel hatte Bernice von einem Schweizer Bekannten gekauft, der die Instrumente aus Brasilien bezog und damit auch andere ihrer Mit-*capoeristas* in ihrer *capoeira*-Schule belieferte. Das *berimbau-de-barriga* war ein etwa bis zum Kinn reichender, mit einer Stahlsaite gespannter Bogen aus Araçá-, Guabiroba- oder Biribáholz mit einer daran befestigten Kalebasse, einer kürbisähnlichen, ausgehöhlten und getrockneten Frucht, die als Resonanzkörper diente. Angeschlagen wurde die Saite mit Hilfe eines Stäbchens aus Holz oder Bambus, der *baqueta*, während eine mit der anderen Hand geführte Münze oder ein Stein in Kalebassennähe durch unterschiedlichen Druck auf die Stahlsaite die Tonhöhe bestimmte. Die mit der *baqueta* schlagende Hand bewegte gleichzeitig die mit zwei Fingern festgehaltene *caxixi*-Korbrassel, ein mit Samen oder kleinen Muscheln gefülltes Bambusgehäuse.

Bernice wusste zwar nicht, welche Lieder die *capoeiristas* während ihres Kampfes in den Goldminen gesungen hatten. Doch die vielen Texte, die sie von Mestre Cavalcanti gelernt hatte, waren größtenteils alt und drückten sehr wahrscheinlich Ähnliches aus wie die klassischen Rhythmen und Kampftänze. In afrikanisch durchbrochenem Portugiesisch und mit poetisch wirkungsvoller Vieldeutigkeit sprachen sie vom Leiden der Sklavenzeit, von den Befreiungskämpfen, von der Macht der Gottheiten und den Heldentaten der *capoeiristas*. In ihnen kam besonders deren ungebrochenes Selbstbewusstsein zum Ausdruck.

Für einen Neger
ist die Hautfarbe
ein Schatten
vielmals stärker
als ein Faustschlag
für einen Neger
ist die Hautfarbe
ein Messer
es trifft
viel tiefer
ins Herz

Dies war ein Lied von Adão Ventura, bei dem sich Bernice nicht mehr schwer tat, das Wort Neger auszusprechen, das während ihrer Schweizer Kindheit und Schulzeit immer etwas peinlich Herabsetzendes an sich gehabt hatte, außer in den Weihnachtserzählungen ihres Großvaters, der zu ihrem Erstaunen, ja, Unverständnis dieses Wort ebenfalls immer unbefangen gebraucht hatte. Denn sie hatte von ihm gelernt, dass in Brasilien, dessen Bevölkerung fast zur Hälfte von Negern abstammte und in dem acht Millionen reine Neger lebten, das Wort *negro* als selbstverständliche, gängige Bezeichnung galt.

Nach dem durch Mestre Cavalcanti vorgetragenen Sologesang, der *ladainha* und der *entrada* zur Vorbereitung auf den Kampf, traten Bernice und ihr Partner Oliver in die *roda*. Die *roda* war früher der Kreis derjenigen gewesen, die die Trainierenden vor den Blicken der Gutsherren und Sklavenwächter schützten und, sobald jemand zu nahe trat, den Kämpfenden das Zeichen gaben, ihre Übung sofort in ein harmloses Tanzritual umzuwandeln.

Bernice und Oliver hockten sich vor dem *berimbau* nieder, bekreuzigten sich und gaben einander, zum Zeichen des Respekts, die Hand. Dann erhoben sie sich und begannen, einander zugekehrt, mit dem gleichmäßig wiegenden Grundschritt, der *ginga*, während die anderen im Wechselgesang auf den Vorsänger antworteten und den Rhythmus mit den Händen klatschten. Sie bewegten sich wie zwei gespannte Federn umeinander herum. Es war immer dasselbe, gleichseitiges Dreieck mit der Spitze hinten: linker Fuß zurück und wieder vor, rechter Fuß zurück und wieder vor.

Plötzlich schnellten sie aufeinander los. Auch dies geschah mit den Beinen. So, wie fast alles beim *capoeira*, denn den Sklaven waren die Hände mit Ketten gefesselt gewesen.

Bernice und Oliver vollführten immer ausladendere, raschere und vielfältigere Bewegungen. Zuerst, wie in gegenseitiger Abstimmung, fast nur symmetrisch. Sie gingen in die Hocke, einander zugekehrt, dann spiegelbildlich voneinander abgewandt. Sie wirbelten umeinander herum, in der Vertikalen wie in der Horizontalen, schienen sich ineinander zu verkeilen, ohne sich je wirklich zu berühren. Dann stießen sie plötzlich, sich mit den Händen auf den Boden stützend, gegenseitig ein hochgestrecktes Bein aneinander wie zwei gekreuzte Klingen.

Im Unterschied zum Geschehen damals in den Goldminen blieb es ein harmloses Spiel. Selbst dann, wenn einer der beiden das Zusammenwirken mit einem Überraschungschlag durchbrach und der andere sich dann geistesgegenwärtig, ein Bein in Richtung des Gegners streckend, nach hinten fallen ließ oder sich in einen Hand- oder Kopfstand begab oder das Rad schlug, um dann plötzlich wieder, mit einer seitlichen oder kreisförmigen Beinbewegung nach oben, den Fuß an die Schläfe des Gegners zu setzen oder, nach einer blitzartigen Bewegung um den anderen herum, von hinten mit dem Fuß den des anderen wegzuziehen und ihn so zu Fall zu bringen, falls er nicht, selten und überraschend, aber nicht weniger hart, mit dem Kopf zustieß.

Zwischendurch gab man einander zum Zeichen der Versöhnung flüchtig die Hand oder ging zurück in die Ausgangsposition, den gleichmäßig wiegenden und lauernden Grundschritt *ginga*.

Es herrschte in diesem höchst wechselhaften Zweiergeschehen andauernd eine ungeheuere Spannung zwischen mehreren Gegensätzen: zwischen Kampf und Tanz, Angriff und Verteidigung, Hoch- und Tieflage, wirbelnder Akrobatik und schleichender Verhaltenheit, Offenheit und Tarnung, Gegnerschaft und Versöhnung, Kraft und Ästhetik, Spiel und Ernst, Instinkt und Verstand, Vitalität und Todesnähe, wobei letzte sich im Tanz rasch zur Todesverachtung wandeln konnte. Diese vielfache Polarität gründete in der überlebenswichtigen Doppelgesichtigkeit des *capoeira* während der Zeit der kolonialen Unterdrückung in der Fähigkeit, sich blitzartig, geradezu chamäleonhaft, neuen, unerwarteten Situationen anzupassen, wobei diese Fähigkeit bis in die Zeit der Kampfwettbewerbe und der Inititiationsriten der westafrikanischen und der Kongostämme zurückreichte. *Capoeira* war ein durch die Musik zur Kunstform verfeinerter körperlicher Kampf, der vitale Instinkte in geordnete Bahnen lenkte und den Konflikt zum Konzert der Körper werden ließ. Umgekehrt war es Musik, die im Kampftanz sichtbar wurde. Das Ganze archaisch rückwärtsgebunden in die Vergangenheit der Götter und Ahnen und zugleich die Zeit nach vorn durchbrechend in eine zukunftsgerichtete, praktische Grundhaltung als Ausdruck desselben religiös-philosophischen Universums.

Diese Vielfalt und Verschlungenheit ermöglichte es Bernice, in der rasenden Abfolge ihres Zusammenwirkens mit Oliver, mehreres gleichzeitig zu sehen, zu hören und zu fühlen, ja, in gewissem Sinne zu riechen und zu schmecken.

Die Schläfe, die Bernices Fuß nach einer überraschend gelungenen *meia lua*-Beinbewegung nach oben eben berührt hatte, war die von Oliver gewesen, und dieser war seiner Gegnerin Sekundenbruchteile zu spät ausgewichen. Er hätte einen gefährlichen Schlag abbekommen, hätte Bernice im Spiel ihren Fuß nicht geistesgegenwärtig zurückgehalten. Im selben Augenblick stellte sich Bernice auch die Schläfe einer der *garimpeiros* in den Minen vor. Und diese Schläfe traf sie in ihrer Vorstellung mit voller Härte mit ihrem Fußballen, sodass der Gegner schwer verletzt zu Boden ging.

Oliver war nicht nur Oliver oder einer der *garimpeiros*. Er war noch jemand Drittes.

Vor allem, wenn die beiden Körper in rasch wechselnden Figuren verschachtelt schienen, ohne sich zu berühren, und es manchmal doch zur Berührung kam, miteinander, gegeneinander, mit oder ohne Sturz des einen oder anderen, oder wenn sie sich nach besonders heftigem Kampf kurz, zum Zeichen der Versöhnung und des Respekts, die Hand gaben, um dann um so erbitterter weiterzumachen, dann war für Bernice auch Ignácio gegenwärtig.

Auf der anderen Seite der Gegnerschaft standen jetzt nicht nur Respekt, Toleranz und Versöhnung, sondern auch die Liebe. Der Kampftanz wurde zum Liebestanz. Und umgekehrt wurde die Liebe zum Kampftanz.

Das *berimbau* hat mir bestätigt,  
daß es zum Liebesstreit kommen wird,  
die Traurigkeit wird vergehen.  
Bernice kämpfte mit Ignácio den Liebeskampf.  
Ein Kampf mit Leib und Seele.  
Liebe mit Leib und Seele.  
Ihre gegenseitige Liebe ein Kampf.  
Ihr Kampf umeinander, ihr Kampf um die Liebe,  
um ihrer Liebe willen.

Der wirkliche Kampf zwischen Bernice und Ignácio hatte nicht erst bei ihrem Abschied voneinander begonnen, als Ignácio Bernice mehr und mehr drängte, ihm nach Brasilien zu folgen. Auseinandersetzungen hatte es schon früh gegeben, bald nach ihrem Kennenlernen während Ignácios Lesung aus seinem Buch im Dritte-Welt-Forum in Zürich.

Dies war Bernice jetzt zehn Jahre nach ihrer ersten Begegnung mit Ignácio wieder ganz und gar gegenwärtig. Streit und nachfolgende Versöhnung, letzteres genauso leidenschaftlich und stürmisch wie der Streit. Die beides gleich durchglühende und umhüllende Hitze. Die Verbindung zwischen Lust und Schmerz durch die Heftigkeit und Vielfalt der Bewegungen im

Kampf und in der Liebesekstase. Kopf gegenseitig zwischen den Beinen, Bein an Bein, Beine zwischen Beinen, Gesäß über Rücken, Bauch und Brust.

Frederic Cloete verließ achtzehnjährig seinen Heimatort Kapstadt in Südafrika. Es war Ende 1846, als er, zusammen mit seinem etwa um ein Jahr älteren, ehemaligen Mitschüler Hendrik Blum, auf einem überwiegend von Auswanderern besetzten Atlantiksegler nach Rio de Janeiro fuhr. Auf dem Schiff befanden sich vor allem junge Glückssuchende. Kaufleute, Abenteurer, verkrachte Existenzen, aufbruchswillige Frischverliebte voller Hoffnungen auf eine neue Existenz in einer neuen Welt.

Die beiden Freunde, Frederic und Hendrik, hatten schon während ihrer Schulzeit von einer großen Zukunft in Südamerika geträumt. Besonders in den Lagerhallen und auf den Landungsbrücken des großen Seehafens unter dem Tafelberg, wo ihre beiden Väter in der Lagerverwaltung arbeiteten und wo die beiden Jungen mit Vorliebe herumstrolchten. Oft hatte es ihnen aus dem Stimmengewirr der Ankommenden und Wegfahrenden entgegengeschallt: Brasilien, das gelobte Land, das tropische Paradies, das Eldorado von Gold und Edelsteinen. Sie hatten auch manchmal mit Leuten darüber gesprochen, beim Laden oder Entladen ausländischer Fracht, auf den Docks, in den Werfthallen und Lagerhäusern, mit Matrosen und fliegenden Händlern oder mit Arbeitern, die andere kannten, die dorthin gegangen waren. Einiges wussten sie von ihren Vätern, über deren Bürotischen riesige Landkarten hingen, auf denen die eindrucksvolle Größe dieses Landes in die Augen sprang. Auch die Namen anderer Staaten und Kontinente waren in den Gesprächen genannt worden. Doch von der einstigen Kolonie unter portugiesischer Krone, seit einem Vierteljahrhundert das große, unabhängige Kaiserreich Brasilien, war am Kapstädter Überseehafen am meisten die Rede. Vor allem von der Gold- und Diamantensuche, der Tausende von Abenteurern verfallen waren. Minas Gerais, Mato Grosso und Goiás waren magische Namen. Sie bezeichneten die Fundorte, in denen allein im vergangenen Jahrhundert schätzungsweise tausend Tonnen Gold erbeutet worden waren. Die Verlegung der Hauptstadt von Salvador nach Rio de Janeiro war, mehr noch als wegen der riesigen Kaffee-Erträge im Süden, im Zuge des Gold- und Diamantenrausches in den Gebieten unweit von Rio de Janeiro erfolgt.

Wer rasch zu traumhaften Reichtümern gelangen will, der muss nach Brasilien, setzte sich immer tiefer im Bewusstsein der beiden jungen Hafenbummler fest. Frederic und Hendrik erwogen, planten, träumten und überlegten immer konkreter. Besonders, als zum Ende der Schulzeit Entscheidungen anstanden. »Wir gehen dorthin«, sagten sie eines Tages fast gleichzeitig. Es war Frühling. Die südafrikanische Blütenpracht überstrahlte das ganze Land. Die Strände waren schneeweiß. Doch weder dies noch die verzweifelten Versuche beider Eltern, ihre Kinder von diesem Vorhaben abzuhalten, ihre unermüdlichen Beschwörungen, Bitten und Drohungen, hielten Frederic und Hendrik davon ab, jetzt, sofort, bei allernächster Gelegenheit, ein Schiff zu besteigen und zu fahren. Denn die beiden wussten, dass sie, wenn sie jetzt aufbrachen, das Land ihrer Träume erst erreichen würden, wenn es bereits unter der Glut des tropischen Hochsommers erzitterte. Sie hatten keine Zeit zu verlieren.

Es war am Neujahrstag, als sie nach einer wochenlangen, teils stürmischen Überfahrt mit der São Sebastião, einem portugiesischen Dreimaster, im Hafen der in einem Gewirr von Bergen, Inseln und Gewässern eingebauten Stadt ankamen. Frederic Cloete hatte beim Einlaufen des Seglers in die Guanabarabucht diese zuerst für eine Flussmündung gehalten und seinem Freund Hendrik gegenüber die Vorstellung geäußert, nach einem Erkundungsaufenthalt in der Hauptstadt auf dem Wasserweg noch eine weitere Strecke ins Landesinnere zurückzulegen. Doch der andere wusste den Irrtum zu korrigieren, dem schon fast dreihundertundfünfzig Jahre zuvor Amerigo Vespucci, ebenfalls an einem Neujahrstag, genau hier verfallen war, weswegen die Stadt bis heute den Namen »Fluss des Januars« (Rio de Janeiro) trägt.

Sie gelangten unter recht mühsamen Umständen nach Minas Gerais, das über vierhundert Kilometer nordwestlich von Rio liegt. Sie fuhren mit einer Kolonne von sechs mit Säcken und Kisten vollbeladenen Ochsenkarren ohne Dach im Fußgängertempo über Berge und Täler mit ausgetrockneten, steinigen Flussläufen. Wegen der komplizierten Ein- und Ausladevorgänge während der Zwischenhalte mussten sie fast täglich den Wagen wechseln und kamen deswegen ziemlich gerädert an. Von dort war es noch eine knappe Tagesreise bis in die Minen von Sete Lagoas. Erschöpft von den Strapazen der vergangenen Wochen, ja Monate, wollten sie sich zuerst ein wenig ausruhen. Doch die Geschäftigkeit und fiebrige Unruhe, der sie dort begegneten, erfasste sie augenblicklich.

Die bisher Unzertrennlichen verschlug es in zwei benachbarte Flussminen. Diese lagen zwischen fast kahlen, stark zerklüfteten Berghängen, die mit allerlei künstlichen Gebilden bespickt waren. Kleine Lehmhütten, ein langer Holzsteg zur Ableitung des Wassers aus dem Flussbett, in dem die Bodenschätze lagen, ein riesiges Wasserrad sowie Brückenverbindungen zwischen Felswänden steckten inmitten des Kraters wie in den Wunden eines steinernen Riesen. Die in den Wunden krabbelnden Menschenmassen stocherten und suchten darin nach Reichtümern oder hantierten mit großen, hölzernen Trichtern, wenn sie diese nicht, mit Kostbarkeiten gefüllt, auf ihrem Kopf transportierten. Sie legten Wasserabflüsse an und räumten den Schotter beiseite, um so immer wieder zu neuen Goldfunden vorzudringen.

Hendrik hatte das schlechtere Los gezogen. Er war in ein unwegsameres und weniger ergiebiges Gelände geraten, dafür mit entsprechend geringerer Konkurrenz unter den Goldwäschergefährten. Frederic Cloetes Ausbeute dagegen war größer, doch war er umso mehr Gefahren und Risiken ausgesetzt.

Sie erzählten es einander bei ihren gelegentlichen Treffen im Laufe der kommenden Monate, meistens auf der Wiese vor dem Herrenhaus, wo am Ende eines jeden Arbeitstages die Sklaven, Männer auf der einen, Frauen auf der anderen Seite, nach der Abgabe ihrer Funde einer peinlichen Leibesvisitation unterzogen wurden. Sobald sich nach dieser aufregenden Aktion alles wieder einigermaßen beruhigt hatte, rechneten die beiden Freunde einander den Erlös aus ihrem letzten Verkauf vor und berichteten von den Abenteuern im Gedränge der habgierigen und ruchlosen *garimpeiros*, die zudem viel Schmutz und Krankheiten in die Minen schleppten. Die zahlreichen in den Hütten oder auf den Schlammwegen davor geschlossenen Freundschaften waren trügerisch. Man hielt sich ständig gegenseitig in Schach. Die weitaus größte Versuchung, aufeinander loszugehen und sich gegenseitig zu berauben, bestand dann, wenn die Arbeiter einander beim Abwiegen der meist nur zündholzkopfgroßen Goldkrumen begegneten, die sie aus dem Gestein oder Sand des Flussbetts herausgewaschen oder -gesiebt hatten. Vorsicht war jedoch immer geboten, selbst beim gemeinsamen Kochen und Essen der für die Schwerarbeiter erforderlichen großen Mengen des Bohnenmusgerichts *tutu à mineira* mit Kohl, Trockenfleischresten und Wasserreis oder des *feijão tropeiro* mit schwarzen Bohnen, wozu es immer reichlich *cachaça* gab. Als besonders gefährlich galten die Spiele und Trinkgelage, wo Spaß blitzschnell in tödlichen Ernst umschlagen konnte, so wie auch bei den harmlosen Ringkämpfen oder Schlammschlachten, die häufig in Raufereien auf Leben und Tod ausarteten. Angriffe meuchlings mit einem Messer oder einer Spitzhacke waren, vor allem, wenn man wehrlos in seiner Hängematte lag, an der Tagesordnung. Man musste stündlich damit rechnen, Opfer eines Raubmords zu werden.

Als sich Frederic einmal während heftiger Regenfälle bei einem vereinbarten Treffen vor dem Herrenhaus nicht einfand, ging Hendrik nach ihm sehen. Frederic hatte schon tags zuvor über Schüttelfrost und Rheuma in einem Arm geklagt. Hendrik begab sich in die Mine, in der Frederic arbeitete und an deren Rand er in einer Hütte wohnte. Auf dem Weg dorthin stürzte das Wasser vom Himmel, unterspülte die breite Schotterstraße und verteilte sich in zahllose Bäche, die in alle Richtungen sprudelten.

Als Hendrik am Fuß der Mine anlangte, entdeckte er von weitem eine Gruppe athletischer, kaum bekleideter Schwarzafrikaner, die zu tanzen schienen und offenbar nicht zur Gruppe der Sklavenarbeiter in den Minen gehörten. Sie wirbelten um die eigene Achse und schlugen das Rad. Zwischendurch vollführten sie bodennahe, schlangen- und raubtierartig kriechende Bewegungen, um dann plötzlich mit einem ausgestreckten Bein aufeinander loszugehen. Die, die nicht tanzten, schlugen in harten Rhythmen auf ein Bogeninstrument, das Hendrik in seinem behüteten Zuhause in Kapstadt noch nie gesehen hatte, oder sie bearbeiteten mit Stöcken große und kleine Trommeln und sangen mit einer mitreißenden Inbrunst Lieder.

Hendrik blieb augenblicklich stehen. Er bemerkte, dass sich die Tanzenden untereinander nur Scheinkämpfe lieferten und, wie in schärfster Vorausberechnung oder stiller Absprache, einander um Haaresbreite auswichen. Kaum hatten sich jedoch genügend Unbeteiligte durch dieses interessante Spiel anlocken lassen, machten die Kämpfer plötzlich Ernst und griffen mit einer ungeahnten Wucht und Tücke mit denselben Beintechniken die Zuschauer an. Wobei sie es nur auf die weißen Minenarbeiter abgesehen zu haben schienen und die schwarzen Sklaven tunlichst schonten. Man hörte dumpfe Schläge und laute Schreie. Immer mehr stürzten zu Boden. Wer rechtzeitig fliehen konnte, wich zurück und suchte das Weite. Hendrik war froh, in dieser Entfernung stehen geblieben zu sein. Und so blitzschnell, wie der Überfall erfolgt war, zog sich die Angreifergruppe wieder zurück und verschwand in den nahe gelegenen Wäldern.

Jetzt wagte sich Hendrik nach vorn, um weiter nach Frederic zu suchen. Auf der regenüberspülten Erde lagen mehrere Verletzte. Obwohl Hendrik beim Kampf der Schwarzen keinerlei Waffen gesehen hatte, bluteten einige rätselhaft aus Stich- oder Schnitt- oder tieferen Schürfwunden.

Dann plötzlich entdeckte Hendrik Frederic, der kreidebleich, etwas abseits, an eine steile Felswand gelehnt saß. Wasser, vermischt mit Blut aus seinem Gesicht, rann über seinen Gummiponcho die Schultern herab. Fliegen umschwirrten sein Gesicht und seine nackten Arme und belagerten die blutenden Stellen. Ein Bein war unter der halblangen Hose fast unkenntlich zerfleischt, der Schuh fehlte, die Hose war gelb vom goldverseiften Flusslehm. Neben Frederic lag, umgestürzt, seine hölzerne, trichterförmige *batéia* für die Goldwäsche mit Resten von grobkörnigem Mineralgestein in der Vertiefung.

»Mörder«, stöhnte er mit zusammengebissenen Zähnen. »Mörder, verfluchte Mörderbande!«

Hendriks Ratlosigkeit darüber, was eigentlich passiert war, erschien ihm in diesem Augenblick nebensächlich. Er wusste, dass er rasch handeln musste, um seinen Freund zu retten.

Als Erstes verband Hendrik hastig das Bein des Verletzten mit den Fetzen seines eigenen, vom Regen und Schweiß durchnässten Hemdes, inständig hoffend, dass der andere den hohen Blutverlust bis zur schnellstmöglichen ärztlichen Versorgung überstehen würde. Daraufhin ergatterte er mit Mühe einen Platz in einem der Transportwagen zurück in die Siedlung, in denen sie hergekommen waren.

Es war ein reines Wunder, wie rasch sich das Schlimmste abwenden ließ. Nach einer notdürftigen Behandlung zuerst in einer Apotheke, dann von Wundärzten auf einer Verbandstation irgendwo unterwegs erfolgte die gemeinsame Rückreise an die Küste, wieder nach Rio de Janeiro.

Was sich damals in den Goldminen wirklich zugetragen hatte, erfuhr Hendrik nie. Auf der Wagenfahrt durch den strömenden Regen hatte Frederic allerlei Wirres und Unverständliches von sich gegeben. Er hatte von entlaufenen Sklaven aus den *quilombos* gesprochen, dann von Raubmördern in den eigenen Reihen, die sich die allgemeine Ablenkung durch die Kämpfer zu Nutze gemacht hätten, dann plötzlich von einem durch den Regen verursachten, in der Kampfaufregung zu spät bemerkten Erdrutsch, dann wieder vom Gewaltakt aufständischer Schwarzer. Auf das Letztgenannte kam er immer wieder zurück, schien davon gänzlich gefangen zu sein. Mag sein, dass es ein Zusammenspiel mehrerer unglücklicher Umstände gewesen war. Doch die Neger fehlten in keiner seiner gemurmelten Verwünschungen. In seinen Augen waren sie die Hauptschuldigen, und wenn auch nur indirekt, durch ihr Erscheinen, welches das Unheil möglich gemacht hatte. Immer heftiger steigerte er sich in seine Wut. Sie fraß sich in ihn hinein, verfestigte und vertiefte sich so lange, bis Frederic nur noch von einem unversöhnlichen Hass beherrscht war. Keiner der außen Stehenden konnte es je begreifen. Je länger Frederics Verhärtung andauerte, desto endgültiger schien seine Weigerung, Klarheit in diese Angelegenheit zu bringen.

Frederics Hass trieb auf einen neuen Höhepunkt zu, als ihn Wochen nach seiner leidlichen Wiederherstellung und einem ersten Erholungsaufenthalt in Petrópolis bei Rio de Janeiro der nächste Schicksalsschlag ereilte. Ein unvorhergesehener Wundbrand setzte ein, und das versehrte Bein musste unterhalb des Knies abgetrennt werden.

Hendrik hatte schon bei der überstürzten Abreise aus Minas geahnt, dass weder er noch Frederic je dorthin zurückkehren würden. Jetzt war alles so klar, dass darüber gesprochen werden musste.

»Ich bin sowieso froh, nicht mehr dort zu sein«, vermerkte Hendrik, nachdem Frederic einmal mit höhnischem Unterton an irgendeine Begebenheit in den Goldminen erinnert hatte.

»Du? Du hast doch zwei Beine«, entgegnete Frederic mit bitterem Gesicht. »Du kannst jederzeit dorthin zurück.«

»Nein. Ich habe dort kein Glück gehabt, das ganze Jahr nicht. Das weißt du. Was du jedoch nicht weißt, weil ich es dir nie gesagt habe, ist, dass ich am Schluss oft schwach vor Hunger gewesen bin in meiner Geldknappheit. Aber ich wollte dir dein Glück mit meinen Klagen nicht verderben.«

»Sie haben wirklich einen erbärmlichen Verkaufspreis gezahlt für das Gold«, konstatierte Frederic.

»Für dich hat es gereicht. Du hattest damals mehr Glück, so wie auch dein Vater immer mehr Glück gehabt hat als meiner.«

»Ach. Fang nicht wieder damit an. Willst du zurück nach Hause?«

»O nein. Weder nach Hause noch zurück in die Minen. Ich bleibe hier. Dazu bin ich fest entschlossen.«

»Und was machst du?«

»Ich suche mir Arbeit am Hafen, in der Lagerverwaltung.

Hab mich gestern schon mal umgesehen. So ganz allgemein und unverbindlich.«

»Aha. In Vaters Fußstapfen.«

»Und du?«

Frederic schwieg mit bitterer Miene. Nach einer Weile fasste er sich an seinen Beinstumpf.

»Ich werde es den Schweinen heimzahlen«, sagte er leise.

Erst Wochen später begann Hendrik die schwerwiegende Bedeutung dieses letzten Satzes zu verstehen. Er selbst hatte inzwischen eine Anstellung im Lagerkontor des Hafens angenommen, etwas weiter hinten zwischen den Docks und der Rua Visconde de Itaboraí. Er wurde mit der Buchführung über die großen Mengen an ein- und auslaufender Überseefracht beauftragt. Frederic hingegen stach bald vom selben Hafen in See, mit einem stolzen Viermaster in Richtung Luanda, der Hauptstadt von Angola in Westafrika.

»Ich komme bald zurück«, hatte er beim Abschied gesagt. »Und dann fahre ich wieder weg und komme wieder. So lange und so oft es geht!«

Bei Frederics nächster Rückkehr wusste Hendrik Bescheid. Frederic hatte einen riesigen Sklaventransport geleitet.

Es war ein jämmerlicher Anblick. Die aus dem Schiffsbauch quellenden Massen von vor Hunger, Durst und Sauerstoffmangel halbverendeten Schwarzen, die Stock- und Peitschenhiebe auf diejenigen, die sich nicht mehr aufrecht halten konnten, und das Kreischen der Tore beim Öffnen und Schließen der Hallen am Kai, in denen die Gefangenen bis zum Weitertransport festgehalten wurden. Frederic beaufsichtigte den Vorgang, mit starrer und verbissener Miene auf seiner schiefen Prothese stehend. In seinem Gesicht stand keineswegs die Lust des sadistischen Aufsehers geschrieben. Es wirkte vielmehr wie Ekel oder Zwang, das Notwendige hinter sich zu bringen, eine Art Pflicht, die er sich selbst auferlegt hatte und die er bitter erfüllen musste, bis Genugtuung geleistet war und er wieder Frieden mit sich finden konnte.

Hendrik begriff dies alles nur unvollständig und reimte sich irgendwelche Erklärungen zusammen. Indessen weigerte er sich, sich ein zweites Mal diesem Schreckensanblick am Hafen auszusetzen. Er spürte, dass er sich gegen seinen Willen von seinem Freund zu lösen begann.

Ungeachtet seiner Invalidität ging Frederic Cloete im Laufe seines Lebens drei Ehen ein.

Frederic hatte seine Sklavenfahrten auch nach dem kaiserlichen Erlass von 1850 unbeirrt etwa fünf Jahre fortgesetzt, bis man ihn schließlich belangte. Er pflegte seine Menschenware in Afrika für billigen Tabak einzukaufen und sie dann in Brasilien für besseres Bargeld zu veräußern. Dabei schien er weniger als andere auf die Herkunft seines Handelsgutes zu achten, die Stammeszugehörigkeit, die Auskunft gab über Qualität, Charakter und Temperament der Eingefangenen. Nun hatte ein Großgrundbesitzer aus São Paulo Frederic angezeigt aus Wut, weil dieser ihm beim Verkauf seiner letzten Lieferung aus Lagos einige Kromantis untergeschoben hatte, die als besonders gefährlich und aufrührerisch galten und angeblich die Fazenda ihres neuen Besitzers in Brand gesteckt hatten. Frederic wurde im Hafen von Santos verhaftet, und es drohte ihm, wie allen Sklavenpiraten, die Ausweisung. Rosemarie, eine Hafenprostituierte aus Hamburg, die Frederic schon länger kannte, bestach einen höheren Polizeibeamten, und Frederic wurde, statt der üblichen Auslieferung an den Schnellrichter, sogleich auf freien Fuß gesetzt. Frederic ließ es sich jedoch immer noch nicht nehmen, seine Umtriebe fortzusetzen. Er wich auf andere Häfen aus und wickelte dort seine Transporte ab, wenngleich in größeren Abständen. Da diese Unternehmungen jedoch von Jahr zu Jahr, bald sogar von Monat zu Monat, immer riskanter und die mit dem Verbot des Sklavenimports belegten Sanktionen immer gnadenloser auf die angewandt wurden, die erwischt wurden, wurde Frederic von Rosemarie zunehmend gedrängt, endlich aufzuhören und zu ihr zu ziehen, wobei sie ihm versprach, ihm zuliebe auch ihr Gewerbe aufzugeben. Bei beiden, besonders auf Frederics Seite, hatten sich in der Zwischenzeit beträchtliche Ersparnisse angesammelt. Frederic gab, etwa zwei Jahre nach seiner Verhaftung und Freilassung, schließlich nach. Er gestand sich ein, sich ohnehin recht abgeschlagen und innerlich ausgebrannt zu fühlen, nach den vielen mörderischen Anstrengungen auf hoher See, zwischen wochenlang voneinander entfernten, ständig wechselnden Frachthäfen pendelnd, umgeben von Massen stinkender, aufsässiger Neger, ganz zu schweigen von den Leichen, die immer wieder über Bord geworfen werden mussten. Und dann, kaum an Land, hatte jedes Mal dasselbe mühselige, widerliche Feilschen mit den Käufern oder Zwischenhändlern eingesetzt. Und dies alles mit der zusätzlichen Erschwernis eines fehlenden Beins und der schlecht sitzenden Prothese, die Frederic, besonders wenn er müde war, Schmerzen verursachte.

Schon bald nach seinem Einzug bei Rosemarie in der Nähe des Porto de Santos zeigten sich neue Unerfreulichkeiten. Frederics Lebensgefährtin warf mit vollen Händen das Geld aus dem Fenster. Zuerst ihr eigenes. Dann begann sie, auch Frederics kleines Vermögen anzubrauchen. Für Garderobe und Schmuck, französisches Parfüm und vor allem beängstigende Mengen ausländischer Liköre, denen sie besonders zusprach. Vieles von dem Zusammengekauften verschenkte sie in ihren Kreisen, in denen sie sich nach wie vor häufig herumtrieb.

»Heirate mich«, gurrte sie Frederic eines Tages ins Ohr, als sie, mit eben neu erstandenem Tafelsilber in der Einkaufstasche und einer mächtigen Schnapsfahne, nach Hause gewankt kam.

Er brachte gerade noch so viel Energie auf, sich ihrem Antrag zu widersetzen. Er nahm es gern in Kauf, und sei es noch über viele weitere Jahre, den Großteil seines Geldes an sie zu verlieren, solange er ihr nicht seine eigene Haut auslieferte. Denn mit steigendem Entsetzen beobachtete er, wie sie herunterkam. Gesundheitlich war sie auf dem Weg, ein Wrack zu werden. Ihre Alkoholexzesse mehrten sich. Gelegentlich ließ sie sich vor seinen Augen wahllos mit jungem Matrosengesindel aus dem Hafenviertel ein. Mit Mühe wusste Frederic zu verhindern, einmal von ihr in einen Mordfall im Zuhältermilieu verwickelt zu werden.

Sieben oder acht Jahre nach Frederics Einzug bei ihr, brachte sie, inzwischen dreißig, nach einer lange geschickt getarnten Schwangerschaft, ein Kind zur Welt. Frederic war sicher, dass es nicht von ihm war. Sie gab dem Jungen in der Annahme, Frederic so von seiner Vaterschaft überzeugen zu können, einen südafrikanischen Namen, nämlich Jan Willem. Jetzt resignierte Frederic und heiratete Rosemarie, aus purem Anstand. Doch von langer Dauer war die Ehe nicht. Knapp fünf Jahre nach Jan Willems Geburt raffte ein an sich harmloser Infekt endgültig Rosemaries ausgezehrten Körper hin.

Während der folgenden fast zehn Jahre verlor sich Frederics Spur. Später erzählte er nie jemandem, wo er und sein Sohn in dieser Zeit überall herumvagabundiert waren. Der entscheidende Einschnitt in seinem Leben war die zufällige Wiederbegegnung mit seinem alten Freund Hendrik in Rio, wohin es auch Frederic wieder einmal getrieben hatte.

Es war am alten Hafen in der Nähe des Largo do Paço, wo Hendrik Blum schon seit über einem Vierteljahrhundert nach dem jähen, unrühmlichen Ende ihrer gemeinsamen Goldgräberzeit arbeitete. Er war in der Zwischenzeit vom einfachen Buchhalter im Lagerkontor zum obersten Verwaltungsdirektor der Hafenadministration aufgestiegen, schon lange verheiratet und Vater mehrerer erwachsener Kinder.

Hendrik erkannte Frederic nur mit Mühe wieder. Die Stürme der vergangenen Jahrzehnte waren an dem Abenteurer nicht spurlos vorübergegangen. Sie hatten sein Aussehen erheblich verändert. Immer wieder blieb Hendrik vor der Bank stehen, auf der er seinen Freund zusammen mit dessen Sohn sitzen sah. Dann sprach er ihn an.

Sogleich lud er die beiden zu sich nach Hause ein. Hendrik bewohnte mit seiner Familie eine Villa im vornehmen, hochgelegenen Viertel von Santa Teresa. Frederic und sein Sohn bekamen dort einen regelmäßigen Mittagstisch und gingen auch sonst häufig im Haus des Freundes ein und aus. Über Jan Willem, damals vierzehn, entspann sich bald eine Beziehung zwischen dessen Vater Frederic und Hendriks jüngster, knapp achtzehnjähriger Tochter Emilie, die als einzige noch nicht verheiratet war und bei ihren Eltern wohnte. Sie war klein und zierlich; hinter ihrem unscheinbaren Äußeren verbarg sich ein warmes, sanftes Herz, und Frederic glaubte in ihr rasch eine tiefe Bereitschaft zur Aufopferung und eine Fähigkeit zu selbstloser Hingabe zu erkennen. Hendrik beobachtete in Anbetracht des großen Altersunterschieds zwischen den beiden das sich anbahnende Verhältnis mit Verwunderung und etwas Skepsis, machte sich jedoch nicht allzu viele Gedanken darüber. Umso mehr fiel er aus allen Wolken, als Frederic eines Tages in seinem feinsten Anzug, mit Blumen und feierlicher Miene bei ihm erschien und um Emilies Hand anhielt.

»So, so. Jetzt steige ich also auch zu deinem Schwiegervater auf«, witzelte er, außer Stande, der Sache ernsthaften Glauben zu schenken.

Irgendwann musste er begreifen, dass er sich geirrt hatte.

Es kam zu mehreren Gesprächen. Mit Emilie und Frederic getrennt, zu dritt oder auch in Anwesenheit von Hendriks Frau, einer vornehmen, hageren und bis zum Hals in Seide geschnürten Dame mit stechenden Augen und Piepsstimme.

Hendrik lernte erst jetzt Frederics bewegtes, trauriges Leben genauer kennen, und er tat ihm Leid. Doch auch seine einstige Empörung über Frederics Sklavengeschäfte erwachte wieder. Trotzdem beschloss er, ihm zu verzeihen, als er merkte, dass die frühere Freundschaft gegenüber der zwischenzeitlichen Entfremdung schon lange die Oberhand gewonnen hatte. Das Einzige, woraus er nie klug wurde, waren Frederics finanzielle Verhältnisse. Die »Geschäfte«, zu deren gelegentlichen Erwähnung Frederic sich während der mehrfachen Aussprachen gedrängt zu fühlen schien, wirkten etwas undurchsichtig. Doch der wohlsituierte Schwiegervater sah auch darüber hinweg. Er stattete Emilie, so wie er dies auch bei der Verheiratung der älteren Töchter getan hatte, mit einer respektablen Mitgift aus. Das andere würde sich schon fügen.

Hendrik fragte Emilie ein letztesmal, ob sie mit diesem liebenswerten, aber doch recht angeschlagenen, alternden Mann wirklich ihr ganzes Leben teilen wollte.

»Aber natürlich«, sagte sie mit dem Brustton der Überzeugung. »Die Geschichte mit dieser Rosemarie ist schon alt. Und außerdem werde ich ihm neuen Schwung geben.«

Vertiefend kam hinzu, dass Emilie immer mehr mütterliche und Hendrik sozusagen großväterliche Gefühle dem liebesbedürftigen Jan Willem entgegenbrachten, obwohl dieser nur einige Jahre jünger als seine zukünftige Stiefmutter war.

Hendrik beschaffte dem neuen Paar eine Wohnung an einem der schönsten Plätze von Rio, im Stadtteil Laranjeiras, benannt nach den Orangenhainen, die dort früher die Gegend überzogen hatten. Der Platz, genannt Largo do Boticário, lag eingebettet zwischen Steilhängen kleinerer *morros* unterhalb des Corcovado. Man betrat ihn über ein Brückchen über den Rio Carioca, mit steinernen, blaubekachelten Ruhebänken, die in den Seitengeländern des Brückchens eingebaut waren. Der Platz war umgeben von teils jahrhundertealten Häusern aus dickem, kühlendem Gemäuer und mit vielen, großen Fenstern, im Schatten hoher, mit allerlei Tieren bevölkerten Amendoeirabäumen. Die Wohnung der Cloetes lag in einem der schmaleren, aber besonders schmucken Gebäude gegenüber der Brücke.

Nach den ersten zwei, überaus glücklich verlaufenen Ehejahren geriet in Frederics Leben wieder alles durcheinander. Emilie brachte, mitten im Karneval im Februar 1880, mehr als einen Monat zu früh, im großen Balkonzimmer mit Blick auf den Platz ein Mädchen zur Welt, das sie Victória nannten. Wenige Tage nach der Geburt verstarb Emilie Cloete am Kindbettfieber.

Frederic war nach Emilies plötzlich hereingebrochenem Tod entweder unfähig oder inzwischen zu arm, um sich selbst um eine weibliche Kraft für die zurückgelassenen Kinder, vor allem das schutzlose Neugeborene, zu kümmern. Hendrik sprang, seine Lähmung durch den Schmerz um seine verlorene Tochter überwindend, rasch ein und ruhte nicht, bis er eine ideale Pflegerin gefunden hatte. Es war eine kleine, stille Mulattin mit weißem Kräuselhaar und Vertrauen erweckenden Altersfalten im Gesicht. Vor allem Victórias Halbbruder Jan Willem zeigte sich auf Anhieb begeistert von ihr. Und sogar Frederic nahm in diesem Fall, ohne mit der Wimper zu zucken, die Einstellung einer Halbnegerin in Kauf.

Frederic, der nach Emilies Tod vollends wie zur Steinsäule erstarrt war und zudem recht verwirrt wirkte, hielt sich tagsüber immer weniger zu Hause auf. Bei jeder Gelegenheit trieb es ihn, trotz seiner zunehmenden Gehschwierigkeiten mit der schlecht sitzenden Prothese, irgendwohin fort. Oft irrte er ganze Tage scheinbar ziellos in der Stadt umher. Bald sah man ihn immer häufiger in einem Kunstgewerbeladen mit indianischer Handarbeit in einem Seitengässchen zur vornehmen Hauptgeschäftsstraße Rua do Ouvidor in der Innenstadt. Die kleine Victória überließ er ohne Skrupel der neuen farbigen Pflegerin.

Das Geheimnis von Frederic Cloetes immer häufigeren Besuchen in jenem Kunstgewerbeladen lüftete sich bald. Das zwischen einem Friseur und einer Holzpantinenwerkstatt gelegene Geschäft gehörte einer etwa fünfzigjährigen, langsam erblindenden Künstlerin namens Junina de Andrade. Sie hatte mehrere Jahre in verschiedenen indianischen Dorfgemeinschaften im Norden Brasiliens zugebracht. Sowohl bei den Tapirapé im nordöstlichen Mato Grosso als auch bei den Ka'apor in Maranhão. Was sie im Schaufenster unter der meist heruntergezogenen gelben Markise ausstellte, waren restaurierte Originalerzeugnisse der Eingeborenen oder Selbsthergestelltes nach deren Vorlagen. Den Handel damit betrieb sie mehr aus Liebhaberei. Sie verkaufte praktisch nichts, und so war auch die hohe Miete in diesem Nobelgeschäftsviertel auf die Dauer nicht zu bezahlen.

Frederic war beim Flanieren entlang der noch um einiges eleganteren Rua do Ouvidor mit ihren meist kleinen, äußerst schmucken Läden unter den Türbalkonen der frisch herausgeputzten Kolonialhäuser zufällig in das Seitengässchen geraten. Er hatte zuerst lange vor dem Schaufenster gestanden und verzückt die darin ausgestellten Figuren betrachtet: Masken, Tonpuppen und Skulpturen und eine große Kollektion von Federbouquets, Federkronen und Mosaiken. Dann hatte er sich hineinbegeben und sich die kunstvollen Handarbeiten zeigen und erläutern lassen, wobei er sich zunehmend gefangen fühlte vom stillen, inwendigen Zauber, der von der halb blinden Ladeninhaberin ausging. Nicht nur das Gesicht, auch ihre kleine, bucklige Gestalt wirkte irgendwie fensterlos, umhüllt von dunklen Tüchern, mit einer liebevoll wärmenden Glut in ihrer Tiefe. Ihre einzige Verbindung zur Außenwelt schienen die Hände zu sein, die wie nervige, hoch empfindliche Fühler wirkten. Frederic und Junina hatten sich rasch gefunden, sich gegenseitig in immer längere Gespräche verwickelt. Ihre durch ihr Augenleiden und ihre Armut bedingte Einsamkeit machte sie dafür genauso empfänglich wie ihn die seine als Witwer.

Die Tonpuppen im Schaufenster stammten von ihr selbst. Es waren Nachbildungen der Litjoko-Tonfiguren der Karajú und zeigten Männer auf der Jagd, Frauen beim Schneiden von Maniok, Tier- und Wassergeister, Zauberer, Ahnengestalten und mythische Wesen. Viele waren reich mit Federrosetten geschmückt und trugen gehäkelte Kleidungsstücke. Von den Tapirapé hingegen, mit denen sie jahrelang gemeinsam gefischt, Gemüse gepflanzt und an Kultfeiern teilgenommen hatte, hatte sie prachtvolle Kriegermasken und besaß Original-Papageienfedern, mit denen sie solche selbst herstellen konnte. Diese Masken bestanden aus einer halbkreisförmigen Holzunterlage und sorgfältig auf eine Wachsschicht aufgeklebten Federn, deren Farbanordnung eine bestimmte mythische Bedeutung hatten, und mit eingelegten Perlmuttstücken in der Augen- und Mundpartie. Es waren Kriegermasken, die den Feind darstellten und mit denen bei bestimmten Tanzfesten Scheinkämpfe ausgetragen wurden, bei denen der Gegner immer unterlag. Junina, die bei der Herstellung der Masken oft dabei gewesen war, erinnerte sich, dass bei der Arbeit in der Werkstatt die Maskennamen nur geflüstert werden durften, um den darzustellenden Feind nicht unnötig herauszufordern und zu beleidigen.

Die Papageienfedern, die Junina als Geschenk oder über Tausch erworben hatte, waren überaus kostbar. Denn nach indianischer Vorstellung gelten Vögel als das tragende Prinzip der Natur- und der menschlichen Gemeinschaftsordnung. Vögel sind Seelenträger und Himmelsboten, und sie versehen die Menschen mit magischen Kräften, wobei den Papageien eine besondere Rolle zukommt. Ihre Federn dienen als Schmuck der übernatürlichen Wesen und der verstorbenen Schamanen. Nach Tapirapé-Überlieferung ist die eigentliche Wärmequelle der Sonne ein riesiges Federdiadem aus glühend roten Ara-Schwanzfedern. Auch der Donner und die Totenseelen verfügen über einen unerschöpflichen Vorrat an solchen roten Federn.

»Ich sehe, das interessiert dich nicht«, rief Junina während dieser Erläuterungen ihrem Gast zu, als sie beide im kleinen, dunklen und mit Antiquitäten voll gestopften Hinterzimmer saßen und sich mit Juninas Schätzen beschäftigten.

»Natürlich interessiert mich das.«

»Das sieht ein Blinder, dass dich das nicht interessiert.«

»Die Lahmen sind eben langsamer«, erwiderte Frederic in Anspielung auf seine Prothese.

Frederics Gehbehinderung war von Junina bisher nicht weiter beachtet worden. Jetzt hakte sie nach, und Frederic berichtete freimütig, lang und ausführlich. Seine Sklavenfahrten, mit denen er sich für den Verlust seines Beines rächen wollte, sein tiefsitzender, unauslöschlicher Hass gegen die Neger, ja gegen alles Fremdrassige überhaupt.

Die Beziehung zwischen den beiden war inzwischen zu fest, als dass die Wahl-Indianerin Frederic deshalb ihre Sympathie entzogen hätte. Sie glaubte ihn im Gegenteil zu verstehen. Er seinerseits beteuerte ihr seine uneingeschränkte Begeisterung für den künstlerischen Glanz des Handwerks, was sie freute und auch akzeptieren konnte.

»Willst du noch mehr davon sehen?«, fragte sie mit neuem Mut.

Er ließ es sich nicht nur zeigen, sondern band sich den Federschmuck der Ka'apor-Indianer mit Juninas Hilfe auch um seinen Kopf und Hals, Oberarm, Lenden und Fesseln, ja, als Gehänge an die Ohren. Es waren auf Faserschnüren oder auf einem Baumwollband aufgereihte oder aufmontierte bunte Ara-Federn. Und Junina spürte, dass es nicht nur mehr allein die Schönheit dieser Schmuckstücke war, die Frederic fesselte.

Sie war sicher, dass etwas von der Stärke und dem Stolz derjenigen auf ihn überging, die diesen Schmuck sonst trugen.

Dann erkannte sie jedoch erst zu spät, wie sehr er sich langweilte, wenn sie ihm von den Trägern dieses Schmucks erzählte. Von deren Lebensweise und von ihren eigenen Erfahrungen dort, auch mit dem Federkult, vom Symbolwert dieser Federn für die Identität der Stammesmitglieder, den Feiern, bei denen die sechs Monate alten Kinder mit ihrem ersten Federschmuck ihren Namen erhalten und damit ihre volle Zugehörigkeit zum Stamm und dass bei diesen Feiern auch die Erwachsenen immer diese Federn tragen. Im selben Zuge berichtete sie mit Tränen in ihren fensterlosen Augen von der zunehmenden Bedrohung dieser Menschen durch die weißen Viehbarone und Bergbauern, die ihre Wälder in Besitz nahmen und zerstörten. Junina hatte die Vertreibung selbst miterlebt und war deswegen zusammen mit ihnen mehrfach umgezogen. Sie war auch Zeuge geworden von blutigen Stammesfehden, die dadurch entfacht wurden, dass einzelne Stämme durch ihre unglückselige Wanderschaft immer wieder in benachbarte Reviere gerieten. Kein Wunder, dass die Identität und das Selbstbewusstsein, ja die Lebenskraft ihrer Freunde von Vertreibung zu Vertreibung immer weiter geschwunden war.

»Bald werden die Ka'apor keinen Federschmuck mehr herstellen«, so weissagte Junina mit dunkler Stimme. »Entweder weil es dann keine Vögel mehr gibt oder keine Ka'apor oder beides oder vielleicht auch keinen Wald mehr. ›Die Erde hat Gefühle, wie wir. Der Himmel ebenfalls. Der Wald, was ihr Wald nennt und wir *urihi*, hat einen Geist, und die Schamanen wissen das.‹ Brennende Erde. Brände. Paradies in Flammen ... Ich sehe, das interessiert dich nicht«, hielt Junina, ihre Erzählung unterbrechend, Frederic erneut entgegen. »Das sieht ein Blinder, dass dich das nicht interessiert.«

»Die Lahmen sind eben langsamer.«

»Oder sie bleiben lahm«, entgegnete sie diesmal.

Frederic griff geistesgegenwärtig nach einer der Karajá-Kriegermasken und zog sie vors Gesicht. Allerdings so ungeschickt schief und die Mund- und Augenöffnungen der Maske so weit verschoben, dass Junina sich veranlasst sah, es ihm vorzumachen, wie es richtig gehörte, und sich deshalb selbst eine überzog.

»Wir wollen doch nicht, dass die Lahmen auch noch blind und taubstumm werden«, sagte sie lachend.

Dann ergab es sich wie von selbst, dass sich die beiden einen Scheinkampf nach der Art der Tapirapé lieferten, bei dem Junina Frederic siegen ließ.

Damit war ein weiteres Stück Eis gebrochen.

Junina suchte bald Frederic in seinem Haus am Largo do Boticário auf. Die gegenseitigen Besuche verlagerten sich im Lauf der kommenden zwei Jahre mehr und mehr dorthin. Denn Junina wohnte irgendwo im Stadtzentrum, ähnlich dunkel und eng, wie ihr Laden war. Frederics Wohnung am idyllischen Largo do Boticário hingegen gab für das Zusammensein der beiden ungleich mehr her an Reizen und Bequemlichkeit. Junina genoss die Schönheit und die besondere Kühle und Frische dieses Ortes. Sie lauschte dem Plätschern des Bächleins und ergötzte sich am Geschrei der in den Amendoeirabäumen umhertanzenden Micos-Affen. Und wenn die Sonne besonders hell schien, ertastete sie mit ihrer restlichen Sehkraft die wie ein Samtteppich über den Platz ziehenden Massen tiefblauer, tellergroßer Schmetterlinge. Bald verlegte sie ihr Kunsthandwerk an diesen überaus inspirierenden Ort und konnte daher ihr Geschäft in der Stadt schließen. Dazu kam, dass sich auf Anhieb eine fast leidenschaftlich herzliche Beziehung zwischen Junina und der kleinen Victória entwickelte, für Frederic unerwartet, anfangs etwas rätselhaft und verwirrend: Junina, die schrumpelige, halb blinde Großmutter, die sich vor allem über ihre Hände mitteilte, und das langsam die Welt ertastende und erobernde Kindchen. Dieses pflegte aufzujauchzen, wenn sich Junina auch nur von weitem ankündigte. Und wenn sie dann, vor Victórias Bettchen, ihren Puppen oder Buntstiften stand, begann ein elektrisierendes Spiel zwischen den großen und den kleinen Händen. Junina wusste mit Victória beim Füttern, Wickeln und Spielen so geschickt und zärtlich umzugehen, dass das Kindermädchen, die kleine stille Mulattin mit den weißen Kräusellocken, bald entlassen werden konnte. Junina zog ganz in das Haus am Largo do Boticário ein. Dort fand sie sich rasch in ihre neue, mehrfache Rolle: als Künstlerin, als fürsorgliche Stiefmutter und als Lebensgefährtin.

Trotz ihres Glücks über ihre neue sinnvolle Existenz gingen Junina mit der Zeit auch deren Erschwernisse auf. Die zwei so unterschiedlich alten Hausgenossen, für die sie die Verantwortung übernahm, erwiesen sich beide als sehr kompliziert und schwierig.

Victória reagierte, seitdem Junina sie kannte, nur mit heftiger Abwehr gegen ihren Vater.

»Weg ... weg ... nein ... nein ...«, schrie sie bereits als Zweijährige und strampelte wie besessen, wenn Frederic sich der Kleinen zu sehr näherte.

Dabei schwoll ihr Gesicht so blaurot an, dass Junina Angst um sie bekam.

Je älter Victória wurde, desto tiefer wandte sich ihre Abneigung gegen den Vater nach innen in stille Abwehr und versteckte Feindseligkeit. Juninas Vermittlungsversuche fruchteten nichts. In ihr festigten sich im Gegenteil schreckliche Vermutungen, die Kleine betreffend. Die mildere Version davon war, dass Victória unter Schuldgefühlen ihrer im Kindbett verstorbenen Mutter gegenüber litt. Die schlimmere bestätigte Victória selbst.

»Er hat meine Mama getötet«, so sagte sie, als sie ein bisschen älter war.

Obwohl Victória ihre Stiefmutter vergötterte und auch sehr gern mit ihrem Großvater Hendrik zusammen war, genoss sie in ihrer frühen Kindheit auch das Alleinsein. Ihr Schlafzimmer lag nach vorn zum großen Platz hinaus, neben dem mittleren Balkonzimmer, in dem sie geboren und ihre leibliche Mutter kurz darauf gestorben war und in dem jetzt Junina wohnte. Victória selbst pflegte stundenlang aus dem großen Fenster zu schauen: hinüber zum Brückchen über dem plätschernden Fluss und zu den Bäumen, zu den Micos-Äffchen und den Schwärmen tiefblauer Schmetterlinge, die auch Junina so sehr liebte. Vor allem am Treiben der *beija-Flores* konnte sich die Kleine nicht satt sehen. Versunken beobachtete sie, wie jene mit ihren zitternden, silbergrünen Flügeln immer mit einem gewissen Abstand vor den Blüten der Büsche oder vor den Blumen, wie in der Luft stehend, schwirrten und dann in mehreren kurzen Stößen mit ihren nadelförmigen Schnäbeln rasch in die einzelnen Blütenkelche stachen, um dann fluchtartig wieder davonzuschwirren. Es schien, als träumte Victória davon, selbst ein solcher Kolibri zu sein, der nur vom flüchtigen Kuss der Blumen lebt, ja, als genösse sie selbst dieses andauernde Schwirren und Schweben in Freiheit und als fühlte sie vielleicht auch den Schmerz derer, die sich, wie nach einer Erlösung, danach sehnen, festen Grund unter den zerbrechlichen Füßen zu bekommen.

Victória hatte eine besondere Vorliebe für Juninas Töpfer- und Federarbeiten. Wenn die beiden in der Küche saßen und die auf dem Tisch ausgebreiteten bunten Bestandteile sich in Juninas Händen langsam zu den eindrucksvollen Gebilden formten, verfolgten Victórias dunkle, große und ausdrucksvolle Augen aufmerksam jede Bewegung ihrer Stiefmutter. Juninas Bestand an echten Indianerfedern war inzwischen aufgebraucht und durch Nachschub seitens befreundeter Papageienbesitzer ersetzt worden. Junina führte Victória auch in die Zauberwelt der Menschen ein. Sie erzählte ihr von den übernatürlichen Kräften, die in den Vogelfedern lagen, für das Wohl der Menschen, der übernatürlichen Wesen, der Schamanen und Totenseelen und für die unversiegbare Leuchtkraft und Wärme der Sonne.

Viel weniger gern besuchte Victória den Klavierunterricht, der ihr Jahre später, mehr oder weniger gegen ihren Willen, von ihrem Vater aufgetragen worden war. Als Victórias Lehrerin, *professora* Adélia, zu der Victória einmal wöchentlich über die Bucht nach Niterói fuhr, ihrer Schülerin eines Tages eröffnete, sie hätte ideale Pianistenhände, brach Victória jählings den Unterricht ab. Die *professora*, die gleichzeitig auch Musiklehrerin in Victórias Schule war, sprach vor Fassungslosigkeit nie mehr ein Wort mit ihr. Bald darauf starb sie. Victória litt ihr Leben lang unter dem Eindruck der Schuld.

Junina hatte den Indios keineswegs nur die Beherrschung des Kunsthandwerks zu verdanken. Sie hatte von ihnen auch viel über die medizinische Wirkung bestimmter Extrakte aus Rinden, Blättern, Blüten, Kräutern, Beeren und Früchten aus dem tropischen Urwald gelernt und pflegte im Bedarfsfall ihre Kenntnisse auch anzuwenden. Denn die heranwachsende Victória, lang und dünn wie ihre schönen Hände, aber etwas blutarm und von zarter Konstitution, wurde häufig von Krankheiten und Unpässlichkeiten geplagt. Junina behandelte diese nicht nur mit den bewährten Heilmixturen und Tränken, die bei den Indios teilweise den Charakter eines Zaubermittels gehabt hatten. Sie setzte ferner Dinge ein, die als Energiequelle galten für die magische Abwehr von Krankheit und Unheil: Papageienfedern, brennende Kerzen und Krötenteile.

Nachdem alle drei so etliche Jahre zusammengelebt hatten,

heirateten Frederic und Junina, beide mittlerweile über sechzig. Victória, damals zehn, verzweifelte fast darüber.

»Junina, das darfst du nicht«, sagte sie immer wieder, obwohl es bereits vollzogen war. »Das darfst du nicht. Der tötet uns beide.«

»Ach, Kind. Gott will es so«, war das Einzige, was die Stiefmutter dem entgegenzusetzen hatte, woraufhin Victória nichts mehr erwiderte.

Victória klammerte sich immer verzweifelter an ihre Stiefmutter und orientierte sich an ihr wie an einem Kompass, auch wenn sie genau spürte, dass die von Junina eingeschlagene Richtung falsch, ja verhängnisvoll war. Doch sie war bereit, mit ihr jede Katastrophe durchzustehen und deren Folgen mitzutragen. Denn zum Zeitpunkt der Heirat war ihr Vater Frederic bereits schweren geistigen Abbauprozessen unterworfen, die sehr langsam, aber unaufhaltsam voranschritten und in einen immer beunruhigenderen Gegensatz zur ungebrochenen körperlichen Vitalität gerieten. Der Alte wurde immer unleidlicher und herrischer und terrorisierte das ganze Haus fast nur vom Bett aus, in dem er sich, unter Berufung auf sein Beinleiden, rund um die Uhr bedienen ließ. Es wurde immer schlimmer und unerträglicher mit ihm. Besonders für die heranwachsende Victória, die ihn ohnehin hasste. Sie verstand immer weniger, welcher Opfermut oder Masochismus ihre Stiefmutter dazu getrieben hatte, mit diesem untergehenden Wrack den Bund fürs Leben einzugehen.

Der Leidensweg, ja, die Hölle des sich beschleunigenden Niedergangs zog sich in unvorstellbare Längen hin. Über Jahre beschränkte sich Frederics Existenz, wenn er nicht gerade schlief, fast nur noch auf eine maßlose und unkontrollierte Nahrungsaufnahme und eine ebenso unkontrollierte Ausscheidung derselben. Er redete meistens wirres Zeug und begrüßte, an den tatsächlich anwesenden Personen vorbei, von weither extra für ihn angereiste Besucher wie den deutschen Kaiser, einen Walfisch oder seine Urgroßmutter aus Kapstadt. Manchmal saß er, halb aufgerichtet, im Bett und spielte stillvergnügt mit seinen Exkrementen oder beschmierte damit die weiße Spitzenwäsche oder die wiederholt frisch tapezierten Wände. Erschien jemand in seinem Zimmer, bedachte er ihn entweder mit unflätigen Schimpfworten oder mit den abwegigsten Albernheiten, die er in unvorhersehbarem Wechsel lachend oder äußerst gereizt vortrug. Ein ruhiges und ausgeglichenes Benehmen oder gar ein freundliches Wort wurden zu immer selteneren Ereignissen. Fast unmöglich wurde auf die Dauer die immer häufiger notwendige Säuberung und Umbettung seines zentnerschweren, vom Liegen wundgewordenen und mit Ekzemen übersäten Körpers, von dem auch immer unzumutbarere Gerüche ausgingen. Victória musste ständig, mit zusammengebissenen Zähnen, mit anpacken. Selbst durch die Hilfe einer bald hinzugezogenen Pflegerin war dies kaum mehr zu leisten. Der einzige Lichtblick waren die Besuche von Hendrik Blum, der, inzwischen selbst verwitwet, immer häufiger am Bett seines Freundes weilte und wie ein guter Geist dessen Ausfälligkeiten zu dämpfen verstand, wodurch er auch den Frauen im Haus das Leben ein wenig leichter machte.

Genau an ihrem siebten Hochzeitstag verabschiedete sich Frederic Cloete endgültig. Eine plötzliche Lungenentzündung brachte die langersehnte Erlösung. Victória war nach einer sehr durchwachsenen Kindheit zu einer jungen Frau geworden. Zwei Monate nach Frederics Tod folgte diesem, als hätte er auf ihn gewartet, der treue, alte Hendrik Blum nach. Junina und Victória bekamen zusammen von ihm einen Teil seines nicht unbeträchtlichen Vermögens und den Verkaufswert der Villa in Santa Teresa vermacht. Der Rest ging an Frederics ältesten Sohn Jan Willem. Von Frederic selbst war nichts mehr zu erben gewesen.

Man schrieb inzwischen 1897. Es war das Jahr, in dem Heitor und Jennifer Manuela de Melo ihren Alterssitz in Botafogo bezogen hatten und ihr jüngster Sohn Pedro José fortan allein die Fazenda Prosperidade in Portobelo betrieb.

Pedro José de Melo hatte allen Grund, an der Schwelle zum neuen Jahrhundert voller Zuversicht in dieses zu blicken.

Seine Geschäfte gingen glänzend. Die Ernteerträge hielten sich auf gleich bleibend hohem Niveau, und der Absatz war zufrieden stellend. Hierfür erwies sich die neugegründete Exportfirma in Rio als besonders geeignet. Sie war für ihn ein fester, eigener Standort, der das zunehmende Vertrauen interessierter Großeinkäufer gewann und zugleich eine Art Drehscheibe darstellte für die Ausfuhr der Erzeugnisse aus der Prosperidade in alle Himmelsrichtungen, auch nach Übersee.

Abgesehen von der Betriebsamkeit auf den Plantagen und bei den Verwertungsanlagen auf der Fazenda war es um den jungen *patrão* eher etwas still. In Anbetracht seiner häufigen Reisen vor allem nach Rio litten seine gesellschaftlichen Kontakte in Portobelo ein wenig. In der Prosperidade verfügte Pedro José über einen Tross tüchtiger *empregados* und *colonos*. Auch einige der ehemaligen Sklaven waren bei ihm geblieben. Seine verdiente alte Kinderfrau Feliciana hatte er mit einer ansehnlichen einmaligen Auszahlung in den Ruhestand geschickt. Neu hingegen war Milena, eine etwas laute, aber fröhliche und vor Vitalität strotzende Sizilianerin, die Pedro José aus der Pfarrei von Santa Clara übernommen hatte, wo sie Padre Timóteo João Peludo lange Jahre bis zu dessen Tod aufopfernd und treu gedient hatte. Es war derselbe Padre Timóteo, der vor fast vierzig Jahren Pedro Josés Vater Heitor seine Zuckerfazenda vom Beichtstuhl aus verkauft hatte. Milena erzählte ihrem neuen *patrão* voller Erbitterung, dass sie im Testament ihres früheren Herrn nicht bedacht worden wäre, wohingegen dieser eine seiner sechs Fazendas einer ehemaligen Sklavin vermacht hätte, mit der er, wie es im Testament hieß, »in einem Augenblick der Schwäche sieben Kinder gezeugt« hatte, die inzwischen alle ebenfalls Pfarrer geworden waren. Pedro José wusste anfangs nicht recht, ob er Milena Glauben schenken sollte. Er fühlte sich jedoch von ihrem natürlichen, freundlichen Wesen allmählich so weit eingenommen, dass er immer mehr Vertrauen zu ihr fasste. Milena bemühte sich nach Kräften, Pedro José ein möglichst gemütliches Zuhause zu bereiten. Sie verwöhnte ihn mit höchst abwechslungsreichen Spezialgerichten aus ihrer heimatlichen Küche, hielt seine Kleidung und Wäsche in Ordnung und besorgte den Garten. Darüber hinaus pflegte Pedro José immer öfters mit ihr, trotz ihres mangelhaften Portugiesisch, alles zu besprechen, was ihm wichtig war: Geschäftliches, Familiäres und, als es so weit war, auch Herzensangelegenheiten.

Zu den ungelösten Fragen, die Pedro José und dessen Eltern in Rio schon länger drückten, gehörte die quälende Ungewissheit über das zwischenzeitliche Schicksal seiner Schwester Leonora Augusta. Diese hatte, wie ihre Eltern erst sehr spät erfuhren, eine Zeit lang als freie Journalistin in der Redaktion des Estado de São Paulo gearbeitet. Ihre Dienstreisen hatten sie fast überallhin ins Land geführt, unter anderem auch nach Manaus, wo sie ihren Bruder Felipe besuchte. In der Hauptstadt, wo sie sich am häufigsten aufhielt, meldete sie sich jedoch nie bei ihren Eltern. Plötzlich war sie ganz wie vom Erdboden verschwunden. Pedro José sowie Heitor und Jennifer Manuela erhielten erst davon Kenntnis durch die Zeitungsredaktion, und zwar, als von der Verschollenen wieder ein erstes Lebenszeichen aufgetaucht war, nämlich aus Paris. Späteren Nachforschungen zufolge hatte sie sich in Rio in einen angeblichen Kongressabgeordneten verliebt und war ihm auf sein Heiratsversprechen hin auf dem erstbesten Dampfer nach Frankreich gefolgt. Wie sich dort rasch herausstellte, war sie einem Betrüger auf den Leim gegangen. Er war weder Kongressabgeordneter noch ledig, nur, dass er Franzose war, hatte gestimmt. Mutterseelenallein und mit kaum einem Sou in der Tasche, hatte Leonora Augusta von Paris aus ihre brasilianische Zeitung telegrafisch über ihre prekäre Situation in Kenntnis gesetzt. Die von der Zeitung benachrichtigten Eltern hatten sich sogleich eingeschaltet und, ebenfalls telegrafisch, ihre Tochter zur Rückkehr zu bewegen versucht. Nach längerem Warten voller Ungewissheit und Sorge war irgendwann seitens eines unbekannten Dritten die Mitteilung erfolgt, Leonora Augusta habe Paris wieder verlassen, und zwar weiter in Richtung Osten, nach Polen oder Russland. Damit hatte sich ihre Spur vorerst ganz verloren.

»Sie wird euch noch einige Überraschungen bescheren«, orakelte Milena geheimnisvoll, als Pedro José wieder einmal mit ihr darüber sprach.

Milena war bekannt für ihre verblüffenden Voraussagen. Als Pedro ihr eines Tages von einer aufregenden Begegnung auf dem Festball in der Hauptstadt erzählte, sagte sie mit bestechender Festigkeit: »Diese Frau wird dein Leben bestimmen.«

Um so beherzter erging sich Pedro José daraufhin in die Einzelheiten.

Er war zu einem Ball geladen gewesen, den der alte Freund seines Vaters, José Maria da Silva Paranhos Júnior, Barão do Rio Branco, anlässlich seiner Ernennung zum Außenminister gegeben hatte. Obwohl Pedro José niemanden hatte, den er als Begleitung hätte mitnehmen können, ging er hin, mehr oder weniger aus Neugierde. Es war während einer klaren Mondnacht gewesen. Pedro José war mit einer Barkasse auf die Ilha Fiscal gefahren, den Lichtern der Inselpromenade und den hell erleuchteten Fenstern des Festhauses nach, aus denen von weitem Musikklänge herüberwehten. Er war zusammen mit dem

Strom der zum Ball strebenden Gäste von livrierten Dienern durch die Empfangshalle in den Saal geführt worden, in dem fünf Lüster brannten und dessen Eingänge und Fenster mit Blütengirlanden geschmückt waren. Entlang der Wände prangte ein Büfett mit goldbraunen Truthähnen und Fasanen, Canapés, Konfekt und Torten und kistenweise alkoholischen Getränken. Mehrere Unterhaltungsorchester spielten zum Tanz auf.

Schon nach der ersten Quadrille, die Pedro José von einem Tisch aus sitzend verfolgt hatte, stach diesem aus der Ferne eine Frau in die Augen: Ein blasses, mageres, ziemlich hoch gewachsenes Geschöpf, von dem jedoch ein magischer Liebreiz ausging. Das rubinrote Kleid mit Volants und Auflagen von schwarzer Seide und Schleifen unter der enggeschnürten Taille und die stolze, kerzengerade Haltung des Mädchens hatte seine Blicke als Erstes angezogen. Der eigentliche Zauber lag jedoch in ihrem fast katzenartig kleinen, elfenbeinfarbenen Gesicht mit großen, dunklen, melancholischen Augen und zwei langen, kastanienbraunen Korkenziehersträhnen, die seitlich aus der Frisur fielen.

Unweit der jungen Frau standen zwei Personen. Den untersetzten Mann mit dichtem, silbergrauem Haar, dunklem Schnurrbart und glattrasiertem Kinn erkannte Pedro José nach einer Weile als João Ferreira Pinto, den einflussreichen Zolldirektor des Bundesstaates Minas Gerais, mit dem er wegen der hohen Ausfuhrzölle für seine umfangreichen Kaffeelieferungen nach Florida schon mehr als einmal zu verhandeln gehabt hatte. João Ferreira trug heute einen schwarzen Frack mit hohem, weißem Kragen. Die andere Person war eine schon recht alt aussehende Frau, die für den festlichen Anlass auffallend trist gekleidet war.

Pedro José arbeitete sich durch das Gewühl zum Zolldirektor, der inzwischen etwas abseits der beiden Damen stand.

»Und wie gehen die Geschäfte, mein Lieber?«, erkundigte sich João Ferreira, nachdem sie miteinander ins Gespräch gekommen waren.

»Oh, danke. Ausgezeichnet. Mein Radius wird immer größer«, wurde Pedro José nicht verlegen zu erwidern. »Wie soll es auch anders sein? Bei dieser segensreichen, neuen Regierung.«

»Unser neuer Außenminister wird uns im Ausland glänzend vertreten«, dröhnte der Direktor aufgeräumt.

»Mein Vater hatte schon den richtigen Blick«, ergänzte Pedro José mit einem bedeutungsvollen Lächeln. »Er ist mit dem Baron schon viele Jahre eng befreundet.«

»Oh. Mit José Maria? Was für eine Ehre, mit dem Sohn dieses Freundes zu sprechen.«

João Ferreira vollführte eine leichte, ironische Verbeugung.

Pedro José merkte immer deutlicher, dass er dem anderen unaufmerksam zuhörte und ziemlich unbeteiligt, ja, mechanisch sprach. Er war zu sehr gefangen von der Anmut der blassen jungen Frau in dem roten Kleid und dann um so beglückter, als er plötzlich die bucklige Alte mit der jungen Schönen an der Hand auf sich bzw. den Zolldirektor zukommen sah. Als die Alte sich ihm näherte, bemerkte Pedro José, dass sie offenbar blind war.

»Darf ich vorstellen?«, unterbrach der Direktor beflissen seine Reden.

»Das ist meine Freundin, Junina de Andrade. Und das ist ihre Stieftochter ... äh ...«

»Victória Cloete«, warf die Gemeinte selbst ein und reichte Pedro José ohne Scheu die Hand.

Pedro José sah sie jetzt zum ersten Mal lachen. Dabei warf Victória den Kopf leicht nach hinten. Ihr Gesicht bekam dadurch etwas neuartig Offenes und Freies. Auch die melancholischen Augen lachten plötzlich. Jetzt, aus der Nähe, mit ihrem vollen, stolzen Mund und der schmalen, leicht gewölbten Stirn, mit einer dezenten Leidensfalte über der Nase, sah sie noch schöner aus und kraftvoller als aus der Ferne, fast lieblich. Sie hatte offenbar mehrere Gesichter. So wie es jetzt ist, so soll es immer bleiben, wünschte sich Pedro José sehnlichst. Nur wenige Augenblicke später wurde ihm klar, dass er sich unsterblich in diese Frau verliebt hatte.

Als sie zum ersten Tanz aufs Parkett traten, fiel Pedro José die Leichtigkeit von Victórias Bewegungen auf. Ob sie ging oder tanzte, immer schwebte sie fast. Und dieses Schweben war, im Unterschied zu den Wandlungen ihres Gesichtsausdrucks, etwas Bleibendes, Gültiges, Unveränderliches an ihr und ihrer leichten, dünnen Gestalt.

Während Pedro José ihre Taille beschwingt auf dem Parkett führte, fühlte er ihre dünnen, spitzen Rippen. Er prägte sich ihren Duft ein, den er selbst durch ihr starkes Parfüm hindurch wahrnahm. Ihr Gesicht war wieder etwas härter geworden und der Blick ins Melancholische zurückgefallen.

Die beiden sprachen anfangs nicht viel. Gelegentlich fühlte Pedro José ihre neugierigen Blicke auf ihm ruhen. Nach dem dritten Walzer strebten sie zum Büfett, füllten ihre Teller und ließen sich an einem der Tische nieder, an dem auch Junina und João Ferreira saßen und vergnügt schmausten.

Gesprächig wurde Victória erst auf der Rückfahrt über die Bucht in der Barkasse. Junina und der Zolldirektor hatten das Fest frühzeitig verlassen, doch João Ferreira Pinto war bald wieder zurückgekehrt, nachdem Junina ihn gebeten hatte, auf ihre Stieftochter Victória aufzupassen und sie später nach Hause zu begleiten. Deswegen fuhr João Ferreira in der Barkasse mit, hielt sich jedoch dezent ganz vorn am Bug auf, damit Victória und Pedro José sich ungestört unterhalten konnten.

Wieder strahlten die Lichter an den beiden Ufern. Die Laternen der dutzendweise pendelnden Barkassen, die die Gäste nach und nach wieder in die Stadt zurückholten, hüpften auf den Wellen der Guanabarabucht. Der Mond war in der Zwischenzeit an den Horizont gerutscht und kleiner, sein Licht dafür jedoch schärfer geworden. Die Gipfel von Zuckerhut und Urca und die der anderen Berge um die Stadt ragten gebieterisch in den dunklen Himmel.

»Sind Sie eigentlich auch gegen die Ziviltrauung?«, fragte Victória Pedro José irgendwann.

Sie hatten sich seit dem Verlassen des Pavillons gegenseitig in gedämpftem Ton eine Menge aus ihrem Leben erzählt. Dabei hatte Victória alles, was Pedro José von sich gab, mit großer Aufmerksamkeit aufgenommen, und sie hatte die Gesten, mit denen er seine Worte unterstrich, mit großen, neugierigen Augen verfolgt. Immer wieder strich sie mit ihren dünnen, langen Fingern ihre Haarsträhnen zur Seite, die im Ballsaal noch schützend vor ihrem Gesicht gehangen hatten.

»Ziviltrauung? Hmm«, antwortete Pedro José etwas hilflos.

»Die Ehe ist ein Heiligtum und kein Staatsgeschäft«, ereiferte sich Victória. »Der Beato Antônio hat das immer mit aller Klarheit gesagt.«

Beato hieß Betbruder. Victória meinte den Wanderprediger Antônio Conselheiro, den Entsandten Gottes, der in Bahia gegen die Leiden der Armen im dürren Sertão des Nordostens gepredigt und den einfachen Menschen die Welt des Mystizismus nahe gebracht hatte. Sie schwärmte von ihm und vom frommen Leben in der Siedlung Arraial de Canudos, die von Antônio gegründet worden war. Und voller Erbitterung erwähnte sie deren grausame Vernichtung und den sinnlosen, brutalen Mord an dem Betbruder während einer der Militärexpeditionen der jungen Republik in den aufrührerischen Nordosten.

»Antônio wird wiederkehren«, schloss Victória trotzig ihre Reden.

»Ich weiß davon«, fuhr Pedro José ohne zu zögern fort, erleichtert, bei dem, was sie so tief bewegte, mitreden zu können. »Ich kenne die Berichte von Euclides de Cunha, der dieses Drama verfolgt und darüber geschrieben hat. Nicht nur über die Kämpfe und das schreckliche Ende. Auch die törichten Ängste der Regierung und der Kirche vor der religiösen Bewegung dieser armen, ausgehungerten und besitzlosen Nordestinos hat er angeprangert.«

»Glaube und Religion haben in meinem Leben immer eine große Rolle gespielt«, bekannte Victória jetzt, ermutigt durch Pedro Josés Anteilnahme. Ihre Augen lachten wieder ähnlich wie ganz am Anfang ihrer Begegnung. Und sie hatte wieder denselben offenen und lieblichen Ausdruck im Gesicht. Dann holte sie etwas weiter aus und erzählte von ihrem Zuhause, von ihrer alles geliebten Stiefmutter Junina, von Großvater Hendrik, ihrer Kindheit, dem Blick aus dem Fenster ihres Zimmers zu den Bäumen auf dem Largo do Boticário, zu den Affen und Schmetterlingen und von den vor den Nektarblüten schwebenden *beija-Flores* und dass der Garten auf der Rückseite des Hauses eng an den steil aufstrebenden Hang einer der *morros* angrenzte. Dann berichtete Victória immer atemloser, wie Junina sie schon früh in die Welt der indianischen Mythen und des Ahnenkults und die Heil- und Zauberkunst eingeführt habe. Fast übergangslos sprach sie von dem gnadenlosen, lebenslangen Krieg zwischen ihr und ihrem Vater Frederic, von ihrer, wegen ihr im Kindbett jungverstorbenen leiblichen Mutter, von ihren eigenen häufigen Krankheiten und Leiden als Kind, die dank Juninas Wundermethoden in Schach gehalten werden konnten, und dass sie nach dem qualvollen Dahinsterben ihres Vaters eigentlich nie Frieden mit ihm und sich selbst hätte finden können, bis dass sie eben, über Freunde von Junina, mit der Heilslehre des Beato Antônio in Berührung gekommen war. Damit sei endlich Ruhe in sie eingekehrt. Aber, so fuhr sie fort, da hätte ihr doch gleichzeitig eine geheimnisvolle innere Stimme weisgesagt, dass diese Ruhe nur die Vorbereitung auf ihren frühzeitigen Tod sei, den Spuren ihrer jungverstorbenen Mutter nach.

Victória wollte jedoch nicht nur von sich sprechen. Mit sich steigernder Aufmerksamkeit sog sie alle sich ihr bietenden Einzelheiten aus Pedro Josés Leben, aus seinem Alltag, seiner Herkunft und Verwandtschaft in sich auf, immer mit denselben großen, neugierigen Augen und dem unverändert sanften und offenen Gesicht. Dann verfinsterte sich ihr Antlitz plötzlich, und Pedro José spürte, dass Victória ihn offensichtlich über etwas Wichtiges aufklären, ein Thema berühren wollte, das wie ein Tabu, wie ein Fluch auf ihr lastete, das sie ihm jedoch als Beweis ihres Vertrauens nahe bringen wollte. Es war die schwarze Vergangenheit ihres Vaters, des Sklavenhändlers, der mit seiner verruchten Schiffsladung zwischen den Küsten Afrikas und Brasiliens hin und her gependelt war und dessen Geschichte sie jetzt, Stück für Stück, vor Pedro José ausbreitete, um sich damit Erleichterung zu verschaffen. Pedro José spürte die immer noch in Victória tiefsitzenden Verletzungen und ihr nicht zur Ruhe kommendes kämpferisches Aufbegehren, trotz ihres angeblich gefundenen Friedens mit ihrem Vater und mit sich selbst. Er merkte, dass dieser Friede längst nicht gefestigt war, dass Victória vielmehr immer noch suchte und suchte und sich sehnte nach einer Erlösung von dem andauernden In-der-Luft-Schweben wie die *beija-Flores* und dass sie auf Menschen hoffte, die ihr halfen, festen Boden unter den Füßen zu gewinnen. Gott sei Dank, wie Pedro José dachte. Denn auf diese Weise schien der ihr für bald angekündigte Tod als Vollendung ihrer Selbstfindung doch noch ein Stück weit entfernt zu sein. Dies wurde Pedro José während eines Augenblicks deutlich, der ihn erschauern ließ und an den er sich später nur wie an einen Traum erinnerte. Victória hatte ihm ihr Gesicht so nahe zugekehrt, dass es vor Weichheit und Schutzlosigkeit fast in das seine aufgelöst schien. Und in diesem Rauschzustand glaubte er wie durch einen Nebel hindurch den von ihr wie beiläufig fallen gelassenen Satz gehört zu haben, ihr höchstes Ideal sei der »allgütige Vater«. Wobei sie offensichtlich nicht nur den im Himmel gemeint hatte, sondern auch auf der Erde. Und nachdem sie schon lange die Barkasse verlassen hatten und zu dritt, João Ferreira wieder in diskretem Abstand, in endlosen Schleifen denselben Weg auf dem Kai in der Nähe des alten Hafens auf und abschritten und weiter so sprachen, glaubte Pedro José plötzlich zu spüren, dass Victória in ihm den von ihr gesuchten Vater erblickte. Obwohl Pedro José beileibe kein Betbruder und messianischer Wanderheiliger war, kein Großvater Hendrik, ja nicht einmal ein Vater, schon gar kein allgütiger, sondern ein schlichter, erfolgreicher und rechtschaffener Kaufmann, nur wenige Jahre älter als sie. Er wusste einerseits um die Vermessenheit dieser Annahme. Doch es erfüllte ihn mit Glück, trotzdem daran glauben zu dürfen.

Pedro José hatte schon auf der Rückfahrt in der Barkasse gemerkt, dass er die Zügel nicht mehr in der Hand hatte. Er wusste zwar nicht genau, was Victória von ihm wollte. Doch er spürte, dass sie etwas wollte. Und das war ganz in seinem Sinn. Er fühlte immer deutlicher, wie sie sich seiner zu bemächtigen begann. So, als hätte dies bereits in dem Moment ihrer ersten Begegnung festgestanden, als Pedro José noch geglaubt hatte, sich einseitig in sie verliebt zu haben und sie erst in vielen kleinen Schritten erobern zu müssen. Das Bewusstsein, dass es anders, in gewissem Sinne vielleicht sogar umgekehrt war, bereitete ihm jedoch keine Angst, sondern fühlte sich für ihn angenehm an. Und in ihm festigte sich die Gewissheit, dass es entscheidend wichtig war, nichts gewaltsam voranzutreiben, sondern den Dingen ihren freien Lauf zu lassen.

»Na also, hab ich's nicht vorausgesehen?«, hörte Pedro José

am Ende seines Berichts Milena sagen. »Und wann fährst du wieder hin?«

Dies war eine überflüssige Frage. Natürlich würde er, sobald er konnte, von Portobelo wieder hinfahren. Die einzig sinnvolle Frage lautete allenfalls, wie oft Pedro José den Weg zu Junina und Victória zum Largo do Boticário werde zurücklegen müssen, bevor er seine Braut glücklich in die Prosperidade heimführen würde.

Es genügte ein einziger Besuch von Pedro José in Laranjeiras. Victória war mit ihren zweiundzwanzig zu erwachsen und selbstständig, als dass ihr Junina mit eindringlichen Ratschlägen und Segnungen hätte zur Hand gehen müssen, als sie sich mit Pedro José de Melo verlobte. Während des großen Augenblicks, da sich beide öffentlich das Versprechen gaben und sich gegenseitig die Ringe ansteckten, hielt Junina ihre blicklosen Augen fest auf das Paar gerichtet. Dann erhob sie sich, hinkte auf die beiden zu und umarmte sie fest und innig, als wollte sie damit allen Anwesenden kundtun, wie sehr sie auch Pedro José auf Anhieb in ihr Herz geschlossen hatte.

Die Feier mit anschließendem Bankett verlief trotz der Teilnahme von etwa hundert Gästen aus dem Familien- und Freundeskreis von Braut und Bräutigam eher still und bescheiden in einem gemieteten Hotelsaal irgendwo in der Stadtmitte. Pedro José staunte über Victórias großen Appetit besonders auf die extra für sie zubereiteten Lieblingssüß- und -sahnespeisen, die so ganz im Gegensatz zu ihrer dünnen, zarten Erscheinung standen.

»Der Magen ist mein größtes Organ«, bekannte sie Pedro José mit verschämtem Lächeln. »Vielleicht ist er das einzige große, das ich habe.«

Schon Monate vor den Hochzeitsfeierlichkeiten waren Näherinnen ins Haus bestellt worden, die das Brautkleid anfertigen sollten.

Junina kümmerte sich um die Ausstattung ihrer Stieftochter. Da inzwischen von Hendriks Erbteil nicht mehr allzu viel übrig geblieben war, beschränkten sich Juninas Anstrengungen vor allem auf die Aussortierung von edlen kleinen Möbelstücken, Spitzenwäsche, einigem Tafelsilber und bescheidenem Schmuck aus dem Familienbesitz. Viel davon war in der Wohnung ohnehin nicht vorhanden, da die vielen großen Fenster hier fast allen Platz verschlangen und sich bei der Wohnungseinrichtung alles hauptsächlich auf die Anfertigung von Vorhängen konzentriert hatte. Umso mehr ließ Pedro José mit Milenas Hilfe aus Paris und London prächtige Kleider, Handtaschen, Hüte und Schuhe und feine Stoffe und für die Hochzeitsfeier kistenweise französischen Champagner aus Übersee kommen. Auch nutzte er diese Gelegenheit für wesentliche Verschönerungen auf seinem Grundstück in Portobelo, auf dem er seiner Zukünftigen ein Zuhause bereiten wollte, für das ihm nichts zu teuer war. An Stelle einiger der inzwischen leer stehenden strohbedachten Sklavenhütten, die noch aus der Zeit seines Vater stammten und die er jetzt abreißen ließ, erstand vor den Augen der neidischen Anwohner und Zaungäste ein eleganter Pavillon mit weißen Säulen und breiten Fenstern nach den Entwürfen eines spanischen Architekten aus São Paulo. Eine der Rasenflächen ließ Pedro José zu einem Park mit neugepflanztem Hibiscus, Zierpalmen und Korallensträuchern umgestalten, mit einer gemütlichen Sitzlaube in der Mitte, das Ganze umgeben von mächtigen Steinvasen und griechischen Statuen.

Da Pedro José den Schwerpunkt seiner Vorbereitungen auf seinen Wohnsitz in Portobelo verlegte und er sich zu dieser Zeit auch geschäftlich weniger in der Hauptstadt aufhielt, fiel die Hochzeitsfeier weit weniger pompös aus als ursprünglich geplant. Das heißt, sie wurde sozusagen aufgeteilt in zwei kleinere Feiern. Die erste in Rio, vor allem im Familienkreis, inmitten der Umzugshetze, mit einer schlichten Trauung in Victórias über der Bucht gelegenen Kirche Nossa Senhora da Gloria de Outeiro, und die zweite, kaum ruhiger, unmittelbar nach dem gemeinsamen Bezug der Prosperidade, inmitten unausgepackter Kisten und ungeordnet umherstehender Möbel.

Zwischen Junina und Victória kam es zu einer herzzerreißenden Abschiedsszene an dem Tag, an dem Victória Rio verließ. Vor allem die zurückgebliebene Junina war untröstlich. Schon die erste zärtliche Berührung durch ihre Stieftochter beim Abschied im Brauthaus ließ Junina in ein anhaltendes, verzweifeltes Schluchzen ausbrechen, so heftig, dass auch der in Selbstbeherrschung gefestigte Pedro José gegen die Tränen ankämpfen musste, Junina in seine Arme nahm und ihr zwischen ihren Weinkrämpfen immer wieder das Schnupftuch reichte.

»Wir kommen dich bald besuchen«, beteuerte Victória, mit denselben Worten, mit denen seinerzeit Pedro Josés Mutter Jennifer Manuela ihren Vater Antônio getröstet hatte, als sie dessen Haus in São Sebastião verließ.

»Wir kommen dich besuchen, bestimmt ... bald ... und länger ... Pedro José muss öfters nach Rio, und ich begleite ihn dann«, sagte sie.

Junina schüttelte nur stumm den Kopf.

Pedro José und Victória versuchten, nach den mehrfach missglückten Vorstößen der vergangenen Wochen und Monate ein letztes Mal, Junina dazu zu bewegen, zusammen mit ihnen in die Prosperidade zu ziehen, statt, abgefertigt mit einem bescheidenen Monatswechsel vor allem für die ständig steigenden Mieten, allein in der für sie viel zu großen Wohnung zu verkümmern.

»Ach, was soll ich da auf dem Land, ich alte, blinde Witwe? Ich habe hier meine Wurzeln geschlagen. Lasst mich in Ruhe sterben«, entgegnete Junina und schien in diesem Augenblick versöhnt. Pedro José verstand seine Schwiegermutter, denn auch er hatte diese zauberhafte Enklave hier rasch lieb gewonnen. Er empfand sie als ein Refugium, als einen Hort der Ruhe und Beschaulichkeit, in dem ihm aus dem Flüstern der Bäume und dem Murmeln des Bachs unter der Brücke immer neue Kräfte zuflössen und in dem die Zeit stillgestanden zu sein schien. Möglicherweise war Junina hier doch am besten aufgehoben.

Junina de Andrade starb nicht so rasch, wie es ihrem immer häufiger vorgetragenen Wunsch entsprach. Sie überlebte sogar um einiges Pedro Josés Vater Heitor de Melo den Jüngeren.

Drei Jahre nach Victórias Fortgang aus Rio erkrankte Heitor an der Ruhr, zu der bald auch noch eine schwere Lungenentzündung hinzukam. Er und Jennifer Manuela hatten beide in ihrer Villa mehreren Gelbfieberepidemien in Rio standgehalten, obwohl Botafogo längst nicht so geschützt lag wie die Anhöhe von Santa Teresa.

Als Pedro José und Victória durch einen von Jennifer Manuela geschickten Eilkurier von Heitors Erkrankung erfuhren, machten sich beide unverzüglich auf den Weg nach Rio. Ihr zweijähriges Töchterchen Maria Antônia ließen sie zurück in der Obhut von Carlinda Isabel, der Nachfolgerin von Milena, nachdem diese schon bald nach Victórias Einzug in die Prosperidade überraschend und unter Angabe fadenscheiniger Gründe ihren Dienst quittiert hatte.

Als die beiden bei Anbruch der Dunkelheit die Villa der Eltern in Botafogo erreichten, trafen sie Heitor in einem erbarmungswürdigen Zustand an. Er lag wie leblos, mit geschlossenen Augen und fliegendem Atem, auf der Außenseite des an der Wand stehenden Ehebetts aus schwarzem Holz. Das Hemd auf seiner Brust war voller Flecken, seine Haut war ledrig vergilbt, und das Gesicht war so eingefallen, dass die spitze Nase über dem Schnurrbart riesengroß wirkte. Immer wieder bäumte er sich unter Würgekrämpfen und Hustenanfällen auf, um danach um so ermatteter auf das Kissen zurückzufallen. Mit der einen Hand hielt er das silberne Kruzifix umklammert, das bereits in seiner ersten Fazenda in Rio da Pinga über seinem Bett gehangen hatte, die andere lag schlaff auf dem Schoß seiner Gattin, die mit gesenktem Kopf auf einem unbequemen Armesünderstühlchen neben dem Bett saß und zu beten schien. Ihr zierdevoller Schaukelstuhl aus den glücklichen Zeiten in Portobelo stand, wie abgestellt, im Hintergrund. Jennifer Manuela wirkte um zehn Jahre gealtert. Ihr Gesicht war spitz und mager, als hätte sie vor Kummer seit Tagen nichts gegessen. Auf einem langen Tisch inmitten des Zimmers brannten mehrere hohe Kerzen, welche die Heiligenbilder an der Wand in ein gespenstisch flackerndes Licht tauchten. Im ganzen Raum lastete ein penetranter Geruch von Kampfer, Medikamenten und Fäulnis, von Schweiß, Urin und Erbrochenem.

»Da seid ihr ja endlich«, rief Jennifer Manuela in klagendem Ton, als sie Pedro José und Victória erblickte.

Sie erhob sich rasch und ging ihnen entgegen.

»Jesus sieht unseren Kampf«, rief jetzt Heitor heiser. »Ja, sie kommen. Sie kommen im Sturm auf donnernden Hufen und mit fliegenden Zügeln. Hoho. Pedro. Pedro. Los, durch den Pferch. Da hindurch. Zeig's ihnen.«

Dann wurde er erneut von einem heftigen Hustenanfall geschüttelt.

Victória trat mit Tränen in den Augen einen Schritt auf ihren Schwiegervater zu. Pedro José blieb mit steinernem Gesicht stehen.

Die Mutter umarmte beide schweigend. Dann bedeutete sie ihnen mit niedergeschlagenem Blick, mit ihr hinauszugehen.

»Er meint nicht dich, mein Sohn, sondern sein Pferd vom Hof seines Vaters«, raunte sie Pedro José zu, als sie im dunklen

Flur standen. »Ich dachte zuerst, er würde von unserem gestürzten Kaiser sprechen. Doch jetzt, da es zu Ende geht, kehrt er in seine Kindheit zurück.«

Nachdem sie das gesagt hatte, brach sie in Tränen aus.

»Es geht ihm furchtbar schlecht. Man kann es mit Worten nicht beschreiben«, stieß sie voller Verzweiflung hervor.

Pedro José schloss seine Mutter in die Arme und streichelte ihr weißes Haar. Nach einer Weile studierte er bekümmert aus nächster Nähe ihr zerfurchtes, ausgezehrtes Antlitz, das so ganz ohne die ihm vertraute freundliche Willenskraft und die sanfte Entschiedenheit von einst war. In ihren tief liegenden Augen standen die Angst und die Trauer, aber auch die Gefasstheit und die Spuren der übermenschlichen Anstrengungen der vielen durchwachten Nächte und Tage geschrieben. Als er zu Victória hinüberblickte, erschien ihm auch ihr Gesicht plötzlich noch kleiner und magerer als sonst. Die kleine Leidensfurche über ihrer Nase trat stärker hervor, und ihre vollen Lippen wirkten zum ersten Mal bleich.

Seit der Heirat hatte sich Victórias Beziehung zu Pedro Josés Eltern, besonders zum alten Heitor, in enger und herzlicher Weise gefestigt. Mehrere Male war die dreiköpfige Familie aus Portobelo zu Besuch gekommen. Victória hatte mit Hilfe des Assistente Espiritual ihrer Stammkirche Nossa Senhora da Gloria do Outeiro den überaus bescheidenen Hausaltar im Erdgeschoss der Villa zu einer richtigen kleinen Kapelle ausbauen lassen, ganz in der Nachbildung desjenigen, den die Eltern in der Prosperidade zurückgelassen hatten und dem sie seither inständig nachtrauerten. Mit ihrem leichten, schwebenden Schritt hatte Victória unermüdlich die Herbeischaffung und Einrichtung der zum Altar gehörenden Bestandteile und Schmuckstücke beaufsichtigt, des vorspringenden Ziegeldachs über dem Altar, der bunten Öl- und Paillettenbilder an der Wand und des reumütigen Petrus aus Holz neben der schwarzen, riesenbrüstigen Iemanjá hinter einem Eisengitter. Bei Pedro Josés und Victórias Besuchen in Rio war auch das Junina abgegebene Versprechen eingelöst worden. Man hatte sie jedes Mal vor allen anderen Familienmitgliedern oder Freunden aufgesucht, hatte ihr die kleine Maria Antônia vorgeführt, sie mit Geschenken von zu Hause überhäuft und sie dann großartig zum Essen ausgeführt. An kühleren Tagen oder gegen Abend hatte man sie gelegentlich auch zu kleineren, ihr gerade zuträglichen Spaziergängen entlang der Bucht von Botafogo oder Flamengo mitgenommen, wo Maria Antônia und Ana Paulas jüngste Kinder vor ihnen herliefen und Papierdrachen steigen ließen.

»Wo ist Ana Paula?«, fragte Pedro José seine Mutter.

»Ich habe sie heute Mittag nach Hause geschickt. Sie hat die ganze letzte Nacht zusammen mit mir gewacht. Sie ist eine solche Seele. Ständig ist sie hier, kauft für uns ein, wäscht und putzt und pflegt aufopferungsvoll den armen Vater. Manchmal nimmt sie zur Verstärkung Agueda und Amanda mit, die schon tüchtig zupacken können, wie richtig erwachsene junge Damen ... unglaublich, wie die Zeit vergeht!«

»Ich werde jetzt auch tüchtig mit anpacken. Da kannst du sicher sein«, kündigte Victória an.

»Jesus sieht unseren Kampf«, schrie es erneut aus dem Krankenzimmer. »Wo ist Weißer Mond? Ich hab es doch Ubiratan gesagt. Weißer Mond, wo bist du? Verdammte Kaimane. Sie gehören zertreten ... He, Rosa Flores und Constança ... Ach, die sind wahrscheinlich wieder hinterm Haus im Gemüsegarten ...«

»Kommt, lasst uns zu ihm gehen. Ich will ihn jetzt sehen«, stieß Pedro José hervor.

Als er mit leisen Schritten das Zimmer betrat, hörte er noch, wie sich auf dem Flur hinter ihm Victória nach Felipe erkundigte.

»Ich hab ihm schon drei Mal geschrieben, jedoch keine Antwort erhalten«, erwiderte Jennifer Manuela gedämpft.

Dann folgten die beiden Pedro José ins Zimmer.

Während der nächsten zwei Tage erlebten die Besucher aus der Prosperidade die letzten lichten Augenblicke mit ihrem Vater. Der Kranke war zwischendurch ruhig, öffnete die Augen und lächelte. Einmal bewegte er länger die Lippen. Seinem leuchtenden Antlitz nach war es etwas Wichtiges und Freundliches, was er sagen wollte, vielleicht Abschiedsworte, vielleicht auch eine Art Segnung. Die Umstehenden suchten voller Ergriffenheit den Inhalt der Botschaft zu entziffern. Kurz später umwölkte sich Heitors Gesicht so drastisch, dass dies alle als unwiderrufliche Ankündigung des Endes werteten.

Am folgenden Morgen, nachdem Victória allein am Bett des Kranken die Nacht durchwacht hatte, wurden alle anderen, auch Jennifer Manuela, die man gewaltsam in eines der anderen Betten im Haus verfrachtet hatte, durch ein Höllenspektakel geweckt.

Pedro José eilte als Erster ins Krankenzimmer. Dort entdeckte er zu seinem Entsetzen, wie Victória, unter Heitors erbitterter Gegenwehr, diesen gerade ins Bett zurückzubefördern suchte, nachdem er offenbar aus diesem herausgefallen war. Mit wild aufgerissenen Augen und schreckliche Laute von sich gebend, stieß er, sich auf dem Boden zwischen liegender und kauernder Stellung hin- und herschleudernd, mit den Füßen und Händen verzweifelt seine Schwiegertochter von sich fort. Sein Gesicht und Hemd waren voll von Erbrochenem. Das Bett war an der Stelle, wo er zuletzt gelegen hatte, über und über blutbeschmiert.

Pedro José, Jennifer Manuela und Ana Paula, die sehr bald hinterhergerannt kamen, befreiten Victória aus ihrer grässlichen Lage, überwältigten den Tobenden und hoben diesen ins Bett zurück, während Victória Dr. Mendocio und den Priester holen ging.

Der Arzt, ein Männlein, das selbst leidend aussah, beugte sich sogleich über den Kranken und verabreichte ihm eine hohe

Dosis Morphium. Er schien nicht sehr häufig hier zu sein und machte einen überaus gehetzten Eindruck. Während er seine Instrumente in den Koffer zurückpackte, murmelte er ein paar umständliche Erklärungen, schob seine Brille zurecht, griff dann nach seinem Hut, den er gleich nach seiner Ankunft zerstreut auf den Stuhl neben dem Bett abgelegt hatte und verließ, offensichtlich sehr erleichtert, mit einer kurzen Verbeugung das Haus.

Nach diesem Eingriff verfiel Heitor in einen Tiefschlaf und verblieb auch danach in einem so dauerhaft ruhigen Zustand, dass man Jennifer Manuela ganz so, wie sie es sich gewünscht hatte, wieder allein die Krankenwache übertragen konnte. Auch der Priester aus einer nahe gelegenen Kirche zog sich zurück und hielt sich fortan wieder im Hintergrund bereit.

Pedro José traf Ana Paula und Victória immer häufiger, allein oder bei gemeinsamen Fürbitten, in der Hauskapelle an. Was Ana Paula betraf, so war er froh über die Gelegenheit, sich nach längerer Zeit endlich wieder einmal ausgiebiger mit seiner Schwester zu unterhalten. Über Luiz Eduardos bevorstehende Pensionierung und über die Kinder, deren ältesten aus dem Hause strebten, wohingegen die jüngeren den Eltern zur Zeit ziemliche Sorgen bereiteten. Alcides und Flávio, zwölf und fünfzehn, waren, wie Pedro José zum ersten Mal hörte, kürzlich in einen peinlichen Skandal verwickelt worden. Sie waren bei der brutalen Tötung mehrerer Haustiere, darunter Kapuzineräffchen, dabei gewesen, die dem Vater eines Mitschülers gehörten, hatten die Tat möglicherweise sogar angeführt. In Anbetracht dessen, dass die beiden Buben Söhne eines Polizeimajors waren, wog die Angelegenheit doppelt und machte den Eltern schwer zu schaffen. Trotz alledem bemerkte Pedro José, dass Ana Paula selbst eigentlich recht munter aussah. Sie ging immerhin stramm auf die vierzig zu. Ihr Gesicht und ihre Statur hatten im Lauf der Jahrzehnte an Breite zugenommen, wogegen sie, mit ihrem gleich bleibend gesunden Appetit, keineswegs ankämpfen zu wollen schien. Ihr einst verführerisch herabfallendes oder keck hochfrisiertes Haar war inzwischen seitlich geknotet und mit straffem Scheitel in der Mitte. Auch trug sie dunklere Kleidung. Nur ihr schelmisches Blitzen in den Augen, wenn sie lachte, erinnerte gelegentlich an ihre Jugendzeit.

Als sich Heitors letzte Stunde ankündigte, versammelten sich alle im Sterbezimmer. Schon zuvor hatte der Kranke, je ausgezehrter und schwächer sein Körper geworden war, desto wirrere und unverständlichere Reden von sich gegeben. Jetzt kam hinzu, dass er einiges von dem, was er sagte, nur noch flüsternd hervorbrachte. Auch schien er die Anwesenden überhaupt nicht mehr zu bemerken.

Längere Zeit füllte er das Zimmer mit einem Schwall sinnloser Silben. Dann plötzlich erstanden aus diesen Bäume, vor allem Palmen und Würgefeigen, von denen er scheinbar sprach. Dann war von sich füllenden Bächen und Seen die Rede und von Vögeln mit buntem Gefieder. Sekunden später versank alles wieder im Kauderwelsch. Zwischendurch ließ ein Hustenkrampf den Kranken nach Luft ringen. Als er wieder irgendetwas stammelte, schwollen plötzlich die erwähnten Bäche und Seen bedrohlich an und traten über die Ufer. Immer größere Fluten ergossen sich in den Fieberfantasien des verzweifelt vor sich Hinlallenden, zusammen mit dem Weltende und den zehntausend Schwertern der Wahrheit, die sich zunehmend in den Vordergrund seiner Abschiedsbotschaft drängten. Weder Pedro noch Weißer Mond noch sonst irgendein Pferd auf der ganzen Erde vermochte die Katastrophe aufzuhalten. Diese sprudelte aus allen Lauten des Kranken, als dieser schon gar nicht mehr sprach, sondern nur noch stöhnte, röchelte und unter seiner eigenen Zentnerlast atmete. Ein einziges Prasseln und Rauschen, dann Plantschlaute, anschwellendes Keuchen und Schnauben, schließlich Schreie. Die Überschwemmung aus dem Gottesgericht uferte immer gewaltvoller aus, in gigantischen Gurgel- und Zischlauten, in denen sich Atemluft ihren Weg durch Erbrochenes bahnte, richtungslos irrend, in zähflüssiger Vergeblichkeit, bis alles endgültig im Treibsand versank.

Doch dann hob sich aus dem Meer der Verzweiflung ein einziges, übermächtiges Wort. Langsam vermochte es sich aus der Gischt herauszubilden und versöhnlich die lichte Oberfläche des Wassers zu durchbrechen.

Heitor schrie es laut heraus, wie schon einmal, vor fast fünfzig Jahren.

»Vater ... Vater ...«

Daraufhin hörte man nur noch die murmelnden Gebete des Priesters.

Nach einer Weile wandte Heitor den Kopf zur Seite und starb.

Ganz bald nach Heitors Tod nahm Pedro José umwälzende Änderungen in seinem Berufsleben vor, mit einer Entschiedenheit und einem Tempo, das zu seiner eher stillen und bedächtigen Art in deutlichem Widerspruch stand.

Innerhalb von zwei Jahren gründete er drei Handelsniederlassungen in Übersee. Gedacht waren sie vor allem für den Export von Produkten aus der eigenen Fazenda.

Mit dem Aufbau einer solchen Firma in Miami hatte Pedro José schon lange geliebäugelt. Für Kaffee wurde in den Vereinigten Staaten kein Einfuhrzoll erhoben. Und für die Verringerung oder gar Umgehung der Exportzölle hatte Pedro José bekanntlich über Juninas Freund João Ferreira Pinto seine besonderen Wege gefunden. Im März 1905, nur einen Monat nach Heitors Beerdigung, erwarb Pedro José in der Nähe der Biscayne-Bay zwischen Miami und Miami Beach ein altes ehemaliges Postgebäude und eine große, leer stehende Lagerhalle daneben. Er nahm einige Umbaumaßnahmen vor, verbreiterte die Zufahrt und ließ das Haupthaus, als einziges in der Umgegend, in der violetten Farbe seines Exportfirmengebäudes in Rio anstreichen. Damit waren die Voraussctzungen für die Gründung der »Melo Trade Company« geschaffen.

Noch im selben Jahr wurde bereits die nächste Einweihung gefeiert. Diesmal in Cham im Kanton Zug in der Schweiz. Pedro José hatte mit großem wirtschaftlichem Interesse die kurz zuvor stattgefundene Fusion der 1866 von zwei nordamerikanischen Brüdern gegründeten »Anglo-Swiss Condensed Milk Co.« in Cham mit der »Henri Nestlé S.A.« in Vevey verfolgt. Er hatte bereits die Jahre zuvor an beide Firmen getrennt Zucker für die Herstellung von gezuckerter Kondensmilch und anderer Kindernahrung geliefert. Und inzwischen gab es auch ein Abkommen zwischen Nestlé und einigen Schweizer Schokoladefirmen zur Schokoladeherstellung, wofür Kakao benötigt wurde. Der erhöhte Bedarf an Rohstoffen hatte die Gründung einer Import-Export-Firma möglichst in der Nähe des neuen Giganten ratsam erscheinen lassen. Cham lag zudem unweit von Zürich, wo die von Pedro José ebenfalls belieferte berühmte Kaffeerösterei Schwarzenbach lag.

Pedro José war überhaupt von Anfang an fasziniert gewesen vom Reichtum und von der vielversprechenden wirtschaftlichen Stabilität der Schweiz, die für ihn seit je ein Vorbild für Demokratie und Toleranz gewesen war, ein ruhender Pol inmitten des Gefüges hektisch expandierender europäischer Wirtschaftsmächte.

Jennifer Manuela hielt sich zum ersten Mal nach dem Tod ihres Mannes zu einem längeren Besuch in der Prosperidade auf, auch, weil sie unbedingt wieder einmal ihre kleine Enkelin Maria Antônia zu sehen wünschte.

Eines Abends saß man, nach dem Abtragen der Maissuppe und des Corned Beef, das Pedro José als neue Delikatesse aus

Florida mitgebracht hatte, noch ein wenig auf der Veranda zusammen und trank noch ein Gläschen Portwein. Es war eine für die tropische Frühjahrsregenperiode ungewöhnlich klare und ruhige Nacht. Die Grillen zirpten. Auf die Meeresoberfläche goss der Mond verschwenderisch sein Licht aus, wohingegen die Sterne am Himmel in unermesslichem, dichtem Verbund nur in punktueller Bemessenheit leuchteten.

Nach einigen Minuten gedankenvoller Stille erwähnte Pedro José wie beiläufig seine Firmengründung in Cham als Hauptgrund für seine bevorstehende Reise in die Schweiz.

Die beiden Damen blickten erstaunt hoch.

Pedro José lenkte rasch auf ein anderes Thema über und wandte sich wieder seinem Weinglas zu, als sei nichts gewesen. Kurze Zeit später verabschiedete er sich und zog sich in das Dunkel seines Arbeitszimmers zurück.

»Ich hab das nicht gewusst«, meinte Victória bekümmert. »Die Firmengründung in Florida ist doch schon so kostenaufwendig gewesen. Pedro José hat einen hohen Kredit in US-Dollar aufgenommen, mit der Bürgschaft eines Geschäftsfreundes, eines angesehenen Kaffee-Großimporteurs ... Und jetzt scheint er nochmals eine hohe Summe zu benötigen. Zusammen beläuft es sich sicher auf eine sechsstellige Dollarsumme. Nur weiß ich nicht, wie er das diesmal anstellt. Mit einem Bürgen aus der Schweiz? Und mit welcher Bank? Mich wundert immer mehr, dass er das alles nicht mehr mit mir bespricht und ...«

Jennifer Manuela unterbrach ihre Schwiegertochter, nachdem sie immer unruhiger zugehört hatte.

»Wie will er das alles bloß zurückzahlen, mon Dieu?«, rief sie aus und schüttelte sorgenvoll den Kopf. Jennifer Manuela sah immer noch recht blass aus. Doch ihr Gesicht war während der vergangenen Monate wieder etwas voller und glatter geworden, und in ihre schönen großen, mandelförmig geschnittenen Augen war wieder etwas von ihrem alten Glanz, ihrem gewinnenden Ausdruck sanfter Wachsamkeit zurückgekehrt.

»Er verspricht sich wahrscheinlich hohe Gewinne in harter Währung. Er verkauft auch sonst in alle Welt. Bis hin ins russische Reich. Und der Rubel steht gut ...«

»Hoffentlich übernimmt er sich nicht, der gute Junge ...«, meinte Jennifer Manuela mit etwas bekümmerter Miene. »Aber es stimmt schon. Er weiß, was er will ... Er wusste es schon immer, auch wenn das am Anfang vielleicht noch nicht so deutlich war ...«

»Ich finde die Geldseite des Ganzen nicht das Wichtigste«, ereiferte sich Victória. »Mich beunruhigt etwas anderes mehr. Mich beunruhigt ... oder, sagen wir, mich wundert die ungeheuere Geschäftigkeit, die bei ihm ausgebrochen ist. Er überstürzt sich förmlich. Seit Vaters Tod. Ausländische Firmengründungen. Ständige Geschäftsreisen und auswärtige Besprechungen. Alles auf Kosten seines eigenen Betriebs. Und an mir bleibt alles hängen. Schon, wenn eine Maschine hier ausfällt oder der Fahrer nicht kommt oder so, werde ich gefragt, ich, die ich in diesen technischen Dingen absolut unbewandert bin. Und dann ist er einfach unerreichbar.«

Jennifer Manuela hörte auf einmal wieder viel ruhiger, ja teilnahmsvoll zu. Sie durchdrang Victória mit ihren großen, dunklen, sanften Augen.

»Er ist überhaupt verändert«, fuhr Victória, etwas leiser, fort. »Irgendetwas ist mit ihm los. Ich weiß nicht, was. Aber irgendetwas ...«

»Victória«, sagte Jennifer Manuela nachdrücklich und entschieden. »Das hat bestimmt nichts mit dir zu tun. Im Augenblick bist du die Leidtragende. Du kannst es vielleicht nicht ganz verstehen, weil du seine Vorgeschichte nicht so en detail kennst. Er ist im Grunde seines Herzens immer ein Kaufmann gewesen und kein Fazendeiro. Er hat seine tiefste Neigung zu

Vaters Lebzeiten immer ein bisschen zurückgestellt, weil Vater ihn verpflichtet hat, die Prosperidade zu übernehmen.«

»Zurückgestellt? Er ist ein ungeheuer betriebsamer Kaufmann, seitdem ich ihn kenne«, entgegnete Victória mit erstaunt aufgerissenen Augen.

»Ja, und genau das hat seinen Vater dazu veranlasst, ihm auch die viele Knochenarbeit hier zu übertragen, die ihm nie recht lag. Er holt jetzt alles nach, auch wenn er dabei vielleicht ein bisschen übers Ziel hinausschießt. Es ist oft so. Wenn der Vater stirbt, fangen die Söhne richtig an, sich zu entfalten. Dann bricht es aus ihnen heraus, ungestüm und mit aller Kraft. Das ist jetzt auch bei ihm so.«

Während der letzten Sätze hatte Victórias Gesicht einen so harten Ausdruck angenommen wie während des ganzen Gespräches nicht.

»Ich weiß nur nicht, wo ich bei alledem bleibe«, sagte sie mit angehobener, fast schriller Stimme. »Er hat mich noch nie so allein gelassen wie jetzt, mich und Maria Antônia. Ich hatte immer geglaubt, einen starken Mann geheiratet zu haben, nicht einen, der sich noch selbst suchen muss.«

»Das ist er auch«, beschwichtigte sie Jennifer Manuela. »Er ist stark und beständig. Nur befindet er sich in einer etwas schwierigen Phase. Er sorgt vor für noch bessere Zeiten, auch für euch. Glaub mir. Vraiment ...«

Als Victória Pedro José beim Zubettgehen von diesem Gespräch berichtete, blickte er auf ihre versteinte Miene. Er hoffte auf ein baldiges Ende ihrer Reden, die ihm ins Herz schnitten, obwohl er die werbenden und bittenden Untertöne sehr wohl heraushörte.

Plötzlich schaute sie ihn, ohne weiterzusprechen, an. Ihr Blick war jetzt nicht mehr schützend durch zwei seitliche Korkenziehersträhnen verstellt wie früher.

»Ich weiß, ich hätte schon längst mit dir reden sollen. Es tut mir Leid«, sagte Pedro José, sich von seinem Kopfkissen erhebend.

Dann begann er das bestätigend aufzugreifen und auszuführen, was Jennifer Manuela wohl im Gespräch mit Victória über ihn vorgebracht hatte. Doch er merkte, dass es ihm schwer fiel und dass er abgehackt und mit rauer Stimme sprach.

»Du brauchst dich nicht zu entschuldigen«, unterbrach ihn Victória nach einer Weile und strich ihm zärtlich über die Locken und über sein rundes, etwas hilflos dreinblickendes Gesicht.

Er sank erleichtert in sein Kissen zurück.

»Es ist nur ganz wichtig, dass das alles endlich einmal zur Sprache kommt«, ergänzte sie. »Nimmst du mich das nächste Mal mit in die Schweiz? Ich meine, wenn Maria Antônia groß genug ist, sodass wir sie mitnehmen können?«

»Du meinst das übernächste Mal?«

»Ach so ..., ja, ja. Natürlich nicht schon in vierzehn Tagen.«

Er schaute sie fragend an.

»Bitte, bitte. Nimm uns mit. Die Schweiz muss wunderschön sein. Wie heißt die Stadt?«

»Cham. Aber das ist nicht der schönste Flecken. Es liegt halt geschäftlich günstig ... Florida ist viel reizvoller. Zumindest das Klima ist dort angenehmer. Dafür gibt es in der Schweiz viele vornehme und gemütliche Hotels. Sogar in Cham.«

»Ach. Wir müssen mal zusammen an all diese Orte.«

»Ja. Das machen wir. Wenn Maria Antônia so weit ist. Was meinst du? In einem Jahr?«

»Wenn nichts dazwischenkommt.«

»Dazwischenkommt?«

»Nein. Nichts Schlimmes. Im Gegenteil. Außer du willst, dass unsere Kleine allein bleibt!«

»Schatz. Bin ich doch ein guter Vater?«

»Aber natürlich.«

Pedro José fand Victória wieder genauso schön wie am ersten

Abend in der Barkasse unter dem Mondschein auf der Rückfahrt vom Ball. Ihr ergreifend schmales, im Ausdruck so wechselhaftes Gesicht mit den starken, sinnlichen Lippen und den großen, dunklen Augen, deren Tiefe und Unergründlichkeit ihn immer wieder von Neuem berührten.

»Mir fällt übrigens noch etwas ganz anderes ein. Ich meine, wenn du das mit den neuen Firmen so aus dem Handgelenk schüttelst ... Es gäbe vielleicht noch einen weiteren interessanten Ort. Nur so eine Idee von mir ... Junina hat mich draufgebracht, als wir letztesmal miteinander sprachen ... über früher ... über unsere Ursprünge und dass man letztlich dorthin zurückkehrt, woher man gekommen ist.«

Pedro José blickte Victória fragend an.

»Ich dachte nur ... Wir könnten vielleicht alle zusammen auch mal nach Kapstadt fahren«, fuhr sie nach einigem Zögern fort.

»Kapstadt? Ach so ... Dein Vater ...«

»Vor allem der Vater meiner Mutter«, erwiderte sie fast trotzig. »Du hast doch auch schon dorthin verkauft, nicht wahr?«

»Ja, das stimmt ... das stimmt ... Du bringst mich da auf eine Idee«, meinte Pedro José versonnen nach einer längeren Pause.

Er führte als nächstes eine Reihe sachlicher Gründe für eine weitere Firmengründung in Kapstadt oder Johannesburg an. Drei gleichmäßig über die Kontinente verstreute Handelsstützpunkte ...

Pedro José schien über seine Geschäftsplanungen im Moment den Blick für seine Frau verloren zu haben. Doch je länger und engagierter er sich in seine Projekte hineinredete, desto lauter mahnte ihn sein Gewissen daran, dass auch sie da war.

Wie können wir am besten dein Leben hier sinnvoll gestalten, fragte er jetzt, nahtlos an das Vorige anknüpfend und mit Betonung auf das »dein«.

Sie sprachen daraufhin von Victórias verstärkter Mitwirkung

an den so genannten Dienstagstreffen in ihrer und Pedro Josés Pfarrgemeinde Nossa Senhora da Misericórdia im Kulturhaus an der Rua Presidente Goncalves Reis, von Victórias Sonntagsbesuchen mit Bibel, Katechismus und Märchenbüchern bei den kranken Kindern im Hospital Santa Casa unterhalb der alten Festung und allen anderen Wohltätigkeitsaktionen. Und je bereitwilliger und stärker Pedro José auf all das einging, desto mehr spürte er, wie sich seine Schuldgefühle und seine Sorge um seine Frau wieder legten und glätteten.

»Magst du nicht das Licht auslöschen?«, bat Victória irgendwann seufzend ihren Mann.

Er verstand.

Im Dunkeln schmiegte er sich an ihren weich und feucht wartenden, schmalen Körper. Immer noch befürchtete Pedro José, ihre dünnen Glieder und zarten Gelenke zu zerdrücken, obwohl er sich während der vergangenen Jahre so oft von der vulkanischen Kraft hatte überzeugen können, die bei Victória überraschend zum Ausbruch kommen konnte. Dies und die Aufregung über das verklungene Gespräch waren wahrscheinlich der Grund für das leichte Zittern, welches Pedro José zu seiner eigenen Überraschung zum ersten Mal bei sich bemerkte, als er sich auf seine Frau legte und in sie eindrang.

Bereits ein Jahr nach der Gründung der »Melo Import Export GmbH« in Cham entstand in Johannesburg die dritte und letzte Firma mit ähnlich lautendem Namen.

Wieder waren fünf Jahre vergangen. Die Zeit, in der Victória immer häufiger und immer länger allein zu sein pflegte, verbrachte sie, wenn sie nicht gerade ihren gesellschaftlichen Verpflichtungen in der Stadt nachkam, überwiegend in ihrem kleinen Salon. Dieser lag, wie auch der Schlafsalon, Pedro Josés Arbeitsraum und die Kinderzimmer, auf der der Stadt entgegengesetzten Südseite des Hauses. In ihm stand der große

Mahagonisekretär, den Jennifer Manuela nicht nach Rio mitgenommen hatte. Ihm gegenüber tickte die alte Standuhr, die Heitor noch kurz vor seinem Umzug gekauft und an der sein Herz fast so sehr gehangen hatte wie an dem Sekretär.

»Zeit spielt bei mir keine große Rolle mehr«, hatte Heitor mit schmerzlichem Lächeln das Zurücklassen der Uhr begründet.

Die anderen Einrichtungsgegenstände entstammten Victórias Familienbesitz. Das schmale, braune Sofa mit den hohen Seitenlehnen, Kommode, Tischchen und zwei vergoldete Sessel mit Kratzfüßchen. An der Wand hing ein großes Gemälde von der Bucht von Rio mit Palmen und den Bergen über der Stadt. Das blauweiße Kaffeeservice aus Porzellan auf dem runden Tischchen neben der mit Elefantengras gefüllten Bodenvase hatte Junina ihr geschenkt. Das Einzige, was Victória nicht zugelassen hatte, war die Anschaffung neuer Vorhänge, nachdem Pedro José die dunklen, verschlissenen Musselinvorhänge kurz vor ihrem Einzug hatte entfernen lassen.

»Man ist mit ihnen so eingesperrt«, hatte sie gesagt, »ein bisschen wie in einem Sarg. Ich glaube, der freie Blick bekommt mir besser. Und für die Nacht reichen die Läden aus.«

Pedro José hielt sich, auch während seiner eher seltenen Aufenthalte in Portobelo, fast nie in Victórias Salon auf. Er fühlte sich dort eher unerwünscht. Wenn er den Raum betrat, saß Victória meist in ihrer charakteristischen Haltung, kerzengerade und die schmalen Knie und kleinen Füße damenhaft aneinandergeschmiegt und schreibend vor dem Sekretär. Er blieb meist in der Nähe der Tür stehen und wartete ab, bis sie ihn beachtete. Dann brachte er seine Wünsche oder Bemerkungen an, trat zu Victória hin, drückte ihr einen Kuss auf die Stirn und verließ wieder den Salon.

Eine immer häufigere Beschäftigung, bei der Victória offenbar nicht gestört werden wollte und der sie am liebsten in Pedro Josés Abwesenheit nachging, war die Abfassung von Briefen an Junina. Diese war inzwischen, immer noch in der früheren, gemeinsamen Wohnung am Largo do Boticário, schwer leidend, kaum noch gehfähig und mehr oder weniger ans Bett gefesselt. Sie wurde von einer von Pedro José bezahlten Pflegerin betreut, die jeden Vormittag kam, sie wusch und pflegte, die Wohnung ein bisschen sauber machte, das Mittagessen kochte, ihr Victórias Briefe vorlas und wieder ging. Victória und Pedro José selbst führte ihr Weg immer seltener nach Rio. Seine vielen Auslandsreisen und ihre zunehmende Einbindung in das Gemeindeleben von Portobelo hielten sie davon ab. Die Exportfirma in Rio wurde von einem inzwischen gewonnenen Teilhaber verwaltet. Weniger als ein Jahr nach der Gründung der Importfirma in Johannesburg Ende 1906 war auf der Prosperidade Victórias und Pedro Josés zweites Kind zur Welt gekommen, wodurch Victória noch fester als bisher ans Haus gebunden wurde. Es war ein Sohn: Gilberto Balthasar Johannes.

Victória schrieb im Laufe der Jahre in immer kürzeren Abständen an ihre Stiefmutter. Ihre Briefe wurden immer ausführlicher und bewegter. An Junina band sie eine unlösbare Beziehung. Diese schien, je länger und häufiger Victória während der vielen Reisen ihres Mannes allein war, immer enger zu werden, obwohl sich die beiden Frauen nicht mehr sahen. Pedro José bemerkte dies erst mit Beschämung, ja Bestürzung, als er, nach dem Tod seiner Frau, all deren an Junina geschriebenen Briefe im Geheimfach des Sekretärs fand, nachdem Victória diese nach dem Tod Juninas offenbar wieder an sich genommen hatte.

Einer dieser Briefe, Victórias letztes, kurz vor Juninas Tod verfasstes Schreiben, hatte Pedro José Jahre später mit besonderer Wehmut und mit Schuldgefühlen erfüllt.

Prosperidade, den 23. Oktober 1910

Meine liebste Junina,

nachdem ich dir letzte Woche ausführlich von unserer schönen Gemeindefeier berichtet habe, hat sich hier wieder viel Neues angesammelt. Teilweise ist das, was ich dir unbedingt mitteilen muss, nur ein Nachtrag dessen, was ich dir in meinem letzten oder vorletzten Brief nicht mehr schreiben konnte, weil die Briefe sonst zu lang geworden wären. Du siehst, ich quelle über vor Nachrichten. Du sollst an allem teilhaben, als würdest du hier mit uns zusammenwohnen und als könnten wir jeden Tag über alles sprechen. So kannst du es wenigstens aus Joséfas Mund hören, wenn sie dir den Brief vorliest.

Die Kinder sind weiter wohlauf. Maria Antônia entwickelt sich von Woche zu Woche mehr zu einer eigensinnigen jungen Dame. So lange wir allein sind, ist sie lieb und mir zugetan. Nur, wenn mein *beija-flor*-Ehemann kommt und vor uns herschwirrt und schwebt, was bekanntlich nur kurz und selten der Fall ist, ist sie unerträglich. Sie hat zu ihrem Vater offensichtlich ein ähnliches Verhältnis wie ich seinerzeit zu meinem. Wie sich die Dinge wiederholen! Aber sie ist zugegebenermaßen etwas sonderlich, immer ängstlich um sich selbst, ihr Wohlergehen und ihre Gesundheit besorgt. Manchmal ist sie unausstehlich heikel. Am liebsten möchte sie den ganzen Tag ihre *quindins* und ihr *doce de abóbora* schlecken. Ich kann ihr noch am ehesten gut zureden. Kürzlich ist es mir sogar gelungen, sie davon zu überzeugen, dass sie ihr Schweißtüchlein wirklich nur dann unterm Arm zu tragen braucht, wenn sie schwitzt, und nicht andauernd, um damit, wie sie meint, dem Schwitzen vorzubeugen. Sowohl unsere Joana als auch Carlinda Isabel und Nandaia beklagen sich des Öfteren über ihre Uneinsichtigkeit. »Ich bin halt die Maria Antônia«, ist das einzige, was sie dagegen vorbringt. Pedro José sagt immer, sie würde in ihrer Art ihrem Onkel Felipe nachschlagen. Das finde ich ungerecht. Sie ist ein liebes Kind. Ihre Angstträume, die du bei unseren Besuchen noch erlebt hast, haben glücklicherweise abgenommen. Dafür ertappe ich sie öfters bei hässlichen Unarten unter der Bettdecke. Ich schimpfe sie dann aus und erkläre ihr, dass das eine schwere Sünde sei und man davon krank werde. Eine Zeit lang hält es vor, aber dann fängt sie wieder damit an. Mit ihren sieben Jahren ist sie wirklich früh dran. Es wird höchste Zeit, dass sie Hausunterricht erhält. Ich habe deshalb auch schon einmal bei Padre Esmeraldo vorgefühlt. Was ich am liebsten an ihr mag, ist diese überaus reizvolle Mischung aus kokettem Charme und herablassender Zurückweisung. Und gerade das stößt ihren Vater am meisten ab. Er hingegen ist ganz vernarrt in unseren Gilberto, den du ja immer noch nicht kennen gelernt hast. Besonders schön geraten ist er ja nicht, der Junge. Er ist weder der Vater noch die Mutter. Maria Antônia ist eine typische Melo, rund und dunkel. Gilberto dagegen wirkt eher, ich wage es kaum zu sagen, wie ein Abbild seines anderen Großvaters, von dessen Äußerem ich glücklicherweise so gut wie nichts abbekommen habe. Dieses Klobige, etwas Verwachsene, Halslose. Ein echter Cloete. Ich mag nicht weiter darüber reden. Auch aus seiner Art werde ich nicht klug. Ich habe dir ja schon von seinem undurchsichtigen Wohlverhalten mit dem Zug zum Unterwürfigen geschrieben. Er lässt sich einerseits den ganzen lieben, langen Tag von Maria Antônia herumkommandieren. Manchmal gehen sie zusammen, Hand in Hand, auf unserem Grundstück spazieren. Maria Antônia scheint ihm dort irgendwelche Geschichten zu erzählen. Dann plötzlich beobachte ich, wie er sich hinter sie schleicht und, wenn ich nicht rechtzeitig eingreife, wie besessen, für seine dreieinhalb Jahre bemerkenswert tüchtig, auf sie einschlägt und sie, so weit seine Ärmchen reichen, an den Haaren zieht. Inzwischen habe ich aber feststellen müssen, dass das Kerlchen in Wirklichkeit von noch viel größeren Ängsten geplagt wird als Maria Antônia in ihren nächtlichen Albträumen. Er schreckt nicht nur, wie ich dir schon schrieb, bei jedem ungewohnten Geräusch oder Anblick zusammen und wird ganz krumm und schief. Manchmal gerät er auch in solche Zustände, ohne dass irgend so etwas geschieht. Dann fängt er an, wild zu schreien, um sich zu schlagen und fürchterliche Grimassen zu schneiden. Oft kommt er überraschend angelaufen und erzählt mir etwas von Hexen und Gnomen und von gewaltigen Riesen, die unheilbare Krankheiten verbreiten. Dabei plärrt er und plärrt, als wollte er nicht mehr aufhören. Und dann wieder dieses übertriebene Wohlverhalten, als würde er irgendetwas im Schilde führen. Obwohl seine Weichheit und Zärtlichkeit auch etwas sehr Echtes und Anrührendes hat. Als Maria Antônia während der letzten Kältewelle im August mit einem üblen Katarrh darniederlag, ist er – ich glaube, das habe ich dir noch gar nicht erzählt – den ganzen Tag, immer wieder, wenn er daran dachte, nur auf Zehenspitzen gegangen und hat geflüstert. Einmal hat er, als Maria Antônia krank war, im Wald Brinco-da-Princesa-Blüten von den Büschen gerupft, hat diese aber merkwürdigerweise nicht seiner Schwester, sondern mir mit einer artigen Verbeugung überreicht. Kannst du dir einen Reim aus alledem machen? Sein Vater versteht viel leichter mit seinen Skurrilitäten umzugehen. Aus welchem Erbe die Angstzustände meiner Kinderchen bloß stammen? Vielleicht schenkt mir Gott eines Tages die Fähigkeit, noch tiefer in ihnen zu lesen.

Eine eher traurige Neuigkeit gibt es über meinen Schwager Felipe zu berichten. Du weißt, dass er erst zwei Jahre nach Heitors Tod unerwartet aus der Versenkung auftauchte. Mit diesem reichlich verrückten Brief aus Manaus, in dem er Pedro José bat, für ihn seine europäischen Beziehungen spielen zu lassen, weil er, Felipe, als brasilianischer Abgeordneter der Zweiten Internationalen Friedenskonferenz nach Den Haag in Holland geschickt werden wollte. Nach Pedro Josés entsprechendem Bescheid verfiel er wieder in sein gewohntes Schweigen. Dann war er ja im Juli vergangenen Jahres extra zur Eröffnung des Theatro Municipal in Rio angereist gekommen. Du erinnerst dich. Dieses gewaltige Ereignis, mit Olavo Bilac als Festredner. Wir konnten leider nicht daran teilnehmen, trafen aber bald danach Felipe in Rio. Ich erzählte dir von meinem Schrecken, als ich ihn das erste Mal sah, obwohl ich eigentlich von Pedro José ganz gut vorbereitet worden war. Diese buschigen Koteletten, der schwere Bart, die Pariser Pflegekämme im Haar, Pomade, Parfüm und Kleidung nach der neuesten Londoner Mode, mit Sakko, dunklen Hosen, hohem Kragen und Seidenhalstuch. Unvergesslich. Pedro José sagte mir damals hinterher, sein Bruder würde sich in Manaus neben dem Theater auch immer häufiger in Bars und Spielcasinos herumtreiben. Sogar einen *capoeirista* als Leibwächter soll er sich halten, der ihm bei seinen galanten Abenteuern behilflich zu sein hat. Jetzt aber scheint sein Niedergang endgültig eingesetzt zu haben. Vorgestern, kurz vor dem Wegflug meines *beija-flor*, traf wieder ein Brief aus Manaus ein, der recht kläglich klang. Mein Schwager berichtete unter anderem über den fehlgeschlagenen Versuch seiner Mitwirkung bei der kürzlichen Gründung des Indianerschutzdienstes durch General Candido Rondon. An sich eine ehrenwerte Idee. Aber doch nicht er. Er scheint sich schon beim ersten Antichambrieren mit dem Adjutanten des Generals so furchtbar in die Haare gekriegt zu haben, dass die Sache im Vorfeld platzte. Bemerkenswertes wusste Felipe allerdings über unsere ehemalige Milena zu berichten. Er scheint sie, rein zufällig, kürzlich in Manaus kennen gelernt zu haben, wo sie jetzt offenbar wohnt. Unter anderem soll sie ihm gesagt haben, sie sei im »heftigen Streit« von uns geschieden. Darüber war ich dann doch verblüfft. Wir hatten bis zum Schluss das beste Einvernehmen, und dann war sie von heute auf morgen weg. Pedro José hatte zwar schon damals gemeint, vermutlich wäre Eifersucht im Spiel gewesen, was ich nie ganz glauben konnte. Doch wenn ich jetzt, nach so langer Zeit, das höre, werde ich meinem *beija-flor* leider Recht geben müssen, auch, wenn man die Verzerrungen und Übertreibungen durch meinen Schwager abzieht. Sonst enthielt Felipes Brief nur wirres und zusammenhangloses Zeug, mit zittriger Hand geschrieben und zum Teil mit unvollständigen Sätzen. Am Ende stand noch, für mich zuerst unverständlich, etwas über Leonora Augusta und dass er, Felipe, sich mit dem Gedanken tragen würde, nach Europa zu gehen, um dort nach seiner Schwester zu suchen, zumal Pedro José von der Schweiz aus »sowieso nichts unternehmen« würde. Pedro José hat mir dann alles ausführlich erklärt. Und ich konnte merken, dass die Geschichte mit seiner Schwester immer noch schwer auf ihm lastet und er völlig ratlos ist. Diese Leonora Augusta, die du und ich ja nie gesehen haben, scheint besonders mit Felipe recht eng gestanden zu haben. Jedenfalls scheint er sie jetzt, je tiefer es mit ihm bergab geht, desto schmerzlicher zu vermissen. Der Arme. Er fühlt sich allein. Seit diesem Brief macht sich Pedro José ernsthafte Sorgen um ihn, so wenig er etwas Vernünftiges mit ihm anzufangen weiß. Er nimmt es Felipe ja nach wie vor übel, dass dieser nicht kam, als sein Vater im Sterben lag. Aber Felipe ist eben doch sein Bruder. Und natürlich darf man ihm nichts Böses wünschen, so wenig wie irgendeinem Menschen. Ich habe mir vorgenommen, das Problem nächsten Dienstag in unserer Gemeinde vorzutragen. Vielleicht ergeben sich dort irgendwelche Möglichkeiten, meinem Schwager zu helfen.

Was ich dir eigentlich gar nicht schreiben wollte, weil es zu traurig ist, ist Folgendes: Hier in der Region ist eine schlimme

Kaffeekrankheit ausgebrochen. Immer mehr Stauden werden von einer unheilvollen Rotfärbung befallen. Man vermutet den so genannten Rostpilz. Wenn das stimmt, dann müssten sämtliche Plantagen in der weiteren Umgebung vernichtet werden, und für Jahrzehnte wäre jeder neue Anbau untersagt. Wir wollen es einfach noch nicht glauben. Denn das würde bedeuten, dass wir hier nur noch Zucker und *cachaça* produzieren und vertreiben könnten, abgesehen von dem bisschen Fischerei noch. Pedro José hat sich mit seinen neuen Handelsschwerpunkten zwar glücklicherweise ziemlich unabhängig gemacht. Eine Katastrophe wäre es trotzdem. Die Familie hat hier ein halbes Jahrhundert Kaffee angebaut. Außerdem wäre es für die ohnehin gebeutelte Stadt ein unvorstellbarer weiterer Schlag. Gold gibt es schon lange keines mehr, der Hafen ist klein und veraltet, die neuen, großen Verkehrswege sind weit entfernt, immer mehr arbeitsfähige Menschen wandern aus, die Häuser verfallen, und die Straßen werden schlecht. Und jetzt auch noch das. Mein Herz hängt ja inzwischen fast mehr an dem Städtchen als das von Pedro José, der ohnehin fast immer weg ist. Die Gemeinde ist meine neue Heimat geworden. Wir haben beim letzten Dienstagstreffen von nichts anderem gesprochen als von dieser Heimsuchung und ihren unabsehbaren Folgen, und wir haben eine große öffentliche Veranstaltung geplant, mit einem Verkaufsbasar mit einheimischem Kunstgewerbe und Altkleidern, nichtalkoholischem Gratisausschank und Aussprachemöglichkeit für alle Bürger, denen wir Mut machen möchten zum Durchhalten. Man darf deswegen nicht mit Gott hadern. Aber er hat uns wirklich ein schweres Schicksal aufgebürdet.

Hier ist es nach den kühlen Wintermonaten wieder drückend heiß und feucht, und die Moskitos produzieren schwarze Blutblasen auf jede freie Hautfläche, die sie erwischen. Außerdem quälen mich in letzter Zeit Magenschmerzen.

Manchmal habe ich Schluckbeschwerden, und abgenommen habe ich auch. Pedro José mahnt mich immer wieder, Dr. Mendocio aufzusuchen (er heißt komischerweise gleich wie der Arzt in Botafogo, der zuletzt meinen Schwiegervater versorgte). Auch fühle ich mich oft ziemlich lustlos und abgeschlagen.

Zurzeit muss ich häufig an unsere gemeinsamen Stunden am Küchentisch an der Rückseite unserer Wohnung in Laranjeiras zurückdenken, wo du die Ara-Federn auf die Masken geklebt hast und so viele Zauberenergien auf mich übertragen hast, und bei diesen Erinnerungen fühle ich mich jedes Mal sehr glücklich. Doch in letzter Zeit mischt sich ein eigenartiger, dumpfer Schmerz in dieses Glück. So, als würde mich irgendetwas von allem weit weg treiben, was mir auf dieser Welt lieb geworden ist. Mir ist manchmal so, als würden mir die Kräfte, die ich seinerzeit über dich aus den Aras geschenkt bekommen habe, langsam schwinden. Wie gern ich noch einmal in einer Traumreise zusammen mit dir und den in Aras verwandelten Schamanen den mythischen Riesen-Ara aufsuchen würde, um von ihm neue Sonnenkraft zu empfangen. Aber dazu bist du zu weit weg. Manchmal überfällt mich tiefe Traurigkeit und Hoffnungslosigkeit. Und dann wird mir deutlich, wie unersetzlich du mir fehlst, liebste Mutter Junina.

Ich weiß nur, dass ich, sobald wie möglich, zu dir kommen möchte, um dich, nach so langer Zeit, endlich wieder einmal zu sehen, mit dir zu sprechen, deine Hand zu halten, dein Gesicht zu streicheln, dich zu pflegen, dir das Essen zu bringen und einfach bei dir zu sein.

Es grüßt Dich bis zum nächsten Brief
allerliebst und mit Gottes Segen

*deine Victória.*

Unweit einer Burgruine lag, inmitten einer Hügellandschaft aus Wiesen, Äckern, Spalierobst und einigen Waldflecken, zwischen dem Zugersee und der Reuß und nur wenige Autominuten von Cham entfernt, die Ortschaft Hünenberg, so, wie sie Bernice Santini seit ihrer frühesten Kindheit kannte. Es war ein nüchterner Flecken, der in fast unvorstellbarem Kontrast zu den Schauplätzen von Großvaters Brasilianerzählungen stand. Geschäfte, eine Sägerei, Schulgebäude mit Sportplätzen, ein paar Gaststätten, darunter das 1975 eröffnete Café Brasil, und Wohnhäuser führten zum Zentrum mit der neuen katholischen Kirche, Post, Gemeindeverwaltung und dem etwas treppabwärts gelegenen Ortskern mit Marktplatz, Brunnen und einigen Gässchen. Auf der der Burg gegenüberliegenden Seite der Ortschaft, in Richtung Cham, befand sich, im Dreieck zwischen Maihölzli, Knodenwald und Unterhubel, die Bundesrat-Zemp-Straße. Von dieser aus konnte man ungehindert über das Mattgrün der flach abfallenden Hügel in das Mattblau des Zugersees blicken, an dessen gegenüberliegendem Ufer sich, unter milchigem Himmel, der Zugerberg erhebt.

An dieser Bundesrat-Zemp-Straße erwarb Pedro José de Melo nach seiner letzten Atlantiküberquerung im Mai 1914 für sich und seine drei Kinder sein neues Domizil. Das Haus, das Pedro José bezog, war eine freistehende kleine Villa fast am Ende der Straße, mit Garten und einem Holzbalkon und ursprünglich dunkelgrünen Fensterläden, die Pedro José vor seinem Einzug teils gelb, teils blau lackieren ließ, damit sie denen der Prosperidade möglichst glichen. Noch die kleine Bernice wurde, als sie, Ende der fünfziger Jahre, Freunde aus ihrer Oberwiller Primarschule dorthin mitgebracht hatte, von der ganzen Klasse wegen der Farbe dieser Fensterläden so gehänselt, dass sie nie mehr jemandem das Haus zeigte, außer, viel später, Ignácio Bandeiras. Onkel Gilberto hatte, als er, nach dem Tod seines Vaters, das Anwesen in seinen Alleinbesitz nahm, vieles daran renovieren und das ganze Haus neu anstreichen lassen. Nur an der Farbe der Fensterläden aus seiner Kindheit hatte er nie gerührt. Infolgedessen ließen gerade diese Läden eigentlich keinerlei Farbe mehr erkennen.

Pedro José hatte zwischen seiner Ankunft im Mai und dem Einzug in die Bundesrat-Zemp-Straße im Oktober in Cham logiert. Er war diesmal nicht, wie früher immer, im Hotel Sankt Gotthard abgestiegen, sondern im preiswerteren Gasthof Zur Post, von wo aus er in Ruhe den Kauf, die Renovierung und die Einrichtung der Villa betrieb und die Geschäfte seiner Firma im Hirsgarten gegenüber der Schiffsstation führte. Maria Antônia, Gilberto Balthasar Johannes und Lelia waren derweil im Chamer Städtli bei dem mit Pedro José befreundeten, kinderlosen Ehepaar Appert in Pension gewesen. Mit Jean Louis Appert, dem stellvertretenden Leiter der Transportabteilung der Firma Nestlé, arbeitete Pedro José schon viele Jahre zusammen. Als er im Jahr 1905 Bankkredite für den Aufbau seiner Chamer Firma aufgenommen hatte, hatte sich Jean Louis als Bürge für seinen brasilianischen Freund und Geschäftspartner verwendet. Er und seine Frau Tilly hatten ihren Gast damals auch einige Male zu Ausflügen auf die Rigi und den Pilatus mitgenommen und ihm die anderen Sehenswürdigkeiten der Zentralschweizer Alpenregion um den Vierwaldstättersee gezeigt. Das Ehepaar hatte sich rührend um das Wohl seiner Kinder gekümmert. Herr Appert sprach glücklicherweise ein wenig portugiesisch und konnte daher zusammen mit seiner Frau den beiden älteren Kindern

Maria Antônia und Gilberto die ersten Worte Deutsch beibringen. Sie hatten sie außerdem immer getröstet und ihnen gut zugeredet, wenn sie unter Heimweh nach Portobelo litten und ihnen hier zu Lande alles so fremd vorkam. Das Klima, das vergleichsweise dunkle Licht, abgesehen von der viel helleren elektrischen Beleuchtung in den Häusern als daheim, die Häuser hier überhaupt, die nach außen so abgeschlossen wirkten und höher und spitzer gebaut waren, so wie auch die Kirchen und die freudlosen und steifen und immer korrekt angezogenen Menschen. Selbst die Natur war anders. Der ungewohnte, ins Gärige gehende Apfel-, Birnen- und Pflaumengeruch im Spätsommer und die bunten und schrumpeligen Blätter an den Bäumen im Oktober, die den kleinen Gilberto wiederholt fragen ließen, ob die Bäume krank geworden seien und man sie jetzt alle ausreißen müsse wie damals die Kaffeesträucher in Portobelo. Verstärkt wurde dieser Eindruck wahrscheinlich dadurch, dass zu dieser Zeit die Tage immer kürzer und dunkler wurden und die Stimmung düsterer und trauriger. Die Kinder waren oft quengelig und stritten sich, vor allem Gilberto wirkte ziemlich durcheinander, nervös und empfindlich, da ihm, dem erst Siebenjährigen, nicht nur sein Zuhause in Brasilien, sondern auch die Mutter besonders zu fehlen schien. Dazu kamen noch die Umstellungen beim Essen und Trinken, die vielen andersartigen Gerichte, an die man sich erst gewöhnen musste. Nur Tafelmilchschokolade, auch für die Schweiz damals ein noch eher junges Erzeugnis, war für die Kinder eine neue und herrliche Errungenschaft gewesen, eine sehr annehmbare Alternative zu den so sehr vermissten brasilianischen *doces*. Die Apperts hatten dies rasch begriffen und deshalb die Kinder damit reichlich beschenkt, vielleicht zu reichlich. Denn mit Schokolade ließen sich die Kinder schnell beschwichtigen und in die gewünschte Richtung lenken oder auch aufmuntern, wenn sie traurig waren und nachts, wie vor allem Gilberto, in ihrem Bett still vor sich hin weinten. Auch den Vater der Kinder, den bedauernswerten und hilflosen Witwer Pedro José, hatte Jean Louis bei all seinen mühsamen Schritten der Wohnsitznahme unterstützt, von der Haussuche über den notariellen Kauf bis hin zur Organisation von Handwerkern und Umzugsleuten. Sogar die letzten Formalitäten des bereits in Brasilien getätigten Verkaufs der Prosperidade waren unter seiner Mithilfe gerade noch abgewickelt worden, bevor durch den plötzlichen Kriegsausbruch im August die Verbindungen von der Schweiz zum Ausland abgeschnitten wurden.

Es war Ende Oktober. Kalter Regen überzog das Land, und die Spitze des Zugerberges war bereits in Schnee getaucht. Vater und Kinder der übrig gebliebenen Familie Melo bewohnten seit knapp zwei Wochen die noch recht ungemütlichen und nach frischer Farbe riechenden Räume des Hauses. In dem durch eine Schiebetüre voneinander getrennten Wohn- und Arbeitszimmer im Parterre standen noch, teils von weißen Leintüchern bedeckt, in ziemlich wahllosem Durcheinander Möbel und Bilder herum. Fest eingerichtet war unten nur das geräumige Esszimmer. An dessen Tisch mit der großen Eckbank am Fenster, bis in Bernices Erwachsenenalter hinein das eigentliche Zentrum des Hauses, spielte sich praktisch der Alltag ab.

Das neu eingestellte, damals noch junge Dienstmädchen Elsie aus Überlingen am Bodensee hatte eben das Abendbrot abgetragen. Die Kinder lagen im Bett, wohin sie das ebenfalls neue Kindermädchen Sophie gebracht hatte. Pedro José saß auf seinem festen Platz auf der Bank, der sein Lebtag derselbe bleiben sollte, sein Essplatz und sein Schlummerplätzchen nach dem die Mahlzeiten immer abrundenden *cafezinho*.

Pedro José gegenüber saß, auf einem der mit braunem Leder

bezogenen Stühle, Jean Louis Appert. Dieser befand sich etwa in Pedro Josés Alter. Mit seinen dunklen Gesichtszügen sah er Pedro José ein bisschen ähnlich. Nur der Kopf war etwas eckiger geraten, die Haare waren glatt, und er trug einen schmalen Oberlippenbart. Sein etwas stechender Mäuseblick war nicht unangenehm, durchaus freundlich und aufmerksam. Er war tadellos gekleidet, in dunklem Anzug und mit Krawatte. Pedro José hingegen trug eine neu aussehende Wolljacke und hatte sich das seidene Halstuch umgebunden, das ihm Tilly Appert nach dem ersten kürzlichen Kälteeinbruch vorsorglich geschenkt hatte und das die Farben des Kantons Zug, Weiß und Blau, trug.

Die Wohnlichkeit des Esszimmers an Abenden wie heute, da der Spätherbstregen gegen die Fensterscheiben trommelte, wurde wesentlich dadurch erhöht, dass die Deckenlampe mit einem Schirm aus hellem, weich gefaltetem Stoff niedrig über dem Esstisch hing. Alles andere ringsherum, die Geranien auf der Fensterbank, die Geschirrkommode neben der Türe zum Flur, der hellblaue Kachelofen gegenüber, ja selbst das schöne, große Gemälde an der Wand mit der palmenbesetzten Bucht von Rio aus Victórias früherem Salon in Portobelo, verschwamm dagegen im Halbdunkel des Raumes.

Die beiden Herren hatten eine Weile einander schweigend gegenübergesessen. Neben Wind und Regen hörte man nur das Ticken der über der Sitzbank in der Ecke erhöht auf einem Stützbrett angebrachten Messinguhr mit großen, römischen Ziffern. Sie gehörte zu den Beständen, die nicht aus Brasilien stammten, sondern unter Mithilfe und Beratung durch Jean Louis Appert in Zürich eingekauft worden waren – die Uhr bei der Firma Türler an der Bahnhofstraße.

»Ich bin vielleicht ein nüchterner Schweizer«, nahm Jean Louis mit etwas verkniffenem Mund das Gespräch wieder auf. »Aber ich sehe kein besonders schlechtes Omen darin, dass du ein Haus mit dem Namen Prosperidade verkauft hast.«

»Jetzt bin ich nun einmal hier«, entgegnete Pedro José trocken. »Und es ist auch gut so. Ich danke dir, Jean Louis.«

Der Angesprochene sah Pedro José eindringlich, immer noch mit zusammengekniffenen Lippen an.

Pedro José musste gerade daran denken, dass er selbst im Gesicht um einiges gealtert aussah.

»Das konnte wirklich keiner ahnen«, fuhr Jean Louis fort. »Da kommt so ein wildgewordener serbischer Nationalist daher. Piff paff. Und ganz Europa brennt. Unser blühendes Europa.«

»Europa? Der ganze Atlantik ... Und Japan ... Das Feuer breitet sich aus«, entgegnete Pedro José leise.

»Japan hat eine Kriegserklärung an Deutschland abgegeben, kämpft aber nicht«, berichtigte Jean Louis.

Pedro José zupfte an seinem weißblauen Seidentuch, als wäre dieses zu eng um seinen Hals geknüpft.

»Es kann nicht mehr lange dauern, es dauert schon viel zu lange«, lamentierte Jean Louis. »Die Franzosen werden die Pickelhauben hochkantig hinauswerfen, zurück ins Schwabenland, wo sie hingehören ...«

»Das wird nicht so leicht sein«, insistierte Pedro José. »Die Deutschen kämpfen an allen Fronten, im Osten, im Balkan ... und hier, nicht mehr weit von der Schweizer Grenze ... Die russische Armee ist in Tannenberg und an den Masurischen Seen von diesem General ... Hinter ... Hinter ... Wie heißt er? ...«

»Hindenburg ...«

»Ja, Hindenburg. Der hat die Armee des Zaren empfindlich geschlagen«, fuhr Pedro José fort. »Gestern habe ich in der Neuen Zürcher Zeitung gelesen, dass nach dem langen Hin und Her an der Marne und in Flandern die Westfront bald in einem Stellungskrieg erstarren wird.«

»Ach, was.«

»Das sieht doch jeder, dass wir hier in der Schweiz langsam, aber sicher eingeschlossen werden. Von einem eisernen Landgürtel. Und um den herum tobt inzwischen auch ein Seekrieg, der uns erst recht von allem abschneiden wird.«

»Du meinst, wirtschaftlich?«

»Auch«, antwortete Pedro José etwas abwehrend.

»Hast du Angst um deine Exportfirma in Rio?«

»Nein. Ich denke an jemand anderes ... meine Schwester in Russland ...«, entgegnete Pedro José plötzlich leise und mit gesenktem Blick. »Ich habe nichts mehr von ihr gehört nach ihrem letzten Lebenszeichen im August, nachdem ich ihr geschrieben hatte auf ihren Brief an unsere Mutter in Rio, den ersten nach fast zwanzig Jahren ... Wie hatte ich mich auf ein Wiedersehen gefreut, in Berlin oder Warschau, wo wir uns treffen wollten, und was ja von hier gar nicht mehr so weit ist. Nach all der Zeit ... Ich war noch keine zwanzig, als sie wegging. Sie wusste nichts von meiner Heirat, den Kindern und dass Victória inzwischen tot ist, und ich wusste nichts von ihrem Pjotr, dem Admiral, der jetzt möglicherweise schon auf hoher See gegen die deutsche Flotte kämpft ... Ich kann nur dem Ganzen ohnmächtig zuschauen, von meiner einsamen, kleinen Schweizer Insel aus ... Ich hätte das Haus vielleicht doch nicht verkaufen sollen.«

Jetzt erhob sich Pedro José und zwängte sich zwischen Tisch und Bank zum Fenster. Er ergriff das Messingkännchen auf dem Sims und besprengte mit seinem Inhalt die Erde in den beiden Geranientöpfen. Dann spähte er durch die tropfenbehangene Fensterscheibe auf das außen angebrachte Thermometer und schüttelte den Kopf. Schließlich begab er sich zurück auf seinen Platz.

»Stellungskrieg ... Das ist törichte Panikmache«, ereiferte sich Jean Louis. »Typisch Zeitung! Das schwächt nur unnötig unsere Moral ... nach dem grandiosen wissenschaftlichen und technischen Aufbruch Europas in das erfolgreichste Jahrhundert in der Geschichte der Menschheit. Dieses Wunderwerk an Errungenschaften können doch nicht ein paar größenwahnsinnige Monokel-Generäle von heute auf morgen kaputt machen.«

»Das hatte ich auch gehofft«, murmelte Pedro José.

»Wir verfügen über große Rohstoffreserven, und völlig abgeschnitten werden wir hier nie sein. Etwas kommt immer zwischen den Kriegsschiffen und Kampflinien aus Südamerika durch. Nicht viel, aber genug, um unseren Betrieb am Laufen zu halten, mit den reichlichen Milchbeständen in unserem Land. Und wir werden weiterhin deinen Zucker brauchen, Pedro José ... und Kakao ... Wir brauchen dich ...«

Pedro José stieß einen hörbaren Seufzer aus.

»Wir haben an alle Krieg führenden Mächte eine Bürgschaft abgegeben, dass wir nirgendwohin etwas exportieren, sondern alles selbst verbrauchen. Es sind dafür extra Überwachungsstellen eingerichtet worden«, fuhr Jean Louis fort.

Pedro José schüttelte stumm den Kopf.

Jean Louis blickte ihn unsicher an.

»Du machst dir Sorgen um deine Firma?«, fragte er in plötzlich verändert sanftem Ton.

»Ach, die Firma«, stieß Pedro José, abwehrend und sichtbar gegen Tränen ankämpfend, hervor.

Jean Louis blickte etwas ratlos.

»Ich glaub, ich lass dich jetzt allein«, sagte er schließlich. »Ich muss gehen. Tilly wartet ...«

Er zog seine an einem Kettchen befestigte, silberne Uhr aus der Westentasche und blickte umständlich auf sie, obwohl er bis eben lange auf das römische Zifferblatt der großen Uhr über der Eckbank gegenüber seinem Platz gestarrt hatte.

Pedro José bettete den Kopf auf seine Arme auf dem Tisch. Dann brach er plötzlich in ein krampfartiges Schluchzen aus.

Jean Louis wurde ganz steif.

»Wir kommen morgen zu euch«, sagte er nach einer längeren Pause leise. »Tilly wollte sowieso den Kindern ihre Lieblingsschokolade mitbringen.«

»Nein, nur ein bisschen ... jedem eine Tafel. Ich weiß schon. Nicht zu viel«, beteuerte er, als er Pedro Josés abwehrendes Kopfschütteln bemerkte.

Pedro José erhob sich ein zweites Mal von seinem Platz. Er wankte tränenblind zur Türe und blieb wie ein kenterndes Schiff vor Victórias Gemälde mit der palmenbewachsenen Bucht von Rio stehen. Jetzt stand auch Jean Louis auf. Er ging seinem Freund nach und blieb einen Schritt seitlich hinter ihm stehen.

»Es wird alles gut werden«, sagte er beschwichtigend und legte eine Hand auf Pedro Josés Schulter. »Ihr braucht halt ein bisschen Zeit zum Einleben hier. Es ist alles fremd, und ich weiß, dass sie euch sehr fehlt ... eure ...«

Jean Louis wurde durch ein erneutes heftiges Schluchzen von Pedro José unterbrochen.

»Vielleicht solltest du einmal auf andere Gedanken kommen«, meinte Jean Louis nach einer Weile mit leiser Stimme und weiter mit seiner Hand Pedro Josés Schulter berührend. »In der katholischen Kirchengemeinde hier soll es einen ausgezeichneten Männerchor geben und einen Armbrustschützenverein ... Oder vielleicht magst du auch zu uns kommen, zu unserem gemischten Gesangsverein. Da sind viele nette, junge Leute, die sich bestimmt freuen ...«

Pedro José nickte zögernd mit dem Kopf. Er war wieder etwas ruhiger geworden. Er stand fest und aufrecht vor dem Gemälde und schien durch dieses hindurch zu sehen.

Jean Louis trat zur Türe und öffnete sie. Er knipste das Licht im Flur an und drehte sich noch einmal um.

»Und mach dir keine Sorgen«, sagte er lächelnd. »Ich meine auch wegen des Geschäfts. Wir brauchen dich hier, Pedro José.

Wenn der nächste Winter vorbei ist, sieht die Welt wieder anders aus.«

Dann ging er.

Als Bernice auf dem Weg zu ihrer Arztpraxis gerade intensiv an Ignácio dachte, dem sie heute wieder einmal schreiben wollte – den sechzehnten Brief seit seinem überraschenden ersten vor drei Monaten –, entdeckte sie plötzlich an einem Kiosk die Titelseite des »Blick«.

»Professor Melo tot. Seine letzten Minuten im Beisein seiner Schwiegertochter.«

Darunter war ein großes Foto des Todkranken zu sehen, über diesen gebeugt das lächelnde Gesicht einer grauhaarigen Frau mit erkennbarer Oberlippenspalte. Ins Bild stach ferner ein überdimensionales Perlencollier, ein silberner Armreif und zwei blitzende Brillantringe am Finger, welche die abgebildete Person zur Schau stellte.

Um das Pressefoto herum war der Text platziert.

Bernice blieb stehen. Nach den ersten Schrecksekunden kaufte sie rasch die Zeitung und las.

Gleich zu Beginn des Textes stellte sich heraus, dass das Foto schon eine Woche alt war. Der Artikelschreiber rühmte sich, von der Betreuerin des Professors, dessen inzwischen verwitweter Schwiegertochter, als der unwiderruflich letzte Zeitungsreporter zum Kranken vorgelassen worden zu sein. Nach der Bekanntgabe des gestrigen Todes beschrieb er mit pathetischen Worten das angegriffene Aussehen des Professors zum Zeitpunkt des Besuches bei ihm und sein Bemühen, sich sein Erschrecken darüber nicht anmerken zu lassen. Es folgten ein paar Details über die Einrichtung des Krankenzimmers, den Bücherschrank und neben dem Sessel das Beistelltischchen mit dem Stapel von Genesungswünschen und Telegrammen darauf. Nach der Aufzählung der wichtigsten Lebensdaten und Meriten des Toten wurde, wie im Kontrast zum verblichenen Glanz, sein Tagesablauf in peniblen Einzelheiten aufgeführt. Der erste morgendliche Blick durch das Schlafzimmerfenster zu den blühenden Himmelsschlüsselchen im Garten, Gewaschenwerden und Frühstück mit Hilfe eines ganzen Stabs von Schwestern und Pflegerinnen. Dann erneuter Tiefschlaf bis zum Mittagessen, das aus Gemüseeintopf, Toast und Tee bestanden hatte ... »Was für ein Glück muss es sein, das Ende zu Hause zu erleben, in so liebevoller Pflege«, so schloss dieser Abschnitt.

Bernice drehte es den Magen um. Sie wollte nicht mehr weiter lesen, hatte ohnehin keine Zeit. Sie faltete die Zeitung zusammen und setzte rasch und mit zusammengebissenen Zähnen ihren Weg zur Praxis fort.

Er hat es uns angeblich untersagt, zu seiner Beerdigung zu kommen, bekundete Bernices Mutter aufgeregt am Telefon, als Bernice sie während der Mittagspause anrief. Resis Anwalt hat uns ein offizielles Schreiben angekündigt, in dem er uns dies als ausdrücklichen Wunsch des Verstorbenen mitteilen werde.

»Ja ... und jetzt?«

»Wir gehen trotzdem hin ... Ich zumindest! Ich lasse mir das nicht nehmen. Schließlich bleibt er ... trotz allem ... mein Bruder.«

Bernice pflichtete ihrer Mutter bei. Und sie ging mit, zusammen mit ihrem älteren Bruder Enrico.

Sie fanden sich alle drei schon eine halbe Stunde vor Beginn der Beisetzungsfeierlichkeiten bei der Hünenberger Kirche ein, um möglichst nicht gesehen zu werden. Vor dem Kircheneingang war ein uniformierter Angehöriger des Bestattungsinstituts postiert, der die Ankommenden fragte, ob sie Angehörige seien, und ihnen, nachdem sie dies widerwillig und ängstlich bejaht hatten, das Kondolenzbuch entgegenstreckte, in das sie sich eintragen sollten. Zu seiner offensichtlichen Verwunderung flüchteten sich die drei jedoch rasch in das Kircheninnere. Dort setzten sie sich in die hinterste Bankreihe, von der aus sie relativ sicher das Eintreffen der Trauergäste verfolgen zu können glaubten.

Die Atmosphäre wurde immer beklemmender, als sich die Kirche langsam füllte. Überall begegneten einem finstere Gesichter, und man meinte immer wieder neu, ein Geraune und Getuschel durch die Bankreihen gehen zu hören. Besonders während der von einer jungen Pastorin gehaltenen Totenpredigt knisterte es vor Spannung.

Bernice wusste, dass ihr Onkel Gilberto noch wenige Tage vor seinem Tod ganz mysteriös die schon lange urkundlich festgeschriebene Umwandlung seines Ferienbungalows in Gstaad in eine gemeinnützige Stiftung schriftlich und notariell beglaubigt zu Gunsten einer Privatperson rückgängig gemacht hatte, und niemand hatte bisher herausbekommen, wer jener oder jene Begünstigte war. Unter den hier Anwesenden schien jeder jeden zu verdächtigen. Bernice war froh, so geschützt im Hintergrund zu sitzen, vor allem in so weiter Entfernung von jener Resi, die sie zwischendurch immer wieder sehen konnte. Sie thronte – flankiert von der Sekretärin Frau Scheuch und einer dicklichen, jungen Person – in der ersten Kirchenbankreihe und nahm die Beileidsbekundungen und Ehrenbezeugungen mit einem strahlenden Lächeln entgegen, als handelte es sich nicht um die Beisetzung ihres Adoptivschwiegervaters, sondern um die Verleihung eines Preises an sie.

Als nach dem Ende des Gottesdienstes sich endlich der Trauerzug zum frisch ausgehobenen Grab begab, hängten sich Bernice, Enrico und ihre Mutter wieder ganz an das hinterste Ende des Zuges an. Als sie sich dem Grab näherten, stellten sie zum ersten Mal fest, dass sich Gilberto nicht ins Familiengrab seines Vaters Pedro José hatte legen lassen, sondern drei Gräberreihen weiter in ein Einzelgrab. Um dorthin zu gelangen, musste der Trauerzug auf dem Kiesweg recht nah am Familiengrab vorbei defilieren, und Bernice bemerkte, wie sich auf dem Weg daran vorbei alle Köpfe in die Richtung des Familiengrabes reckten, sie betrachteten wohl Gilbertos sterbliche Überreste eigentlich als dorthin gehörig. Nachdem Bernice, Enrico und ihre Mutter als letzte hastig ihre in der heißen Hand halbverwelkten Blumensträuße auf den Eichensarg geworfen hatten, schlichen sie sich rasch aus dem Friedhofsgelände fort.

Das unwürdige, sogar handgreifliche Nachspiel dieser Beerdigung jenseits der Friedhofsmauer erlebte Bernice glücklicherweise nicht mehr mit.

Gilberto Balthasar Johannes' erste Erinnerungsbilder hatten zeitlebens wie dunkle Schatten über ihm gehangen: das immer dünner und grauer werdende Gesicht seiner Mutter, ihr irgendwo in großer Entfernung unter Stöhnlauten zitternder Kopf zwischen Joanas Händen oder das Abtupfen des Blutes von ihren Lippen durch ein von Maria Antônia festgehaltenes Batisttüchlein.

Dann gab es Dinge, die er nicht sah, von denen nur dumpf gesprochen worden war. Von einem Brüderchen, das die Engel in den Himmel zurückgenommen hätten, ehe es richtig da gewesen wäre. Er sah nur die verzweifelt abgekehrten, wie verhüllt wirkenden Gesichter. Und es dauerte lange, bis diese Gesichter sich ihm wieder hell und freundlich zuwandten.

Dann wieder sah er Männer mit glänzenden nackten, schwarzen Oberkörpern und wild aufgerissenen Augen oben am Hang über dem Herrenhaus der Fazenda Prosperidade massenweise Kaffeestauden mit runzeligen roten Blättern aus der Erde reißen und mit der Schaufel ausgraben und auf riesige Wagen schleudern, die immer wieder wegfuhren und leer zurückkamen, um neue entwurzelte Sträucher mitzunehmen.

Nach und nach hatten Gilbertos Erinnerungsbilder laufen gelernt. Sie waren großflächiger und dafür unschärfer geworden und hatten sich in immer größere Zusammenhänge eingefügt.

Ein großes Ereignis, das der knapp Fünfjährige verfolgte, war das Vorbeifahren eines Riesendampfers durch die Bucht vor der Ilha Grande. Onkel Gilberto erzählte später, er wäre fest davon überzeugt gewesen, dass mit diesem Schiff sein Vater immer über die Meere reiste. Alle kamen jedenfalls vor das Haus gelaufen und winkten. Sein Vater sagte dann, es sei einmalig, dass dieses Schiff so nahe vorbeifahre, und er schüttelte immer wieder den Kopf, als habe er Angst um den dickbäuchigen Koloss in den seichten Gewässern der Bucht. Das war wahrscheinlich auch der Grund, warum Gilbertos Vater immer so weit wegfahren musste, um sein Schiff über das große Meer zu besteigen.

Dann kam eine Zeit, in der Gilbertos Mutter lange weg war. Gilberto hatte zum ersten Mal Angst, weil er an Mutters dünnes und graues Gesicht und an ihren zwischen Joanas Händen stöhnend zitternden Kopf und das von Maria Antônias Batisttüchlein abgetupfte Blut von ihren Lippen denken musste. Dann kam sie jedoch plötzlich wieder zurück und mit ihr ein lebendes Schwesterchen. Sein Schwesterchen Lelia. Sie war nicht, wie unlängst Gilbertos Brüderchen, von den Engeln zurückgeholt worden. Und mit Lelia kam eine Fröhlichkeit und Freude und Leichtigkeit ins Haus, die Gilberto zuvor nie gekannt hatte. Auch Mutters Gesicht erschien ihm nicht mehr ganz so dünn und grau wie zuvor. Es lächelte sogar, glücklich und ermattet. Dafür wirkte es irgendwie noch durchsichtiger in seiner glatten, hellen und versöhnlichen Freundlichkeit. Und seitdem lag Gilbertos Mutter fast nur noch in der Hängematte auf der Terrasse, immer häufiger mit geschlossenen Augen, so, als gehe sie alles um sie herum nichts mehr an, und ihre langen, dünnen, feinen Hände hielt sie still über der Brust gefaltet.

Gilbertos eindrucksvollstes Erlebnis vor seiner eigenen großen Überfahrt nach Europa fand am Vorabend der Feiern zur Unabhängigkeit Brasiliens, am 6. September 1913, im großen, neuen Theatro Municipal in Rio statt. Diesem Abend ging ein langer Tag voraus. Er begann in Großmutters Haus in Botafogo, in dem sie vor zwei Tagen eingetroffen waren. Nur er und sein Vater. Victória lag zu Hause in der Hängematte. Maria Antônia war bei ihr geblieben. Und die kleine Lelia wurde gut von Joana versorgt.

Gilberto war bei seiner Ankunft begeistert gewesen von der großen Villa mit den hohen Balkonfenstern und den spitzen Türmchen auf dem Dach. Die Fassade war gerade neu gestrichen worden und roch nach frischer Farbe. Es war dieselbe Farbe wie die der Mangofrüchte zu Hause am Baum, wenn sie reif waren, wohingegen Türen und Fensterrahmen weiß und die Balkongeländer schwarz waren. Auch gab es hier Fenster aus richtigem Glas. Alle Häuser an dieser Straße waren ähnlich groß, aber sie waren noch unterschiedlicher angestrichen als in Portobelo: einige sogar violett, rosa und orangefarben.

Im Haus von Gilbertos Großmutter war alles viel moderner und komfortabler als in Vaters Herrenhaus in Portobelo. Im Wohnzimmer stand ein Grammofon auf dem Tisch mit einer Kurbel und einem großen Trichter. Noch viel aufregender fand Gilberto das Telefon an der Wand. Das hatte er noch nie gesehen. Seine Großmutter sprach einmal, ganz nahe hingebeugt, in den gelben Kasten. Sie wollte Tante Ana Paula anrufen, damit Gilberto ihr guten Tag sagen könne. Doch Tante Ana Paula war nicht da.

Alles glänzte und blitzte vor Sauberkeit und Eleganz, und es gab unendlich viel zu essen. Kuchen, die Gilbertos Großmutter selbst gebacken hatte, die viel größer als die von Joana waren, richtige Berge, die Gilberto mit seiner Silbergabel abtrug, bis er nicht mehr konnte. Es gab auch die *geléias* verschiedenartigster Tropenfrüchte, die Gilberto nicht alle kannte und die seine Großmutter eigenhändig einzukochen pflegte. Gilbertos Großmutter erzählte, sie hätte in den letzten Jahren alles im Haus neu gemacht. Auch sie wirkte irgendwie neu. Sie trug ein bis zu den Füßen gehendes schwarzes Kleid und einen breiten weißen Hut mit einem Schleier und Spitzen am Rand, hatte weiße, hinten zusammengeknotete Haare, war erstaunlich dick, das genaue Gegenteil von Mama, atmete ziemlich stark und lachte viel, konnte jedoch auch streng und laut sein und Gilberto mit großen Augen anschauen und ihm dabei ein bisschen Angst einflößen. Besonders fasziniert war Gilberto von ihrer goldenen, aufklappbaren Brille, die man an einem Stab festhielt und die sich immer dann öffnete, wenn Gilberto auf Großmutters Geheiß darauf pustete. Wenn die Großmutter dabei den Brillenstab festhielt, studierte Gilberto fasziniert ihre Hände. Diese waren weniger runzelig als ihr Gesicht, aber groß und schwer und ziemlich weiß.

Schon am Morgen wurde aufgeregt darüber gesprochen, dass heute, am Vorabend der Staatsfeiern, ein großes Theaterereignis in der Stadt stattfinden würde, an dem alle teilnehmen würden. Sehr wahrscheinlich würde man dort auch endlich Tante Ana Paula treffen, mit Onkel Luiz Eduardo und den Kindern, von denen Gilberto schon viel gehört hatte.

»Wir wollen diesen Tag würdig und fröhlich verbringen, bestimmte die Großmutter schon beim Frühstück. Denn vor einundneunzig Jahren«, so erklärte sie, »ist unsere Heimat ein unabhängiges Kaiserreich geworden.«

»So alt bist du schon, Großmutter?«, fragte Gilberto.

»Nein. Das bin ich nicht«, erwiderte diese und richtete sich, so hoch sie konnte, auf.

»Das ist sie noch lange nicht«, ergänzte Gilbertos Vater.

»Wie alt bist du denn?«

»So etwas fragt man Damen nicht«, beschied Pedro José.

»Warum nicht?«

»Das ist eben so. Es gehört sich nicht.«

»Ich bin achtundsechzig«, sagte die Großmutter lächelnd und tätschelte Gilbertos Wangen.

Gegen Mittag brach man zu dritt in den Botanischen Garten auf.

Gilberto war hingerissen von der Pracht und Schönheit der Bäume und Pflanzen und von den unermesslichen Anlagen in diesem Park. Es gab sogar einen Wasserfall und einen großen Teich.

»Die Wasserpflanzen in diesem Teich heißen Victória Regia«, erklärte Gilbertos Großmutter, Pedro José fest in die Augen schauend. »Wisst ihr auch, warum sie so heißen?«, fuhr sie mit einem geheimnisvollen Ton in ihrer Stimme fort. »Das ist eine alte indianische Legende. Ich kenne sie von meinem Vater«, sagte sie. »Die Legende von der Entstehung der Sterne am Himmel. Jeder Stern ist eine der vielen Indianerinnen, die mit Lua, dem Mond, verheiratet sind«, fuhr Großmutter nach einer Weile fort. »Und eine von ihnen war Naiá, ein wunderschönes und junges Mädchen. Naiá verliebte sich in Lua, der ein schöner, starker Krieger war. Jede Nacht begab sich Naiá in den Wald, um dort seine silbernen Strahlen zu bewundern. Manchmal rannte sie und streckte die Arme aus, um so endlich seiner habhaft zu werden. Doch allen ihren Anstrengungen zum Trotz blieb Lua für sie unerreichbar. Eines Nachts geriet Naiá an das Ufer eines Sees und entdeckte auf dessen glatter Fläche Luas Spiegelbild in Form heller Strahlen. Sie war sicher, den weißen Krieger, den sie so sehr liebte, endlich erreicht zu haben. Und um ihn nicht zu verlieren, stürzte sie sich in die Tiefe des Sees – und ertrank ... Daraufhin beschloss Lua, Naiá in einen Wasserstern zu verwandeln. Er gab ihr die Gestalt einer riesigen, wunderbaren Blume. Seitdem öffnet diese Blume jede Nacht ihre Blütenblätter, damit der Mond Lua ihre rosafarbene Krone zum Leuchten bringt, die Wasserpflanze Victória Regia ...«

Sie gingen sicher zwei Stunden die Alleen und Wege entlang, wobei sie sich zwischendurch mehrmals auf einer Bank ausruhten, weil Großmutter beim Gehen manchmal die Beine wehtaten. Der Garten war angenehm kühl, nachdem es auf dem Weg hierher sehr heiß gewesen war, heißer als in Portobelo während der letzten, eher kühlen Augustwochen. Gilberto ließ sich von seinem Vater erklären, Rio sei, hinter der windgeschützten Bucht und zwischen hohen Bergen gelegen, das ganze Jahr über wie ein Ofen mit stehender Luft.

Die beiden Erwachsenen erläuterten Gilberto um die Wette die verschiedenen Bäume, sodass Gilberto gar nicht mehr richtig wusste, wo er hinhören sollte.

Am meisten beeindruckten ihn die beiden Alleen mit den Königspalmen, die, eine nach der anderen, schnurgerade auf beiden Seiten aufgereiht standen. Sie hießen so, weil ihre Samen von der einen, noch viel höheren und einsam auf einem Platz stehenden Palma-Mater stammten, die vor über hundert Jahren von König João VI. gepflanzt worden war.

An einer anderen Allee standen Bäume, von denen ganz viel rote Rinde abfiel und deren Stamm unter der Rinde teils frischgrün war, teils sich ins Bronzene verfärbte. Wieder wusste Gilbertos Großmutter, dass diese Bäume immer um den Unabhängigkeitstag herum ihre Rinde wechselten. Wegen ihrer an die Hautfarbe der Mulatten erinnernden Bronzefarbe nach dem Verlust ihrer Rinde nannte man sie Mulattenbäume.

Nachdem sie sich in der Nähe der Grotte eine Zeit lang ausgeruht hatten, drängte Großmutter zum Aufbruch.

»Sollten wir nicht bis drei Uhr warten?«, fragte Pedro José. »Wegen der Affenaprikose?«

»Warum?«

Gilberto wollte es nicht glauben. Doch es stimmte. Beim Verlassen des Jardim Botânico konnte er sich überzeugen, dass Punkt drei Uhr die rosafarbenen, fleischigen Blüten, die vor zwei, drei Stunden noch an den Bäumen mit den großen, runden Früchten gehangen hatten, massenweise auf den Boden fielen.

»Jetzt müssen wir uns wirklich beeilen«, sagte die Großmutter beim Hinausgehen. »Sonst ist zu wenig Zeit für die Confeitaria Colombo, und außerdem bin ich müde.«

Pedro José wollte nicht mitgehen. Er zog bis zum Beginn der Theatervorstellung einen Besuch bei Tante Ana Paula und Onkel Luiz Eduardo in der Stadt vor. Als Treffpunkt schlug er den Haupteingang des Theatro Municipal vor. Gilbertos Großmutter nickte und zog ihren Enkel schnaubend und schwitzend an der Hand fort zur Straßenbahnhaltestelle, während ihr Sohn in eine andere Richtung lief.

Gilberto war wieder hingerissen von dem schnittigen Fahrzeug, das wie von selbst auf zwei Eisenschienen fuhr. Schon auf dem Weg zum Botanischen Garten hatte seine Großmutter, während sein Vater, wie die meisten erwachsenen Männer, draußen, sich an einer Stange festhaltend, schräg auf dem äußeren Trittbrett stand, erklärt, die Bahn würde erst seit kurzem elektrisch betrieben. Es gäbe jetzt auf dieser Strecke sowohl offene Wagen wie diesen, als auch geschlossene, sagte sie. Die Bahn, die sie noch zusammen mit Großvater benutzt habe, wäre damals von zwei *burros* gezogen worden, wobei der Wagenführer immer mit einem langen, dicken Stock auf den Boden geklopft habe, um das Zugtier zum Stehen zu bringen, und dann noch einmal, damit es sich wieder in Bewegung setze. Und dann erzählte sie noch, dass sie, kurz nach ihrem Umzug nach Rio, sich auch einmal auf das Trittbrett draußen gestellt hätte, um mit ihrem Mann zusammenzubleiben, und wie man sie dann entrüstet auf die Bank in der Mitte verwiesen habe, weil sich dies für Damen nicht anders gezieme.

Sie stiegen erst an der Endstation im Stadtzentrum aus. So viele große Häuser auf so engem Raum, ohne Gras und mit nur wenigen Bäumen dazwischen, hatte Gilberto noch nie gesehen. Dasselbe galt für die vielen Droschken und Pferdefuhrwerke, die hupenden Motorenautos auf Gummirädern, die imposanten Kirchen, Paläste und Statuen, die großen Brunnen und

Märkte. Die eindrucksvollste Statue war die eingezäunte und von Laternen umgebene von Kaiser Pedro I. zu Pferd auf einem hohen Sockel. In einiger Entfernung der Statue entdeckte Gilberto einen Mann, der unter einem großen, schwarzen Tuch mit einem auf drei Beinen stehenden Gerät hantierte, das auf den reitenden Kaiser gerichtet war. Als Gilberto nachfragte, versuchte ihm seine Großmutter diesen Vorgang mit der Aussage zu erklären, der Mann würde mit dieser Vorrichtung das Denkmal »blitzschnell ganz genau abmalen«.

Sie liefen an Balkonhäusern mit blauen Kacheln entlang. Gilberto blieb staunend vor einem Kolonialwarenladen stehen, in dem ein wahres Kunstwerk meterhoher Stapel von Ölbüchsen, Trockenfrüchten, Wein-, Essig- und Spirituosenflaschen, Konfitüren, Oliven und Bonbons in aquarienähnlichen Gläsern auf engstem Raum aufgestellt war. Und vorn an der Theke, dicht neben der Kasse, hingen von zwei an der Decke befestigten Rollen Schnüre herab, mit denen die Verkäufer die Pakete der Kunden zubanden.

Vom Largo da Carioca machte Großmutter, obwohl sie etwas Mühe beim Gehen hatte, einen Umweg über die lange und breite Avenida Central. Gilberto staunte über die riesigen Bauten an der Avenida und über die elektrischen Straßenlaternen, auf die Großmutter ihn aufmerksam machte. Diese Avenida war erst acht Jahre alt und war durch die Sprengung zahlreicher Kolonialhäuser durch die alte Stadt hindurchgebrochen worden. Gilberto nutzte den Umweg zur Colombo zum Üben seiner Lesekünste. Er buchstabierte die Namen auf den Schildern über den Geschäften. Später erinnerte er sich besonders an die Inschrift auf einem bunten Plakat mit Moscheen darauf: »Cigarros turcos.« Und das daneben von einer Dame, mit rotem Hut, gelenkte, ebenfalls rote Cabriolet mit einem Adler auf dem Kühler hieß »Favoritas' ... com ambré« und entstammte der Firma Souza Cruz.

»Das kannst du aber schon gut«, lobte ihn seine Großmutter. »Dein Vater konnte das in deinem Alter noch nicht.«

»Ich kann auch schon meinen Namen schreiben ... und den von unserer Fazenda und von Portobelo auch ...«, trumpfte Gilberto auf.

Irgendwann bogen sie nach links und dann nochmals nach links in die Rua Goncalves Dias zur Colombo.

Zu beiden Seiten der Eingangstüre zum Café standen übermannshohe Vitrinen voller verschiedenfarbig funkelnder Trinkgläser. Als sie den Raum betraten, glaubte Gilberto in einen riesigen Glaspalast geraten zu sein. Überall an den Wänden hingen ihm haushoch vorkommende Spiegel, vier links und vier rechts und vorn einer, der, etwas versetzt, die Sicht zur Küche verdeckte und hinter den immer wieder Kellner verschwanden. Jeder dieser Spiegel war eingerahmt von dunkelbraunem Holz mit großen und kleinen Schnörkeln und einem Spitzgiebelaufsatz darauf. An der Wand zwischen den Spiegeln brannten blütenkelchförmige Lampen aus mattem Glas. Gilberto wollte möglichst dicht an einen der Spiegel herantreten, um hineinzusehen, doch seine Großmutter führte ihn an einen leeren Tisch etwa in der Mitte des Raumes. Die Stühle am Tisch waren aus demselben dunklen Holz wie die Spiegelrahmen, jedoch mit weniger Schnörkeln daran.

»Diese Spiegel sind ganz neu und kommen aus Belgien«, erklärte die Großmutter. »Die Colombo gibt es schon, seitdem wir nach Rio gezogen sind. Nur war sie damals längst nicht so schön.«

Gilberto hörte noch das Wort »Palisanderholz«. Er hatte sich inzwischen jedoch schon viel zu tief in dem ihn von allen Seiten anstarrenden, verrückten Spiegellabyrinth verloren. Er tastete mit seinen Augen die Spiegel ab, in die er auch von seinem Platz aus gut hineinsehen konnte. Er entdeckte dort nicht nur sich selbst und seine Großmutter und andere Männer und

Frauen, einige mit welken Gesichtern und großen Hüten auf dem Kopf, und Kellner in schwarzen Anzügen. Bald sah er in jedem Spiegel auch den Spiegel der Gegenseite mitsamt dessen verschnörkelten Holzrahmen und dem Giebelaufsatz und den brennenden Lampen an den Seiten. Aber, weil in den Spiegeln der Gegenseite dieselben Männer und Frauen von der anderen Seite zu sehen waren, erblickte er auf seiner Seite eine Reihe weiter hinten die umgedrehten Männer und Frauen, und, weil das immer so weiter ging mit den Spiegeln in den gegenüberliegenden Spiegeln und umgekehrt, waren dementsprechend viele Reihen zu sehen, abwechselnd von der einen und von der anderen Seite. Die abgebildeten Spiegelrahmen wurden von Reihe zu Reihe immer schiefer und verzerrter, wie krumm gewordene alte Häuser. Die hintersten Reihen verschwammen in einem immer dunkleren, seltsam grünlichen Ton, als versänken sie in einem unendlichen Meer. Der leibhaftig schauende Gilberto vergaß bei diesem atemberaubenden Anblick ganz, dass er in Wirklichkeit nur eine platte, glänzende Scheibe aus Glas vor sich hatte, die ihm dieses ganze Bilderspiel vorzauberte. Er glaubte sich immer unzweifelhafter über oder vor einem Abgrund zu befinden, schluchtartig aus zahllosen, immer bedrohlicher schwankenden Spiegeln, Gilbertos, Großmüttern und anderen Gestalten gestaffelt und in immer dunklerer, grüner Meerestiefe versinkend, wodurch alles um ein mehrfaches größer und tiefer wurde als der wirkliche Raum zwischen den Spiegeln. Gilberto stellte sich vor, wie es wäre, wenn er selbst in diesen Meeresabgrund fallen und sich für immer in dessen Endlosigkeit verlieren würde.

»Komm, iss!«, hörte Gilberto plötzlich seine Großmutter mit freundlicher Stimme sagen.

Gilberto schreckte hoch und wandte seinen Blick rasch von der erschauten Untiefe, die sich im Bruchteil einer Sekunde wieder zu einer einzigen Ebene aus glänzendem Glas abgeplattet hatte, zurück auf den Tisch, an dem er und die Großmutter saßen.

Auf diesem erblickte Gilberto jetzt je einen Teller mit Bergen bunter, cremiger Torten und Kuchen und eine Glasschale mit ebenfalls buntem, cremigem Speiseeis. Diese mussten in der Zwischenzeit unbemerkt herbeigebracht worden sein.

Gilberto griff nach seiner Kuchengabel und aß zur Freude seiner Großmutter gleich zwei der vor ihm aufgetischten Schokoladentortenstücke. Dann legte er die Gabel beiseite und blickte wieder fasziniert in den Spiegel.

»Magst du nicht noch ein bisschen von dem köstlichen Eis essen?«, fragte die Großmutter.

Gilberto schüttelte mit dem Kopf, ohne den Blick vom Spiegel abzuwenden, in dem die zahllos vervielfachten Spiegelrahmen zu schwanken schienen und in dem die vervielfachten Gilbertos und Großmütter und die welken Gesichter und die Kellner ihn anblickten, je weiter hinten, desto verschwommener, schiefer und verzerrter, bis sie schließlich alle im Algen- und Tanggrün des Meeres versanken.

»Wir müssen nach Hause und dann schleunigst ins Theater«, sagte die Großmutter plötzlich.

Dann brachen sie auf.

Als der kleine Gilberto mit seiner Großmutter am Theater anlangte, stand sein Vater im Frack auf einer der obersten Treppenstufen zwischen den Säulen vor dem Haupteingang. Unter der mächtigen Kuppel mit dem Adler an der Spitze und den darunter symmetrisch angeordneten Seitenkuppeln, Säulenkomplexen und überdimensionalen Stukkaturen an der Außenseite wirkte der Vater auf Gilberto zwergenhaft klein.

Das Vestibül hinter den Eingangstüren war festlich beleuchtet von mehreren in Metall eingefassten Deckenlampen, die an der kunstvoll getäfelten Decke hingen. Alles glänzte und blitzte im verschiedenfarbigen Marmor der Säulen, der Aufgangstreppe, der Statuen auf dem Treppenabsatz und im zarten Saum der Verzierungen an der Decke. Im Schein der hellen Lampen erschienen selbst die dunklen Bronzestatuen auf hohen Sockeln wie in flüssiges Gold getaucht.

Immer mehr Leute in festlicher Abendrobe strömten herein und strebten zur Aufgangstreppe. Fast alle Herren waren mit dem gleichen schwarzen Frack, dem gleichen weißen Hemd und der gleichen schwarzen Halsbinde wie Gilbertos Vater bekleidet, wohingegen nicht eine Dame aussah wie eine andere. Jede von ihnen trug ihre eigene Zusammenstellung an vornehmen und bunten, zum Teil überquellenden, zum Teil sehr knapp bemessenen Stoffen, an Tüchern, Hüten, Schuhen, Handtaschen sowie Kopf-, Hals- und Armschmuck zur Schau.

Beim Hinaufgehen fesselte vor allem das breite, leuchtend grüne und rötlichgemaserte Treppengeländer Gilbertos Aufmerksamkeit.

Auch die anderen schienen an den Wundern des Theaterpalastes nicht vorbeigehen zu können, ohne ein paar Besonderheiten zu erwähnen.

»Ganz Europa ist hier vereint«, hörte Gilberto jemanden sagen.

»Europa? Die ganze Welt.«

»Wieso? Der gelbe Marmor kommt aus Belgien, der weiße aus Carrara und der grüne auch aus Italien, und die Leuchtkörper stammen aus Frankreich und Deutschland und das wunderbare Mosaik beim Eingang ...«

»Und die rosa Säulen?«

»Ja, stimmt. Die kommen aus Argentinien.«

Im Foyer oben nahm der Glanz feinere Züge an. Gilberto traute sich kaum, das getäfelte Palisanderparkett zu betreten. Auch die mit rosa Seide bezogenen und vergoldeten Empirestühle in der Mitte des Foyers schienen eher dem Anschauen zu dienen als dem Sitzen. Hoch oben an der Wand waren mehrere, in Gold eingefasste und umkränzte, lebensgroße Medaillons von Gesichtern angebracht, die nach innen zu blicken schienen. Darunter standen Tafeln mit eingemeißelten Namen. Gilberto vermochte sie ohne fremde Hilfe in dieser kurzen Zeit nicht zu lesen. Doch die Gesichter wirkten überaus bedeutend und wichtig.

Gilberto war ungemein beeindruckt von dieser großen Welt. Schon als er beim Erreichen der Etage über die Mauerbrüstung auf das Vestibül hinuntergeblickt hatte, war es ihm ein wenig schwindelig geworden. Hier herrschten ähnlich abgründige Dimensionen wie die der Raumschluchten im Spiegelsaal der Colombo. Alles erschien viel, viel weiter, großartiger und unergründlicher als zu Hause in der Fazenda.

Schließlich langten sie an ihrer ziemlich weit vorn gelegenen Loge an. Über ein paar Marmorstufen stiegen sie durch einen rosa tapezierten Vorraum mit Spiegeln und einem mit Blattgold verzierten Sitzbänkchen an der Wand. Dann erreichten sie ihren *camarote*, die eigentliche Zuschauerloge, die Endstation ihrer Expedition durch dieses kolossale Gebäude. Erleichtert und erschöpft ließ sich Gilberto auf den Stuhl fallen, den die Großen ihm zuwiesen.

Und schon tat sich ein neues, atemberaubendes Panorama auf. Der große Zuschauersaal. Gilberto blickte in ein riesiges Gewölbe, hell erleuchtet durch einen tonnenschweren Kristallkandelaber an der Decke. Großmutter zeigte für Gilberto auf ein großes, rundes Gemälde, das um den Kandelaber in bläulichen Pastellfarben leuchtete und Nymphen zeigte, die im Kreis hintereinander her tanzten.

Vorn wurde gerade der große Außenvorhang vor der Bühne hochgezogen, dessen Fläche mit perückenbekleideten und bärtigen Männern und darüber fliegenden Engeln bemalt war. Großmutter erklärte, das Gemälde stamme von einem berühmten Maler namens Eliseu Visconti. Unter dem hochgezogenen

Gemälde erschien ein brauner Samtvorhang, der vorerst geschlossen blieb.

Gilberto stützte sich mit den Ellenbogen auf die samtbezogene Brüstung der Loge. Auf diese Weise konnte er unten das Zuschauerparkett inspizieren, dessen Sitzreihen sich ebenfalls zu füllen begannen. Beim Anblick der noch leeren braunen Sitze musste er daran denken, dass heute beim Frühstück seine Großmutter voller Entrüstung daran erinnert hatte, dass für das Leder der zweitausend Sitzbezüge in diesem Theater ebenso viele Rinder hatten getötet werden müssen.

»Wie gut, dass mein Heitor das nicht mehr mitbekommen hat. Dem hätte sein Fazendeiro-Herz geblutet. Bei einer so wichtigen Aufführung wie heute denkt man viel zu wenig an so etwas«, so hatte sie gesagt.

»Ist doch angenehm kühl hier«, bemerkte die Großmutter jetzt plötzlich laut.

Pedro José zeigte mit fachmännischer Miene zum Kristallkandelaber an der Decke.

»Das kommt von da oben«, sagte er. »Vor jeder Theatervorstellung werden riesige Eisblöcke herangeschafft und mit Gänse- und Entenfedern umwickelt, damit sie länger halten, und dann werden sie unter die Kuppel gelegt, wohin die ganze warme Luft hochsteigt und abgekühlt wird.«

»Auch daran haben sie gedacht«, staunte die Großmutter.

»Die haben an vieles gedacht«, erwiderte Gilbertos Vater.

»Und warum braucht man so viel Eis auf dem Dach?«, wollte Gilberto wissen.

»Weil es schmilzt«, erklärte der Vater.

»Und das Wasser tropft nicht hinunter?«

Gilberto blickte mit Vergnügen auf die Köpfe in den Parkettreihen.

»Nein, das fließt natürlich in einen Behälter«, brummte Pedro José etwas ungehalten.

Plötzlich winkten Großmutter und Vater über die Logenbrüstung hinunter. Dort hatten sie an der gegenüberliegenden Seite in der zweiten Parkettreihe zwischen fächelnden Damen und Herren mit vorgehaltenen Operngläsern Tante Ana Paula und neben ihr den dicken, schnurrbärtigen Onkel Luiz Eduardo entdeckt. Beide winkten eifrig zurück.

»Die haben auch gute Plätze«, bemerkte Gilbertos Großmutter befriedigt.

»Keine Logenplätze«, erwiderte Pedro José.

»Es ist eben nicht jedermann mit unserem ehemaligen Außenminister befreundet«, führte Gilbertos Großmutter stolz an.

»Hat man dir gesagt, wer sonst in dieser Loge sitzt?«, wollte Pedro José wissen.

»Ja. Der Prefeito de Gargalo.«

»Und der kommt nicht zu einer Erstaufführung?«

»Der Prefeito de Gargalo weiß schon, warum er sich derzeit nicht in der Öffentlichkeit blicken lässt«, erwiderte Gilbertos Großmutter, geheimnisvoll mit den Augen blinzelnd.

»So?«

»Ich sehe,, du bist nicht auf dem Laufenden darüber, was in der Hauptstadt los ist. Kennst dich inzwischen wohl besser aus in Florida und Johannesburg und in dieser Schweizer Stadt ... Na ... Wie heißt sie bloß?«

»Ja. Und was ist jetzt mit diesem Prefeito?«

»Psst.«

Die beiden schienen erst spät bemerkt zu haben, dass das Licht langsam ausging und alles ringsherum verstummte. Gilbertos Vater warf erst jetzt einen hastigen Blick auf das mitgeführte Programmheft.

»Wer dirigiert?«, hörte Gilberto seine Großmutter flüstern, während unten im Orchestergraben bereits die ersten Takte der schmissigen Musik erklangen.

»Maestro Marinuzzi ... Gino Marinuzzi«, flüsterte Pedro José zurück.

Gilberto war froh, dass es anfing. Nachdem das Orchester eine Weile im Dunkeln vor sich hingeschmettert hatte, öffnete sich der Vorhang. Gilberto musste aufstehen, wenn er die ganze Bühne sehen wollte. Fasziniert erblickte er die farbenfrohe Aufmachung auf der hell angestrahlten Bühne.

Es herrschte großer Betrieb dort. Paradierende Wachsoldaten, ständiges Kommen und Gehen von Leuten in bunter Aufmachung, Trompetenstöße und Wachablösung, lärmende Gassenjungen, die die Wachablösung mit fröhlichem Gesang begleiteten. Dann junge Arbeiterinnen, die, im Chor singend, aus einer Fabrik strömten und von Männern umschwärmt wurden. Gilberto verstand nichts von dem Gesungenen. Doch die Musik hörte sich schön und wohltuend frisch an. Außerdem waren die Soldaten mit schmucken Uniformen bekleidet. Überhaupt gefielen ihm die Männer sehr, auch die Gassenjungen. Besonders einer unter diesen, ein schmaler, langgewachsener mit großen, leuchtend blauen Augen. Doch spielte dieser Junge auf die Dauer keine große Rolle, und alles konzentrierte sich immer mehr auf die Frauen, besonders auf eine, die ziemlich groß und energisch wirkte, eine kräftige Stimme hatte und etwas aufdringlich rote Stiefel und ein dunkles Kleid mit viel Flitterschmuck trug. Sie wurde vom Publikum oft stürmisch beklatscht, auch von Gilbertos Vater und von seiner Großmutter in der Loge. Gilberto begann sich bald zu langweilen. Er verstand die Handlung nicht recht, und sie interessierte ihn auch nicht. Als der Vorhang zum ersten Mal wieder fiel und das Licht anging, blickte er nach oben zu dem Kandelaber, bis das Licht wieder ausging und der Vorhang sich öffnete.

Nachdem sich der Vorhang ein zweites Mal gesenkt hatte, gab es eine längere Pause.

Man vertrat sich die Beine. Gilberto dachte nur noch an das breite, grüne und rötlichgemaserte, zum Vestibül hinunterführende Treppengeländer und hoffte inständig, irgendwann während der Pause dorthin zu gelangen. Pedro José hatte den Arm seiner Mutter in dem seinen.

»Du musst zugeben, dass die Alvarez glänzend ist«, ereiferte sich Gilbertos Großmutter.

»Na ja«, erwiderte Pedro José mit einer wegwerfenden Bewegung seiner freien Hand. »Ich hab kürzlich in Miami eine bessere gesehen, jedenfalls schauspielerisch.«

»Schauspielerisch? Das ist doch gerade ihre Stärke. Dona Regina ist bekannt für ihre Grazie und Eleganz, wo immer sie auftritt.«

»Nur nicht als Zigarettenarbeiterin und Zigeunerin. Dazu passt das nicht.«

»Na, na ... Und ihre Stimme, die gefällt dir am Ende auch nicht?«

»Doch, doch. Durchaus passabel. Sonst finde ich sie nicht sehr einnehmend. Zu kühl, zu abgehoben. Bei Don Escamillo haben sie die richtigere Wahl getroffen.«

»Ich glaube, wenn's ums Theater geht, solltest du das Urteil eher mir überlassen«, meinte Gilbertos Großmutter stolz.

»Wenn du die Opernhäuser in Nordamerika oder in der Schweiz kennen würdest, würdest du wahrscheinlich anders denken«, entgegnete Pedro José ruhig.

Gilbertos Großmutter schwieg.

»Welchen Treffpunkt hast du mit Ana Paula ausgemacht?«, fragte sie, als sie an der obersten Treppe angelangt waren.

»In der Rotunda, neben dem Foyer«, antwortete Pedro José.

Bald waren sie dort.

Gilberto sah Onkel Luiz Eduardo vor einem großen Gemälde an der Wand stehen, auf dem tanzende Paare abgebildet waren. Tante Ana Paula dagegen saß verloren auf der mit weißem

Plüsch bezogenen Rundbank in der Raummitte. Sie wirkte irgendwie missmutig. Als Onkel Luiz Eduardo Gilbertos Vater und Großmutter entdeckte, kam er sogleich fröhlich angelaufen. Tante Ana Paula erhob sich erst nach einer Weile von ihrem Platz und gesellte sich zögernd zu den anderen.

»Na, ihr Lieben«, dröhnte Onkel Luiz Eduardo mit wackelndem Schnurrbart. Er küsste seine Schwiegermutter von oben bis unten ab und verschonte auch seinen armen Schwager nicht. Gilberto beachtete er kaum.

»Ist doch großartig, was unsere Nation zu bieten hat, findet ihr nicht?«, rief er begeistert.

Gilberto flüchtete sich in einige Entfernung, weil er das Gerede nicht mehr ertragen konnte. Er gab nicht die Hoffnung auf, dass sie sich alle bald zur unteren Treppe mit dem breiten, grünen Geländer begeben würden. Allein traute er sich nicht hin.

Er stellte sich vor einen der Spiegel an der Galeriewand und schnitt eine so fürchterliche Grimasse, dass er beim Anblick des Spiegelbildes richtig erschrak. Als er seinen Blick abwandte und nach oben zu den höheren Rängen schaute, entdeckte er, dass die dortigen Wandspiegel nur künstlich aufgemalt waren.

»Du musst doch zugeben, die Habanera, mein Lieber. Die war doch erste Klasse, formidable, extraordinaire, superbe«, hörte Gilberto plötzlich wieder Onkel Luiz Eduardos Bass dröhnen.

Onkel Luiz Eduardo sprach in einem fort weiter. Zwischendurch sang er, offenbar aus der Oper, oder er rezitierte: »Liebe ist wie ein wilder Vogel.« Und als er »Auf in den Kampf, Torero« quakte, hüpfte er dazu im Takt, sodass nicht nur sein Schnurrbart, sondern alles an ihm wackelte.

Endlich waren sie am oberen Ende der ersehnten Treppe angekommen. Gilberto war sicher, dass man sich auf ihr zusammen ins Vestibül hinunter begeben würde. Doch er stellte zu seiner Erbitterung fest, dass sich die Großen nicht vom Fleck bewegten.

Er wartete geduldig eine Weile.

Als Tante Ana Paula, die schweigend mitgetrippelt war, plötzlich in eine ganz andere Richtung drängte, allem Anschein nach zur Damentoilette, sah Gilberto ein, dass er auf eigene Faust handeln musste.

Rasch fasste er einen Entschluss. Er kam überhaupt nicht dazu, über den Wert und die möglichen Folgen dieses Entschlusses nachzudenken. Er sah nur noch das matt glänzende, gerade wegen seiner Kälte so sehr herausfordernde und lockende, rötlichgemaserte Grün des einladend breiten und glatten Treppengeländers. Da der obere Abschnitt der Treppe zu kurz war, rannte Gilberto entschlossen zum mittleren Treppenabschnitt hinab, von dem aus, fast rechtwinklig, ein ausreichend langes Geländer zum Vestibül hinunter führte. Sich bäuchlings diesem Geländer zuwendend, umklammerte er mit beiden Händen den Marmor und sprang mit einem Satz darauf. Alles andere ging wie von selbst. Der Stein war viel zu glatt, als dass Gilberto über sich und die Lage, in die er sich hineinmanövriert hatte, noch irgendwie hätte bestimmen können. Bäuchlings rutschte er in einem Zug, fast so widerstandslos wie im freien Fall, das Geländer hinunter und flog, infolge der Biegung des Geländers nach außen, an dessen unterem Ende aus der Bahn und schlug mit voller Wucht auf den auf dem Marmorboden ausgelegten Samtteppich auf.

Es war ein überraschender Schlag, schmerzhaft und betäubend zugleich. Langsam raffte Gilberto sich wieder auf und erhob sich. Als er knapp wieder auf den Beinen stand, sah er plötzlich seinen Vater dicht neben sich. Als er schuldbewusst zu diesem hochschaute, begegnete er einem vernichtend bösen und strafenden Blick, der sich schlimmer als jede körperliche Züchtigung anfühlte.

Nach dem baldigen Ende der Pause mussten noch die beiden letzten Akte der Aufführung abgesessen werden.

Gilberto fühlte sich bis zum Schluss benommen von dem beschämenden Hinschlag in der Pause und sehnte sich, hundeelend und müde, nach Hause in sein Bett.

Beim letzten, langsamen Hinuntersteigen der Treppe neben dem grünen Marmorgeländer erwog Gilberto ernsthaft, den ganzen morgigen Tag zu den Unabhängigkeitsfeiern in seinem Bett zu verbringen. Diese Erwägung verfestigte sich zum eisernen Entschluss, als sie beim Verlassen des Theatergebäudes bemerkten, dass es in Strömen regnete.

Gegenüber wartete die Straßenbahn auf die heimkehrenden Theaterbesucher. Ihre Sitzbänke waren, wie nach jeder Abendvorstellung des Theatro Municipal, zur Schonung der Abendrobe der Fahrgäste mit weißem Tuch bezogen, weiß wie die *ceroulas*, die langen Herrenunterhosen, weshalb diese Extra-Straßenbahn *bonde de ceroulas* genannt wurde.

Die Herrschaften spannten ihre Schirme auf und begaben sich zum *bonde*.

Auf dem Weg dorthin hörte Gilberto plötzlich zu seiner Verwunderung seinen Vater mit lauter Stimme rufen: »Bei so einem Wetter kann man nur noch auswandern.«

Bernice war eine knappe Woche nach der Beerdigung von Onkel Gilberto zusammen mit ihrer Mutter in die Bundesrat-Zemp-Straße in Hünenberg gefahren, wo sie einige Sachen aus der Studienzeit ihrer Mutter hatte retten wollen. Doch hatten die beiden feststellen müssen, dass das Türschloss ausgewechselt war. Diese Resi hatte dies anscheinend sofort nach Gilbertos Beerdigung oder, wer weiß, vielleicht schon vor seinem Tod veranlasst, als sie den Onkel bei sich in Cham in ihrer »Obhut« gehabt und schon länger jeden Kontakt zwischen Gilberto und seiner Schwester unterbunden hatte.

Bernices Mutter hatte sich bei der Rückkehr in ihr Zimmer zurückgezogen. Bernice selbst saß allein im Wohnzimmer und ließ ihre Gedanken erneut zu ihrem zu Hause zurückgelassenen Foto von Ignácio schweifen, das er ihr endlich, nach wiederholten Bitten, in seinem letzten Brief mitgeschickt hatte. Ein schönes Foto, das ihre Sehnsucht nach ihm gleich um das Dreifache hatte hochschnellen lassen, auch wenn er darauf verändert aussah, Besorgnis erregend dünn und spitz und mit müden Schatten um die Augen, obwohl in den Augen selbst immer noch der unvergessliche dunkle Gebirgsseenglanz lag, der sie von Anfang an so verzaubert hatte.

Bei ihren Gedanken an dieses Foto kam ihr die alte, von ihrer Mutter oben im Dachboden aufbewahrte Familienfotosammlung in den Sinn. Es war ein in enzianblau eingefasstes Album, das früher oft hervorgeholt und von allen gemeinsam angeschaut worden war. Seit dem Tod von Bernices Vater moderte das Album in einem Kleiderschrank vor sich hin, in dem noch während Bernices Kindheit der lange, graugrüne Schweizer

Militärmantel und Säbel ihres Vaters aus den beiden Weltkriegen gehangen hatte. Bernice hatte das Album vor Jahren dort zufällig entdeckt, hatte damals jedoch die sich in der Feuchtigkeit und Kälte teils schon zusammenkrumpelnden Fotoabzüge nur überflogen. Jetzt hatte sie Zeit und Lust, sich dem Kuriositätensammelsurium ausführlicher zuzuwenden.

Bernice begab sich ins Obergeschoss und dort durch die Windfangtüre die knarrende Holztreppe hinauf auf den Dachboden, wo ihr die noch nistende Winterkälte entgegenschlug. Auf dem mittleren Treppenabsatz standen immer noch die leeren Blechschachteln gestapelt, in denen früher alljährlich, bis in den März hinein, das Weihnachtsgebäck aufbewahrt und dann manchmal mittags zum Kaffee heruntergeholt worden war. Der Schrank gleich am Eingang zum Dachboden ließ sich schwer öffnen und roch innen nach Mottengift. Bernice nahm vom Schrankboden das Album und schlug es vorsichtig auf. Mehrere der mit Fotos beklebten schwarzen Pappseiten hatten sich aus der Ringhalterung gelöst, aber alle Bilder hafteten noch fest an ihrer Unterlage. Bernice nahm das Bündel und trug es nach unten in die geheizte Stube, wo sie dessen Bestandteile auf dem Esstisch ausbreitete. Es war ein Durcheinander von vor allem kleinen und schwarz-weißen, glattrandigen oder gezackten Abzügen, teils im Längs-, teils im Querformat, mit sehr unterschiedlicher Anzahl von pro Seite aufgeklebten Bildern, die keinerlei chronologische Ordnung aufwiesen.

Bernices Blick fiel auf eine Seite mit zwei offenbar sehr alten Fotos. Das eine stammte aus dem Adriaurlaub im Juli 1957, mit ihr und Enrico, ihren beiden Eltern, Großvater, Onkel Gilberto und dem damals knapp zwanzigjährigen Ali Klaps. Das andere war eine Aufnahme von Gilbertos Maturafeier irgendwann in den zwanziger Jahren im Landschulheim im Kanton Appenzell. Die ganze Klasse im Sonntagsstaat, alle, obwohl es nur Jünglinge waren, ein bisschen nach Tanzstundenmanier aufgereiht sitzend und die leuchtenden Blicke auf die Tribüne gerichtet, von der aus sie fotografiert worden waren. Sie sahen wirklich aus wie Herrensöhnchen. Sie entstammten, wie Bernice wusste, überwiegend der deutschschweizerischen Hochfinanz, der Politik und Armee. Gilberto wirkte dazwischen zwar ein bisschen fremd und verdrückt, was er damals wohl immer war, nicht eigentlich jedoch wie ein Außenseiter. Bernice glaubte bei der Vergegenwärtigung dieses Fotos im Gegenteil zu spüren, dass Gilberto von seinen Kameraden eher gut akzeptiert war, was er sich in diesem Heim allerdings sehr früh um einen hohen Preis erkämpft hatte.

Der zwölfjährige Gilberto Balthasar Johannes bemühte sich bei seinem Eintritt in die Anstalt kurz nach Ende des Ersten Weltkriegs fast händeringend um Anschluss. Er war schließlich ein Ausländer unter dem Nachwuchs der Schweizerischen Hautevolee, welcher sich trotz der wirtschaftlich und gesellschaftlich gehobenen Position seines Vaters unterlegen fühlte. Außerdem waren unter den Mitschülern viele fein und vornehm aussehende junge Menschen, an deren Anblick sich Gilbertos bislang schlummernde Neigungen nach und nach entzündeten. Besonders Caspar Guido, der Sohn eines Basler Seidenfabrikanten, hatte es ihm angetan. Er erinnerte Gilberto stark an den langgewachsenen, schmalen Jungen mit den großen, leuchtend blauen Augen, der damals beim letzten Opernbesuch in Rio de Janeiro im ersten Akt als einer der singenden Gassenjungen inmitten der blauuniformierten Wachsoldaten aufgetreten war. Gilberto himmelte diesen Caspar Guido regelrecht an. Zuerst geschah dies noch in geschützter Entfernung. Denn, wie auch Gilberto als Neuling lernen musste, gehörte zu den Spielregeln dieser Anstalt die strikte Kontrolle über jede Art von Gefühlen, romantischen oder gar zügellosen Träumereien. Zu den Verboten in dieser Anstalt gehörte auch das Erzählen von unanständigen Witzen, gegenseitige Berührungen, Nebeneinanderliegen und alles, was nach zu großer Nähe aussah. Das ganze Anstaltsleben war von früh bis spät von Disziplin und Askese durchsetzt: der gemeinsame Frühwaldlauf auch in tiefwinterlicher Dunkelheit, das Abspritzen mit kaltem Wasser danach, die karg und eintönig gehaltenen Mahlzeiten, vor denen man sich jedes Mal, am Eingang zum Saal, in Einerreihe aufzustellen und einer peinlichen Visitation der Hände und Fingernägel durch den aufsichthabenden Lehrer zu unterziehen hatte. Selbst bestimmte Körperhaltungen waren vorgeschrieben, wie zum Beispiel das Verschränkthalten der Arme, wenn sie nicht anderweitig gebraucht wurden.

Wie in jedem Regime dieser Art gab es auch in diesem Internat Subkulturen. So gehörte zu den diversen, heimlichen Lustbarkeiten das Sammeln von Käpsli genannten Zündplättchen und deren Abfeuern in ausreichender Entfernung in einem Wald mittels eines dort versteckten, breiten und schweren Holzhammers. Bei der Käpslischlacht standen sich zwei Fraktionen gegenüber: die Zivilisten genannten Industriellensöhne, zu denen auch Caspar Guido gehörte, und die Militärs, meist Söhne von Berufsoffizieren, die sich als die eigentlichen Experten aufspielten und mit ihrem Dünkel die Atmosphäre oft kriegerisch anheizten.

Gilberto schloss sich bald der Zivilistenfraktion an, in der er vor allem in Caspar Guidos Nähe war. Als Erstes fand er heraus, dass die Konkurrenz unter allen Klopfern bereits mit der Beschaffung der Zündplättchen begann. Denn die berüchtigten roten Papierrollen mit den stecknadelkopfgroßen Plättchen im halben Zentimeterabstand waren nur in einer Papeterie im Dorf zu haben, von der das Internat ungünstig weit entfernt war. Eine richtige Chance, an den begehrten Artikel heranzukommen, hatten eigentlich nur die Älteren, zu denen Gilberto noch nicht zählte. Dies stachelte jedoch erst recht seinen Ehrgeiz an. Er beneidete die Größeren überhaupt um ihr Alter und auch um ihre feste Zugehörigkeit zur Schweiz und zu einer gehobenen Gesellschaftsschicht.

Gilberto setzte sich in den Kopf, als Erstes die anderen mit einer absoluten Rekordmenge von zusammengehamsterten Zündplättchen zu überraschen. Er gedachte, die bisherige Höchstzahl von etwa zwei Dutzend Plättchen um ein Vielfaches zu übersteigen, auch, wenn er dafür Zeit benötigte. So weit sein Taschengeld reichte, erwarb er sie käuflich von denen, die bereit waren, ihre im Dorfladen erstandenen Besitztümer zu Wucherpreisen abzugeben. Den Rest bezog er über Tauschgeschäfte, für ein vom Mund abgespartes Frühstücksbutterröllchen oder ein Schälchen Nachtischkompott am Sonntag oder auch für eine Büchse portugiesischer Sardinen aus einem seiner Fresspakete von zu Hause, dessen Inhalte er ebenfalls überteuert verkaufte. Auf diese Weise sammelte sich Gilberto mit Geduld und Bienenfleiß alles zusammen, was ihm zwischen die Finger kam: auch ganz kurze Zündplättchenstreifen, manchmal nur Einzelstücke.

Gilberto fasste darüber hinaus einen noch viel verwegeneren Plan. Er wollte seinen Kameraden nicht nur mit der Menge seiner Erträge imponieren, sondern auch damit, dass er das ganze Arsenal vor den Augen der anderen mit einem einzigen Hammerschlag in die Luft zu jagen gedachte.

»Das gibt den großen Knall«, sagte er sich. »Wenn das den Caspar Guido nicht umhaut, fress ich einen Besen ...«

Dann kam der große Augenblick.

Man hatte sich diesmal, nach Gilbertos andeutungsreicher Vorankündigung, eine größere Waldlichtung ausgesucht, mit ausreichend Platz, um sich in Schutz oder Deckung zu begeben, ohne den freien, weiten Blick zu verlieren.

»In Schutz begeben? Ihr Feiglinge. Ich begebe mich nicht in

Schutz«, trumpfte Gilberto auf, als die anderen sich ihm gegenüber ängstlich äußerten.

Es waren mindestens dreihundert Käpsli, die Gilberto vor den immer größer werdenden Augen der um ihn Versammelten nach und nach aus seinen Hosentaschen zauberte und sie auf das Brett vor sich auf einem Baumstumpf legte.

Es war ein bisschen wie vor einem Duell im Morgengrauen. Fröstelnde, gespannte Stille. Der Boden halbgefroren unter zerbröckelndem Altlaub. Nebelschwaden. Kein einziger Tierlaut. Echter Spätherbst.

Gilberto hatte alles störende Papier um die Zündplättchen herum sorgsam weggeschnitten und schichtete jetzt sein Material auf so engem Raum zusammen, dass eine Entzündung mit einem einzigen Schlag wahrscheinlich war.

Nochmals vergegenwärtigte er sich, was ihm noch gestern ein viel Älterer, der Sohn eines Artilleriemajors, mit väterlicher Bassstimme eingeschärft hatte, nachdem Gilberto ihn, als Einzigen, vertrauensvoll in sein Vorhaben eingeweiht hatte. Nämlich, dass man rechtzeitig vor jedem Knall, zum Schutz seines Gehörs, den Mund möglichst weit aufsperren solle.

Ein letzter suchender Blick zu den Kameraden, vor allem Caspar Guido, den Gilbertos Augen jedoch nirgends fanden.

Gilberto hob als Nächstes den breiten, auf der Schlagfläche ziemlich ausgefransten Holzhammer hoch und streckte ihn nach oben. Zu seiner Beunruhigung bemerkte er jedoch, dass sich der Hammer in dieser Lage anders anfühlte als erwartet, viel schwerer und größer. Auch sonst kam ihm alles fremd und ungewohnt vor, überhaupt nicht mehr bestimmbar. Er spürte plötzlich, dass er die Situation nicht mehr im Griff hatte.

Reflexhaft klappten seine Augen zu. Und mit dem Zuklappen der Augen verlor Gilberto vollends die Kontrolle über seinen großen, schweren Kopf. Dieser vollführte, gegen seinen Willen, einen leichten Ruck nach rechts. Dann merkte er, dass ihm sein Kiefergelenk nicht gehorchen wollte. Zuschlagen, dachte er nur. Zuschlagen. Der große Knall. Alle dreihundert auf einmal. Der Mund wird sich schon öffnen. Los. Zuschlagen.

Als man, vielleicht eine Stunde später, im Sprechzimmer des Schularztes und in Anwesenheit des vollzähligen Lehrerkollegiums, einschließlich Direktor Möhrle und Frau, den tragischen Hergang rekonstruierte, kam heraus, dass Gilberto erst Sekundenbruchteile nach dem Aufschlagen des Hammers den Mund aufbekommen hatte.

In diesem Moment fast noch schlimmer als der Schmerz im linken Ohr, das anhaltende Rauschen und die Taubheit, war für Gilberto der strafende, vorwurfsvolle Blick des Anstaltsleiters, Direktor Möhrle, schon im Arztzimmer und noch lange danach. Ein vernichtender, ein tötender Blick, wie ihm vorkam, der ihn bis ans Ende seiner Internatszeit und darüber hinaus verfolgen sollte. Gilberto hätte ihn wahrscheinlich noch weniger vergessen als den seines Vaters nach dem peinlichen Treppensturz im Theatro Municipal in Rio, wenn die lebenslangen Leiden aus dem jetzigen Unfall nicht dieses Trauma überlagert hätten.

Als Medizinisch-technische Assistentin im Kantonsspital Zug vor Aufnahme ihres Medizinstudiums kam Bernice zum ersten Mal auch mit Erkrankungen im Hals-Nasen-Ohrenbereich in Berührung. Auf diese Weise lernte sie den Verlauf von Onkel Gilbertos fortschreitender Ertaubung des linken Ohres besser zu verstehen. Von dem Vorfall in dem Käfikoner Landschulheim hatte er ihr des Öfteren schon erzählt. Was sie vor ihrer medizinisch-technischen Assistententätigkeit weniger verstanden hatte, war die kurzzeitige Besserung schon wenige Tage nach dem Unfall, die falsche Hoffnung, die man dem Jungen gemacht hatte und dann, vielleicht ein Monat später, der eigentliche Beginn des sich über Jahrzehnte hinziehenden, quälenden Verfalls des linken Ohrs, das der Schallquelle des Knalls zugewandt gewesen war. Dadurch waren so viele der feinen Sinneszellen oder Sinneshaare des so genannten cortischen Organs im Innenohr zerstört worden, dass sich dieses nie mehr erholen konnte, im Gegenteil, ein sehr langsames, aber sukzessives Absterben des ganzen Innenohrapparats setzte ein. Deshalb hatte Gilberto Bernice bei den gemeinsamen Wanderungen während ihrer Kindheit zwar bis zuletzt Bäume und Pflanzen erklärt und sie mit denen der brasilianischen Vegetation verglichen, hatte jedoch immer weniger Sinn für die Welt der Vögel gezeigt, deren Zwitschern er, je nach der Richtung, aus der es kam, angeblich nicht mehr hörte. Gilberto verstand auch Bernice immer schlechter, obwohl er sich mit Männern immer noch mühelos unterhalten konnte. Noch seltsamer war, dass dieselben Frauenstimmen, die er angeblich immer schlechter wahrnahm, manchmal plötzlich dann erklangen, wenn sie in Wirklichkeit gar nicht da waren. Sie schienen Gilberto regelrecht zu überfallen so wie auch andere Geräusche, über die er klagte, wie anhaltendes Summen, Pfeifen, Klingeln oder ein plötzliches Knacken, wobei die sich in dieses Klanggewirr einschleichenden Frauenstimmen ihm meistens etwas Unanständiges zuriefen oder befahlen, ihn beschimpften und bedrohten. Während seiner letzten Jahre schlug Gilberto – jedenfalls nach der hämischen Behauptung seiner Adoptivschwiegertochter Resi – gelegentlich sogar mit dem Stock gegen diese Stimmen an, die er hauptsächlich als diejenige seiner Großmutter in Rio oder seiner verrückt gewordenen älteren Schwester Maria Antônia erkannt haben wollte. Erst während ihrer medizinischen Ausbildung verstand Bernice, dass Gilbertos zunehmender Hochtonverlust in keinerlei Widerspruch stand zu seinen scheußlichen Gehörsensationen und dass beides eine Folge der Zerstörung seines einen Innenohres war. Auch die später voranschreitenden Veränderungen in Gilbertos Verhalten, ja, in seinem ganzen Wesen, vermochte sie seitdem leichter einzuordnen. Sein sich krankhaft steigerndes Misstrauen, seine Neigung, alles und jedes gegen sich gerichtet zu sehen, besonders fremdes Lachen, seine überstarke Irritierbarkeit und Ängstlichkeit bei allen uneindeutigen oder vielfachen Geräuschen wie etwa im Straßenlärm und schließlich Gilbertos im hohen Alter gelegentlich geäußerten Klagen, dass sich seine ganze linke Gesichtshälfte taub und wie abgestorben anfühle und er mit seinem linken Auge nicht mehr richtig sehen könne.

Da Gilberto de Melo auf Grund der reflexhaften Rechtsdrehung seines Kopfes Sekunden vor dem Knall ein intaktes rechtes Ohr behalten hatte, lernte er dies, im Schulunterricht und bei allen sonstigen Gesprächsgelegenheiten im Internat sowie zu Hause, rasch mit einer entsprechenden linksseitigen Kopfhaltung auszugleichen. Deshalb dachte er, damals jedenfalls, auch nie an die Hinzuziehung technischer Hilfsmittel wie etwa Hörapparate, die zu dieser Zeit kaum entwickelt waren. Gilberto bestand auch ohne Hörapparat fast sieben Jahre später seine Matura, und er vermochte auch ohne diesen sein ganzes Agrarökonomiestudium an der Zürcher Eidgenössischen Technischen Hochschule einschließlich glanzvoller Abschlussexamina zu absolvieren. Bei seiner Musterung durch eine der so genannten Aushebungskommissionen der Schweizer Armee bald nach Erwerb der Staatsbürgerschaft wurde er hingegen nur als hilfsdiensttauglich eingestuft. Was Gilberto nicht weiter grämte. Denn so konnte er sich mit voller Kraft seiner Wissenschaft widmen, die ihm kurz vor seiner Vorladung zur militärischen Musterung eine Assistentenstelle an der Hochschule für Wirtschaftswissenschaften in Sankt Gallen eingebracht hatte.

Trotz des fortschreitenden Abbaus seines Hörvermögens behalf sich Gilberto bis zu seiner Berufung als Professor zurück an die Zürcher Hochschule allein mit seinen kompensatorischen Kopfstellungen. Dies änderte sich später bei seinen noch verantwortungsvolleren akademischen Auftritten. Zum Beispiel, als er bald nach Ausbruch des Zweiten Weltkrieges vor der zuständigen Eidgenössischen Anbaukommission seine neuesten marktwirtschaftlichen Erkenntnisse vortrug, die er als grundlegend für die Realisierung des so genannten Wahlenplanes betrachtete. Eine Zeit lang quälte er sich mit einem in den dreißiger Jahren entwickelten, ersten tragbaren und in einem Koffer untergebrachten, elektrisch betriebenen Hörgerät. Dieses war qualitativ zwar brauchbar, jedoch sehr schwer und unhandlich, kompliziert in der Bedienung und unwirtschaftlich wegen des raschen Verbrauchs der Batterien. Auch die klobige, so genannte Hörbrille mit Miniaturapparat im Bügel aus den fünfziger Jahren legte er spätestens ab, als er es während seiner sich vertiefenden Bekanntschaft mit Ali Klaps als ästhetisches Hindernis empfand. Ihr Nutzen wurde wegen der weiter zunehmenden Ertaubung des linken Ohres ohnehin immer geringer. Die Verschlechterung von Gilbertos Gehör schritt rascher voran als die Verbesserung der Hörgeräte.

Die behördlich nüchterne Form der Mitteilung dämpfte keineswegs Berenices Wut und ihre Trauer. Es fühlte sich für sie im Gegenteil eher so an, wie wenn Eis oder gar Trockeneis mit einer offenen Wunde in Berührung kommt. Es war nichts Neues, was sie erfuhr, nur eine amtliche Festlegung, eine offizielle Maßnahme, Unrecht zu Recht, Unordnung zu Ordnung und Wahnsinn zu Vernunft umzuschreiben.

Jetzt hielt Bernice also das kompromittierende Schriftstück in der Hand. Eine Verfügung durch den Einzelrichter im summarischen Verfahren aus dem zuständigen Kantonsgericht Zug. Sechs Seiten, in vergißmeinnichtblauem Heftrand eingefasst, mit Stempel und Unterschrift des Gerichtssekretärs und adressiert an Bernices Mutter, Lelia Santini in Oberwill am See.

Lelia hatte ihrer Tochter das Schriftstück wortlos überreicht und sich dann stillschweigend aus dem Haus begeben.

Im Nachlass von ... Geboren am ... Bürger von ... gestorben am ... zuletzt wohnhaft gewesen in ...

Die Angabe zur letzten Rubrik – 6331 Hünenberg – stimmte schon nicht. Onkel Gilberto war zwar bis zuletzt dort gemeldet gewesen, aber die letzten drei Jahre seines Lebens hatte er in Cham zugebracht. Bei seiner schon länger verwitweten, so genannten Adoptivschwiegertochter. Zur Pflege. Nach einer mehr oder weniger gewaltsamen Verschleppung dorthin in deren Privatauto.

Bernice las kopfschüttelnd die eigentliche Verfügung des Einzelrichters. Nämlich, dass als eingesetzte Erbin die folgende Person in Betracht käme: a. (obwohl es gar kein b. gab): Resi

Klaps-de Melo, verw., geb. am ..., Schweizer Staatsangehörige, wohnhaft an der Möslimattstraße in Cham. Anschließend wurde als Vermächtnisteilnehmer Frau Franziska Scheuch genannt. Die Verfügung, so hieß es weiter, werde zugestellt an die erwähnten gesetzlichen Erben, die eingesetzte Erbin, den Willensvollstrecker und das Gemeindesteueramt Hünenberg. Einspruch gegen die Verfügung könne binnen Monatsfrist nach Zustellung erhoben werden. Die Anfechtung des Testaments selbst habe auf dem Wege der gerichtlichen Klage beim Friedensrichter des letzten Wohnsitzes des Erblassers zu erfolgen etc. etc.

Das Schlimmste von allem war die dem Schriftstück beigefügte Kopie der handschriftlichen fünf Fassungen von Gilbertos Testament. Kaum leserlich, mit zittriger, zerfallender Schrift, voller Korrekturen und Striche und mit wirren, kaum zusammenhängenden Inhalten. Darunter bestätigte ein dicker Beglaubigungsstempel des Zuger Kantonsgerichts die Übereinstimmung der Kopie mit dem Original.

Bernice wandte sich voller Ekel von dem Schriftstück ab und versuchte krampfhaft, ihre Gedanken in eine andere Richtung zu lenken. Nach einer Weile blätterte sie erneut in der Akte, wissend, dass sie nicht darum herum kam, sich näher damit zu befassen.

Sie schlug die letzten zwei Seiten, die schrecklichen Handschriftenkopien im Anhang, auf. Sie wusste nicht, wo dort anfangen und wie sich hindurchfinden. Als Erstes entdeckte sie, dass vier der fünf Testamente ziemlich genau in Monatsabständen verfasst worden waren, etwa ein Jahr vor Gilbertos Tod. Das letzte stammte vom vergangenen Oktober. Jedes war höchstens eine Seite lang. Seine Abfassung schien mit einer enormen körperlichen und geistigen Kraftanstrengung verbunden gewesen zu sein. Wahrscheinlich hatte der Schreibende viel Zeit dafür benötigt und mehrere Erholungspausen eingelegt.

Außerdem schien es, als habe eine fremde Hand die seine geführt.

Bernice beschloss, die Dokumente der Reihe nach durchzugehen.

Das erste Testament bestand nach der Nennung des gesetzlichen Nachlassverwalters fast nur aus persönlichen Animositäten gegen eigene Verwandte, gegen Maria Antônia und Bernice selbst. Allein drei Mal hieß es, der Nachlass dürfe nicht in falsche Hände kommen, mit »Nachdruck« und mit der Forderung, dies müsse »respektiert« werden, jedes Mal unter Anführung von Maria Antônias und Bernices Namen, so als hätte der Verfasser das eine Zeile weiter oben Geschriebene bereits wieder vergessen.

Was bezweckte der Onkel mit diesen wiederholten Seitenhieben gerade auf Bernice, die doch gar keine gesetzliche Erbin war? Ihre Mutter Lelia war es, doch nicht sie. Wusste das Gilberto nicht oder nicht mehr?

Im zweiten Testament wurde vor allem eine »angemessene Schenkung an Frau Franziska Scheuch« erwähnt. Der Betrag in Schweizer Franken bestand aus einer eins und sechs Nullen, also einer Million. Für die eigene Sekretärin eine astronomische Summe, die wahrscheinlich sogar Gilbertos Gesamtvermögen überstieg. Da allerdings zwischen der zweiten und dritten Null eine größere Lücke lag, wie üblicherweise bei der Zahl einhunderttausend, waren damit möglicherweise auch einhunderttausend Franken gemeint, was immer noch erstaunlich hoch war.

Im dritten Testament hieß es plötzlich, der Nachlass solle zwischen Gilbertos beiden Geschwistern Maria Antônia und Lelia geteilt werden.

Im vierten war zum ersten Mal von den Tantiemen aus Gilbertos wissenschaftlichen Büchern die Rede. Die eine Hälfte sollte Frau Scheuch und die andere Resi Klaps-de Melo zufallen.

Schließlich wurden im fünften Testament die ersten drei Testamente widerrufen und nun gesagt, Lelia sollte hundertdreißigtausend Franken bekommen und Resi den ganzen Rest.

Was in diesen Testamenten allerdings fehlte, waren die Liegenschaften: das Hünenberger Haus und vor allem der Ferienbungalow in Gstaad, der offensichtlich nicht mehr als gemeinnützige Stiftung existierte, weil der Eigentümer dies widerrufen hatte. In keinem der Testamente stand jedoch etwas von einem solchen Widerruf. Wie war das zu erklären?

Im Grunde interessierte es Bernice nicht wirklich. Sie wandte sich jetzt endgültig von dem Dokument ab und flüchtete mit ihren Gedanken zu Ignácio. Es war ihr in diesem Augenblick so wichtig wie noch nie zu wissen, dass es ihn gab und dass er, weit weg, auf sie wartete. »Was habe ich bei meinen Leuten und in diesem Land hier eigentlich noch zu suchen? Was hält mich hier fest?«, dachte sie zum ersten Mal.

Die gerade dreißigjährige Lelia de Melo hatte den ganzen Nachmittag zusammen mit Elsie Sauerkraut mit Wacholderbeeren in großen Steinguttöpfen eingelegt, mehrere Kilogramm für den bald nahenden, schon fünften Kriegswinter. Dann hatte sie sich rasch die Haare gewaschen und hochgesteckt. Sie hatte ihre schönste weiße Hemdbluse angezogen und war dann von der Bundesrat-Zemp-Straße zu Fuß aufgebrochen, ihren früheren täglichen Weg zum Schulhaus Wart. Ein paar Häuser hinter der Schule lag das stolze, alte Rössli, in dem sie früher mit Papa ihre Schulzeugnisse gefeiert hatte. Das Gasthaus hatte Atmosphäre und eine aus allen Wänden atmende Geschichte, die bis zu den Burgunderkriegen zurückreichte. Im Säli desselben Gasthauses wurde heute um zwanzig Uhr vom Katholischen Trachtenverein St. Wolfgang ein Unterhaltungsprogramm mit Musik, Tanz und Tombola veranstaltet.

Lelia war auf dem Gang dorthin guter Dinge, vielleicht sogar von schönen Vorahnungen erfüllt. Die Anforderungen in ihrer neuen Tierarztpraxis waren hart, überall in der Umgebung grassierte die Maul- und Klauenseuche. Dabei war Lelia mit ihren eigenen Malaisen genug beschäftigt, die durch die minderwertige Ernährung, die strenge Rationierung der Lebensmittel hervorgerufen wurde. Das gänzliche Fehlen bestimmter Artikel, wie zum Beispiel Eier, bildete eine doppelte Belastung. Denn gerade aus Eiern hatte ihr Vater ihr früher täglich eigenhändig das Gelb mit ein bisschen Zucker und Cognac angerührt, damit sie, das Bleichgesicht, wie er sie immer zärtlich nannte, wieder zu Kräften kam – obwohl Lelia auf der anderen Seite immer schon eine außerordentlich willensstarke und zähe

Person gewesen war, was allein schon in ihrer vorgewölbten Stirn und dem schaufelartig herabstehenden Unterkiefer zum Ausdruck kam und erst recht in ihrem unverwüstlichen, blinden Optimismus und ihrem singenden Frohsinn, der alle Hindernisse umzurennen vermochte. In eben dieser Stimmung strebte Lelia, in genauem Einklang mit ihren Schritten durch die Zähne pfeifend, auf ihr abendliches Ziel zu.

Es war in der Tat ein erstaunliches Zusammentreffen. Der freundliche ältere Herr, der Lelia bereits nach der ersten Viertelstunde im Säli zum Tanz aufforderte, war Giuseppe Santini, ein Geschäftspartner ihres Vaters.

»Ich habe mir doch gleich gedacht, dass Sie irgendwie zu dem Herrn Melo gehören«, sagte er, als sie sich, beide ein bisschen erschöpft, von der Tanzfläche nach hinten an eine der Tischreihen mit Holzbänken ohne Lehne begaben.

»Dabei seh ich ihm gar nicht ähnlich«, entgegnete sie spitz und mit ihrem charakteristischen, nervösen Lachen, das trotzdem so etwas Einnehmendes zu haben schien, dass sich ihr Kavalier dazu ermutigt fühlte, weiter zu reden.

»Wer wird als Tochter eines so reizenden Vaters diesem nicht ähnlich sehen?«, beharrte Giuseppe Santini mit gespielter Entrüstung.

»Ich scheine eher meiner Mutter nachzuschlagen«, setzte Lelia dem unbeirrt und mit einem breiten Lächeln entgegen.

»Wieso scheinen? Können Sie sich nicht mehr an sie erinnern?«

»Ich war ein Jahr alt, als sie starb.«

»Ach ja, richtig, in Brasilien. Ihr Vater hat es einmal erwähnt.«

»Sie sind auch nicht von hier?«, erkundigte sich Lelia aus Höflichkeit und auf Santinis italienischen Akzent anspielend. Sie wusste bereits von ihrem Vater, dass er aus dem Kanton Tessin stammte.

Giuseppe Santini bestätigte ihr dies und begann dann erst recht von ihrem Vater zu schwärmen. Wie dankbar er ihm sei dafür, dass er seine Zuger Weinhandlung dadurch vor dem Konkurs gerettet hätte, dass er über seine Chamer Import-Export-Firma Santinis schrumpfende Tessiner Weinbestände mit nur äußerst schwer zu beschaffenden Produkten aus dem faschistischen Italien aufgestockt hatte, nicht nur mit erlesenen und preiswerten Valpolicella- und Chiantiweinen, sondern auch mit Oliven und Zitrusfrüchten.

»Ich weiß nicht, wie er das fertig bringt«, meinte Giuseppe fast schmachtend und mit Augenaufschlag.

»Mein Vater kann eben alles«, kommentierte Lelia, wieder spitz lachend.

»Er ist wie ein Vater auch zu mir«, seufzte Giuseppe, was Lelia wiederum überraschte. Denn Giuseppe, sicher nicht mehr als fünfzehn Jahre jünger als Papa, hätte genauso gut auch ihr Vater sein können.

Sie sprachen über die derzeitigen Schwierigkeiten, an Nahrungsmittel heranzukommen, und über den Krieg allgemein und über die Einschätzung der Lage an allen Fronten. Die Kräfteverhältnisse hatten sich dort inzwischen eindeutig zu Gunsten der Alliierten Streitkräfte verschoben, ungeachtet der immer noch fortdauernden Ungewissheiten, Ängste und Befürchtungen.

Giuseppe und Lelia gestanden sich gegenseitig, dass sie regelmäßig zwischen 19.10 Uhr und 19.25 Uhr, hinter geschlossenen Verdunklungsvorhängen, aus dem Landessender Beromünster ihres Radiogerätes die Weltchronik des Geschichtsprofessors Jean Rudolph von Salis hörten. Sie unterhielten sich über den derzeitigen erfolgreichen Fortgang der Gegenoffensive der Roten Armee. Nach Charkow Ende August stand jetzt Smolensk kurz vor dem Fall. Als um so schmerzlicher beklagte Lelia die dramatische rückläufige Entwicklung in Italien, trotz Mussolinis Sturz im Juli und der kürzlich geglückten Landung der Alliierten in Sizilien und Kalabrien. Am 10. September hatten deutsche Truppen Rom besetzt, und Mussolini, zwei Tage später durch ein deutsches Fallschirmjägerkommando befreit, war jetzt Regierungschef der selbst ernannten Republik von Salò in Norditalien.

»Wie soll das jetzt alles weitergehen?«, fragte Lelia. »Wenn ich nachts das Dröhnen der alliierten Bomber höre, die unser Land überfliegen, dann hoffe und bete ich, dass der Feind bald endgültig in die Knie gezwungen wird und bald wieder Frieden und Sicherheit einkehren und wir in Ruhe und ohne die ständige Angst unser Leben weiterführen können.«

»Dabei haben wir im Ganzen großes Glück gehabt bisher«, meinte Giuseppe.

»Ja, unsere strikte Neutralitätspolitik«, ergänzte sie, ganz im Einklang mit ihrem Vater, der die Neutralität der Schweiz die ganzen Kriegsjahre hindurch als das heiligste Prinzip der Politik verfochten hatte. »Sich aus den fremden Streitigkeiten heraushalten, aus dem schmutzigen Geschäft der Politik. Ich glaube, das Entscheidende ist unsere günstige Lage«, sagte sie. »Die Alpenfestung. Das Reduit.«

Täglich fuhren zu dieser Zeit Militärkolonnen vorbei, und die Straßen waren voller Soldaten. Dann die Manöver im Reußtal und die Artilleriestellungen auf dem Aibis, deren Gefechtsübungen für den Ernstfall man besonders nachts hörte. Im vergangenen Winter sollte schon zum zweiten Mal eine ganze Kompanie in ihrem Haus einquartiert werden, die von zwei Meldefahrern auf Fahrrädern für irgendwann in der kommenden Nacht angekündigt wurde.

»Eine Kompanie? Wir haben nur zwei freie Betten.«

»Die sind nicht so anspruchsvoll. Die legen sich überall hin«, hatte der eine, anzüglich lachend, Lelia ins Gesicht gesagt und dabei den Lederriemen an seinem Helm gelockert.

Doch der Kelch war auch diesmal an den Melos vorübergegangen. Denn am Ende der Bundesrat-Zemp-Straße war der Bauernhof der Meiers. Dort gab es immer etwas zu essen und einen Stall, in dem die Soldaten im Heu untergebracht werden konnten, zusammen mit ihren Pferden und den Munitionswägelchen, und die Zimmer im Haus blieben für die Offiziere reserviert. In jenem Winter war Lelia besonders froh gewesen, verschont worden zu sein. Denn diesmal waren es Minenwerfer gewesen, völlig verdreckt von den Übungen und mit weißen Binden an den Helmen, die den Feind markierten. Bis tief in die Nacht hatte man das Grölen, begleitet von einer Ziehharmonika und Blasinstrumenten, gehört. Und im Morgengrauen, hieß es, hätten sich mehrere unbekannte Frauenzimmer in liederlicher Aufmachung aus dem Hof geschlichen. Das gehörte anscheinend alles zur Kampfbereitschaft unseres Vaterlandes.

»Unser Verteidigungswille verschafft uns den nötigen Respekt im Ausland«, fügte Lelia hinzu.

Giuseppe vollführte eine schwankende Kopfbewegung, als sei er mit dieser Bemerkung noch nicht zufrieden.

»Wir haben auch politisch und wirtschaftlich unseren Teil dazu beigetragen«, wollte er ergänzt wissen.

Dann führte er aus, was er damit meinte: Die Freigabe der Schweizer Alpentunnels für den Warentransfer zwischen Deutschland und Italien in plombierten Zügen, täglich allein tausendachthundert Güterwagen von Deutschland nach Italien, wobei diese Tunnels im Angriffsfall, wie alle Brücken und Straßen, jederzeit in die Luft gesprengt werden konnten. Dann die notwendigen Handelszugeständnisse an die Achsenmächte. Ohne ständige Kohle-, Erz- und Treibstoffimporte aus dem Deutschen Reich wäre die Schweizer Wirtschaft innerhalb von Monaten zum Erliegen gekommen, erklärte Giuseppe.

»Denn ohne Kohle kein Zement, und ohne Zement kein Bau und schon gar keine Alpenfestung. Und ohne deutsches Saatgut und Düngemittel wäre auch der Wahlenplan nie durchführbar gewesen«, sagte er. »Das hat uns doppelt gerettet. Und dann die vielen sicheren Bankkonten mit ausländischem Vermögen. Doch das allein ist es nicht. Das Wichtigste ist und bleibt der entschlossene Verteidigungswille unserer Schweizer Schicksalsgemeinschaft«, beendete er stolz seine Erläuterungen.

Lelia pflichtete Giuseppe uneingeschränkt bei, obwohl dieser bei seiner Argumentation eine wichtige und unangenehme Sache ausgelassen hatte: die Lieferung von Waffen und anderem Kriegsmaterial nach Deutschland und die Aufrüstung des eigenen Landes vor allem während der ersten Kriegsjahre. Lelias Vater fühlte sich immer noch einem Mitglied des Verwaltungsrates der Maschinenfabrik Bührle in Oerlikon verpflichtet, weil dieser die Einbürgerung der ganzen Melo-Familie in die Schweiz kurz vor Hitlers Machtergreifung maßgeblich unterstützt hatte. Pedro José de Melo, inzwischen im Besitz vieler Bührle-Aktien, hatte von seinem Wohltäter erst ziemlich spät von den Waffenexporten nach Deutschland erfahren. »Damit haben wir doch keine politische Position bezogen«, hatte Pedro José seiner Tochter gegenüber wiederholt betont. »Geschäft ist Geschäft. Politisch bleiben wir neutral.«

»Sind Sie auch in unserer Armee eingeteilt?«, fragte Lelia mit Betonung auf unserer.

»Ich war es«, sagte er. »Schon im Ersten Weltkrieg. Ein Schatten auf der Lunge hat inzwischen mein Dienstverhältnis beendet.«

Dies war ihm sichtlich peinlich. Lelia fiel ein, dass ihr Bruder Gilberto überhaupt nie der Armee angehört hatte, und war froh, dass Giuseppe nicht danach fragte.

Giuseppe erkundigte sich an diesem Abend mit wachsender Aufmerksamkeit und fürsorglichem Unterton nach allen Einzelheiten von Lelias Leben, ihrer Vergangenheit, ihren Vorlieben und Plänen. Und sie war stolz, ihm zu erzählen, dass sie als die Einzige von ihren Geschwistern nie in ein Internat geschickt worden sei, sondern ihre Matura an der Zuger Kantonsschule absolviert habe. »Die beste Matura dort seit neun Jahren, nachdem ich zwei Klassen übersprungen habe«, wie sie betonte, und dass sie heute, obgleich schon berufstätig, immer noch bei ihrem Vater wohne, damit er nicht so allein sei und weil er sein einstiges Nesthäkchen, sein Bleichgesicht, immer noch gern um sich habe. Was Lelia dann aus ihrer veterinärmedizinischen Ausbildung an der Zürcher Universität und aus ihrer jetzigen Chamer Praxis berichtete, hörte sich für den Weinliebhaber und Amateurkoch Giuseppe Santini wahrscheinlich weniger appetitlich an. Doch was Lelia auch erzählte, Giuseppe Santini hing den ganz Abend lang verzückt an ihren jungen Lippen.

»Kennen Sie eigentlich meinen Bruder?«, fragte sie unvermittelt. »Nein? Hätte ja sein können ... Dem sehe ich nämlich ähnlich«, sagte sie schnippisch unter Bezugnahme auf ihre Anfangskonversation. Denn sie begann, sich Giuseppe gegenüber immer sicherer zu fühlen. Und um in Giuseppes Achtung noch höher zu steigen, ließ sie auch etwas von den beruflichen Erfolgen ihres Bruders durchblicken. Dessen Berufung zum ordentlichen Professor für Agrarökonomie an die Eidgenössische Technische Hochschule in Zürich vor rund drei Jahren, vielleicht nicht ganz ohne Zutun der einflussreichen Beziehungen ihres Vaters bis hinauf zu Bundesrat Motta, ließ Lelia diskret einfließen. »Das Maßgebliche seien natürlich Gilbertos eigene, fast endlose Veröffentlichungsliste und dessen spektakuläre Kongressauftritte gewesen«, sagte sie, und dass man ihn in der Fachwelt zu den geistigen Wegbereitern des Wahlen-Plans zählte, der derzeitigen Nutzung aller amtlich registrierten, privaten und öffentlichen Grünflächen der Schweiz, einschließlich Parks, Wiesen und Plätze usw. für den Getreide- und Kartoffelanbau. Am meisten interessierte Giuseppe Gilbertos nebenamtliche, sozusagen private Beraterrolle in der Firma ihres Vaters während der schwierigen Kriegszeit.

In ihrem Wunsch, Giuseppe Santini zu beeindrucken, ließ sich Lelia anschließend über die beruflichen Erfolge ihres Vaters aus und über dessen Absicht, sich bald nach Kriegsende in den Ruhestand zurückzuziehen, sodass Giuseppe sicher einen realistischen Eindruck von Pedro Josés finanziellen Verhältnissen gewinnen konnte. Als sie schließlich die Angelegenheit mit der Staatsbürgerschaft ihrer Familie klärte, kommentierte Giuseppe nur lakonisch: »Aha, ein Papierlischwyzer ...«

Zu jeder Heiratsgeschichte gehört ein zündender Funke. Der Augenblick, da das Paar zusammenfindet, zuerst in der Vorstellung, dem Wunsch nach, dann durch Blicke und wie beiläufige und flüchtige Berührungen, bis man einander schließlich in die Arme fällt etc. So war es eigentlich immer gewesen. Zwischen Heitor und Jennifer Manuela, Ana Paula und Luiz Eduardo, Pedro José und Victória. Wann an jenem Unterhaltungsabend jener zündende Funke aufgekommen war, falls es ihn überhaupt gegeben hatte, wurde nie berichtet. Weder von Lelia noch von Giuseppe. Vielleicht bestand der zündende Funke allenfalls im rasanten Tempo, mit dem sich die Eheschließung vollzog.

An einer großzügigen Mitgift ließ es Lelias Vater nicht fehlen. Zusätzlich zu den über hundert Goldvrenelis mit der Prägung aus dem Jahr 1935, in einem eigenen Banksafe untergebracht, gab er sein unschätzbares, noch aus Victórias Besitz stammendes Kaffeeservice her, das vor seiner Übersiedlung in die Schweiz in deren Salon in Portobelo unter dem Bild mit der Bucht von Rio gestanden hatte. Für den täglichen Gebrauch hier hatte er ein zweites, längst nicht so wertvolles erstanden. Umso mehr wusste Lelia dieses Geschenk zu schätzen. Es war und blieb bis heute immer vollständig: vierundzwanzig Teile, mit blauem Muster auf weißem Grund, und sollte von Lelia fortan nur zu Weihnachten benutzt werden, wenn ihr Vater zu Besuch kam und aus der Vergangenheit erzählte.

Das weitaus Schwierigste in Anbetracht der Lebensmittelknappheit war die Organisation eines standesgemäßen Hochzeitsessens. Für Lelia war dies allerdings ein ausgemachter Sport. Der kleinste Aufwand bestand noch darin, die lebenswichtigen Reservebestände im Keller anzubrauchen: die Konservenkisten, die Einmachgläser, Fässer und Steinguttöpfe. Lelias rechnerische und organisatorische Meisterleistung offenbarte sich jedoch in der Beschaffung von Bezugskarten einer vertretbaren Mindestmenge an Zutaten für die gewünschten Gerichte. Das Menü, welches das Brautpaar zusammenstellte, bestand zwar nicht aus den Gängen, die sich die beiden an ihrem ersten Abend irgendwann zusammen ausgemalt hatten. Vorgesehen waren jedoch immerhin eine Käsesuppe, Wienerli mit Kartoffelsalat und eine selbst gebackene Rüblitorte.

Mit dem Kartenhamstern konnte nicht früh genug begonnen werden. Denn mit der täglichen Zuteilung von nur siebzehn Gramm Mehl, siebenunddreißig Gramm Zucker, sieben Gramm Butter und fünfzig Gramm Frischfleisch pro Woche pro Person kam man nicht weit. Lelia gab allerdings nicht die Methoden preis, mit denen sie ihre Wundersammlung vollbrachte; nur in einem Fall machte sie eine Ausnahme: bei Maria Antônia. Diese lebte seit dem politisch begründeten Selbstmord ihres aus der Mongolei stammenden Gatten Yun Tse vor sechs Jahren, nach dem Überfall Japans auf China, in einem seelisch und körperlich gebrochenen Zustand völlig zurückgezogen im Haus ihres Vaters. Sie nutzte seit der Lebensmittelrationierung ihre Zuteilungen nur sehr unregelmäßig, verschenkte oder verlor den größten Teil ihrer Karten. Die Mengen an Papierquadrätchen mit genauer Angabe der Gramme, die Lelia allein von ihrer Schwester bezogen und in ihrer kleinen Zelluloidhülle gehortet hatte, waren unglaublich. Demnach schien Maria Antônia auf jede Nahrung überhaupt zu verzichten. Doch niemand fragte Lelia weiter danach.

Einzig in ausreichenden Mengen vorhanden war das im eigenen Garten angepflanzte Obst und vor allem Gemüse, das man zu einem ergiebigen, wenngleich nicht sonderlich schmackhaften Brei zu verarbeiten pflegte. Papas Blumengarten war in den letzten Jahren im Sinne der landesweit verordneten »Anbauschlacht« von Professor Wahlen in einen kleinen Acker umgewandelt worden, in dem vor allem Kartoffeln und eine besonders haltbare und gegen Braunverfärbung resistente Sorte Wachsbohnen aus Samentüten gepflanzt und gezogen wurden und wo auch kleine, überwiegend madige Beeren an einigen Stauden reiften. Mit diesem Gewächs ließ sich das Hochzeitsessen notdürftig strecken.

Nicht weniger rasch und glatt vollzog sich die Inbesitznahme des Ehe-Domizils in Oberwil. Es war ein hübsches Häuschen am See mit rotem Dach und vielen kleinen Erkern und Balkönchen, und fast über jedem Fenster war eine kleine blaue Markise wie eine Augenklappe angebracht. Das Anwesen war innen und außen in tadellosem Zustand. Da die Vorbesitzer fast alle großen Möbel zurückgelassen hatten, mussten hauptsächlich Geschirr und Wäsche und ein bisschen Kleinmobiliar neu angeschafft werden. Hier ließ Pedro José all seine Geschäftsbeziehungen spielen, um seiner Tochter zu einer anständigen Aussteuer zu verhelfen. Er ergatterte nicht nur eine komplette Schlafzimmergarnitur, sondern auch einige Polstersessel und ausreichend Kochgeschirr. Er vermochte auch einen befreundeten Offizier dazu zu bewegen, ihm aus einem Stofflager für Armeebekleidung eine für die Anfertigung von Bettwäsche ausreichende Menge Leinen abzuzweigen. Pedro José blühte, je länger und erfolgreicher er wirkte, sichtlich auf, so, als gälte es, nochmals seine eigene Hochzeit zu besorgen wie damals, als er, noch in ganz anderen Verhältnissen, Victória mit von weither eingeführten, edelsten Kleidungsstücken und anderen Kostbarkeiten beschenkt hatte und für sie auf dem Grundstück der Prosperidade eigens einen spanischen Pavillon mit Ziergarten davor hatte erbauen lassen.

Nach Lelias und Giuseppes Einzug in ihr neues Heim an der Arthstraße in Oberwil dauerte es noch etwas länger als ein Jahr bis zum erlösenden Friedensglockengeläute am Morgen des 8. Mai 1945. Großpapa lud an diesem Tag alle zu sich zu einer nachmittäglichen Feier ein. In Anbetracht des sonnig warmen Wetters hatte er die Gartenmöbel aus dem Keller holen und vor das Wohnzimmer stellen lassen. Gilberto konnte nicht kommen, weil er bei einer den drei westlichen Siegermächten geltenden Dankeskundgebung in der Aula der Zürcher Universität eine der Festreden halten musste. Maria Antônia blieb in ihrem Zimmer hinter verschlossenen Fensterläden. Dafür wurde außer Lelia und Giuseppe noch Tilly Appert aus Cham erwartet, die, seit fünf Jahren verwitwet, immer noch im selben Haus im Städtli lebte, in dem sie und ihr Mann seinerzeit Pedro Josés Kinder fürsorglich in Pension genommen hatten.

Als Lelia und Giuseppe eintrafen, stand der von Elsie gebackene Haselnusskranz schon auf dem fahrbaren Tischchen draußen. Pedro José war in Hemdsärmeln und trug eine Weste und eine gepunktete Fliege. Tante Tilly traf etwas verspätet ein, keuchend in der Beengtheit ihres Witwenkleides und mit dünnen Schweißperlen auf der Stirn unter dem schwarzen, verschleierten Hut. Man setzte sich an den weißgedeckten Tisch, an dem jetzt der Tee aufgetragen wurde. Für Giuseppe stand zur Feier des Tages eine Schachtel Chesterfield bereit.

Es wurde am Anfang dieser Zusammenkunft nicht viel und noch weniger Wichtiges gesprochen, zumal der geistige Kopf der Familie, Gilberto, fehlte. Lelia erzählte von den Scharen lärmender Kinder am Vormittag in der Stadt, alle in sommerlicher Sonntagskleidung und ohne Schultornister, offenbar auf dem Heimweg von einer Schulfeier zum Kriegsende, nach der sie frei bekommen hatten. Auch würde man auf den Straßen wieder fast so viele Autos sehen wie vor dem Krieg und nicht nur Fußgänger, Fahrradfahrer und Pferdefuhrwerke, erzählte sie.

Irgendwann holte Pedro José eine Champagnerflasche aus dem Keller. Er goss ihren Inhalt, der wegen seiner Übertemperatur wild schäumte, in die entgegengestreckten Gläser. Danach wurde allseits auf den großen Tag angestoßen.

Die Freude brach nicht stark nach außen durch. Sie zeigte sich mehr in den Blicken und Gesten und im Klang der Stimme als in hochtrabenden Worten. Sie breitete sich wie ein unsichtbarer Teppich unter der hellen und warmen Sonne aus und wagte sich vorsichtig in die frühlingshaft blühende und von Bienensummen und Vogelgezwitscher erfüllte Natur ringsherum, die als Einziges unberührt schien von der Angst, dem Leiden und Druck der vergangenen Jahre: Es war Friede. Seit heute musste man sich nicht mehr von dieser Natur ringsherum abschließen. Man brauchte sich nicht hinter den Verdunklungsvorhängen abzuschirmen gegen das MG-Geknatter der eigenen Manövertruppen und die nächtlich über dem Dach dröhnenden, fremden Flugzeuge, gegen deren Brandbombenlast die ganze Zeit vorsorglich zwei Sandfässer und eine Schaufel auf dem Dachboden bereitgestanden hatten. Man durfte sich jetzt wieder frei und ungehindert auf diese Natur einstimmen, sofern man dies noch konnte und sich nicht zu weit von dieser Natur entfernt hatte, durch schuldhaften Verrat an sich und an den anderen und damit an der Natur, zu der wir alle gehören. Als Erstes ließ sich der Garten vor dem eigenen Haus wieder mit freundlichen Blumen und Ziersträuchern bepflanzen statt mit Kartoffeln, Wachsbohnen und Rüben. Auf jeden Fall war jetzt die Angst, die tägliche Bedrohung und das von Jahr zu Jahr angewachsene Misstrauen aller gegen alle wie auf einen Schlag verschwunden. Nur die durch die Angst erzeugten, immer noch tief sitzenden Verletzungen mussten ausheilen und vernarben.

Lelia befand sich, etwas unbequem zwischen ihrem Vater und Tante Tilly eingeklemmt sitzend und leicht benebelt von der Wirkung des Champagners, in einem Schwebezustand zwischen Wachen und Tagträumen. Da schreckte sie plötzlich die aus dem Hintergrund schallende Stimme Elsies hoch:

»Herr de Melo ... Poscht aus Brasilien.«

Lelia bemerkte als Erstes, dass der von Elsie überbrachte Briefumschlag keine Briefmarke hatte. Wie sollte auch, heute, am ersten kriegsfreien Tag, der Brief so rasch über den von Minen durchsetzten Atlantik gelangt sein? Doch stellte sich, nach Elsies Auskunft, bald heraus, dass Pedro Josés alter und schwer kranker Freund Ruy Adelar da Silva aus São Paulo, der seit etwa zwanzig Jahren mit seiner Frau Maravilha in Cham lebte und dort mit brasilianischen Edelmetallen und Edelsteinen handelte, das Schreiben durch einen Boten nach Hünenberg hatte bringen lassen, nachdem dieses auf unerfindlichen Umwegen aus Brasilien an ihn gelangt war. Der Brief stammte von Lelias Vetter oder vielmehr Halbvetter Nelson Cloete, einem Sohn von Großmutter Victórias in São Paulo geborenen Halbbruder Jan Willem Cloete. Der Brief war in Belem, an der Mündung zum Rio Pará, einem Seitenarm des Amazonas, verfasst worden, und zwar bereits am Weihnachtstag des vergangenen Jahres.

Pedro José las, in sich versunken, den Anfang des Schreibens. Irgendwann blickte er mit nachdenklichem Gesicht hoch. Dann las er weiter, zuerst still, dann teilweise laut. In diesem Brief bat Nelson Cloete seinen Onkel Pedro José, auf dem Soldatenfriedhof am Fuß des Monte Cassino in Süditalien das

Grab seines Bruders Castro Ademir ausfindig zu machen und auf dieses Blumen und einen schönen Kranz mit Nelsons Namen auf einer Schleife zu legen. Nelson zeichnete mit bewegten Worten über mehrere Briefseiten das Leben seines Bruders bis zu dessen Heldentod nach. Es war ein von Gerechtigkeitssinn, Frömmigkeit und Opfergeist erfüllter Weg gewesen, der den jungen Castro Ademir schon früh in den Schoß verschiedener mystischer Volksbewegungen in Brasilien getrieben hatte. Er hatte sich dem Feldzug messianischer Prediger und Betbrüder im Süden wie auch im dürren brasilianischen Nordosten zu Gunsten der landlosen und entrechteten Menschen angeschlossen, bevor er sich, in relativ fortgeschrittenem Alter, zum Priester weihen ließ. Doch in seinem heroischen Großmut hatte Castro Ademir sehr bald freiwillig das ruhige und beschauliche Leben in seiner Pfarrei im Bahianischen Feira de Santana aufgegeben und sich in den Dienst des nach Italien geschickten brasilianischen, fünfundzwanzigtausend Mann starken Expeditionskorps unter der Führung der 5. US-Armee gestellt, wo er als katholischer Feldgeistlicher in Monte Cassino bis zu seiner tödlichen Verwundung tätig war.

Lelias Vater unterbrach die laute Lektüre des Briefes mitten im Satz und faltete den Brief wieder zusammen. Er hatte Tränen in den Augen, und um ihn herum herrschte ergriffene Stille. Pedro José war durch dieses mitten in die Friedensfeierlichkeiten hereingeschneite Schreiben von seiner eigenen fernen Vergangenheit eingeholt worden. Ein weitläufiger Verwandter war, nach einem selbstlosen Leben, den Heldentod gestorben, den vielleicht Pedro José selbst hätte sterben sollen. Die starke Schuld, die Pedro José in diesem Augenblick empfand, mochte dadurch verstärkt worden sein, dass er auch an seine Frau dachte, deren Grab er zurückgelassen hatte.

»Jetzt ist Frieden«, sagte Pedro José nach einer Weile.

Er ließ aus dem Keller eine zweite Flasche kommen.

»Ich möchte heute noch an jemand anderes denken, einen besonders wichtigen und lieben Menschen, der, falls er noch lebt, wahrscheinlich sehr weit weg von hier ist«, rief er und hob sein Glas.

Wieder wurde es still.

»Meine Schwester Leonora Augusta«, erläuterte er. »Sie ist vor langer Zeit von Brasilien nach Russland emigriert. Ich weiß seit Jahrzehnten nichts mehr von ihr. Doch der Friede gibt mir die Hoffnung, sie eines Tages doch noch zu finden ... Und ... dann ...«

Pedro José brach plötzlich die Stimme.

»Dann kann uns nichts mehr trennen«, piepste er.

Ein kurzes, heftiges Schluchzen brach aus ihm heraus.

Tilly nahm ihn liebevoll in ihre Arme. Lelia und Giuseppe blickten einander betreten an.

Lelia wandte sich mit erhobenem Glas ihrem Mann zu.

»Wir sollten auch auf etwas oder vielmehr auf jemanden anstoßen«, sagte sie so leise, dass niemand anderer es hören sollte. »Der Krieg ist zu Ende. Jetzt können wir nachholen, was wir bisher nicht verantworten konnten.«

Ihr Glas zitterte ähnlich wie ihre Augen.

Er nickte. Sie war erleichtert, dass er verstand.

»Möglichst bald«, bekräftigte sie.

»Ja«, meinte er lachend. »Ich wünsche mir einen Jungen.«

»Meinetwegen«, sagte sie.

Es wurde ein Junge. Auch wenn er sich heftig dagegen gewehrt hatte zu kommen und gewaltsam geholt werden musste.

»Mit der Zange?«, hatte sich Lelia danach mit matter Stimme und mit einer in weiter Ferne schwebenden Angst fragen hören.

»Machen Sie sich keine Sorgen, Frau Santini«, hatte es dann wie durch einen Nebel hindurch geantwortet mit einer Männerstimme, die um Vertrauen warb und väterlich zu klingen versuchte. »Das bekommen wir alles hin, Frau Santini.«

Als sie am nächsten oder übernächsten Tag beim Stillen ihr Kindchen nach irgendwelchen befürchteten Auffälligkeiten absuchte, betrat der Chefarzt der Geburtsabteilung des Kantonsspitals, der sie entbunden hatte, das Zimmer. Er setzte sich zu ihr ans Bett und erklärte ihr mit derselben Stimme wie gestern und mit etwas abwesendem Blick, dass der große Kopf des Kindes den Eingriff notwendig gemacht habe. Ja. Durch die Druckeinwirkung könne es manchmal zu einer vorübergehenden Lähmung des Fazialisnervs kommen, führte er aus. Alles Tiefergreifende jedoch, wie zum Beispiel Hirnblutungen mit Dauerschädigungen, erfolge nur sehr, sehr selten, und wenn, dann kaum durch die Zange, sondern durch den verzögerungsbedingten Sauerstoffmangel.

»Alles in Ordnung, Frau Santini«, sagte er und ging wieder.

Der Junge hieß, dem Wunsch des Vaters entsprechend, Enrico.

Erst zu Hause fiel Lelia auf, dass Enrico beim Stillen Schwierigkeiten hatte. Sie führte dies auf mangelhafte Milchentwicklung bei sich zurück und nahm den Kleinen an die Flasche, wobei sie in dessen Gummisauger das Loch wiederholt vergrößern musste, damit genug herauskam. Lelia machte sich jedoch keine weiteren Gedanken darüber. Hauptsache, sie war vom unangenehmen Kneifen und Zwicken des Säuglings an ihren Brustwarzen befreit.

Auch dass Enrico Monate später so gut wie überhaupt nicht im Zimmer umherkrabbelte, sondern ruhig und brav dort zu verharren pflegte, wo man ihn gerade hingesetzt oder hingelegt hatte, empfand die Mutter eher als Annehmlichkeit.

Die ersten ernsthaften Probleme tauchten auf, als Enrico sprechen lernte. Seine Artikulation war verwaschen und nuschelig. Vor allem Kehllaute brachte er nicht zu Stande, was sich im Kindergarten, zusammen mit seinem fortdauernden Einnässen, als gravierendes Hemmnis erwies.

»Meinst du nicht, dass wir mit einem solchen Kind genug haben?«, entgegnete Lelia ihrem Mann, als dieser eine in eine andere Richtung gehende Andeutung machte.

»Wenn wir zwei besser zusammenhalten würden, dann könnten wir auch mit zwei solchen Bälgern fertig werden«, konterte er.

Trotz aller Versuche der Eltern, mit Hilfe der natürlichen Geburtenregelung den Status quo aufrechtzuerhalten, wurde Bernice am 6. August 1951 geboren. Es war im selben Kantonsspital und unter denselben fachkundigen Händen des Chefarztes persönlich wie bei Enrico, diesmal jedoch ohne Zange.

»Diesmal bist du mit der Namensgebung dran«, hatte Bernices Vater seiner Frau ausreichend lange vor der Geburt zugestanden.

Deshalb hatte sich Lelia, wie in allen wichtigen Angelegenheiten, hierüber mit ihrem Vater und ihrem Bruder beraten.

»Es bleibt dabei«, sagte sie ihrem Mann, als sich dieser, am Morgen nach der Entbindung, mit einem pompösen Blumenstrauß zur Besichtigung seines Töchterchens im Spital einfand. »Wir nennen sie Berenice.«

Bernices Vater, der mit seinem Schatten auf der Lunge immer häufiger und anhaltender kränkelte, zog sich auch aus seiner Weinhandlung in der Zuger Innenstadt immer mehr zurück. Trotz mehrerer Wiederankurbelungsversuche seitens seines Schwiegervaters war das Geschäft nach dem Krieg nie mehr richtig in Schwung gekommen, was sicher auch an Giuseppes erlahmender Initiative lag. Seine zunehmenden Atembeschwerden, Kopfschmerzen und allgemeine Müdigkeit veranlassten ihn, sich wiederholt einer eingehenden ärztlichen Untersuchung zu unterziehen. Doch keine dieser Maßnahmen, auch nicht die Röntgenuntersuchungen, vermochten den immer wieder neu aufkommenden Verdacht auf Lungentuberkulose zu bestätigen. Für Giuseppe fast noch schlimmer und zermürbender als sein Leiden selbst war die bleibende Unklarheit von dessen Ursache. Giuseppe Santini verkroch sich immer häufiger auch tagsüber in sein Bett oder auf das Wohnzimmersofa, wo er seine schlechte Laune an seiner Frau und seinen Kindern ausließ. Ihm fehlte immer mehr die Kraft und die Lust, sich in seiner Weinhandlung an die Theke zu stellen oder die Geschäfte von seinem Kontor aus zu beaufsichtigen. Schließlich fühlte er sich auch finanziell nicht sonderlich darauf angewiesen, denn er hatte über die Jahrzehnte ein bescheidenes Vermögen beiseite gelegt, und auch seine Frau verdiente nicht schlecht dazu. Lelia und ihr Mann erwarben ein hübsches, kleines Ferienchalet auf dem Sattel zwischen Einsiedeln und der Südspitze des Zugersees, das allerdings fast nur von Lelia und ihren Kindern genutzt wurde.

Bernices Bruder Enrico kam in der Grundschule mit einem einzigen Sitzenbleiben davon. Genau genommen hatte man ihn zuerst die zweite Grundschulklasse passieren lassen, ihn dann wenige Monate später jedoch wieder zurückversetzt, weil dies weniger auffiel. Umso mehr raffte er danach seine ganze Energie zusammen, die Schulzeit ohne ein zweites Zurückfallen zu Ende zu bringen, was ihm mit vielen Anstrengungen auch gelang.

Das Geschwisterpaar war ein Herz und eine Seele. Dies lag vor allem an Enricos Gutartigkeit, seiner Großmut und Geduld. So wie seinen Mitschülern gab er auch seiner Schwester immer wieder freiwillig von seinen Sachen ab, von seinen Süßigkeiten, von den Briefmarken aus seiner Sammlung oder auch Bücher, mit denen sie allerdings noch nicht viel anzufangen wusste. Er lieh oder schenkte ihr Teile aus seinem Schulmaterial, um die sie ihn besonders beneidete wie beispielsweise Geometriedreieck und Zirkel, Pelikanbuntstifte, Tusche oder

Aquarellfarben, womit sie besonders gern hantierte, mit dem Zirkel Rosetten zeichnete und diese dann bunt bemalte. Weiterhin war ihm seine kleine Schwester dankbar dafür, dass er sich bereitwillig auf gemeinsame Spiele einließ, die ihm mehr Nachteile als Annehmlichkeiten einbrachten, wie zum Beispiel gewisse Geschicklichkeitswettspiele, bei denen sie häufig ihren Altersgenossinnen unterlag, gegen ihn jedoch von vornherein gewann.

Auch in andere Unternehmungen ließ sich Enrico von seiner Schwester einspannen, wofür er gelegentlich sogar seine Schularbeiten unterbrach oder aufschob. Ihrem früh erwachenden großen Interesse an Vögeln, Schmetterlingen und Insekten begegnete er mit stundenlanger, überaus anschaulicher Wiedergabe seines Wissens aus dem Naturkundeunterricht. Dieses war, ähnlich dem der Heimatkunde, beachtlich und sein Trumpf, der ihn über die Kalamität seiner Gesamtzensur hinwegrettete. Im Sommer unternahmen sie, ausgerüstet mit Feldstecher und Fangnetz und mit ihrem Bestimmungsbuch, kleinere Exkursionen in die Felder des Hinterlandes am Fuß des Zugerbergs.

Es war nicht zuletzt auf Enricos Einfluss zurückzuführen, dass seine Schwester während der schulfreien Nachmittage mehr und mehr in der Tierarztpraxis ihrer Mutter mitzuhelfen begann. Sie kümmerte sich liebevoll um die vierbeinigen Patienten, packte mit an, wenn die Tiere im narkotisierten Zustand auf den Behandlungstisch und wieder herunter befördert werden mussten, und sie machte kleinere Handreichungen, wenn ihre Mutter Spritzen aufzog oder Behandlungsinstrumente sterilisierte. Auch bei der Laboranalyse der von kranken Pferden, Rindern oder Schweinen stammenden Blut- und Kotproben durfte sie zuschauen, wenn sie versprach, still zu sein und ihre Mutter nicht zu stören. Gelegentlich begleitete sie ihre Mutter bei deren Hausbesuchen in die umliegenden

Höfe. Zur letzten Weihnacht, die ihr Großvater mitfeierte, wünschte sie sich eine Tierfarm mit naturgetreuen Figuren. Sie bekam ein wunderschönes Exemplar mit Häuschen und Bäumen aus echtem, bemaltem Holz und einem Ziehbrunnen mit Miniaturgewinde und eingeklebten Kieselsteinen. Und sie erinnerte sich, wie Großpapa, unter dem Weihnachtsbaum kniend, hingebungsvoll damit gespielt hatte, bevor er sich auf seinen Erzählerstuhl unter dem Ölporträt neben dem Mahagonisekretär setzte und mit der Wiedergabe der Tiererlebnisse seines jungen Vaters Heitor im Pantanal im Mato Grosso do Sul begann ...

Kurz nach Großpapas Tod entdeckten die beiden Kinder in dem kleinen, abschüssigen, an das Seeufer angrenzenden Garten vor ihrem Oberwiler Haus eine tote Amsel. Enrico erhielt von seiner Schwester den Auftrag, hinter den Himbeerstauden zum Nachbargrundstück ein kleines Grab auszuheben. Rasch wurde aus dem Kleiderschrank alles herausgesucht, was irgendwie nach dunkler Kleidung aussah. Man zog es sich über und schritt, den Schulkatechismus unter dem Arm, über den warmen Rasen zu der kleinen Erdaufschüttung, auf die Enrico die sterblichen Überreste des Vogels so hingelegt hatte, dass die Füße in den Himmel ragten. Nachdem sie das Tier behutsam ins Grab gebettet hatten, ließ Enrico seine Schwester die im Katechismus abgedruckten ersten sechs Verse der Abschiedsreden Jesu im vierzehnten Kapitel des Johannesevangeliums vorlesen, die sie mit Mamas Hilfe für Enrico herausgesucht hatte. Anschließend sangen sie ein selbst verfasstes Lied von einem großen, schwarzen Vogel, der aus einem weit entfernten Land mit riesigen Bäumen und bunten Blumen und vielen anderen großen und schwarzen Vögeln gekommen war und sich bei seinem Abenteuerflug über das Meer in eine Gegend verirrt hatte, in der keine Sonne mehr schien und es nichts zu essen gab und auch keine anderen Vögel, sodass niemand den traurigen Gesang des verirrten Vogels hatte hören können, als dieser vor Hunger, Kälte und Einsamkeit immer leiser wurde, sich bald vor Schwäche hinlegte und starb. Und als die Singenden den Vater im Himmel baten, das arme, verlorene Tier in eine der vielen Wohnungen seines Hauses aufzunehmen, da musste Enrico die Strophe allein zu Ende bringen, weil seine Schwester wegen ihrer Tränen nicht mehr weiter konnte. Er reichte ihr hilfsbereit sein Taschentuch, legte ihr tröstend den Arm um die Schulter und musste am Schluss allein das Grab zuschütten.

Enricos Abgang von der Sekundärschule brachte die nächsten einschneidenden Veränderungen im Leben der Familie mit sich. Er wollte Automechaniker werden und begann in einer Werkstatt in Grafenau nahe der Praxis seiner Mutter eine Lehre, musste diese jedoch wegen der für ihn zu hohen theoretischen Anforderungen abbrechen. Nach einem zweiten gescheiterten Anlauf fand er eine Beschäftigung als Hilfsarbeiter im Fuhrpark der Städtischen Verkehrsbetriebe. Dort hatte er Fahrzeuge zu warten, Botengänge zu erledigen und Reinigungsarbeiten in der Maschinenhalle zu verrichten. Schließlich setzte man ihn als Straßenbahnschaffner im städtischen Liniennetz ein. Enrico wohnte immer noch bei seinen Eltern. Er drängte jedoch immer entschiedener von zu Hause weg, möglichst in eine andere Stadt. Die Spannungen besonders mit seiner Mutter im Zusammenhang mit dem ermüdenden beruflichen Hin und Her hatten seine Nerven strapaziert. Dazu kamen Eifersüchteleien mit Onkel Gilberto wegen des nur wenig älteren Ali. Enrico wurde plötzlich nicht mehr, wie noch als Fünfzehn- und Sechzehnjähriger, für das anfangs etwas komplizierte Männerarrangement zwischen Gilberto und Ali gebraucht. Er kam sich aufs Abstellgleis geschoben vor, im Stich gelassen und verraten, wusste immer weniger, was er in der Stadt seiner eher unglücklichen Kindheit und Jugend noch sollte, außer Löcher in fremde Fahrscheine zu knipsen. Außerdem schien Onkel Gilberto seinen Neffen inzwischen sogar bei seinen Weggangsbestrebungen zu unterstützen. Jedenfalls ließ er zunehmend seine Erleichterung durchblicken, die er bei der Vorstellung empfand, das schwarze Schaf in seiner Familie möglichst weit weg von seiner Professorenaura zu wissen. Nur ein Jahr nach Aufnahme seiner Tätigkeit im Zuger Fuhrpark fiel Enrico, dank der Vermittlung seines einflussreichen Onkels, eine Anstellung als Straßenbahnschaffner bei den Städtischen Verkehrsbetrieben in Basel zu. Jetzt zog er endgültig von zu Hause aus.

Für seine Schwester bedeutete Enricos Fortgang eine weit schmerzlichere Umstellung als von ihr geahnt. Ihr Schutzschild fehlte, ihre wichtige Wärme- und Kraftquelle, was ihr erst deutlich wurde, als diese nicht mehr da war. Sie geriet in eine Krise. Vor allem ihr Verhältnis zu ihren Eltern verschlechterte sich weiter. Einzig an ihren Onkel Gilberto klammerte sie sich, doch spürte sie auch sehr genau, dass etwas nicht mehr so stimmte wie früher.

Einschneidend unangenehme Erfahrungen bescherte Bernice ferner der Religionsunterricht in der Zuger Kantonsschule. Die Geschichten, die ihr dortiger Lehrer, ein Kaplan Bommer, erzählte, von der Jungfrauengeburt und von den großen Wundern, die die Heiligen in der Nachfolge Christi vollbracht hatten, erschienen ihr immer weniger überzeugend und erfüllten sie mit immer größerer Skepsis und innerer Abwehr.

»Mein liebes Kind«, sagte Kaplan Bommer, mit Kreide in der Stimme und sein Lammgesicht mit noch unerträglicherer Sanftmut überziehend als sonst, als sie einmal vor der Tür standen. »Du kommst doch aus einer gut katholischen Familie, und deine Eltern haben dir den Namen einer großen brasilianischen Heiligen gegeben, der heiligen Berenice. Dein Name allein verpflichtet dich zum römischen Glauben, mein Kind.«

Dann blickte er ihr noch einmal tief in die Augen, wandte sich ab und schwebte davon.

Sie spürte, dass etwas in ihr gerissen war. Ihr Großvater, der als Einziger ihren Namen zärtlich aussprach, war seit vier Jahren tot. Und ihre Eltern hatten sie ohnehin noch nie richtig mit ihrem Namen angeredet, als hätten sie ihn selbst nie gemocht, so wenig wie ihre Tochter.

Auf dem Nachhauseweg fiel ihr plötzlich wieder ein, dass die junge, aus Hamburg stammende Friseuse, in deren Salon sie zusammen mit ihrer Schulfreundin Gritli manchmal deren Mutter vom Haarschneiden und Ondulieren abholen ging, Bernice hieß. Sie hatte diese kleine vokalreduzierende Verdeutschung ihres Namens immer schon als hübsche und reizvolle Variante empfunden. Hamburg erschien ihr angenehm und unverfänglich weit entfernt von Brasilien und auch von Zug, von diesem Kaplan Bommer, vom Weihrauch und der purpurnen, kerzenbeschienenen Muttergottes in St. Michael und den wundertätigen Heiligen, von ihren Eltern, von Onkel Gilberto usw.

»Das ist die Lösung«, so dachte sie.

Sie fand in diesem Augenblick, dass sie eine unendlich wichtige Entscheidung getroffen hatte.

»Ab heute heiße ich nicht mehr Berenice«, sagte sie bei der nächsten sich ihr bietenden Gelegenheit in resolutem Ton zu ihrer Mutter.

Lelia blickte ihre Tochter verblüfft an, zog ihre vorgewölbte Stirn in Falten und lächelte.

»Sondern?«, fragte sie nur.

»Bernice«, antwortete ihre Tochter selbstbewusst und unter schärfster Vermeidung des ehemaligen E in der Mitte.

»Wie?«, fragte Lelia zurück, die dies offenbar nicht verstanden hatte.

»Bernice«, wiederholte ihre Tochter, noch pointierter.

»Ach so.«

Bernice ließ sich durch diese überaus nüchterne, zerstreute, ja, gelangweilte Reaktion keinesfalls beirren oder gar kränken. Sie war unendlich erleichtert. Nicht nur, dass es ausgesprochen, sondern vor allem, dass es vollzogen war.

Einsiedeln, 12. Juni 1985

Mein liebster Ignácio,

du weißt gar nicht, wie glücklich mich jeder Brief von dir macht, wie wertvoll mir deine Zeilen in meiner Situation hier sind. Faszinierend fand ich deine Schilderungen des kulturellen Aufbruchs im Norden Brasiliens nach dem Wegfall der staatlichen Zensur und auch über die Arbeit deiner Schwester mit den Favela-Kindern. Von ihr weiß ich ja so gut wie nichts. Wie alt ist sie? Ist sie sehr viel jünger als du? Du hast sie, als du hier warst, glaube ich, nicht einmal erwähnt. Dass sie unter solch schweren Bedingungen mit Favelakindern arbeitet, finde ich fabelhaft.

Heute früh erfuhr ich etwas, was mich außerordentlich betroffen machte und weswegen ich mich ziemlich schäme und durcheinander bin. Ich brachte das Fotoalbum mit den Familienbildern in den Schrank im Estrich meiner Mutter zurück. Auf dem Schrankboden neben dem Album stand, wie immer, ein verschnürter Karton mit der Aufschrift von der Hand meiner Mutter: »Briefe an Papa«. Ich hatte diesen Karton bisher nie angerührt. Diesmal aber öffnete ich ihn aus Neugierde und stöberte ein bisschen darin herum. Es waren vor allem Kinderbriefe von Gilberto, Maria Antônia und meiner Mutter an ihren Vater und auch ein paar von mir, die mich sehr amüsierten. Dabei stach mir ein anderer Brief von Maria Antônia an meinen Großvater aus dem Frühjahr 1938 in die Augen. Er war in einem Sanatorium hier in der Nähe verfasst, wo die Arme sich vom Schock des Selbstmordes ihres Mannes erholte. Aber, wie sich in diesem Brief zeigte, hatte sie nicht nur dieser Schock ins Sanatorium getrieben, sondern auch das Trauma eines Gesprächs in Hünenberg kurz nach der Katastrophe mit ihrem Mann. Der besagte Brief dreht sich vor allem um dieses Gespräch kurz nach Maria Antônias Eintreffen aus Wien. Sie beschuldigt dort meinen Großvater und auch meine Mutter, ihr bei einer Auseinandersetzung mit Gilberto über die zweifelhaften Kontakte unserer Familie mit der Waffenfabrik Bührle in den Rücken gefallen zu sein. Was mir meine Mutter sagte, als ich sie nach der Lektüre dieses Briefes zur Rede stellte, schockierte mich wirklich. Ich fragte sie zunächst nach der Einstellung meines Großvaters zu der 1930 in der Schweiz gegründeten faschistischen Frontistenpartei. »Man muss eben Kompromisse schließen, und das kann man guten Gewissens, solange man sich mit diesen Leuten nicht politisch zusammentut«, sagte sie. Ich konnte es schließlich nicht lassen, auch noch den berüchtigten Schweizer Oberstdivisionär Bircher ins Spiel zu bringen, den ultrareaktionären Arzt und Hitlerverehrer und Mitbegründer der Aargauischen Vaterländischen Vereinigung vom Bund für Volk und Heimat und den nazifreundlichen Oberst Däniker. »Und was sollen wir mit denen zu tun gehabt haben?«, fragte meine Mutter empört. »Ich weiß es von Gilberto«, führte ich an. »Der hat es mir lachend erzählt, dass der Bircher und Großvater sich ganz ausgezeichnet verstanden und sich wiederholt getroffen hätten, und Ähnliches sagte er von Däniker und anderen Offizieren, die ihre Söhne ebenfalls ins Appenzeller Landschulheim geschickt haben.« Und dann kam heraus, was ich bisher nicht gewusst hatte, jedenfalls nicht so krass. Meine Mutter gab es nur sehr langsam und ungern preis. Nämlich, dass Gilberto 1938, während jener wüsten Konfrontation mit seiner Schwester Maria Antônia, sich vom Nazitum nicht nur ideologisch angehaucht, sondern davon richtig begeistert gezeigt und seine Apologie auch wissenschaftlich zu untermauern versucht hatte. Er muss die Theorie von der eben begonnenen großen Wiedergeburt Europas propagiert haben, ideologisch und ökonomisch. »Ich weiß, das ist heute nicht mehr populär«, wandte meine Mutter ein, »und es hat sich ja auch als falsch erwiesen, aber damals war eben eine andere Zeit. Und Gilberto hat immer stark von seinem Fachgebiet her gedacht, in dem er Erfolg hatte und in dem er große Chancen für eine Erneuerung erblickt hat«, sagte sie. Ich merkte jedenfalls immer deutlicher, dass meine Mutter die Einblicke, die sie mir auf mein Drängen und Bohren in diese dunkle Epoche unserer Familiengeschichte gewährt hatte, am liebsten im selben Augenblick wieder verwischt und rückgängig gemacht hätte. Das Fatale ist, mein liebster Ignácio, dass diese unangenehme Wahrheit aus der Schweizer Geschichte meiner Familie mich in eine höchst paradoxe Situation bringt.

Auch wenn mein Onkel die Spitze des Eisberges abgibt, so hat, je länger ich darüber nachdenke, die zwielichtige Rolle auch meines Großvaters in der Schweiz im Krieg meinen Kinderglauben an ihn und an das, was er zeitlebens für mich verkörpert hat, erschüttert, so sehr ich ihn auch weiterhin liebe. Großvater ist für mich immer rundherum Brasilien gewesen, zuerst das vollständige, dann, nach den Gesprächen mit dir, nur noch das klassische, nostalgische, vergangene Brasilien. Jetzt ist im Grunde beides dahin, weil ich dem großväterlichen Erzähler nicht mehr richtig trauen kann, weder seiner Sicht der Schweiz noch der Brasiliens.

Zumindest tauchen für mich neue Fragen auf bzw. werden schon immer vorhandene Fragen virulent. Das fängt schon an, wenn ich mir Großvaters paradiesische Schilderungen vom Leben seines Vaters in den Malariasümpfen des Pantanal im Mato Grosso do Sul vor Augen führe.

Haben diese Menschen in ihrem täglichen Überlebenskampf in Wirklichkeit nicht auch furchtbar Hartes durchmachen müssen? In dieser Einöde, wo sie fast nur von Indios und von wilden Tieren umgeben und extremen Klimaverhältnissen,

Krankheiten und Seuchen ausgesetzt waren? Überhaupt frage ich mich: Wenn sich die Erzählungen meines Großvaters, meines Onkels Gilberto und meiner Mutter auch über Jahre, ja, Jahrzehnte verteilt haben und auch ihr Inhalt weit, weit zurückreicht, so erklärt sich für mich die unerhörte Farbe und Lebendigkeit des Erzählten immer mehr aus der geballten Dichte ihrer Wiedergabe. Entkleidet man jedoch die einzelnen Bruchstücke ihrer verbindenden Vergoldung, erscheinen sie in einem anderen Licht.

Manchmal denke ich, dass ich mich viel zu sehr mit einem Dickicht von unbegründeten Wenns und Abers, Bedenken, Ängsten und Paradoxien umgebe. Vielleicht bin ich nur der Spielball eines typisch schweizerischen und ganz und gar unbrasilianischen Sicherheitsbedürfnisses, das zu den groß angelegten Entscheidungen, die ich zu fällen dabei bin, überhaupt nicht passt. Ich meine Fragen wie: Werde ich in Brasilien Arbeit finden? Kann ich davon leben? Und wie ist es mit der Altersversorgung (so, als ob es in Brasilien unsere Schweizerische Altershinterbliebenenversicherung AHV gäbe)? Was mache ich, wenn mich der liebe Ignácio gar nicht haben will, weil er beim Wiedersehen nach so langer Zeit von mir enttäuscht ist oder sich später von mir trennt oder krank wird und mich allein lässt? Werde ich dann, wie das Indianermädchen Naiá, in den Ozean zwischen uns fallen, weil ich das Spiegelbild meines Geliebten auf der Meeresoberfläche für diesen selbst hielt, und mich dann in die Wasserpflanze Victória Regia verwandeln?

Ich bin jetzt vierunddreißig. Das ist das Alter, in dem meine Großmutter Victória starb. Mir kommt es vor, als stünde ich am Scheideweg. Entweder sterben wie sie, meine Leitfigur, wobei ich vor allem innerlich sterben meine, oder neu anfangen. Neu anfangen. Die Grenzen sprengen. Unbekannte Räume betreten. Einen Raum nach dem anderen. Immer den Strahlen

Luas nach, dem Horizont nach, der sich weiter und weiter verschiebt und neue Dimensionen eröffnet, so lange man sich vorwärts bewegt. Ich muss vielleicht nur bereit sein, die selbstaufgebauten, lieb gewordenen Hindernisse zu überwinden, das Stolpergeflecht der eigenen Wurzeln zu durchschneiden, zur treibenden Wasserpflanze zu werden, die ihre Blüten öffnet, um in Luas Licht zu erglänzen, ohne Schuldgefühle, ohne Angst vor der Ungewissheit des Kommenden, vor der Konturlosigkeit des noch zu Formenden.

Ich frage mich und frage dich: Ist das alles nur eine eitle Vision, oder lässt sich das nicht doch vielleicht, wenigstens teilweise, in Angriff nehmen?

Ich vermute, es wird bald auf eine versuchsweise Reise nach Brasilien hinauslaufen. Versuchsweise, was das Land und was dich betrifft, beides unabhängig voneinander. Denn wer sagt uns, dass wir auf Dauer in Brasilien zusammenleben müssen?

Mein Plan auszuwandern ist das eine ungeschmiedete Eisen. Auszuwandern in das Land. Brasa. Glühende Kohle. Glut.

Das andere bist du, mein Liebster. Brasa. Glühende Kohle. Glut.

Dich muss ich, wo auch immer, bald unbedingt sehen. Ich weiß, dass du dir zur Zeit keine Reisen nach Europa leisten kannst. Deshalb komme ich, sobald ich kann, zu dir. Oder wir treffen uns in der Mitte, was auch immer das heißen mag. Momentan habe ich allerdings die Praxis voll von Patienten, die ich unmöglich im Stich lassen kann. Sie brauchen Langzeitbetreuung, in sorgfältiger Abstimmung mit den anderen sie versorgenden Kollegen oder Einrichtungen, vor allem den Altenheimen. Aber meine Klientel ändert sich laufend, und es kommen wieder Zeiten, in denen ich weniger gebunden bin. Apropos Bindung. Was Jaroslav betrifft, so sind seit kurzem die letzten Fäden zwischen ihm und mir durchgeschnitten. Es ist schon fast zu viel, dass ich dir das mitteile. Denn ich habe dir immer gesagt, dass dies ausschließlich meine Angelegenheit ist. Er ist er. Du bist du.

Was dich betrifft. Liebster, so habe ich jetzt freie Bahn. Wohin sie führt, wird sich zeigen.

Ich weiß nur, dass ich dich bald sehen muss.

*Bernice*

Kaum hatte Bernice ihren Namenszug unter den Brief gesetzt, klingelte ihr auf dem Boden zwischen Matratze und Kleiderhaufen abgestelltes pinkfarbenes Telefon mit verdrilltem Kabel.

Bernice angelte nach dem Hörer und hielt ihn ans Ohr.

»Hier spricht Jaroslav. Guten Tag, Bernice«, sagte eine förmlich und trocken klingende Bassstimme mit fremdländischem Akzent.

Bernice erschrak. Ihr war, als schöbe sich ein Riegel vor ihren Mund.

Auch ihre den Hörer umklammernde Hand erstarrte.

»Hallo ... Bernice? ... Spreche ich mit Bernice Santini?«, drängte die verunsicherte Stimme.

»Ja ... Salut, Jaroslav«, antwortete Bernice mit zusammengebissenen Zähnen und minimalem Sprechaufwand, gerade rechtzeitig, bevor die Stimme weiterdrängte oder ihre Kontaktversuche abbrach.

Sie merkte, dass ihr erster Schrecken einem Angstgefühl Platz machte.

Es war noch kein Jahr her, dass sie mit Jaroslav Schluss gemacht hatte, nach einem langwierigen und schmerzlichen Prozess mit Rückschlägen und mühsamem Hin und Her. Wegen Ignácio, kurz nachdem dieser wieder aufgetaucht war und alles durcheinander gebracht hatte. Eine ernsthafte Perspektive hatte die Beziehung mit dem über fünfzehn Jahre älteren, verheirateten Mann zwar nie gehabt. Vielleicht war er auch nur ein Ersatz für den in der Versenkung verschwundenen Geliebten gewesen, eine Art Notlösung. Aber abgesehen davon, dass diese Notlösung immerhin vier Jahre gedauert hatte, hatte ihr Jaroslav trotzdem viel bedeutet und viel gegeben. Er hatte für Bernice, welch seltsame Logik, menschlich, geografisch und kulturell sozusagen die östliche Gegenrichtung verkörpert. Ignácio hatte sich letztlich als stärker erwiesen. Umso mehr war für sie in dem Augenblick, da sie Jaroslav nach langem Kampf endlich hatte sagen können, dass jetzt unwiderruflich Schluss sei, auch wirklich Schluss gewesen. Hundertprozentig. Das bedeutete, sich vorerst einmal konsequent aus dem Weg gehen, auch nicht telefonieren und einander schreiben. Einfach nichts. Bestimmt für die nächsten Jahre und nicht nur für einige Monate wie bisher. Warum rief sie dieser Kerl also ausgerechnet jetzt an?

»Entschuldige bitte«, sagte Jaroslav, jetzt wieder in einem so festen und sicheren Ton, dass sich ihre Aufgebrachtheit und Verunsicherung ein wenig legte. »Ich habe ein fachliches, ein dienstliches Anliegen an dich ... eine Bitte«, so fuhr er unverändert nüchtern fort.

Bernices Misstrauen blieb dennoch bestehen. Sie überlegte, ob sie ihn mit einer spitzen Bemerkung provozieren sollte, vielleicht mit der Frage, was er denn unter dienstlich verstünde, der Herr Psychiater. Doch sie beschloss abzuwarten.

»Euer Anwalt hat mich angerufen«, sagte er als Nächstes.

Jetzt merkte sie, dass Jaroslav offenbar wirklich etwas anderes wollte als erneute Annäherungen. Es war ihr trotzdem unangenehm.

»Was für ein Anwalt? Ich habe keinen Anwalt«, sagte sie brüsk.

»Entschuldige. Ich meine Dr. Mauerbrecher, den Anwalt deiner Mutter.«

»Ach so. Und?«

»Das ist sehr kompliziert. Ich muss es dir erklären. Und ich brauche deinen kollegialen Rat, weil ich nicht weiß, ob ich diesen Auftrag übernehmen kann.«

Bernice fühlte eine immer heftigere innere Abwehr.

»Wie kommt dieser Mauerbrecher an dich? Arbeitet ihr zusammen?«, fragte sie.

»Nein. Ich kenne ihn überhaupt nicht. Es ist das erste Mal, dass ich mit ihm zu tun bekomme ... dass er sich an mich wendet ... Deine Mutter hat mich ihm, gelinde gesagt, empfohlen.«

»Jaroslav, ich hab mit dieser Sache nichts zu tun. Das ist ein Fall meiner Mutter, nicht meiner. Ich habe mit all dem längst abgeschlossen und halte mich da strikt heraus ... werde diesen Kontinent sowieso bald verlassen ... zu Ignácio.«

Das Letzte sagte sie leise.

Jaroslav entgegnete nichts darauf.

Sie verharrten eine Weile schweigend.

»Will man dir ein Gutachten aufbrummen?«, fragte sie, jetzt etwas freundlicher.

»Ja, eine posthume psychiatrische Beurteilung der Zurechnungsfähigkeit deines Herrn Onkel zur Zeit der Testamentsabfassung«, antwortete Jaroslav gleich bleibend nüchtern und trocken, aber mit einem freundlichen Unterton in seiner Stimme. »Und das ist eine haarige Sache, sage ich dir. Ich habe deinen Onkel nie gesehen, geschweige denn, untersucht. Mir ist fast so, als würde man von mir erwarten, dass ich ihn ausgrabe.«

Es lag Bernice auf der Zunge, ihm zu sagen, dass sie zur Zeit eigentlich auch ganz gut einen Psychiater gebrauchen könne, der sie wieder auf den rechten Weg brächte. Doch dann durchzuckten sie plötzlich Gedanken an Ignácio. »Nicht schwach werden«, dachte sie. »Sachlich bleiben.« Sie versuchte, so weit sie konnte, Jaroslav auf der rein fachlichen Ebene entgegenzukommen.

Bevor sie auf seine Ausführungen eingehen konnte, fragte er kühn: »Könnten wir uns vielleicht treffen?«

Bernice versetzte es den bisher heftigsten Stich in diesem Gespräch, doch sie sagte rasch zu, um es hinter sich zu bringen.

Es war für Bernice fast unmöglich, einen freien Termin zu finden. Sie schob zwei Stunden in ihren Hausbesuchsnachmittag in der kommenden Woche und nahm sich vor, die davon betroffenen Patienten auf den frühen Abend zu vertrösten.

Mit Jaroslav verabredete sie sich im Café Mythenblick, welches sich vom unteren Ende des Hanges, an dem Bernice wohnte, noch einige hundert Meter weiter, Richtung Kloster, befand.

Bernice hatte sorgfältig Art und Zusammenstellung ihrer Kleidung zu diesem Treffen überlegt. Sie gedachte betont nüchtern, arbeitsmäßig und möglichst wenig weiblich aufzutreten. Sie wusste, dass Jaroslav es nie geschätzt hatte, wenn sie ihr ohnehin eher kurzes Haar hochband. Diesmal tat sie es sogar mit einem breiten Gummiband. Dazu zog sie verwaschene Leinenhosen und grobe Wanderschuhe an und ein dunkelkariertes, herrenähnliches Jackett.

Jaroslav, der wie früher extra aus Zürich angereist gekommen war, wo er seit seiner Achtundsechziger-Emigration aus Prag lebte und inzwischen eine psychiatrische Privatpraxis betrieb, war bereits da, als Bernice das Café betrat. Er saß vor einem Glas Tee an einem der Ecktischchen, das einen bequemen Blick zur Eingangstüre gestattete, ohne dass der dort Sitzende selbst gleich gesehen wurde. Er trug immer noch dieselbe knittrige, olivgrüne Bundjacke, aufgeknöpft über einem, ihr ebenfalls bekannten, hellgestreiften Hemd. Auch im Sitzen überragte er seine Tischnachbarn nicht nur an Körperlänge und -breite, sondern stach auch mit seiner imposanten Erscheinung hervor: der markante, von einem dünnen, roten Haarkranz bedeckte Schädel und die vortretenden, lustigen, ein bisschen sarkastisch blickenden Augen über der Rübennase.

Als Bernice das Tischchen mit einem für sie freigehaltenen Stuhl davor erreicht hatte, erhob er seine Schrankgestalt und reichte ihr die Pranke.

Bernice hatte sich vorgenommen, heute freundlicher mit ihm umzugehen als am Telefon, nicht gleich zur Sache zu kommen, sondern sich etwas eingehender nach seinem persönlichen Wohlergehen zu erkundigen. Sie wollte ihm und sich selbst beweisen, dass sie inzwischen so weit über dem Vergangenen stand, dass sie sich dies leisten konnte.

»Ach, danke«, beantwortete er ihre Eingangsfrage. Er käme gerade wieder vom Musikmachen, erläuterte er, mit seinem zum vollblütigen Aussehen gut passenden Bass und seinem slawischen Akzent.

»Immer noch Tosha Suiho?«, fragte Bernice.

»Ja, der auch. Wir haben ein fantastisch schönes Stück von ihm entdeckt«, rief er emphatisch aus. »Für zwei Shinobue-Flöten und eine Nokan-Flöte im Wechsel. ›Die vier Jahreszeiten in Kyoto‹ heißt es. Ganz etwas Feines. Eigentlich im Sommer im Wald zu spielen, ganz früh am Morgen oder spät abends, wenn kein Auto- oder Flugzeuglärm das Vogelgezwitscher und das Bachrauschen stört. So hat es der Meister vorgeschrieben. Ich bin gerade am Überlegen, ob ich mir zusätzlich zu meiner Shinobue-Flöte noch eine Nokan-Flöte zulegen soll, damit ich nach Belieben beide Stimmen spielen kann. Ist nur ein teurer Spaß ...«

Bernice hörte interessiert zu. Erinnerungen an ihre heimlichen Treffen wurden wach. Mit welcher Hingabe sie damals seinem Flötenspiel gelauscht hatte und sich von seinen Zwischenkommentaren in die Geheimnisse der japanischen Musik hatte einweihen lassen.

Während sie eine Weile weiterredeten, ergriff Jaroslav seine ausgebeulte, hellbraune Ledertasche mit mehreren Riemen und Schnallen, die, von Bernice anfangs unbemerkt, neben ihm auf der Sitzbank gelegen hatte. Bernice kannte sie gut von früher, kannte ihre unzähligen Neben- und Geheimfächer, aber auch ihre Risse, Dellen und abgeschabten Stellen auswendig. Kuhdoktor- oder Posträubertasche hatte sie sie damals genannt.

Jaroslav warf einen prüfenden Blick auf die beiden Nebentische, als wollte er deren Hörweite abschätzen, um entsprechend die Lautstärke seiner Stimme darauf einstellen zu können.

»Für den Austausch von Berufsgeheimnissen scheint mir dieses Etablissement keine ideale Empfehlung zu sein«, brummte Jaroslav, während er mit dem Messingverschluss seiner Mappe kämpfte.

Endlich ließ sich die Mappe öffnen. Doch Jaroslav stellte sie überraschend wieder auf die Bank zurück.

»Ja. Das ist eine merkwürdige Geschichte«, begann er mit gesenkter Stimme. »Als du mir sagtest, dass du mit der Sache nichts zu tun hast, war mir klar, dass es nicht deine Idee gewesen ist, mir diesen undankbaren Job zuzuschanzen. Umso mehr wundere ich mich über deine Mutter. ›Frau Santini wünscht dringend, dass Sie die Aufgabe übernehmen‹, hat mir der Mauerbrecher am Telefon gesagt. ›Sie besitzen ihr volles Vertrauen.‹ Ja. Was soll man da anderes machen? Erst mal zusagen, habe ich mir gedacht.«

Bernice war hergekommen mit der Bereitschaft, in der Sache als solcher Jaroslav zu beraten, wo sie konnte, nicht jedoch mit dem Austausch von Nebensächlichkeiten unnötig Zeit zu verlieren.

»Da musst du sie am besten selbst fragen oder den Mauerbrecher«, wehrte Bernice ab. »Ich habe dich jedenfalls nicht empfohlen«, sagte sie grob.

»Na, gut«, ging er rasch darüber hinweg. »Ich muss mich jedenfalls rasch entscheiden, ob ich es mache, damit nicht zu viel Zeit verloren geht. Ich hatte den Eindruck, dass die Sache nicht nur deiner Mutter, sondern auch Mauerbrecher wichtig ist. Er glaubt allein schon dadurch die richtige Seite zu vertreten, dass es sich bei dieser um die leiblichen Erben handelt. Die Gegenpartei nennt er, nach seinem Jargon, die Bastarde.«

Inzwischen hatten sich einige Tische geleert.

»Von Mauerbrecher habe ich bisher folgende Unterlagen ...« Jaroslav sprach in Anbetracht des sich langsam lichtenden Cafés wieder lauter und freier. Bernice hörte konzentriert zu, nachdem sie sich dabei ertappt hatte, an einen ihrer Hausbesuchspatienten heute Abend zu denken.

»Den Entwurf seiner Klageschrift habe ich«, sagte er. »Dann die fünf Testamentskopien und einige interessante Briefe dazu ... und drei windige, ärztliche Gefälligkeitsbescheinigungen der Gegenpartei, in denen so gut wie nichts steht ... aus dieser konfessionellen Klinik ... Wie heißt sie ...?«

»Mariä Hilf.«

»Ja. Mariä Hilf. Und neuerdings gibt es auch noch ein graphologisches Gutachten.«

»Ach, von den handschriftlichen Testamenten?«

»Ja ...«

»Was mich noch wundert, sind die Liegenschaften. Sie werden in den Testamenten nirgends erwähnt«, streute Bernice ein.

»Das Entscheidende ist das letzte Testament, in dem praktisch alles Frühere widerrufen wird, deine Mutter eine kleine Geldabfindung bekommt und alles Restliche an die Adoptivschwiegertochter fällt, auch das Hünenberger Haus. Was mir vor allem fehlt, sind fachpsychiatrische Dokumente über den zu Beurteilenden aus früherer Zeit, zu seiner Vorgeschichte. Das ist unerlässlich. Ich habe dem Mauerbrecher auch gesagt, dass ich mich ohne diese Dokumente auf kein Gutachten einlassen kann, wenn ich mir meinen Ruf nicht ruinieren will. Das heißt: Ich brauche die Krankenakte vom Kollegen Lejeune in Zürich aus den Jahren etwa zwischen 1960 und 1970, wo dein Onkel in psychiatrischer Behandlung war. Und das ist lange her. Wie ich erfahren habe, hat der Kollege schon 1972 seine Praxis aus Altersgründen geschlossen. Darum muss ich wahrscheinlich diese Akten beim Archiv der Gesundheitsdirektion anfordern. Mich hat in dem Zusammenhang allerdings gewundert, dass man dich bisher überhaupt noch nicht als Zeugin in Betracht gezogen hat. Wie kommt das? Du bist keine gesetzliche Erbin, also unbefangen für das Gericht und damit eigentlich ideal.«

»Das hat sicher meine Mutter abgewimmelt, und darüber bin ich, weiß Gott, nicht traurig. ›Meine Tochter weiß nicht mehr als ich‹, wird sie ihrem Anwalt gesagt haben. ›Wir können sie später immer noch hinzuziehen.‹ Sie weiß auch, dass ich mich mit Aussagen gegen meinen Onkel sehr zurückhalten würde. Dasselbe gilt übrigens auch für meinen Bruder. Auch den haben sie noch mit keinem Wort angesprochen.«

»Ich habe vor allem ein Anliegen an dich, Bernice«, rückte jetzt Jaroslav mit wohltuender Klarheit heraus und entnahm seiner Mappe einen Packen voller Unterlagen, die er vor sich auf den Tisch legte.

»Ein großes Problem für mich sind die zu befragenden Kontaktpersonen des Erblassers«, erläuterte Jaroslav. »Das heißt, zusätzlich zu den Verwandten, auch seine Freunde und Bekannten und Nachbarn und so weiter ... Und da möchte ich auch ein wenig auf deine Mithilfe bauen ... Ich meine, wer da alles grundsätzlich in Frage käme ... Mauerbrecher hat mir nur ein paar Namen genannt, die er von deiner Mutter hat.«

Jaroslav nahm ein leeres Blatt Papier und einen Schreibstift zur Hand.

Bernice schaute unruhig auf die Uhr.

»Ich würde vorher ganz gerne wissen, was das für interessante Briefe sind, die du ausschlachten sollst«, erkundigte sich Bernice.

Jaroslav zog eine Akte aus dem Stapel und blätterte kurz darin.

»Also, da gibt es einmal Briefe des Erblassers an seine Schwester, bis ziemlich kurz vor Abbruch der Beziehungen. Reichlich verworrene Dokumente, die viel über den Geisteszustand des Verfassers aussagen. Dann Briefe von Melos Willensvollstrecker bzw. Nachlassverwalter Dr. Oertli an die gesetzlichen Erben, in denen er – absolut dilettantisch und mit pseudopsychiatrischer Nomenklatur – versucht, Melos Urteilsfähigkeit, ja, dessen volle Luzidität zu beweisen, obwohl er Melo nie gesehen hat. Die Juristen wissen doch immer alles besser. Als ob man einen Menschen beurteilen könnte, den man noch nie gesehen hat. Jedenfalls hat, wahrscheinlich in Oertlis Auftrag, Melos Sekretärin Scheuch in Form eines Briefes an Oertli einen Bericht über ihren letzten Krankenbesuch bei ihrem Ex-Chef verfasst«, fuhr Jaroslav fort. »In diesem schildert sie schwelgerisch Melos Zustand in den rosigsten Farben. Also auch eine Gefälligkeitsbescheinigung ... Ja, und dann gibt es noch etwas ...«

Jaroslav schaute Bernice prüfend und etwas unsicher an.

»Etwas, das mich auch zögern lässt«, fuhr er fort. »Deshalb fragte ich dich, warum deine Mutter dich nicht als Zeugin in Betracht zieht. Denn wenn das stimmt, was aus einem der letzten Briefe Melos an seine Schwester Lelia hervorzugehen scheint, dann ... Gute Nacht ... Das würde die Gegenpartei natürlich auszuschlachten wissen ...«

»Was?«, fragte Bernice erschrocken.

»Ja ...«, zögerte Jaroslav. »Dein Onkel ... der Melo ... widersetzt sich in diesem Schreiben der angeblich brieflichen Bitte seiner Schwester Lelia, sie als seine Alleinerbin einzusetzen, mit der Begründung, dass ihre Schwester Maria Antônia, ›die vertrottelte Alte‹, wie Melo Lelia wörtlich zitiert, ›sowieso nichts mehr mitbekomme‹.«

»Wie bitte?«

Bernice starrte Jaroslav entgeistert an.

»Bisher ist völlig unklar, wieweit dieses Ansinnen an Melo je wirklich - schriftlich oder mündlich – herangetragen wurde oder ob es nur eine paranoide Behauptung von ihm ist, womöglich geschürt oder gar aus taktischen Gründen erfunden von der Klaps. Der Brief von Melo ist auch sehr wirr abgefasst. Deine Mutter hat das in unserem Telefongespräch jedenfalls strikt geleugnet. Es sei alles frei erfunden. Trotzdem kann ich mich aus gewissen Bemerkungen von ihr des Eindrucks nicht erwehren, dass es früher, als sie noch ein Herz und eine Seele waren, Gespräche in diese Richtung gegeben hat, vielleicht sogar zu dritt, dass dann Resi Lelia jedoch aus dem Feld geschlagen und das Ganze auf ihre Seite gerissen hat. Melo zitiert in seinem fragwürdigen Brief immerhin das Ansinnen seiner Schwester in Gänsefüßchen. Doch deine Mutter besteht darauf, dass es von ihr einen solchen Brief nicht gibt ... ›Die Resi braucht mich nicht zum Gaunern‹, so hat sie es mir gegenüber am Telefon ausgedrückt ... Aber wehe, wenn es diesen Brief doch gibt! Die Gegenseite würde ihn wie eine Trophäe im rechten Augenblick vom Stapel lassen ...«

Bernice fühlte einen trockenen Mund.

»Das ist doch völlig unglaublich ... meine Mutter ... Ich kenne sie, doch das hätte ich nicht von ihr erwartet«, sagte Bernice mit sterbender Stimme.

Sie begann richtig Ekel zu empfinden, und es drängte sie weit weg von hier. Der steigende Zeitdruck wegen der Patienten bestärkte sie in ihrem Wunsch.

»Wir wissen es nicht, Bernice. Es ist bloß eine Vermutung. Nur, wenn es stimmt, dann kann ich dich gut verstehen, und dann gebe ich natürlich den Auftrag zurück, falls es sich nicht zu spät herausstellt.«

Bernice schüttelte fassungslos den Kopf.

»Aha«, sagte sie nach einer Weile mit hartem Ton. »Frau Santini-de Melo also ist die eigentliche Initiatorin des Komplotts. Frau Santini, die Überfliegerin, hat es sich wieder einmal zu leicht gemacht. Sie hat gehofft, mit einem Handstreich die ganze Beute einzukassieren, und das ist ein Irrtum gewesen. Frau Santini. Jetzt hast du das Nachsehen ... Tja. Ohne Arbeit und Anstrengung lässt sich eben nicht einmal betrügen.«

Bernice sprach diese letzten Sätze mit einer gewissen Belustigung aus, mit Galgenhumor, wie sie selbst fand, obwohl sie innerlich kochte. Jaroslav schien dies zu merken und sah sie besorgt an.

»Bernice, ich bitte dich! Fälle kein zu frühes Urteil und schon gar keine Vorverurteilung ... Das weißt du doch aus deiner eigenen Gutachtertätigkeit. Warten wir ein bisschen ab.«

»Die leiblichen Nachkommen sollen sich um keinen Deut besser dünken als die Bastarde«, murmelte Bernice verbissen. »Es ist doch alles ein einziger Sumpf.«

Jaroslav schob Bernice stumm die Schriftstücke über den Tisch.

Bernice ergriff sie widerwillig. Sie beschloss, die vorliegenden Dokumente rasch durchzusehen und sich wenigstens einen flüchtigen Eindruck davon zu verschaffen und diesen Jaroslav mitzuteilen. Dann wollte sie schleunigst gehen.

Nach Beendigung ihrer Durchsicht schob Bernice die Unterlagen wie eine eben gekostete, ungenießbare Speise weit von sich.

»Was ist mir dir los, Bernice? Kann ich dir irgendwie ...«, erkundigte sich Jaroslav und sah Bernice mit wachsender Hilflosigkeit an. Obwohl Bernice keinen Spiegel vor sich hatte, war sie sicher, dass ihr Gesicht kreideweiß war. Es fühlte sich kalt an, trotz des dünnen Schweißes auf der Stirn.

»Nein, nein. Ist schon gut. Ich muss nur bald ... zu meinen Patienten ...«

Sie lehnte sich zurück und ließ die Arme sinken, um sich so in eine möglichst entspannte Lage zu manövrieren. Dann rutschte sie mit ihrem Stuhl ein bisschen nach hinten und blickte verloren, dann immer sehnsüchtiger auf ihre dicken Wanderschuhe, als hoffte sie, von ihnen davongetragen zu werden.

»Die stecken alle unter einer Decke ... ein einziger Sumpf ... schon immer ... Meine Mutter ahmt ja schon die Schwerhörigkeit ihres verstorbenen Bruders nach ... genau mit derselben Kopfstellung ... obwohl ihr an den Ohren nichts fehlt ...«, brachte sie, abwesend vor sich hin starrend, hervor.

Jetzt spannte Bernice alle Muskeln ihres Körpers an und richtete sich noch einmal auf.

»Jaroslav, entschuldige mich bitte. Ich muss jetzt gehen.«

Jaroslav, völlig ratlos, ließ sich mit hochreißen von seinem Platz. Inzwischen hatte sie ihren Stuhl an den Tisch zurückgeschoben und streckte Jaroslav hastig die zittrige Hand zum Abschied entgegen.

»Warte, warte einen Moment«, stammelte der verunsicherte Koloss. »Ich habe dir etwas mitgebracht ... zum Dank.«

Er kramte hastig in seiner Mappe und zog eine Kassette heraus.

Sie ertrug diese Sekunden nur mit eng aneinander gepresstem Kiefer. Ihr war, als würde jeden Moment etwas in ihr platzen.

»Hier, ›Die vier Jahreszeiten in Kyoto‹ von Tosha Suiho«, stieß er hervor. »Ich habe es für dich überspielt, eine fantastische Aufnahme ... mit ihm selbst ... diese Flöten ...«

Sie riss ihm die Kassette aus der Hand.

»Danke«, hauchte sie. »Ich ruf dich an.«

Er wollte auf sie zutreten, sie festhalten, sie fragen, ihr seine Hilfe aufzwingen. Doch sie war schon weg ...

»Es wird dir gefallen«, murmelte er ihr hinterher in den leeren Raum.

Von ihrer Mutter hielt sich Bernice in der kommenden Zeit strikt fern. Stattdessen erfolgten von deren Seite überraschende, versteckte und doppeldeutige Signale, die Bernice mehr ärgerten als freuten und im Grund alles nur noch schlimmer machten. Urlaubskartengrüße in gekünstelt-ironischem Ton, Zeitungsnotizen über eine Tagung der Gesellschaft für Konzentrative Bewegungstherapie, mit der Bernice in Verbindung stand, Fernsehprogrammhinweise auf sie vielleicht interessierende gesundheitsmedizinische Sendungen usw. Einmal schickte sie ihr sogar kommentarlos die Kopie eines Briefes von einer Freundin mit einem seitenlangen Südamerika-Reisebericht. Alles seltsame, neuartige Vorstöße, ein wenig würdelos und zugleich bedrängend, wie sie fand, und außerdem dazu angetan, bei Bernice, trotz allem, ein schlechtes Gewissen ihrer Mutter gegenüber zu erzeugen.

Was sich in letzter Zeit mehr und mehr in diese fragwürdige Post mischte, waren aktuelle Dokumente über den Prozessverlauf, Klageschriften, Repliken, Dupliken, Tripliken, Kampfbriefe zwischen Anwalt, Gegenanwalt und Nachlassverwalter Oertli, in denen die Schweinereien in der Schlammschlacht zwischen den Parteien mit immer neuen ans Tageslicht gezerrten Details breitgetreten wurden. Bernice nahm sich jedes Mal, wenn eine solche Sendung mit Lelias Absender eintraf, vor, sie ungeöffnet nach Oberwil zurückgehen zu lassen. Aber zu ihrem Ärger siegte jedes Mal dieselbe gruselige Neugierde über ihren Widerwillen. Sie betrachtete den Umschlag eine Weile, riss ihn irgendwann auf und las.

Auf diese Weise kam ihr auch, etwa zwei Monate nach Jaroslavs letztem Anruf, dessen fertig gestelltes psychiatrisches Gutachten, betreffend Professor Gilberto Balthasar Johannes de Melo, unter die Augen.

Das Gutachten war in etwa so aufgebaut, wie Jaroslav es bei ihrem Treffen im Café Mythenblick umrissen hatte. Zuerst die Analyse der mündlichen und dann der schriftlichen Quellen und dann die Beurteilung und psychiatrische Diagnose.

Das Erste, was Bernice zu ihrem Entsetzen bemerkte, war, dass den weitaus größten Raum der mündlichen Befragungen durch Jaroslav zwei lange Telefoninterviews mit Lelia Santini einnahmen, also nur subjektive Angaben seitens der leiblichen Schwester und gesetzlichen Erbin des zu Beurteilenden, wobei die Befragte, wie zur Rechtfertigung, vom Gutachter mehrfach als »differenzierte, gebildete und intelligente Person« bezeichnet wurde. Bernice war erstaunt, nicht nur wie schonungslos, sondern auch scharf Lelia die Tragik ihres Bruders plötzlich nachzeichnete. Das in richtigen Verfolgungswahn ausartende, chronische Misstrauen des Ertaubenden, sein kompensierender Ehrgeiz bis hin zur Selbstüberschätzung, im Kontrast zur inneren Verletztheit. Alles psychologisch folgerichtig und nachvollziehbar. Obwohl der Bericht streckenweise im farbigen Erzählstil gehalten war, ein wenig an den von Bernices Großvater erinnernd, war er insgesamt eher nüchtern und abstrakt gehalten, eine kalte Charakteranalyse, frei von Mitleid und ohne die frühere, blinde Bewunderung für den großen Bruder. Zwanzig Seiten, rund ein Fünftel des Gutachtens, bestanden aus den Angaben dieser Frau. Es war nicht zu fassen. Jaroslav machte sich damit mitschuldig. Er war im Grunde nicht besser als alle anderen. Wie gut, dass Bernice sich ganz von ihm losgesagt hatte, wie von ihrer Mutter, vom Gerichtsverfahren und überhaupt von allem hier.

»Nach mir die Sintflut«, war das einzige, was Bernice beim Lesen dieser Beurteilung dachte.

Sie klappte die in schwarze Glanzpappe eingefasste Akte zu und steckte sie mechanisch, fast in Trance, zurück in den Umschlag, dem sie sie entnommen hatte. Dann holte sie aus ihrem Apothekenschrank eine Heftpflasterrolle und überklebte kreuz und quer die von ihr vorher eingerissenen Stellen des Umschlags, so als handelte es sich um eines der in ihrer Praxis versorgten und einbandagierten Unfall- oder Gewaltopfer.

Als sie damit fertig war, schrieb sie auf eine der frei gebliebenen Flächen des Umschlags: Annahme verweigert. Dann machte sie sich auf den Weg den Hang hinunter zum nächsten Briefkasten und warf dort die Sendung ein.

Es war das letzte Mal, dass Bernice das inzwischen völlig verriegelte Hünenberger Haus von außen sah. Sie hatte es nur deshalb aufgesucht, weil ihr Bruder Enrico sie gebeten hatte, ihn dorthin zu begleiten.

Enrico war überraschend aus Basel angereist gekommen, um das Wochenende bei der Mutter in Oberwil zu verbringen, was er an sich kaum mehr tat. Er hatte sich viel früher als Bernice von seiner Mutter gelöst, was Bernice jetzt, da ihr dies gelungen war, an ihm außerordentlich bewunderte. Umso weniger verstand sie seinen plötzlichen Besuch. Enrico war fest in sein Basler Leben eingebunden. Er war noch immer Schaffner und inzwischen Eigentümer eines Hochhausappartements nicht weit vom Badischen Bahnhof, mit Balkon und dazugehöriger Tiefgarage, die er vermietete. Sonntags unternahm er mit seinen Naturfreunden, ungeachtet der Witterung, ausgiebige Wanderungen meist im Jura oder Schwarzwald in den Fußstapfen seines Onkels Gilberto. Frauenbekanntschaften unterhielt er so gut wie keine. Einmal monatlich rief er seine Schwester in Einsiedeln an. Auch weil sie praktisch die Einzige war, die mit seiner beschädigten Sprache und Artikulation so vertraut war, dass sie ihn auch durch den Schallfilter des Fernsprechers einigermaßen verstand.

Bernice hatte an sich kaum Zeit, weil ihre Praxis gegenwärtig so stark besucht war, dass sie eigentlich am Wochenende ihre Krankendossiers hätte aufarbeiten sollen. Etwas widerwillig reservierte sie trotz allem den Sonntagvormittag für eine Fahrt mit Enrico nach Hünenberg, weil sie spürte, wie wichtig dies ihm war.

Schon als sich die beiden verabredungsgemäß am Zuger Hauptbahnhof trafen und Bernice ihren Bruder in ihr Auto einsteigen ließ, wirkte Enrico verändert. Er machte einen ängstlichen und niedergeschlagenen Eindruck, gab sich dabei jedoch auch sehr zutraulich, fast wie in alten Kinderzeiten, als sie zusammen mit Feldstecher und Schmetterlingsnetz ins hochsommerliche Hinterland ausgerückt waren, auf dem Bürgersteig vor dem Elternhaus Himmel und Hölle gespielt und den im Garten aufgefundenen toten Vogel gemeinsam begraben hatten. Enricos überraschende Kindlichkeit rührte Bernice umso mehr, als sie von seinem jetzigen Äußeren abstach, dem dünn und schütter gewordenen Haar, seinen mit den Jahren immer trüber werdenden Brillengläsern und der im Alter immer auffälligeren Unordentlichkeit seiner Kleidung. Dazu kam seine zunehmende körperliche Schwerfälligkeit und der Hang zur Fettleibigkeit, der Bernice schon länger Sorgen bereitete.

»Du ... Wann verlässt du eigentlich unser sinkendes Schiff?«, nuschelte Enrico überraschend bald, nachdem sie losgefahren waren.

Bernice war über diese Bemerkung so verwirrt, dass sie ausweichend antwortete und so tat, als müsse sie sich auf den Straßenverkehr konzentrieren.

Nachdem Enrico von Bernice keine befriedigende Antwort auf seine Frage erhalten hatte, verfiel er in ein düsteres, brütendes Schweigen, welches anhielt, bis sie an der Bundesrat-Zemp-Straße in Hünenberg anlangten.

Bernice hatte gegenüber Enrico kein Wort über ihre Brasilienpläne verloren, und auch die inzwischen von ihrer Mutter gegen Resi eingereichte Klage beim zuständigen Kantonsgericht wegen Gilbertos Testament war kein Thema zwischen ihnen gewesen. Jetzt erst wurde ihr klar, dass Enrico offenbar schon länger etwas über ihre Auswanderungspläne wusste oder zumindest während seiner letzten Telefonate etwas aus ihrer Stimme gehört haben musste, was ihn beunruhigte.

Das Haus war kaum verändert. Bernice fand sogar, dass sein Zustand noch immer demjenigen vor elf Jahren glich, als sie zusammen mit Ignacio hier gewesen war. Die Farbe war etwas weiter von der Mauer und den geschlossenen Fensterläden abgeblättert. Der Garten war noch stärker verwildert, und die um das Haus wuchernden Bäume und Büsche hatten Fenster und Balkon etwas dichter zuwachsen lassen. Zwischen den Steinplatten vor dem Hauseingang schien auch dasselbe Unkraut zu sprießen. Die schweren und schartigen und immer noch leeren Pflanzentöpfe zu beiden Seiten des Hauseingangs trauerten weiter vor sich hin. Auch die Patina auf dem Metallschild über der Türklingel, noch mit Großvaters Namen darauf, hatte sich kaum verdichtet.

Bernice war erleichtert, hier niemandem von Resi Klapsens Clique vor die Füße gelaufen zu sein, deren Anwalt oder einem Immobilienhändler, der vorsorglich damit beauftragt worden war, Resis Erbbeute unter seinen Hammer zu nehmen. Doch sie wusste, dass hier ständig mit unangenehmen Überraschungsbesuchen zu rechnen war.

Eigentlich erwartete Bernice, dass Enrico seine geheimnisvollen Andeutungen vom sinkenden Schiff weiter ausführen würde, jetzt, da sie vor diesem Schiff standen. Stattdessen beschwor er, noch rätselhafter, plötzlich alte gemeinsame Kindheitserinnerungen herauf, die sich nicht einmal räumlich auf die gespenstische Familienruine hier bezogen.

»Du«, fing er wieder an.

Enrico begann auch heute noch alle bedeutsameren Sätze, immer mit einem gewissen aufgeregten Beiklang, entweder mit »du« oder mit »also«.

»Du ... Weißt du noch, in Rimini? Am 29. Juli 1957, acht Tage vor deinem sechsten Geburtstag?«

Enrico hatte sich auch sein phänomenales Telefonnummern- und Geschichtszahlengedächtnis ungebrochen bewahrt.

Bernice kramte erst gar nicht in ihrem Gedächtnis. Als ihr Bruder weitersprach, durchschaute sie endlich die verwickelten Zusammenhänge in seinem Kopf zwischen dem sinkenden Schiff und der Adriaküste während der fünfziger Jahre.

»Da standen wir doch alle am Abend am Strand und schauten aufs Meer«, sagte er. »Mit unseren lieben Eltern, Großpapa und Onkel Gilberto mit seiner Hörbrille, und Ali, der damals siebzehn war. Und da hat Onkel Gilberto stolz zu Ali gesagt: ›Schau mal, diesen Sonnenuntergang. Ist der nicht herrlich? So was hast du bestimmt noch nie gesehen. Was sagst du dazu?‹ Und da hat ihm doch der Ali geantwortet ...«

Enrico musste kurz kichern.

»Und da hat der Ali gesagt: ›Ich finde es in der Badeanstalt in Cully schöner.‹ – ›Aber Ali, wie kannst du nur so etwas sagen‹, hat dann Onkel Gilberto geantwortet und sich vor allen furchtbar geschämt.«

Bernice hatte diese Szene wirklich vergessen.

»Das wäre alles nicht so gekommen, wenn ein Jahr vorher der Silberdollar unserer Mutter, der von ihrem Vater geschenkte Talisman aus Florida, anders gefallen wäre«, wusste Enrico als Nächstes zu berichten.

»Dann wäre halt ein anderer Ali gekommen und vielleicht eine andere Resi Klaps, und wir würden genauso vor diesem zugemauerten Haus stehen«, entgegnete Bernice.

Diesen Silberdollarwurf hatte Bernice selbst nicht miterlebt. Es war am Ende einer mehrtägigen Wanderung im schweizerischen Rhonetal gewesen. Auf dem Rückweg irgendwo zwischen Bex und Aigle, in der Nähe der berühmten alten Schlösser der ehemaligen Bernischen Landvögte, war ewig hin und her überlegt worden, ob Gilberto von Montreux aus mit seiner Schwester und Enrico in seinen neuen Ferienbungalow nach

Gstaad und von da aus nach Zürich zurückfahren oder ob er allein einen Abstecher nach Cully am Genfer See machen sollte, um dort diesen Ali, den er kürzlich kennen gelernt hatte, zu besuchen, während die anderen direkt nach Hause führen.

»Jetzt oder nie«, hatte Onkel Gilberto mehrere Male gesagt. »Er braucht mich«, hatte Gilberto wiederholt Lelia gegenüber beteuert, als er noch unschlüssig gewesen war.

»Und warum?«

»Er kränkelt. Er hat mir von Asthmaanfällen erzählt. Und in einem Jahr macht er sein Abitur und möchte studieren, aber die Mutter hat kein Geld.«

»Dann fahr eben doch hin.«

»Ach, ich weiß nicht.«

»Wie ist er denn?«, fragte sie als Nächstes.

Gilberto antwortete ausweichend.

»Ist er denn intelligent?«, insistierte Lelia.

»Ach. Ich glaube, er ist jedenfalls nicht dümmer als der Enrico«, antwortete Gilberto laut und unbekümmert, obwohl Enrico nur zwei Schritte entfernt neben ihm herlief, wahrscheinlich, weil ihm die realistische Einschätzung von normalem Hörvermögen noch weiter abhanden gekommen war.

Enrico fühlte sich durch Lelias herzhaftes und grausames Lachen auf diese Bemerkung hin noch stärker verletzt als durch die Bemerkung selbst.

Dann endlich wurde der Silberdollar geworfen, wobei Kopf Ali und Zahl Nicht-Ali hieß.

Es fiel der Kopf.

»Tja. Erst fällt der Kopf, und dann sinkt das Schiff«, sagte Bernice jetzt zu Enrico.

Enrico lachte, wie immer, nur mit dem halben Mund.

»So schnell sinken Schiffe nicht«, hielt er nach einer Weile dagegen und atmete tief durch.

Bernice musste Enrico Recht geben. Denn die darauf folgenden Jahre waren verhältnismäßig ruhig und ungefährlich verlaufen. Resi war noch lange nicht in Sicht. Ali nutzte die Zeit für andere Frauengeschichten. Gilberto und Ali hatten wahrscheinlich nie ein wirklich homosexuelles Verhältnis gehabt. Gilberto vergötterte und umsorgte seinen neuen Liebling, er streichelte ihn vielleicht und hielt seine Hand, und Ali ließ sich vergöttern und umsorgen und seine Hand halten. Gleichzeitig entschädigte er sich mit Massen junger Mädchen und Frauen aller Altersstufen, wobei es ihm wichtig war, besonders Gilberto gegenüber, mit seinen Eroberungen aufzutrumpfen und detaillierten Rapport über sie abzustatten, die Gilberto auch mit Vergnügen entgegennahm, vielleicht, um Ali nicht zu verlieren.

»Das Schiff ist im Gegenteil flott auf den Wellen gehüpft«, kommentierte jetzt Enrico, als sie vor dem toten Haus standen.

Gilberto finanzierte Ali ein Pharmaziestudium an der Universität in Lausanne. Er nahm ihn während der Semesterferien mit auf Bildungs- und Vergnügungsreisen nach Florenz, Wien und London. Einige Male war Enrico, später auch Bernice, mit dabei, als Anstandswauwau oder Alibi. Gilberto pflegte in den Hotels immer eine kleine Suite zu mieten, mit einem Luxusdoppelzimmer für ihn und Ali und einem dienstbotenähnlichen Vorraum für Bernice oder Enrico.

Dann begann das Schiff zu schwanken.

Alis Krankheit. Die ersten schlimmen Anfälle stellten sich ein. Ali musste immer öfter und länger mit dem Besuch von Lehrveranstaltungen aussetzen, blieb wichtigen Kursen fern, schob Zwischenexamina immer wieder auf und verlor schließlich ganze Semester. Immer häufiger musste er zwecks ambulanter Behandlung das Krankenhaus aufsuchen und war zu Hause bettlägerig. In der Hünenberg am nächsten gelegenen Einrichtung Mariä Hilf in Cham lernte Ali die aus Österreich stammende Krankengymnastin Resi Fügedi kennen.

»Ich habe eine Freundin, und sie erwartet ein Kind von mir«, gestand Ali eines Tages seinem Gönner und Wohltäter Gilberto mit schuldbewusster Miene.

»Was sagst du da? Ein Kind? Von wem? ... Ach so ... Nein. Das geht nicht. Das geht wirklich nicht.«

Gilberto bestand auf einer Abtreibung. Als man zur Einleitung derselben schritt, erwies sich das Ganze als Scheinschwangerschaft. Oder als Täuschungsmanöver.

Die nächste, echte Schwangerschaft ließ nicht lange auf sich warten. Aber nicht von Ali. Von einem Arzt, einem Strohvater, den sich die Resi geangelt hat, um so endlich die Heirat mit ihrem Ali zu erzwingen. Diesmal wurde wirklich abgetrieben. Und beim dritten Anlauf, als das Kind immerhin ein paar Monate lebte, da konnte man es sehen: Es hatte braune Augen, obwohl beide Eltern blaue hatten. Wieder war das Kind nicht von Ali. Doch Hauptsache, es konnte oder musste geheiratet werden.

Enrico zeigte auf das Haus vor ihnen.

»Am 22. Februar 1968 hat er gesagt: ›Der Ali ist schwach, aber sie ist kalt und scheußlich.‹«

»Wie war sie denn damals wirklich?«, fragte Bernice neugierig.

»Das weiß ich genauso wenig wie du oder unsere Mutter oder sonst jemand aus der Verwandtschaft. Gilberto hat die doch vor uns allen versteckt. Er hat sich für diese Leute geschämt.«

»Was nur der Ali an der gefunden hat?«, meinte Bernice kopfschüttelnd.

»Ich habe auch den Ali seit der Heirat kaum mehr gesehen«, bekräftigte Enrico. »Ich bin ja dann bald nach Basel gegangen.«

»Und Gilberto?«

»Der hat ihnen ihr zur Hochzeit neu erbautes Puppenhaus mit Antiquitäten voll gestopft, auf die der Ali immer versessen gewesen ist und die der Alte ihm praktisch ans Krankenbett gebracht hat. Und die Resi ging immer leer aus. Sie hat später geschimpft, sie hätte nie etwas bekommen. Der Alte muss sie wie den hintersten Putzlappen behandelt haben, die ganzen Jahre ... Und dafür entschädigt sie sich jetzt ... Reichlichst ...«

»Woher weißt du das alles?«, fragte Bernice überrascht.

»Von unserer Mutter. Die durfte als Einzige mit den Leuten gut Freund sein ... die Verräterin ... Und am Gründonnerstag 1971 hat er der Familie Alis Adoption bekannt gegeben.«

»Aha.«

»Tante Maria Antônia hat es mir erzählt«, erklärte Enrico. »Gilberto hat ihr damals, richtig laut und scharf, wie der böse Geizhals bei Dickens, gesagt: ›Das ist nur, damit ihr nichts bekommt ...‹«

»Was? Schon damals?«

Bernice war entsetzt.

»So ist doch alles vorbestimmt«, murmelte sie nach einer Weile.

»Und wir alle haben das nur nicht gemerkt ...«

»Oder es nicht merken wollen«, nuschelte Enrico.

Dann verfiel sein Gesicht plötzlich in tiefe Bitterkeit und Trauer.

Bernice blickte nach vorn zum grünumwucherten Steintorso. Sie suchte nacheinander die abweisend verschlossenen Fensterläden ab und rief sich das jeweilige Zimmer dahinter in Erinnerung.

Plötzlich bemerkte sie, dass Enrico zitterte, Kopf und Arme einzog und dann in ein heftiges Schluchzen ausbrach.

Bernice trat rasch einen Schritt vor und legte den Arm um seine Schultern.

»Ich weiß ja noch gar nicht, ob ich das sinkende Schiff für immer verlassen werde«, sagte sie. »Und wenn, dann musst du mich besuchen kommen«, fügte sie hinzu.

Enrico hielt augenblicklich inne und wandte ihr sein tränennasses Gesicht zu. Sie reichte ihm ein Taschentuch. Dann nahm er seine Brille ab, um sich die Augen abzuwischen.

»Diese verdammte Betrügerbande«, stieß er hervor, während sich sein Gesicht zu einem neuen Weinkrampf verzerrte. »Alle sind sie Betrüger, alle ... außer dir.«

Und nach einer Weile, als er sich notdürftig gefasst hatte: »Ich hab nie eine Chance gehabt. Man hat mich immer nur betrogen. Und jetzt ist gar nichts mehr da ...«

Er zeigte auf das Haus.

»Bis September 63 war alles heile Welt. Danach fing das böse Leben an«, erläuterte Enrico jetzt überraschend.

»Bis September 63?«

»Bis da waren du und ich noch zusammen. Bevor ich nach Basel gegangen bin«, erklärte er trocken.

»Wirklich?«, sagte sie nur.

Sie war verwirrt und zugleich gerührt. Das hatte sie so nie gewusst.

»Möchtest du denn mit mir mitkommen?«, fragte sie.

»Nach Brasilien?«

»Ja.«

»Das geht doch nicht. Wie soll ich das denn machen?«

Er wirkte noch hilfloser, was auch sie immer hilfloser machte.

Während Enrico in ihrem Arm etwas ruhiger wurde, merkte Bernice, dass sich jetzt auch in ihrem Hals ein Kloß zu lösen und langsam in ihr hochzusteigen begann. Sie versuchte dagegen anzukämpfen, fühlte sich jedoch immer ohnmächtiger den aus ihr herausdrängenden Tränen ausgesetzt. Aber sie wollte sie unter allen Umständen niederhalten, damit Enrico nichts merkte, weil sie jetzt ihm gegenüber stark erscheinen musste. Er brauchte dringend ihren Schutz.

Während sie ihren Bruder weiter festhielt, blickte sie durch den sich leise vor ihre Augen schiebenden Tränenschleier auf das Totenhaus. Sie fühlte sich von einer bleiernen Traurigkeit erfasst. Es war eine Traurigkeit ohne Schmerz, ohne Aufbegehren, dumpf und lähmend.

Ziemlich bald nach Alis Tod ungefähr vor drei Jahren hatte Bernice ihren Onkel noch einmal bei sich zu Hause aufgesucht. Nach dem, was sie gehört hatte, war schon ihr Gang dorthin mit Ängsten verbunden gewesen, doch was sie dann in Wirklichkeit erwartete, hatte ihre Befürchtungen weit übertroffen.

Schon der finstere Geselle, ein langgewachsener Kerl mit vorgeknöpftem buntem Halstuch, der ihr die Haustüre öffnete, ließ nichts Gutes erahnen. Sie betrat den ihr so sehr vertrauten Flur. Dort tummelten sich jetzt mehrere solcher Gestalten. Eine schlimme Ansammlung primitivster junger Männer, reinste Unterwelt, wie ihr vorkam. Einige hatten dunkle Hautfarbe und waren schwarzhaarig. Bernice wusste, dass Gilberto mittlerweile diese Buben nicht mehr selbst aufsuchte, sondern dass sie ihm zugeführt wurden.

Als Bernice all diese Leute auf einem Haufen sah, drängte es sie rasch wieder aus dem Haus. Als sie sich zum Gehen anschickte, entdeckte sie auf dem Boden lauter Reisetaschen, die überall im Flur herumstanden und den Weg versperrten. Es herrschte hektische Aufbruchstimmung. Überall Gerenne, lautes Türenschlagen, unflätiges gegenseitiges Sichanpöbeln. Zu allem kam auch noch Frau Scheuch die Treppe herunter. Sie fixierte Bernice feindselig mit ihren Schleieraugen in ihrem spitzen, faltigen Gesicht. Von ihrer gewohnten Süßlichkeit war keine Spur vorhanden. Als Bernice einen erneuten Anlauf machte, das Haus zu verlassen, tauchte unverhofft Onkel Gilbertos vierschrötige Gestalt im Türrahmen zum Wohnzimmer auf. Er war in einer Aufmachung, bei der es Bernice den Atem verschlug. Sein fast halsloser Oberkörper steckte in einem papageienfarbenen Hemd. Dessen buntes Muster hatte gewisse

Ähnlichkeiten mit den grellen, bizarren Zeichnungen von Tante Maria Antônia, ging jedoch in eine andere, viel unangenehmere Richtung. Denn seine Haare waren rosa gefärbt, auch die glatte Strähne über der Stirn. Das Gesicht war gepudert, und an beiden Ohren baumelten lange, spiralartig gewundene und im Deckenlicht blitzende Metallklipse mit großen, schwarzen Kugeln an deren Enden. Statt mit einem Ballettröckchen, das zu all dem wohl am besten gepasst hätte, trug Gilberto ausgebeulte und abgeschabte, grünbeige Kordhosen. Bedenklich schwankend, trat er nun auf Bernice zu. Sie merkte sofort, dass ihr Onkel unter dem Einfluss starker Beruhigungsmittel stand, so massiv, dass sogar seine festen Tennisschuhsohlen und der Stock, auf den er sich stützte, ihn kaum mehr trugen. Sie ging rasch auf ihren Onkel zu, um ihm so weitere riskante Schritte zu ihr hin zu ersparen.

»Wir fahren alle in mein Haus in ... in dieser Stadt ... wie heißt sie bloß ... diese Stadt ... Wir fahren in mein Haus«, lallte er. »Nur meine Perle ... hält hier die Stellung.«

Daraufhin streckte er seinen lachend aufgesperrten Rachen Frau Scheuch entgegen, die sich nur angewidert abwandte.

»Warte ... warte ...«, rief Gilberto plötzlich seiner Nichte entgegen. »Ich komme gleich wieder zurück.«

Bernice überlegte rasch, wie sie Gilberto vor irgendwelchen verhängnisvollen Dingen bewahren könnte. Doch überraschend behände drehte er sich um und humpelte wieder weg, im Wohnzimmer verschwindend.

Gilberto erschien, wie versprochen, bald wieder. Jetzt wedelte er mit einer Fünfhundertfrankennote in der Hand und wankte erneut auf Bernice zu. Er ging ganz nah an sie heran und vollführte überraschend, verbunden mit einem leichten, fast neckischen Hüpfer mit leicht vorgestrecktem Bein, eine halbkreisförmige Drehung um sie herum und stopfte ihr hastig den Geldschein in die Gesäßtasche ihrer Hosen und versetzte ihr schließlich, mit einem verzerrten, anzüglichen Lächeln, einen Klaps auf den Po.

Hier riss das Bild ab. Was Bernice als Nächstes vor sich sah, spielte sich nicht mehr in dem Haus ab, vor dem sie in Wirklichkeit mit ihrem Bruder stand. Es war auch kein zusammenhängender Film mehr. Nur Fragmente, immer kürzere Fragmente. Schließlich waren es nur noch einzelne, wie abgehackt auf der Leinwand von oben nach unten laufende Bilder mit immer schwerer ersichtlichem Zusammenhang untereinander. Je mehr Bilder erschienen, desto größer wurden die Lücken und desto unklarer die Verbindung zwischen ihnen. Was weniger daran lag, dass diese Bilder das Resultat nur von Vorstellungen waren, die Bernice sich auf Grund fremder Berichte hatte bilden müssen. Der Hauptgrund war, dass die Bilder so schrecklich waren und für sich allein so viel aussagten, dass sie keines ausdrücklichen Kontextes mehr bedurften, ja, eine Zusammenfügung der einzelnen Einheiten zu einem übersummenhaften Ganzen ihren Schreckenscharakter ins völlig Unerträgliche potenziert hätte.

Auf einem der noch bewegten Bilder sah Bernice das Innere von Gilbertos Bungalow, den sie von früher kannte. Es war der Hauptraum um den weißgekalkten Kamin in der Mitte mit einem Eisengitter um die Feuerstelle. Der mit dunklen Kacheln ausgelegte Boden um den Kamin war groß genug, um mehrere Matratzen und Liegefelle zu fassen, wenn man, wie es hier der Fall war, vorher die Sitz- und Essecke am Fenster beiseite schaffte. Auf den weichen Unterlagen räkelten und wanden sich im Halbdunkel im Schein flackernder Kerzen hinter dem zugezogenen Vorhang dieselben Gestalten, die vorhin zwischen den abgestellten Reisetaschen im Haus hin und her geeilt waren. Sehr bald brach das Bild ab, und ein nächstes schob sich vor Bernices Augen, diesmal ein unbewegtes. Sie sah Gilberto in einem weinroten Lehnstuhl thronen, im selben Operettenaufzug wie kurz vor der Abreise. Sein Gesicht war zu einer grauenvollen Fratze verzerrt, der Mund aufgesperrt, die Augen herausquellend, das rechte noch mehr als das auf der Seite des tauben Ohres liegende linke, das schon eher tot und erloschen wirkte. Der Ausdruck war ein teuflisches Gemisch aus Lust und Schmerz. Da dieses Bild, wie alle anderen, stumm war, war nicht zu ermessen, ob Gilbertos Schmerz aus seiner Unfähigkeit resultierte, das, was um ihn herum oder zu seinen Füßen ablief, zu hören, oder ob es etwas anderes war. Bernice verscheuchte das Bild rasch wieder aus ihrer Vorstellung. Es folgten mehrere Bilder, die Gilberto und die anderen Gestalten mehr aus der Ferne und undeutlich zeigten. Gilberto, voyeuristisch in einer Haltung, bei der Bernice an Kaiser Nero beim Betrachten des brennenden Rom denken musste. Zu Gilbertos Füßen ein verschmelzendes Gewirr von nackten Leibern. Dann folgten zwei, drei helle, scharfe, aber sehr kleine Ausschnitte. Im Wesentlichen hautfarben, mit allerlei Geäder darauf und mit abscheulich aussehenden Furchen, Falten, Wülsten, Löchern und mit unter der verschieblichen Haut freiwerdenden, blauroten Flächen. Abstoßend, grauenvoll alles. Als es Bernice endlich gelungen war, die Bilder auszuknipsen, fühlte sie Schweiß aus ihr ausbrechen, und ihr wurde speiübel.

Bernice setzte alles daran, sich aus der Flut quälender und bedrängender Vorstellungen zu befreien. Schon drohte sich eine neue Kulisse vor ihre Augen zu schieben. Da hörte sie plötzlich wieder Enricos Stimme neben sich, die sie aus dem Reigen ihrer Horrorvorstellungen heraus rettete.

»Die werden es alle teuer bezahlen«, sagte er.

»Ich werde es wohl nicht mehr mitbekommen«, antwortete sie, noch wie in Trance.

»Du? Wir alle. Wir alle werden auf dem Krückstock gehen, bis die Angelegenheit durch die Mühlen der Justiz hindurchgegangen ist«, nuschelte er. »Die beiden Kampfhennen werden es nicht einmal physisch erleben. Die einzigen Nutznießer werden allenfalls unsere Kinder und Enkel sein. So ist das.«

Enricos Gesicht verfinsterte sich wieder.

Bernice fasste ihn an der Hand und zog ihn rasch von diesem Ort des Schreckens weg.

Als das Telefon klingelte, griff Bernice besonders rasch nach dem Hörer, als ahnte sie, dass es etwas Wichtiges sei. Ein ungewohntes, fernes Rauschen, mit einem kurzen Piepton dazwischen, drang an ihr Ohr.

»Berenice«, rief es plötzlich leise.

Erst Sekunden später realisierte sie, wer es war.

»Ignácio!«

»Berenice ... Es ist etwas Schreckliches passiert ... Vanessa ...«

»Vanessa? ... Was?«

»Vanessa ist tot.«

Bernice konnte eigentlich erst, als sie erschöpft in ihrem Passagiersitz der Transatlantikmaschine saß, die volle Tragweite dessen ermessen, was geschehen war.

Sie hörte zuerst nur etwas von Todesschwadronen in einer Favela, von Vergewaltigung, Bauchschuss und von Zerfetzung durch eine Handgranate. Sie fasste nur Worthülsen auf. Der wirkliche Inhalt gellte ihr aus Ignácios verzweifelter Stimme entgegen. Die Stimme wurde immer leiser und stockender.

»Ich weiß nicht, was ich machen soll«, hörte sie ihn noch sagen.

»Ich komme zu dir«, sagte sie daraufhin ganz selbstverständlich.

Danach lief alles fast nur noch mechanisch ab.

Sie entschied sich für die nächste noch freie Alitalia. Sie wollte Ignácio auf derselben Route nachfolgen.

Die Überweisung ihrer Patienten an kompetente Kollegen,

das Kofferpacken, der kurze Abschied von ihrem Bruder und wenigen Freunden, hauptsächlich telefonisch, so wie auch von der Mutter, lief wie ein Film ab, in dem sie sich selbst sah.

Als sie etwa eine Woche nach Ignácios Anruf mittags ihre Wohnung mit Sack und Pack verließ, kam ihr das Licht draußen besonders grell vor. An sich war dies für Ende Februar normal, doch sie nahm es übermäßig wahr. Sie gestand sich zum ersten Mal ein, Angst zu haben und das Gefühl, sich einer unbekannten fremden Macht auszuliefern, und sie merkte, dass sie eigentlich nicht gern fortging.

Während der Bahnfahrt nach Zürich und zum Flughafen Kloten lief sie unruhig und nervös im Wagenkorridor auf und ab. Sie kam sich obendrein viel zu warm angezogen vor, obwohl es draußen eher noch winterlich war. Immerhin hatte sie sich in ihrem Handgepäck dünne Sachen zum Umziehen kurz vor der Landung bereitgelegt.

Nach dem Check-in und der Pass- und Gepäckkontrolle saß sie endlich im Warteraum und blickte durch die breite Glasscheibe direkt auf die Abflugpiste. In einer Viertelstunde sollte der Aufruf für den Flug um 17 Uhr nach Rom erfolgen, von wo aus es mit einer Boeing nach Rio weiterging. Bald jedoch erschien grauuniformiertes Bodenpersonal der Alitalia, welches, mit Funkgeräten hantierend und hektisch hin und her laufend, nach einer Weile wieder ging und schließlich erneut kam. Der Flug verzögert sich um eine halbe Stunde, hieß es. Dann wurde erneut aufgeschoben. Erst beim dritten Mal nannte man den Grund: Bremskontrollen. Inzwischen war es dunkel geworden, sodass, im Kontrast zu der weiten, bevorstehenden Reise, die künstliche Welt aus Beton, Plastik und Neonlicht, in der die Fluggäste ausharrten, mit der inzwischen nachtschwarzen, breiten Glasscheibe endete.

Erst Stunden später, nach einem kostenlosen Abendessen im Flughafenrestaurant und endloser Warterei vorher und danach, war entschieden, dass erst um zweiundzwanzig Uhr eine Ersatzmaschine starten würde.

Es gab, außer nach Rio de Janeiro, auch noch andere Anschlüsse von Rom, die nicht mehr erreicht werden konnten. Die grauuniformierte und grell geschminkte Dame am Schalter wurde von einer Traube aufgebrachter Reisewilliger umringt, behielt jedoch in bewundernswerter Weise ihre Fassung.

Der Reisenden nach Rio wurde eine Gratisübernachtung im Flughafenhotel in Fiumincino und der Flug mit der Alitalia von Rom nach Rio morgen um dieselbe Zeit angeboten. Doch die Vorstellung, die heutige Nacht allein im Römer Flughafenhotel zu verbringen, war ihr so unerträglich, dass sie es vorzog, nach Hause zu fahren und morgen den nächsten Versuch zu starten. Dafür wurde ihr ein Taxi nach Einsiedeln gestellt.

Sie versuchte, vom internationalen Schaltertelefon aus, Ignácio anzurufen. Doch niemand meldete sich. Die Dame am Schalter versprach, Ignácios Benachrichtigung zu übernehmen.

Auf der Nachhausefahrt in einem Flughafen-Kleintransporter über die Autobahn fühlte sie sich irgendwie erleichtert über den Aufschub. Sie blickte auf das Lichtermeer des gegenüberliegenden Zürichseeufers und genoss die kalte Nachtluft.

Zu Hause musste sie alles wieder aufschließen. Nur das Telefon war auf ihre Veranlassung bereits gekappt, sodass sie, was die Benachrichtigung von Ignácio betraf, auf die Verlässlichkeit der Fluggesellschaft angewiesen war. Erschöpft sank sie auf ihr weißes Wohnzimmersofa und schlief sofort ein.

Am nächsten Tag verlief am Zürcher Flughafen alles glatt.

In Rom wurde zuerst wieder eine halbstündige Verspätung des Fluges nach Rio angesagt, und Bernice wollte erst an das Gelingen der Reise glauben, wenn sie im Flugzeug saß und dieses auch wirklich von der Piste abhob. Es blieb tatsächlich nur bei dieser halben Stunde. Als Rom tief unter ihr lag und das Rauchverbots- und Anschnallzeichen abgeschaltet wurde, musste sie vor Erschöpfung weinen, leise und versteckt, damit niemand es merkte. Das bald von den Stewardessen auf Tabletts ausgeteilte warme Abendessen wies sie zurück, verlangte jedoch ausreichende Mengen Rotwein. Beim dritten Zweideziliterfläschchen wurde sie ruhiger. Nur an Einschlafen war nicht zu denken. Irgendwann wurde das Hauptlicht gelöscht, und ein blöder Film lief auf der aufgeklappten Projektionsfläche vor den mittleren Sitzreihen ab. Während sie die nächsten Stunden vor sich hin döste, merkte sie, dass sie immer froher und zuversichtlicher wurde. Zum ersten Mal dachte sie wieder intensiv an Ignácio und begann, sich richtig auf ihn zu freuen, obwohl sie gleichzeitig an das schreckliche Schicksal seiner Schwester denken musste und an seine Verzweiflung darüber. Seine Stimme am Telefon gellte ihr noch in den Ohren. Trotzdem war ihr klar, dass sie jetzt das Alte endgültig hinter sich gelassen hatte und das Neue vor ihr lag.

Als sie am frühen Vormittag Rio erreichten und sie zum ersten Mal brasilianischen Boden betrat, konnte Berenice die extreme Außentemperatur nur erahnen, bevor sie die klimatisierten Gänge und Räume des Flughafengebäudes betrat. Nach der Passkontrolle durch Beamte, die wie luftdicht in kleinen Glaskästen eingesperrt wirkten, gelangte sie an das Gepäckfließband vor dem Zoll, die Endzone des Niemandslandes zwischen Abflug und Ankunft.

Nur eine schmale, sich manchmal spaltweise öffnende Schiebetüre trennte die Ankommenden von Brasiliens öffentlichem Alltag, der sich an dieser Grenze in der Gestalt lärmender und drängender Menschenmassen staute. Es war, als sickere das ungestüme, pulsierende Leben und die Hitze draußen zu den Reisenden hinein, die darauf warteten, davon erfasst zu werden und aus ihrer eiszeitähnlichen Erstarrung in Zehntausendmeterhöhe aufzutauen. Berenice kam es tatsächlich so vor, als würde das Lachen ihrer Mitreisenden vor dem Gepäckfließband lauter und ausgelassener, als wirkten ihre Bewegungen freier und fließender, ja, als wären sogar die Röcke der Frauen kürzer und bunter geworden im Vergleich zu der so sehr andersartigen Welt, aus der sie gekommen waren. Berenice selbst erfasste eine spannungsvolle Freude auf Ignácio, den sie hinter der messerscharfen, hauchdünnen Grenztüre vermutete und dessen Gegenwart sie leibhaftig spürte. Die Gewissheit seines nahenden Schutzes gab ihr trotz ihres Wissens um seine eigene Schutzbedürftigkeit eine neue Sicherheit. Sie merkte, dass das Gefühl der Haltlosigkeit und Einsamkeit, das sie nach dem Abheben der Maschine in Rom nochmals jäh überfallen hatte, verflogen war.

Während Berenice die auf dem Rollband heranwälzenden Massen an Koffern, Taschen und verschnürten Schachteln nach ihrem Gepäck absuchte, spähte sie immer wieder durch den Spalt der Schiebetüre, in der Hoffnung, irgendwo Ignácio zu entdecken. Zwischen der Türe und der Gepäckablage für die Zollkontrolle bemerkte sie plötzlich die Roulette-Ampel, wegen der sie bereits in der Schweiz vorgewarnt worden war. Eine sadistische kleine Erfindung der Zollbehörden. Wenn diese Ampel, was mit der weitaus größten Häufigkeit geschah, in Verbindung mit einem dezenten Tonsignal Grün zeigte, durfte der vor ihr stehende Reisende ohne Vorzeigen seines Gepäcks durch die Schiebetüre entschwinden. Äußerst selten jedoch leuchtete ein grelles Rot auf, und ein lautes, hässliches Knarren ertönte. Wen dieses Los traf, der musste vor den Augen aller anderen sämtliche Koffer und Taschen auf der Ablage ausbreiten und öffnen und wurde einer endlosen und peinlichen Durchsuchung seines Gepäcks unterzogen.

Als sich die Schiebetüre wieder für einige Sekunden spaltweise öffnete, erblickte Berenice plötzlich Ignácio mit einem gelben T-Shirt und schweißnassen Haaren. Er schien auch sie augenblicklich entdeckt zu haben und winkte ihr zu, was sie sogleich erwiderte. Sein Gesicht wirkte etwas breiter und unschärfer als auf dem letzten Foto, und der Bart schien leicht angegraut. Die Augen waren jedoch das gültige Zentrum geblieben, immer noch absolut unverändert seit den ersten Augenblicken der denkwürdigen Zürcher Buchpräsentation. Sie ahnte jetzt schon, dass dieselben Augen die Verfremdungen bald wieder rückgängig machen, sozusagen alles in die prägende Vergangenheit zurückholen und dieser Vergangenheit anpassen würden.

Seitdem Berenice in der Gepäckhalle stand, hatte die Zollampel kein einziges Mal rot aufgeleuchtet. Auch als sie mit ihren eingesammelten Taschen und Koffer in der langen Schlange vorwärtsgeschoben wurde, sandte die Ampel weiter unbeirrt ein freundliches, das heißt, ein Berenice je länger desto unfreundlicher vorkommendes Grün aus, weil sich die Wahrscheinlichkeit, dass es ausgerechnet sie mit der Rotschaltung treffen würde, von Mal zu Mal erhöhte.

Dieses rote Aufleuchten blieb jedoch bis zum Verlassen des Raumes durch Berenice eine leere Drohung.

»Hat dich die Alitalia benachrichtigt?«, fragte Berenice als Erstes aufgeregt Ignacio, nachdem sie sich aus der ersten stürmischen Umarmung gelöst hatten.

»Nein. Ich bin schon gestern früh hier gewesen«, sagte er, tapfer lächelnd. »Erst bei meinem Anruf bei der Fluggesellschaft habe ich den Grund erfahren ... Aber jetzt bist du da, und das ist die Hauptsache.«

Berenice benötigte diesen ganzen Tag, um wirklich zu begreifen, dass sie bei Ignacio war. Sie war überglücklich, und sie wunderte sich, wie rasch ihre anfängliche Befangenheit und Angst wegschmolz. Ihre Sorge um Ignácios Verfassung und ihr Bewusstsein, dass sich das schreckliche Ereignis, der Anlass ihres Kommens, in dieser Stadt hier zugetragen hatte, schwelte irgendwo im Untergrund.

»Möchtest du gleich zu mir nach Hause fahren oder dich erst hier mit einem *cafezinho* stärken?«, fragte er.

Er erklärte ihr, dass er es beim erstmaligen Betreten eines Landes immer angenehm fände, sich das Neue mit einem kleinen Begrüßungstrunk zu erobern.

Als sie in der Bar saßen, klammerte sich Berenice ängstlich an ihr dicht neben ihrem Stuhl abgestelltes Gepäck. Ignacio bedeutete ihr mit einem zärtlichen Blick, sich ihm ganz anzuvertrauen.

Nachdem sie an der Flughafenbank etwas Bargeld in *cruzeiros* umgetauscht hatten, verließen sie das Gebäude.

Berenice hatte seit dem Betreten des klimatisierten Flughafengebäudes gar nicht mehr an die hier wirklich herrschende Hitze gedacht. Nach dem Öffnen der Glastüre schlug ihr mit voller Wucht eine Feuerwand entgegen, nicht vergleichbar mit dem, was sie in stärkster südeuropäischer Sommerglut je erlebt hatte. Sie dachte zuerst, sie würde in dieser Wand wie eine Biene in einem Honigtopf stecken bleiben, und sie musste sich richtig zwingen, ihre gleichmäßigen Gehbewegungen fortzusetzen. Selbst die normale Weiterbetätigung ihrer Lungen erforderte von ihr einen ziemlichen Kraftaufwand.

Ignácio strebte auf eine in der Nähe wartende große und schwarze Limousine zu und erklärte Berenice, er habe sein Auto zu Hause gelassen und ein Taxi mit Klimaanlage gemietet.

»Damit du dich schrittweise an die Temperaturen gewöhnst«, sagte er.

Sie merkte mit einer gewissen Verwunderung, dass Ignácio mehr Ruhe und Beständigkeit ausstrahlte als früher. Er hatte geradezu etwas neuartig Väterliches an sich. Oder schien er nur durch den Schock um Vanessa so verändert? Er hatte, als sie in der Bar den süßen, starken *cafezinho* getrunken hatten, bereits ein paar Andeutungen über das Drama mit seiner Schwester in der vergangenen Woche gemacht, ihr gleichzeitig jedoch auch zu verstehen gegeben, dass er hier nicht ausführlicher darüber sprechen wollte.

»Riechst du etwas?«, fragte Ignácio, bevor sie in das Taxi stiegen.

»Ja ... irgendwie verbrannt ... leicht süßlich ...«

»Zuckeralkohol«, erklärte Ignácio.

» Zuckeralkohol?«

Ignácio erläuterte daraufhin, dass derzeit ungefähr die Hälfte der Autos in Brasilien mit Zuckerrohralkohol angetrieben würde. Das war also aus dem Gewächs geworden, das zu Großvaters und Urgroßvaters Zeiten in der Keller-Destillerie der Fazenda Prosperidade in Portobelo zum vielgerühmten, mit Mandarinenblättern versetzten *cachaça* verarbeitet worden war?

»O nein. Das ist noch heute ein Nationalgetränk. Ich werde dir abends eine klassische *caipirinha* machen, eine *caipirinha da pinga*«, kündigte Ignácio an.

Die Taxifahrt kam Berenice trotz ihrer angeregten Unterhaltung fast endlos vor. Der internationale Aeroporto de Galeáo lag, wie sich Berenice erklären ließ, auf der Ilha do Governador. Von dort ging es über Brücken und Viadukte über eine zweite, kleinere Insel, mit der Universitätsstadt darauf, auf das Festland, auf der sie die breite Avenida do Brasil, den großen Hafen entlang zur Stadtmitte führte.

Das Meer leuchtete hellgrau. Im Hintergrund verloren sich die glockenförmigen, fast bis oben grünbewachsenen Morros über der Stadt im Dunst. Je mehr sie sich dem Stadtzentrum näherten, desto dichter wurde das Verkehrsgewühl.

Die beiden wussten gar nicht, bei welchen der zahllosen Themen, die sich während all der Jahre angesammelt hatten, sie anfangen sollten. Sie schnitten das eine oder andere an, wobei sie, wie schon in den letzten Briefen, ihr früheres Englisch mit immer mehr portugiesischen und deutschen Ausdrücken anreicherten. Auch wenn Ignácio das grauenvolle Ereignis in der Favela nur flüchtig streifte, so deutete er auf der Fahrt doch wiederholt dessen Vorgeschichte und Hintergründe an, als wollte er diese selbst besser begreifen lernen. Er hob Vanessas seit ihrem Studienbeginn nicht zu bremsendes Engagement für die Kinder in den Elendsvierteln der Stadt hervor. Zuletzt habe sie sich auf jene eine, an einem steilen Hang gebauten Favela verlegt, von deren verwinkelten und dunklen Gässchen und ineinander verschachtelten Behausungen aus man direkt auf den paradiesischen Strand von Ipanema blicken konnte, was auch die Kinder angeblich oft sehnsüchtig taten und dabei von den wilden Partys der Filmsternchen, Playboys und Millionäre dort unten träumten. Diese Favela war für Vanessa, wenn sie nicht gerade an der Universität zu tun gehabt hatte, zu einem zweiten Zuhause geworden. Neben unermüdlichem Lese- und Schreibunterricht pflegte sie dort mit den Kindern zu singen, zu kochen, ihnen Geschichten zu erzählen, ihre Lumpen zu waschen und den Kleinen die Tränen, die Rotznase und den Hintern abzuwischen, alles manchmal rund um die Uhr. Zuletzt hatte sie mit ihnen Theater gespielt, mit aus Fetzen und irgendwelchem Flitter geschneiderten Kostümen. Die Kinder hatten auf der Bühne ihre eigene Ermordung durch Todesschwadronen gespielt und ihre Eltern, die vom Tod der Kinder erst aus der Zeitung erfuhren, und wie sie selbst dann in den Himmel kamen und dort für ihre auf der Erde zurückgelassenen Freunde bessere Wohnverhältnisse forderten. Womit natürlich die Kinder und Vanessa den wirklich in den Favelas lauernden und nistenden Verbrechenstod erst recht herausgefordert hatten, so lange, bis er wirklich kam und sie alle mit unfasslicher Brutalität innerhalb weniger Minuten aus ihrem jungen Dasein riss. Auch über die gelegentlich gedungenen Polizisten und die wie eine Heuschreckenplage durch die Stadt ziehenden zivilen Todesschwadronen und wie schwer dies beides auseinander zu halten war, ließ sich Ignácio bruchstückweise aus. Er ließ kurz durchblicken, dass diese Horden, teils planmäßig, teils willkürlich, in so gut wie allen Favelas ganze Hüttenkomplexe ausradierten, weil sie dort Gegner oder Verdächtige im gnadenlosen Banden- und Drogenkrieg vermuteten, oder einfach Menschen niedermähten, die nicht in ihre Ideologie des biologisch Lebenswerten passten. Wobei Ignácio erst durch Vanessa erfahren hatte, was die brasilianische Presse bis heute verschwieg und was er jetzt endlich ins öffentliche Bewusstsein zu rücken beabsichtigte: nämlich, dass achtzig Prozent der in den Elendsvierteln der Stadt lebenden Schwarzen Nachfahren der Sklaven waren. Aus alledem klang neben Ignácios Untröstlichkeit über den Verlust seiner Schwester auch seine Verzweiflung heraus über die sich nach der Befreiung von der Militärherrschaft nicht vermindernden, sondern im Gegenteil sich zuspitzenden sozialen und politischen Widersprüche und Ungerechtigkeiten in diesem Land.

Kurz nachdem sie die *barcas* und den alten Hafen mit seinen gespenstisch verlassen wirkenden Lagerhallen unweit der Ilha fiscal passiert hatten und in dichtes Stadtgebiet gelangten, zeigte Ignácio durch das Autofenster auf die Straße. Dort waren gerade mehrere, alles um sich herum mit Abgaswolken einhüllende Linienbusse dabei, ein gegenseitiges Wettrennen zu veranstalten und mit ihren halsbrecherischen Überholmanövern die übrigen Verkehrsteilnehmer gnadenlos zur Seite zu drängen.

»Die städtischen Busse sind hier alle privat«, erklärte Ignácio. »Jede Linie ist ein eigenes Unternehmen. Damit herrscht hier eine chaotische und mörderische Konkurrenz aller gegen alle. Jeder führt gegen jeden Krieg, versucht ihn auszustechen und zu überrunden, mit allen Mitteln. Das kannst du hier sehen.«

Sie fuhren durch hässliche Viertel, mit engen, von Hochhäusern zubetonierten Straßen, voller Schmutz, Lärm und Gestank. Erst ein ganzes Stück hinter der Rodoviária Novo Rio, der zentralen Busstation der Stadt, änderte sich alles langsam. Berenice merkte, wie ihr leichter ums Herz wurde und sie aufatmete, weil ihr alles ein wenig vertrauter zu werden begann, ohne dass sie sich erklären konnte, warum. Dann plötzlich erblickte sie zur Rechten ein schneeweißes Kirchlein, das wie ein einsamer Schutzengel aus dem Häusergewirr ragte. Einen Augenblick vergaß Berenice alles darum herum und starrte auf dieses kleine Wunder, das ihr ein Gefühl der Vertrautheit vermittelte.

»Hier ... schau ... Das ist die Igreja de Nossa Senhora da Gloria«, rief Ignácio, noch rasch mit dem Finger auf das Kirchlein zeigend, bevor es den Blicken der Vorbeifahrenden entschwand.

»Ach ... die Igreja de Nossa Senhora da Gloria do Outeiro!«

»Woher kennst du sie?«, fragte Ignácio erstaunt.

»Woher soll ich sie schon kennen?«, meinte Berenice fast gekränkt.

»Ach so, dein Großvater hat sie besucht«, meinte er nach einer Weile.

»Nein, meine Großmutter und ihre Stiefmutter Junina. Das ist ihre Pfarrkirche gewesen. Mein Großvater hat viel davon erzählt. Vieles und Schönes hat er davon erzählt«, sagte sie versonnen.

Inzwischen waren sie in die breite, von Grünflächen und hohen Palmen umsäumte Uferstraße eingebogen, die nach Flamengo und Botafogo führte, von wo es dann, durch den Tunnel dicht neben dem Zuckerhut, nach Copacabana und Ipanema weiterging.

Überraschendes Neuland für Berenice war nach dem Verlassen des Tunnels der Strand von Copacabana. Ignácio erläuterte ihr, dass noch bis nach dem Ersten Weltkrieg das jetzige touristische Bade- und Sex-Eldorado von Rio de Janeiro eine einzige, leere Steinwüste gewesen wäre. Erst mit dem Durchbruch des Tunnels durch den vorgelagerten Morro in den zwanziger und dreißiger Jahren hätte der eigentliche Ausbau von Copacabana eingesetzt.

»Dann muss es zwischen damals und heute hier auch einmal schön gewesen sein«, schlussfolgerte Berenice, als sie in Copacabana die Avenida Atlântica mit dem mammutartigen Hotel- und Häuserkomplex entlangfuhren.

Ignácio bestätigte dies. Als kleiner Junge habe er noch hübsche Villen hier gesehen, wenn er an den Sonntagen mit seiner Familie baden gegangen sei.

Berenice war trotz der schrecklichen Hotelkästen vom Meerpanorama auf der gegenüberliegenden Seite verzaubert. Vor allem hatte sie noch nie einen so breiten Sandstrand gesehen. Die sich anschließenden Stadtteile Ipanema und Lebion fand sie auch in ihrer baulichen Anlage eleganter als Copacabana.

Ignácio wohnte im Stadtteil Gávea, an der Rua Marques de São Vicente, welche eine Fortsetzung der Straße war, die am Botanischen Garten vorbeiführte und nach demselben benannt war. Ignácio hatte den Taxifahrer angewiesen, den kleinen Umweg über die Südstrände der Stadt zu machen, statt von Botafogo aus direkt über die Binnenseen unterhalb der Christusstatue hinzufahren.

Schließlich langten sie am Ziel an. Es war eine den Berg hochführende Straße mit Wohnblöcken und einigem Grün dazwischen.

»Ein Glücksfall«, sagte Ignácio. »In dieser Gegend könnte ich mir mit meinem Gehalt nie eine Wohnung leisten. Doch meine Tante ist für drei Jahre nach Deutschland gereist, und so lange darf ich ihre Wohnung hüten, wenn ich die Zimmerpflanzen gieße und nach der Blütezeit den großen Baum vor dem Balkon beschneide, damit die Wohnung nicht zu dunkel wird, und außerdem muss ich ihren beiden Töchtern, meinen Cousinen Tonha und Rita in São Conrado, manchmal ein bisschen Nachhilfeunterricht geben.«

Als sie das Haus betraten, erklärte Ignácio, dass er sonst von der Tiefgarage aus direkt mit dem Fahrstuhl in die Wohnung gelänge. Der Fahrstuhl, der sie hoch brachte, war beängstigend eng, so wie auch der Flur oben. Die Wohnung hingegen erwies sich als eine eigene Welt. Sie war groß und geschmackvoll eingerichtet, wenngleich nicht unbedingt im Stil eines jungen Mannes. Es standen dort viele antike Möbel, Vitrinen mit Porzellan-Service und auf einem der Regale mindestens ein Dutzend gleichartiger, aber unterschiedlich großer, in aufsteigender Reihe angeordneter Zinnkrüge. Im Wohnzimmer hing ein großes Bild mit einer zwischen lauter Zwiebeln kauernden Bäuerin, die ein Kind mit weißem Häubchen stillte. Der die Wohnung tatsächlich sehr verdunkelnde Baum vor dem Balkon zum Park an der Rückseite des Hauses war, nach Ignácios Erklärung, wegen der Ähnlichkeit seiner Blätter mit denen eines Kakaobaumes, ein so genannter *cacao falso*. Im Geäst tummelte sich eine Familie kleiner Affen, die leichtes Spiel hatten, auf den Balkon und von da ins Wohnzimmer zu springen und dort alles irgendwie Transportable mitgehen zu lassen, wenn man nicht rechtzeitig die Balkontüre schloss.

Berenice war am Ende dieser anstrengenden Reise überaus froh über diese Zuflucht hier. Es war ein Stückchen Idylle und Urwüchsigkeit zugleich. Sie musste unweigerlich an den Largo do Boticário in Laranjeiras denken, der sich nicht weit von hier befinden konnte. Sie stellte sich Victórias Balkonzimmer mit dem Blick zum Brückchen über dem Bach vor, zu den Micos-

Äffchen in den Amendoeirabäumen, dem Teppich tiefblauer, tellergroßer Schmetterlinge und den vor dem Fenster schwebenden *beija-Flores*.

Trotzdem fühlte sich Berenice elend müde von der Reise und von der ungewohnten Hitze. Sie verspürte das dringende Bedürfnis, unter die Dusche zu steigen und danach ein bisschen zu schlafen.

Die laukalte Dusche brachte ihren Kreislauf jedoch wieder so sehr in Schwung, dass sie danach kaum ein Auge zudrücken konnte. Sie war viel zu erregt. Die Flut an Eindrücken, die pochende Neugierde, Ignácios Nähe. Und doch war es ihr wichtig gewesen, ein Stündchen allein zu sein, die Dinge in ihrem Inneren ein wenig zu ordnen, Luft zu holen und neue Energien zu tanken. Nachdem sie wieder aufgestanden war, fuhren sie beide in Ignácios orangefarbenem altem VW-Käfer nach Copacabana. Es war immer noch sehr heiß, obwohl sich die Sonne langsam neigte. Ignácio führte Berenice als Erstes zu einem der charakteristischen, zur Straße hin offenen Stehcafés, wo sie sich unter kreischender Lautsprechermusik mit eisgekühltem Bier und einem Teller mit Maniokmehl bestreutem und mit Zwiebeln und Petersilie garniertem Trockenfleisch stärkten.

Jetzt schlenderten sie im etwas dunkleren Nachmittagslicht auf dem schwarz-weißen Wellenmosaik des Bürgersteiges neben der Avenida Atlântica.

»Ich finde, deine Schwester sieht dir nicht sehr ähnlich ... Sie sieht auch nicht sehr brasilianisch aus«, durchbrach Berenice das Schweigen.

Ignácio blickte verwundert hoch.

»Bevor ich einschlief, habe ich vom Bett aus ihr Foto auf der Kommode angeschaut.«

»Und was ist an ihr nicht brasilianisch?«, wollte Ignácio wissen.

»Sie ist blond und hat eine helle Haut ... ein hübsches und

empfindlich schmales, nervöses, aber energisches Gesicht und eher helle Augen ... könnte genauso gut auch eine Schweizerin oder Deutsche sein.«

»Ihre Augen waren ziemlich dunkel ... grünbraun«, erwiderte Ignácio. »Das sieht man nur nicht auf dem Foto, weil sie kleine Augen hatte. Auf Fotos sehen blonde Brasilianerinnen oft nicht sonderlich brasilianisch aus. Doch wenn sie anfangen, sich zu bewegen und zu sprechen, dann ist es mit dem Schweizerischen oder Deutschen endgültig vorbei.«

Ignácio lachte bitter.

Berenice suchte seinen Blick. Sie fühlte, dass Ignácio sich absperrte. Es tat ihr Leid, dass sie Vanessa erwähnt hatte. Es war offenbar immer noch zu früh gewesen.

»Blonde Brasilianerinnen«, rief Ignácio, wie aus seinen Gedanken erwacht, plötzlich laut. »Schau mal, da drüben ... die da ... und die ... blond ... siehst du? Die sind bei den Männern besonders begehrt.«

»Da kann ich leider nicht mithalten«, vermerkte Berenice bitter lachend.

»Ich habe ja nicht gesagt, bei allen Männern. Und außerdem ...«

Ignácio wechselte in einen leichten, fast hüpfenden Gang über.

»Ich habe letzte Nacht von dir geträumt«, tirilierte er mit geheimnisvoller Miene.

»Als ich noch im Flugzeug war?«

»Ja. Ich habe geträumt, dass du deinen Namen wieder geändert hast.«

»Meinen Namen? So? Wie denn?«

»Berenice. Dass du dich wieder Berenice nennst, wie ganz früher, habe ich geträumt, so, wie dich dein Großvater immer zärtlich genannt hat und wie auch ich es schöner finde. Das habe ich dir schon immer gesagt ...«

»Das hast du wirklich geträumt?«, fragte Berenice erstaunt.

Sie zog ihn so eng und lange an sich wie seit dem Wiedersehen auf dem Flugplatz nicht mehr. Doch auf seinen Traum von ihrer Namensänderung ging sie nicht weiter ein.

Bald überquerten sie zwischen der Blechlawine der vorbeifahrenden und der am Rand geparkten Autos die Avenida zur Strandseite. Dort begaben sie sich zu einer der strohbedeckten Rundhütten, in denen Kokosnüsse feilgeboten wurden. Ganze Trauben großer, grüner, wie zerbeulte Bälle aussehender Früchte, die wie Kletten zusammenhingen und die der Verkäufer aus ihrem Verbund reißen und sie mit der Machete aufschlagen musste, damit sich die Milch daraus mit einem Strohhalm saugen ließ.

Ignácio und Berenice kauften je eine und tranken die kühle, seimigsüße Kokosmilch.

»Eine pro Tag, und deine Gesundheit ist dir sicher«, meinte Ignácio, nachdem er seine Frucht fast in einem Zug leer getrunken hatte.

Am Schluss zeigte er ihr, wie man das herausgeschlagene Schalenstück als Löffel zum Ausschaben des weißen, halbreifen Fruchtfleisches benutzte.

Während Fetzen von Forró- und Sambamusik von der anderen Straßenseite herüberdrangen, kam etwa ein Dutzend Halbwüchsiger angelaufen, alle in langen, weißen Hosen. Zwei von ihnen bezogen rasch auf dem weichen Strandsand Stellung und begannen *capoeira* zu tanzen, während ein dritter – ungeachtet des Lärms auf der anderen Straßenseite – auf sein *berimbau* schlug und die anderen sich singend und klatschend darum aufstellten, um dann wechselweise die in der Runde Kämpfenden abzulösen.

*Capoeira* ... Berenice bestaunte die Abfolge der blitzartigen, kantig scharfen und zugleich ausladenden Bewegungen der Beine und Arme, die Sprünge und Drehungen, die eleganten

Wirbel, Überschläge und Fußstöße. Dafür fehlte in dieser Gruppe das Tänzerische und Verspielte, das sie aus den Übungen von Mestre Cavalcanti kannte. Die Bewegungen hier wirkten akrobatischer, und das Ganze hatte mehr den Charakter einer Show als bei dem ihr bekannten, symbolträchtigen Kampftanz nach der Tradition der afrikanischen Sklaven. Berenice musste beim Betrachten dieser jungen Männer an asiatische Kampfsportarten denken. Ob dies etwas mit dem starken asiatischen Einschlag zu tun hatte, der Berenice bei den jungen Kämpfern von Anfang an aufgefallen war?

Hier zu Lande schien jeder Mensch zusätzlich zu seiner individuellen seine eigene ethnische Identität zu haben. Wahrscheinlich gab es in Brasilien inzwischen so wenige reine Portugiesen wie reine Afrikaner oder Indios. Jeder Mensch war eine einmalige Ausgabe innerhalb der fast unendlich vielen Mischungsmöglichkeiten zwischen Weißen, Schwarzen und Eingeborenen. Zusammen mit den anderen europäischen Einwanderernationen vor allem aus dem vergangenen Jahrhundert ergab dies ein schier unerschöpfliches Kaleidoskop, das nicht nur Hautfarbe, Körperbau und Gesichtszüge der Menschen umfasste, sondern auch Haartracht, Kleidung, Schmuck und manchmal auch die Gesichtsbemalung. Nur eines hatten alle gemeinsam: die Sprache. Ob weiß, rot, schwarz oder gelb, jeder sprach dasselbe vokalbetonte, klangvoll singende brasilianische Portugiesisch.

»Ich weiß nicht, ob das eine Bedeutung für *capoeira* hat«, beantwortete Ignácio Berenices erstaunte Frage. »Das da sind Japaner ... oder Halbjapaner ...«

Jetzt erfuhr Berenice von Ignácio, dass, überwiegend im Südosten des Landes, die Japaner eine über eine Million zählende, eigene Volksgruppe in Brasilien darstellen.

»Vor allem sind es Gemüsepflanzer, von denen viele in eigenen Kolonien zusammengeschlossen sind«, erläuterte Ignácio.

Die weitaus größte japanische Kolonie befinde sich in São Paulo, die größte auf der ganzen Welt außerhalb Japans, größer als in New York oder San Francisco. Wobei Ignácio auch die Geschichte von deren Einwanderung erst in diesem Jahrhundert kannte. Die Chinesen hätten es auch einmal mit Teepflanzungen in Brasilien versucht, aber ohne Erfolg, und wären bald wieder zurückgekehrt.

»Seit die Japaner da sind, gibt es im Grunde keinen einzigen Kontinent mehr und kaum ein Volk, das nicht in unserem Land vertreten wäre. Die Welt ist Brasilien«, verkündete Ignácio stolz.

»Und Juden?«

»Juden gibt es, vor allem im Süden und dann auch ganz oben im Norden, zu großen Gemeinden zusammengeschlossen. Sie sind schon zur Gründerzeit zu uns gekommen, als Portugal kurz zu Spanien gehörte und die Juden vor der Inquisition Philipps II. flüchteten. Sie haben hier eine eigene, große Geschichte.«

Ignácio schien erstaunt über Berenices Unwissen. Sie schämte sich ein wenig. Die Geschichte der brasilianischen Juden hatten ihr ihre Verwandten in der Schweiz genauso vorenthalten wie Japans Präsenz hier. Über die Juden war in ihrer Familie ohnehin so gut wie nie gesprochen worden, was wahrscheinlich mit dem schlechten Gewissen im Zusammenhang mit der zweifelhaften politischen Haltung während des Zweiten Weltkrieges zu tun hatte. Aber Berenice war froh, und es beruhigte sie, dass jetzt, nach den vielen negativen Äußerungen auf der Taxifahrt vom Flugplatz Ignácios alter Stolz auf sein Land wieder durchgebrochen war.

»Und wie wird die Welt zu Brasilien?«, lenkte Berenice das Gespräch wieder zurück zu Ignácios kühner Formulierung von vorhin. »Weil sich dieses Riesen-Territorium zu einem Sammelpunkt der ganzen Welt entwickelt hat?«

»So ist es. Gleich woher jemand kommt oder woher seine Eltern stammen. Wer in Brasilien geboren ist oder als Einwanderer sich dort einbürgern lässt, ist Brasilianer, auch dann, wenn alle vier Großeltern aus allen Himmelsrichtungen stammen. Wir hier definieren die Zugehörigkeit zu Brasilien geografisch und nicht genetisch.«

»Demnach war auch mein schändlicher Urgroßvater aus Südafrika ein Vollbrasilianer?«

»Wenn er in Brasilien eingewandert ist und dort gelebt und geheiratet hat und dort gestorben ist, mit Sicherheit ja.«

Berenice wusste dies, doch ihr lag noch etwas anderes auf der Zunge.

»Wenn das so ist, warum fühle *ich* mich dann schon so lange mit Brasilien verwachsen, ohne früher je hier gewesen zu sein?«, fragte sie.

Ignácio lachte.

»Das erinnert mich ein bisschen an die Kinder und Enkel der deutschen Heimatvertriebenen, ihr Heimweh dorthin, wo sie selbst nie gewesen sind. Ich glaube, für dich entscheidend waren die Erzählungen deines Großvaters und vielleicht deines Onkels.«

»Mit denen möchte ich mich nicht in einen Topf werfen lassen«, erwiderte Berenice gekränkt.

»Ob du wirklich hierher gehörst, wirst du bald selbst sehen.«

Beide traten jetzt auf den Sand, auf dem die jungen *capoeiristas* immer noch unermüdlich kämpften und sangen. Ignácio und Berenice entledigten sich ihrer Schuhe und Strümpfe und glitten auf den warmen, samtweichen Sandboden. Berenice fühlte, wie sie es in die Weite zog, zur beruhigenden Kühle der rauschenden und schaumigen Ozeanbrandung. Gleichzeitig merkte sie jedoch, dass ihr das tiefe Einsinken in den nachgiebigen Sand, die Last der Schuhe in ihren Händen und die Hitze immer mehr von ihren schwindenden Kräften raubte. Der

Strand war so endlos breit, dass ihr das ersehnte Ufer unerreichbar erschien.

»Ignácio, bitte entschuldige«, seufzte sie. »Ich kann nicht mehr. Lass uns nach Hause gehen.«

»Nicht noch bis zum Wasser?«

»Nein.«

Sie kehrten um.

Mitten in der Nacht erwachte sie wie in einem lodernden Brand, in brennender Erde, einem Paradies in Flammen.

Sie spürte, dass es während ihres stundenlangen, murmeltierartig festen Schlafs in ihrem Körper heftig gearbeitet haben musste. Denn sie registrierte in ihrem hellwachen, ausgeruhten Zustand, dass jede Zelle ihres Körpers brannte, zitterte und vor Lust nach Ignácios Männlichkeit schrie.

Es war dunkel. Nur der dicht besäte tropische Sternenhimmel schimmerte durchs Fenster und warf sein Licht auf die reflektierend weiße, dünne Bettüberdecke von Ignácio, die sich unter dessen ruhigen und tiefen Atemzügen regelmäßig hob und senkte. Nach einigen Augenblicken angespannter Regungslosigkeit strampelte Berenice vorsichtig ihre eigene Überdecke ab. Dann entledigte sie sich ihres Sweatshirts, welches unangenehm nass an ihr fest klebte. Als nächstes zog sie behutsam die Decke von Ignacio. Er war, im Unterschied zu ihr, vollständig nackt und lag jetzt, leicht gekrümmt, halb auf dem Rücken und halb ihr zugewandt. Es war immer noch derselbe schmale und zarte Körper wie früher, immer noch von Narben gezeichnet.

Berenice legte vorsichtig eine Hand auf seine Brust und ließ sie dort eine Weile ruhen. Obwohl es in ihr von Kopf bis Fuß pochte und tobte, ließ sie sich Zeit. Sie dachte mit Genuss daran, wie sie eng an seiner Seite die Avenida am Strand von Copacabana entlanggeschlendert war, und sie sah die Bilder in einer Schärfe, wie sie es sich bisher noch nicht zugestanden hatte. Die vielen in der Schwüle vibrierenden Menschen, vor allem die Männer mit ihren hautengen Hosen, die alles an ihrem Körper genau zur Geltung brachten. Sie hatte die lasziven Bewegungen dieser Männer in sich aufgesogen, ihre begehrlichen Blicke und das Lecken an ihren Lippen, und sie hatte gemerkt, dass sie dies alles in Ignácios Schutz nicht nur geduldet hatte, sondern es sogar anregend fand.

Während sie in ihren Fantasien schwelgte, drängte sie sich näher an Ignacio heran. Sie ließ die Finger ihrer linken Hand um seine Brustwarzen kreisen und dehnte ihre Bewegung immer weiter aus, während er unverändert ruhig und fest schlief. Mit ihrer anderen, unter dem linken Arm gekreuzten Hand begann sie ihren eigenen feuchtnassen und heißen Körper zu streicheln. Ihre Haut fühlte sich weich und glatt an.

Inzwischen war ihre andere Hand zu Ignácios geheimsten Zonen vorgedrungen. Im Halbdunkel konnte sie mit wachsender Faszination die Wirkung ihres Händespiels beobachten. Das anfangs noch zarte Emporringeln, dann die ruckweise Erhebung und schließlich die krönende Entfaltung in die ihr vertraute Unermesslichkeit. Ignácios Atem ging jetzt rascher und schwerer. Seine Muskeln spannten sich, auch im Gesicht um die weiterhin geschlossenen Augen, und er drehte sich langsam flach auf den Rücken und spreizte leicht seine Beine, sodass sein inzwischen majestätische Dimensionen angenommenes Geschlecht sich verlangend und fordernd in die Höhe bäumte.

Während sie, die inzwischen breit und beherrschend über ihm kniende Königin, sich mit ihrem König vereinigte, öffnete Ignácio mit erstauntem Blick die Augen. Er umschlang sie ruckartig mit seinen Armen und stieß ihr mit ganzer Kraft seinen Unterleib entgegen, sodass sie laut aufschrie.

Es war einerseits ganz wie früher. Der unverwechselbare Augenblick des Eindringens. Das jähe Erschrecken. Die dankbare

Verwunderung darüber, dass die Macht der Wirklichkeit diejenige der Vorstellung und Fantasie weit übertraf. Neu war nur das lange Warten vorher. Die noch größere Entfesselung nach all den Jahren. Dazu kam, dass jetzt alles Trennende wegfiel. Die Ungewissheit, die Limitierung, die Vorläufigkeit, die Angst vor der quälend zerrinnenden Zeit wie damals. Berenice wunderte sich, wie glatt und widerstandslos sie seine Ausmaße in sich aufnahm. So, als wäre sie jetzt dazu bereit, noch viel mehr von ihm, ja, ihn als Ganzen aufzunehmen, für immer, vielleicht sogar auch ein Pfand von ihm, wovon ihre Vorstellung schon so lange besessen war.

Als sie in einer nicht enden wollenden Kette mehrmals den Gipfel erreichte, fühlte sie sich gleichzeitig wie in einen Abgrund stürzen, in die völlige Auflösung, in den Tod, der, selbst, wenn sie ihm noch einmal entkam, wieder ein Stückchen von ihr behielt und dann wieder und wieder, wie auch schon früher. Dieses Stückchen Tod war der Preis für die in der Endlichkeit erschaute Liebe, in der Lust und Schmerz, Höhe und Tiefe restlos zu verschmelzen schienen.

Berenice schrie es jedes Mal laut aus sich heraus. Wobei das, was stammelnd und gebrochen über ihre Lippen kam, mit unerbittlicher Regelmäßigkeit auch ein ausdrückliches Geständnis ihrer Liebe zu Ignácio miteinbezog. Als sie schließlich keuchend über ihrem Geliebten zusammensank und seinen Kopf an den ihren presste, gingen ihr Jubel und ihre Schmerzensschreie in ein anhaltendes glückliches Schluchzen über.

Auch Ignácios verschlossen gehaltenen Schleusen öffneten sich endlich. Wobei, zusammen mit seinen gegenüber Berenice aufgestauten Gefühlen, auch endlich das Leid um seine Schwester seinen Weg ins Freie bahnen und sich in Berenices schützender Nähe lösen konnte. Jetzt konnte er ihr zeigen, wie dankbar er ihr dafür war, dass sie den jahrelangen Kampf zu seinen Gunsten gewonnen hatte und zu ihm gekommen war.

Und er konnte sich selbst und ihr zugestehen, wie sehr er sie gerade in diesen Tagen brauchte, dass nur sie ihn wieder aufrichten und ihm neuen Mut einflößen könne, auch ihr gemeinsames Land betreffend, an dem er im Augenblick zu verzweifeln drohte.

»Ich werde das, was deine Schwester begonnen hat, fortsetzen«, beschwor sie ihn, seine und ihre Tränen trocknend.

»Aber nein«, flüsterte er erschrocken. »Dann verliere ich dich auch noch ... in diesem Dschungel hier.«

»Nicht im Dschungel«, beschwichtigte sie ihn. »Wir machen das ganz anders, du und ich zusammen. Solange wir nicht noch mehr sind als ich und du ... Und bestimmt nicht hier!«

»Wo denn?«

»Lass uns morgen darüber sprechen.«

Sie erfasste nochmals streichelnd sein Gesicht, von oben bis unten, jede Rundung, jeden Vorsprung, jede Furche, ganz genau. Sie strich ihm die Augenhöhlen entlang, über den Nasenrücken, die Lippen und Wangen. Jetzt war er wieder genauso vollständig bei ihr wie vor elf, bald zwölf Jahren.

»Erzähle mir ein bisschen über sie. Alles, was du über sie sagen magst. Mich interessiert, wie sie überhaupt so war. Ich habe sie mir, glaube ich, gut eingeprägt«, sagte Berenice und versuchte auf das Bild auf der Kommode zu zeigen, welches jedoch tief im Dunkeln lag.

Berenice erhoffte sich, dass er sich jetzt endlich werde freisprechen können.

Und dies tat er dann auch. Er sprach von seinem Abschied, der abartigerweise gar kein richtiger mehr hatte sein können, in Anbetracht der kaum noch kenntlichen Überreste unter dem Leintuch auf dem Sektionstisch in der waschküchenartig gekachelten Halle.

Er musste mehrmals weinen, er wurde kreidebleich und musste sich, nachdem er ins Badezimmer gerannt war, den

Kopf in Berenices Händen, übergeben. Und als dies alles ausgestanden war und sie sich gewaschen und gereinigt und den Schweiß und die Tränen getrocknet hatten, verstand Berenice gut, dass es Ignácio noch einmal zu einer orgiastischen Vereinigung mit ihr trieb, die sie von ihrem Innersten bis zu den äußersten Fasern ihres Körpers leidenschaftlich mitvollzog.

Als es dämmerte, schliefen sie beide nochmals ein.

Der folgende Tag war in Rio ein halber Feiertag, da an einem ersten März die Stadt Rio de Janeiro gegründet worden war. Die Läden und Geschäfte blieben zwar geöffnet, aber es herrschte überall eine nachkarnevalistische Feststimmung. Schon seit den frühesten Morgenstunden hing eine noch schwerere Hitzeglocke als gestern über der Stadt.

Berenice und Ignácio waren ziemlich früh vom schrillen, morgendlichen Pfeifkonzert der Affen im *cacao-falso*-Baum geweckt worden. Während Ignácio das Frühstück zubereitete, ließ Berenice in seinem Badezimmer hinter halbgeschlossenen Rollläden wieder ergiebige Massen lauwarmen Duschwassers auf ihren nackten Körper prasseln.

Dabei gelang es ihr erst heute richtig, sich von neuem Ignácios überall im Bad verstreute Körperpflegeutensilien und deren Duft einzuprägen, wie beim ersten Mal in Zürich. Und sie war überzeugt, dass sich seitdem nichts verändert hatte an den von ihm verwendeten Seifen, Zahncremes und Haarwasser, die seinen herben, durchdringenden Geruch bestimmten. Nur die erdrückende Menge an Medikamenten, Beruhigungs- und Aufbaumitteln nach Ignácios Haftzeit war glücklicherweise verschwunden.

Beim Frühstück erzählte Ignácio Berenice, dass die trockene, heiße Witterung hier für die sonst regenreiche Jahreszeit diesmal erstaunlich lange andauere. Nicht ein Tropfen Regen, nachts kaum Abkühlung, ganz ungewöhnlich für Februar, März. Langsam sei es nicht mehr auszuhalten, klagte er.

Sie fuhren mit dem Auto bis zur Metrostation Gloria und dann mit der hochmodernen, silbergrauen Untergrundbahn ins Zentrum. Als sie diese zwei Stationen weiter wieder verließen und auf den Largo da Carioca traten, erging es Berenice genau umgekehrt wie gestern, als sie an Großmutters ehemaliger Pfarrkirche vorbeigefahren waren. In dem monströsen, blendenden Gewirr von Asphalt und Beton suchte sie etwas, ohne zu wissen, was es war. Sie dachte an gestern, an Großmutter und vor allem an Großvater, den sie jetzt richtig vor sich zu sehen und seine erzählende Stimme zu hören glaubte. Dann wurde ihr plötzlich klar, was sie gesucht, aber nicht hatte finden können. Es war die Endstation der noch zu Großvaters und Urgroßvaters Zeiten in die Zona Sul fahrenden Straßenbahn, die sich im Erdgeschoss des Hotels Avenida befunden hatte. Nach Großvaters Berichten musste dieses Hotel hier gestanden haben. Das unglaubliche Durcheinander von Baustilen auf diesem Platz wurde ihr erst richtig deutlich, als sie sich vor dem Portal des erhöht auf den Resten des Morro de Santo Antonio erbauten Franziskanerklosters Convento de Santo Antonio befanden und auf den Platz herabblickten. Berenice war noch ganz außer Atem, nachdem es ihr beim Hinaufsteigen der endlosen steinernen Treppenstufen zum Kloster – in der bedrohlichen Hitze und nach der letzten Nacht – plötzlich schwindelig geworden war und sie einige Augenblicke hatte stehen bleiben müssen.

Durch das offene Kirchenportal hinter ihnen strömten Massen von Menschen. Ignácio und Berenice betraten das kühle Gemäuer, in dessen Halbdunkel sich auch die Augen ein wenig ausruhen konnten, bis die Faszination des dort Entdeckten sie erneut fesselte: der spätbarocke Prunk der vergoldeten Schnitzereien im Chor jenseits des Deckengewölbes, die Devotion der schwarzgekleideten Männer und der mit Tüchern bedeckten Frauen, die schon am Eingang die Füße des Gekreuzigten berührten und auf der gegenüberliegenden Seite ihre Wunschzettel in den hölzernen Kasten an der Votivtafel steckten.

Als sie wieder draußen standen, vernahmen sie auf der linken Seite ein anhaltendes Dröhnen, das wie Maschinenlärm klang. Sie begaben sich zur Brüstung am Ende der Plattform vor dem Kircheneingang, um hinunter zu sehen, konnten jedoch nichts erkennen.

Sie stiegen wieder die Steintreppe hinab auf den großen Platz. An dessen Ende war ein Markt mit windigen Bretterständen und Buden aufgebaut, wo Verkäufer Kleider, Tücher und Schmuck und magische Kräuter und Wurzeln anpriesen und Bauchredner ihre Puppen sprechen ließen. Es herrschte ein unglaubliches Gewimmel, das Berenice veranlasste, sich an Ignácios Hand festzuklammern. Sie hatte sich seine Vorwarnungen eingeprägt, im Hinblick auf die Diebe, besonders die zwischen den Beinen der Erwachsenen fast verschwindenden abgerichteten Kinder. Sie hatte deshalb ihre Handtasche und Armbanduhr zu Hause gelassen.

»Nur keine Angst zeigen, das ist das Beste«, beschwichtigte Ignácio sie.

Dann begaben sie sich in die Rua Carioca, dem maschinenähnlichen Dröhnen von vorhin nach. Schon bald kamen sie dahinter, woher der Lärm stammte. Auf der Straße kam ihnen, von einer Volksmenge umringt, ein Umzug mit bunt kostümierten Sambatrommlern entgegen. Es waren fast alles Schwarze oder Mulatten, deren paillettenverzierte, rotglitzernde Überwürfe scharf vom Schwarz ihrer schweißglänzenden Haut abstachen. Einige von ihnen führten volkstümliche Sketche auf, für die sie extra gekleidet waren. Eine besondere Belustigung, auch für die Spieler selbst, bot die Darstellung eines tollpatschigen Indios durch einen der Schwarzen.

Am Ende des Zuges konnte Berenice ihre Aufmerksamkeit den Besonderheiten dieser Straße zuwenden. Sie stellte, so nah am Wolkenkratzerwirrwarr der Praça Carioca, wieder eine eigene Welt dar. Die Rua Carioca war eine durch hohe Bäume leicht verdunkelte Allee, mit Balkonhäusern aus der Kolonialzeit, mit ihren charakteristischen *azulejos* mit Blumenmustern, genau wie aus den vielen Erzählungen von Großvater und Onkel Gilberto. Doch die Häuser waren verfremdet schmutzig und gespenstisch verfallen.

Plötzlich standen sie vor einem uralten Kolonialladen, in dem in kunstvoller Anordnung meterhoch gestapelte Büchsen und Gläser auf engstem Raum standen.

»Einer der übrig gebliebenen traditionellen Läden«, bemerkte Ignácio nicht ohne Stolz.

»Ach, ja ... natürlich«, stieß Berenice hervor.

Sie betraten den Laden, sich behutsam an den Stapeln vorbeiwindend: den Büchsen mit Öl, den Wein-, Essig- und Spirituosenflaschen. Trockenfrüchten und Oliven und den Bonbons in den aquarienähnlichen Gläsern. Oben an der Decke über dem Verkaufstisch sah sie zwei dicke Schnurrollen, mit deren Enden die Verkäufer die Pakete der Kunden zubanden.

Vielleicht drei vier Häuser weiter lag ein geräumiges Buchantiquariat mit einer Flucht von Büchertunnels, von denen schmale, knarrende Wendeltreppen zu mehreren Galerien hochführten und wo es nach einem Archiv oder einer jahrhundertealten Klosterbibliothek roch.

Schließlich stießen die beiden auf die Praça Tiradentes, in deren Mitte Kaiser Pedro I., immer noch eingegittert und in derselben Haltung, auf seinem Pferd saß. Wo einst Drehorgelspieler, Scherenschleifer, Besenverkäufer und Lastenträger, Fahrräder, Droschken und Pferdefuhrwerke den Platz bevölkert hatten, mussten Berenice und Ignácio fast unter Lebensgefahr zwischen rasenden, lärmenden und stinkenden Autos,

Bussen und Lastwagen die Straße überqueren, um in die Nähe des Denkmals zu gelangen.

Auf dem Rückweg war ihnen inzwischen so heiß geworden, dass sie in einem kleinen Café zwei Flaschen eisgekühltes Mineralwasser kauften und auf der Straße ihren Inhalt, wie aus einem Gartenschlauch, über Kopf und Schultern gossen.

Ihr nächstes Ziel war die Confeitaria Colombo an der Rua Goncalves Dias.

Ignácio führte Berenice dorthin über die berühmte alte Einkaufsstraße Rua Ouvidor, in der ihr Großvater bei seinen Besuchen in Rio seine Kleidung, Schmuck und Delikatessen für die Prosperidade erstanden hatte.

Außer dem großen, beleuchteten Salatbüfett in der Mitte des Raumes entsprach alles Onkel Gilbertos früheren Beschreibungen. Am Eingang die übermannshohen Vitrinen mit den verschiedenfarbig funkelnden Trinkgläsern, drinnen das Labyrinth der holzgerahmten Spiegel mit Spitzgiebelaufsatz und den auch tagsüber immer brennenden, blütenkelchförmigen Milchglaslämpchen dazwischen, die vielen kleinen Tische und Stühle und die schwarzlivrierten Kellner. Ja, sogar die welken, überfeinerten Gesichter der Gäste schienen die gleichen zu sein, auch ihrer antiquierten Kleidung nach, als hätten sie fast ein dreiviertel Jahrhundert nach Gilbertos Besuch auf denjenigen seiner Nichte gewartet.

Was Berenice jedoch am meisten fesselte, war die Vervielfältigung all dessen durch die hohen Spiegel an den beiden gegenüberliegenden Wänden, die endlosen, sich nach hinten verlierenden Spiegelungsebenen in abwechselnder Richtung auf Grund der optischen Gesetze reziproker Reflexion.

Als Berenice und Ignácio sich vor der Hitze an einen Tisch etwas weiter hinten geflüchtet hatten und aßen und tranken, zog Berenice ein ganz altes Foto von der Prosperidade aus dem Brusttäschchen ihrer Bluse, wo sie auch ihre Metro-Fahrkarte und die wenigen mitgenommenen *cruzeiros* aufbewahrte.

»Ich habe dir heute Nacht gesagt, dass ich mit dir darüber reden möchte«, sagte Berenice, Ignácio eindringlich anschauend.

Er nickte.

»Möchtest du, dass wir bald nach Portobelo fahren?«, kam er ihr zuvor, nachdem sie ihren Blick weiter an ihn geheftet hielt.

»Nicht nur hinfahren«, antwortete sie geheimnisvoll. »Haben deine Erkundungen über das Haus irgendetwas Neues ergeben?«

»Ja, ich habe sogar den Besitzer ausfindig gemacht«, berichtete er.

Dann jedoch stockte er und lächelte verlegen, als gäbe es etwas zu verbergen.

»Aha. Und wer ist das?«

»Man hat mir auf der Prefeitura gesagt, es sei ein Geschäftsmann ... ein reicher Spekulant ... eh ... ein Schweizer«, brachte Ignácio mit sichtlicher Überwindung heraus.

»Ein Schweizer? Und dafür habe ich den langen Weg nach Brasilien zurückgelegt?«, rief sie, laut lachend.

»Ja. Aber du bist trotzdem nicht umsonst gekommen«, entgegnete Ignácio, darüber anscheinend nicht ganz so belustigt wie Berenice. »Der Mann sitzt nämlich in São Paulo. Deshalb ist die Fazenda in Portobelo unbewohnt.«

»In São Paulo? Sag bloß noch, dass er dort bei Nestlé arbeitet.«

»Nein. Er ist ein privater Unternehmer. Er handelt mit Immobilien, Pelzen und Edelsteinen ... Schon vor sechs oder sieben Jahren hat er das Haus gekauft. Ziemlich teuer, wahrscheinlich überteuert. Von einem Holländer, der noch in der alten Anlage im Keller Schnaps brannte ... Immer noch unter dem Namen Fazenda Prosperidade.«

Berenice hörte zum ersten Mal, dass das Haus seinen alten Namen behalten hatte. Sie verspürte Herzklopfen und wurde immer aufgeregter und neugieriger.

»Zu dem Haus gehört«, so erläuterte Ignácio weiter, »immer noch ein beträchtliches Grundstück. Nicht mehr das damalige, bis zur Spitze der Halbinsel, sondern nur der Streifen von der Straße fast bis zum Ufer, vielleicht eine Viertelstunde zu Fuß, mit einem kleinen Zaun am Ende und einem Holzschild, auf dem der Name der Fazenda steht. Ich bin vor einiger Zeit einmal dort gewesen ... Das machen hier viele Spekulanten so, einfach ein Grundstück kaufen ... oft mit einem verrotteten Haus darauf. Doch dieser Schweizer muss mindestens eine Million in das Haus gesteckt haben ... Für die komplette Erneuerung des Dachs, des elektrischen Systems und der sanitären Anlagen. Das Ganze scheint ein Verlustgeschäft für ihn gewesen zu sein ... Der Weg bis zur Autostraße ist kaum begehbar, verwildert, überwachsen und bei Regenfällen ein einziger Sumpf.«

»Hast du das Haus auch von innen gesehen?«

»Nein. Es war verschlossen. Schon als ich mich dem Anwesen näherte, kamen zwei Hausbewacher angerannt. Ich musste sie beschwichtigen. Außerdem habe ich den Fehler gemacht, das Gut auf dem Landweg über die Straße nach Santos zu erreichen, gerade, nachdem es länger geregnet hatte. Man biegt in der ersten großen Kurve, wenige Kilometer nach Portobelo, nach links ab und steigt dann den Weg hinunter. Ich musste in dem Morast meine Sandalen ausziehen, weil die sonst hinterher nicht mehr zu gebrauchen gewesen wären.«

»Wie kann man das Haus sonst erreichen?«

»Direkt von der Bucht aus mit dem Boot. So sollten wir es machen ... Man kann das Haus ganz gut vom Hafen der Stadt, von der Igreja Santa Clara aus, sehen. Der Weg zur Straße gehört dringend ausgebaut und gepflastert. Und das Haus braucht einen neuen Anstrich. Ob und wieweit der Eigentümer das inzwischen vorgenommen hat, weiß ich nicht. Irgendetwas muss er mit dem Haus machen, falls er es nicht verkaufen will.«

»Wie heißt er?«

»Der Besitzer?«

»Ja.«

»Warum?«

»Weil ich eine Idee habe, wegen der man ihn fragen müsste.«

Ignácio runzelte die Stirn.

»Man hat mir gesagt, dass alle Anweisungen an die Handwerker und an die beiden *empregados*, die den Garten besorgen und aufpassen, von einem Vertreter des Eigentümers kommen, der ebenfalls in São Paulo wohnt und ein Wochenendhaus auf der Halbinsel besitzt und dieses regelmäßig aufsucht. Deshalb weiß ich den Namen des Eigentümers selbst nicht.«

»Aha. Und diesen Mann könnte man also auch fragen?«

»Ja. Aber was willst du ihn denn fragen?«

Jetzt machte Berenice Ignácio mit ihrem neuen Plan vertraut, den sie erst vorgestern auf dem Flug entwickelt und der sich bei ihr letzte Nacht gefestigt hatte. Nämlich in Portobelo in dem unbewohnten Haus, zusammen mit Ignácio Straßenkinder zu unterrichten und ärztlich zu versorgen. So ähnlich wie Vanessa in Rio, nur weniger gefährlich, auf dem Land. Und dazu noch in ihrem Stammhaus, wie Berenice die Fazenda wiederholt nannte.

»Wie stellst du dir das vor? Ich soll hier in Rio meine Zelte abbrechen und mit dir dorthin ziehen?«

»Das sieht man. Man kann es ja erst mal ausprobieren, sich das Haus wenigstens anschauen«, erläuterte sie, etwas verunsichert.

»Und wie soll das finanziell aussehen? Wenn ich hier meine Anstellung an der Schule aufgebe? Die Miete des Hauses dürfte nicht gerade niedrig sein ... Und du? Dein Lebensunterhalt?«

Berenice war etwas erschrocken über Ignácios heftigen Widerstand.

Doch sie glaubte seine Ängste zu verstehen und versuchte sich, so gut es ging, im Zaum zu halten.

»Das wäre eben zu überlegen«, sagte sie betont ruhiger. »Ob man nicht mit dem Besitzer oder seinem Vertreter irgendwie aushandeln könnte, für die Übernahme irgendwelcher Hausmeister- oder Renovierungspflichten die Fazenda frei zu nutzen? Wenn wir zum Beispiel die Zufahrt erneuern oder den Anstrich besorgen ... mit Hilfe der Jugendlichen und der älteren Kinder ... Du schreibst deine Zeitungsartikel, wie früher, und ich eröffne im Haus eine kleine Praxis. Und während der übrigen Zeit bringen wir den Kindern das bei, was sie brauchen: Lesen und Schreiben und ein paar praktische Fertigkeiten und so ... Du hast mir doch immer damit in den Ohren gelegen, ich solle hier mit meinen Fähigkeiten am Wiederaufbau mitwirken. Das wäre sozusagen mein Beitrag ...«

»Klingt an sich nicht schlecht. Aber erst mal realisieren«, erwiderte Ignácio, wieder etwas ruhiger.

»Ich weiß natürlich nicht, ob hier in Brasilien ein schweizerisches medizinisches Staatsexamen anerkannt wird«, wagte sie jetzt von sich aus anzuführen.

»Ach, das ist in diesem Land kein Problem«, winkte er ab. »Hier kann man alles kaufen. Auch Doktordiplome. Und je schlauer und gerissener man es anstellt, desto mehr Respekt und Anerkennung verschafft man sich.«

»Ich bin so gespannt, unser Stammhaus zu sehen«, rief Berenice, über Ignácios letzte Bemerkung hinweggehend, und sie schob ihren Kuchenteller und den Eisbecher so weit zur Seite, dass sie das Foto von der Prosperidade für Ignácio gut sichtbar auf den Tisch legen konnte.

»Es ist ein wunderbares Haus ... Und die Lage ... Die wussten damals schon, was schön ist ... meine Leute ... Was hältst du denn grundsätzlich von meiner Idee ...? Wir ... Du und ich ... an diesem Ort ... mit Vanessas Vermächtnis ... die sinnvolle Arbeit mit den Kindern und Jugendlichen aus dieser Gegend ...«

Ignácio lächelte und ergriff ihre Hand.

»Ja, sicher ... schon ... Was ich nur nicht ganz verstehe, ist deine Betonung auf Stammhaus und auf ›meine Leute‹ und so ... deine Vorfahren. Ich dachte, du hättest mit deiner Familie gebrochen. Deshalb bist du ja hier.«

»Ich bin nicht nur deshalb hier, Ignácio, das weißt du«, entgegnete Berenice leise und vorwurfsvoll.

»Ja, ja, entschuldige«, gestand Ignácio ein und blickte verlegen zu Boden.

»Ich habe mit meiner Schweizer Familie gebrochen, das stimmt«, fuhr Berenice, wieder beruhigt, fort und nahm Ignácios Hand in die ihre. »Mit dem exilierten Teil meiner Familie sozusagen ... außer mit meinem Großvater. Den habe ich zeitlebens sehr geliebt ... trotz seiner Fehler ... das hab ich dir ja geschrieben. Ihm habe ich viel von meiner Hinwendung zu diesem Land hier zu verdanken. Auch unsere Beziehung, Ignácio, wäre womöglich anders verlaufen oder erst gar nicht zu Stande gekommen ... weißt du. Ich bin, glaube ich, das ist mir immer klarer geworden, auch ein bisschen an Großvaters Stelle hierher gekommen, in seiner Vertretung sozusagen. Er ist im Grunde an seinem Heimweh zerbrochen ... in seiner kleinen Nussschale, die ihn zufällig in diesen komischen, abgelegenen Winkel in der Schweiz getrieben hat. Er hat den Verlust seiner brasilianischen Heimat und seiner Frau dort, meiner Großmutter, nie wirklich verwunden. Ich fühle und fühlte schon lang, dass ich auch ein wenig an Großvaters Stelle hier einmal den

Ort aufsuchen sollte, an dem sie begraben liegt, und den, an dem sie gelebt hat, zusammen mit ihm, und auch den, wo sie früher als Kind war, in Laranjeiras. Mir ist Großvaters Frau in gewisser Weise genauso wichtig wie er. Sie gehört zu ihm, und deshalb gehört sie auch zu mir. Mir sind alle Leute wichtig, die mit meinen Großeltern hier in Zusammenhang stehen. Auch meine Urgroßeltern. Warum auch nicht? Sie haben die Prosperidade schließlich aufgebaut.«

Berenice klopfte mit dem Zeigefinger auf das Foto.

»Wenn du willst, können wir morgen hinfahren«, sagte er nach einer Weile. »Es gibt aber auch noch andere Möglichkeiten.«

Berenice schaute Ignácio fragend an.

»Wenn wir morgen hinfahren, dann hat das den Nachteil, dass der Vertreter des Eigentümers aus São Paulo nicht da ist. Der kommt erst zum Wochenende. Wir könnten die Tage bis dahin mit etwas anderem überbrücken, mit einem Besuch eines wunderschönen Ortes in den ehemaligen Goldminen im Hinterland, eine Flugstunde von hier nach Belo Horizonte ... und dann noch ein bisschen mit dem Bus nach Ouro Preto ... Das könnte ich leicht organisieren ... für morgen früh ... wenn du willst.«

Berenice schaute Ignácio vertrauensvoll an.

»Das klingt gut«, sagte sie. »Damit bin ich sehr einverstanden. Und danach fahren wir nach Portobelo?«

»Danach, am Freitag oder spätestens Samstag ... wieder von hier ... von Rio aus ... könnten zuerst noch den Largo do Boticário in Laranjeiras aufsuchen, das Elternhaus deiner Großmutter, und dann losfahren, die Küste entlang mit dem Auto, etwa drei bis vier Stunden bis Portobelo.«

Berenice lächelte entzückt.

»Hast du etwas zum Schreiben für mich?«, bat sie Ignácio nach einer Weile.

Er reichte ihr einen Stift. Daraufhin nahm sie das Foto und schrieb auf dessen Rückseite mit so großen Buchstaben, dass dies Ignácio nicht entgehen konnte: »Berenice Santini.«

Ignácio schaute sie mit großen Augen an.

»Be-re-nice«, rief er fragend. »Be-re-nice?«

»So werden Träume wahr«, sagte sie nur.

»Das hast du jetzt nicht bloß für mich so aufgeschrieben? Du nennst dich wirklich wieder so?«

»Ja, seitdem ich hier bin.«

Sie strahlte.

»Berenice«, rief er, völlig durcheinander.

Sie winkten ihren Tischkellner herbei und zahlten.

Als sie auf die Straße traten, bemerkten sie, dass der vorhin noch strahlend blaue Himmel völlig schwarz war. Es kam ihnen so vor, als würde es von Minute zu Minute noch dunkler. Die heißfeuchte, wie elektrisch geladene Luft drückte so stark auf sie herab, dass sie unsicher waren, ob sie noch trocken die Carioca-Metrostation erreichen würden.

Sie hatten keine hundert Meter zurückgelegt, da meldeten sich die ersten schweren Regentropfen. Ignácio wusste anscheinend, dass hier größere Eile geboten war, als dies Berenice aus ihren Breiten kannte.

Denn schon bevor sie einen geräumigen Unterstand in einem nahe gelegenen Bogengang erreichten, brach das Unwetter los.

Berenice traute ihren Augen nicht, was nur wenige Sekunden, nachdem sie sich mit mehreren anderen von der Straße in diesen Unterschlupf gerettet hatten, vom Himmel herabkam. Der Regenstrom verdichtete sich unter ohrenbetäubendem Lärm zu einer einzigen weißen Wand, durch die kein Hindurchsehen mehr war. Doch nicht nur die Menge und die Wucht des herabstürzenden Wassers mitsamt der optischen Wirkung waren für Berenice neuartig. Auch ließ die unverändert heiß bleibende Luft ringsherum eine bisher nicht gekannte Wärme auch des Regenwassers vermuten. Ein Wolkenbruch selbst im hochsommerlichen südlichsten Europa hatte für Berenice bei allem Erfrischenden und Befreienden immer auch eine unangenehm nasskalte Komponente gehabt, weshalb sie nie auf die Idee gekommen wäre, sich dieser Art von Güssen freiwillig auszusetzen. Hier lud der Regen zu einem wenigstens von Schweiß und Staub befreienden Bad ein. Trotzdem hatte Berenice Angst, von der elementaren Gewalt der herabpeitschenden Massen erschlagen zu werden, würde sie sich jetzt ins Freie begeben.

Dann geschah jedoch etwas Bemerkenswertes. Der Regen hatte vielleicht eine Spur nachgelassen, oder es schien nur so, weil man sich an das Ungeheuerliche gewöhnt hatte. Jedenfalls löste sich aus der Menge der Unterstehenden ein junger Mann, breitete die Arme aus und trat, das Gesicht dem regenspeienden Himmel zugewandt, langsamen, aber sicheren Schrittes hinaus auf die Straße. Er lief im selben gemächlichen Tempo immer weiter, ohne dass der Druck der Wassermassen ihn dazu zwang, seine hochgereckte Haltung auch nur um einen Winkelgrad nach unten zu verändern. Er schien im Gegenteil je länger desto erfolgreicher nicht nur dem Druck zu widerstehen, sondern seinen Bewegungsradius sogar etwas zu vergrößern. Mit noch etwas weiter ausgebreiteten Armen als am Anfang, noch höher erhobenem Kopf und einem fast verklärten Gesichtsausdruck wirkte er, als nähme er den Platzregen wie einen Segen entgegen. Bald wurde der Mann von der Unsichtbarkeit hinter der weißen Wasserwand verschluckt.

Andere taten es ihm nach, wenngleich weniger theatralisch. Und selbst wenn Berenice und Ignácio vorerst nicht zu denjenigen gehörten, musste Ignácio Berenice beibringen, dass sie kaum darum herum kämen, sich bald dem Tropenregen zu stellen, weil dieser ohne weiteres neun oder zehn Stunden andauern könnte, dafür jedoch die Herbstwende einleitete und wahrscheinlich morgen ein paar Grad Luftabkühlung brächte. Es ging jetzt nur noch um die Frage, welche zu erhoffende Abschwächung des Regensturzes für die beiden zumutbar war.

Nach einer Weile wagten sie es und setzten mit Riesensprüngen durch den Regen hindurch.

Vila Rica de Ouro Preto, Brasiliens wichtigste Goldgräberstadt im achtzehnten Jahrhundert, lag etwa tausend Meter über dem Meer, mit einem hohen Gebirgszug im Hintergrund. Seine herrschaftlichen Häuser mit eisernen Balkongittern, die dreizehn Barockkirchen und die vielen Gärten und öffentlichen, mit Seifenstein verzierten Brunnen in der Stadt waren, wie andere Orte und Städte in dieser Region, überwiegend an Steilhängen gebaut. Beim Hinabsteigen der Straßen blickte man auch hier fast immer waagrecht in den Himmel, und beim Aufsteigen sah man fast nur das Kopfsteinpflaster vor seinen Füßen.

Nach der Besichtigung einiger Kirchen im Stadtzentrum begaben sich Berenice und Ignácio zur nächsten Anhöhe, zu einer zweitürmigen Kirche mit einer langen, steilen Treppe davor: Santa Efigênia do Alto da Cruz, die Kirche der unterdrückten Schwarzen, wie Ignácio Berenice erklärte.

Die Kirche war verschlossen. Ein bisschen abseits sahen sie von weitem einen Schwarzen von Respekt gebietender Statur, mit hochgekrempelten weißen Hosen und einer Leinenjacke.

Ignácio zeigte zur Kirche und murmelte etwas.

Der andere schien zu verstehen.

Der Schwarze gab ein Zeichen und verschwand.

Bald kehrte er mit einem Schlüssel zurück, winkte die beiden Wartenden zum Seiteneingang und öffnete diesen. Er ließ sie eintreten und folgte ihnen.

Berenice musste sich an das Dunkle im Inneren gewöhnen. Sie begaben sich vom Hauptaltar, zu dem sie vom Seiteneingang direkt gelangt waren, nach hinten zu einem der einander gegenüberliegenden vier Seitenaltäre. Ihr Begleiter folgte ihnen auf den Fersen. Doch Berenice merkte immer deutlicher, dass es nicht Misstrauen war, sondern, im Gegenteil, der Wunsch, mit den unerwarteten Besuchern ins Gespräch zu kommen.

»Lauter afrikanische Symbole«, erläuterte der Farbige, als Berenice und Ignácio die vergoldeten Schnitzereien in der Holzverkleidung von Altar und Retabel betrachteten. Ignácio übersetzte alles für Berenice.

Aus dem Relief ragten, versteckt und mit diskreter Rotfärbung, Krabben, Widderhörner und ein Ziegenhorn und, überall verstreut, Meeresmuscheln mit vaginalen Öffnungen, ein Symbol für die Fruchtbarkeit der afrikanischen Meeresgottheit Iemanjá, wie Berenices und Ignácios Begleiter erklärte. Oben in der Mitte thronte eine schwarze, schwangere Heilige, mit einem Kruzifix in ihren Händen und einem wehenden Schleier auf dem Kopf. »Die heilige Rita«, sagte der andere, und deren Schleier schien er auf Eiansá, die afrikanische Gottheit des Windes, beziehen zu wollen. Quer über die Altarvorderfläche erstreckte sich ein stirnbreites Band mit hineingeschnitzten goldglänzenden Rillen. Es stellte, wie sich Ignácio erklären ließ, Wasserwellen dar, gleichzeitig aber auch Kopfband und Krone der im wellenförmig fließenden Rhythmus tanzenden Gottheit des Flusses, Oxum, einer der drei Frauen des Donnergottes Xango.

»Ich zeige Ihnen noch etwas«, rief der Schwarze mit unterdrückter Stimme und zog Ignácio geheimnisvoll am Ärmel nach vorn zum Hauptaltar, wo er die beiden besonders auf die Ornamentik an der rechten Seitenwand aufmerksam machte.

Erst nach einiger Zeit entdeckten Berenice und Ignácio, auf gleicher Höhe, im Abstand von etwa anderthalb Metern, die Skulptur eines männlichen und, links davon, eines weiblichen Geschlechtsorgans.

»Stellen Sie sich einmal dicht davor hin, und schauen Sie es sich von beiden Seiten an«, fuhr der andere fast im Befehlston fort.

Wieder erkannten Berenice und Ignácio erst nach einigem Hinsehen, dass beide Figuren hermaphroditische Doppelungen waren, aber in der Weise symmetrisch, dass beim Betrachten von links oder rechts jeweils von der näher stehenden Figur wegen deren Biegung nach außen nur der männliche und von der weiter entfernten der weibliche Teil erkennbar war.

Und das war ein christlicher Altar!

Ignácio und Berenice schritten nun alle anderen Altäre ab.

Überall tauchten neue Figuren auf: Augenpaare, Münder, Köpfe.

»Alles Hinweise auf den Kreislauf der Wahrnehmung im afrikanischen Kult.« Auch die in der geheimnisvollen Anordnung steckende komplizierte Zahlenmystik versäumte der Farbige nicht zu erläutern. Die Dreiheit und die verwegenen Zahlenspiele mit der Sieben und der Einundzwanzig. Ignácio, der bisher alles genau für Berenice übersetzt hatte, verstand es anscheinend selbst nicht ganz, zeigte sich jedoch berührt und beeindruckt.

»Gibt es nichts Schriftliches über all das?«, wollte Ignácio wissen.

»Nein. Die Regierung ist daran interessiert, das Wissen darüber klein zu halten. Uns ist jede schriftliche Fixierung verboten worden. Ich studiere die Details hier schon seit Jahren und darf sie nur mündlich weitergeben. Die Schriftsprache ist immer schon Sache der Weißen gewesen. Uns hat sie zeitlebens als Waffe gefehlt.«

Das Letzte sagte er mit trauriger, würdiger Miene.

Berenice verspürte plötzlich Angst. Die Dunkelheit, der mit subversiven Inhalten geladene Raum, in dem er sich befand, allein mit jenem schwarzen, imposanten Gralshüter. Sie drängte dem Ausgang zu. Ignácio bemerkte dies und lief dicht hinter ihr her, gefolgt von ihrem Begleiter.

Als sie draußen waren und der andere die Türe wieder abgeschlossen hatte, streckte dieser beiden die Hand entgegen.

»Ich heiße Firminho«, sagte er, »und bin hier Küster.«

Nachdem sich auch Ignácio und Berenice vorgestellt hatten, unterhielten sie sich, vor der Kirche stehend, noch eine Weile. Firminho wurde nicht müde, von seiner Bruderschaft, von sich, ja, von seiner Familie zu erzählen. Dass Bau und Ausstattung der Kirche ausschließlich mit dem Wert des Goldstaubs bestritten worden waren, den Sklaven in ihrem Kraushaar aus den Minen geschmuggelt hatten.

Das angenehm helle Licht, die milde und dünne Luft auf der Bergeshöhe von Ouro Preto erfüllte Berenice mit einem besonderen Gefühl der Leichtigkeit.

»Möchten Sie mit zu einer Krankenheilung kommen? Mein Vater ...«, bot ihnen Firminho überraschend an.

Ignácio schaute etwas verdutzt.

»Nein, nein, nicht wie hier«, wehrte Firminho, zur Kirche deutend ab. »Eine Krankenheilung ganz nach unserem Ritus. Ein *ebó* in unserer Casa de Luanda ... Mein Vater«, so wiederholte er nach einer Pause, wieder leiser und ernster, »mein Vater ist schwer krank ... seit Monaten ... Er leidet unter bösen Anfällen. Wir sind schon oft beim Apotheker und beim Arzt gewesen. Aber das hat nicht geholfen. Wollen Sie kommen? Heute Abend? Es werden viele da sein ...«

Sie gingen mit.

Es war ein breites, niedriges, rotangestrichenes Haus am Hang in Richtung Mariana, zu dem man auf schlammigen Wegen gelangte. Das Haus war von alten, stämmigen Bäumen umgeben. In der Nähe war ein umzäunter Hühnerstall. Einige Ziegen liefen frei herum, andere waren an einen Pflock gebunden. Tauben gurrten. Das waren die Opfertiere. Die Schwelle zur Eingangstüre des Hauses war mit Tabak ausgestreut und roch nach verschüttetem *cachaça*. Über einen Flur mit dunklen Holzgemälden an der Wand betraten sie einen Raum, voll von Blumen, brennenden Kerzen und ausgebreiteten Spitzendeckchen. Auf den Bänken und Stühlen am Rand saßen Männer und Frauen. Ein Junge schlief auf dem Schoß seiner Mutter. In der Mitte des Raumes saß regungslos ein dürrer, alter Schwarzer mit schneeweißen Augenwimpern über dem leidenden Gesicht. Es war Firminhos Vater. Neben ihm saßen seine Frau und offenbar mehrere Angehörige. Unter diesen fiel Berenice besonders ein junges, schwarzes Mädchen auf, von schlanker und graziler Gestalt und mit Gesichtszügen, klar und rein wie Quellwasser. Firminho stellte sie seinen beiden Gästen als seine Schwester Xica vor.

Durchgeführt wurde die bevorstehende Zeremonie von weiß gekleideten und mit Perlenketten und Armreifen behangenen, zum Teil älteren Frauen. Den Vorsitz führte die *mãe-de-santo*, die wie eine Königin in einem großen Baststuhl thronte. Firminho führte seine Gäste zu ihr hin. Die *mãe* nahm mit breitem, zahnlosem Lachen Berenices Hand und hielt sie beängstigend lange fest. Berenice fühlte mit Herzklopfen eine geheimnisvoll vereinnahmende Kraft von ihr ausgehen. Auch die anderen Frauen lächelten ihr freundlich zu. Einige schwatzten, tauschten Neuigkeiten aus oder lachten laut.

Auf dem Boden des Raumes waren, in kreisförmiger Anordnung, Ton- und Porzellanschüsseln und -teller verschiedenen Inhalts, mit brennenden Kerzen dazwischen, aufgestellt. In zwei der Tongefäße war Maniokmehl, reines, weißes und gelbes, mit *dendê*-Öl angerichtetes, in einem dritten eine Bohnenmasse. Das Mehl galt, wie Ignácio und Berenice sich erklären ließen, dem Götterboten und Dämon Exu, die Bohnenmasse dem Kriegsgott Ogum. In einer der Schüsseln lag ein rotes Tuch, in einer anderen klein geschnittenes Gemüse. Auf der gegenüberliegenden Seite stand eine Flasche *cachaça*, Exus Lieblingsgetränk.

Nachdem Firminho, Ignácio und Berenice sich auf eine Bank am Rand gesetzt hatten, begaben sich drei Männer zu ihren Trommeln, die an der Wand gegenüber, nahe bei der Türe zum Nebenraum, standen. Es waren unterschiedlich große Fasstrommeln. Ein bedrängender Lärm setzte ein, als die Trommler wie besinnungslos mit Holzgerten, alle mit unterschiedlichem und doch zusammenpassendem Rhythmus, auf ihre Instrumente zu schlagen begannen. Die *mãe-de-santo* stimmte einen monotonen Gesang an, den die Frauen um sie herum mit melancholischem Murmeln und mit Händeklatschen beantworteten.

Die eigentliche Handlung begann mit einer Art Diagnosegespräch zwischen der *mãe-de-santo* und einer der älteren Helferinnen, die als Medium für die so genannte *entidade* diente, einem spirituellen Wesen, das als verantwortlich für das Leiden des Kranken galt. Der Kranke selbst ließ während des ganzen Gesprächs alles still und geduldig über sich ergehen. Auch die Trommeln und die Gesänge verstummten vorerst.

»Warum suchst du die Materie dieses Mannes? Mit welcher Krankheit hast du dich in ihm verkörpert?«, insistierte die *mãe* mindestens drei Mal.

Die *entidade* schien so lange wie möglich ausweichen zu wollen.

»Ich will wissen, welche Krankheit«, wiederholte die *mãe*.

»Es war die Frau.«

»Die Frau von Arajá?«, fragte die *mãe*, auf den Kranken deutend.

»Nein. Eine andere. Sie gab ein Tier, damit ich ... Ach, ich sage nichts.«

»Sprich die Wahrheit.«

»Was gebt ihr, wenn ich es sage?«

»Du wirst heute deinen Hahn haben.«

»Gut. Sie gab ein Tier, bei Vollmond, an der Wegkreuzung zum Tal hinunter.«

»Und was wollte sie, die Frau?«

»Sie befahl, Arajás Frau zu töten, weil sie ihn haben wollte.«

»Darum hat sie ihm die Epilepsie geschickt?«

»Ja ... ja ... ja ...!«

»Du wirst von ihm ablassen. Das weißt du.«

»Wozu?«

»Du wirst deinen Hahn erhalten und alles, was hier auf dem Boden steht, wenn du von ihm ablässt. Die ganze Handlung bekommst du.«

»Es kommt darauf an, wer er ist.«

»Er ist der Sohn von Oxalá und Iemanjá.«

Alle Anwesenden klatschten. Ein Trommelwirbel erklang. Die *entidade*, die die ganze Zeit über die Augen geschlossen gehalten hatte, verfiel in krampfhafte Zuckungen und stieß schrille Schreie aus. Die *mãe* ergriff derweil ein Glöckchen und schwang es energisch über dem Kopf der *entidade*.

»Ich will jetzt etwas essen«, rief die *entidade*, als sie sich wieder beruhigt hatte. Sie unterstrich ihre Forderung mit unanständigen Schmatzlauten und entsprechender Gestik.

»Du wirst rechtzeitig etwas bekommen.«

»Gib mir jetzt davon. Ein bisschen. Gib ...«

»Nein. Noch nicht.«

Wieder allgemeines Klatschen und Trommelwirbel. Wieder derselbe schrille Schrei und heftige, anhaltende Zuckungen seitens der Besessenen. Wobei diese jetzt ihren Kopf mit ihren Händen zu verbergen oder vielleicht auch nur zu schützen suchte, als die *mãe* über diesem erneut das Glöckchen schwang, um die darin eingedrungenen spirituellen Kräfte zu vertreiben.

Berenice stockte der Atem. Das war mehr als ein fremder Kult. Es war ein Einbruch, ein räumlicher Zusammenprall mit außerirdischen Mächten, denen in dieser Enge noch weniger zu entrinnen war als im Kirchengewölbe von Santa Efigênia. Berenice fühlte dieselbe Angst aufkommen wie am Vormittag, nur stärker, so stark wie gleichzeitig ihre Faszination, die magische Bannung durch das gewaltige Geschehen. Sie fühlte sich davon gefangen, so, dass sie sich weder vorwärts noch rückwärts bewegen mochte. Was sich in dem Raum vollzog, fühlte sich für sie wie ein umfassender Akt der Vereinigung an, in dem Fremdes zu Eigenem wurde und das Eigene sich verschmelzend wandelte.

Inzwischen hatte die *mãe-de-santo* wieder einen Gesang angestimmt, in den die anderen um sie herum wechselweise einfielen. Die *mãe* griff als Nächstes zusammen mit zwei Helferinnen je zwei Hand voll Mehl, Bohnenmasse und anderer Speisen aus den Schüsseln und drückte sie an den Körper des Kranken. Sie presste sie mit den Fäusten an die Seiten von Arajás Kopf, auf dessen Stirn, Nacken, Schultern, Brust und Rücken. Dazu wurden Lieder gesungen, in denen spirituelle Wesen, darunter auch Exu, beschworen wurden, das Opfer anzunehmen. Irgendwann wurde das rote Tuch, die Farbe Exus, zerschnitten, und seine Teile wurden über den Kranken geworfen.

Als Nächstes brachte eine der Helferinnen einen lebenden schwarzen Hahn aus dem Nebenraum. Man ließ ihn während des siebten, im Chor gesungenen Liedes gegen den Uhrzeigersinn über den Köpfen der Anwesenden kreisen, besonders über die der Betroffenen, des Kranken und dessen Angehörigen.

Obwohl sie die Liedtexte kaum verstand, glaubte Berenice, ihren Sinn zu erspüren, fast so, als gehörten die afrikanischen Bezeichnungen ihrer eigenen Sprache an. Von Exu und seiner Mittlerrolle beim Tieropfer schien die Rede zu sein. Vor allem, als der Hahn getötet und sein Blut über Arajás Kopf und Brust ausgegossen wurde und dann die abgetrennten Flügel, Füße, Schwanz und Kopf des Tieres in eine Opferschale zu Arajás Füßen gelegt wurden. Sie hörte aus dem Gesagten heraus, dass die Opferteile dem Kranken als Kraftquelle dienen sollten, als Symbol für das Laufen, Fliegen und die Orientierung usw. Die Krankenheilung war damit ein Akt der Befreiung: vom Leiden, von den Beeinträchtigungen, von den krankheitsbringenden bösen Geistern. Um ihn gegen erneute schlechte Einwirkungen abzuschließen, wurden um Arajás Kopf und Brust Baumwollfäden gewickelt. Dann wurde er gebadet und mit frischer Wäsche bekleidet, der Boden wurde gesäubert und die Opferteile, die Speisen und der Schnaps wurden für Exu vor die Haustüre gestellt.

Nach dem Anzünden einer aus Schießpulverkörnern gezeichneten magisch-symbolischen Figur auf dem Boden, genannt *ponto*, mit Stichflamme und begleitet von Trommelwirbeln und begeistertem Händeklatschen der Anwesenden, kam die Heilung von Firminhos Vater, seine Säuberung und Befreiung, zu ihrem Abschluss. Alle Frauen im Raum strichen mit langen Gebüschzweigen, wieder gegen den Uhrzeigersinn, Arajás Körper von oben bis unten ab. Dann tanzten sie zusammen im Kreis.

Einige hatten sich vorher einen zusätzlichen weißen Stoffumhang vor den Bauch geknotet. Unter dem immer heftigeren, ohrenbetäubenden Lärm der Fasstrommeln verfielen die Tanzenden in immer tiefere Trance. Abwechselnd nach vorn und nach hinten gebeugt, zitternd und seltsame Heultöne von sich gebend, manchmal sich auch den eigenen Bauch oder die Flanke festhaltend, schienen sie der völligen Bewusstlosigkeit zuzutreiben. Tatsächlich begann der eine oder andere zu schwanken oder zu Boden zu gleiten, doch augenblicklich sprang jemand herbei, hielt den Taumelnden fest, richtete ihn auf, fächelte ihm zu oder redete ermutigend auf ihn ein. Einmal bemerkte Berenice, wie einem Strauchelnden die Füße wieder geradegestellt wurden, damit er weitertanzte. Irgendwann sanken auch die hin, die anderen tatkräftig zur Seite gestanden hatten. Dann drehten sich die Rollen um.

Inzwischen hatte sich die *mãe* eine dicke *charuto* angezündet und zog paffend die Sitzbankreihe entlang. Als sie bei Berenice und Ignácio angelangt war, blieb sie, wieder breit und zahnlos lachend, vor ihnen stehen und blies ihnen den Rauch ins Gesicht. Sekunden fühlte sich Berenice unangenehm betäubt, und es kam bei ihr erneut ihre Vereinnahmungsangst hoch. Sie befürchtete insgeheim, die *mãe* wolle sie und Ignácio mit irgendwelchen im Tabak enthaltenen Geheimstoffen ebenfalls in die Trance treiben.

Mit unheimlicher Gleichzeitigkeit verstummten dann plötzlich Gesang und Trommellärm. Die Trommler warfen ein großes, weißes Tuch, das bisher an der Wand hinter ihnen gehangen hatte, über alle drei Trommeln. Damit war die Zeremonie beendet.

Wieder zurück in Rio de Janeiro auf Meereshöhe, war Berenice froh über die zwischenzeitliche Abkühlung hier auf nur noch vierunddreißig Grad, auch wenn die Herbstwende einen durchgehend graubedeckten Himmel und noch feuchtere Luft als zuvor hinterlassen hatte. Ignácio und Berenice nahmen auf ihrer Fahrt mit Ignácios VW-Käfer die kürzere Route durch die Stadt und fuhren in nordwestlicher Richtung, um über eine Schleife nach Süden zur so genannten Autobahn an der Küste zu gelangen.

Berenice wunderte sich während der Fahrt durch die Außenbezirke der Stadt über Ignácios Eile und seine verkrampfte Haltung am Steuer, so, als trachtete er danach, besonders schnell von hier wegzukommen.

Irgendwann deutete er mit angespanntem Gesicht zur Seite, wo sich, nach seiner Erklärung, das Polizeipräsidium befand. Genau hier, so sagte er, hätte am Tag vor Berenices Ankunft, zur Mittagsstunde und auf der vollbelebten Hauptstraße, ein besonders brutaler Überfall auf einen gepanzerten Geldtransporter stattgefunden. Die Banditen hätten, so erzählte Ignácio, mittels einer mehrfachen Blockade den Transporter zum Stehen gebracht, ihn dann umgeworfen und sich mit Schüssen durch dessen Unterseite und die Türschlösser einen Weg in den Wagen gebahnt, wo sie sofort die Fahrer umbrachten, den Transporter ausraubten und wieder verschwanden. Der ganze Coup habe nur wenige Minuten gedauert. Auf der dichtbefahrenen Straße und direkt vor dem Polizeipräsidium, wie Ignácio wiederholte. Offensichtlich wieder eines dieser typischen Bündnisse zwischen Rechtsbrechern und Ordnungshütern in Brasilien, mit einer Fünfzig-zu-fünfzig-Aufteilung der Beute. Besonders in den großen Städten wie beispielsweise Rio de Janeiro oder São Paulo. Und der Grund für diese Perversion seien, so erklärte Ignácio, die so miserablen Gehälter der Polizei hier zu Lande, dass diese sich eben ihren Nebenverdienst sichern müsste. Entweder, indem sie sich zum Komplizen ihres Gegners machte, oder gleich die Rollen wechselte, wie vielleicht auch in diesem Fall.

»Die schlimmste Strecke ist gleich vorbei«, murmelte Ignácio zerstreut. »Bis es wirklich schön wird, dauert es noch eine Weile.«

Berenice war beim Anhören dieses Berichts erneut innerlich zusammengezuckt. Mit all dem, was sich allein in den zwei Tagen angesammelt hatte an Schreckensmeldungen, an der Spitze diejenige mit Vanessa, fühlte sie sich zunehmend verunsichert. Sie blickte voller Zweifel auf die nicht enden wollende Einöde, durch die sie weiter fuhren, auf den Verfall und den Dreck überall, die zerlumpten Menschen, die Wüste aus Beton und Wellblech, aus der ihr überall Verzweiflung, Anarchie und Gewalt entgegen zu atmen schien.

Kilometerlang lösten Betonsilos, Favelas und Industriekomplexe einander ab, Tankstellen, McDonald's-Kinderparadiese, Motels mit rosarot aufleuchtenden Riesenherzen über dem Eingang, dann wieder ein Gewirr von aus Bauabfällen zusammengezimmerten Hütten, aus deren Löchern Köpfe lugten oder Arme, die mit Lumpen hantierten. Zu den unheimlichsten Seltenheiten gehörten hier vereinzelt auftauchende Bäume, die den Tentakeln des pestatmenden Zivilisationsungeheuers in dieser Gegend widerstanden zu haben schienen.

Fast ein Drittel der mehrstündigen Fahrt nach Portobelo musste Berenice auf das Ende der Trostlosigkeit und auf die Rückkehr der Natur warten, die sie noch vorgestern in Ouro Preto und in den wenigen Oasen des Großstadtdschungels von Rio de Janeiro bisher nur ahnungsweise erblickt hatte.

Endlich begann sich alles langsam in leuchtend grüne Urlandschaft zu verwandeln. Unermessliche Waldgründe mit freien Grasflächen dazwischen zogen sich die steilen Hänge hoch. Überall wucherten Bananenfelder. Baumriesen ragten mit üppigen, teilweise blühenden Kronen. Ein Meer von Blumen und Blüten breitete sich, neben wildem Zucker, aus.

»Hier ist es, wie du es immer von deinem Großvater gehört hast ... Hunderte von Kilometern die Küste entlang ... die Costa Verde, wie sie heißt. Grüne Küste«, erläuterte Ignácio, der, seiner samtweich klingenden Stimme nach, wieder zu sich selbst gefunden hatte.

Allmählich wurde zur Linken auch das Meer sichtbar. Das

heute graufarbene Wasser, die schneeweißen Strände in den Buchten mit den zahllosen vorgelagerten kleinen Inseln, die Schaumkronen der sich an den Felsen brechenden Wellen, bunte, teils überdachte Barken aus Holz. Zusammen mit der Tropenvegetation des Festlandes wirkte es tatsächlich so, wie Onkel Gilberto es einmal charakterisiert hatte: eine Mischung aus Côte d'Azur und Norwegischen Fjorden. Um die Krümmungen der vielen, zum Teil kleineren Buchten und die Landzungen dazwischen abzuschneiden und wegen der bergigen Landschaft, verlief die Straße größere Strecken lang im Hinterland. Kurz vor Portobelo kamen sie ganz vom Meer ab. An einer größeren Kreuzung schließlich mussten sie nach links abzweigen, um wieder an die Küste und dort in das Städtchen zu gelangen.

Der Ortseingang von Portobelo war alles andere als malerisch. Die Asphaltstraße führte an schlecht in Stand gehaltenen Wohnhäusern, Geschäften, an einer Tankstelle und der Rodoviária vorbei und endete an der Grenze zur Altstadt. Diese war hier, wie an allen anderen Einfahrtstellen, mit einer schweren Metallkette für den Autoverkehr gesperrt, und die Straße ging in das legendäre Buckelpflaster über.

Für Berenice war es in Portobelo noch schwieriger als irgendwo in Rio de Janeiro, ihre aus Europa mitgebrachten Vorstellungen mit der Wirklichkeit zusammenzubringen. Rio war für sie, abgesehen von vereinzelten Winkeln, eine völlig andere Stadt als die aus Großvaters Erzählungen. Wobei sowohl Pedro José selbst als auch dessen Vater Heitor schon im vergangenen Jahrhundert von den revolutionären Veränderungen im Stadtbild überrollt worden waren. Und was das heutige Rio betraf, war Berenice seitens Ignácio hinreichend vorbereitet gewesen.

Auf Portobelos Ähnlichkeit und doch auch wieder totale Unähnlichkeit mit früher war Berenice hingegen nicht gefasst gewesen, und ihre erste Begegnung mit dieser Stadt hatte für sie etwas völlig Verwirrendes an sich. Das historische Zentrum von Portobelo bestand aus derselben rechtwinkligen Anordnung der Straßen wie damals, aus den dreißig Häusergevierten, der geräumigen *Praça* im Norden, den drei Barockkirchen und den vielen imposanten Kolonialhäusern mit Satteldach und Holzbalkonen. Auch die an den meisten Häusern prangenden Mosaiken und Schnitzereien, Türmchen und Laternen waren, wie die kleinen Kapellen und Brunnen im Städtchen, wieder liebevoll hergerichtet und minutiös herausgeputzt worden. Doch schon nach kurzem Hinsehen erwies sich für Berenice diese Struktur mehr oder weniger als Fassade einer Museumsstadt, vor allem für zahlungskräftige und konsumfreudige Touristen. Wo zu Heitors und Pedro Josés Zeiten Kolonialhändler, Schneider, Friseure, Goldschmiede, Sattler, Jagdflintenverkäufer und Fassbinder ihre Läden und Werkstätten gehabt hatten, wo einst ein Theater, ein Billardhaus und eine Musikkapelle in einem Pavillon für Unterhaltung und Zerstreuung gesorgt hatten, standen jetzt Souvenirläden, Edelrestaurants, Bars, Pizzerias und Geschäfte für Bekleidungs- und Sportartikel. Der Weißanstrich und das portugiesische Blau der Tür- und Fensterrahmen an den Häusern der belebteren Straßen waren zu schön, um ihnen wirklich glauben zu können. Spätestens beim Betreten der Gebäude erhielt jeder, der auch nur vage Kenntnisse von der Geschichte Portobelos hatte, die letzte Gewissheit, dass er sich nicht mehr in der Gründerzeit befand. In den abgelegeneren Straßen und Gässchen wohnten noch, betont zurückgezogen, ein paar Künstler und arbeiteten in ihren Ateliers. Sonst waren auch hier, wenngleich übertüncht und an den Rand der Altstadt gedrängt, Armut und Verfall mehr und mehr spürbar.

Als Erstes begaben sich Berenice und Ignácio zur Igreja

Nossa Senhora da Misericórdia, um dort Victórias Grab im Kirchenboden aufzusuchen.

Sie gingen am specksteinernen Taufbecken vorbei zum Chor, wo sie tatsächlich die gesuchte *quadra* sechsunddreißig entdeckten. Es war nachmittäglich heiß, auch im Kirchengemäuer. Das Licht war hell und fahl, sodass das Blau des Altars, seines Retabels und der rautenförmigen Stufen seines Aufbaus allmählich zu verblassen schienen.

»Requiem in aeternum ...

Dies irae, dies illa ...«

Berenice glaubte in der Stille fast den dünnen, unreinen und schleppenden Gesang zu hören und den Duft der den Sarg schmückenden Lilien, Palmzweige, Dahlien und Chrysanthemen zu riechen, vermischt mit schwülen Verwesungsgerüchen, und sie glaubte die zusätzliche Hitze durch die brennenden Kerzen zu spüren. Sie führte sich die Einzelheiten der Beerdigung ihrer Großmutter hier in dieser Kirche vor über siebzig Jahren vor Augen, die sie noch von ihrem Großvater wusste. Sie hörte die unangenehm fistelnde Stimme des kleinen, dicken Priesters und das ungehaltene und aufbegehrende Tuscheln und Raunen, mit dem die Trauergäste in den hinteren Reihen des Kirchenschiffs die Rede auf der Kanzel quittierten. Und sie stellte sich den sich in den Straßen langsam vorwärts bewegenden Leichenzug mit Menschen in schwarzer oder dunkelblauer Kleidung vor und, an der Spitze des Zugs, den von vier Männern an Metallgriffen getragenen Sarg, vor dem ein hocherhobenes Silberkreuz mit darauf gesteckter Kerze schwankte. Sie sah die lumpig gekleideten Menschen, die, barfuß und mit gezogener Mütze, den Zug säumten und, etwas weiter weg, die Gruppe trommelnder Neger, die etwas abseits auf den Zug gewartet hatten und, ihre halb nackten, geschmeidigen Körper im Takt in der Sonne wiegend, auf ihre Tamburen und Fasstrommeln schlugen.

*Vem, ó caboclo*
*Vem, pena branca,*
*Vem trabalhar,*
*Vem dar a esperança.*

Die haben immer noch keine Orgel hier, durchbrach Ignácio plötzlich die Stille.

Zu Berenices großer Erleichterung hatten sich durch Ignácios Stimme ihre Bilder und Vorstellungen von einem Augenblick auf den anderen aufgelöst. Es war wieder still und dunkel, und über der *quadra* sechsunddreißig lag nur dumpfe Luft.

»Wir haben uns keine sonderlich günstige Jahreszeit ausgesucht«, bemerkte Ignácio, als sie sich auf dem Weg zum Hafen am anderen Ende des historischen Zentrums befanden, von wo aus sie die Prosperidade auf dem Wasserweg erreichen wollten.

»Wieso nicht günstig?«, fragte Berenice nach.

»Weil der März meistens grau, schwül und regnerisch und voller Moskitos ist. In sechs Wochen kommen wir noch einmal. Der Mai ist ein traumhaft schöner Monat hier, der schönste im Jahr. Du wirst die Stadt ... oder vielmehr das Land ... nicht wiedererkennen.«

Die gleichermaßen zur Igreja Santa Clara und zum Hafen führende Rua Dona Ana an der Peripherie wurde gegen Ende nicht nur immer holpriger und beschädigter und der Zustand ihrer Häuser immer erbärmlicher. Sie war zudem von einer dicken Schicht Morast und Schlamm bedeckt, die nach Fäkalien stank. Berenice fielen auch die hier immer häufigeren Schilder an den Häusern auf, auf denen diese zum Verkauf angeboten wurden.

Sie ließ sich von Ignácio erklären, dass wegen der in Portobelo fehlenden Kanalisation alle Straßen und Gassen in Hafennähe bei Flut und bei heftigeren Regengüssen zu Kloakenströmen würden, die bis in die Keller der Häuser drängen. Sie bemerkte außerdem, dass hier am Stadtrand die Einheimischen zahlenmäßig gegenüber den Touristen so weit überwogen, dass ihr schlechtes Aussehen, ihre schuppige, ekzematöse und von Pilzen befallene Haut umso stärker auffiel. Und sie hörte zum ersten Mal von Ignácio, dass sich hinter der Museums- und Touristenfassade die Infrastruktur der Stadt in einem katastrophalen Zustand befände. Dass dort nicht einmal eine grundlegende Wasser- und Stromversorgung aufgebaut werden könne, läge in erster Linie an den Verantwortlichen in der Prefeitura, erklärte er, und die Bewohner, denen gegenüber man den derzeit Regierenden Bürgermeister erwähnte, würden nur resigniert mit einer schaufelartigen Bewegung ihrer Hand zur Hosentasche reagieren.

»Und dafür kommt dieser Mensch nicht ins Gefängnis?«, empörte sich Berenice.

»Das Kittchen ist nur für Arme, Schwarze und Prostituierte da, sagt ein brasilianisches Sprichwort.«

»Das heißt, dass man allen höher gestellten und Besitzenden hier zu Lande nur mit äußerster Vorsicht begegnen darf?«

»Außer, wenn sie Schweizer sind«, antwortete Ignácio lachend.

»Das werden wir ja bald sehen«, murmelte sie.

»Im Grund hast du völlig Recht«, meinte er nach einer Weile. »Hier gibt es viel Arbeit für dich und für uns ... sehr, sehr viel Arbeit ... Vielleicht sollten wir's wirklich anpacken ...«

Endlich gelangten sie an den Largo Santa Clara zwischen der gleichnamigen Kirche und dem überdachten Gemüse- und Fischmarkt vor dem Kai. Berenice musste kurz daran denken, dass in eben dieser Kirche die Geschichte ihrer Familie in Portobelo mit dem Kauf der Fazenda do Chafariz im Beichtstuhl von Padre Timóteo João Peludo ihren Anfang genommen hatte. Sie wurde jedoch rasch durch das grelle Licht am Hafen abgelenkt sowie durch die erschreckende Bräune und den öligen Geruch des Wassers in Hafennähe. An der Kaimauer stand eine Benzinzapfsäule für die Motorboote. Von dort führte ein langer, unebener Holzsteg ins Wasser, wegen fehlender Planken auch mit Lücken, über die man springen musste. Zu beiden Seiten des Steges lagen, dicht zusammengedrängt, Segelschiffe und Motoryachten festgebunden, die auf den Wellen tanzten und manchmal aneinander stießen, und deren Besitzer hielten Ausschau nach Touristen, denen sie ihre Fahrzeuge vermieten wollten.

Auf der gegenüberliegenden Seite der Bucht erstreckte sich die legendäre Halbinsel, die Berenices Großeltern gehört hatte, tief ins Meer. Sie war, noch bis Anfang dieses Jahrhunderts eine Kaffee- und Zuckerplantage, jetzt mit neuem Regenwald bepflanzt, der noch verhältnismäßig dünn aussah und dennoch die Ferien- und Wochenendhäuschen zu verbergen schien, die es, laut Ignácios Erklärung, dort in großer Zahl gab. Nur ein Haus ziemlich am Anfang der Halbinsel, in der Nähe einer Segelschule, war in Klötzchengröße zu sehen. Die Fazenda Prosperidade.

Sie bestiegen ein kleines Motorboot, das Ignácio von einem Schiffer anheuerte, der sie auch hinüberbringen sollte.

Während sie losfuhren, blickte Berenice noch einmal auf das offene Meer und die Inseln dazwischen. Was für ein traumhaftes Panorama, fast wie eine Theaterkulisse.

Während das Boot mit dröhnendem Motor über die Bucht flog, konzentrierten sich Berenices Blicke immer stärker auf die Fazenda, die fast sekundenweise näher zu rücken schien. Die Sonne war schon auf dem Weg der beiden zum Hafen durch die schwere Wolkendecke hindurchgebrochen und brannte trotz des Gegenwindes stark herab. Es roch nach Benzin und Algen. Hin und wieder befeuchteten salzige Spritzer das Gesicht. Berenice war überaus froh über die Nähe von Ignácio, an den sie sich auf dem hinteren Holzbänkchen des Boots festklammerte, während sie weiter über die Bugspitze zur Halbinsel und zur Fazenda spähte.

Da alles so schnell ging, hatte Berenice zunehmend den Eindruck, dass sie entweder mit ihrer Wahrnehmung dessen, was sich ihren Blicken bot, immer weiter hinter der Wirklichkeit herhinkte oder die Wirklichkeit hinter ihrer Wahrnehmung. Sie wusste nicht, was es war. Jedenfalls kam es ihr, je größer das Haus wurde, desto mehr so vor, als würde dessen Form und auch sonst alles daran nicht mehr recht mit ihrem Foto übereinstimmen. Das Dach erschien ihr immer giebeliger, höher und spitzer. Am Balkon um das Haus war irgendetwas verändert, und die Eingänge zum Keller schienen verstellt zu sein.

Jetzt waren sie so nah an dem mit Palmen und anderen Bäumen und Büschen bewachsenen Ufer angelangt, dass der Fahrer den Motor drosselte und sie ihre Geschwindigkeit erheblich verringerten. Aber dadurch wurde alles nur noch schlimmer. Denn durch die Verlangsamung wurde das, was Berenice immer eindeutiger und immer schärfer zu sehen bekam, um so zwingender. Jetzt erwies sich nicht nur das Dach des Hauses als eindeutig hoch und spitz, ganz nach der Art des Chalets von Berenices Mutter auf dem Sattel zwischen Einsiedeln und dem Zuger See oder auch dem ihres Onkels Gilberto in Gstaad. Auch die Andersartigkeit des hölzernen Balkons gegenüber dem Foto wurde jetzt deutlich. Das Geländer war rundherum mit Geranientöpfen mit leuchtend roten Blüten vollgestellt.

Die größte Überraschung für Berenice war, was sich ihr vor den Kellereingängen unten präsentierte. Sie wollte es nicht glauben, ehe sie wirklich am Ufer angelangt waren, wo sie sich aus unmittelbarer Nähe davon überzeugen konnte.

Inzwischen war der Motor abgestellt. Sie schwebten still auf dem glatten und ölig braunen Wasser die letzten Meter auf die Uferböschung zu. Das Ufer lag näher am Haus, als Berenice dies aus Großvaters Erzählungen kannte. Auch von einem steinernen Landeplatz war nichts zu sehen.

Unten vor den gelbangestrichenen Holztüren zum Keller waren rustikal aussehende Tische aufgestellt. An diesen saßen Gäste. Schwarze und Mulattinnen mit gemusterter Schürze vor einem schwarzen Trachtenrock mit Stickereien und Borten, weißen Kniestrümpfen und kurzer Rüschenbluse rannten mit riesigen, getüpfelten Kannen umher und schenkten den Gästen Milchkaffee in dickbäuchige Keramiktassen ein. Aus dem Hausinneren drangen Alphornklänge.

Während sie anlegten, starrte Berenice fassungslos abwechselnd zu dieser makabren Szene und in Ignácios Gesicht. Aber Ignácio lächelte Berenice gleich bleibend freundlich und ruhig an wie während der ganzen Überfahrt.

Wollte er ihr sein Erstaunen verbergen und, jedenfalls im ersten Augenblick des Schocks, schonungsvoll Haltung bewahren? Oder kannte er das Haus, wenigstens teilweise, schon so, weil die Umwandlungen bei seinem letzten Besuch bereits in Angriff genommen und deren jetzige Ausmaße für ihn nicht absehbar gewesen waren? Sie musste an Ignácios Andeutungen über eventuelle Umbaupläne des Hauses durch dessen Eigentümer vor einigen Tagen im Spiegelgewirr der Confeitaria Colombo in Rio denken. Ignácio jedenfalls blieb bei seinem freundlichen und ruhigen Lächeln, und sie beließ ihn dabei und sprach ihn auch nicht auf ihre schreckliche Entdeckung hin an, weil sie dies in ihrer Bestürzung und Verwirrung nicht wagte.

Obwohl Berenice Ignácios Lächeln nicht zu deuten wusste, war es und blieb es sein Lächeln. Es war Ignácios verlässliches und gutes Lächeln, der Ausdruck dafür, dass er da war, dass er Berenice, die bisher in verzweifelter Haltlosigkeit nach *beija-*

*flor*-Art über dem Boden und über dem Wasser Schwebende, auffangen und festhalten konnte. Und das war unbedingt das Wichtigste, die Hauptsache, bei der es nur noch galt, sich zu bewähren und sich dem auf die Dauer würdig zu erweisen.

# *Glossar*

| | |
|---|---|
| *abolição* | Abschaffung der Sklaverei in Brasilien durch das »Goldene Gesetz« vom Mai 1888 |
| *alambique* | Destillierapparat einer Schnapsbrennereianlage |
| *azulejo* | blaubemalte Kachel oder Fliese aus Portugal, Zierde brasilianischer Kolonialhäuser |
| *bagaço* | Bagasse, Rückstand von Pflanzen und Früchten, z. B. von Zuckerrohr nach dem Auspressen |
| *barca* | Fähre |
| *barril* | Fass |
| *beija-flor* | Kolibri (»küsst die Blume«) |
| *bisavô/bisavó* | Urgroßvater/Urgroßmutter |
| *bonde* | Straßenbahn |
| *burro* | Esel |
| *caboclo* | Mischling von Indianer und Weißen |
| *cachaça* | Zuckerrohrschnaps |
| *cafezinho* | kleine Portion starken Kaffees |
| *caipirinha* | Getränk aus Zuckerrohrschnaps, Limonen, Zucker und Eis |
| *cais* | Pier, Kai, Anlegestelle |
| *campeiro* (vgl. *vaqueiro)* | Rinderhirt, Viehtreiber |
| *Candomblé* | afrobrasilianischer Kult mit Zentrum in Salvador da Bahia |
| *capoeira* | afrobrasilianischer Kampftanz |
| *chácara* | Landhaus, Landgut |
| *chafariz* | Brunnen |

| | |
|---|---|
| *charuto* | Zigarre |
| *colono* | Pflanzer, Bauer, Landarbeiter |
| *corredor* | Korridor, Gang |
| *cruzeiro* | brasilianisches Zahlungsmittel vor der Währungsreform 1995 |
| *cuia* | Kürbisgefäß, Trinkschale |
| *doce de abóbora* | aus Kürbis und Zucker gekochte Süßspeise |
| *ebó* | spirituelle Opferhandlung im *Candomblé* |
| *Eiansá/Iansã* | afrikanische Gottheit des Windes |
| *empregada(o)* | Angestellte(r) |
| *favela* | Elendssiedlung mit Hütten meist aus Altmaterial, in Großstädten, Slum |
| *feijoada* | brasilianisches Nationalgericht aus schwarzen Bohnen, Reis und verschiedenen Fleisch- und Wurstsorten |
| *feitor* | Verwalter, Aufseher; früher Sklavenaufseher, Sklaventreiber |
| *garimpeiro* | Gold- und Edelsteinschürfer |
| *geléia* | Gelee, Marmelade |
| *goiaba* | Guayave, Guave, Guavenbirne |
| *Guarda Negra* | aus befreiten Negersklaven bestehende Schutztruppe des kaiserlichen Palastes kurz vor dem Sturz der Monarchie |
| *imperador* | Kaiser, Herrscher |
| *joga-se Búzios* | afrobrasilianisches Wahrsagespiel mittels Muscheln |
| *lua* | Mond |
| *Macumba* | afrobrasilianischer Kult, schwerpunktmäßig im mittleren Süden Brasiliens (Rio de Janeiro, São Paulo) |
| *mãe-de-santo* | Priesterin afrobrasilianischer Kulthandlungen |
| *meia-lua* | Halbmond, auch Kampfposition bei der capoeira |

| | |
|---|---|
| *mingau* | Brei |
| *morro* | Hügel, Berg |
| *paço* | Residenz der Kaiser und Könige |
| *patrão* | Arbeitgeber, Dienstherr, Hausherr |
| *pousada* | Herberge, Rasthaus |
| *praça* | Platz, Marktplatz |
| *praia* | Strand |
| *quadra* | Platz, Häusergeviert |
| *quilombo* | Bezeichnung afrikanischen Ursprungs für das befestigte Lager der flüchtigen Negersklaven |
| *quindim* | Gebäck aus Kokosraspeln und Zutaten |
| *réis* | brasilianisches Zahlungsmittel im neunzehnten Jahrhundert |
| *savana* | Savanne, Baumsteppe |
| *terreiro* | 1. Gelände, Hof, auf dem Kaffeebohnen getrocknet werden<br>2. freier Platz für afrobrasilianische Kulthandlungen |
| *tropeiro* | Lasttiertreiber, Viehtreiber, Viehhändler |
| *tuiuiú* | brasilianischer Storch |
| *vaqueiro* (vgl. *capeiro*) | Rinderhirt, Viehtreiber |
| *vintém* | brasilianische Münze im neunzehnten Jahrhundert (= zwanzig *réis*) |

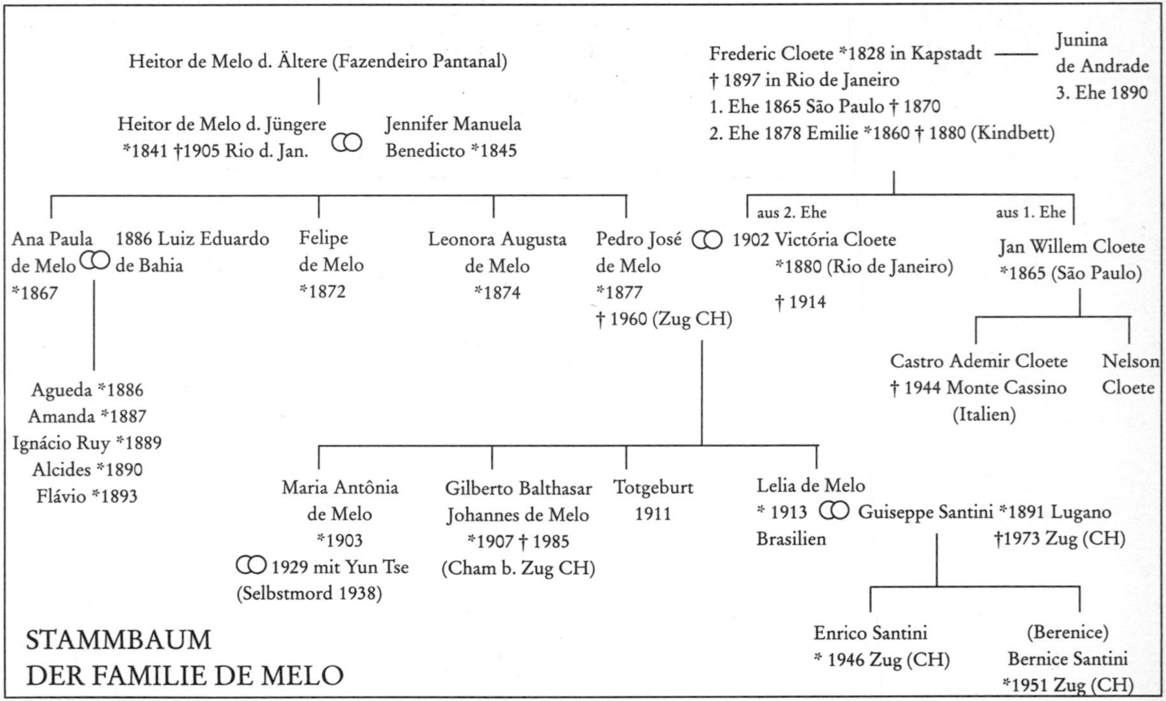
Heitor de Melo d. Ältere (Fazendeiro Pantanal)
Heitor de Melo d. Jüngere
*1841 †1905 Rio d. Jan.
Jennifer Manuela
Benedicto *1845
Frederic Cloete *1828 in Kapstadt
† 1897 in Rio de Janeiro
1. Ehe 1865 São Paulo † 1870
2. Ehe 1878 Emilie *1860 † 1880 (Kindbett)
Junina
de Andrade
3. Ehe 1890
aus 2. Ehe
aus 1. Ehe
Ana Paula
de Melo
*1867
1886 Luiz Eduardo
de Bahia
Felipe
de Melo
*1872
Leonora Augusta
de Melo
*1874
Pedro José
de Melo
*1877
† 1960 (Zug CH)
1902 Victória Cloete
*1880 (Rio de Janeiro)
† 1914
Jan Willem Cloete
*1865 (São Paulo)
Agueda *1886
Amanda *1887
Ignácio Ruy *1889
Alcides *1890
Flávio *1893
Castro Ademir Cloete
† 1944 Monte Cassino
(Italien)
Nelson
Cloete
Maria Antônia
de Melo
*1903
1929 mit Yun Tse
(Selbstmord 1938)
Gilberto Balthasar
Johannes de Melo
*1907 † 1985
(Cham b. Zug CH)
Totgeburt
1911
Lelia de Melo
* 1913
Brasilien
Guiseppe Santini *1891 Lugano
†1973 Zug (CH)
Enrico Santini
* 1946 Zug (CH)
(Berenice)
Bernice Santini
*1951 Zug (CH)
STAMMBAUM
DER FAMILIE DE MELO

Nr. 14596

Denis Guedj

DAS THEOREM DES PAPAGEIS

Aufregung in der Rue Ravignan am Montmartre, in der Buchhandlung von Monsieur Ruche.
Nicht nur, dass die illustre Lebensgemeinschaft durch einen höchst eigenwilligen Papagei aufgemischt wird, nein, etwas Mysteriöses bahnt sich an: Elgar Grosrouvre, ein ehemaliger Studienfreund Ruches, schickt nicht nur seine einzigartige mathematische Bibliothek von Brasilien nach Paris. Er schreibt in einem Brief, dass er eines der größten Rätsel der Mathematik gelöst habe – eine tödliche Bedrohung, denn Grosrouvre weiß, dass er tot sein wird, wenn der Brief Paris erreicht ...

BASTEI
LÜBBE